渤海红潮

滨州双拥故事★

滨州市退役军人事务局
滨州市双拥工作领导小组办公室
——编著

山東文藝出版社

图书在版编目（CIP）数据

渤海红潮 / 滨州市退役军人事务局，滨州市双拥工作领导小组办公室编著 . -- 济南：山东文艺出版社，2023.1
ISBN 978-7-5329-6551-9

Ⅰ . ①渤… Ⅱ . ①滨…②滨… Ⅲ . ①革命故事—作品集—中国—当代 Ⅳ . ① I247.81

中国版本图书馆 CIP 数据核字 (2022) 第 215670 号

渤海红潮

BO HAI HONG CHAO

滨州市退役军人事务局
滨州市双拥工作领导小组办公室 编著

主管单位 山东出版传媒股份有限公司
出版发行 山东文艺出版社
社　　址 山东省济南市英雄山路 189 号
邮　　编 250002
网　　址 www.sdwypress.com

读者服务 0531-82098776（总编室）
　　　　 0531-82098775（市场营销部）
电子邮箱 sdwy@sdpress.com.cn

印　　刷 三河市华东印刷有限公司
开　　本 710 毫米 ×1000 毫米 1/16
印　　张 32
字　　数 422 千
版　　次 2023 年 1 月第 1 版
印　　次 2023 年 1 月第 1 次印刷
书　　号 ISBN 978-7-5329-6551-9
定　　价 78.00 元

滨州市连续四次荣获“全国双拥模范城”称号

滨州军供站获评“全国重点军供站”

滨州市“6+N”双拥城市主题文化设施双拥桥

滨州市“6+N”双拥城市主题文化设施双拥广场

编 委 会

序　言

赓续红色血脉　凝聚奋进力量

党的二十大报告指出，弘扬以伟大建党精神为源头的中国共产党人精神谱系，用好红色资源，深入开展社会主义核心价值观宣传教育。滨州是渤海革命老区中心区，革命战争年代，先后有82万民工支前、近20万子弟兵参军，仅登记在册的革命英烈就有5.5万多人，铸就了“不屈不挠、艰苦奋斗、顾全大局、无私奉献”的渤海革命老区优良传统，红色基因已经深深植入城市血脉，成为滨州最厚重的底色，并在新时代新征程上焕发出新的精神力量，激励每一个滨州人积极投身更高水平富强滨州建设，创造了一个个振奋人心的新业绩，奏响了一首首催人奋进的新乐章。

习近平总书记强调，坚如磐石的军政军民团结，永远是我们战胜一切艰难险阻、不断从胜利走向胜利的重要法宝。在滨州这方红色底蕴深厚的革命热土上，拥军优属、拥政爱民的优良传统基础扎实、成效显著，首创了社会化拥军“6+N”双拥共建模式，打响了“真情双拥·富强滨州”双拥共建品牌，连续四次获得“全国双拥模范城”荣誉称号，得到驻滨部队和全市人民的真心点赞，军地军民鱼水深情已成为更高水平富强滨州建设的硬核力量。

红色血脉需要赓续传承，英雄事迹值得永远铭记。《渤海红潮》内容包括“双拥故事”“战斗故事”“英雄谱”“功臣事迹”等板块，是对渤海革命老区和滨州人英雄风貌的全景式再现，是对滨州军地军民鱼水深情、双拥共建的系统性展示，也是讲好红色故事、深化红色教育的一本重要教材。希望全市广大党员干部群众深入学习宣传贯彻党的二十大精神，践行好团结奋斗的时代要求，肩负起守护红色根脉的重要使命，唱响爱国拥军、爱民奉献的主旋律，把红色基因传承好、把红色传统发扬好、把红色资源利用好，不断谱写“军爱民、民拥军，军民团结一家亲”的崭新篇章，凝聚起“在滨州、知滨州、爱滨州、建滨州”的更大合力，共同答好“山东走在前，滨州怎么办”时代考卷！

中共滨州市委

滨州市人民政府

2022 年 11 月 16 日

目 录

contents

双拥故事

“乳娘”李臣

那个年代的那些事说来总让人心酸，1938年家乡沦陷的李臣夫妇为维持生计，忍痛将7个子女留下3个，拉着4个幼儿背井离乡四处流浪。1943年逃荒至现今的泊头镇官庄村，并在此定居下来。

当时官庄村属沾利滨三边区，是八路军抗日游击区。县妇救会会长陈震、区妇救会会长赵光等在官庄一带开展革命工作，常住在李臣家中。李臣听她们讲八路军的政策，也听她们说起革命的故事，讲到战士牺牲时李臣总忍不住抹眼泪，她恨透了敌人，对八路军愈加信任。随着李臣政治觉悟的迅速提高，她被推荐担任官庄村妇救会会长，从此走村串户宣传抗日救国，动员群众支援抗战，日夜奔忙。

为更好地救护战士，李臣想尽办法，她带着一家人在草洼中挖了好几个地窖，作为隐蔽革命同志之所。她与儿子轮流警戒，送水送饭。县妇救会会长陈震的小儿子和李臣的小女儿同龄，由于抗日工作危难重重，陈震便把儿子安放在李臣家中。俩小孩都需要吃奶，李臣总是先给陈震的孩子喂奶，自己的小女儿在一旁饿得哇哇直哭。李臣看着女儿说：“孩子，你让让弟弟吧，他的娘去抗日了，没娘管的娃娃最可怜。等以后胜利了，娘给你做好吃的，让娘的娃娃再也不挨饿了。”后来陈震儿子咿呀学语，第一声“娘”就是叫的李臣。

一次伪军“扫荡”，挨家挨户要找八路军的孩子，想利用孩子逼出八路军战士。得知消息的李臣急匆匆往家里赶，在离家门口不远的草垛边，见到了来寻自己的女儿，问的第一句就是，“你弟弟呢？”女儿委屈地说：“娘，俺害怕，弟弟不是我的亲弟弟，我才是你亲生的孩子，你为啥不问问俺，总是想着弟弟？”“娘看见你了，这不挺好的吗，快和娘说，弟弟在哪里，咋样了？”李臣焦急万分。

“听说鬼子要找孩子，俺把弟弟藏进了家里的粮囤里，就跑出来找你了。”李臣小女儿和母亲说着。李臣怕路上遇上鬼子危险，便把女儿藏进附近的草垛里，嘱咐女儿一定不要出声。女儿胆怯，“娘，我害怕，你陪着我吧。”“娘的心尖尖，娘也想陪你，但是娘有更重要的事情要做。娘要去保护八路军的孩子，”李臣含泪说，“八路军为了咱们去战斗，不怕苦、不怕死，咱不能辜负了战士们，寒了亲人的心，咱得保护好他们的孩子呀。”李臣女儿哭着说：“娘，要是我被鬼子发现，杀了咋办？”李臣安慰女儿，“娘的孩子最勇敢，你等着娘，娘一定回来找你，娘一定回来”。李臣含泪舍下自己的亲生女儿离去，匆匆跑回家中找到陈震的孩子，带他躲进破草屋里，将孩子护在身下。院外传来枪声，李臣的心在滴血，她的孩子被她“狠心”扔在了外面，声声枪响都打在了她的心上，懊悔、委屈、无奈、悲痛，万千情绪涌在心头。屋外一阵响动，李臣紧紧搂住“儿子”，用母亲的怀抱温暖这个吓得瑟瑟发抖的孩子，日伪军“扫荡”无果离开。

深夜，李臣再去寻女儿时，发现在极度恐惧和饥寒交迫中的孩子体力不支，昏睡了过去。李臣背着女儿回到家中，一路流泪，“孩啊，娘对不起你呀，以后娘好好补偿你，天天陪着你，不让我的孩子害怕；多给我的孩子做好吃的，不让我的孩子挨饿。”认识她的八路军战士们敬佩李臣的为人，更感动于她照顾八路军孩子的感人事迹，亲切地称呼她——“乳娘”。

1944 年 10 月，沾南区解放，李臣和其他村干部一起发动群众开展减租减息、反奸诉苦运动，带领妇女斗地主，斗恶霸，并组织妇女做军鞋，帮助抗日军人家属开荒种地。1945 年，李臣加入中国共产党，任小组长，代理村支部书记。她带领群众发展生产，组织支前，深得当地群众拥护，成为全区的妇女模范。1946 年，国民党反动派大举进攻解放区，并派遣特务、还乡团潜入解放区进行骚扰破坏，暗杀革命干部。还乡团头目乔殿臣和耿希胜合伙集结 100 多名匪徒，出没于官庄一带。7 月 14 日，李臣被乔殿臣等匪徒绑架，施以多种酷刑逼供，逼迫她说出当地的地下党员，李臣坚贞不屈。匪徒们气急败坏，将李臣的乳房割掉，枪杀后抛尸水井。当地群众将她的尸体打捞出来埋葬。

1953 年，李臣被追认为烈士。官庄人民深切怀念这位革命烈士，1967 年在李臣牺牲的地点立碑，把李臣殉难的那口井定为“阶级教育纪念井”。这位普通的农家妇女用生命守护了八路军战士的孩子，用鲜血捍卫了共产党人的信仰。“乳娘”李臣用生命和鲜血谱写了一曲“拥军爱民”的壮歌，是一位值得我们永远怀念、深深敬仰的英雄！

您救我性命 我侍您终老

——记抗战老兵薛贵生与“干娘”的故事

沾化区是渤海革命老区的重要组成部分，也是清河区与冀鲁边区的重要过渡区。在艰苦的抗战岁月里，子弟兵舍生忘死，勇斗日寇，在这段壮烈的历史中也曾留下温情的浓重一笔。抗战老兵薛贵生是子弟兵的一员，他的救命恩人王大娘是无数救助过子弟兵群众中的一位。一次重伤，一次舍命相救，让薛贵生和王大娘成为母子亲人。他们的母子故事也成为当地流传称颂的一段佳话。

1929 年 9 月，薛贵生在沾化县（现滨州市沾化区）流钟口薛家村一个贫苦的农民家庭降生。童年在薛贵生的记忆里，除了苦，就是兵荒马乱。1939 年 5 月 29 日，日军“扫荡”沾化东部义和庄一带，国民党守军海军陆战队和驻守的土匪张俊亭团，突围的突围，逃跑的逃跑，当地的老百姓遭了殃……10 岁的薛贵生听着父母讲起“义和惨案”而愤怒，心里埋下了对日寇的仇恨。后来，13 岁的薛贵生积极报名参军，成为沾化县七区中队的一名通信员。为了下通知，有时他一天要跑 100 多里路。

日本侵略者不甘心自己的失败，1945 年 5 月 7 日拂晓，纠集日伪军 1000 余人，突然从惠民奔袭下洼以东张王地区，沾棣独立团一部和沾阳棣独立营被包围于毛家巷以北洼地。短兵相接，战斗异常激烈，独立营副营长罗连会负伤后率三连战士奋勇突围，一连仍留守在张王庄北边一片开阔的坟地里。罗连会命令通信员去通知一连，赶快回来与三连一起集中突围。两名通信员跳出抗日沟时先后牺牲了。在这紧急时刻，薛贵生主动请缨："营长，我去！"当时的薛贵生个子小，一个战士提着他的子弹袋，才把他拽出了抗日沟。薛贵生快速向一连方向跑去。没跑几步，只觉得左大腿上一热，敌人的子弹打穿了他的腿骨，他便拿枪当拐棍一瘸一拐地往前冲。这时又一发子弹打穿他的左脚踝，薛贵生重重地摔在了地上，"怎么办？爬，爬也要爬过去！"

鲜血湿透了裤腿，染红了薛贵生爬过的地方。他终于爬到了一连所在地，向一连连长报告："首长命令你们赶快回三连所在地，一起突围！"独立营营长尹子敬与一连战士浴血奋战，大部分壮烈牺牲，剩下的20余名伤员沿抗日沟向王尔庄转移。薛贵生由于失血过多昏昏沉沉，但他强忍疼痛爬起来，一手拄枪，一手抓着沟边的蓖麻秆，艰难地向东北方向转移。就这样，薛贵生一点一点地挪到王大娘家。

王大娘看到一位身负重伤的年轻人先是一愣，细看他的衣服不是日伪军的。"救人要紧！"王大娘边细声说边小心地把薛贵生扶到里屋。之前部队经过的消息已在村里传开，王大娘担心伪军搜人，把薛贵生藏在最边上一间屋的空粮囤里，把家里最后一条褥子给他垫在身下，并拿出最好的食物——玉米饼子，切开夹上咸菜，盛了半碗水放在他旁边。很快，院墙外传来嘈杂声，隔壁的周婶子喊着王大娘赶紧出去躲一躲。王大娘让周婶子先走，她拿了铲子和笤帚，出去把薛贵生留下的血迹清理干净后，又去藏薛贵生的屋里瞅了一眼才匆忙躲了出去，一直到天黑。

伪军来到村里，踹开院门、屋门，挨个角落搜查，有的还爬上屋顶上查看。由于王大娘的细心伪装，帮助薛贵生逃过搜查，保全了性命。随后，王大娘领来了六中队郭队长来接薛贵生。临行前，身体极度虚弱的薛贵生抓住王大娘的手不放，王大娘安慰他："孩子，你想说啥大娘都知道，都心领了。你坚持住，咱娘儿俩有缘，以后还会再见的。"薛贵生后来被转移到老鸹嘴住院治疗。伤愈后，部队首长带着薛贵生来到王大娘家。

王大娘在门口迎他，薛贵生近前，双膝跪地，额头磕了下去，一声“干娘”喊出口，他已泣不成声。王大娘也湿了眼眶，慌忙去拉他：“孩子，快起来，有啥事咱慢慢说，你这腿脚有伤，不能跪着呀。”旁边的首长打趣：“王大娘，您这儿子得认下，咱贵生才起来。”“认，俺认，这么好的孩子给俺当儿，俺高兴。”王大娘拉起薛贵生一起进了屋。娘俩说起当时的经历，又忍不住掉了泪。

随后几十年，薛贵生把干娘当亲娘一样，干娘的子女也是他的兄弟姐妹，平时多有走动。逢年过节的，薛贵生手头虽不宽裕，但他也会拿出钱来给干娘买面粉送去。他知道干娘爱吃甜，每次都会特意带上一包糖块。这些糖块王大娘常舍不得吃，就偷偷地放在袖子里，看见孩子送几块，逢人就夸是她孝顺的干儿子给的。

1987 年，薛贵生接到干娘病重的消息，匆忙赶去见她最后一面。干娘病逝，薛贵生帮着一起料理丧事，当时生活困难，连披麻戴孝的布也没有，薛贵生就拿块破布充当，还拿出积蓄买了瓶酒，敬献在干娘灵堂前。他在干娘棺前痛哭，重重磕头，一声声“干娘”喊出内心的感恩与伤痛。

干娘入土后，薛贵生带着沉重的心情离去。这位救他一命，把他视如己出的普通农村老人，永远留在了这位抗战老兵的心灵最深处。

512 枚铜元党费

这是发生在渤海革命老区无棣县的一个真实故事。故事的主人公叫李淑贞，1913 年出生，是无棣县车王镇刘家邢王村人。在党组织的培养下，她由一名普通的家庭妇女成长为一名出色的地下交通员，并于 1939 年加入中国共产党。李淑贞老人一辈子坚守初心，将党组织委托保管的 512 枚铜元党费和文件珍藏了整整 40 年。

李淑贞，大李邢王村人，20 岁嫁给刘家邢王村农民刘振盛为妻。出嫁后，她与公公、小姑子和睦相处，全家种着十来亩薄田，过着比较艰苦的生活。

1937 年卢沟桥事变后，日军侵占无棣，县城和大村镇相继设置据点。为开展抗日斗争，共产党地下组织在刘家邢王村设立了秘密交通站。交通站的同志经常接触李淑贞，发现她具有朴素的阶级感情和爱国热忱，愿意为革命尽力，便在 1939 年发展她为中国共产党党员。从此李淑贞受党的委派，以普通农村妇女的身份，用“走亲串门”的形式，深入敌占区，活动于伪军据点周围，穿行在日军哨卡之间，搜集情报，传送党的信札和文件，从未失误。

当时，山东正处于白色恐怖之中。由于环境极端恶劣，我党组织的活动方式被迫改为单线联系。李淑贞只知道自己的上级是无棣县三区的区委书记刘振东。

1942 年中秋节的前一天，李淑贞将打探来的敌伪军要夜袭刘家邢王村抓八路的消息，及时上报组织，区委书记带领县大队设伏，打了敌人一个措手不及，缴获了敌人大量武器。党组织更加信任李淑贞了。

1943 年夏，冀鲁边区发生了邢仁甫叛变事件，大批共产党员被杀害，党组织遭受了严重破坏，无棣县的抗日斗争形势更加严峻。为了保存革命实力，上级命令三区区委书记刘振东夫妇撤离无棣县境。临行前，刘振东将三区全体党员一年的党费 512 枚铜元和部分文件交给李淑贞保管。刘振东严肃地叮嘱李淑贞，现在形势非常严峻，敌中有我，我中有敌，不要相信除我之外的任何人，等我回来亲自交给我。捧着沉甸甸的铜元和文件，李淑贞想，这些既是党的秘密又是党的财产，是许多党员同志在艰苦生活中，拼着性命积攒下的血汗钱，组织交给自己保管是对自己极大的信任，就是豁出性命也要保管好。李淑贞坚定地表示，不管发生什么情况，绝不会少一份文件，少一个铜板，待形势好转，一定如数交您亲收！

刘振东撤离无棣后，日军、伪军、国民党保安第六旅轮番清乡骚扰。为防意外，李淑贞把这笔钱先是放到衣箱里，继而转移到灶膛里、炕洞里，最后密封到夹层墙里。

1944 年冬天，患肺病多年的丈夫忽然咯血卧床不起，病情一天天加重。李淑贞咬牙卖掉了仅有的一只山羊和三只母鸡，为丈夫抓药治病。眼见丈夫的病不见好转，李淑贞四处求告亲友借钱抓药……到了腊月，李淑贞的丈夫终因无钱医治，撇下孤儿寡母撒手人寰……丈夫去世后，李淑贞与儿子相依为命，日子更加艰难了。这期间，李淑贞的母亲和舅舅都来劝她改嫁，并给她物色了一个在天津卫给富人家赶车的老实人，李淑贞含着眼泪对娘说，娘啊，孩儿还有一个心愿未了啊，等孩儿了了这心愿，再听您老的好吗？

1945 年的除夕之夜，街巷里响起零星的鞭炮声，村子里富裕人家吃上了白面饺子，空气里飘着饺子的清香。6 岁的儿子盖着旧棉被蜷缩在土炕的一角，可怜巴巴地望着母亲。李淑贞把平时舍不得吃的一碗小米倒进锅里，又加了几颗枣子，给年幼的儿子熬了一碗小米红枣粥。儿子香甜地吃着小米粥，抬起头问她，娘，红枣粥比饺子好吃吗？李淑贞抹了一把眼泪说，乖，过年吃小米粥好呀，粘粘（谐音“年年”）好呀！儿子懂事地点点头，嗯嗯，粘粘好！娘，过年后，咱家就会好了！李淑贞搂着懂事的孩子，背靠着藏匿那袋512枚铜元的夹墙，泪水夺眶而出……

1945年9月，无棣解放后，李淑贞被调到区里做妇女运动工作，她又全身心投入到打土豪、分田地、支援全国解放战争中去。

1952年冬天，刘振东回到无棣，任二区区委书记。李淑贞知道后，捎信给刘振东，提出交还文件和党费的事。当时刘振东正忙着收集国民党“十纵”散落的枪支，扩充革命武装，改造村政权，同时认为党费和文件应由党组织派人去取，因此，便拖延下来。此后，李淑贞又多次向刘振东提及此事，刘振东也找到时任组织部长的景峤，请他派人去取，均因当时忙于其他工作而未办理。1952年，刘振东调离无棣，党费之事便被搁置下来。

1958年底，李淑贞由于没有文化，不能适应新的工作要求，申请退职，自愿回到农村，成了一名普通的百姓。退职后，在村政建设中，仍不失一个共产党员的本色。尽管病魔缠身，经济拮据，又加三年经济困难，十年“文化大革命”，身体健康每况愈下，但李淑贞从未向党索取报酬，更没挪用党费。面对古董贩子多次登门高价诱惑，她从未动过铜元的念头。她经常惦记的是：自己还能不能见到刘振东？还能完成党交给的任务吗？

1983年底刘振东退休，由上海回乡探亲，并专程看望阔别多年的李淑贞。李淑贞盼望了几十年，终于见到了当年的刘书记，感慨万千。年逾古稀的李淑贞双手哆嗦着扒开夹墙的土坯，把珍藏了40年的512枚铜元和文件全部倒在土炕上，说：“刘书记，一个子不少，你数数！”刘振东夫妇惊呆了。李淑贞眼含泪水，刘振东也热泪盈眶，两位革命老人的手紧紧握在一起。

3年后，李淑贞病逝，享年72岁。

李淑贞老人坚守对党的承诺，用40年时光守护一项被世人遗忘的“秘密”，40年的艰难坎坷、日月盈仄写满了人生的忠诚。李淑贞是渤海革命老区无数优秀共产党员的典型代表，用对党的无限忠诚，诠释着“不屈不挠、艰苦奋斗、顾全大局、无私奉献”的“老渤海精神”，穿越时空，历久弥新。

山东《支部生活》《农村大众》以及党中央机关报《人民日报》，先后报道了李淑贞的事迹。

2021年4月，已经去世36年的李淑贞荣获“感动无棣——2020年度人物”。同年，根据李淑贞的故事拍摄的微电影《512枚铜钱》拍摄完成。

风雪之夜

1943 年冬季的一天，暖融融的太阳顶不住东北风凛冽的呼啸，渐渐地西沉了，在天际的尽头映出了黑红色的一抹彩霞。

余晖里，在新建沾阳棣工委负责人张荣亭、吴英民等人带领下，清河军区的一支小分队穿过日、伪军的层层封锁线，直插渤海岸边的刘家寨一带。

他们此行的目的，就是发动群众，建立游击根据地，寻机打通清河区与冀鲁边区的联系。

沾阳棣工委负责人张荣亭

部队进村后，出现了一系列戏剧性变化：

几个在村头玩耍的孩子，看见队伍后边跑边喊："来队伍了，来队伍了。"

三五个在街头晒太阳的老大爷，看见队伍进村，二话没说，拿起马扎就走。

有几个玩耍的孩子，被他们的母亲死拉硬拽扯进屋里，随手闩上了门。

一个挑水的小伙子，慌慌张张扔下水桶撒腿就跑……

整个村庄陷入了深深的疑虑、惶恐之中。

经过艰难险阻到达刘家寨一带的干部、战士们，原以为老百姓会欢天喜地夹道欢迎他们，竟吃了"闭门羹"。

部队首长张荣亭、吴英民换上一身粗布棉衣，打扮成老农模样，轻轻叩响了一家农户的大门："老乡，我们是共产党、八路军，是咱穷人的队伍，请开门吧！"但屋里没有一点动静。

又走到另一家，这家没有院门，他们就径直走到屋门口，听到里面有人唉声叹气：

"听说共产党共产共妻，谁知他们是来抢粮食的，还是抢妇女的。"

"兵荒马乱的，这一帮刚走，那一帮又来，唉，穷人的苦日子啥时候才熬到头啊！"

听到这里，张荣亭他们似乎明白了什么。

晚上，刺骨的寒风像刀子一样地刮着，夜色漆黑漆黑的，不久又飘起了鹅毛大雪。队员们冻得直哆嗦，饿得肚子咕咕叫。他们已经一天没有吃东西了。

一间破草棚里，部队及工委负责人围坐在一盏橘黄的豆油灯旁，召开紧急会议。大家分析了当前的特殊情况，认为刘家寨一带52个村处于清河区与冀鲁边区中间地带，没有党的组织活动，群众对共产党、八路军不了解。日伪军疯狂"扫荡"、蚕食，多股土匪经常到村里奸淫掳掠，把老百姓害苦了，吓怕了，难怪群众见了部队都躲的躲、藏的藏。

针对这种情况，张荣亭同志向全体队员宣布了两条纪律：第一，我们是人民的军队，应该时刻不忘全心全意为人民服务的根本宗旨，应该加强与人民群众的联系，关心群众生活，消除人民群众的误会。第二，每个同志都要严格遵守三大纪律八项注意，以实际行动赢得人民群众的理解和信任。

就这样，在那个狂风呼啸、雪花纷飞的漫漫长夜，在人民群众还不理解的时候，我们的战士有的睡在了老百姓的大门外，有的挤在破牛棚里，有的蜷缩在背风的墙根下，他们背靠着背，脚挨着脚，忍受着饥肠辘辘，经受着暴风雪的严峻考验……

长夜漫漫，也终会过去。第二天早晨，雪停了，茫茫渤海平原变成了银白色的世界，呈现出一派“千里冰封，万里雪飘”的北国风光。

一夜悄无声息。群众认为部队早冻跑了，悄悄打开院门。当他们看到睡在门外、雪人一般的战士们，一个个都惊呆了：哪里有这样的兵啊！他们一下子明白了什么似的，赶忙拉起蜷曲在门外的战士：“快，快起来，别冻坏了，到屋里暖和暖和。”

太阳出来了，和煦的阳光普照大地，浓雾开始慢慢向上升腾。此时，战士们个个精神抖擞，扫雪的扫雪，挑水的挑水，出现了军民团结如一家的场景。有个扎着羊角辫的小女孩，拉住一位战士的手，好奇地问：

“你快说，你们是好人还是坏人？”

“我们啊，是专打坏蛋的，你说是好人还是坏人？”

“好人！”女孩满脸的天真把大家逗笑了。

张荣亭、吴英民率领这支小分队在刘家寨一带驻扎后，通过多种渠道，广泛宣传党的“抗日救国十大纲领”，对广大群众进行抗日爱国教育。针对群众反映的捐税多、负担重、缺吃少穿的实际情况，他们提出了“组织起来，减租减息，跟着共产党，贫苦农民有饭吃”的口号，依靠积极分子，建立民兵、青年、妇女等抗日组织，有效地打击了土匪的嚣张气焰。这块荒凉偏僻的“海角天涯”，焕发出革命的勃勃生机。

一次访贫问苦时，张荣亭、吴英民看到刘良贤家境贫寒，老伴病倒在炕上数天，却无钱治病，眼看就要不行了。他们拿出自己的津贴，给病号买药治病，奄奄一息的病人，慢慢恢复了健康。

战士小王的房东家里有个七八岁的“小萝卜头”，由于营养不良，瘦得皮包骨头。小王看在眼里，疼在心上，每顿勉强省下一个窝头送给“小萝卜头”。当时，部队生活很艰苦，好的时候能吃到粗粮咸菜，青黄不接时只好靠糠菜团子度日。数天过去了，“小萝卜头”脸蛋渐渐变得红润，而小王的身体却渐渐消瘦，最后引起了高烧。“小萝卜头”父母疼孩子，更疼我们的战士，他们每天起早贪黑，给小王烧水、熬药、洗衣、做饭。经过房东一家精心护理，小王很快恢复了健康。

就这样，几十天时间里，刘家寨一带的于家村、皂户信等村，形成了“军爱民、民拥军，军民团结一条心”的动人景象。我们的战士像鱼儿回到了大海，开怀畅游；群众则从战士身上了解了八路军、共产党，看到了中国革命的希望。

预定任务圆满完成后，部队要开拔的消息不胫而走。群众把炕头烧得热乎乎的，争抢着把战士拉到家里，拿出家里珍藏的“好东西”，表表心意，拉拉家常，诉说着对子弟兵的深情与祝福。

夜深了，三五家农户烟囱里还冒着浓烟；窗影里，跳动的火焰上结满了灯花。

第二天，朝夕相处几十天的亲人要走了。群众自发地涌出家门，街头巷尾到处是欢送的人群。

一位老大娘把唯一的老母鸡抱到张荣亭跟前，流着泪说：

“收下吧孩子，这是大娘我的一点心意！”

一名中年妇女携着篮子，篮子里装着十多个煮熟的鸡蛋，一个个塞到战士的手中。

“这是几个窝窝头。”

“这是点花生。”

……

面对这火热的场面，官兵们情不自禁流下了幸福的热泪。队伍中，张荣亭的眼眶也润湿了。他跳到一个高台上，大声地喊道：“老乡们，谢谢你们，我代表大家谢谢你们！有你们的支持，我们一定要多打胜仗，打倒日本帝国主义，解放全中国！”

掌声、欢呼声、口号声响彻云霄。

部队启程了，欢送的人群依然恋恋不舍，望着远去的亲人。直到望不见部队的踪影了，他们才回转身，朝家的方向走去。

初升的明媚的阳光，照着土屋，照着树梢，照着人们饱含希望的脸庞。这严冬凋敝的鲁北大地，开始升腾起无限的暖意……

悠悠母子情

1950年春季的一天，中国人民解放军二〇一部队政治部主任赵光煜，来到了柳堡区黎敬村李大娘家，他紧抓住李大娘的手，双腿一跪，热泪盈眶："娘，儿子看您来了……"

李大娘60多岁，头发已经花白。她惊奇地上下打量着这位不速之客——英俊威武的年轻军官，慢慢地摇了摇头。

赵光煜见状，和颜悦色地说："娘，11年前，在杨家集村高家店里，您不就认下我这个儿子了吗？"

身着军装的赵光煜

“噢，想起来了，原来是你呀！快起来孩子。”李大娘喜出望外，疑惑的脸上立刻绽出了笑容。

赵光煜紧紧握住李大娘的手，激动得热泪盈眶。感情的潮水，翻腾的思绪，当年那惊心动魄的场面像电影一样，一幕幕展现在他的眼前……

那是1939年，日军加紧了对抗日根据地的“大扫荡”，冀鲁边区形势日益恶化。4月份的一天，赵光煜和县委书记王家骥一起，到西部地区去找行署，向周贯五同志汇报无棣县抗日斗争的情况。当晚，他们来到地处庆云、无棣边境的杨家集，住到村西头一家姓高的客店里，店掌柜是个50多岁的老汉，为人厚道、办事勤快。兵荒马乱的年代，店里生意不景气，平时很少有人住宿。因生活所迫，李大娘带着10多岁的小儿子在此地要饭，也住在店里。高掌柜出于同情，答应不收他们娘俩的住宿费。

跑了一天的路，赵光煜二人十分疲乏，吃罢晚饭，躺在草铺上很快就睡着了。不知过了多久，正在熟睡的他们，突然被店外的喊叫声惊醒了：“不好，有情况！”时刻保持着警觉的赵光煜、王家骥一骨碌从草铺上爬起来，迅疾冲出屋门。只听到外边的日军、伪军像狗似的嚎叫：“包围好，别叫八路跑了！”

原来，杨家集西边靠近被称作“封锁线”的盐庆公路，公路附近高湾村等据点的日伪军利用这一便利条件，加强了对这一带的严密控制，经常到附近村庄进行骚扰。这次是有人走漏了消息，还是敌人无目的的瞎咋呼，他俩心中没数。当时情况十分紧急，也不容他们多想。

王家骥对赵光煜说：“咱们一定要想法冲出去，你先往外跑，我来掩护。”

赵光煜坚决地说：“不，你的工作比我重要，还是你先跑，我掩护。”

王家骥还想争执，赵光煜急促地说：“别耽误时间了，来不及了。”说着，猛地抱起王家骥，把他掀到了一人多高的院墙外边。王家骥翻出墙后没跑几步，就被日伪军发现了。他们一边向他开枪，一边喊叫着：“八路跑了，快追呀！快追！”王家骥凭借着院墙作掩护，边打边撤，向远离公路的东南方向跑去，很快消失不见了。

怀着忐忑不安的心情，赵光煜迅速退回到屋里，遇上了正往外走的李大娘。李大娘早已明白了刚才发生的事情，她对赵光煜说：“孩子，我正要找你……”李大娘边说边迅速拿出儿子一件破夹袄交给赵光煜，急切地嘱咐说：“快穿上这个！鬼子问你，就说我是你娘。”

赵光煜连忙穿好衣服，刚刚把手枪掖到草铺底下，几个日伪军就冲进了屋里，他们立刻把赵光煜围了起来。一个伪军跑上前将他浑身上下搜了一遍，回头对一个日军报告说：“报告队长，他身上什么东西也没有。”

被称作“队长”的日军，用刺刀冲着赵光煜胸膛问：“你的，什么人的干活？”

未等赵光煜回答，李大娘几步跑过来，抢着回答道：“他是我的大儿。”又指指身边的小儿子说：“我和他弟弟住在这里要饭，他今天特意来看看我们。”

日军队长晃动着发着寒光的刺刀，对李大娘说：“撒谎的，死了死了的！”

李大娘神态安然，斩钉截铁地回答：“他是我儿子，我们都是要饭的。”

敌人又叫来店主高掌柜当面对质。日军翻译指着赵光煜问：“他是不是八路？如果不说实话，马上拉出去枪毙！”

高掌柜沉着坚定地说：“八路军早跑光了，店里剩下的都是要饭的。”

“你敢担保他不是八路军吗？”日军翻译进一步威胁道。

“我敢担保！他如果是八路，你杀我的头！”高掌柜毫无惧色。这时，追赶王家骥的那伙敌人垂头丧气地回来了。只听他们嚷道：“妈的，叫他跑了。”

赵光煜一听，知道王家骥同志已安全撤离，心里悬着的一块石头方才落了地。

日军队长闻听也泄了气，懊恼地骂了声“八嘎，开路！”一无所获的日伪军灰溜溜地离开了高家店。

敌人走后，赵光煜激动地抓住李大娘和高掌柜的手，感激不尽地说：

“谢谢大娘，谢谢大爷，感谢你们救了我……”李大娘忙说：“谢什么呢，咱们都是一家人。”

高掌柜接着说：“是啊，你们为了咱穷人，打鬼子，打汉奸，连命都舍得，我们做这么点小事又算得了什么呢！”

正是由于像李大娘、高大爷这样一些普通群众的保护，才使赵光煜他们脱离了危险，完成了党的任务，最终打败了侵略者，取得了革命的胜利。这些感人肺腑的经历，赵光煜一辈子也不会忘记。

这段恩情一直记挂在赵光煜心中。革命胜利后，他没有先回家探望自己的亲生父母，而首先找到李大娘，重温昔日的“母子情”。

赵光煜来到无棣县，看望有救命之恩的“妈妈”

黉夜救伤员

1944年深秋的一天，朱哲儒化装成零担杂货商来到四区李良志村，向无棣党组织负责人张晨光汇报发动群众开展抗日斗争的情况。

晚上八点左右，村主任急匆匆地跑来报告：县大队副政委娄剑锋等十几人，在长丰村被日伪“扫荡”队包围，突围时一名战士受伤，已救护到本村，需要马上治疗。

张晨光听后，对村主任说：“你赶快准备一副担架，由朱哲儒同志负责，马上将伤员护送到冀鲁边区八路军后方医院去。”

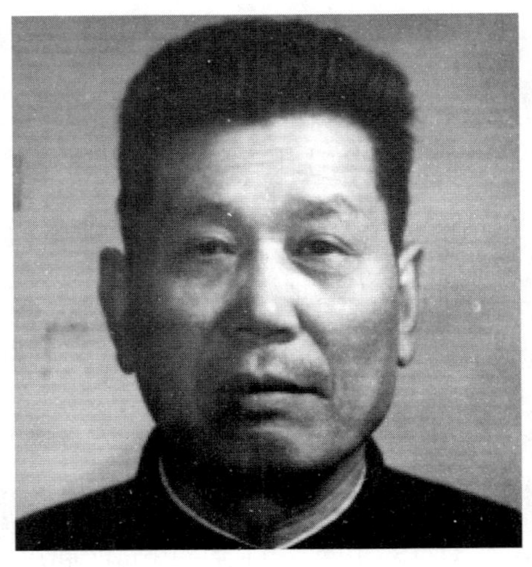

朱哲儒

风萧萧，夜茫茫。朱哲儒带领着担架从李良志村赶往盐山县四区范尔庄，又转往大徐庄、马家庄，最后抵达杨家店。奔波数十里，始终未见后方医院的踪影。

“后方医院恐怕找不到了。”朱哲儒站在杨家店村口，心里油煎火燎般着急。他紧皱眉头，在苦苦思索着。

1943 年 6 月，冀鲁边区司令员邢仁甫叛变投敌后，冀鲁边区的抗日斗争形势急剧恶化。日伪军和国民党顽固派勾结在一起，利用叛徒提供的情报对冀鲁边区开展了大规模的“扫荡”。为安全起见，冀鲁边区八路军后方医院，被迫经常变换驻地，一时难以找到。有什么办法使伤员得到及时治疗呢？朱哲儒蹲下身，看看躺在担架上强忍剧痛的伤员，更加心急如焚了。

“附近村庄有治外伤的医生吗？”他向抬担架的两位农民询问。

“崔家口有个姓刘的医生，听说医术很高明。”其中一个回答。

朱哲儒听后，霍地站起来，说：“走，去崔家口。”说完，他们便大步流星向崔家口方向奔去。

白色恐怖笼罩下的崔家口，到处一片黑暗寂静。他们悄悄摸进村，径直来到刘医生的家门口，轻轻叩了叩大门。

“谁呀？”屋内有一男人问道。

“我，请您治病的。”朱哲儒答应着，心里升起一线希望。

不一会儿，“吱呀”一声大门开了。开门的是一位 40 岁开外的男人，身板挺直，衣着利索。他看到朱哲儒三人抬着一副担架，毫不迟疑，急忙闪身把他们让进院子，并随手迅速把门关好。

朱哲儒向开门的人说：“您是刘医生吧。”来人没有说话，只是点了点头。朱哲儒见状继续说，“打扰您了。这是无棣县大队的一名战士，被日军打伤。我们跑了许多地方，也没有找到八路军后方医院……”

“不用说了。”刘医生打断朱哲儒的话，就向西厢房走去。

朱哲儒有点摸不着头脑了。他想，现在抗日战争正处于最艰难时期，在日伪军和国民党顽固派的淫威面前，革命队伍中的投机分子叛变革命，不坚定者自动脱离革命队伍，特务汉奸横行肆虐，不知有多少无辜群众被扣上“私通”八路军的罪名，而死于非命。给八路军治伤，让特务汉奸知道了是要杀头的。他想到这里，觉得刚要放下的心，一下子又提溜到了嗓子眼。

就在这时，只见刘医生开了西厢房的门，向他招呼道：“快把人抬进来。”朱哲儒听到召唤，中断了思绪，赶忙把伤员抬进了西厢房。

西厢房有两间屋，一明一暗，里屋朝东开的窗户下放着一张用门板搭成的床铺，刘医生不声不响地对伤员进行了仔细检查。

“伤势怎么样？”刘医生刚检查完，朱哲儒就迫不及待地询问。

刘医生指着伤员的左腿说：“这条腿三处受伤，都没有伤着骨头。”随后他把手移到大腿根部，继续说，“这处伤，部位较深，弹头还在里面，需要动手术。”

“该动，您就动吧。”朱哲儒用恳切的目光望着刘医生。

刘医生对朱哲儒的要求，好像早有所料，只说了句：“放心吧，我马上做手术。”接着就忙起做手术的各项准备工作来。

手术进行得很顺利。手术中，刘医生一句话也不说，他动作敏捷，全神贯注，小心翼翼地操作。见此情景，朱哲儒对刘医生的敬重一点一点在加深。他想，刘医生明明知道我们是八路军，却甘冒杀头的危险，毫不迟疑地救治伤员。白色恐怖下，这种无所畏惧的胆量和大义凛然的气质，与那些变节投敌者和脱离革命队伍的逃兵比起来，实在让人敬仰和佩服。

手术结束了。朱哲儒紧紧握住刘医生的手说：“太感谢了，您救了战士的生命！”

“这有什么好谢的？救死扶伤是我们医生应该做的。”

“您救的不是一般人，而是一名八路军战士啊。你不怕有人说您‘私通’八路吗？”

“八路军就更应该救。他们为抗日都能豁出自己的一条命，我为他们治病就怕了吗？我不只是‘私通’八路，下一步我还要真当八路呢，你能要我吗？”

朱哲儒听刘医生这么一说，更是激动不已。一位普普通通的医生，虽然话语不多，一言一行都表现出他对抗日战士的爱，对敌人的仇恨和蔑视；在他身上，看到了中华民族不屈外侮的英勇气概，看到了人民群众中蕴藏着的抗日热情。朱哲儒紧紧握着刘医生的双手，激动地说：“好，好，太好了，我们真诚地欢迎您加入到抗日队伍中来。”

这时，天快亮了。考虑到刘医生家中来往看病的人多，不便于隐藏，朱哲儒决定把受伤战士转移到靠近崔家口的小屯村县大队事务长鲍虎家中。刘医生听后对朱哲儒说：“担架不能再用了，用马车最安全。我送你们出村。”

刘医生以到坡里拉秫秸为名，套上马车出了村。一路上，朱哲儒再没有向刘医生说什么感激的话，心里只是想，有这么好的群众，难关一定能够度过，抗日战争一定会胜利。

“OX”牛保正

1886年，牛保正生于无棣县后牛村，幼时因为家贫没有念过多少书，1910年迁居无棣县东关，1919年进入县警察大队任骑兵正目，后升任分队长，1928年解甲归田。居家赋闲期间，牛保正和朋友一起到北平谋事。在北平，他东拜西求两年多，也没有找到谋生的门路。1931年，他托朋友找到北平宪兵侦缉队长高继武，被推荐到国民党“北平军人反省分院”——草岚子监狱补缺。

“OX”的来历

今北京市西城区草岚子胡同19号，是国民党草岚子监狱旧址。1931年9月，为关押北平、天津两地被捕的共产党人，国民党政府将这里作为临时看守所，并先后命名为“北平军人反省分院”“军监狱和北平高等特种刑事法庭第二看守所”等，人们一直俗称“草岚子监狱”。

1931年，河北省委书记殷鉴、省委委员安子文、省委军委常委薄一波、省委巡视员胡锡奎和刘澜涛、杨献珍等一批秘密党员，因叛徒出卖被捕，几经辗转，最后都被关押于草岚子监狱。在此前后，北平、天津市委秘密党组织遭到极大破坏，又有几十名共产党员相继被捕关入草岚子监狱。

共产党人被关进草岚子监狱不久，就成立了以殷鉴为支部书记的狱中党支部，他们决心“扛着红旗出狱”，团结带领大家在狱中继续同敌人进行斗争。为提高大家的思想理论水平，迎接更严酷的斗争，狱中党支部提出不仅要把监狱变作对敌斗争的战场，而且要变成学习马列主义的“党校”。为此，成立了由杨献珍负责的学委会，订立了严格的学习纪律和详细的学习计划。大家还一致认为：为了保证学习不受冲击袭扰，必须建立一套严密的防范措施，积极开展对狱方监管人员特别是对“OX”的争取。

当时，为了利于对敌斗争，他们按照英文发音，分别给监狱看守管理人员起了英文代号，负责看守他们的班长叫牛保正，他们就按“牛”的英文发音，给他起名为“OX”，翻译成中文，就叫“欧克司尹”。在这些政治犯中，只要一说“OX”，大家都明白是谁。

和狱犯成朋友

在监狱，牛保正先当看守员，后升任看守班长。从一开始，他就没有像其他看守那么凶，“犯人”们对他也颇有好感。一次，牛保正收到山东老家一封信，说老母亲病重，无钱医治。他十分焦急，想请其他看守帮着写回信，又不愿让他们知道家中寒酸、窘迫的景况。他看杨献珍像个文化人，就拿着信纸跑到杨献珍监房，请他代笔给家里写封信。杨献珍从牛保正的口述中，得知其老母贫病交加急需帮助，而作为儿子，牛保正收入有限，难以满足老娘要求，心里十分不安。即使在杨献珍这个“囚犯”面前，牛保正也毫不掩饰愧疚之情。

这是一个难得的信息！ 杨献珍立即向狱中支部做了汇报，支部当即指示他要细心做好争取牛保正的工作，既要在思想上给予他热情开导，又要在经济上给予其适当资助。

此后，每当牛保正值勤，杨献珍便主动跟他搭话，跟他交朋友，一方面热诚友善地安慰他，一方面暗地里把自己仅有的钱拿出来塞给他，嘱咐他寄给母亲。同时他不失时机向牛保正述说自己苦闷的心情：“兄弟是个读书人，平生没有什么嗜好，就是喜欢看看书读读报，进来几个月，看不到书，又看不着报，心里实在憋闷得慌，希望牛班长在方便的时候，能帮忙买点书报看看，兄弟一定重谢。”牛保正为杨献珍真挚的话语和慷慨的行为所感动，当场表示愿意效劳，只是要求杨献珍不要走漏风声，否则他将性命不保。从此，牛保正便时常给杨献珍购买一些进步报纸书刊。一条输送革命书籍的管道，顺利开通了，且从未发生任何纰漏。

由于长期受到革命者的熏陶，牛保正思想感情也逐渐起着变化。当局每次审讯这些“囚犯”，他大都陪审，耳闻目睹他们那凛然气势和有力的答辩，思想受到很大震动。久而久之，他对这些政治犯产生了同情心，政治立场也逐渐有了转变，再加上狱中秘密党组织对他的努力争取，牛保正最后终于成为可信赖的、同情革命的进步分子。

第一联络人

心中天平“倒向”共产党后，牛保正便经常为他们送情报、传信息，并利用职务之便，对“囚犯”给予各方面照顾。每月探视日，狱外秘密党组织经常派人伪装探监进入监狱，同共产党人进行联系，牛保正明里监视，暗中却给予保护。有时，他利用晚间派妻子或儿子乘车去东四十条、鼓楼大街、皇城根、翠花胡同等联系点送取信件。狱外的党组织也与牛保正取得了联系，并将一批秘密文件交给他带入监狱，极大鼓舞了狱中同志们的革命信心。受狱中党组织委托，牛保正还购买一些英文版马恩列斯著作，秘密带入监狱，由杨献珍等人翻译抄写，组织学习，把监狱变成了学习马列的“学堂”。

不久，狱政机关通过获取的情报，怀疑狱中有共产党秘密组织在活动，重点怀疑对象有 18 人。为此，他们特调一个宪兵班进驻监狱，对犯人们进行审查监视。牛保正获悉后，立即密告狱党组织负责人，使他们有准备、有组织地开展反审查斗争。狱中党支部斗争骨干坚定拒绝“反省”，给狱友们树立了榜样。在他们带领下，取得了狱中斗争第一次胜利。

1934 年冬和 1935 年，根据自己掌握的情况，牛保正又向狱中提供了北平军管会政训处第二次大审查、宪兵第三团派两个特务伪装政治犯打进监狱进行侦察以及宪兵第二团密报南京国民党特务机关要杀害 12 名革命骨干等一批重要情报，使狱中秘密党组织赢得了宝贵时间，从容应付，最终一次次夺取了斗争的胜利。

此外，牛保正还冒着生命危险，积极配合狱外党组织对在押同志进行营救。

1936 年后，全国抗日浪潮空前高涨。我党有大量工作需要去做，而白区党的干部人手紧张。时任中共北方局书记的刘少奇为适应新形势需要，解决党的干部缺乏问题，认为被监禁在草岚子监狱的五六十名党员，有许多是我党坚强骨干，党组织有必要采取一定的“策略手段”营救他们出狱。北方局随即向党中央写了报告，经中央研究予以批准。于是，北方局组织部长柯庆施便通过牛保正向狱中传达了党中央关于“要求狱中同志争取早日出狱为党工作”的指示。

狱中党支部接到了外边党组织第一封信时，担心是敌人搞圈套，决定不予执行。过了一段时间，北方局又通过牛保正送去了第二封信。其大意是：党组织营救你们出狱，这是中央的决定，望早作安排。

当时，国民党当局为笼络人心，规定狱中刑期超过五分之一的政治犯，只要公开在报纸上刊登一则《反共启事》，就可获释出狱。但违心地以《反共启事》见报，就等于公开放弃革命信念，这叛变之嫌跳到黄河也洗不清。

经大家商量，由杨献珍用外文向北方局和党中央汇报了“不同意登报出狱”的意见，如党组织坚持让登报出狱，则提出以下要求：一、登报有叛变之嫌，如党组织坚持这样做，登报的责任由组织负责；二、出去后仍然是党员，应按正式党员安置工作，无须另行立案审查；三、这次是依令行事，组织上以后不能再追究此事的责任。

此信通过牛保正转送到北方局，北方局答复后，又转呈党中央批示。之后，北方局第三封信传入狱中，随信还附了北方局向中央建议的主要内容抄件，以证明这些指示确实是经中央批准的。直到这时，狱中党支部终于相信这是组织的决定，经研究同意按中央意图行事。

国民党当局见同时有这么多人要求出狱，一时也难辨真假，不敢仓促批准，因此一个月后还没有消息。这时，中央又一次指示要迅速出狱。对此，狱中支部进行了认真分析研究，认为分批出狱较为妥当。1936 年 9 月上旬，安子文、杨献珍、刘澜涛、薄一波等 9 名同志获释；22 日，赵林、冯乐进等 21 名同志也出了狱。就这样，前后有 61 名同志按照这一办法获释。为了减小目标，出狱后大家首先分散活动，后来他们逐渐都与党组织接上了关系，并接受了党的工作分配。

在这一系列秘密活动中，牛保正始终是监狱内外的“第一联络人”，尽管他百倍谨慎、高度警惕，但终因时间过长、同政治犯交往过于频繁，最后受到了监狱当局怀疑。1936 年底，国民党当局将牛保正逮捕，加铐上镣投入监牢。审讯过程中，软硬兼施，严刑逼供，要他吐露实情。牛保正宁死不招供，当局气急败坏，准备判处他极刑。

在此危急关头，北平中共秘密组织及时对牛保正展开营救，帮助他逃出北平，然后，党组织又将其家属密护出城。

此后，牛保正一家和党组织中断了联系。

寻找“功臣”下落

1949 年 10 月新中国成立后，当年那些草岚子监狱的“囚犯”成了元勋，他们没有忘记牛保正，准备接其进京。而当时仅知牛保正是山东籍，其他信息不明，安子文他们只好请山东省代为查询其下落。

一个原在渤海根据地工作的同志认识牛保正，他提供信息说，牛保正是无棣县城关附近的人。于是 1950 年 4 月，山东省委一纸公文下到了无棣县当时所属的垦利地委（今滨州市委）。

垦利地委立即安排专人携省委专函赶赴无棣县。时任县委书记张雨村看过来函，指示由县委办公室主任赵延津负责办理，赵延津安排县委办张学德具体负责此事。

张学德很快着手开始调查，他骑上一辆自行车直奔城关，向正在区委参加会议的乡村基层干部们发布了“寻人启事”。

时隔不久，有人向张学德反映：县城东关一个正在接受管制人员，名字就叫牛保正。张学德立即赶赴城关公安分局。局长证实牛保正是东关人，并介绍此人历史复杂，早年在本县干过警察队长，在外地当过国民党监狱看守班长，现属被管制的反革命分子。为了解更多材料，张学德查阅了敌伪档案，未发现他同我党有任何关系的记载。他是不是中央领导急着查找的代号叫“OX”的牛保正呢？张学德心生疑虑。

为慎重起见，张学德以审查人员的名义，数次约谈牛保正，重点了解他的历史。牛保正说，他在北平国民党监狱当看守班长期间，曾帮助在押的中共秘密组织做过不少事，为此还差点被国民党当局枪毙。逃离北平后，他举家返回无棣原籍，以做小买卖度日。全国解放后，有关方面对他曾有功于革命的历史不甚了解，根据他干过国民党警察队长和监狱看守班长的历史，将其划为历史反革命分子，实行公安管制。

张学德将自己初步查访情况报告给上级领导，领导指示，要进一步确认牛保正身份。经对邻居和家属进一步查访，档案核对，证实牛保正确有在草岚子监狱当看守班长的经历。当向牛保正提起安子文、刘澜涛等名字时，牛保正表示不认识，只认识徐子文、刘华甫，并说出了他们的体貌特征。

当时，在白区工作的共产党都有过化名，徐子文、刘华甫正是安子文、刘澜涛使用的化名，并且与牛保正提供的体貌基本符合。牛保正身份终于被确定。

说起当年“囚犯”已是新中国中央领导时，牛保正惊喜异常，连说想不到。张学德宣布对他解除管制、并按照中央安排护送他举家进京。牛保正先是瞪大了眼睛，接着潸然泪下，感动得不知说什么好。

正准备送牛保正一家赴京时，牛保正又不想赴京了。他说，原因有三：一是对党无大功，受此厚待于心有愧；二是穷家难舍，乡土难离；三是独子不在（儿子外出搞水利），难进京。县委对牛保正所提三点做了妥善安排，并决定采取分两步走的方法，本人先行，眷属随后。牛保正这才同意，并立即作动身准备。

牛保正到京后，受到刘澜涛、杨献珍等领导的接见，并被安置到草岚子监狱做预审工作，享受干部行政十八级待遇。

1954 年 11 月，因病医治无效，牛保正在京去世，享年 68 岁。

“特等功臣”杨炳信

1948 年 8 月，无棣县石庙区小屯河北村杨炳信，第一个自愿报名参加抗战支前，成为全县第一批担架队员，同 644 名民工一起奔赴战区，负责抢救、转运任务。当时他是小屯河北村村主任。

“当时，我被编入民工一纵二团三营一连一排，任一班班长。我把我们班分成宣传、学习、劳动等 5 个组，我兼着宣传组组长。”回忆起自己所属的“部队”，杨炳信记忆犹新。

宣传组的主要任务是负责战区群众的思想工作，向他们说明战争的大好形势，动员他们腾房子、收留伤员，配合后方转运。由于当时情况复杂，部分群众思想一时转不过弯来。杨炳信他们就挨家挨户、苦口婆心地做工作，使后方民心逐步稳固，有力地配合了前线作战。

回忆起那次“授枪”的经历，老人仍按捺不住内心的激动。老人回忆说：那是在安徽宿县，他住在一个村子里做群众工作。一个陈姓青年向他反映，自己的弟弟几年前从部队回家探亲，被本村汉奸大队长打死了，要八路军讨还血债。杨炳信经过详细调查后，向团部写材料反映了情况。团部遂派 10 个战士乔装改扮，智擒汉奸大队长，并缴获了藏在夹墙里的机枪、手枪和子弹等一批物资。为表彰杨炳信的突出贡献，团部赠给他一支“M1 卡宾枪”以示褒奖，并颁发了枪证。

1948 年 11 月淮海战役打响后，杨炳信他们跟随大部队在碾庄参加了消灭黄伯韬兵团，在宿县参加了阻击黄维兵团，在永城东北参加了围歼邱清泉、李弥、孙元良三兵团的战斗。

为配合前线作战，杨炳信所在的一班发出挑战书，从而在全团掀起了声势浩大的立功竞赛活动。

“前方不怕火线，后方不怕流汗，单独执行任务，不怕分开单干。真金不怕火炼，真货经得起考验，希望同志们，和我来挑战。”

老人情不自禁地哼唱起那时他自编的“挑战小曲”。这支近似“打油诗”的小曲曾经在担架队中广泛流传。

在杨炳信的带动下，担架队士气高涨。他们利用转运间隙学政治、学文化。火线抢救、转运过程中，他们有的被炮弹炸起的泥土掩埋，从土里爬出来，把伤员抬出阵地；有的冒着敌机的轰炸，不顾生命危险抢救伤员；有的用自己的茶缸子给伤员接尿，夜间用鼻子嗅味来寻找伤员，以免暴露目标。因参战勇敢，一班被誉为“生金第一班”。杨炳信和“生金第一班”的事迹，连续 5 次上了宣传战报，《渤海日报》也报道了无棣担架队的事迹。1948 年 12 月，杨炳信光荣地加入了中国共产党。

“1949 年 1 月的一天，团里交给我们‘生金第一班’一个特殊任务，负责护送一位重伤员转移到安全地方，并嘱咐我要亲自交到一位‘陈副科长’手里。我们顺利完成转运任务，见到了那位陈副科长。记得陈副科长握着我的手说，你就是杨炳信同志啊，你带的‘生金第一班’很有名气嘛……后来我们才知道那位‘陈副科长’就是陈毅。”说起与陈毅的一面之交，杨炳信激动不已。

1949 年 2 月，淮海战役结束。担架队胜利完成了历史使命，按照上级指示，支前民工集体复员回乡。华东支前委员会为 20 万山东民工举行了隆重的庆功欢送大会。在会上，杨炳信作为代表发了言，并被授予“特等功臣”荣誉称号。20 万民工只有 5 人获此殊荣。

回乡后，杨炳信先后担任村保管员、贫民主任等职务，多次作为贫农代表参加县里的会议。初级社成立后，他任初级社社长，带领群众引进“大叶黄”“滚皮青”等豆类优质品种，粮食连获丰收，多次被县里树为典型。他任保管员期间，曾被诬告“监守自盗”，蒙受不白之冤。他曾为此两次进京，受到当时董必武检察长的接待。他反映的“村干部私吞空口粮”问题，引起了董老高度重视。时过不久，第一次人口普查开始在全国范围内展开。

20世纪60年代初，他带领群众建起了第一座砖窑，动员大家烧砖砌井，抗旱促生产。由于抗旱效果明显，整个石庙区以及邻近的傅圈区掀起了烧窑高潮，几乎村村都有自己的砖窑。当时他带头砌的一口砖井尚在村旁，提上水来依然清洌甘爽。老井无言，却见证了那一段历史。

“文革”期间，他曾以“包庇地主、富农”“排错队”“站错位”等莫须有的罪名被抓，被批斗。支前时的立功奖章和复员证书等被付之一炬，那支赠枪也被收缴到县里保存。

生产责任制后，杨炳信一家分到了土地。他同老伴带着4个子女，耕种着20亩责任田。在生活困难的时候，在周围的一些“战友”享受到定期补助的时候，他都没有吱声。对于“参战支前”那段辉煌的历史，他一直深深埋在心里。村上的人只知道他支援过淮海战役，并不知道他是特等功臣。他的家境一直贫寒，一直住在三间用竹竿当木头搭成的低矮土房里，却从未动过向政府要照顾、要补助的念头。

20世纪90年代初，县里组织编写《县志》，整理资料时，工作人员才在有关资料中“发现”了这位默默无闻的“特等功臣”，并派人去村里了解情况，他的功臣身份才被公之于众。这时，杨炳信已经保守“秘密”达40年之久。

支前“特等功臣”郭凤藻

渤海区是革命老区，战争年代涌现出了许多英模人物。无棣县郭打绳村的郭凤藻就是这样一位鲜为人知的英模人物，他在潍县战役中荣获“特等功臣”称号。

郭凤藻是无棣辛阳区打绳村的农民翻身委员，响应号召出来支前，担任无棣担架队一连二排排长。在胶济中段战役中，被评为“特等功臣”。他不但自己工作好，把全排领导得也呱呱叫。有些民工一时思想有波动，由于郭凤藻苦口婆心地动员说服，到昌潍解放，全排没有一个开小差的。他的背包里经常带着棉花和勺子，预备给伤员包扎、喂饭。他曾冒着敌人的射击，把一个伤员抢救下来。天快亮了，咱们占领的一个碉堡被敌人炸坏了，两个同志被压在土下，他拼命地扒开土，救出了这两个同志，又把他们扶上了担架。

打擂鼓山的时候，炮火更激烈。他仍然跑在最前头，抢救了一个伤员。他总是想：“同志们为了解放全中国打仗，挂了花不赶快救下来，那怎么算有良心？”他对排里的教育也是这样，因之全排在工作上非常起劲。攻下了擂鼓山，他们本来没有任务了，他却自动地叫了几个人去扛了两趟炮弹。

他对伤员和亲兄弟一样热爱。有一次，他们送伤员到医院里去，途中一个伤员要大便，他毫不犹豫地用自己的缸子给伤员接屎。晚上，他就把自己的棉衣给伤员盖上。在赵家北庄埋葬烈士时，他哭得眼都肿了，他说：“你为俺老百姓死了，俺一定给你报仇！”他的模范事情很多，但这些事情

特等功臣郭鳳藻

·王凱·

《大众日报》的报道：特等功臣杨凤藻

他从来未向人家夸耀过。他说：“每当看到伤员同志，就想起我家分到的地、车子和牛，这都是同志们的血汗！”这次，他们复员时，他说：“人家同志们（指解放军）比我们辛苦都不休息，咱为啥要休息呢？”他在家出来支前时，曾自动要求他17岁的儿子与他一块来，但被大家劝阻了。他现在荣归，成了特等功臣。临行前在庆功大会上，他挂上大红花，背上了奖给他的大盖枪。他在会上说：“下次再支前，我一定叫儿子来，让他也立个功。”

1948年5月26日的《大众日报》，以“特等功臣郭凤藻”为题，对郭凤藻的支前事迹进行了报道。

历史不会忘记，历史也不应该忘记。《无棣县志》中有关于郭凤藻同志事迹的介绍。《山东省志·军事志》中的“英模名录”中有郭凤藻的名字。《中共渤海区地方史》中，有百余字的郭凤藻事迹介绍。

渤海区劳动英雄王凤祥

王凤祥，博兴县陈户镇东寨村人。在1945年渤海区劳动模范表彰大会上，获“劳动英雄”称号，成为大生产运动中全区人民的学习榜样。

王凤祥1915年出生在一个贫苦农民家庭，父母无力供应其上学，从懂事起就领着弟弟四处讨饭。稍大一点他就到财主家打短工、扛长工，成年累月地劳作，日子却越过越穷。结婚后，随着家庭人口增多，其家境更加困难。靠给地主家扛活，他练就了一身种田的本领，再加他干活利落，舍得出力气，是大伙公认的种地“把式”。

1940年，八路军山东纵队第三支队北跨小清河，开辟了博兴抗日根据地。在根据地内，共产党领导建立了乡、村抗日民主政权，广大群众响应共产党的号召，纷纷建立起农救会、青救会、妇救会等群众抗日团体，发展生产，支援和参加抗日战争。地处博兴抗日根据地核心地带的东寨村，先后建立了党支部和各群众抗日团体。在苦难中挣扎的王凤祥从共产党的宣传教育中得到启发，认为只有跟着共产党走才能摆脱受苦受难的命运，于是就积极参加当地党组织领导的抗日活动。当时他的家庭仍然十分困难，时常没有饭吃。他让妻子儿女到外讨饭，自己在家参加党领导的革命活动。村支部书记郭宜珍脚有残疾，行路不便，王凤祥主动替他传送革命信息，到各家各户动员群众参加抗日活动。由于他公而忘私，工作积极努力，于1942年经本村党支部书记郭宜珍介绍，秘密加入了中国共产党。

1942年底，由于日军的疯狂“扫荡”和“蚕食”，再加上国民党顽固派军队的包围和封锁，博兴抗日根据地进入抗战以来最艰难的时期。中共博兴县委遵照中共中央及上级党委的指示，学习延安大生产运动的经验，在全县抗日根据地内掀起了轰轰烈烈的大生产运动，要求根据地广大群众响应党中央“组织起来”的号召，大力发展生产。王凤祥便是这一运动中涌现出来的最突出的人物之一。他不畏斗争环境的恶劣，积极向广大农民群众宣传翻身求解放的革命道理，联合村里的贫困户率先组织起了“插伙组”。

1944年下半年，博兴抗日根据地内的“增资、双减、反霸”斗争正式开始。王凤祥积极响应县委号召，在村党支部的领导下，主动做广大群众的思想工作，动员贫苦农民起来与地主恶霸做斗争。他一马当先，率领群众利用“敲台鼓”的方式对拒不实行减租减息的债主和雇主做斗争，从而使东寨村的减租减息工作走在了其他村的前头。

1944年12月16日，中共博兴县委、博兴县抗日民主政府在陈户店召开群英大会，表彰在大生产运动中涌现出来的先进集体和个人。王凤祥被评为博兴县唯一一名劳动英雄，获得一头大牛的奖励。参加会议的代表们纷纷表示：“抖抖劲向王凤祥看齐，明年也夺大牛。”1945年3月，在陈户官王村召开全县干部大会，发动当年的大生产运动，王凤祥在会上作了经验介绍。他向广饶县的劳动模范高华吉、李洪洲发出一封公开信，写道：“你看咱们在共产党领导下努力干活，换得大家的拥护和奖励，这是若干年来没有过的事情。我过去给人家扛活，越扛越穷；现在在共产党的领导下我有的吃了，也不要饭了，在今年生产计划上，全庄120户，要组织‘插伙组’85户，劳动力占全村75%……”

在1945年5月21日的陈户惨案中，因王凤祥是著名的劳动模范，成为日伪搜查的目标。日伪军冲进东寨村，叫喊着：“活捉王凤祥！”四处搜查。王凤祥安排群众掩藏后，自己躲藏到村外的一个坟洞里。搜找他的日伪军来到坟洞边向里张望，但黑咕隆咚什么也看不见，便用刺刀向里乱戳，躲在角落的王凤祥胳膊被刺成重伤，从此留下残疾。日伪军没找到王凤祥，便对王凤祥幼小的儿子下毒手，将其刺成重伤扔到村外，使其因失血过多而死亡。丧失儿子后，王凤祥化悲痛为力量，更加积极地响应党的号召，带领群众发展生产，支援抗战。虽手臂留下了残疾，但他干起活来仍干劲十足。他忍着悲痛率领群众进行抗战宣传，踩高跷、演节目，各项活动开展得有声有色。

在王凤祥等劳动模范的带动下，博兴抗日根据地内的大生产运动一浪高过一浪，又先后涌现出韩秀贞、杨恒纶、张立英等劳动模范。王凤祥带头组建的“插伙组”得到渤海区党委、行署的充分肯定，并在全区推广。在1945年12月召开的渤海区劳模大会上，王凤祥与博兴县的韩秀贞、杨恒纶及广饶县的李洪洲、高华吉一起被评为渤海区劳动英雄。

1946年，因工作需要，王凤祥调到博兴三区工作。不久，他又参加支前队伍，随部队辗转于桓台、邹平、长山等地。新中国成立后，他先后在博兴县委生产互助合作部、桓台县杜科火车站和博兴县园艺场工作。

1965年，王凤祥因病离职休养。1983年去世，享年68岁。

纺织模范韩秀贞

韩秀贞，女，1918 年 11 月 15 日生于博兴县吕艺镇辛集村一个普通农民家庭。自幼家境贫寒，11 岁她就被父母送给卞家村一户人家做童养媳，日子过得非常艰难，白天干活，晚上还要学着纺棉花、织布、做针线，连顿饱饭也吃不上，有时还要挨打受气。韩秀贞就这样经历了二十多年的生活磨难，终于盼到了“天亮”，找到了自己真正的人生之路——跟着共产党，走革命的路。1941 年 7 月，经傅兰英同志介绍，韩秀贞光荣地加入了中国共产党，从此走上了革命的道路。

入党以后，韩秀贞在党组织的培养下，从一个普通的农家妇女成长为一名优秀的共产党员。在卞家村，由于韩秀贞心灵手巧、吃苦耐劳、思想开通，又乐于为群众办事，深受村民的信任和拥护。1942 年，为了粉碎日寇的疯狂进攻和国民党反动派的包围封锁，克服解放区和抗日根据地的经济和财政困难，我们党发出了“发展生产，保证供给”的号召，博兴县也掀起了轰轰烈烈的大生产运动。韩秀贞积极响应号召，在村里组织妇女成立了全县第一个纺织互助组，帮助姐妹们贷款、贷棉，组织她们纺线织布、做军鞋、裹腿、子弹袋等军用品，源源不断地供应抗日部队。在她们的带动下，陈户各村都成立了纺织互助组。当时，村里的男青年纷纷参军，韩秀贞就带领妇女们下地干活，帮助军属磨面、挑水、拾柴、做衣服，解除前线战士的后顾之忧。同时，还担负起了繁重的支前任务，赶制棉衣和军鞋、运军粮、抬担架救护伤员，韩秀贞都是走在最前头。

1942年的“三八”妇女节，中共博兴县委在陈户店召开了全县妇女大会，会上韩秀贞被评为纺织模范，获得一等奖。1945年12月16日，韩秀贞在博兴县群英大会上评为劳动英雄，24日出席渤海区劳模大会。1947年，韩秀贞担任博兴县陈户区副区长，成为渤海区成立以来的第一个女区长。上任那天，从卞家村到陈户区沿途各村的群众都自发地敲锣打鼓，夹道欢迎的人们兴奋地说：“童养媳当上区长了！”她深知当区长意味着更艰巨的任务、更大的责任摆在了自己面前，更加忘我地投入到工作中去。周张战役中，她带着担架队抢救伤员，有时用担架抬上伤员一走就是几十里。她带领妇女给前线送给养，保证了部队的需要。1949年3月，韩秀贞作为华东地区的代表出席了在北京召开的全国第一次妇女代表大会，在大会上做了典型发言，受到毛泽东主席接见。

1948年至1951年，韩秀贞任铁道部济南铁路局工会副科长、女工部部长。1952年至1960年8月，韩秀贞先后担任铁道部济南铁路局工会劳保部副部长、铁道部第六工程局工会生活部副部长等职；1960年8月调北京铁道部党校工作；1982年12月离休。1998年9月因病于北京逝世，享年80岁。

拥军模范尹洪英

1945 年春，博兴抗日根据地内开展了轰轰烈烈的大参军运动，期间涌现出了许许多多父送子、妻送郎、兄弟相争上战场的动人事例，其中被渤海区授予“拥军模范”称号的尹洪英就是当时送郎参军的典型。

尹洪英，1923 年 5 月出生于山东省滨州市博兴县陈户镇尹楼村一个贫苦农民家庭里，因家庭贫穷没上过一天学，受来自家庭的封建传统思想影响较深。1940 年，由父母包办出嫁到阎田村一户贫农家里。结婚不久，其丈夫郭大兴就被日本侵略军抓到东北当劳工，剩下婆媳二人在家生活。1944 年，郭大兴冒着生命危险摆脱日军的严密看管，从东北逃回家。此时，博兴抗日根据地已取得反“蚕食”斗争的胜利，正在开展由共产党领导的减租减息、反霸锄奸运动。郭大兴怀着对侵略者的万分仇恨和对共产党的热爱，参加了民兵组织，并秘密加入了中国共产党。

丈夫的回归不仅给尹洪英带来家庭的慰藉，也使她有机会接触进步思想。她开始走出家门听取渤海区妇联主任刘孟等人讲解革命道理，其思想逐渐从封建思想的束缚下解脱出来。1944 年 12 月，渤海区党委、渤海军区给博兴下达了明年的参军任务，要求动员 1500 至 2000 名青年参加八路军。时任博兴三区区委书记的孙乾发现尹洪英虽然没有文化，但思想活跃，要求进步，就动员尹洪英带头送夫参军。当时，尹洪英的丈夫刚从东北逃回家一年，她打心眼里不想让丈夫离开，于是展开了激烈的思想斗争。最终决定个人利益服从党和国家利益，主动动员丈夫参加主力部队。丈夫的工作做通了，但婆婆和母亲却不同意让刚回家的儿子、女婿去当兵。于是尹洪英就和丈夫轮流与老人谈心，耐心开导，终于说服了双方亲人。

在欢送新兵入伍大会上，尹洪英代表阎田村的新军属讲话，勉励丈夫上前线杀敌立功。尹洪英的举动，对动员参军起到了很大的推动作用，渤海区党委、军区授予尹洪英“拥军模范”光荣称号。时任县委通讯站干事的黎晓岚同志得知尹洪英的事迹后，将尹洪英的事迹编写成吕剧《尹洪英送郎参军》。剧中唱道：“前头走的郭大兴，随后跟着尹洪英；回头就把庄头离，有句话儿问问你：东邻小三他也去，王洪二哥报了名。他们都去报了名，你为什么不报名……”该剧演出后，在渤海区引起强烈反响。博兴共有 2800 名青年入伍，还有许多青年参加了地方工作，提前完成了动参任务。

将丈夫送往部队后，尹洪英也走出家庭，参加妇女识字班学文化，领导妇女开展拥军优属等革命活动。由于她思想进步快，工作大胆泼辣，不久，被选为区妇救会副主任，1945 年 3 月加入中国共产党。

尹洪英经常说：“我是咱们博兴众多普通农家妇女的一员，是党把我培养成为革命阵营的一员，为党做了一些工作，这都是应该做的。”

支前模范王景全

王景全是无棣县棣丰街道后丁村一名普普通通的村民。他是当年淮海战役支前模范，也是为数不多仍然健在的新中国成立前老党员。

当年，在淮海战役支前前线，他是一位20来岁的虎头小伙，而今已经是年逾古稀的老人。说起这些支前往事，老人不禁感慨万千。

王景全

主动请缨　辗转支前

1948 年 4 月淮海战役打响前，上级下达了总动员命令，号召后方热血青年踊跃支前。在那个年代，支前上战场，就意味着需要付出血的代价，随时都有牺牲的可能。王景全正值青春年少，血气方刚，浑身有使不完的劲儿。在开明父母的支持下，他毅然主动请缨，第一个报名参加了支前队伍。成为当时城关后丁村 7 个支前名额之一。

当时，无棣县隶属渤海第四军区。王景全和同伴先是在庞集乡集合，时任县长的崔子明做了动员讲话，他向全县发出号召，“一切为了前线”“打倒蒋介石，解放全中国”，全力以赴支援前线。

当时全县编成 3 个支前连，王景全随着支前队伍首先跑到了惠民，因为当时济南还没有解放，只好辗转避开。就这样，在敌人的枪林弹雨中，从山东到河南、从安徽到江苏，一路上大多是晚上行走，也不知道跑了多少路。他清楚地记得，一个同行的老乡在炮弹声中黯然倒下了。

很多时候，王景全都是在后方为前线运输，提供资金保障，抬担架……因为他身体硬朗，往往总是最先完成任务，而且还帮助别人，很多时候，炮弹飞来，既要保护伤员，又要保护自己，真是不容易的事情。他参加支前的第一个战役是碾庄围黄伯韬第 18 军，随后是在徐州南一个小村围剿邱清泉的战斗。

一次，他和同伴沿着冰河抬着伤员，突然，一个炮弹在附近爆炸，他和同伴连同伤员掉进了冰河。千钧一发之际，他顾不上自己安危，迅速去救助伤员，硬是把伤员拖到了岸边，随后同伴也游上岸边。他冻得瑟瑟发抖，依然打趣地说，在太阳底下晒晒就行了。凭着这种顽强毅力和不服输的精神，他总是圆满完成各项任务。

老人至今还保存着一张一等功奖状。上面内容是这样的：

奖 状

为渤海四分区无棣县城关区后丁村民工王景全同志在淮海战役中胜利完成任务，经评为一等功，特发此状。

华东支前委员会主任 傅秋涛

中华民国卅八年元月

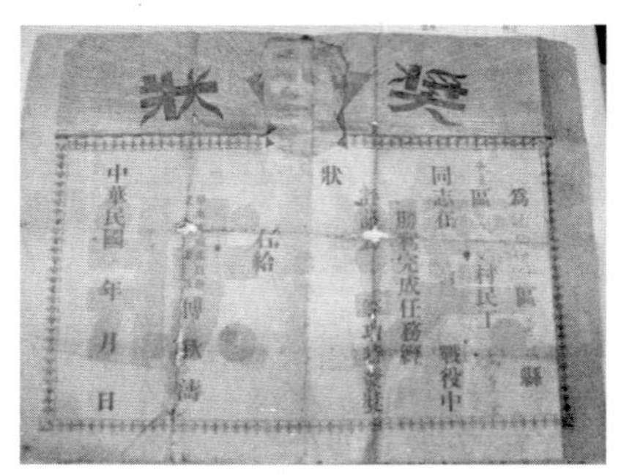

奖 状

为 区 县

区 村民工

同志在 战役中

胜利完成任务经评

为 等功特发此状

右给

傅秋涛

中華民國 年 月 日

王景全的一等功奖状

1948 年 8 月 15 日，王景全光荣加入中国共产党。入党志愿书，至今他还珍藏着。

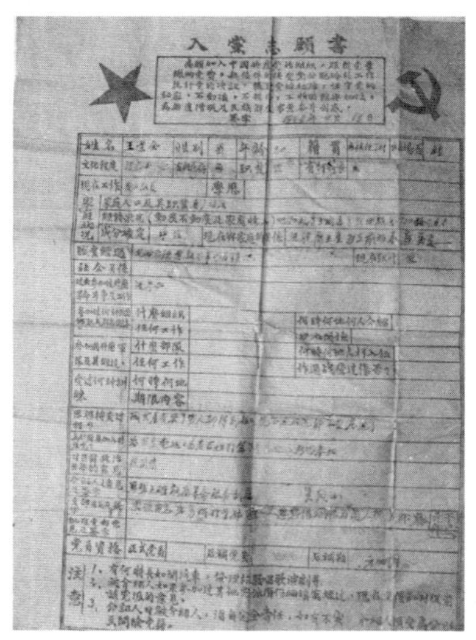

入黨志願書

王景全的入党志愿书

生死攸关显真情

1946年6月，国民党反动派向解放区发动全面进攻，无棣县逃往外地的国民党地方武装顽六旅残余势力，组织起多股“还乡团”，窜回无棣。他们烧杀抢掠造谣惑众，疯狂地杀害党员干部和革命群众。

为了更好地开展反特和土改等工作，7月25日，一区区委书记徐凤鸣和区联防队队长徐振清，在梁白杨村房东许大娘家里召开了白杨乡村长会议。

不料，开会的消息被潜伏在李白杨村的武装匪特队长宋玉文知道了。他怀着对共产党和新生革命政权的刻骨仇恨，纠集起40多名武装匪特，气势汹汹地朝梁白杨村扑来，企图将开会的干部一网打尽。

匪特们兵分几路，朝许大娘家包围上来。许大娘像往常一样，正坐在大门外的马扎上慢慢地纳着鞋底，眼睛却不住地朝四下里张望，警惕地为开会的干部们放哨。

这时，她远远地发现了持枪的匪特，急忙跑回屋里，对正在开会的徐凤鸣说：“不好了，匪特来了！”

徐凤鸣一听，当机立断地说：“大家赶快撤离村子，由我和振清掩护。”

由于情况发现得及时，又有徐书记和徐振清两支枪掩护，干部们及时地冲出了敌人的包围圈，安全地撤离。匪特们一看大部分干部撤离了村子，就气急败坏地把打击目标集中在徐凤鸣、徐振清两人身上。二人突围了几次，因敌人火力太猛，没有成功，只好边打边踅回许大娘家里。

匪特围住了许大娘的家，从院子四周屋上、院墙上射来密集的子弹，徐振清不幸中弹牺牲了。徐凤鸣见状，敏捷地闪进东屋，凭借着窗户向敌人还击。他接连朝院子里扔出两颗手榴弹，想趁着爆炸的浓烟冲出去，但因敌人太多，无法冲出，只好在屋里固守。

匪特们一边打枪，一边扯着嗓子乱喊："姓徐的，你被包围啦，跑不了了，赶快投降吧！"

"狗杂种，妄想！"徐凤鸣一边骂，一边瞅准机会向敌人射击。几个匪特在他的枪口下毙了命。

匪特们打不着徐凤鸣，冲又不敢冲，怕时间久了引来联防队，就想出个毒辣的办法。他们抱来许多柴草，放到屋顶上扔到门窗下。特务队长宋玉文猖狂喊叫："姓徐的，再不出来投降，就点火啦！"

许大娘在北屋里急得团团转，为徐凤鸣的性命担忧。许大娘是一位年近六旬的贫苦老农民，老伴早已去世。半年前，为了打倒国民党反动派，保卫胜利果实，她响应党的号召，毅然决然把唯一的儿子送去参加了解放军。徐凤鸣来到一区半年多时间，一直住在她家里，他们相处得亲如母子。当她听到匪特要点火烧死徐凤鸣的喊话后，冒着枪林弹雨跑出屋来，大喊着："你们这帮坏蛋，不能点火！"上前极力阻止匪特行凶。

一个匪特恶狠狠地骂道："他妈的，老太婆，你要找死呀！"他抬起腿一脚把许大娘踢倒在地上。许大娘从地上爬起来，死死地抓住这个匪特的枪不放，一边还骂道："你们这群丧尽天良的畜生，作的孽还嫌少吗？你们也猖狂不了几天了，我今天就和你们拼了……"

一个匪特气急败坏地举起刺刀，朝许大娘扎下来……

在这千钧一发之际，只听到一声大喊："住手！"随着喊声，徐凤鸣打开东屋门走出来。他向匪特们厉声喝道："不许伤害老大娘！这事与她无关，有本事朝我来。"

匪特们像一群疯狗似地围上来。徐凤鸣落入了敌人的魔掌。

许大娘见状，连滚带爬地来到徐凤鸣跟前，抱住他的腿喊道："放了徐书记！你们不能把他抓走！"

一个匪特举起枪托，朝她头部砸去，许大娘昏死过去。

徐凤鸣宁死不屈，最后被匪特押到村外残酷地杀害了。

徐凤鸣同志为了保护人民群众，舍生忘死；许大娘为了救护党员干部，奋不顾身。他们在生死面前用鲜血和生命谱写了一曲悲壮的"军民鱼水情"的颂歌，这种用生命和鲜血锤炼的党群、干群关系，是我们党取得胜利的根本保证。

抗战时期的鸿文中学

鸿文中学名义上是所教会学校，校址在北镇的黄河大堤上。学校规模较大，抗战时期在山东尤其是鲁北有些名气。全校教职员工及学生 1000 多人，设初中班 12 个，高中班 2 个，还有 4 个附属小学班。因为北镇周围没有初、高中学校，所以有很多外地学生也到这里上学。学生中有平民的孩子，也有很多地主、豪绅和原国民党军队官员的子弟，校长张思敬。有汉奸在这里当教员，教日语，掌握学校情况，日本鬼子有个叫甘野的队长常到学校来讲话。滨县、蒲台的国民党也伸手来拉拢学生，他们通过给学生介绍工作、多加补贴等手段，拉拢学生到安徽阜阳（当时国民党山东省府所在地）去上学和工作。

一、党派干部进入鸿文中学

1943 年 4 月，山东分局青委提出“开展敌占区青年的争取与团结工作”的任务。清中地区青救会长崔毅同志和蒲台县青救会长孙祖玉研究，决定派干部打入鸿文中学，团结教师和学生，发展进步力量，培养革命骨干，进行革命活动。鸿文中学有个数学教师叫贺赞忱，家在蒲台（根据地），比较进步。他的小儿贺鹏翔是村里的教员，并且是青年组织负责人。崔、孙决定通过贺赞忱这个渠道往里派人。准备派往鸿文中学的是两位女同志。焦英同志是广、博、蒲三边工委的妇女救国会会长，另一位是王瑛同志，她是博兴县的个区妇救会长。孙祖玉同志找到贺赞忱先生，对他讲："现在鬼子扫荡，家里很不安全，我有个妹妹，想让她跟着贺先生读书。"贺赞忱很痛快地同意了。孙祖玉同志的这个"妹妹"就是焦英同志：化名孙玉春。不久，蒲台一区区长陈仁泉同志也找到贺赞忱，说他有个表妹叫王秀兰（王瑛同志的化名），也想跟着贺先生到鸿文中学读书，贺赞忱也答应了。开学的时候，焦英、王瑛便跟着贺赞忱一同上了鸿文中学。与这两位女同志同时进鸿文中学的还有一个名叫孙升高的男青年，他不是党员，因此在学校出头露面的事就由他来做。有时也通过孙升高去接关系，他也常来向孙祖玉同志汇报学校里的情况。孙升高家境贫寒，组织有时发给他一点补助，他对组织工作帮助不小。崔、孙同焦英、王瑛联系的另一个地点是蒲一区小刘家村刘敬堂的家里。刘敬堂的儿子叫刘松山，和孙祖玉是把兄弟，思想很进步，在那里同焦英同志联系比较方便。有时孙祖玉带些衣服和钱到他家交给焦英，焦英放暑、寒假也在刘家住。但刘松山并不知道焦英和孙祖玉的秘密关系，只当焦英是孙祖玉的妹妹。

二、在鸿文中学的工作和斗争

三位同志进入鸿文中学之后，他们以结干姊妹、拜把兄弟等形式广泛团结同学。在广交朋友的基础上，组织学生会、读书会，当时学生的伙食机构——"饭团"，被一些汉奸子弟所把持。焦英他们发起了个"饭团"斗争，迫使学校撤换了那几个汉奸子弟，王瑛被同学拥戴为饭团负责人。学校驻地有个外号叫"小鬼火"的汉奸，依仗日本鬼子的势力横行霸道，他想抢一位女学生做他的小老婆。在这位女同学走投无路的情况下，焦英等同志在一天晚上通过地下关系把她秘密送往蒲台四区根据地，并制造了失踪的假现场以迷惑敌人。随后，焦英同志到这位女学生的家里，把事实真相告诉她的母亲。逃到根据地的这位女学生以后参加了革命工作。焦英、王瑛两位同志利用各种机会做学生的思想工作，逐步向他们灌输革命道理，启发他们觉悟。党所领导的学生救国会发展到一百多人，其中有八九位青年学生加入了中国共产党。

三、举办敌区学生训练班

1944 年暑假期间，由崔毅同志和孙祖玉同志负责，在根据地开办了一期敌区学生训练班，培训对象主要是鸿文中学的进步学生。焦英他们秘密组织了二三十名学生，分头从学校出发，最后在蒲台三区的止河头集合，进入根据地。崔毅和孙祖玉同志在根据地负责接待。与此同时，焦英、王瑛同志也秘密进入根据地，向地委汇报学校工作。崔、孙首先组织这批学生学习有关材料，进行座谈讨论。崔毅同志给他们讲了青年在抗战中的地位、作用，孙祖玉同志向他们介绍了根据地青年学习、生活、生产情况和青年对根据地的贡献。经过七八天的集中学习，他们带领这批青年到渤海区党委和军区驻地参观，请区党委书记景晓村来做形势、政策报告。渤海区日本反战同盟负责人松木春一也在会上讲了话。在松木的邀请下，孙祖玉带着青年学生到反战同盟支部去参观。接着，又参加了根据地欢迎伪军旅长王道率部起义的大会，在会上听了军区首长的报告和王道的讲话，观看“十二红”大鼓书的表演，后来又参观了我军的主力部队。通过这次训练班，提高了青年学生的思想觉悟，激发了他们的革命热情，坚定了战胜日寇的信念。

“两广纵队”在渤海区的日子

山东省滨州市作为渤海革命老区的中心地带、渤海区党委机关驻地，拥有丰富的红色革命历史文化资源。党组织在领导人民群众进行长期革命斗争的活动中，在滨州市各地留下了许多革命遗址遗迹。

在整个解放战争时期，“两广纵队”是中国人民解放军中一支特殊的部队。

那么，“两广纵队”是由什么部队发展而成的呢？参加过什么著名的战役呢？后来又去了哪里？现如今他们的后人是什么样子呢？

“两广纵队”的历史背景

1946 年 7 月，当时活跃于广东地区的多支革命武装，搭乘美国舰船转移到了山东解放区，被划归新四军兼山东军区领导。这些革命武装分别是广东人民抗日游击队东江纵队、珠江纵队、韩江纵队和粤中纵队，以及南路人民抗日解放军部分人员，将近有 2500 多人。

到了 1947 年 3 月，在华东野战军正式成立之后，决定以东江纵队为基础，组建“两广纵队”，隶属于华东野战军战斗序列。由于“两广纵队”的筹建过程较长，直到 1947 年 8 月，“两广纵队”才在渤海区滨县曹家桥村正式成立。因为此前活跃于广东，而且战士大多都是广东和广西籍贯，所以称之为“两广纵队”。

当时“两广纵队”的战斗序列之下一共有三个团和一个教导总队，总兵力 4800 多人，由曾生担任纵队司令员。

1947 年 11 月 6 日，“两广纵队”在滨县龙王庙村召开反攻誓师大会。10 日，“两广纵队”司令部率第二、第三团和教导总队，由滨县出发，经惠民、商河、临邑越过津浦路转战于鲁西南地区，配合华东野战军第十纵队、晋冀鲁豫野战第十一纵队等部在鲁西南地区作战，后又相继参加了江淮、南麻、临朐、诸城、豫东、济南、淮海等战役，配合主力兵团作战，共歼国民党军 5000 余人。在此前后，还抽调部分干部先行南下，加强广东的游击部队。

“两广纵队”在渤海地区生活、战斗了一年多的时间。他们的孩子大部分都是在解放战争时期出生，那时炮火连天，枪声不断，幼小的生命与“两广纵队”的命运相连，长途行军，缺医少药，可以说那段时间是最艰难的时期，最动荡的时期，是战火硝烟最激烈的时期。但“两广纵队”把人民军队的优良传统和作风带到了渤海区，加深了军民鱼水情谊，受到了驻地人民的高度赞扬。

老党员们的“童年记忆”

三河湖镇 87 岁的张德志说：“‘两广纵队’来我们村时我才 12 岁。因为他们居住在邻居张德清家里，所以能经常见到。还记得军队干部纪律性非常强，绝不拿群众的一针一线，给他们送挂面送蔬菜他们都不要。其中有一个干部叫张登文，他很喜欢小孩，会经常逗我玩，还送给我一个弹壳。这段故事现在除了我估计也没人记得了，也是一直深藏在我内心深处的一段往事，它让我从小就渴望加入中国共产党。”

83 岁的张德清告诉笔者：“那年我才 8 岁，有一对夫妻和两个男的住在我们家，那时他们每天天一亮就起床，帮助我们打扫院子，早晚各一次，从不给我们添麻烦，还会送我一些零食。”

谈到这里，张德志突然记起，后戴村戴学军和高希英家有“两广纵队”留下的儿子，叫赖鲁滨（原名戴长作，小名富贵）。笔者随即联系了三河湖镇相关负责人胡德民，帮助联系到了后戴村的戴长云。

戴长云——戴学军的侄子，1947 年生，比赖鲁滨小几个月。“我是和富贵哥一起长大的，小时候我们一起刨茅根、挖草根、掏鸟窝。后来回到父母身边后，为了纪念在山东滨州这段永远割舍不掉的情谊，他就把自己的名字改成了‘赖鲁滨’。富贵哥他打小就爱好学习，现在已经是国家干部了。如今虽然距离比较远，但他也不忘跟我们时常联络。”戴长云讲起“富贵哥”就十分地兴奋。

刘宛和她孩子的故事

说起赖鲁滨的历史，还真有一段有意思的故事。据史料记载，东纵北撤山东后，刘宛（赖鲁滨生母）跟随“两广纵队”在电台工作。解放济南前夕，为了不影响战斗，她毅然将出生不到三个月的儿子赖鲁滨送给了山东滨县农民戴学军、高希英夫妇抚养。戴家原有两个孩子，但都不幸夭折了。赖鲁滨来到戴家后，就成了全家的欢乐与希望，一家人待他亲如已出。没有奶吃，高希英抱着他走街串户找奶吃，村里年轻的妈妈都给他喂过奶，所以，小鲁滨是吃百家奶长大的。1953 年，在武汉工作的赖仰高（赖鲁滨生父）、刘宛，派了个参谋将赖鲁滨和他的养父养母接上了庐山。

住了一段时间，刘宛、赖仰高以为他们同意把孩子留下了，于是再派人送他们回山东。回山东的路上，高希英痛哭不止，想了好几天，他们认为交给他们抚养的孩子不该要回去，遂请了一个本村的教书先生写了厚厚的一沓状纸，要把孩子争回来。

在那段时间里，高希英每隔 5 天就向县里递一次状纸。四邻的乡亲劝她，县政府的人也劝她："孩子是人家生的，就算了吧！再说人家是老红军，这个状哪能告得赢？"但高希英说什么也不听。

后来朱总司令知道了这件事，他十分感慨地说："我们这些老同志，当年南征北战，不得不把自己的儿女交给老百姓抚养，如今解放了，把他们接回来，按说是合乎情理的。可是老百姓在那样艰苦的条件下，收养并抚育了我们的孩子，这感情确实割不断呀！能不能先把孩子送回去，等孩子长大了，由他自己去决定吧。"正在左右为难的赖仰高、刘宛听了这个指示后，立即照办了。

赖鲁滨回到村里那一天，全村像过年一样热闹，一时间，"朱总司令判子归百姓"的故事传遍方圆数百里。10 年后，村里人又哭一程送一程地把赖鲁滨送还给亲生父母。

据戴长云回忆，赖鲁滨回到亲生父母家后，仍旧长期与养父养母保持亲密的往来联系，并每个月寄送抚养费。如今，赖鲁滨的养父母都已过世多年，但戴长云和三弟仍与赖鲁滨长期保有联络，并说，"这是永远断不了的'兄弟情义'"。

新四军在我村的那些日子

平凡铸就伟大，英雄来自人民，每个人都了不起。

——习近平

新四军来到成官庄

1947年5月的一天，从成官庄西边的邻村王肖家村方向，进来了一排排的队伍，骑马的、扛枪的，精神饱满，斗志昂扬，仪容整洁，汽车、马车大小车辆，车轮滚滚，络绎不绝。这是些啥人，来干啥呀？

原来，1947年，蒋介石重点进攻山东解放区和延安解放区，驻扎在苏北、鲁南临沂的华东区党政军机关后勤和伤病员40余万人被迫北撤，进行战略大转移，来到山东五大战略区之一的渤海区驻地惠民县一带。

北撤的40余万人，部分是后勤机关、部队干部家属、幼儿。这么多人，别说吃饭，哪里找房子住？惠民解放区群众基础好，为了给咱自己的部队战士安排住宿，群众热情高涨，争先恐后报名接纳伤残军人，许多村几乎家家住满了人民子弟兵。

我家是个红色家庭。作为一个老知识分子，爷爷成芝翰爱憎分明，好打抱不平，是公认的成官庄的大能人。当年新四军来时，爷爷奶奶五十多岁。另外，他们有五个子女，家里人多，一家近十口人，几间房屋，住房较为紧张，而且都是低矮的土坯小屋。当时，大伯、二伯父都读过私塾，后上小学，可说是都有文化。大伯父多次被抓丁后，都机智地在半路跑回家。1947 年初，响应政府号召，和本街成焕杰等 53 人积极参军支援刘邓了。二伯父 17 岁结婚，当时没有生小孩。

二伯在村里是个积极分子，先是被抓丁，后来二伯就参加了共产党的队伍。所以他经常工作在外，新四军来了之后，就为部队当炊事员做饭了，几乎不在家里住。因此，结婚时间不长、言语不多的二大娘虽然不善言语，但心里透亮。她二话没说，打扫打扫房屋，留下几床新被子，说是让当兵的用。自己硬是搬到 6 里外郑家园村的娘家暂住。这样，新四军负责司务的首长陈主任不再推让，就住在二大娘腾出的虽然小却整洁干净的西屋。对于这件事，陈主任很是感动。尽管如此，房子还是不够用，深明大义的爷爷和奶奶就说："我们好凑合。"挤住在自家前面的一口破旧北屋里，腾出他们住的家里唯一的"上房"小北屋，让部队放大米、白面等生活物资用。

我们家的做法，让部队官兵很是感动，也影响了村里其他群众。父亲回忆说，住我家的陈主任是四川人，与二伯岁数差不多，二十多岁，从小受苦，十几岁便参加革命，跟着红军打土豪、分田地，后来出来打仗，南征北战，出生入死。他个子不高，性格爽朗，脸上时常挂着笑。时间一长，老乡们感觉到，这支部队甭说和日本鬼子比，就是和先前那些不修边幅、欺压百姓、经常偷鸡摸狗的便衣队、"二鬼子"（汉奸伪军）也有着天壤之别。陈主任和新四军战士们衣装整洁，纪律严明，待人和气，不拿群众一针一线，经常利用早晚工作之余为我家挑水，扫院子，深得庄乡爷们的啧啧称赞。我家里开着茶馆，喝水方便，所以免费为部队供应开水。闲的时候，爷爷经常喊陈主任到铺子里喝茶聊天，陈主任会说话："大爷，有人就有财，你们这么多孩子，又都有出息，多喜人啊。记住，一定让孩子们读书。你享福的日子在后头咧。”说得爷爷奶奶哈哈笑了起来。于是大家很快熟悉了。

新四军（1947年10月10日后中央发文统称解放军）战士十分喜欢小孩。10岁的父亲皮肤黝黑，高高瘦瘦的，长得却结实，就是见了生人有点腼腆。战士们都争先恐后地向他打招呼：“小兄弟，小兄弟！快过来。”父亲和他们见得多了，便变得放松、活泼起来，战士们很是喜欢他。于是陈主任和我爷爷商议，部队人手不够，忙不过来的时候，让他帮忙。这样，忙时给几户伤员送饭的任务就临时交给了我的父亲以及北街成俊汉（小坡）兄弟等十多个小老乡。

父亲童年耳闻目睹日本人烧杀抢掠的罪行，以及家庭的正面传统教育，出于对日本人和反动军队的憎恨，和对人民子弟兵的热爱，日里梦里愿意为自己的队伍效力，当他接到这个为新四军送饭的光荣任务后，每天乐得手舞足蹈，浑身使不完的劲儿，甭提有多高兴了。

部队食堂就在我家道东边沿街的两个铺子里。那时部队伤残军人的饭食相较普通百姓饭食来说，还是好一些。吃得好一点，养好了伤，好继续上战场打老蒋啊！因为陈毅领导的新四军战士们大都是四川、安徽、湖南、江西、福建、江浙等南方人，平时吃的主食无外乎大米干饭，主菜经常是土豆猪肉炖粉条、煮鸡蛋、烧猪肉。父亲回忆起那时的情景，说那猪肉太腥了。我们北方人吃不惯大米干饭，再说大米价格高，也吃不起，鲁北地区的百姓人家平时就是红高粱窝头、饼子就咸菜，农忙时节为节约柴草，庄户人就经常吃凉的，陈干粮、凉干粮更硬。战士们看到我们当地人啃高粱面饼子、窝窝头，特别是见到我们当地人吃硬邦邦的戗面锅饼的场景，不禁皱起眉头，心里难以理解，于是充满好奇地问大家：“你们吃这么硬的东西，就不怕划破肠子蛮？”大家听后，都不由得笑了起来。心里想，这算什么，要说硬，到了冬天干粮一冻干更硬！

“你们吃这么硬的东西，就不怕划破肠子蛮？”这句话，村里人一直传到现在。

第一次送饭的经历父亲至今记忆犹新。年幼的父亲抖起精神，挺起腰板，一只手提着盛大米干饭的木桶，另一只手提着土豆炖猪肉的桶。到了战士住的成宣刚（北街会子）家，由于没有见过新四军伤员啥模样，他便蹑手蹑脚来到房间窗台前，轻轻放下饭菜，踩上两块半头砖，父亲手搭凉棚，用眼隔着窗棂子向屋里一看，不由得瞪大了眼睛，愣了！这是些啥军人啊：一只胳膊的，半条腿的，少耳朵没鼻子的，拄双拐的，地上爬的等，与小人书上画的、人们嘴里宣传的那些器宇轩昂、高大威猛的英雄形象大相径庭，用现在的话说，太恐怖了！一个10岁的小孩，哪里见过这个场面。父亲努力站稳了，闭了闭眼，晃晃脑袋，进一步确认："不是梦！"转过身子，丢下饭菜，飞一般一溜烟儿跑回家了，也没敢告诉大人。过了饭食钟点，伤员们可饿坏了，不见有人送饭来，便设法反映上去。食堂才又派人将饭菜分下去。对此，陈主任和伤员们得知实情后，不仅没有责怪，反而不由得哈哈大笑起来。"小兄弟，刀光剑影，子弹可不长眼啊！养兵千日，用兵一时。所以，平时要练好本领啊。"有了这次教训，父亲深深认识到，他们是因为上战场负伤的，为伤残军人服务是光荣的，不能害怕，更不能嫌弃他们，服务地更好了，很快他们就混熟了，慢慢打成了一片。伤员们经常给他讲一些革命斗争故事、打土豪分田地的故事。战士们讲得滔滔不绝、栩栩如生，父亲他们听得津津有味、入耳入心。

又一次，父亲到新四军食堂去领饭菜。部队上经常吃凉拌"火菜"（就是将菠菜等青菜焯水后，晾凉，再拌上油盐、蒜泥的那种凉拌菜）。到了伙房，父亲又愣了，好吃的火菜怎么拌？我们做梦也想不到。只见一个做饭的战士光着两个脚丫正不停地在一口大缸里前后左右翻踩。这根本不同于惠民县这里的做法。我们黑栓子奶奶说，战士们这个菜如果不见做的过程，吃了也没啥，见了后就没胃口吃了。

记得那时候，在孩子们眼里，为部队遛马也是一个有趣的"好差事"。

在家里一听见马叫声，“蹭、蹭、蹭，”孩子们便放下饭碗，争先恐后拥到成官庄村中心的十字大街上。“得、得、得……”战马马蹄声十分熟悉。

自古以来，王肖家向东经过成官庄一直到小马村，有一条宽阔的官道。成官庄街上经常有新四军首长骑着高头战马从王肖家村经过成官庄村西边的道路进入村圩（wei）子西门，一溜烟儿来到十字街上。个别时候从村里南门进村。“咴儿——”“吁——”军官勒缰，麻利地翻蹬下马，早已等候多时的警卫员快步上前接过缰绳。这时，村里往往有许多十几岁的小男孩来到高大的战马跟前，跑上去牵着战马打滚儿，到村边儿堰壕、草地上为战马遛弯、饮水、吃草。新四军战士和蔼可亲，纪律严明，尊敬老百姓，孩子们喜欢新四军，心甘情愿为自己的队伍服务。我父亲个子高、胆子却小，他曾经小心地遛过几次战马。父亲说，开始时有点害怕，时间长了，知道战马很老实听话，就习惯了。原来，战马服役前不仅是从草原上兵马场经过了千挑万选，膘肥体壮，威武精神，而且训练有素，十分驯服。“嘚儿、驾！喔嗷——咿——”战马特别听人口令。

伟大领袖毛主席说：“青山处处埋忠骨，何必马革裹尸还。”

村里埋了许多战士遗骨。打仗总是要死人的。当时 因为医疗条件差，缺医少药，住在我村的新四军伤病员中，有的伤势较重，经常有治疗不好而不幸牺牲的。父亲回忆说，许多病危的战士弥留之际嘴里不停喊道：“我要上战场，我要打老蒋。”鉴于当时的条件，在我村牺牲的革命战士，大部分因陋就简，举行简单的告别仪式后，就地埋葬在成官庄北街的龙王庙后面、东街的三光庙后面的空地上。为做好区别，每个坟头前面插有一个木牌，上写姓名、职务、部队番号、牺牲时间等。后来，不少战士的老家来人，来到成官庄将烈士遗骨迁移回战士的老家。尽管如此，时至今日，仍有许多无名英雄的遗骨散埋在我村，无人认领，因年代久远，成为无名烈士墓。他们的英名和精神将永远铭刻在史册上。

就这样，不知多少个个日日夜夜。日久生情，驻军和老乡相互间结下了很深的友谊。“军爱民，民拥军，军民鱼水一家人！”没有比这句话形容的更贴切的了。

依依不舍送荣军

经过了一段时间的修整和疗养，大部分伤员相继康复了。加之敌我实力发生了巨大变化，部队接到上级命令，要离开我的家，离开成官庄，离开惠民又出征，又要去转战南北了。到了这时，人们互相都有很深的依恋感了。我家小北屋里剩余了不少没有吃掉的大米、白面等，临走时，爷爷让家人搬出来，让陈主任他们带上。陈主任紧紧握住爷爷的手说：

“麻烦了你们这么多，这点东西算啥？说啥也不要了。大爷，别客气，是我们首长让留给你们用的。”

后来，爷爷将这些剩余的米面等分给了村里孤寡老人和困难群众。

部队离开我家了，人们恋恋不舍，纷纷到街上送行。端水的，向战士手里递馒头、塞鸡蛋的，拥抱的，握手的，依依不舍的神情溢于言表，和电影上《十送红军》的场景十分相似。只是这是“泪送新四军”了！

“哥哥，不走不行吗？”父亲眼含热泪搂着陈主任的脖子。

“兄弟，不行啊。我还要上战场打老蒋呢！”陈主任攥住我父亲的手晃了晃，深情地说。

“孩子啊，你们啥时候再来啊！”满脸皱纹、眼含热泪的老人们站在路旁依依不舍。

“大爷，大娘，等将来解放了，我们会回来看望你们的。”战士们紧紧抓住我爷爷奶奶满是老茧的手深情地说。

“别忘了惠民县成官庄这个穷地方啊！”大家昂着脖子齐声喊道。

“大爷、大娘，老乡们，我们忘不了啊。”战士们边回头边说。

最后，男女老少，街上满是人，送到村头，久久不肯离去，许多人泪流满面。见此光景，带队首长回过头来，站在村头高坡上，一挥手说：“老乡们，回去吧。打败了蒋介石，解放了全中国，我们一定回来看望大家！”他说：“等你们日子过好了，再来你们家吃白面馍馍。”

1949 年，父亲 12 岁了，爷爷一看岁数也不小了，我家的私塾由于生源少早已停办，就把他送到了西街私塾（先是成俊杰家附近，后来北街老联中那地方）开始接受启蒙教育。一个老师是八沟张村的，名叫张立志，现在仍健在，90 多岁了。老师原来在惠城附近皂户李袁庙村教书，后来调回成官庄小学。当时的老师还有东街的成同玉、成方魁，西小街成兴杰等。

父亲清楚地记得，1949 年刚上一年级时，张立志老师教的那首带有时代特色、扭着秧歌唱的儿歌：

今年一九四九年，
战争形势大转变；
反动卖国蒋介石，
一年左右就完蛋。

事实上，以后的事实验证了这首歌词的预测。蒋介石真的在那年完蛋了。

新四军在老百姓心里留下了很好的印象。战士们没有忘记这个地方，没有忘记乡亲们的照顾。之后，不断有曾经住过的战士回到成官庄来看望大家，拉拉家常，聊聊分别后的事情。

1949 年夏天，解放前夕的一天，原来在我家居住过的新四军陈主任来看大家了！成官庄老乡们得知消息后奔走相告，一时间村子里沸腾了。

我家院子里，里三层外三层挤满了人。陈主任说，根据部队安排，他已经复员要回老家了。由于老长时间没有见大家，想念成官庄的老乡们和几个小兄弟了，回老家前，专程拐弯来到我们家。来的时候，陈主任买了水果、面包、冰糖等许多好吃的，大家有说有笑。说着，又拿出专门给五叔带来的一件小裤衩，让我七岁的五叔穿，说："小兄弟，快穿上，看看合适不合适？"一米刚出头的叔叔细胳膊细腿，光了膀子，穿上一试，合适得很，高兴地蹦蹦跳跳依偎到我奶奶怀里了。望着我依然瘦小的叔叔，陈主任不觉问道："大娘，好几年了，小兄弟怎么还是这么瘦弱啊？"

这还得从头说起。原来，叔叔是爷爷奶奶的"老生子"。1943 年，我国抗战进入最困难的时期，已经 48 岁的奶奶生了五叔。因为当时生活一直困难，吃不上饱饭，整天吃苦菜叶子，每天到山坡里剜野菜。加之奶奶已经是高龄产妇，没有奶水。因此，他难免营养不足，自幼长得十分瘦弱。

父亲还记得这次陈主任吃饭的一个小细节。我们当地不生产大米，平时很少吃，一时也淘换不着。家里如果存有几斤大米，那就是富裕户了。那天吃饭时，陈主任看着我家特意为他准备的白面馍馍，执意不吃，说："还是留给老人和小孩吃，我吃啥都行。"顺便拿起一个高粱窝头麻利地啃了起来，咀嚼得津津有味。见此光景，大家不由得想起了先前的战士们的话，半开玩笑地笑着问："你南方人却吃硬硬的红高粱窝头，这么硬，就不怕刺破你的肠子蛮？"陈主任见大家这样说，似乎明白是在逗他，会意地笑了，带着一口浓重的四川口音说："我可没有那么娇弱。在北方年头多了，都习惯了、习惯了啊。"

大家纷纷大笑起来。

然后，陈主任意味深长地又对爷爷、奶奶说："现在，全国快要解放了，老蒋也蹦跶不了几天了。我们惠民县等已经解放的地方百废待兴，各方面正在恢复生产，暂时还难免有这样那样的困难。等将来我们国家强大了，大家都过上好日子了，"指了指父亲和叔叔，"用不了多久，这几个小兄弟长高了、长大了，那时我再回来吃大家的白面馍馍。"

"好！到那时，你可真的要来呀！"大家七嘴八舌地说。

“一言为定！”陈主任爽快地应道。

人们笑了，都从内心里热切憧憬着这一天的早日到来。

父亲年龄小，大人们说的其他的什么话也没有听到耳朵里。也不知道陈主任是哪里人，当时要到哪里去，后来在哪里上班。这一次分别，到 2022 年，已经 70 多年了。

父亲经常自言自语道：“陈主任如果健在，现在应该近百岁了吧！现在，老百姓不光是吃上了白面馍馍，还住上高楼、买上小汽车，日子都小康了。陈主任，您过得还好吗？”

“水上兵站”——郭局码头

80年前，垦区根据地是山东六大战略区之一，是鲁北的“小延安”，盛产的粮食、棉花、油料、食盐等源源不断地运往省内其他各抗日根据地，有力支援了山东抗战，成为清河区坚持平原游击战争的最可靠后方。而这些重要战略物资的运输，很多都经过了一座“水上兵站”——郭局码头。当时的郭局码头为我方开辟出一条海上“生命线”。

1942年，由于日伪军对解放区不断“蚕食”与“扫荡”，清河区和冀鲁边区两地的陆路联系屡屡受阻。清河区按中共山东分局指示，设立中共海上工委和海防办事处，建立郭局码头，开辟郭局通往冀鲁边区冯家堡子、狼坨子的海上交通线。这条海上交通线维系着清河区和冀鲁边区两地的联系。

渤海近海区域水浅，日伪军的军舰不能行使，连炮艇也不能靠岸，而两区的交通员驾驶小帆船航行既方便又安全。通过这条交通线，先后护送了清河、冀鲁边区的黄骅、周贯五等领导干部和大批党军政干部，传递重要情报不计其数，加强了两抗日根据地的联系和政治、经济、军事方面的相互支援。一次，原八路军一一五师教导六旅旅长兼冀鲁边区军区司令邢仁甫蓄意制造事端，指使亲信——手枪队队长冯冠魁（收编的海匪头目）于1943年6月30日杀害军区司令兼教导六旅旅长黄骅、参谋主任陆成道等7人，后又密谋拉出部队叛变投敌，而冀鲁边区党委不知事实真相，情势紧急。正在垦区根据地党校学习的中共冀鲁边区党委组织部干部科长朱凝（冀鲁边区党委书记、军区政委王卓如之妻）领受送达情报、传达首长指示的使命，她深夜由清河军区副政委刘其仁和冀鲁边区独立团团长冯鼎平、政委姚昌洲、副团长贾乾元亲自护送到郭局码头，趁夜黑搭乘小船冲破日伪层层封锁，安全抵达冀鲁边区党委驻地——新青县邢文王村。她将事件的真相告知冀鲁边区党委，党委采取紧急措施，避免了事态扩大，保护了更多的战士。

郭局码头地理位置优越，在通商盈利的隐蔽下成为一座“兵站”。垦区素有“粮仓”称誉，农民家家有余粮，许多农户存粮数千斤乃至数万斤，清河区便将郭局码头作为通商口岸，充分发挥垦区抗日根据地盛产粮食的优势，鼓励私人商船进行海上贸易，商贩用粮食从天津、大连等地换回大批枪支弹药、燃料、药品等军需物资，对保障部队战斗力和发展垦区经济均发挥了重要作用。一时间到码头卖粮的大车常排列十多里，而来郭局码头兑换粮食的来往船只也络绎不绝，光停泊郭局码头卸货的帆船就常有十余只，有时多达几十只。正如中共海上工委书记、海防办事处主任常国兴所言，“当时的郭局码头，实际是水上兵站”。

同时，这座“水上兵站”的税收也成为清河区乃至渤海区经费的主要来源。当时清河区为筹集根据地党政军经费，又组建了郭局税务分局，下设郭局、套儿河义和庄、老鸹嘴四个支局，在通往垦区根据地的水路交通要道均设立税卡。郭局税务分局年税收额 300 万元左右，有力地支援了清河区及渤海区的持续战斗。

1945 年 7 月沾化全县解放，下洼码头回到人民手中。1946 年春，渤海区将通商口岸由郭局转移到下洼，这座被誉为“水上兵站”的郭局码头完成了它的历史使命，但它承载的历史和荣光值得后来人永远铭记。

焦桥镇妇女拥军抗战的故事

做军鞋支援抗战

1937年7月7日，卢沟桥事变后，日本帝国主义开始了全面侵华战争，中华民族热血儿女奋起抗战，纷纷成立抗日队伍英勇杀敌。1939年6月6日，在邹平成立并壮大的八路军山东抗日游击第三支队在刘家井、韩家庄一带，与前来围剿的日本侵略军及伪军进行了殊死战斗。战斗至黄昏，我英勇的八路军将士在毙伤日伪军800余人后，撤出阵地。

这场战斗是抗日战争进入相持阶段以后，共产党领导的八路军三支队同日军进行的一次较大的战斗，粉碎了日伪军企图消灭我清河区八路军的阴谋，推动了清河区抗日斗争的进一步发展。八路军将士撤出战斗后，一部分在副司令员杨国夫带领下转移到了邹平市焦桥镇刘家套村一带村庄修整。在修整训练中，部队将士们急需一批鞋袜。焦桥镇（时称长山六区）妇女组织与刘家套一带广大妇女知道后，立即联络了附近几个村庄的具有抗日爱国思想的妇女，接受了给部队将士急做军鞋的任务。

这些村庄的妇女接受任务后，立即分工，有剪样子的、有打隔背的、有纺麻线的、有粘底的、有上鞋线的，分工明确，不分昼夜赶做军鞋，从接到任务到完成军鞋300双，共用了3天时间，按时交给了部队。

在做军鞋的3天时间里，为了保密，广大妇女们都乔装打扮，像走亲戚一样悄悄聚集，领任务后又悄悄各自回到家中，绝不让伪军发现蛛丝马迹。有的妇女家里孩子小又多，她们就让家中其他人照看，3 天中她们不分昼夜，重点在夜里，点着煤油灯，利用微弱的灯光，圆满地完成了任务，支援了抗日部队。

智救八路军伤病员

1939 年 6 月 6 日，刘家井战斗后，撤出阵地的我八路军三支队部分伤员向东转移至邹平市焦桥镇焦桥、韩家套、刘家套、韩店镇旧口村等根据地村庄内休整养伤。这些伤员都住在村内具有爱国抗日觉悟的群众家中，掩藏在地窖或者坟茔中，人民群众把这些伤员当作自己的亲人，为他们悄悄地抓药疗伤。

6 月的一天，日伪军一部突然向焦桥根据地村庄扫荡，其中一部分日伪军突然向韩家套、刘家套、旧口等村扫荡。面对敌人的突然扫荡，村民很早就做好了应对准备，有的把伤员扮作丈夫，有的把伤员扮作儿子，还有的扮作娘家侄子、娘家兄弟等，如被敌人发现，就以丈夫、儿子、亲戚等身份掩护。在韩家套有一名伤员没来得及转移，被扫荡的伪军发现，村中机智的妇女，将伤员说成是自己娘家兄弟来帮自己收割庄稼时负伤，敌人核实家人姓名、家中情况、兄弟姐妹等后撤走。她们用机智的办法掩护了八路军伤员。

为了防止日伪军偷袭村庄，伤员出现意外，她们就把多数伤员掩藏在庄外坡地里的坟茔地里，一日三次为伤员送饭、送药。在给伤员找治疗药物时，都是秘密地通过亲戚朋友间进行，不敢泄露任何消息。在伤员治疗养伤的日子里，由于根据地群众基础好，没出现任何差错，保证了伤员痊愈后，走上抗日战场。

妇女干部西杜村脱险

1939 年 5 月，根据清河地区抗日斗争形势的需要，清河特委决定在邹平市焦桥镇（原称长山县第六区）孙家庄成立中共邹长县委，驻守邹长地区开展党的各项工作，开辟抗日根据地，建立各村党的基层组织，动员广大人民积极参加抗战。

1939 年 8 月的一天，中共邹长中心县委妇女委员刘洁民，按照中心县委工作部署和安排，在焦桥镇西杜村秘密召开各村妇女干部会议，发动广大妇女，紧跟共产党走，踊跃支援前线，并在各村成立妇女工作组织。会议期间，突然被日伪军扫荡包围。正在万分危机时刻，西杜村妇女干部，急中生智，当机立断，给刘洁民主任脸上抹了一把土灰，身上抹上粪土，躺在炕上，装犯了急病。刘洁民同志装作病情发作非常厉害，并发出一阵咳嗽声，村中妇女在炕边为她捶背、擦脚、洗衣、熬药，敌人在跟前瞧了瞧病人，怕被染上，慌忙离去。西杜村妇女用急中生智的方法迷惑了敌人，保护了邹长中心县委刘洁民委员，其他妇女干部也安全脱险。

抗日将士姚孙庄脱险

1939 年冬，日本侵略军加大了对根据地地区村庄的扫荡和清剿。我抗日队伍采取游击战术，与敌人周旋战斗在清河平原上。

冬天的一天，我抗日队伍邹长区大队 20 多名战士，在袭击敌人后转移到焦桥镇姚孙庄，却又突遭扫荡的日伪军包围。当时的处境，突围已经来不及，20 多名抗日战士就分开躲藏于群众家中。日军进村后看到人就一家一家把百姓赶到村中大场院中，把男女分开站队，企图找出我八路军战士。日伪军为了恐吓姚孙庄村民，把场院四周架上机关枪，并派武装敌人端着枪站在四周，让伪军翻译先告诉大家，如果窝藏八路，统统杀头。面对穷凶极恶的日本侵略者和汉奸伪军的吆喝，村民们镇定自若。在敌人要求村内妇女点着名，从男人队里各自将自己男人领回去时，姚孙庄广大妇女沉着冷静、机智勇敢地在敌人面前，把20多名战士当作自己的亲人领回了家，日伪军瞪着眼睛，没招了。我们的20多名抗日战士安全脱险后，接到命令又奔赴了新的战场，姚孙庄妇女智救抗日战士脱险的故事在当地传为佳话。

抗敌护粮

1944年麦收刚过，邹平东平民兵接到上级通知，要做好抗敌护粮的准备工作。我方立即召集大家研究办法，一面动员群众把粮食藏起来，一面组织民兵准备战斗。

一天清早，站岗的民兵跑来报告说：“‘驴’来啦！”他说的“驴”，就是和日寇一个鼻孔里喘气的“土顽”24旅。我方分析了敌情，把民兵分为两组，一组由冯振昌带领，利用村北围墙，正面阻击敌人；一组由郝怀友带领绕到敌人背后，截击敌人的后路。

敌人大摇大摆地向东平开来，靠近时冯振昌喊了一声“打”，子弹、手榴弹一齐飞向敌群。前头的敌人倒下了好几个，后边的敌人乱了阵脚。这时，郝怀友带领民兵已迂回到敌人背后，哗哗几排子弹，敌人像削倒的秫秸一样躺下一大片，打着打着，敌人的机枪突然哑巴了，只见一个家伙慌慌张张地爬上树去折柳枝。“敌人的机枪卡壳了，冲啊！”郝怀友带领民兵冲向敌群。敌人的炮手慌了，把炮弹倒着装进了炮膛，只听“轰”的一声，小炮爆炸了，周围的敌人同归于尽。

在围墙后边的东平群众，看到敌人的狼狈相，齐声高喊：“快截住，别叫‘驴'跑了！”敌人以为是我方的主力部队赶到了，惊慌万分，夹着尾巴慌忙逃了回去。

反抢粮斗争胜利后，东平民兵奉命配合清西 2 团攻打“土顽”24 旅的老巢——北营。

进攻的前一天晚上，我方驻扎在冯家码头。这儿离北营不远，半夜时分，郝怀友顺着围墙悄悄地巡逻查哨，突然发现前面路上有一个黑影。这个黑影来到了围墙根下的湾边，晃了两下不动了。郝怀友贴近哨兵，用枪指着黑影低声说道：“看清楚了吗？扔块土坷垃试试看，要是狗，它不跑就咬；要是人，他准不动。”哨兵扔出块坷垃，黑影果然没动。

“认真监视，别叫他跑掉！”郝怀友随即带上几个民兵绕过去，把黑影包围起来，命令道：“不准动！举起手来！”这个企图偷听口令的敌侦察兵，乖乖地举起了双手。郝怀友从这个家伙口里，了解到敌人的口令和部署，立即和中队长赵玉华奔到刘家套去找 2 团李政委。李政委决定马上攻打北营。

战斗开始了，敌人认为包围他们的都是些民兵，凭借着坚固的工事负隅顽抗。天快亮了，据点还没有攻下来。郝怀友对部队首长说：“用火烧这些狗汉奸！”首长批准了请求，把机枪集中起来，一起向敌人射去，压住了敌人的火力。郝怀友和赵玉华抱起两捆秫秸，轻捷地跃到炮楼跟前，在秫秸上浇上两大瓶煤油，点着火扔进炮楼内。顿时，熊熊烈火燃烧起来，火苗呼呼地扑向楼顶，映红了半边天空。“冲啊！”喊声四起，北营就这样被攻克了。

刘家套村的“八路店”

在山清水秀的邹长大地上，在杏花河与胜利河汇合之处，坐落着一个百余户人家的村庄。它就是刘家套村。

在抗日战争时期，提起刘家套那是无人不知无人不晓的富有传奇色彩的“八路店”，发生在这里的抗战故事更是闻名遐迩。在那硝烟弥漫的峥嵘岁月里，“八路店”作为我党的交通联络点，掩护了大量的党政军干部，为革命事业做出了巨大贡献。

“八路店”的男主人叫孙向辉，女主人叫赵新民。夫妻俩租种了苑城一户地主的几亩土地，终年辛勤耕作，除交纳各种杂税外，仍不足糊口。于是除务农外，孙向辉兼做小本生意，经常来往于焦桥、苑城与周村之间，他胆大心细并富有正义感，对人和气，交际颇广。邹长地区燃起抗日烽火后，孙向辉一家从党领导的抗日队伍那里看到了光明和希望。他与韩先隆、孙向焕积极参加了韩子衡秘密组织的抗日游击小组，后经韩子衡、韩先隆介绍，加入中国共产党。他的家逐渐成为抗日活动的中心。在抗日战争时期刘家套村是渤海、胶东、冀鲁边等根据地和鲁南交通联系的必经之地，来往的部队干部和地方干部，一到刘家套便感到温暖和安全，亲切地称孙向辉家为“八路店”。

1939 年 6 月 6 日，刘家井战斗后，我方 3 支队大批伤员转移到长山六区焦桥附近的各村后，杨国夫副司令员集合部队秘密到了刘家套村孙向辉家里。孙向辉为了保护杨国夫的安全和便于杨司令员收容部队，把杨国夫安置在一座土地庙里，他给杨送去干粮，并把自己御寒的一件破大袄送去。

武汉失守后，日军停止了对国民党军队的正面进攻，把正规部队调到后方，对我初建的抗日根据地进行频繁的残酷扫荡。这时坚持战斗在邹长抗日根据地的清西 2 团，为了主动打击敌人，需要建立秘密可靠的情报机构。1940 年秋天，清西 2 团派敌工股长朱增干，到刘家套村找孙向辉，说明我军意图，并经缜密研究，决定在孙向辉家设立情报站，由孙向辉任站长，以商贩身份作掩护，与周村敌工站长由维桐直接联系，有时也可派该村地下党员孙玉凤以经商为掩护到周村联系，获得的情报交孙向辉送至清西 2 团情报部门。如遇紧急情况，情报报送焦桥敌工员袁杰三或直接送给朱股长或李曼村政委。

孙向辉经过一段时间艰苦秘密的工作，把周村、苑城和焦桥等敌据点敌伪的编制人数、装备情况及敌人内部的组织和敌首的姓名一一摸清，写成一份完整的资料交给清西2团领导。孙向辉不止收集敌伪情报，还通过“拉近”与伪军的关系，为我军买到大批军火、药品等。

1942年冬天，清西2团需画一张焦桥敌据点内部及附近的地形图。因时间紧迫，2团敌工股长朱增干通过内线来到焦桥侦察，不料被敌人发觉。他转移到刘家套李本阳家里，准备把草图细绘时，焦桥敌人追踪赶来，把李本阳的宅子包围起来。李本阳不得已把他坠入院中的井里，敌人搜索一无所获。待他们撤走后，李本阳、孙向辉、孙玉庚迅速把朱股长捞上来。这时朱股长已冻得不能说话了。孙向辉把他扶到家里，先用烧酒给他擦了全身，又让他喝了孙大嫂烧的姜汤，才慢慢恢复过来。

1943年1月，敌人向小清河北扫荡，首先封锁了小清河从杏花沟、刘家套、三座桥至陶塘口渡口，每隔2.5公里路修一座碉堡，并在焦桥以南挖了一条4.5米宽的封锁沟，妄图切断我小清河南北交通线。这时2团朱股长从领导机关开会回来，有事急于过小清河向团首长汇报。他便到刘家套村找孙向辉密商，由孙向辉把他带的文件和手枪装在小筐内，并由他装扮成到小清河北走亲戚的人。当站岗的伪军将要检查时，孙向辉马上给伪军递上一包烟，并说小清河北的某村的亲戚有急事，必须快去，小筐里装的全是女人用的东西，接受烟的伪军没有再检查。朱股长在孙向辉的掩护下，顺利过了渡口。

为了保持小清河南北交通的联系，朱增干又一次秘密来到刘家套村和孙向辉分析了敌情，研究了对策，让孙向辉通过社会关系，担任伪区长，以合法的面目和敌人周旋，确保小清河南北我清河区党政军交通要道的畅通，清西地委公安局长于海东让曹家坡的地下党员王其武给孙向辉当助手，并准备一只小船隐藏在小清河边，受孙向辉领导。他们定下暗号，夜间一打号，便将船开到约定地点，接送我党政军过河的干部。尽管在敌人严密的封锁下，但小清河南北我军的交通要道并没有隔断。

“八路店”的女主人赵新民，是位苦大仇深的农村妇女。他和丈夫孙向辉一起，积极投入抗日斗争。刘家套村建立妇救会时，她被选为会长，在斗争中她锻炼出坚毅勇敢的性格和沉着机智的作风，对党的工作她总是千方百计不避艰险地去完成。

抗战期间，我们的部队几乎是昼夜不停地行军作战，需要很多军鞋，这些艰巨的任务便落在邹长根据地妇救会身上。担任妇救会会长的赵新民领着本村妇女，保质保量按时完成上级交给的任务，把军鞋源源不断地送往部队。1942 年 6 月的一天，军鞋收齐了，还没来得及送出，驻焦桥的鬼子和汉奸突然窜进她的家里，发现那么多鞋，便质问：“这鞋子是不是送给八路军的？”在这危急关头，她不动声色从容地回答：“俺家里很穷，孩子多，没有别的收入，只得自己做些鞋子来卖，挣点钱过日子。”敌人没有看出破绽，便信以为真，不再多问走了。

一次，有几个地方干部正在她家里吃饭休息，突然鬼子、汉奸进村了，他们随身带的文件和手枪来不及藏。赵新民便主动地把这些文件和武器接过来，藏在自己身上，让那几个同志空手随着群众逃走，然后她跟在后面。敌人快要追上她时，她装着小便，机灵地把文件和武器藏在庄稼地里，最终化险为夷。

赵新民是丈夫的好帮手，遇到其他情报站送来的紧急情报而丈夫又不在家时，她便不顾一切，冒着生命危险，迅速把情报送到另一情报站，保证情报的安全和准确的传递，从没有出现过问题。

1946 年秋天，国民党军队集结重兵进攻我渤海解放区。这时邹平县政府的后勤人员，把县政府人员的棉衣和许多重要文件，装满一辆马车，准备运往小清河北保存，不料车行不远陷入泥坑，不能前进，不得已回到赵新民家里。她迅速帮他们卸下车上的东西，小心翼翼地埋在她家牲口棚里。哪知扫荡的蒋军是夜就住在她家，虽然极度疲乏的蒋军没有发现埋藏的东西，但赵新民却提心吊胆一夜没有合眼。翌日拂晓敌人往小清河北去了，她担心敌人还可能回来，便趁黑夜，把埋藏的 2 袋现款和 3 袋子文件，转埋到西院的牛棚底下，后来完好无缺地交回邹平县政府的工作人员手中，受到县政府赞扬。

孙向辉、赵新民夫妇，在抗日战争和解放战争中，忠心耿耿、不畏生死，为党、为人民做贡献，“八路店”的美名家喻户晓，流传在邹长大地，誉满渤海平原。

民兵担架团随军南下出征

在党中央领导下，邹平县广大人民同全国人民一样，在解放战争中支援大军渡江南下时，纷纷报名参加南下民兵担架团。在枪林弹雨中，抬担架送伤员，送弹药，有力地支援了解放战争。

1948 年 12 月 7 日，渤海三分区组成的民兵担架团，共 7 个营 23 个连、69 个排、207 个班、1800 余人。除滨北、沧南两个营外，其余 5 个营系由三分区 5 个组组成。以邹平县参加人数为最多（包括原长山县及高青县西部地区），一、三、四营均为邹平民兵。民兵团组成后，由索镇启程，浩浩荡荡出征南下。在六个月中，转战山东、安徽、湖北、江苏四省，行程近万里，越重山、排万难，横跨长江天险，做出了巨大贡献，立下了不朽功绩，创出了可歌可泣的英雄事迹。

在淮海战役取得决定性胜利的同时，我军坚决响应党中央毛主席提出的“将革命进行到底”的伟大号召，乘胜追击敌人，打倒蒋介石，建立新中国。我南下民兵，个个意气风发，斗志昂扬，高举胜利旗帜，坚决执行党的指示——解放军打到哪里，我们就跟到哪里，完不成任务决不还乡。

南下民兵担架团于 1949 年 1 月到达部队后，即在淮南地区进行整训，充实配备干部，加强党的组织建设、思想建设，并举办了党训班、干训班，进行党的基础知识和时事、政策教育，加强党的领导，提高了党员干部的政治觉悟。全团从党内到党外，从干部到民兵，深入细致地学习了《将革命进行到底》等文件，联系实际，用诉苦会等方式，层层发动，大大提高了民兵的阶级觉悟，使他们认清了形势，坚定了胜利信心，纷纷立保证，表决心。

1949年4月20日至24日，民兵团随军渡江，先后参加了雍家镇、沙街、湾沙、郎溪、吴淞口等战役，转战3000余里，光荣完成了任务。全团七个营除两个另有任务外，其余全部按照命令完成抬弹药装卸火车、船只，供应火线等任务，共计运送弹药1450027斤，其他物资4526439斤。在运输支前中，全体民兵表现生龙活虎，英勇顽强，如我三营八连（号称钢八连），一夜工夫装卸八只大船，往返90里按时完成了任务。又如四营，从明光出发时，每人背着80斤重的弹药箱，在雨天路滑的夜行军中，没有一个掉队的，充满了乐观主义精神。在艰巨的运输途中，不断响起“困难是炬火，把我们锻炼……”的响亮歌声。在郎溪追击战中，一营民兵每人抬炮弹40余斤，冒雨行军，仍按时到达了目的地。一连指导员张友达扛的炸药，比一般民兵多三包。

在火线上，民兵们对伤员亲如兄弟，表现了崇高的阶级友爱。民兵们先后参加了五次战役，抬送伤员3115人。每个民兵既是担架员，又是护理员，无微不至地关怀着每一个伤病员。三营九连民兵班长吴贯儒在渡江战役中，下水背伤员。六营民兵张德聪在倾盆大雨中脱下自己的衣服给伤员盖上，伤员不肯，说：“你把衣服给我，你不淋病了吗？”“同志，不要紧，淋不着你的伤口就行，”张德聪斩钉截铁地说。伤员感激地流下了热泪，说：“你真是山东老乡。”民兵王佃臣给伤员烧水喝，买花生吃，并说：“这是应该的，人民战争，人民来支援。”

在渡江时，大船不能从弋江驶进长江，民兵们纷纷下水拉船，连拉了三百九十只大船。三营八连更是奋勇当先，指导员张立业同志身先士卒，带头下水。渡江后上级提出：火速追击敌人，要和敌人赛跑。民兵们积极响应号召，不怕道路泥泞，冒雨行军，抬着弹药急行军连续七天，每天行程120余里，胜利完成了任务。民兵们听指挥、守纪律，秋毫无犯，发扬了人民军队的光荣传统，每到一处深受群众欢迎，建立了深厚友谊。民兵们做到四不：即不上门板不走，不送稻草不走，不打水不走，不扫院子不走。在帮助群众生产时，连群众的一支烟也不吸。全团开展了生产自给，下坡拾柴解决了烧柴问题，光是三营八连就拾柴二万余斤。在杜营驻防时群众赠给八连红旗一面，临别时握手欢送。群众竖起大拇指说，“这真是毛主席领导的好队伍”。

民兵团在随军南下中，在党的领导下，阶级觉悟迅速提高，在实际斗争中锻炼和培养了许多干部，发展了党的组织。全团共计发展党员182名，提拔脱产干部167名，村干部154名，仅三营八连就发展党员16名，提干20名。

南下民兵担架团随军转战六个月，光荣完成了任务。全团评出模范连二个、班六个、功臣973名，荣获“模范团”的光荣称号，被军队授予奖旗一面。我县三营八连荣获“钢八连”的光荣称号，华东民管处、军部分别授予奖旗。1949年7月全团民兵高举胜利旗帜胜利归来，沿途受到部队、机关、群众的夹道欢迎。回到地委后，举行了盛大的欢迎南下民兵荣归庆功大会。

破敌交通

1945年是抗日战争的最后一年，解放区军民越战越勇，日军被赶到铁路线上，做着最后的挣扎。初秋，东平民兵遵照毛主席关于“组织人民，击破敌人的交通线，配合正规军作战”的指示，酝酿着扒铁路的计划。有的人主张把铁轨下面的石子往四下拨拉开，拴上大绳拽；也有的人主张用钢锯锯。郝怀友归纳了大家的意见，提出打一些大板子和起子，把铁路上的道钉起下来，再用铁杠把道轨撬下来。大家一听，都说这个办法好。

扳子刚打成，上级就来了指示：要东平民兵配合部队拔掉胶济线上的涯庄据点。民兵个个喜出望外，精神抖擞地向10公里外的马尚车站奔去。我方跨过了哗哗流淌的孝妇河，一条铁路铁轨出现在眼前，大家一起动手，有的拧螺丝，有的起道钉，不一会，一节铁轨就扒下来了。大家掀开铁轨，埋好地雷，就隐蔽在路旁的玉米地里，等候敌人坐“飞机”。这时，涯庄战斗已经打响，郝怀友望着炮火映红的西天，按捺不住心头的喜悦。

“火车来了！”放哨的民兵喊了一声。郝怀友立即下达命令：“同志们隐蔽好，准备战斗。”一列笨重的火车吃力地开了过来，车头上的灯光贼亮贼亮的。火车行至马尚车站突然停了下来，好像发现了什么。

“他妈的，这是要的什么猴呀？干掉它！”有人说。

郝怀友命令道：“沉住气！”

敌人的机枪盲目地扫射了一阵，火车便“呜”的一声向西开去。刚开出站不远，只听得轰隆几声巨响，火车跌进沟里，车厢都撞翻了。“冲啊！”郝怀友第一个跳起来，带领民兵们冲上去，把一颗颗手榴弹丢进了车厢。鬼子、汉奸还没有弄清发生了什么情况，就呜呼哀哉了。

经过14年艰苦抗战，中国人民终于打败了日本帝国主义。可是，蒋介石又在美帝国主义支持下发动了内战。“人民得到的权利，绝不允许轻易丧失，必须用战斗来保卫”。东平民兵又踊跃参军支前，投入到伟大的人民解放战争中。郝怀友带领的部队配合人民解放军打淮海、渡长江，转战南北，作战30多次，毙伤俘敌300多名，缴获各种武器200多支、子弹2000余发，荣获奖章6枚、奖状5张。1950年，郝怀友光荣地出席了全国战斗英雄和劳动模范代表会议，见到了伟大领袖毛主席。

李荫山常慧英夫妇和泰东医院

一

李荫山，1896 年 11 月出生于博兴县唐家村。1915 年 2 月由于生活所迫他参加华工，在法国参加了第一次世界大战。世界大战结束后，1918 年 10 月归国，1923 年他以优异成绩毕业于山东省诸城师范学校。毕业后任小学教员。李荫山目睹深受三座大山压迫的劳苦大众在死亡线上挣扎，萌发了学医救国的念头，自己开始钻研学习西医。他学医专心致志，苦心钻研，边学边干，勇于实践，很快就掌握了西医西药的一些基本知识和本领，特别对治疗枪伤更是学得入迷。1925 年即与妻子常慧英拖儿带女到山东省原长山县六区焦桥村（现属邹平市焦桥镇），创办了泰东药房，后又改为泰东医院，李荫山自任开业医生，与妻子常慧英带领全家，共同经营，济世救人。由于李荫山一家医德高明，为人正直，热心为病人治病，深受乡亲们的好评。

二

1937 年“七七”事变，抗日战争爆发，邹长地区燃起抗日烽火。10 月底，山东省委派共产党员姚仲明，红军团长廖容标和赵明新等以应聘教员身份，先后到长山中学宣传抗日，为组织发动武装起义做准备。12月23日，日军从原齐东县台子一带强渡黄河侵入邹（平）、长（山）、齐（东）三县县境时，姚仲明、廖容标、赵明新、马耀南等于26日在原长山县九区太平庄举行了著名的黑铁山抗日武装起义，宣告“山东人民抗日救国军第5军”成立（以下简称5军）。黑铁山起义像一声春雷响遍邹长大地。5军夜袭长山城，伏击小清河日军汽艇，激战三官庙，连战皆捷，军威大震。受尽煎熬的劳苦大众，从5军的诞生之时，看到了光明和希望，称5军为“菩萨军”，廖容标司令员被老百姓称为“菩萨司令”。

李荫山是个爱国心很强的人，特别是他作为华工到欧洲参加过第一次世界大战，目睹了侵略战争给各国人民带来的创伤。抗日战争爆发，日寇的魔爪伸向自己的国土，自己的家乡，自己的父老乡亲和兄弟姐妹们，更激起他对侵略者的仇恨。我党领导的抗日队伍，鼓舞着人民，激励着李荫山一家。李荫山在焦桥一带常与一些仁人志士、进步教师痛斥日军侵略行径，敬佩中国共产党领导的八路军的积极抗战。

1938年1月，5军在小清河伏击日军汽艇以后，日军三天两头到焦桥一带扫荡，国民党的一些“土顽”头子也时常来骚扰，形势一天天恶化。那时焦桥附近乡土医生不少，但学西医西药的并不多，能治疗枪伤的更是屈指可数，有几家都处在据点内。在这种情况下，李荫山就成为焦桥方圆几十里内唯一的一个治疗枪伤的医生。因他治疗枪伤有点名气，国民党的一些顽军想把他拉过去。有一次宋雨田的部队到焦桥来，他部下的一位王医生拉李荫山参加他们的卫生队，并封官许愿，反复劝说，但都被李荫山以家中孩子小等为由，婉言谢绝。事后李荫山对全家说：“我们绝不会当亡国奴，也不会为这些顽军卖国贼治伤看病！”

李荫山爱憎分明，对共产党领导的抗日军队，不仅从内心里敬佩，而且身体力行，精心为抗日将士治病。一次，马耀南司令员带八路军3支队在焦桥附近同日寇作战，李荫山从内心敬佩这些爱国将士，就冒着枪林弹雨去抢救伤病员，并在附近一个村内秘密设立了收容所，为伤病员换药。战斗结束后，马司令员知道了非常感激，两次派人到泰东医院慰问，送来了药，并特地送给李荫山一辆自行车。1938 年 10 月，八路军山东抗日游击第 8 支队、第 3 支队，在蒙家庄（现邹平市好生街道）与日军展开激战，8 支队副司令员韩铭柱及十几名战士英勇牺牲。韩铭柱司令员的警卫员魏立华负伤后被送到泰东医院，经过李荫山一个月的精心治疗，伤痊愈。1939 年 2 月，3 支队王琨等三四名同志，被驻邹平城的日军打伤，经 3 支队民运科程雨村同志（原名纪云程）介绍住到泰东医院治疗。后因鬼子经常到焦桥扫荡，李荫山为了伤病员的安全，一家人就把他们转移到东直村、西直村住，每天去为他们看病。1939 年 4 月 22 日，焦桥附近据点的日军得知我 3 支队司令部和 7 团住在爱贤村，便纠集附近据点的日军和伪军向爱贤村进犯。战斗中我团团长马千里身负重伤，李荫山得知后，及时为马团长进行治疗。马团长在周围村庄养伤的 70 余天中，时时牵动着李荫山一家人的心，他随同马团长治疗了 1 个多月，直至伤痊愈。

随着抗日战争的发展，战斗越来越频繁，为了在战斗中我军负伤的将士及时得到治疗，李荫山动了不少脑子，自己为战士们设置了一种“裹伤包”（像现在部队用的急救包），用一尺半左右见方的纱布，折成三角形，里面涂上药，再垫上药棉、纱布等，然后再折成方形小包，外面用布封好，经过严格消毒做成，这种包便于指战员携带。战士一旦负伤，即可将包打开，将有药的一面敷在伤口上，用力扎紧捆好，这样一方面可以防止伤口大出血，另一方面可预防感染，在战场上起到救急作用。李荫山带领全家昼夜不停赶制了百余个“裹伤包”送给 3 支队，深受战士们欢迎。

1939 年 6 月，3 支队为了打通与冀鲁边区的联系，四进邹（平）、章（丘）、齐（东）边区开展工作，集结在邹平县刘家井子一带，遭到济南、章丘、青城、齐东及邹平、长山、周村、张店等地日伪军 6000 余人的包围。

三支队在马耀南司令员和杨国夫副司令员的指挥下，奋力拼搏，分路突围。此战斗我军毙伤日伪军800余人，粉碎了日伪军企图消灭清河区八路军的阴谋，但是我军也遭受到很大损失。刘家井战斗后，大批伤病员都转移到焦桥周围几十个大小村内，一个村多的住几十个，有的村只住一个，伤病员的生活和安全等，全靠地方党组织和群众负责。李荫山为了给这些伤员治病，每天骑自行车早出晚归，晚上不管回来多晚、多累，总是把次日用的药品、医疗器械等一一备好。李荫山说，这样一是便于第二天早走，二是万一有敌情就立即骑车带药出村。为了携带药品和器械，他还特地自己动手制作了一个大白帆布车包，每次外出总是装上满满一包。由于伤员较多，驻地分散，有时二三天才能看完一遍。为了不耽误治疗，减少伤病员的痛苦，李荫山带上大女儿常玉琴给他做助手。每次看完一遍病人，只要无一人病情加重，李荫山回到家后，就显得精神愉快，心情也好，一旦有伤病员病情恶化，回到家顾不上休息，不是查书，就是找药，总是寻求办法，减少伤员的痛苦，最大限度地减少死亡。

那时伤员很多，几乎每天都有伤员来治病，最多时能达到60余人，人数、来去时间不固定，有时战斗中负了伤，就由党组织安排在焦桥周围村庄，由李荫山去治疗；有时战士负伤后，通过我交通人员，秘密送到泰东医院治疗后，再转移到周围村庄去养伤，有的来不及就直接住院治疗。在伤员多的时候，李荫山带女儿常玉琴骑自行车到外村去为伤病员治病。总之有了伤病员，全家人除因环境所迫外，从不耽搁治疗时间。1944年夏天，长山县大队的马祥吉同志，两条腿被敌人打伤，骨头也被子弹打碎了，当转移到泰东医院时，伤口上已生了蛆，李荫山的妻子常慧英精心为他挑去蛆虫，清洗伤口为他治疗一次要用半天时间，常慧英忙不过来，儿媳徐月芬就成了她的得力助手。经过3个月的精心护理和治疗，马祥吉的腿才痊愈，临走时激动地流着热泪对常慧英说："李大娘，真没想到我这辈子还能站立起来，我永远忘不了你。"还有一次，我地下交通员曹茂申肺部负伤，非常严重，抬到医院时，他呼吸时都从伤口处漏气，血喷出很远，负责护理他的妻子都认为丈夫活不成了，但经过常慧英一个多月的精心治疗后，伤全好了。出院时，曹茂申同志激动地给常慧英磕头，声泪俱下，大呼李大娘是救命恩人，给了他第二次生命！

三

1939年初夏，日军在焦桥安了据点，住了一个小队，汉奸特务来来往往，斗争形势更加严峻。1939年冬，为了掩护泰东医院，保护我军的医药及医疗器械安全，将医院从东边搬到北面。借搬家之际，泰东医院改为杂货铺，把药品全部藏了起来，将药架全部改为货架，以香烟、酱油、醋之类的杂品为掩护。这样，泰东医院既是杂货铺，又是我地下医院和情报站。

自从鬼子在焦桥安上据点，为了掩护药品、掩护伤病员和我们的同志，李荫山带领全家，在院子内挖了一个10米多长的地洞，洞口就在灶旁的风箱底下。在那艰苦的年代，别看这小小的地洞，到关键时刻起了大作用。一次，邹长中心县委妇委书记信伟民来焦桥开展工作，正赶上鬼子出来搜捕，常玉琴就和信伟民同志藏在地洞内，躲过了鬼子。李荫山为了与敌人斗争，经常动脑子想办法，后来又在西头小北屋前垒了1米多见方的夹墙，墙内放个大缸，平时藏药，有紧急情况也能藏人。常玉琴和六区妇女委员李玉文同志曾在夹墙内躲过鬼子的一次搜捕。

泰东医院改为杂货铺后，不仅伤病员常来看病，而且党组织的同志也常常来接头，传递情报，开展工作。1940年春，邹长中心县委敌工部刘兴华同志来到焦桥，住在泰东医院小北屋，开展焦桥的对敌斗争工作。他利用日军的樱花节，带领常玉琴和孙保险等同志，用柳树枝做成樱花树，用粉红色的纸做成樱花，在樱花节的前一天夜里，将樱花悄悄地埋到日军据点北面的空地上，树枝上捆有好几卷事先油印好的宣传品，把日军搞得惊慌失措，起到了很好的宣传效果。

焦桥村虽然日军设有据点，但焦桥人民都心向着党，向着八路军，不管老幼都会随时随地提高警惕，防备万一。泰东医院更不例外，我们的同志和敌人在杂货铺碰在一起的事是经常发生的。1940年春，一个会讲中国话的日军，在杂货铺内坐着喝茶，与常慧英闲聊，问买卖情况，常慧英给鬼子沏好茶，就站在靠大门口的地方，一面应付鬼子的问话，一面注意外面，怕万一有的同志来。果然不出所料，我敌工人员孟祥儒沿街从南面来了，常慧英向孟使了个眼色，并距几步远就与孟答话说："你怎么还不把酱油给我送来？我这里没有卖的了。"孟一听知道有情况，这时他已快到门前了，常慧英马上说："皇军在里面喝茶了，你到后边去吧。"孟祥儒已无法躲藏，他若无其事地说："明天一定把酱油送来。"一面走到货架前看货，问常慧英还缺什么货，"再送点烟来吧？"常慧英说："先送酱油来吧，烟还有点。"孟祥儒看了看货架就往里屋走去，迅速把带的手枪藏在床上的被子里面，出来后问常慧英："孩子们呢？"常慧英说都在后院玩，你去吧。孟祥儒到后院见到徐月芬，悄悄地向她说明了情况。徐月芬即刻提了壶开水，假装到前边冲水，给日军面前的茶壶冲了一下，就回到里屋将枪取出，藏在身上给了孟祥儒。孟拿到枪后，就从后院翻过墙转移了。日军只顾喝茶，根本未察觉到什么事。

在抗日战争最艰苦的时候，焦桥虽有敌据点，却成了敌人据点下的"灯下黑"，在这里办事畅通无阻，原因是焦桥伪区长袁保模不甘心做亡国奴，表面上是敌人的伪区长。实际上是绿皮红心梦，心里红，心向我党。那时我党我军的一些情报都是通过袁保模与泰东医院传递的，清西地委书记张文韬负伤后，在袁保模的协助下，住在焦桥村北头袁佑辰家后邻的侄子家里，距鬼子据点只有500米。常慧英去给张文韬治疗时，都是装扮成串亲访友，提着一个篮子，篮子上面放上糕点之类的礼品，糕点下面放着药品及医疗器械。当时邻居都不知道张文韬住在那里。8团团长罗少卿、长山县委书记李梦夫等曾称赞说："我们的泰东医院，虽然在敌人的据点下，却一百个放心。"

四

泰东医院由于经常接触我军的一些抗日同志，特别是我军一些伤病员，使李荫山一家受到了深深教育，那时他家经济条件并不宽裕，为我军将士治病，全是出于对共产党的热爱，对敌人的仇恨。因此，在治病过程中，李荫山一家节衣缩食，掏尽了自己的积蓄，义务为抗日勇士治病，李荫山常说："我不能直接上战场拼杀敌人，就用我的医术为抗日救国尽点微薄的义务。"那时由于战斗频繁，我军伤病员也多，药用量也大，有些药必须到敌占区内才能买到。李荫山就通过地方党组织，让3支队司令部协助解决一部分，让我党设在焦桥的敌工站朱增干、曲荣等同志找上关系，到敌占区周村、济南去买。像孙玉峰、孙向辉、袁杰三等这些爱国心很强的人，都曾冒着生命危险协助购买药品，李荫山也托周村的朋友代买，千方百计地设法送到医院来。有些药品需求量很大，凡是自己能制作的，他就带领全家自己动手做，像药棉、纱布、绷带的消毒、蒸馏水，镇静剂、止痛剂、止咳糖浆、消毒水以及各种软膏等，多达20余种，利用这些土办法解决了很大困难。

李荫山不仅在医术上一心为我军服务，而且从思想上教育全家，坚信共产党，积极参加抗日。常玉琴由于经常跟着李荫山出去看病，渐渐地和地方党组织的一些同志有了联系。1939年六七月份，邹长中心县委妇女委员刘洁民曾以常玉琴表姐的身份来到焦桥泰东医院，让常玉琴秘密开展焦桥村妇救会的组织工作。1939年8月，经区农救会负责人张官魁等两人介绍，常玉琴光荣地加入了中国共产党，预备期满后，11月，经组织批准，由常玉琴、孟繁荣等人在焦桥村建立了党支部。常玉琴的行动，李荫山夫妇看在眼里记在心里，女儿参加革命工作，心中有说不出的高兴，全身心地支持女儿的工作，同时也从女儿的工作中，更懂得在民族危亡中自己的责任。

五

1940年10月，已44岁的李荫山，毅然参加了抗日队伍，带了四木箱药，到八路军长山独立团，组建了卫生训练队。1941年1月，任八路军山东纵队三旅八团（习惯称二团）疗养所所长，1942年1月，任八路军清西军分区直属第3疗养所所长，1943年1月，任八路军第2军分区（清西）疗养所所长。李荫山和常玉琴离开泰东医院后，我军的一些伤病员仍送往泰东医院，主要由常慧英和女儿李翠兰、李翠芸，儿媳徐月芬等为伤病员治病。李荫山所在部队离家不远，也常回来看看。1943年10月，清河区第2军分区疗养所驻到蒲台县一区高官庄，不幸被汉奸告密，遭到官庄镇据点日伪军突然袭击，李荫山不幸被捕。被捕后，第一次审讯，敌人用鞭子抽，上压杠压，遭到严刑拷打，李荫山曾一度被打得昏死过去，但李荫山一口咬定自己不是军人，只讲自己是野医生。第二次审讯时，李荫山仍不承认自己是军人，只是个野医生，卖野药的，结果又遭到敌人的严刑拷打，昏死过去。第三次审讯，李荫山始终坚持前两次的口供，一口咬定不是军人，是野医生，敌人没有证据，就把气发泄到用刑上，把李荫山打得死去活来。李荫山在被捕半年期间，虽百般遭受敌人的严刑拷打，但他坚贞不屈，没有泄露我军的任何机密，表现了李荫山的一腔爱国热情和革命意志。

1944年4月，经组织营救，李荫山获释，仍回到原疗养所任所长。1945年6月，李荫山光荣地加入中国共产党，由一个爱国者成长为一名光荣的共产党员，1947 年 5 月，因工作成绩突出，荣立三等功，1955 年 9 月，被授予少校军衔，1957 年 5 月，荣获三级独立自由勋章和三级解放勋章各一枚。1957 年 2 月，李荫山转业到地方，任山东省卫生干部进修学院副院长，以后离休。1979 年 9 月，病逝于济南，享年 83 岁。

李荫山从青年时期就刻苦学习，自我奋进，艰苦创业，自学成才，步入中年后到焦桥创办泰东医院，济世救人，深得乡里好评。抗日战争爆发后，他满怀一腔热情，冒着生命危险，积极救治八路军伤病员，并在年近半百之时，毅然参加八路军，为清河区我军的医务工作的建设和伤病员的救治做出了贡献。不幸被捕后，严守我军机密，在敌人严刑拷打下，坚贞不屈。经组织营救出狱后，仍战斗在原来的岗位上，并光荣地加入了中国共产党。

李荫山一生，为人正直，和蔼可亲，联系群众，不谋私利，追求真理，对党的事业勤勤恳恳，兢兢业业，忠心耿耿，实现了他一生忠心报国的夙愿。

送儿参军上战场　支前解放全中国

随着抗日战争节节胜利，为了完成“扩军、练兵、准备大反攻”的任务，1945 年初，滨县境内掀起了轰轰烈烈的大参军热潮。乡村、城镇到处锣鼓喧天，欢送新战士入伍，到处可见妻送郎、父送子、兄弟争上战场的动人场景。自 1945 年秋至 1948 年春，滨县县委先后组织发动了 3 次大规模的参军运动，全县共有 5000 多名青年参军入伍，大部分补充到解放军的野战军，还充实了两广纵队一部分，相继参加了外线作战。

第一次大参军运动

1945 年 9 月 7 日，滨县县委按照上级要求在全县组织开展了大参军运动，号召广大青年为支援前线，巩固后方踊跃参军。随后各村成立动员参军委员会，召开由党支部委员、积极分子、军属、农会、青救会、妇救会等参加的会议，进行了再动员。通过广泛的宣传和发动，提高了人民群众的思想觉悟，广大群众明白了参军光荣的道理，全县广大青年凭着较强的政治觉悟，踊跃参加人民军队，在较短的时间内，就有 600 余名青年参军入伍。

第二次参军运动

1946 年 6 月，蒋介石发动了全面内战，对晋察冀边区和山东解放区发动重点进攻。渤海区党委向全区发出《建军决定》。中共滨县县委向全县发出土改和动员参军的指示，要求全县各级党组织立即行动起来，为提前完成土改和突击完成参军任务而奋斗。在动员参军方面，上级下达给滨县的任务是 2500 人。县委立即召开党政军民联席会议及各区干部会议讨论布置参军工作，号召党员干部带头参军。在“武装起来、保卫土地、保卫饭碗、消灭蒋匪”的口号鼓舞下，及时有效地进行了“保田、支前、拥军”教育，全县掀起了又一轮参军热潮。

城关区、杜店区分别召开了 500 余人参加的动员参军大会。动员参军会议上，区乡领导、新老军属、积极分子分别发表讲话，激起了参会人员的热情。各联防代表相互挑战，10 天内两区就有 600 人参军入伍。其他各区参照城关区、杜店区的做法，于 1947 年 1 月全部完成了动员参军任务。全县共有 126 名积极分子带头参军，出现了无数个父送儿、妻送郎的感人场面，还涌现出了不少兄弟二人、叔侄二人都参军的模范。

第三次大参军运动

1948 年 1 月，渤海区党委召开会议，研究讨论了建军、拥军、参军工作，要求“一手拿枪，一手分地”。2 月中旬，滨县县委召开各区干部会议，提出“以复查为主，结合支前”的工作方针，确保“参军保田”工作顺利完成。1948 年秋，渤海区四地委发出了《关于参军动员的通知》，要求全区人民动员起来，立即开展参军运动。11 月 29 日至 12 月 9 日，县委召开全县动员参军会议，会上宣传了全国解放战争的大好形势，研究部署了动员参军工作。参加这次会议的有区、县村干部653人，其中脱产干部343人，村干部、军属、教员310人，会议要求年底完成1900人的参军任务，会议期间，就有90名积极分子报名参军，拉开了全县第三次大参军运动的序幕。至1949年初，全县提前完成了上级下达的参军任务。这批新兵被编为12个连，其中9个连编入正规部队，3个连被编为县、区武装。

解放战争中老滨县人民所表现出来的那种为支援前线而舍生忘死、抛家弃业的大无畏革命精神，像一笔无价的精神财富，永远激励着人们奋发进取，不断前进。

沾化好儿郎　参军上战场

1942 年 1 月，中共沾化县委、县抗日民主政府成立后，立即组建地方武装，在解放区动员有觉悟的青年参加区中队、县大队。随后又建立武工队、公安队等武装组织。以后根据实际需要和个人意愿，区中队、武工队、公安队战士大多升级到县大队和八路军主力部队。1943 年初，中共沾化县委在抗日根据地发动群众开展“减租减息”运动，激发起群众抗日救国的积极性，青年踊跃报名参军，掀起大参军热潮。仅六区就有几十名青年参加八路军主力部队，上战场杀敌。一位 60 多岁的父亲送子参军时说：“国家兴亡，匹夫有责，抗战是中国人应尽的义务。”1944 年沾化县除组织区中队、县大队、武工队、公安战士八部队外，还开展小型参军活动三四次，每次三四十人，直接加入八路军主力部队。

1945 年 1 月，沾化境域大部解放，为扩大人民军队，中共沾化县委和抗日民主政府在李果家和富国分别召开动员参军大会，各村互相挑战，摆擂台，表决心。报名者胸佩红花，精神抖擞。抗日二高（驻杏行村）副校长吕月如一家三代报名，带动 30 多名学生参军，编为学兵连。丰民村干部杨玉田、王呈祥带动 101 名青年报名应征，县委授予“丰民子弟连”光荣称号，有 80 多人经批准参军入伍。刚家和坝上相互挑战，各拉 1 个连队。丁家庄子吕富英（王殿奎之妻）同时送 3 个儿子参军，被誉为“模范军属”。20 多天时间全县有 2000 多名青年报名应征上前线。截至抗战胜利，沾化县共 3750 名青年志愿者参军。解放战争时期，全县人民为“保家保田保饭碗”，求得彻底翻身解放，展开更大规模的参军参战运动。

1946 年至 1949 年，4 年间共有 8022 名青年志愿者参加中国人民解放军，奔赴前线，为解放全中国奋勇杀敌。其中 1946 年冬有 1800 名青年补充解放军主力部队，开往东北；1947 年 1700 名；1948 年 1 月至 9 月 1500 名。1948 年 12 月 1 日至 8 日，中共沾化县委、县政府召开动员参军大会，会后各区乡村之间展开竞赛，全县迅速掀起大参军运动，至 1949 年 1 月 14 日，3022 名青年踊跃应征参加解放军，超额完成地委分配的 2050 名任务指标。在“动参”运动中，父送子者 214 人，妻送郎者 16 人，兄弟相送者 61 人，叔侄相送者 10 人。同时，沾化县大队数次（1946 年春、1946 年 11 月、1948 年 2 月）升级加入解放军野战军。

为支援前方打胜仗，沾化县委、县政府十分重视拥军优属工作，解放战争期间，对军属除节日慰问外，还经常组织妇女儿童帮助做农活或家务活，从 1945 年开始对缺乏劳动力的烈军属实行代耕。1949 年 1 月 15 日，为做好春节期间的拥军优属工作，县委、县政府召开各区区长会议，专门部署春节期间的拥军工作。县委决定：自 1 月 17 日（农历腊月 20 日）至 2 月 16 日（农历正月 19 日）为拥军月，要求各级领导提高认识，积极搞好拥军月活动。这次拥军工作，解决了烈军属在生活和生产中的实际困难，提高了广大群众的思想认识，真正形成了“一人参军，全家光荣”，烈军属有困难全村相助的风气。据 1948 年 10 月 10 日《渤海日报》报道：沾化一区三里、丁家两乡 700 余名妇女 20 天内帮助军属收玉米 25 亩，掐谷穗 181.5 亩，脱玉米粒 75 亩，剥玉米 10 亩，拾棉花 1634 公斤。另外，军人家属凡有困难者，农会全部予以解决，一系列举措稳定了军心，有力地支援了解放战争。七区大楼村军属薛宝岭的母亲在给儿子的信中写道：“你在前方积极打老蒋，就算是孝顺为娘了，家里的事，不用牵挂。”

解放战争中沾化共有 8022 名热血青年报名参军，驰骋疆场，浴血奋战，参加辽沈、四平、莱芜、汶上、泰安、济南、淮海、豫东、渡江、上海等重大战役，单是激烈的四平街战斗中，就有 69 名沾化籍战士英勇献身。三年战争中共有 858 名沾化人民的优秀儿女在战场上壮烈牺牲，为打垮国民党反动派，建立新中国立下汗马功劳。

垦区大生产 物资援前线

1941年和1942年是共产党领导中国人民进行抗日战争最艰难困苦的岁月。不仅日军对共产党领导的抗日根据地疯狂推行“杀光、抢光、烧光”的“三光”政策，国民党也在加紧反共，对各边区抗日根据地实行军事包围和经济封锁，致使各抗日根据地处于极端困难的境地。1941年1月，八路军山东纵队第三旅一部北进军垦区，解放了以八大组为中心的大片地区。在进军黄河以北誓师大会的号令中，三旅主力于10月向国民党长期盘踞垦区的老巢沾化义和庄发起总攻，后又攻占了老鸹嘴和太平镇。至此，垦区抗日根据地初步形成，开创了清河区抗日游击战争的新局面。

垦区的建立，不仅扩展了清河区根据地，而且打通了胶东、清河、冀鲁边三区之间的海上联系，使抗日战争出现了新的转机。

垦区根据地建立后，迅速开展了减租减息和大生产运动，创办了兵工厂、被服厂、印刷厂、皮革厂等，基本满足了军需民用的物资供应，还支援了胶东、鲁南抗日根据地。同时创办了大众书店、后方医院、工农子弟学校等，垦区经济繁荣、社会安定，成为支援清河区（渤海区）坚持抗战的有力大后方。垦区根据地的创建，使广（饶）、博（兴）、蒲（台）、利（津）、沾（化）及小清河南清水泊、寿光等广大地区连成一片，为保障清河、渤海区党政军群机关的正常工作，为清河、渤海主力部队及友邻部队的隐蔽和休养生息，为壮大和发展革命力量，夺取抗日战争的最后胜利，发挥了巨大作用。

沾化垦区抗日根据地土地资源丰富，适宜小麦、大豆、高粱、玉米、花生、芝麻等农作物生长，素有“粮仓”之称。并有大片荒地可供开垦，粮食增产潜力极大。1942 年 1 月中共沾化县委、县抗日民主政府成立后，为粉碎敌人对根据地的经济封锁，决定发挥当地土地资源优势，组织军民开荒种地，开展大生产运动。3 月 20 日，中共沾化县委、沾化县抗日民主政府召开动员大会，号召解放区军民开荒种地，发展生产，以满足本县军民吃用，保证对八路军前线作战部队的粮食供给和对各边区抗日斗争的支援。并发出指示，要求多种早熟作物，以解决夏粮不足、青黄不接的困难；要求各机关、团体、部队要以春耕生产为主要任务，抽调人员、马匹支援春耕。抽调大批干部群众和民兵一起开荒种地。县委书记范光一、县长石清玉亲自率领工作人员参加大生产，连驻地院子里也种满了蔬菜。

沾化垦区大生产运动如火如荼地开展起来，至 1944 下半年，军民新开垦荒地 4 万多亩。农业连年丰收，粮食大幅度增产，除垦区军民实现了自给自足外，还有大量余粮供给八路军部队、支援边区军民抗日斗争。1943 年 5 月支援沾利滨边区 10 万多斤，并将粮食通过郭局码头运往天津、大连等敌占区，换来大批武器、弹药、医药等军需品，直接支援了清河区乃至渤海区的抗日斗争。

烽火岁月五姐妹踊跃支前

在峰峦叠翠的邹平南部长白山中，有一个风景秀丽闻名市内外的小山村，它就是西董街道办事处大马峪村。70多年前在战火纷飞、生死难测的烽火岁月里，勤劳朴实的大马峪村人在中国共产党的领导下，同党领导的人民军队同甘苦、共患难、并肩作战，在血与火的考验中，涌现出了一批可歌可泣的英雄人物和英雄故事。该村以马玉珍、李兰英、王玉清、马巧云、马月英五姐妹为代表的拥军支前模范，就是其中的光辉典范，她们不畏强敌、不惧牺牲的拥军事迹，至今被长白山人民代代传颂。

在战火纷飞的岁月里，马玉珍这些裹着小脚的妇女们，她们勇于冲破封建社会的各种束缚，团结起来，在党组织的指导下，走向革命的道路，奔赴抗日第一线，用柔弱的肩膀担起了家庭和革命的重担。在战火中她们加入中国共产党组织，听党指挥，向党宣誓——愿为党和革命事业献出自己的一切。在枪林弹雨中，在敌人威逼利诱的环境中，五姐妹敢担重任，不畏牺牲，用实际行动为新中国的胜利做出了贡献。

马玉珍是大马峪村拥军五姐妹中的年龄最长者，是抗战时期长山县八区的妇救会干部，她带领李兰英、王玉清、马巧云、马月英4姐妹及村中其他姐妹，纺线织布、做军鞋、缝军衣和战士的子弹袋，用实际行动支援抗日前线，成为拥军模范带头人。因她的家位处村口山脚下，地理位置比较特殊，每次上级从小清河北去鲁南根据地，路过大马峪村部队地区的驻守干部和工作人员，她都要求安排在她的家中吃住，如果一有情况，立即安排同志们撤出分散，或者撤至山中或躲在别处。作为村妇女主任的马玉珍，不仅组织全村妇女踊跃拥军支前，还参与了护送原铁道部部长马千里，原国务院机关事务管理局副局长、国务院办公室副主任李梦夫过长白山交通线的行动。

马玉珍还组织村妇女到战场上挽救伤员。1943 年 10 月在马庄战斗后向鹤伴山转移的长山县大队二中队，突然被日伪军合围，二中队在中队长张方胜的带领下，与敌人展开了殊死战斗。张方胜及大部分战士壮烈牺牲，还有十几名伤员在阵地上，另外大马峪村西、东南北峪厂，大按岭东峪村，也有战斗发生，出现伤员。马玉珍等姐妹们闻讯，立即拆下自己家的门板，带领村民们冒着生命危险，翻山越岭，奋勇抢救伤员，搬运烈士遗体。她们就像对自己的亲人一样，将伤员送往随军诊所及后方医院，使伤员们得到了及时治疗。

李兰英，生于 1922 年，2012 年 4 月去世，早年受先进思想影响，不满 18 岁就秘密加入了中国共产党。在抗日战争时期担任大马峪村妇救会会长，以及“青抗先”（中国抗日先锋队）组织的负责人，秘密组织全村妇女为抗日救国踊跃支前，并秘密加入我党地下情报组织，负责情报传送工作。在烽火岁月中她组织全村妇女纺线织布、制作军鞋军装、缝制子弹袋、摊煎饼、磨炒面，与妇救会基地成员乔装打扮后，按时送往十几里外的政府所在地，然后集中送往前线。1946 年敌人突然袭击大马峪村，敌人将全村老少集中在一起，要求交出我革命干部。面对穷凶极恶的敌人，她用眼神与全村妇女交流后，沉着冷静应对，不露半点胆怯地应付了前来搜索的敌人，拖延了时间，保证了我根据地内干部的安全转移。1980 年经由中共中央组织部发文批准，李兰英享受国家发放的部分待遇。

王玉清，1915 年生人，1971 年夏因病去世，1939 年初党组织在大马峪村建立了中国共产党基层党支部，这是当时在长白山地区最早成立的党支部之一。这年，王玉清秘密加入中国共产党，成为大马峪村乃至长八区最早的党员之一。王玉清加入党组织后，参加了村妇女救国会。与马玉珍、李兰英等全村及附近村庄的抗日爱国妇女们，积极参加长白山抗日根据地军民抗日侵略者的斗争，按照组织安排经常带领妇女到驻军医院帮忙，进行伤病员医疗救治工作。遇上重大战斗，战场上抬下来的伤员多，战时医院容纳不下时，她就让伤员住到她家，她不分昼夜细心照料，喂饭喂药，端屎端尿。在照顾伤员期间，为了减轻伤员的病苦，她认真向军医学习护理知识，打针换药技术都有了很大提高，几乎成了大半个护士，终日忙得不可开交，家里孩子、生活几乎全顾不上。她 19 岁与刘旭东结为夫妻，刘旭东担任长白山区区长（长山县第八区区长）兼八路军武工队队长，两人为了革命，家庭已全部抛在脑后，一心为革命。刘旭东每次带武工队在大马峪附近村庄活动时，王玉清就坐在村头或村内大街上装作纳鞋底，为武工队站岗放哨，一有情况立即通知他们转移，多次保护了我八路军部队。

马巧云、马月英同马玉珍、李兰英、王玉清在烽火连天的战斗岁月里，组织广大妇女踊跃支前，为中华民族解放做出了自己的贡献，由于她们的事迹感人至深，被当地人民赞誉为战争年代踊跃支前的“五姐妹”。人们为了纪念这五位拥军模范，在大马峪村爱国主义教育基地内，建起了纪念馆，竖起了雕塑，她们的事迹，至今还在长白山人民中传颂。

血与火中穿行的沾化支前队伍

1945 年 8 月 15 日，日本天皇宣布接受《波茨坦公告》被认为是抗日战争的结束。中国人民经过长达 14 年艰苦卓绝的斗争，取得了抗日战争的伟大胜利，这场战争让中国付出了巨大的民族牺牲，造成了 3500 多万人的伤亡。国内未得到及时喘息的机会,1946 年 6 月，国民党就全面进攻解放区，全面内战爆发。共产党领导军民奋起反击，解放战争从此开始。

中共沾化县委、县政府贯彻中共渤海区委、行署指示，全县军民紧急动员，成立子弟兵团实行自卫联防，组建常备担架队和轮战营随时听命支援前线。据省档案馆保存的统计报表记载，沾化县支前大车 4812 辆，牲口 4999 头，担架 3460 副；在解放战争中，沾化全县共有 1.6 万民兵、民工参加支前，5000 余人立功受奖，其中特等功 7 人、一等功 126 人、二等功 900 余人、双二等功 32 人，有 42 人牺牲于战场，为国捐躯。

曾经的沾化举全县之力支前，一个个支前故事撞击人心，这段荣光的历史应当被记录下来，呈现给现在的年轻人……

1947 年，沾化先后 5 次派出轮战营、担架队、运输队奔赴前线。据当时抽样调查，18 至 40 岁男子中有 60% 的人参军支前。是年 3 月，为粉碎国民党军队对解放区的进攻，支援前线，巩固后方，沾化县军民开展“齐心运动”，县常备担架队和轮战营在前线联名签字，向后方人民表示“全力齐心打败蒋贼，保证不开小差，不给后方丢脸”。后方的军民则决心积极生产，彻底进行土改复查，解除支前人员的后顾之忧。

4月中旬，沾化担架营奉命出征，支援泰蒙战役。队伍昼宿夜行，5个夜晚的山地行军，对从小生长在渤海平原，习惯“日出而作，日落而息”生活方式的队员们是很大的考验。漆黑的夜晚，深一脚浅一脚走在崎岖不平的山路上，一不小心就栽跟头。不少人走不上一夜脚上便磨起血泡，脚着地便疼痛难忍。遇上陡山隘路，稍不注意就会滑下山坡或山谷。队员们边走边相互打招呼，过峭壁时要前拉后托，攀援前进。大多数队员脚穿布鞋，两三天便磨得破烂不堪；有的没带备用鞋，只好赤脚走路，常常被石头硌破、荆棘刺破，鲜血淋漓。每到下半夜很多队员便困倦起来，走着路打瞌睡，时走时停，只有前呼后拥才不致掉队。每逢小休息，不少队员在路边一坐便不由自主地倒头大睡，行军号一响，猛然唤醒，喝口凉水继续前进。

战士们的辛苦，营队干部看在眼里，疼在心里。为让队员学会山路行军，第一天宿营后，担架营干部不顾疲劳，召集连排干部会议，交流行军情况与经验，开展行军互助与文娱活动，果然奏效。行军情况一天好于一天，五昼夜行军不但无一人掉队，而且每次行军都有10副左右的担架执行任务，收容部队的掉队病号。经过此次行军，沾化担架营全营获得锻炼，逐渐适应战时生活，完成随军支前任务的信心大增，斗志昂扬地扑向血与火的战场。

4月22日，泰安战役打响。在扫除外围据点的战斗中，沾化担架营跟随华野10纵87团，担负着救下战地伤员和运送伤员至中转站的任务。中途多次遭到敌机轰炸扫射以及炮火袭击，英勇的沾化担架营队员不畏生死，把受伤失去行动能力的战士从战场上抬下来。同时队员们深知——时间对受伤的战士就是生命，担架营的任务十万火急。沾化担架营冒着敌人的枪林弹雨，迅速把伤员送到中转站。

至25日20时，解军对城内守敌发起总攻。山脚下，城墙内外，大地震颤，火光冲天。探照灯、曳光弹映红夜空，枪声、敌机轰炸声震耳欲聋，战斗异常激烈。华野 10 纵 85 团主攻南门，与守敌展开激战，伤亡很大，部队已难以抽人进行火线抢救，师部紧急调拨沾化担架营主力前行救援。接到命令后，沾化担架营火速奔赴南门。队员们大都是平生首次参加战斗，虽热血满腔、不虑生死，却无战斗经验，面对横在面前的一片数百米宽的开阔地，敌军设置多层结构的火力网严密封锁，炮弹、枪弹疯狂往这里倾泻。队员们刚一露头，就被敌人的探照灯发现。但任务紧急，不能丝毫迟滞！队长李俊海大喊一声："跟我来，跑步前进！"便带着通信员率先猛冲，民工依次紧随冲过去。过了开阔地，便有断墙残垣可作掩护，也有部队打通的巷道可通行。此刻，营长命令以传呼式清点人数，发现二连连长王汝勇及其通信员未到，当即派人向后联络，不一会后尾传呼"王连长到！"在远离家乡的战场，沾化担架营的每一位队员都已结成生死兄弟，一声声传呼是兄弟间的问好，也是鼓舞士气的号角。

沾化担架营到达南门外 85 团指挥所。接收报到的是一位刘参谋，见沾化担架营迅速赶到喜出望外，连声说，"来得及时，来得及时！"当即布置沾化担架营组织担架到火线抢救伤员。指挥所与南门仅几墙之隔，守城敌军居高临下，不断地往这里打枪打炮，团指挥所的三间北屋已被打塌一间，周围硝烟弥漫，耳边杀声震天。李俊海命令队员利用墙壁作隐蔽。他带两个连长到前沿观察地形后，组织队员带领担架，分批进行火线抢救。队员们不怕牺牲，哪里有伤员就到哪里抢救，使用担架不方便就背，有小个子的队员背着大个头的受伤战士，咬着牙坚持到包扎所，包扎后再放到担架上运送到安全区。

22 时 40 分，85 团攻破南门，向城内进攻，沾化担架营跟进。激战至 26 日 8 时，全歼守敌 72 师，泰安宣告解放。沾化担架营于当天下午归建。在战场上，队员们目睹解放军指战员奋勇杀敌，奉献出自己生命的壮举，更加激起对子弟兵的爱，对敌人的恨，因而更加无所畏惧。有好几个民工衣帽被敌人子弹打穿，侥幸没有伤亡；有的在手榴弹打来的危急时刻，以自己的身躯掩护伤员；有的被炮弹炸起的泥土砖瓦埋起半个身子，挣扎起来继续执行任务。这次沾化担架营首战泰安，进行火线抢救，出色地完成任务，受到 85 团首长及 29 师领导机关的表扬，《渤海日报》予以报道，担架营士气高涨，人人欢欣鼓舞。

时光流转，硝烟散去，仅由几根原木和草绳组成的担架已陈列在很多纪念馆中，粗糙的文物在向世人“讲述”无数曾经的英雄故事……

博兴民众的支前伟业

在解放战争中，博兴人民倾全力支援了前线。据 1948 年 10 月的不完全统计，全县支前民兵民工（包括担架队、运输队、小车队、挑夫、参战民工等）达一万人次以上。有 6455 名青壮年参加了中国人民解放军，2455 人参加了地方工作。万兴成纺织合作社 1947 年就上交土布 1100 万尺、裹腿 2.1 万斤。陈户区妇女 3 天赶做军装 5000 多套。博兴县人民对全国解放战争的胜利做出了重大贡献。

解放战争时期，博兴县作为山东的老解放区，发起大规模的支援前线运动，组织发动了大参军运动，出现了父送子、妻送郎，青年踊跃上战场的动人局面，为解放军扩充兵源输送了人才。提供粮食、衣被，组织“轮战营”“常备担架团”等全力以赴支援前线，对解放战争的胜利发挥了重要作用。

博兴县的支前工作有着光荣的历史传统。1945 年，万兴成纺织合作社收购土布 20 万匹，裹腿 5 万付支援子弟兵。1946 年，博兴与高苑两个县组织 7000 民兵，组成 12 个轮战营，一夜抢修公路 40 公里。

在鲁南战役中，马家村民兵担架连，在阴雨连绵、忍饥受饿的情况下，一夜抢救伤员 132 人。1946 年 11 月，博兴派出 1260 名民兵参加解放胶东的战斗，不但运送弹药、救护伤员，且直接参战杀敌。

1947 年春，组织 20 辆大车，50 多名民工，组织民兵 1000 多人，担架

300 副，组成担架队，支援南麻战斗、临朐战役。在南麻、临朐战役中，马道远带领的支前民工连续 7 次往返凫水过九马河，抢运伤员 72 人。在孟良崮战役中，带领全连，抢救伤员 50 人。马道远 7 次冲过敌人的火力封锁线，抢救伤员 7 人。1947 年 4 月，县委派出 100 多名民兵组成担架队，参加潍县战斗。在潍县战斗中，马道远随冲锋队冲进城里，拣起国民党士兵的武器与之搏斗，刺死、刺伤国民党士兵各一名，俘敌 15 名。马道远带领的支前民工连被评为“钢铁连”。

为了支援鲁南战役，根据渤海行署的指示，博兴县组成运粮队，由县长唐鲁夫亲自率领，每天夜晚有近百辆满载粮食的大车奔赴博山，为华东野战军运粮食。为了避免敌机的轰炸，运粮队夜行昼伏，一直运了 50 多天，支援部队粮食 800 余万斤。

1947 年秋天，为了解决渤海军区主力部队转入外线作战的冬装，上级要求：在 10 月前务必使战士有棉衣穿。博兴县人民听到这一消息，全力以赴地纺线、织布赶做棉衣。有的群众见棉花不够，就把自己棉被中的棉絮抽出来絮在军衣里，将自己的棉衣改做成军衣，而自己家则轮穿一套棉衣出门办事。许多妇女熬红了眼，磨破了手指，冻麻了脚，不肯停下手中的针线。不少妇女，还在鞋上绣上“将革命进行到底”“为人民杀敌立功”“立功光荣”等字，借以表示对子弟兵的慰问。

1948 年 8 月，遵照渤海区党委指示，博兴县支前委员会成立，唐鲁夫任主任委员，王健民任副主任委员。支前委员会成立后，加强了对支前工作的领导。上旬，博兴县派出支前大车运粮队，由马士良任大队长。大车运粮队有民工 200 多人，大车 50 多辆，由桓台县境内往张店运粮，连续运了一个多月。下旬，又派出民兵团，由孙学博任团长，张树元任政委，毕瑞符任副团长，支援济南战役。民兵团下设 3 个营，1500 余人，在章丘刁镇集结，负责运粮物资和护送伤员。月底，又派出一支运粮大队，有 400 多名民工，150 多辆小车，蔡剑泉任大队长，马荣卿任教导员。运粮大队下设 3 个中队，柳桥区中队由胡竹生任中队长，兴福区中队由韩宜诰任中队长，店子区中队由安重新任中队长。运粮大队参加了济南、淮海两大战役。淮海战役结束后，民工复员，脱产干部20余人随军南下，支援大军渡江。1949年8月，这些干部转入二野西南服务团，留在四川省万县地区工作。

9月中旬，博兴、广饶两县组成渤海子弟兵团，随大军南下，隶属华东高级军官教导团第一分团。子弟兵团共有民兵1298名，其中博兴民兵792名，组成两个营。宋福永任团长兼政委，徐天村（广饶）任副团长，韩殿胜任一营营长，马道远任副营长，贾学舜任教导员；张寿全任二营营长，赵龙泉任副营长，周杏林任教导员。广饶民兵506名，组成第三营。渤海子弟兵团参加了济南战役后，又投入淮海战役，胜利完成了战地运输、救护伤员和押送2800名排长以上战俘任务，历时半年之久。其间，109人光荣入党，35人光荣入团，57人被提拔为脱产干部，642人荣立三等功，马道远、常省三荣获支前英雄称号；三连、四连荣获“支前模范连”光荣称号。

下旬，博兴县奉命组织担架团，支援淮海、渡江战役。许明村任团长，张树元任政委，全团设两个营，高汉民任一营营长，陈树榛任教导员；李德民任二营营长，高天麟任教导员。全团共有民工1200余名，与广饶、临淄两县合编后，扩大为3000余人的担架队伍，许明村任团长，姜方萍（广饶）任政委，齐乃训（广饶）任副团长，张树元任副政委。在淮海战役中，担架团承担火线运送伤员的任务。

为支援淮海战役，渤海区妇女10天缝制粮袋92万个。博兴县有的妇女，不等上级发布，就先用自家的布把粮袋缝好。运粮中遇到粮袋破漏，民工就撕下自己的衣片，缝补粮袋。渤海区妇女为淮海前线赶做棉被20万床，军袜60万双。博兴县通滨区妇女，连续7个昼夜，每夜干到三更天，制作军鞋236双。

解放战争时期邹平支前工作

解放战争时期，解放区进行大兵团作战，战斗规模扩大，后方供应成了极为重要的任务。作为老革命根据地和解放区的邹平，人民群众为了保证战争的胜利，积极踊跃支前。解放战争开始，邹平、长山、齐东县委就把保障前方作战部队的军粮、物资供应当作整个支前工作的中心任务。1947年成立邹平县支前委员会，县长王斌任总指挥，武装部长马文征、民政科长毕茂林、县粮库主任赵士君任副指挥。组织全县的广大群众，为前线筹集粮草、副食，制作被服鞋袜，生产和运送武器弹药等，为取得战争的胜利创造了有利条件。

民以食为天。粮食一向被农民视为宝中之宝，但他们懂得战争的胜利比自己吃饭更重要。满足部队的粮食供应是保证作战部队在战役战斗中取得胜利的一个重要条件，直接影响着军队的战斗力和战争的胜负，在某种意义上说："粮食就是子弹。"初期，邹平人民本着"宁愿牺牲自己，也不丢失一个伤员"的精神，冒着炮火英勇支前。在韩庄、东言礼、旧口战斗中都有支前民工的身影；第一次解放邹平城和第二次解放邹平城的战斗中，有600余名民工战场送弹药和救护伤员，保证了战斗的顺利进行。邹平、长山、齐东人民在粮食供应中，发扬自我牺牲精神，表现出了极大的热情。莱芜战役中，仅齐东县6个区的人民，出动牛马车1000辆，民工2000余人，经2天行程200多里，把公粮运往莱芜市的口镇；邹平县向八陡、昆仑运送支前粮食 300 万斤。

1947 年 4 月，华东野战区发动了鲁中南战役，为支援前线，邹平、长山、齐东等县人民立即调集民工，组成运输队、担架队，跟随野战军行动，并喊出了“倾家荡产、支援前线”“要粮有粮、要钱有钱、要人有人”“解放军打到哪里，我们就支援到哪里”的口号，邹平县仅五、六两个区就组织了担架 250 副，邹平全县第一次就组织了运输大车 323 辆。这些运粮大车和担架队，跟随华东野战军第七纵队转战滨海、鲁中南、胶东等地，先后参加了孟良崮、南麻、临朐、诸城、胶河等战斗，历时 9 个多月，胜利完成了转运伤员和运送粮食及战备物资的任务。

为支援济南战役，邹平县出动大小车辆 500 余辆，向明水、黄台运送粮食 150 万斤，齐东县也出动了车辆运送粮食 100 万斤，并贡献铁路枕木 2000 余根。济南战役胜利结束后，邹、长、齐三县党政群众机关及烈军属代表又组成前方慰问团，到前线慰问解放济南的解放军战士。济南战役胜利结束后，华东和中原野战军协同发起淮海战役，邹平全县广大人民群众为“打败蒋介石，解放全中国”，为保卫土改胜利果实，积极支援淮海战役，展开了更大规模的支前运动。

1948 年 10 月中旬，为配合淮海战役，三县组织常备小车 1500 余辆（小车并带扁担），筹集军粮 100 万斤。自此期间，涌现出许多动人的事迹。有的群众，因困难村里没有安排任务，仍然把家里仅有的粮食拿出来，送到粮站，倒下就走，连秤也不过。当时全县城、区、村昼夜灯火通明，一派加工、运粮的紧张热烈气氛。“吱吱嘎嘎碾碾响，家家碾米忙，推的推来簸的簸，运的运来装的装，为了前方打胜仗，人人出力理应当；一串小车一条龙，吱悠吱悠向前游，一天走不断，一眼望不到头；碾磨一起转，米面送前线，打倒蒋介石，粮食是子弹。”这些流行歌谣生动地反映了当时筹运粮食支前的情景。

解放战争时期的惠民县参军和支前工作

参　军

1946 年 6 月 26 日，蒋介石国民党背信弃义，单方面撕毁国共两党达成的“双十协定”，挑起内战，国内战争全面爆发。国民党反动派号称拥有 800 万军队，不下 3 个月就会全部消灭共产党所领导的八路军和新四军，于是，在全国摆开战场。是年 8 月中旬，惠民县、市党委政府，在渤海区党委、行署直接领导下，一方面积极开展反奸诉苦、土地改革、剿匪除霸活动；一方面发动群众报名参军参战。经过反奸诉苦，分到土地的贫苦农民振奋精神，觉悟倍增，惠民县一次就有 300 多名贫苦农民报名参军。

1947 年初，国民党实施全面进攻战略遭到失败后，又采取对陕甘宁边区和山东解放区重点进攻战略。为了打破国民党反动派重点进攻策略，夺取全国解放战争胜利，一场轰轰烈烈的大规模的报名参军热潮在全县展开。于是，父母送子，妻送郎，父子兄弟争相上战场的场景遍布全县城乡。第一次动员参军，惠民县 2817 人，惠民市 1400 人；第二次惠民县 1500 人，惠民市 500 人。在动员参军中出现了许多群众踊跃参军的感人事迹。惠民县文化区的朱、孟、小刘家村 30 多人送子参军；省屯区小郑家郑风翔兄弟

3人参军；同时，还有12户兄弟俩一齐参军；朱老虎村80多岁的老太太将自己40多岁的独生子朱文月送去参军。感人事迹颇多。

1948年，中国人民解放军的战略大反攻取得重大胜利，后方解放区更加巩固。为乘胜追击，扩大武装力量，彻底摧毁国民党军，夺取解放战争全面胜利，动员参军工作量加大。是年春，惠民县、市两次掀起报名参军热潮。第一次惠民县征兵2817人，市征兵1400人；第二次县征兵1500人，市500人。入伍新兵及时补充于各部队，并投入战场。

三年解放战争期间，渤海区共出兵17.2万人，走出整编制部队有28军、33军、43军、渤海教导旅（新疆建设兵团农二师）。惠民籍战士11417人，分别随四支部队参与了“辽沈战役”“平津战役”“淮海战役”，解放海南岛、解放上海、解放大西北等战役和战斗。革命战争年代，全区共有55308名子弟兵献出宝贵生命，其中惠民籍有986人。英烈事迹已彪炳史册，人民共和国永远不会忘记。

支　前

全面内战爆发前，惠民县、市委，根据中共中央的部署，积极组织人力、物力支援前线，同时积极做好反对内战的准备。1947年2月，惠民县妇联召开全县妇女干部会议，动员妇女20天内，为前线赶做军鞋3000双。同年3月1日，惠民县开展为前线捐献物资活动。市委书记林光带头捐献，机关干部捐献夏衣29套，鞋袜113双，棉被7床，棉衣7套。2日，城关区商民召开捐金大会，8家商民带头捐现金235万元。全市商民共捐献800万元，城关妇女15天内捐献鞋袜900余双。

同年3–7月，为加强支前工作，惠民县、市整顿健全了各级支前机构，充实加强了支前委员会，将适龄民工预先编为担架队、运输队，集训备调。

3 月 26 日，县、市组成民工营，县武装部长杨凤楼为营长，市委宣传部副部长鲁哲为教导员，选调民工 1269 人，携担架 250 副到鲁西南支前。同时，在清河镇、桑落墅、省屯、王平口、考童王等交通要道设立兵站。4 月，惠民县又组建支前民工营，以市政府民政科长韩广民为营长，市委人武部副部长郑雨村为副营长，带领 500 余名民工到章丘、泰安、汶上、梁山一带随军服务。同时，惠民县、市出动 7000 辆大车往前线运粮。7 月，惠民县组织 500 余名民工组成民工营，以张展为营长，随十纵队到鲁西南、河南边境支前。是年，惠民县、市全县支前、支差民工用工 959036 个。

1948 年春，中国人民解放军的战略反攻取得重大胜利。是年秋，全国的解放战争进入战略决战阶段。

为夺取战争全面胜利，扩大攻势与战果，后方支援是可靠保障。是年 2 月下旬，惠民市委书记林光带领惠民县支前民工 609 人，惠民县支前民工 477 人，同阳信、无棣支前民工组成一个担架团，参加张店、周村、潍坊战役，是年 5 月复员。此次支前工作十分艰巨，全担架团伤亡民工 80 余人，其中惠民县民工 20 余人。

是年 3 月至 9 月中旬，惠民县积极组织民工支前达到空前高涨。3 月，组织支前民工 748 人，6 月又组织 500 人的民工营，携 100 副担架，随八纵到鲁西南战地服务。7 月，组织支前民工 420 人，与阳信、无棣县民工组建为一个民工团。惠民县第一营，城关区各救会主任康士兰任营长，随军参加济南战役、淮海战役，后随军去沪、杭一线作战，历时一年。他们不仅胜利完成了支前任务，而且缴获国民党军队武器 60 余件，被誉为“忘我支前营”。9 月 11 日，惠民县又组织 1690 名支前民工，带担架 360 副，编为两个担架大队，到济南战役战地服务。一大队以李道海为大队长，刘涛为指导员；二大队由县民政科副科长朱明臣为大队长，青阳店区委副书记郭华为教导员，与滨县等地支前民工编为一个团。济南战役结束后，又随军参加了淮海战役。

1948 年 9 月 19 日，为支援济南战役，渤海行署在惠民县建立运粮指挥部。指挥部设在清河镇、王平口黄河码头，专司运粮事宜，确保前线用粮及时调运。至 10 月 30 日，惠民等 4 个县已运粮 1038 万斤，仅惠民一县就出动大车 6367 辆，牲口 13861 头，民工 13346 人。

同年 10 月 6 日，惠民县委书记杨岩，代理县长刘朝中署名印发动员书，动员全县妇女为前方将士、民工赶做冬衣，支援前线。从 8 月份开始，城关区妇女在秋季大忙的 50 多天中赶做军衣 6 万多套。伙龙居区妇女做完第一批军衣后，又赶做第二批。

1949 年 1 月 2 日，朱明臣、郭华民工营胜利归来。该民工营于上年 9 月出发支前，经山东、安徽、江苏、河南 4 省 33 个县，随军服务 4 个月，参加了著名的济南战役和淮海战役，有 7 名民工在支前任务中光荣牺牲。在完成抢运伤员任务的同时，还俘虏了国民党兵 97 名，活抓了国民党邳县县长王化一，缴获美式机枪 5 挺，步枪 115 支，战马 5 匹，荣获“钢铁民工营”称号。有三个连分别被誉为“钢铁先锋连”“英雄卓绝连”和“巩固模范连”，有 4855 名民工立了功，奖给一等民工模范杨士海步枪一支。县委于 1 月 24 日开会，为该支前民工营庆功。

是年 2 月 28 日，惠民县民工 492 人，大部编为第二营，营长荣若智，教导员王怀志，在第二民工团团长、县粮食局局长袁东的带领下，到长江一带支前。

是年 2 月 6 日，山东省政府指示：去年秋征任务虽已完成，有力地支援了淮海战役，但因战争规模空前巨大，现存粮食与需要相差两亿斤以上，为了保证战争供应，省政府决定预借公粮。据此，四专署 2 月 9 日通知惠民县借粮 571.2 万斤。惠民县委、县政府动员全县人民克服上年因旱灾减产带来的困难，节约粮食支援前线。到 3 月底，全县人民节衣缩食完成预缴公粮 551 万余斤，尾数于 4 月上旬如数完成。

三年解放战争期间，为了支援前线，惠民县人民不惜代价，一切为了前线，要人有人，要物有物。“唯有一碗米，送去做军粮；唯有一尺布，送去做军装；唯有一件老棉袄，送去盖到担架上；唯有一个亲骨肉，送去参军打老蒋”，再现了“不屈不挠，艰苦奋斗，顾全大局，无私奉献”的老渤海精神。

解放战争时期阳信县支前工作

解放战争时期，渤海区人民发起规模浩大的支援前线运动，阳信县作为抗战胜利后的老区，支前工作更是走在前面，对解放战争的胜利发挥了重要作用，做出了巨大贡献。

1947 年 3 月，国民党军队对山东发动“重点进攻”，渤海区域也成为国共争夺的战场。4 月，为配合渤海人民子弟兵——华东野战军第 10 纵队机动作战，阳信县组织民工 800 余人组成担架营，参加了解放胶济、陇海两铁路沿线城镇的战斗，历时 3 个多月，胜利完成了支前任务。1947 年 8 月，国民党军队侵占了渤海区黄河以南的大部地区。根据战争需要，9 月份阳信县动员民工 700 人，大车 50 辆（每辆车配 2 人），组成担架营和大车队，随部队渡黄河南下开赴前线，夜以继日地运送军粮和作战物资。入冬后，大车队返回，其余民工仍留在前线坚持战斗，12 月底胜利归来。

1947 年 10 月以后，华东野战军转入战略反攻，在外线集中力量消灭敌之主力。1948 年 3 月，阳信县组织了 800 多人的担架团，随渤海纵队七师参加了解放周村、张店的战役。4 月，又参加了攻克潍县的战斗。后随军运送作战物资，8 月胜利返回。在华东野战军节节胜利的形势下，阳信县又动员民工 1000 余人，组成担架二营，跟随华野八纵活动，参加了济南战役、淮海战役、渡江战役，主要任务是在火线抢救伤员。

担架二营历尽艰难险阻，圆满完成了党组织交给的任务，被命名为“模范担架营”。8 月，阳信、无棣两县联合组成担架团支援淮海战役。担架团下设两个营，阳信县为一营，计 1200 余人，跟随华野第一纵队参加了淮海战役。战役结束后，民工返回，带队干部（包括一批农村支前干部）大部分随华东支前司令部渡江南下，编入中国人民解放军西南服务团，后进军四川。1949 年 2 月 1 日，阳信、惠民、沾化三县联合组织远征民工团。阳信县组建一个营计 600 人，随大军渡江南下，历时半年之久，胜利完成了战地运输、救护、清扫战场的艰巨任务。

在历次战役中，支前民工天天扛着担架跟在部队后面，在风里雨里走，在枪林弹雨中穿梭。北方人最受不了的是南方的天气，天天下雨，衣裳每天都是湿的，捂在身上难受。有一个担架连，一多半人捂出了疥疮，长在大腿根，流脓打水，走路不敢并腿，只好“拉碴拉碴”的跟在后面走，每天照样走六七十里路。担架队是在二道火线上，前线的伤员运下来，经过简单的包扎后，再由担架队抬到简易医院救治。枪炮声离得很近，不时有子弹从身边飞过，但他们小心翼翼，下坡时，后面的弓着腰，恐怕伤员受罪。过长江时，担架二连跟随的部队专门挑了一个窄地方过江。就是这个窄地方，也有十几里路。北方人从来没有见过这么大的水。往江边上一站，头都大了。头大归头大，但他们绝不打退堂鼓。他们说，解放军顶着枪子都过去了，咱为啥当孬种？！为了保险期间，部队选择了让担架队晚上过江。上了船担架队员们才知道怎样叫“无风三尺浪”，那么大的船，到江里后就像一片树叶，忽上忽下，心都提到嗓子眼儿了，国民党的军舰“呜呜”地开过来了，朝着担架队的船“哐当哐当”地打瞎炮，身边的浪头窜起老高。

上海解放了，担架队圆满完成了任务。回来时在火车站，陈毅司令员、刘伯承司令员专门开大会为他们送行。陈毅司令员说，谢谢你们了，山东老乡们！你们跟着我们打国民党，从山东打到江南，过黄河，渡长江，每天风里雨里地跟着部队前进，真不容易。俺陈毅谢谢你们了。说着，陈司令朝担架队员们鞠了一个躬，还流下了眼泪。担架队员们屈指一算，几个月来，转转悠悠咋着也走了有八九千里路了。

阳信县的“动参”与大参军

抗日战争时期，中国共产党领导的八路军及地方武装以人民群众为依托，坚持游击战争，所到之处，群众热情提供吃住，为伤员煎汤喂药。尤以阳信县西部根据地的群众，拥军活动更为炽热，为抗日部队送信、带路；为阻止日军进犯，破坏交通，紧密配合抗日斗争。1945年8月县境解放，县人民政府于县城唱对台戏慰问部队，乡村组织秧歌队、高跷队、龙灯、狮子舞与部队联欢。是年11月全县召开拥军大会，县政府出资慰问部队，军民同庆抗日战争的伟大胜利。

抗日战争时期，参加八路军或地方抗日游击队者，往往以化名代替真实姓名，家庭、庄乡也都为其保守秘密。1945年阳信县解放时，参军由秘密转为公开，“一人参军全家光荣”，父送子、妻送郎、兄送弟、兄弟相争参军的典范层出不穷。

抗日战争胜利之后，全国各族人民迫切要求实现和平、民主，建设一个繁荣富强的新中国。而国民党反动统治集团，则坚持内战、独裁，在美帝国主义的支持下，集中优势兵力，向解放区大举进攻，妄图实现一党专政，独霸全国。通过“一增双减”、反奸反霸和土地改革等运动，已经在政治上、经济上翻了身的阳信人民，积极响应中国共产党的号召，以反蒋保饭碗保家乡的实际行动，要人出人，要钱出钱，要物出物，参军支前的积极性空前高涨。近万名阳信人民的优秀儿女告别家乡，奔赴前线。1946年7月，拥军活动形成高潮，妇女踊跃做军鞋、缝军衣支援前线。部队过往，男女老幼夹道迎送，送茶送饭。

1946年12月，中共阳信县委书记兼县大队政委于重远、县长兼县大队队长尹清泰奉调带县大队升级，编入第四军分区警备团。国民党反动派向解放区的全面进攻被粉碎后，不得不采取重点进攻的方针，即在晋冀鲁豫、晋察冀、东北战场转取守势，抽调兵力对山东和陕北战场实施重点进攻。为沉重打击国民党军队的进攻，1947年3月，阳信县掀起参军热潮，有5320人参加了中国人民解放军。

1947年6月30日夜，刘邓大军12万人强渡黄河，发起鲁西南战役，揭开了人民解放战略进攻的序幕。1948年上半年，人民解放军在各个战场上向国民党军继续展开进攻，打破了敌人的分区防御。同年秋，敌我力量对比已发生根本变化，人民解放战争进入夺取全国胜利的战略决战阶段。1948年9月，粟裕等人指挥华东野战军攻克济南，极大地鼓舞了阳信人民打垮蒋介石、解放全中国的信心。11月18日，县委接地委指示，开展冬季参军运动。12月2日至7日，召开了由县、区、乡、村四级干部和农村党员、群众积极分子共1200余人参加的阳信县动员参军大会（简称“动参”）。会上，1011名党员、干部、积极分子报名参军。会后，参军运动在全县展开，12月底基本结束，1949年元月11日新兵团成立。动参工作中，坚持自愿的原则，运用群众路线的工作方法，把拥军优属工作摆到了重要位置，因而顺利地完成了动参任务。全县有4205名青壮年参加了解放军，比地委分配2900名的任务超额1305人。在动参工作中，干部带头参军起到了示范作用。其中区级干部18人，乡级干部54人，村级干部280人。通过动参工作，壮大了党的队伍，党员由动参前的3996名，发展到4814名，并培养争取入党的积极分子两千多名。

为支援前方打胜仗，县委、县政府十分重视开展拥军优属工作。对烈军属除节日进行慰问外，平时经常组织妇女儿童帮助做农活和家务活，对缺乏劳动力的烈军属实行代耕制度。1949 年 1 月 20 日，县委决定在全县范围内深入开展拥军优属群众活动。一是以区乡为单位召开烈军属座谈会，广泛征求意见，解决他们提出的困难。二是对烈属、军属、荣军及驻军，以区乡为单位进行一次慰问活动。为使烈军属过好春节，在财力、物力方面首先给予保证。三是营造烈军属光荣的社会风气，广泛发动群众敲锣打鼓地给烈军属送光荣匾、贴光荣对联和赠送年画，并发动全县中、小学生开展为烈军属做一件好事活动。四是发动机关、学校、群团及个人给前方将士写一封慰问信。五是春节期间对烈军属及驻军、荣军进行一次团拜活动。六是春节期间的文化娱乐活动以拥军优属、支前、开展春季生产为内容进行。拥军优属工作的深入开展，切实解决了烈军属在生活和生产中的实际困难，提高了广大群众的思想认识，真正形成了烈军属有困难全村相助的良好社会风气，解除了前方将士的后顾之忧，稳定了军心，有力地支援了解放战争。

在夺取全国胜利的解放战争中，全县共 9525 名青年参加中国人民解放军。

抽调干部南下，吹响解放全国的集结号

解放战争时期，人民解放军展开战略进攻，迅速解放了大片新区，新解放区急需大批能够管理军事、政治、经济、党务、文化教育等各项工作的干部。沾化县充分发挥老解放区的作用，为新解放区输送了大批优秀干部。1948 年春和 1949 年 2 月，两次共抽调了 220 多名干部，随军南下，转战千里，分别到达四川省万县地区和浙江省丽水地区工作，参加了解放江南人民的革命斗争，为党的事业和新中国的建设做出了出色贡献。

转战千里支援万县

1948 年 2 月，为支援潍县、济南、淮海等战役，渤海区四地委奉命分三批组建 5 个民工团队随军执行战地服务。沾化县委书记石清玉和县人民武装部部长刘子敬带领沾化担架营支援前线。石清玉先后担任担架营教导员，担架团政委、团长。他们带领沾化轮战营参加了著名的淮海战役。淮海战役胜利结束后，支前的民工队伍集中在山东兖州。遵照上级部署，大部分民工由少数带队干部率领回原籍复员。石清玉、刘子敬和大部分带队干部、个别不脱产干部和少数民工 80 余人留在兖州。春节过后，随华东支前司令部南下支援渡江战役。后留队转军，参加了南下干部服务团，番号为“皖南前线办事处”。他们到达安徽巢县后，石清玉任巢县县委副书记，在当地地下党组织的帮助下，建立地方人民政权，征粮、筹备船只，为大军渡江做准备工作。渡江后，石清玉任皖西县支前办事处粮食部长。1949 年 4 月 21 日，皖南前线办事处全员随第三野战军从浴溪口渡过长江，接管了芜湖地区，进行了筹资、征粮、并参加了支援解放上海、杭州等战役。沾化等县的南下干部编为第二野战军西南服务团。石清玉任西南服务团三支队副主任兼政治处主任，后来奉命随部队进军大西南，解放四川、云南、贵州康西等地。10 月 10 日晚，西南服务团第四大队负责人夏戎、石清玉等同志，带领全队人员同西南服务团全体人员一起，从南京启程，时而乘船、乘车，时而步行，跋山涉水辗转数千里，到达常德地区毛古洞。万县地委组织部的同志公布了沾化南下干部去万县地区工作的单位和职务。此后，又沿川湘公路，步行到贵州省秀山县，再由秀山入川，至 12 月到达万县地区。入川的 80 多名沾化干部分配到万县地区工作后，在当地地下党组织的帮助下，建立民主政权，剿灭匪特，平息反革命武装暴乱。经过一段时间的工作开展，新解放区的社会治安日趋好转。在此基础上，南下干部组织群众开展“减租退押”与“土地改革”“抗美援朝”“镇压反革命”三大运动，为恢复和发展万县地区的经济和各项事业，进行了艰苦卓绝的努力，取得了出色的工作成绩。他们有的成长为万县市、县的主要领导干部。

冒着战火挺进丽水

1948 年下半年，我人民解放军在各个战场上对国民党统治区发起全面进攻。在辽沈、淮海、平津三大战役胜利之后，解放战争已经取得了决定性胜利，捷报频传。在这样的大好形势下，党中央毛泽东主席及时揭露了国民党政府假和谈，妄图获得喘息机会以便卷土重来的阴谋，发出了“将革命进行到底”“打过长江去，解放全中国”的伟大号召，极大地振奋和鼓舞了解放区军民士气。

中共沾化县委为落实干部南下这项工作，在召开全委会之后，又召开了全县各级干部动员大会，县委书记王零、县长张青树都讲了话，做了动员报告。沾化广大干部参加动员大会之后，争先恐后报名。1949年2月12日，南下干部到沾化县城富国镇集中。第二天，县委召开欢送大会。2月14日早晨（旧历正月十六日）在县委领导、机关干部、各界群众和南下干部亲属的欢送下，沾化146名干部告别自己的故乡，踏上南下的征途。

其中，1949年4月20日，中国人民解放军中路兵团突破长江“天险”。这天夜里，最先渡江作战的解放军中路兵团中，就有由沾化县委副书记许铁夫率领的120余名干部（包括通讯员、炊事员同志）。这些从沾化县党政机关抽调来的干部，此时都已身着军装，分别编入中国人民解放军25军74师的团、营、连中。他们同战士一道，从长江北岸登上了大小不一的木帆船，在漆黑的夜晚，冒着敌人阻击的炮火，破浪前进。4月21日凌晨，胜利地踏上了江南大地。

这批沾化的南下干部，从1949年2月14日离开沾化县机关所在地富国镇，到1949年7月15日到达浙江省丽水县（现改为市），走上新的工作岗位，历时152天，途经山东、安徽、江苏、浙江四省，冒着战火前进，出生入死、风雨跋涉，行程五千余华里，经受了千辛万苦。他们到达丽水后，立即开展了剿匪斗争。由于此前的野战军迅速向南挺进，丽水的“双减”和反霸斗争尚未开展，群众还没有发动和组织起来。县内社会治安相当混乱。以潜伏下来的特务为核心，国民党残余军官为骨干，散兵游勇为羽翼，当地的恶霸、地主是社会基础，组织起大大小小十几股土匪武装，多则几百人，少的也有几十人。全县土匪武装共达一千三四百人。他们潜入城镇打黑枪。在农村袭击我征粮干部。在公路沿线、瓯江沿岸截击我去杭州、温州执行公务的车辆、船只。甚至有时集结数百人包围攻打我区委和区政府，气焰相当嚣张。我南下党员干部苗文藻、刘福林、刘祥岭三位同志先后在征粮和剿匪战斗中英勇牺牲，崔盈三同志身负重伤。

经受战火考验的沾化南下干部，面对敌人的猖狂报复，英勇无畏，不怕流血牺牲。他们克服了语言不通、地理不熟、山路难行、生活艰苦等各种困难，和当地党组织的同志紧紧团结在一起，配合军分区和县区地方武装，充分发动人民群众，经过一年的艰苦斗争，终于消灭了匪患，巩固了人民政权，为土地改革，恢复经济，发展生产，进行社会主义改造和建设创造了条件，奠定了基础。

沾化南下四川和南下浙江的226名干部，他们没有辜负家乡父老乡亲的期望，把心血和汗水洒在江南的红土地上。正像毛泽东主席说的："我们共产党人好比种子，人民好比土地。我们到了一个地方，就要同那里的人民结合起来，在人民中间生根、开花。"他们在南国异乡安家落户，爱上这儿的青山绿水，爱上这儿的父老乡亲，成为率领当地人民群众闹革命、求解放、谋发展，走向富裕道路的带头人。四川的万县（今万州市）和浙江的丽水成为沾化南下干部的第二故乡，在这儿他们建功立业，为当地人民社会主义革命和建设做出了很大贡献。

阳信干部南下

1949年2月至9月，阳信县先后抽调两批计173名优秀干部随人民解放军南下，对新解放区进行接管。这些工作扎实、经验丰富的南下干部，离开自己的家乡，风餐露宿，日夜兼程，克服语言不通、水土不服、风俗各异以及当时面临的残匪骚扰等种种困难，顽强地在南方不同省市、不同县乡扎下根来，对开辟、巩固和建设新解放区，对支援全国的解放战争，建设新中国，起到了巨大的作用。

南下背景

为了争取全国的胜利，中共中央政治局于1948年9月在河北省平山县西柏坡村召开了政治局会议。会议的议题之一，是讨论为争取全国政权所需要的干部问题。会议指出："夺取全国政权的任务，要求我党迅速地有计划地训练大批能够管理军事、政治、经济、党务、文化教育等项工作的干部"，会议决定，在解放战争第三年内，必须准备好3万至4万下级干部、中级干部和高级干部，以便第四年内军队前进的时候，这些干部能够随军前进，有秩序地管理大约五千万至一亿人口的解放区。

为贯彻中共中央政治局九月会议决议，中共中央华东局于1948年初冬召开部署抽调干部随军南下的工作的组织安排问题会议，要求山东 5 个战略区，每一个战略区抽调干部组成一个区党委和下属若干个地、县、区各级党、政、军、群领导机关的架子，集中学习整训，随时准备随军南下。

动员报名

1949 年 1 月，阳信县委在驻地程子坞召开县区干部会议，书记王文常作动员报告。首先讲了人民解放战争的大好形势，又讲了抽调干部南下的重大意义和迫切性，并讲了这次抽调干部的任务、要求、步骤和方法。会后，组织干部进行了讨论。广大干部一致认为："打过长江去，解放全中国"是人民解放战争发展的必然要求和结果，从解放区抽调大批熟悉军事、政法、经济、党务、文化、教育的干部，学会管理城市，是形势发展的需要。县区干部都提高了认识，端正了态度，一致表示：党叫干啥就干啥，哪里需要就到哪里去，掀起了广大干部报名南下的热潮。很短时间，报名人数就大大超过了任务要求。经县委根据每个干部的政治状况、工作能力、身体条件、家庭情况，进行详细的研究，确定了南下干部名单。

组织编队

2 月 13 日（农历正月十六）阳信县抽调的 137 名南下干部集中在程子坞村进行培训，编好序列。阳信县按照渤海区委的要求编为 1 个中队和下属 10 个小队，即一套县级班子和 10 套区级班子。随即宣布了两个县级领导成员名单：原县长杨景云任中队长，原县委书记王文常兼教导员，内定组织部部长吴跃东，宣传部部长王宝轩，民运部部长方堃；县长江巩，武装科长高长荣，公安局长江巩（兼），副局长孔鲁，财经科长刘毅，粮食局副局长尹鉴，文教科副科长贺恒等，接着公布了10个区委、区政府的书记、区长、科长、助理等，其中女性11人，男性126人。

2月16日，中共阳信县委、阳信县人民政府在程子坞村举行了隆重的欢送大会。这天程子坞晴空万里，彩旗飘飘，整个村庄洋溢着节日气氛，“热烈欢送南下干部大会”的会标醒目地悬挂在小学操场的会场上。上午欢送大会上，县委书记及各界群众代表致欢送词，南下干部县区两级代表表达了南下支援新区的决心和誓言。接着，中队长杨景云宣布了行军次序和纪律。下午一时，穿戴整齐，佩戴大红花的南下干部列队出发，此时，鞭炮齐鸣，锣鼓喧天，秧歌队扭起来、高跷队跳起来，欢送的人群从四面八方涌来，亲友们送来当地的土特产、小枣、花生，热情的房东替他们背行李、拿铺盖。直到把南下干部送出村庄，踏上征途，干部群众才依依惜别。

培训渡江

当天，南下干部到了渤海区委驻地（阳信县何坊四区）与到达的惠民、沾化、垦利、蒲台等县的干部会合。经过编队：渤海区党委称支队，地区称大队，县称中队、区称分队。在干部配备上，也是各级党政军群一整套领导班子。按照序列，阳信县编为“华东南下干部纵队渤海三支队第四大队第二中队”。

2月27日（正月三十）阳信县南下干部随渤海区三支队一起出发，几经辗转，来到山东省南部薛城的沙沟镇集结。

3月5日，全体南下干部，集体编入华东局党校学习。主要内容有《中国共产党七届二中全会决议》《华东局关于接管江南城市的报告》《中国人民解放军布告约法八章》《华东局关于江南农村工作的指示》《入城守则》

等重要文件和法律法规。通过学习，大家明确了彻底摧毁国民党反动统治，夺取全国胜利，把党的工作重点从农村转到城市的光荣任务，提高了广大干部政治理论水平和执行党的新区工作方针的积极性和自觉性，坚定了开展新区工作的信心。

经过 17 天的培训，每人发了两套崭新的军装、一顶军帽和一枚中国人民解放军徽章。从此，南下干部都成了中国人民解放军的一员。1949 年 4 月 20 日，南下干部随着中国人民解放军渡过长江，阳信县的二中队指战员除部分留在杭州外，多数干部去了浙江省丽水地区的松阳县，开始了他们接管和建设新解放区的艰巨而光荣的使命。

西下四川

另外，中共阳信县委遵照华东局和渤海区委部署，还抽调了部分干部，进军大西南，西下四川。阳信县去四川的干部是由两部分组成。一部分是 1948 年 4 月，以县委原副书记李明村为教导员，高子孚（一区区委书记）为二营营长的担架营组成的。二营下辖 4 个连队共 16 人跟随华东野战军第八纵队活动，先后参加了济南战役、淮海战役，历时 1 年零 2 个月，除少数干部率民工回乡外，多数干部留在前线继续作支前工作。另一部分是 1948 年 8 月，由阳信、无棣两县联合组成担架团，由阳信县委委员李真为教导员，民政科科长李煜亭为营长的由 22 人组成的营部，下辖四个连队，跟随华东野战军第一纵队参加了淮海战役。战役结束后，在兖州待命。后奉上级指示，少数干部带队回乡。多数干部渡江战役后，随军向大西南挺进，编入西南服务团第三支队，阳信县共有 36 名同志编入其中。支队长兼政委夏戎，石清玉任副支队长兼政治部主任，共组建了十个县级班子成员。西下干部跟随部队搞宣传，筹措军粮、横扫残敌，剿灭土匪，先后跨越八个省，8000

多里，终于在 12 月份进入四川省。以第三支队为主要成员，组成万县地委行署领导班子。阳信县多数干部分配在万县地委直属机关和所属各县工作，开始了他们在新解放区的工作，为实现彻底打败国民党反动派，解放全中国的伟大战略任务，做出了伟大的贡献。

博兴抗战老兵潘长泰：退伍后为无名烈士守墓 40 年

博兴县吕艺镇王浩村的抗战老兵潘长泰，1945 年参军，1952 年复员。在战场上他所向披靡、奋勇杀敌，立下赫赫战功，退伍之后为无名烈士守墓 40 年，无怨无悔。

当兵要去打日本人

1945 年 2 月，渤海区党委、军区发出“扩军、练兵、大反攻”的指示，全区掀起了轰轰烈烈的参军热潮，揭开了大参军运动的序幕，在“有志青年上战场，打败日寇保家乡”的口号声中，出现了“好父母教儿拿起枪，好妻子送郎上战场”的场景。潘长泰老人就是在这次参军潮中参的军。

当问及老人有没有打过鬼子时，老人有些气愤地说：“当然打过呀，那个时候鬼子来咱的地盘，占领了咱们的很多地方，把我们围了一圈，欺负咱中国的老百姓，咋能不打他。当时我就想咱没有枪，人家有枪啊，不能用手打他们，心里很气愤就想当兵有枪，当时的想法就是把鬼子赶出中国去，让老百姓都过上幸福生活。正好赶上参军大潮，部队动员参军入伍。我就在 1945 年 2 月自愿参了军，当时我刚刚满 18 岁，意气风发啊。那时候，我们村附近的路都挖成了沟，日本鬼子的汽车、马都进不来了。咱这街都垒着墙，只留个小门，咱们光走门，他们的汽车却进不来了。就把他们挡在外面了。”

老人回忆说，当时打鬼子的时候条件很艰苦，吃糠面子，吃菜面子，吃什么一点都不介意，但是武器装备也是极其简陋的。那个时候没有子弹，部队里每个人的枪里就只有 3 颗子弹，实在很危险的时候就用手榴弹打。

问及老人主要参加过哪些战斗时，老人摇摇头说：“参加的大大小小的战斗都已经记不清了，至少也有百次吧，从抗日战争到解放战争。我记忆最深的就是打沂源县城，打临朐县城，打寿光、昌乐、临淄、广饶。之后解放战争的时候又打了济南。”

老人所说的解放广饶的情形，在相关的资料中，我们可以发现，那天是 8 月 21 日，是当年农历的七月十四日，按照当地的习俗，是祭祖的日子。这一天，八路军开进了广饶县城，他们穿着军装，打着裹腿，扛着上了刺刀的步枪，迈着矫健的步伐，个个神采奕奕。走到城下，打开了被日本人常年关闭的城门，威武雄壮地开进了广饶县城。不久之后，渤海区党委撤销了中共益（都）寿（光）临（淄）广（饶）四边县委、县政府，恢复了广饶县委、县政府建制。

陈户战斗中身上中了七八枪

抗日战争时期，老人记忆最深刻的一次战斗是陈户保卫战，这是老人当兵之后打的第一场大的战役。老人说起这场战斗时眼里满含泪水，老人告诉我们，当时带领他们战斗的是博兴独立团的营长孙干卿，政委是王效禹。

相关记载显示，1945 年的 5 月 20 日，日军组织惠民、阳信、滨县和博城的鬼子伪军 5000 人，分三路从博兴县城出动，对我军驻扎在陈户等村庄的县独立营、区中队、公安局和县党委机关1200多人实施合围，原计划是在5月21日凌晨发起攻击。当时我方县委书记兼独立营政委的王效禹，独立营副营长李超夫等都在陈户村附近，而5月21日是陈户镇大集。直到天亮之后才知道在陈户附近有日本鬼子的踪迹，但为时已晚，我军被敌人包围，与外界的联系中断，战斗打得很艰苦。

看着来陈户赶集的群众越来越多，独立营的领导很着急，生怕百姓有危险，为了掩护群众安全转移，县委书记王效禹直接带领县委机关干部和包括老人在内的新兵向陈户镇的东寨村突围。当时仅仅有200来人，而日本鬼子却有千人，虽然歼灭了不少敌人，但是县委的许多干部都壮烈牺牲了。经过一系列的激战，独立营的各个连队都损失惨重，有的连长身负重伤之后仍然掩护群众安全转移，战斗到最后我方损失惨重。

博兴县委后来在陈户村修建了“陈户烈士纪念塔”，纪念当时在战斗中罹难的烈士们。陈户烈士纪念塔位于博兴县陈户镇河西村北，于1945年建成，塔系青石砖结构，五层六角攒尖顶式，通高十五米，边长四米，南面纵排“烈士纪念塔”五个大字，底层建拱形塔门，其余三面各嵌一块石碑，分别撰刻战役经过和烈士姓名。2004年该纪念塔被公布为市级文物保护单位。

老人边擦眼泪边说：“打陈户保卫战的时候我们村里牺牲了五个，当时我的堂哥潘长河就是在这次保卫战中牺牲的，他和我一块参军的，才刚刚参军没几个月。我亲眼看见日本人的枪子儿从他的头上穿过去，现在陈户烈士纪念碑上还有他的名字。当时真的很生气，但是咱没有枪炮和子弹，一个人就三发子弹，一下就打没了。但是日本鬼子呢，子弹很多，机关枪、大炮应有尽有。当时牺牲的年轻人太多了，有的才刚刚参军，还没有成年。我当时身上也打了七八个枪眼，但是都打在了我的衣服上，因为穿得比较厚，没有打到肉，再加上有土坯墙挡着，帽子上还打了一枪，差一点就牺牲在战场上了。”老人说：“你很难想象战友和亲人在你面前一个个倒下是什么心情。”说到这里老人摇头不再说话，眼泪夺眶而出。

之后，老人又参加了解放战争，他告诉记者：“咱解放军几十万军队，他国民党蒋介石几百万军队。人家都有枪炮，有美国支持着，美国的大炮、子弹、炮弹。咱八路有啥啊，没有啊，小米加步枪啊。在打菏泽战役时，吃高粱窝头，又苦又辣。穿的袜子、鞋，在泥里插得很深，都冻成泥块了，晚上脱下来放在火边烤烤，也烤烤脚，脚冻得通红。当时正好是冬天，天特别的冷，但最终咱解放军 40 万军队，国民党 60 万军队，咱把他打败了。当时我们的老百姓为解放战争的胜利提供了坚实的物质保障。”

1952 年，老人复员回家，但他仍然不忘为国家和人民做贡献。一直守护一名无名烈士墓近 40 年，这个烈士是在 1942 年牺牲在他们村附近的。他每到过年过节都会带一些祭祀的东西来烈士墓前来给他上坟。不管春夏秋冬刮风下雨，四十年从来没有间断过。

潘长泰说，他很感谢党，感谢政府对他的照顾，国家的待遇很好。“只有国家越来越强大，我们才能不被欺负。”

博兴县二等功荣立者焦南宁家祖孙三代接力从军

焦南宁从小就学习认真刻苦，努力钻研。每天放学后第一件事就是按照老师的要求仔细做好布置的作业，遇到难题总是冥思苦想，翻阅老师讲课时的记录，查找解决问题的答案，直到弄懂为止。在学习上，从不让父母操心。焦南宁热爱学习，刻苦攻读，成绩优异，在当地传为佳话。步入高中后，他把读书学习视为生命之需、将来自己报国之基，学习更为刻苦努力，拼搏攻读，每次学校考试焦南宁的成绩都处在前列，被师生们称为学校的“学霸”，受到广泛赞誉。参加高考后，他以优异的成绩超过录取分数线，问起选择志愿时，焦南宁毫不犹豫地选择了军校。在“空军航空大学”的 4 年学习时间里，焦南宁置身于学习的海洋里，刻苦攻读空军建设知识，并融入强军理论，为实现我军现代化建设奠定思想理论基础。焦南宁因学习成绩突出，被学校评为“优秀学员”称号。毕业分配时，他毅然选择了祖国最需要的地方，担负起报效祖国，守卫祖国边疆的使命。

焦南宁所在的空军某部海拔 1800 米，属于三类边远山区，距离市区 50 多公里，环境条件比较艰苦，军人的日常生活单调、乏味，有很多不方便。不管环境条件多么恶劣，为了能够很好地坚守岗位，他不忘使命，煅造出了一颗超乎常人的能够隐忍的心，他心中即使有再多的苦闷、孤独、别人不解的困惑，为了能够报效国家都只能默默地独自一人来承担，用实际行动去履行一名军人的光荣职责和使命。

焦南宁的妻子杨丽玲是同乡人，两人青梅竹马，在同一学校就读，也是学校里的优秀学生。焦南宁参军入伍后，杨春玲又以优异的成绩特招入伍到同一部队，现在是空军干部少校军衔，焦南宁是中校军衔。可以说，夫妻比翼飞，报国齐翱翔。结婚10多年来，由于焦南宁担负着特殊的战备任务，平日里没有很多的空闲时间来陪她，妻子杨春玲毫无怨言，一心扑在工作上，并把小家管理得井井有条，其乐融融。幸福的小家给焦南宁增添了无穷的温暖和力量。日常生活中，白天两人都是各忙各的工作，早饭、午饭因为没时间做，只能在各自的食堂就餐。晚上回家两人才有机会一块儿做做晚饭，相互聊聊各自工作中有趣的事，生活中的困难、不顺心的事，相互沟通沟通。平时外出执行任务比较多，任务周期也比较长，两人因此也是聚少离多，让妻子一个人在家独守空房的日子也成了家常便饭。有时参加外训数个月，夫妻二人也只是电话里聊聊天，互相鼓励，互相关爱，甜美的日子让他们格外温暖幸福。不执行任务时，遇有本场跨昼夜飞行的时候，晚上为了等他回家，想两个人能说说话，她经常等他等到半夜一两点钟。夫妻二人有个共同的信念，就是要很好地在这艰苦的偏远山区坚守岗位，报效国家，扎根西北，奉献西北。

据悉，焦南宁出自军人世家，爷爷是一名参加过抗美援朝的老兵，期间，曾先后荣立二等功、三等功。父亲参加过对越自卫反击战中的五指山战役、法卡山战斗，并荣获团嘉奖、营嘉奖。2004年，焦南宁入伍，刚开始的时候很难适应部队的生活，多次写信回来诉苦。父亲焦云增懂得部队纪律的严肃，训练的刻苦，他更懂得“钢铁是怎样炼成的”，焦云增将一封又一封的书信寄到儿子所在的部队。信里既饱含父子之情，更多的是他根据自己在部队的军旅生涯，讲体会，讲感受，又传授做人做事的道理，更要求他像爷爷那样，为人民立功，为家乡增光。经过父亲的言传身教，焦南宁深受教育，决心继承父辈意志，当一名合格的士兵。2014年，焦南宁安全飞行荣立三等功；2020年，焦南宁在飞行训练中表现突出，成绩优异，荣立二等功。

焦南宁与父辈投身军营的接力棒传了一代又一代，他们心中有国，大爱无疆，再苦再累，无怨无悔，他们共同的理想信念就是报效国家，守护人民安宁。

陈户纪念烈士塔：一家四代接力守护七十载

烈士碑常见，佛塔常见，但烈士塔少见，四代人接力守塔的故事更少见。

在博兴县陈户镇，有一座建于1946年的革命烈士纪念塔，记录了一场“黎明前的黑暗”——1945年5月21日，大批日伪军突然包围了驻陈户抗日军民。那一天，恰逢大集，为掩护民众，战士们以少敌多，殊死作战。最终，击毙日伪军百余名，同时我方付出了沉重代价——180多名革命战士壮烈牺牲，300多名群众惨遭杀害，100多名干部群众被抓走，被抢走大车、牲畜及其他物资不计其数。陈户百姓回忆，“河水都被染红了”。这是抗战以来博兴县部队和群众伤亡最重、损失最大的一次，被称为“陈户战斗”，也称“陈户惨案”。

次年，周边群众自发捐款捐物，在当年部分烈士的牺牲处，依傍古运粮河，营建了一座青色纪念塔，上面铭刻有冯高战斗、陈户战斗中牺牲的烈士名字。为守护英灵，陈户镇河西村村民王侦祥、王玉顺、王建亮、王宏成祖孙四代接力守护，至今已经70多年。4月17日，“学百年党史，看老区变化——追寻老渤海红色印记”主题采访团走进博兴县陈户烈士纪念园，“触摸”老照片、老物件背后的历史，与守塔人面对面，追忆那段硝烟往事……

国仇家恨，激起了民众更大的抗争。

当年，博兴抗日根据地掀起轰轰烈烈的大参军运动，全县共有2800名青壮年参加八路军。妻送郎、母送子、未婚妻送未婚夫参军的事迹层出不穷，阎田村女青年尹洪英送郎参军的事迹被编成剧本在根据地内传唱。同年8月20日，渤海军区部队解放了被日军盘踞6年之久的博兴县城，博兴县领导机构从根据地迁到了县城。1945年秋，中共博兴县委在陈户村西北角召开了公审大会，就地枪决了叛徒李玉华，当时陪审的还有一个外号叫作“狗皮褥子”的女汉奸。

次年，便有了这座纪念塔。

最初，这塔无人看守。时年50多岁的王侦祥主动请缨，一守便是近20年，成了第一代守塔人。王侦祥去世后，儿子王玉顺和儿媳高俊兰为了让父亲安心地走，搬到了纪念塔旁边的小屋子里继续守护，这一住又是20多年。追寻着红色记忆，四代人接力守护这座烈士塔，长达七十余年。

综观烈士们的悲壮事迹，我们还要继续砥砺前行。中华民族伟大复兴的道路还有一些崎岖坎坷，但一定要坚信我们有能力、有信心，必定会完成这个梦想，因为我们从来都不是一个人在战斗。不忘初心，砥砺前行，我们要用实际行动向英雄们致敬，要自觉担当工作职责，要真正有所作为，要团结奋进迎接下个挑战、创造下个奇迹，共同开创美好明天。肩上有责任，心中有担当，脚下有力量。王侦祥一家舍小家，为大家，为传承红色经典做出了积极贡献，他们心中的那一抹红，正是无数革命先烈遗留下的共产主义精神。

昔日革命生涯屡建功 今朝种药送药传大爱

——记离休干部刘云起永葆革命本色

“3 月 28 日，搭载着 437 具在韩中国人民志愿军烈士遗骸的专机降落在沈阳桃仙国际机场，离开祖国 60 多年的烈士英灵终得魂归故里。”80 多岁的离休老干部刘云起，仍然养成每天读报的好习惯。读着报纸上《志愿军烈士遗骸魂归故里》的报道，曾两次入朝作战、先后荣获 9 枚军功章的他潸然泪下，这则报道勾起了他对那个战火纷飞的战场的记忆和那些遗留在异国土地上的志愿军战士的怀念。

军旅生活十六载　战地黄花分外香

“当年在血雨腥风的朝鲜战场上，战友们出生入死，每次在战场上相见，都会兴奋地说‘我们还活着’。在那个严酷的年代，许多革命志士英勇牺牲了，我们活着是幸运的，所以要倍加珍惜来之不易的幸福生活，全心全意为人民服务，这是作为一个共产党员和革命军人最基本的要求。战争年代我是这样做的，和平年代更应该这样做……”刘云起说。

刘云起是无棣县柳堡镇黎敬东村人，1947 年 8 月参军入伍，当时年仅 16 岁。他曾两次入朝作战，先后荣获军功章 9 枚。1948 年春，他作为战勤卫生员随部队先后参加了解放张店、周村、潍县、济南、淮海等战役，为伤员、战俘做救治工作。解放军英勇顽强的革命精神时时刻刻激励着他。当时战争的惨烈，条件极端艰苦，医药奇缺，为了减少伤病员的痛苦，他和战友们一道，用尽全力护理每一个伤员，因此忘记了疲惫。渡江战役后，他的布鞋鞋底被石头磨透，在鞋上拴了两道绳子继续行军，后又缴获了两只“顺子鞋”穿了多日。1949 年 6 月，他光荣地加入中国共产党。

1950 年 11 月，刘云起赴朝参加了抗美援朝战争。抗美援朝期间，过着“一把炒面一把雪”的生活，后来在最艰苦的时期，连炒面也吃不上，冰天雪地，经常挨饿，致使胃剧烈疼痛，无法坚持战斗，支队领导让他回国休养。在回国途中，他把大衣让给了病号穿，胃病稍好一点后，又不顾撤退的战友和领导们的劝阻，又独自返回去追赶部队。一人在异国他乡、茫茫黑夜里，劳累、寒冷、饥饿，白天敌机在上空盘旋扫射，他深刻感受到祖国和集体的可爱，行军多日才和战友们会合。期间因胃病再次发作回国治疗 2 个多月，病愈后再次返回朝鲜战场。1952 年 6 月回国。当时，听说他们回国，朝鲜大嫂全家哭得没吃早饭，特别是小弟弟小妹妹，哭得更厉害，拉着大家不让走。大嫂一直送出大家好几里路，才含泪一一握别。

1952 年 8 月 16 日，刘云起被中国人民志愿军司令部政治部授予三等功，荣获朝鲜军功章 1 枚、中华人民共和国解放奖章 1 枚。北京和平解放后，总后勤部从全国各大军区选调了 5 名 25 岁以下的党员干部充实政治骨干力量，刘云起荣幸地成为其中的一员。他更加珍惜来之不易的机会，积极工作、刻苦学习，多次立功受奖，并被选为总后八一一仓库党支部委员。1959 年 2 月记三等功一次。

1963 年 2 月，他因病转业到安徽省宿县糖业烟酒分公司任票证员，后又调到曹村分销处当负责人，并任曹村公社革委会副主任。1971 年 1 月，调回无棣县工作。任卫生院院长、县分院院长。曾当选为县人大代表、县革委会委员，先后荣获省先进工作者、县“一心为公的好干部”、优秀共产党员等荣誉称号。1982 年因病离休，离休时为行政十七级，享受副处级待遇。

离休回乡献余热　晚霞金辉映党旗

1982 年因病离休后，刘云起就下定决心做到：离休不休挥余热，愿把知识献家乡，为了民富国富强，定把一切献给党。30 多年来，他坚持自费购置、繁育中药，免费送给群众，取得了较大的社会效益。

“你看，这何首乌长到了手指粗细，它能直接减少或避免心、脑血管病变的发生，改善、纠正并防治脑血管意外等临床病症……”走进老人室外的“百草园”，他如数家珍。屈曲缠绕的何首乌，扦插的塔松、枣树……每一株药材都诉说着老人的艰辛和执着。每一种药材都联系着老人关注的患者。老人的“百草园”是一座天然浓缩的“中药库”，凝结着他对中医的热爱、对患者的关爱。每一株中药材都在精心的侍弄中生根发芽、茁壮成长直至开花结果。求医问药的人登门拜访，老人乐此不疲。

刘云起自费订阅了大量相关报纸杂志，将有关药材种植的内容剪下，装订成册认真学习。为摸清本地药源，他骑自行车几乎跑遍全县每一块荒洼，带领乡邻试种、引种和变野生为家种的中草药 30 多种。在他的小院里，尽是各种保健药材，除防蚊的罗勒、顺气的藿香、防心脏病的栝楼、润肺止咳的冬凌草等药材和果菜外，还有珍贵药材黄蜀葵（菜芙蓉）。他根据报纸杂志的介绍，尝试试种、引种外地的中草药。从全国各地邮购了 300 多种植物进行试种，从栽培、扦插、嫁接管理、药用价值等各方面仔细观察实践，写下了几十万字的种植记录。

他厚厚的几十万字的药材种植和服用记录，字迹格外工整，洋洋洒洒，书写着严谨和艰辛，是一本颇具地方价值色彩的《本草纲目》，它的价值会在未来得到印证。

一位在战场治病救人的军医，用他的余热继续传递着大爱。他平均每年都花费 1000 多元购置特优新奇品种，因长途邮购，水土、气候不适，大多存活率较低。经过近 30 年探索实践，才优选出 50 多种适宜当地生长，具有食用和药用价值的植物。又自费将这些植物的生长习性、药用价值的资料复印了近 2000 页，无偿地献给社会和群众，已向百余人、数百次赠送种子几千包、苗木 1000 余株。老人赠药有个准则，即“先尝后送”，只有吃着管用才送给对方。他认为，虽然已花掉了自己数万元，群众却省了精力和财力，还普及推广了防治疾病的中药知识。只有这样，才能报答党和人民的哺育培养和政府给予的崇高荣誉和待遇。

永葆党员本色，坚定理想信念

在他的影响下，儿子和孙子都参军入伍，经受了军队大熔炉般的洗礼。他始终认为：“军队是最锻炼人的地方。有了当兵的经历，生活更加充实。”转业回到无棣后，到县城开会经常是步行，他除了带着吃的还随身携带卫生包，里面有针线、听诊器等，以便在路上给群众看病。他曾多次被授予“艰苦奋斗的好党员”“一心为公的好干部”等荣誉称号。他廉洁奉公、无私奉献的突出事迹多次被《大众日报》《滨州日报》等新闻媒体报道过。2008 年北京“关键帧公司移山组”得知后，专程来到无棣，用了两天时间到黎敬、大王柳、县城实地拍摄采访，制作了专题片“救命草”，在多家省级卫视公益节目播出，外地很多不相识的观众收看后，纷纷来信求医问药。

走出局促的客厅，在花木葱茏的阳台，香气四溢的小院，室外的“百草园”，老人诉说着中药材与患者的故事，在他佝偻的身影中，我仿佛读懂了一个从战火纷飞、血雨腥风战场走出的共产党员老当益壮、奋斗不息的一生。

“民兵三姐妹”的国防情缘

1964年10月，在山东省民兵比武大会上，她们夺得了集体和个人一等奖，受到贺龙元帅、罗瑞卿大将的亲切接见，时任山东省委书记处书记、省军区第一政治委员白如冰亲自向她们授奖，她们就是被称为“民兵三姐妹”的李俊芳、李俊兰和李俊霞。50多年后的今天，旧事重提，我们还依然能真切感受到她们对于国防那千丝万缕的感情……

不忘党恩，“三姐妹”欣然练武

1958年，随着全国“大办民兵师”的兴起，无棣县的民兵训练广泛开展起来，到1964年达到高潮。柳堡公社李柳村民兵连常年结合生产劳动搞练武，是当时全县乃至全地区闻名的民兵工作模范村。

1964年5月，当时的县人武部领导找到村民兵连长李树恒，让她推荐比武对象，为全省民兵比武大会召开做准备。李树恒想到了李俊芳、李俊兰、李俊霞三姐妹。李家家境贫寒，父亲李风墀贫农出身，对共产党有着深厚的感情。他在解放后加入了中国共产党，一直担任农会主任。女儿俊芳是村里的团支部书记，李家是当时有名的进步家庭。

当时，县人武部部长对李风墀夫妇说：“让闺女们参加打靶，你们舍得吗？”李风墀夫妇一口答应下来，说没有共产党就没有俺一家子，咋不舍的！就这样，俊芳三姐妹被推荐到县上参加比武培训，一训就是 80 多天。

1964 年夏天雨水连连，训练场上半泥半水，整天在泥水里摸爬滚打，她们的裤子、褂子都磨烂了，胳膊肘也磨破了，结了厚厚的黑痂……但她们从不叫一声苦、喊一声累，坚持苦练精练，练准练好。训练间隙，姐妹仨相互交流体会，反复琢磨打靶要领，使射击技术水平提高很快。

遵元帅嘱咐，“三姐妹”带领全家练武

经过在无棣县人武部、惠民军分区 5 个多月的集训、选拔，三姐妹作为代表选手，参加了 1964 年 10 月在济南举行的全省民兵比武大会。这次比武大会进行了 20 多天，1300 多名选手进行了 20 多个项目的比赛。三姐妹以优异成绩，荣获集体一等奖。大会期间，贺龙元帅、罗瑞卿总参谋长、彭绍辉副总参谋长、济南军区领导、华东局领导和山东省党政军领导杨得志、谭启龙、袁升平、白如冰等检阅了民兵比武，并接见了与会代表。当贺龙得知她们是亲姐妹仨，最小的俊霞还是一名少先队员时，高兴地握住她们的手说，太好了，太好了。并鼓励她们，回去能不能带领全家都练武呀？回想起那激动人心的时刻，李俊芳仍然抑制不住内心的激动。

比武回来，县上为她们举行了隆重的欢迎仪式。三姐妹一下子成了“名人”。俊霞当时还是完小的在校学生，学校组织了一个民兵班，她任班长，利用体育课的时间带头训练。第二年升入县一中初中班，与同校上高中的姐姐俊兰，成了学校民兵连的教练，并于 1965 年秋季成功举行了带“假想敌”的演练，得到了县武装部领导的一致好评。

1964 年秋，全县第一个全家民兵班——李俊芳全家班成立了。俊芳的父亲、两个哥哥、两个嫂子、一个小侄女都参加进来。当时她们的小侄女

才刚刚 9 岁。

为了练好本领，李风墀在自家院子里挂了两个模拟靶子，南屋房檐下还挂了一溜儿瞄准用的小瓶子。天不亮他就像司号员一样把大家喊起来，到院子里练武。有时就同村上的民兵一起去场院里训练。李大爷眼睛花了，就戴上老花镜练瞄准。为了练臂力，平时推磨姐仨手里都要托着砖头；为了练瞄准，打猪草她们就以镰为“枪”，做饭时也忙里偷闲用烧火棍比画……用她们的话说，就是“简直像着了迷一样”。从 1964 年冬到 1965 年上半年，李俊芳全家班为全县贫下中农代表会、四级干部会等会议做过多次成功的表演。

李俊芳回忆说，1964 年冬天特别冷，她们接到通知要到县上做射击表演，于是把孩子用棉袄裹起来，全家轮流用箩筐挑着，走了 60 多里路赶到了县里……

1965 年 2 月 22 日的《大众日报》上，详细记载了她们表演的过程：表演一开始，百米处升起了十五个气球，飘荡在空中。三个女儿手提步枪，敏捷地走上靶台，随着“预备—放”的口令，叭！叭！叭……每人五枪，气球应声而破。此刻，另一边又立起了十八个钢板靶，全家九口一齐上阵，一阵激烈的枪声，靶子全被击倒，枪枪命中……

神枪三姐妹　花甲再点兵

时光荏苒。50 年过去了，原先的青春三姐妹，都年过花甲。

2013 年 8 月的一天，李俊霞接到县人武部通知，她们三姐妹将作为特邀代表，受邀参加全省民兵工作会议，并将上场进行应急应战能力课目演练。她把这个消息告诉了两个姐姐时，三姐妹激动的心情溢于言表：“真是没想到，我们都一把年纪了还让去参会。我们一定认真准备，希望还能打出威风，打出咱们女民兵的风采。”

9 月 21 日，三姐妹来到济南后，不顾劳累直接就到了训练场练习射击。“拿着枪，觉着那个亲呀，好像找到了多年不见的老朋友，那感觉真是没法形容。”大姐李俊芳骄傲地回忆说，“小妹一下子打了 14 发子弹，枪枪命中目标，弹无虚发啊！”

沙场秋点兵，千骑卷平岗。9 月 26 日，济南某训练场，全省民兵应急应战汇报演练进行得如火如荼。

射击场上，白发民兵姐妹花格外引人注目。随着“卧倒”“装子弹”“预备——放”的口令，“叭，叭”两枪，百米处的气球应声而破，枪枪命中。

62 岁的李俊霞表现精彩。与她一组的姐姐，71 岁的李俊芳和 68 岁的李俊兰，同样表现不俗，全部命中目标。

三姐妹的精彩表现，引来现场阵阵掌声。参会的济南军区司令员范长龙上将、政委杜恒岩上将等军地领导，亲切接见了她们，并与她们合影留念。

三姐妹自小对解放将军有一种深厚的感情，直到今天她们“见到穿军装的就感觉特别亲”，那份“国防情结”已经牢牢植根于她们心灵深处。这从她们的一首诗里可以看到：

历四十载记犹新，往事重提倍感亲。
岁月悠悠忆当年，永世不忘报党恩。
欣逢盛世暖人心，祖国处处艳阳春。
元帅褒奖仍励志，强咱国防主义真。

19岁英魂长眠白山黑水间

——追记烈士张雷

2012年8月15日，天色阴沉，细雨蒙蒙。无棣县革命烈士陵园内，抗洪抢险英雄张雷烈士骨灰安放仪式隆重举行。县委、县政府、县人武部等六大班子领导，以及社会各界干部群众近千人，自发从各地赶来，送英雄最后一程。

面对汹涌的洪水，他冲在最前头

2012年6月份以来，刚刚入伍8个月的张雷，一直跟随部队在辽宁省辽阳县河栏镇二道河村执行野外驻训任务。8月3日晚，受强台风“达维”影响，一场特大强降雨突袭辽宁，张雷所在部队驻地旁二道河水位暴涨，洪水肆虐，对当地人民群众生命和财产安全构成严重威胁。

8月4日凌晨5时许，张雷和战友们被一阵急促的呼救声所惊醒，“救命啊！救命啊！……”这凄厉的呼救声，是从驻地附近一处养鸡场传来的，3名群众被洪水围困，情况万分危急！在这紧要关口，张雷与其他6名战友主动请缨，火速赶赴呼救地点实施紧急救援。突遇山洪暴发，泥石流夹杂着树枝、庄稼呼啸而来，张雷等人被汹涌的洪水卷走……

张雷训练照

5 天后，在一处庄稼地里，张雷尸体被打捞队伍发现。年仅 19 岁的花样年华凋零在白山黑水间……

张雷的不幸牺牲，部队首长和战友们无比悲痛，部队驻地辽阳市广大干部群众为失去了一位优秀的子弟兵而无比悲伤。当得知张雷烈士家乡的领导和亲人来到部队，所在部队集团军后勤部副部长宁贵生，拄着双拐，深夜看望了千里迢迢前来的父母。他含着热泪对张雷父母说：“张雷是一位优秀的战士！他把生的希望留给了人民群众，把死的危险留给了自己，紧要关头挺身而出。他心系群众，临危不惧，舍生忘死的崇高精神，值得我们学习！他是真正的英雄，是新时期最可爱的人！我们为有他这样的好战士、好战友而感到无比自豪……”

穿上军装，实现人生重大转变

当一名军人，穿上绿军装，是张雷从小的梦想。1992 年 12 月，张雷出生于无棣县佘家镇一个善良淳朴的农村家庭，他自幼热爱学习、品行端正、志向崇高。父亲常年在天津塘沽跑货运，家境十分优越。2011 年 12 月，从塘沽区中专毕业的他，怀着报效国家、建功军营的远大志向参军入伍，来到千里之外的辽宁辽阳，成为一名解放军战士。接到入伍通知书的那天，他流露出从未有过的欢欣。在离开家乡奔赴军营的时刻，一身戎装的他满怀豪情地对父母说："我在部队一定好好干！要对得起这身军装，决不辜负家乡父老的期望！"

张雷是这么说的，也是这么做的。初到新兵连的张雷，训练成绩不太理想。他就自我加压，加班加点苦练。为强化训练，练兵场上别人跑两圈，他就逼着自己跑四圈；晚上在乒乓球室"偷偷"做俯卧撑；业余时间坚持学习军事理论……凭着顽强毅力，半年时间，他实现了从热血青年到优秀革命战士的转变。在新兵训练结业体能考核中，张雷一举取得了全连第三名的好成绩，并荣获嘉奖一次。开设野战输油泵站，是连队最重要的训练科目，张雷悄悄自制了一张流程图，什么时候干什么事，什么部位安什么阀，一目了然。几个月时间就成了业务尖子。2012 年 7 月，他为部队首长进行油勤专业课目演示，动作标准、程序规范，受到一致赞扬。

平常生活中，张雷和战友们团结友爱、打成一片。打扫卫生、义务劳动时，他总是冲在前、抢着干。平整院子，别人用脸盆运沙石，他拎两个大铁桶，跑得飞快。训练时搬运钢铁闸阀，40 公斤重的大铁块，他一手拎一个，动作准确麻利。他常常与战友们调侃道："身大力不亏，我不冲在前带头干，那咋行？！"他不计名利，肯于吃苦，以部队为家的突出表现，赢得了部队首长和战友们一致好评。

也许是年龄小的缘故，张雷时常想家，私下曾多次对战友说："每次看到你们父母来队，我心里特羡慕，很想让父母也过来看看我。可一想到父母打工挣钱不容易，就不想让他们来了。"张雷的父母说："每次打电话，他都说，我很好，我在训练呢，你们不要牵挂。"他把想家、想父母的念头强压在心底，一次次拒绝了亲人的探望。谁知时隔 8 个多月，再次相见时，已经阴阳两隔。刚强的父亲哭哑了嗓子，母亲更是几次昏厥过去……

革命英烈，无棣的光荣

张雷牺牲后，所在部队批准他为革命烈士，中央军委授予遇难的 7 名战士"抗洪抢险英雄集体"。8 月 13 日，辽阳市隆重举行悼念"8·4"抗洪抢险壮烈牺牲张雷烈士追悼大会，号召部队官兵和社会各界向张雷同志学习。部队长潘良时少将、政委张书国少将等部队首长、张雷生前战友、家乡领导和亲人、辽阳市领导以及社会各界群众数千人参加了追悼会。

张雷牺牲的消息传到家乡，在枣乡大地引起巨大反响。枣乡人民为养育了张雷这样一名优秀的好儿女而感到骄傲自豪！也为失去了一名好儿女而悲痛不已！县委县政府主要领导当即做出批示：要化悲痛为力量，学习张雷同志的英勇事迹，促进我县各项事业健康发展。县委、县政府和县人武部联合做出向烈士学习的号召。全县广大干部、群众纷纷表示，要学习张雷烈士不畏艰险、勇于牺牲的精神，立足本职岗位努力工作，为建设家乡做出应有的贡献。

张雷的英雄壮举，在社会上引起了强烈反响。网友们自发祭奠他、赞美他、学习他。一个个帖子，表达了人们对英雄的敬仰——

"山河呜咽，苍天垂泪。张雷，这位'90 后'军人，把自己的忠魂永远留在了他曾经战斗过的土地上……"

“以自己舍生忘死的实际行动，以 19 岁的生命高度，为我们树立了一个时代的标杆。”

“张雷走了，他的精神长存，将激励我们思考人生的价值；张雷走了，他的英魂永在，将启迪我们追寻生命的意义。”

2012 年 10 月 9 日，《解放军报》头版头条以“舍身为民七勇士”为题，报道了包括张雷在内的抗洪抢险英雄群体的感人事迹。文章短评中这样评价他们：站着时，他们是一堵墙；倒下时，他们是一座山。七个勇敢的生命被滔滔洪水吞没，一组英雄的群雕在人们心中矗立。

张荣涛四入冰河救乡亲

2006年2月9日，农历正月十二。冰天雪地，北风呼啸。

山东无棣柳堡乡横跨小开河边。

汽车马达低沉地轰鸣，车门半掩着，车内空荡荡的，仅仅有一个小宝宝。他显然有些不习惯离开妈妈的怀抱，不停地哭泣。

他的父母呢？为何这样粗心？甚至连手刹都没来得及拉起来，几个月的孩子独自留在车内——

冰河救人

当天下午4时，气温达到零下7℃。中国人民解放军北海舰队军官张荣涛和同是军人的妻子孙明燕，带着18个月的孩子，从岳父家探亲回家。

刚下过大雪的路面溜滑，张荣涛驾驶着皮卡车，车速很慢。当车即将到位于小开河上的无棣柳堡乡王干家桥时，正在全神贯注驾驶的张荣涛，突然听到妻子一声大喊："荣涛，河里有人，快下车。"

话音未落，张荣涛迅速刹住车，跑到桥下。清楚地看到，河里一片破冰处，3人正在拼命挣扎：一位40多岁的中年妇女拼命推着一个10岁左右的儿童向岸边挪动，一位40岁左右的男子在河中间，3人均脸色铁青，嘴唇发黑。见有人下来，生还的希望的转机支撑着这名男子，抖动着双唇挤出几个字：“先……先救我的孩子……”

说时迟，那时快。张荣涛立即脱下大衣，径直踩进水里，把几乎冻僵的男孩拖上岸来，交给妻子孙明燕。妻子把孩子抱进车里，脱下孩子冰冷的衣服，解开自己的大衣，把孩子紧紧揽在怀里，用自己的体温为他取暖。同时，利用自己在部队从医的专业特长，为他做人工呼吸，很快，男孩苏醒过来。

救上男孩，张荣涛第二次下水，去救那个妇女。由于妇女体形较胖，荣涛一边往水里移动，一边果断地对妻子喊道：“你也下来，快拉住我的手，一块使劲拉她。”当他走到水淹没到腰部时，一下子抓住了那名妇女的手，夫妻俩一起把她拖上岸。

河中还有一人。疲惫不堪、瑟瑟发抖的张荣涛，再次下到冰冷的河中，走到水没及胸部的地方。河中间那名男子在水中扑腾，但天气太冷，眼看就要沉入 3 米深的水中。他用极为微弱的口气说：“快救我，我快不行了。”张荣涛说：“你千万挺住，我就是死也要把你救上来。”

此时筋疲力尽的张荣涛暗想：如果贸然再往里走，抓住他，别说救他，还有可能被一起拖进去。此时他猛然想起被救妇女脖子上有条围巾，便急中生智，让妻子解下那条围巾，将围巾一端抛给那名男子。张荣涛与妻子孙明燕顺势把他拖上岸。

英雄埋名

三人都得救了！此时冻得手脚不听使唤的张荣涛正深感欣慰时，那名妇女哭着说：“恩人啊，俺丈夫和女儿，自从拖拉机掉下河后，就再没上来，还在河里呢。”夫妻俩顿时惊呆了，但张荣涛意识到，这么冷的天气下，被拖拉机压在车下，已没有生还希望。

张荣涛一边把被救者送到车里取暖，一边赶紧通知被救者家属，并联系吊车打捞拖拉机和那对父女。不到一小时，落水者的亲属赶到了。获救的孙希柱感激地说：“如果再晚几分钟，我们三个没一个能活下来。”激动万分的亲属当即拿出厚厚一沓钱，表示感谢。张荣涛婉言拒绝：“军民一家鱼水情深。遇到这种情况，任何一名军人都会这样做。”

被救者孙希蓉和孙希柱、孙占超父子家属赶到后，张荣涛夫妻俩开车一起把落水者送到医院。在救治的忙乱中，落水者和他们的家属，忽然发现，恩人不见了——原来，张荣涛夫妇见落水者转危为安，悄悄地离开了。

事后，面对记者的采访，张荣涛忽然有些后怕：由于救人心切，仓促之间，竟没来得及熄火、甚至没拉手刹，路面那么滑，汽车稍微一动，孩子不堪设想……

感动军民

军人夫妻不顾自家安危，四入冰河、英勇救人的罗盛教式的事迹，很快在当地传开。当地党委、政府和被救者四处寻找救人英雄，几经周折，终于找到了这对军人夫妇。无棣县委、县政府发出了向张荣涛、孙明燕学习的决定。

2 月 11 日上午，无棣县有关领导和获救群众来到张荣涛、孙明燕这对“罗盛教式的夫妻”家中，向冰河救人的英雄表达谢意和敬佩之情。

县委、县政府赠送了“家乡人民好儿女，奋勇救人谱赞歌”的锦旗。时任县委常委、宣传部长宋成琴说，张荣涛、孙明燕夫妇，勇救遇难群众的事迹，展现了新时期人民解放军对群众的一往情深。乡亲们得知后，交口称赞，荣涛，你对得起军营培养，也无愧于人民子弟兵这个光荣称号。而张荣涛却眼含热泪说：“遗憾的是，没能救起被拖拉机压在河底的那对父女。”

2 月 13 日，无棣县有关领导和部门负责人，专程赶赴青岛，将张荣涛、孙明燕回乡探亲期间下冰河舍己救人的事迹材料，分别郑重送到了张荣涛、孙明燕所在部队。

遇难者家属和被救者也牵动着人民子弟兵的心。张荣涛所在部队政委赶到无棣，到遇难者和被救者家中慰问，送去慰问金 3000 元。张荣涛、孙明燕夫妇也分别为遇难者和被救者家属各捐款 1000 元。

他们共同谱写了一首军民鱼水情深的感人之曲。

英雄事迹引发媒体关注

事情发生后，《解放军报》《大众日报》《渤海晨刊》首先以图文形式进行了报道，引起了全国各级媒体的关注。2 月 15 日，《人民日报》进行了重点报道，中央电视台新闻频道、军事频道也分别对此进行了重点报道。中央人民广播电台、新华网等媒体和网站纷纷转载。2 月 20 日、21 日，《人民日报》《大众日报》再次对军官夫妇舍己救人的壮举引起的反响做了报道。2 月 20 日，中央电视台新闻联播节目以《海军军官张荣涛、孙明燕夫妇破冰河勇救群众感动山东军民》为题，播出了他们四入冰河救乡亲的感人事迹。

2 月 20 日，无棣县委、县政府发出《关于向舍己救人的好军人张荣涛、孙明燕同志学习的决定》。张荣涛的家乡马山子镇党委也发出了向英雄学习的决定。马山子镇团委、镇卫生院、变电所、中小学和埕口盐化集团团委等部门也开展了各种学习英雄的活动。各级也对被救者和遇难者家人表示同情和关怀，柳堡乡党委、民营企业家张荣强、付瑞巧、张荣涛夫妇以及所在部队政委纷纷为被救和遇难者家庭送上慰问金。

张荣涛夫妇舍己救人的事迹，在广大军民中引起强烈反响，得到了各级领导高度重视。时任中共中央政治局常委李长春、中宣部部长刘云山等领导先后对张荣涛夫妇事迹宣传作出重要批示。海政宣传部组织新华社、北海舰队政治部、中央电视台、中央人民广播电台、解放军报、人民海军报等媒体，到无棣县深入采访挖掘张荣涛救人事迹，并陆续刊发一批大篇幅通讯。2 月 28 日，“张荣涛、孙明燕夫妇先进事迹新闻宣传协调会”在北京召开，新华社等 20 家中央级主流媒体参加会议，表示开展追踪报道，以取得更好宣传效果。

北海舰队党委为张荣涛、孙明燕分别记一等功、二等功一次。由中宣部、中央综治委、公安部和中华见义勇为基金会联合举办的第十届全国见义勇为英雄和先进分子评选活动中，张荣涛荣膺“全国见义勇为先进分子”荣誉称号。

老兵情怀铸金盾　热心双拥谱新篇

左振江，滨州金盾守护押运有限公司董事长兼总经理，一个有着十三年军旅生涯的老兵，一个脸庞黝黑但写满刚毅的中年汉子。十二年间，把公司锤炼成了一支部队，使每一个员工都拥有了军人一样的作风和意志，使公司荣膺“全国抗击疫情表现突出保安集体”，个人荣获“山东省社会化拥军先进个人”。

做为滨州市第一批“双拥优抚服务点”，左振江带领公司积极参与军地共建，主动与滨州军分区结成共建单位，并担负起军分区的安全守护任务及秦皇台军事训练基地的日常管理工作。安排20多名队员常年为保障军分区安全全天候坚守岗位，为服务军队和国防事业奉献力量。2022年1月，左振江又带领滨州金盾守护押运有限公司获批为“山东省退役军人思想政治工作示范点”。

2018年，左振江积极响应国家关于预备役工作有关精神，组织60多名优秀的复退军人刻苦训练，严格管理，并通过层层考核，全部以优异的成绩光荣入编山东陆军预备役部队，并定期组织预备役官兵开展军事训练和政治教育，提升应急作战能力，真正把预备役官兵培养成军地两用人才，在双拥工作和社会经济建设中发挥积极作用。同时，他还积极组织带领退役军人参加文明交通劝导，城区卫生清理整治等志愿活动，为倡导文明出行、创建文明城市贡献力量，赢得了社会各界的好评。

多年来，左振江带领他的团队全力为广大现役军人家庭和退役军人解难题、做好事、办实事，搭建起拥军优属服务平台，在安置退役军人就业和服务军人就业、创业服务工作中起到模范作用，左振江情系退役军人，大力推动退役军人就业创业，以围绕退役军人就业创业培训为中心，打造退役军人培训、就业创业指导及工作安置为一体的退役军人之家。每到军人复退时节，公司都到退役军人安置部门提供安置岗位。并依托金盾培训学校及合作单位的师资力量和技术优势为退役军人开展多种专业的职业技能培训，大力开展退役军人就业创业服务工作，建立了退役军人就业创业培训孵化基地。采取短期培训模式，积极开展退役军人专业技能培训，不断提升退役军人的就业创业能力。对于培训合格的退役军人学员，金盾公司优先安置到合适的工作岗位，真正打造成造了培训、就业、创业一体化的退役军人之家，直接解决了退役军人 1000 余个就业岗位，培训现役和退役军人专业技能人才 3000 余人，开创了社会化拥军优属工作新局面。

大道之行天下为公。左振江时刻以一名老兵的情怀，以军人钢铁般的作风和意志锻造着金盾，引领着金盾走向更加辉煌的明天！

战斗故事

蒲滨战役

1945年，敌后各抗日根据地军民不断发起攻势作战，抗日战争取得节节胜利。5月，广袤的渤海平原上小麦扬花抽穗，清风吹来，麦浪滚滚，丰收在望。为巩固和扩大抗日根据地，保卫麦收，渤海区党委、军区遵照上级的指示，准备在6月上旬，对蒲台、滨县一带的日伪军进行一次大的打击。渤海区党委、军区集中军区直属团、特务营、四分区独立团、滨县独立营、利津县独立营等主力部队及地方武装4000余人，在杨国夫司令员、景晓村政委的指挥下，首先开展了大练兵运动。练兵场上战士们生龙活虎，苦练杀敌本领。而盘踞在蒲台县、滨县的敌人犹如惊弓之鸟，惶惶不可终日。他们强征民夫，构筑工事，妄图垂死挣扎。一时间，蒲滨大地上战云密布，一场大战即将拉开序幕。

一

蒲台城，坐落在黄河之滨，城高丈余，护城河宽数十尺，日伪军长期盘踞。滨县城，位于蒲台城北20余里处。两城交通便利，遥相呼应。

1945年6月10日下午5时，渤海军区主力部队冒着蒙蒙细雨，从50多里之遥的刘家集向蒲台挺进。夜里10时左右，我军在夜幕掩护下悄悄地将县城外围据点分割包围，主力一部摸进蒲台城北关。军区直属团一营二连担任主攻任务，连长张千铭率一排攻打北门。副连长刘梅村带领二排组成突击队，一俟北门打开，就入城作战。指导员于贞杰带领三排作预备队。战斗打响了，我军首先使用迫击炮猛轰敌人的工事，敌人依据坚固的工事顽固抵抗。战斗持续了半个小时，攻城部队受阻不能前进。为了尽快攻破蒲台城，唯一的办法就是使用炸药，实施爆破，连长果断地下达命令。霎时轻重武器一起开火，无数条火舌组成一个庞大的火网，罩在蒲台城北门的上空，敌人只好龟缩在工事中，不敢轻举妄动。说时迟那时快，我爆破手抱着炸药包滚爬腾挪，巧妙躲闪着迎面袭来的子弹，勇猛地扑向城门楼。一声巨响，坚固的城门腾空而起，火光映红了半边天空。紧接着，战士魏成忠又成功地进行了第二次爆破，北门炸开。张千铭带一排迅速占领北门，巩固了突破口。刘梅村带领二排冲进城去，就像一把锋利的尖刀插进敌人的心脏。然而，该城是一座瓮城，有两道大门，占领第一道门不等于完全打开突破口。进入敌人腹地的二排战士受到敌人三面夹击，情况十分危急。刘梅村大声喊道："怎么办？""爬！"大家异口同声地说。五班搭上云梯，刚爬上城墙，敌人就居高临下，打来密集的子弹，企图封锁我军前进的道路。刘梅村见状，甩出几颗手榴弹，高声喊道："六班跟我来！"六班战士敏捷地爬上城墙，连续夺下三个碉堡。敌人妄图将我军两个班消灭在城墙上，曾组织了四次疯狂的反扑，都被我军打退了。二排战士牢牢地控制着突破口，为后续部队开辟了前进的通道。主力部队在惊天动地的呐喊声中冲进城去，在大街小巷同敌人展开了激烈的白刃战，硬是用刺刀杀出了一条条血路。

埋伏在西门外的三排战士早就急不可耐了。北门的敌人还没有彻底肃清，部队就开始冲击西门。敌人惊呆了，先是向我军扔手榴弹，随即架起机枪向我攻击部队扫射。三排指战员冒着呼啸的弹雨，英勇地向前冲杀。战士纪连义抱着拉雷，把它巧妙地送进敌人的炮眼，"轰"的一声，敌人坐上了“飞机”。侥幸活下来的也狼狈地钻进围墙下的芦苇丛里。黎明时分，躲藏在芦苇丛中的敌人开始偷偷活动。战士王子文大声喊道：“苇子里有敌人！”随手掷出一颗手榴弹。敌人惊恐万状，忙喊：“八路同志不用打了，俺们缴枪。”

这时，南门守敌也弃城而逃。我军大部队从四面八方冲进城来。城中守敌凭借炮楼和地堡进行猛烈阻击。我军则依托着残垣断壁，英勇地向敌人射击。跳动的枪口喷吐着仇恨的子弹，整个蒲台城硝烟弥漫，爆炸声和喊杀声响成一片。战士王洪柱、魏国璋抱着地雷匍匐到敌人的炮楼下，两丈多高的炮楼顷刻化为废墟，伪军大部见了阎王。面对我军凌厉的攻势，敌人军心动摇，无心恋战，剩余的溜进伪县政府。

战场上的情况真是千变万化。正当我军按原计划夺取蒲台城之际，惠民、滨县的日伪军倾巢出动，杀气腾腾地向蒲台城扑来。这时我军面临着两种选择，是放弃攻城，撤出战斗，还是围堵打援，尽快解决战斗？虽然我参战部队有限，困难重重，还是选择了后者。教导员王琦来到前沿阵地布置了新的战斗任务，他说：“奉团首长命令，三营全部撤出战斗，去城西阻击增援之敌。攻城任务落在一营身上，二连负责进攻东门。”二连经过一夜激战，非常疲劳，并有部分伤亡，连长也负了重伤。副连长刘梅村把队伍重新组织起来，战士们的斗志仍十分旺盛。副连长先认真察看了地形，又同大家研究了作战方案。他要求战士多带手榴弹，秘密地向东门靠近。突然，二连甩出几颗手榴弹，10多个敌人被炸得血肉横飞。副连长一声令下：“同志们冲啊！”战士们端着刺刀，冒着爆炸的烟雾冲上去，一举攻克东门。残敌向南逃窜，战士们乘胜追击，接连拿下6个碉堡。与此同时，三连也迅速靠拢过来，二连三连协同作战，准备向城内发动总攻。

城内的战斗更加激烈。退守在城内核心工事中的敌人，困兽犹斗，企图待援。岂料，蒲台城四门失陷，敌人已成瓮中之鳖。在攻心战未能奏效的情况下，王教导员将团里配给的重机枪调归二连。重机枪开火了，敌人的火力被压下去了。我突击队员奋不顾身地冲上去，“轰隆”一声，敌人的碉堡开了花，核心工事内的敌人伤亡过半。总攻的时刻到了，我军战士跃出掩体，从四面八方冲上来。下午4时，经过近一昼夜的激战，我军胜利攻克蒲台城，沦陷了八年的这座古城宣告解放。同时，我三营打援部队也传来捷报，他们不仅击退了惠民、滨县的增援之敌，还打死日军中队长松本，活捉了几名日本鬼子。一营、三营胜利会师于蒲城，广大指战员沉浸在胜利的喜悦之中。

二

我军围攻蒲台城之时，还包围了蒲台城外的玉皇堂、北镇、道旭、小营等敌人据点。

玉皇堂位于黄河以南，蒲台城东南方向，距蒲台城20余里，是敌伪边沿据点，又是蒲台县伪县长徐秉彝的老窝。该敌据点有南北两个大院，院外筑围墙，院内建碉堡，各院有一个伪军中队驻守。6月10日晚10点，我军四分区某部二连和三连，对玉皇堂敌据点发起攻击。首先攻打南院敌据点，二连六班班长孙建桐和战士李俊德，连发三炮，弹无虚发，剧烈的爆炸声响彻云霄，敌人的防御工事被彻底摧毁。我突击队员在一片喊杀声中冲进敌阵，与敌人短兵相接，展开激战，敌人尸横遍野，残敌全部投降。我军攻克南院得手，但守卫北院的敌人仍在顽抗，企图死守待援。拂晓前，我军二连相继攻打北院。北院围墙厚，炮楼高，敌人居高临下，炮火猛烈，进攻受阻。这时爆破手阎孝德、刘振清、于士俊等抱着炸药包，冒着敌人的枪林弹雨，从南院围墙的缺口冲出去，对北院的寨门、铁丝网进行了两次爆破。我二连突击队冒着浓烟黑雾，猛冲到围墙底部，架好云梯。五班长李志业第一个爬上墙顶，一阵猛烈扫射，敌人狼狈溃退到碉堡里。这时由于云梯断落，后边的战士上不来，只有李志业一人在围墙上。敌人见有隙可乘，从碉堡里钻出两个伪军，端着枪向李志业扑来。李志业沉着镇静，连发两枪，两个伪军当场丧命。第二个云梯架好了，一排长丁长珍、二排长张志祥和五班战士奋勇冲上去，强占了围墙南面，对敌碉堡猛烈开火，迫敌退至屋内。李志业率五班绕墙一周，并抢占了碉堡。敌人走投无路，除徐秉彝逃跑外，全部举手投降。

10 日晚，四分区独立团、营、滨县独立营和利津县独立营将北镇包围。北镇是黄河下游的一个重镇，位于黄河北岸，蒲台城东北，紧临黄河大堤。敌人在北镇周围修筑了 22 个高大、坚实的碉堡。四分区一营三连担任主攻任务，一连二连打外围。10 时左右，我军向敌人发起攻击。这伙敌人凭借坚固的工事负隅顽抗，战斗持续到翌日上午。这时，敌人从惠民、滨县、鳌头周先后出动三次援兵救应，均被我军击溃，固守的敌人陷入了绝望境地。20 多个敌人企图从我军兵力薄弱的西北角突围，遭到我外围部队围追阻截，被全歼于彭李村附近。下午 2 时，伪二营营长张雪亭带领残敌 100 多人，在炮火掩护下，向北面突围，刚出街头，就遭到我军截杀，敌人只好四处奔逃。张雪亭在蔺家村被俘，其余被歼。当我军追歼突围之敌尚未返回时，我三连一排便向敌人发起了猛烈冲锋，迅速攻占了黄河大堤上坚固的南门碉堡。我后续部队在一排火力的掩护下，从房顶上边打边进，接连攻克了 21 个碉堡。残敌退缩在东北角玉皇阁大碉堡内，三连步步紧逼，包围了玉皇阁，敌人纷纷缴械投降。

道旭地处黄河南岸大堤下，此处有黄河渡口。敌人的据点设在临近渡口的大堤上，并修筑了两座炮楼，一座由 14 个日军驻守，一座由 4 个班的伪军驻守。

渤海军区前线指挥部设在黄河大堤上，距日军据点仅两华里左右。军区司令员杨国夫亲临前线指挥战斗，大大鼓舞了指战员的斗志。6 月 11 日下午 2 点，在军事压力和政治瓦解下，伪军 4 个班投降，我军迅速占领伪军围寨。这时我政工人员展开政治攻势，联络员龙达用日语向日军喊话，让日军投降，但他们拒不理睬。下午5时，指挥部命令四分区某部二连和三连向敌人发起强攻。我神炮手从东、南两个方向发起攻击，霎时敌人的掩体被摧毁，日军仓皇退入院内。爆破手于士俊、刘振清等，在强大火力掩护下，冒着滚滚浓烟，穿过40米开阔地，直奔东围墙。他们机智地躲过敌人的子弹，连续进行爆破，把围墙炸开了一个六七米宽的大豁口。五班长李志业率领3个班冲进缺口，日军垂死挣扎，我军攻击受阻，被迫退到围墙的外壕里。二排又接连发动两次冲锋，都被日军猛烈的火力阻止。在激战中，六班长任登龙和战士岳帮荣、胡明文、刘新周、刘干周、王法彦、王东盛7人壮烈牺牲。这时，李志业看到正面攻击牺牲太大，就向战友要了几颗手榴弹，巧妙地转到西北角的围墙下，脚踩围墙弹孔爬上了墙顶，向围墙内接连投了四颗手榴弹，13个日军被炸死，上等兵麻生被活捉。此役缴获六五机枪一挺，掷弹筒一门，步枪10余支。

我军扫清了玉皇堂、道旭、北镇外围据点后，小营的敌人还想作垂死挣扎，固守待援。我军于6月10日晚包围了小营的两个碉堡，并做好了攻击准备。次日下午6时左右，东面碉堡中的伪军不时打出几枪，放上几炮，以此壮胆掩虚。这时伪军一天两夜滴水未进。我军趁敌疲惫之机，展开了政治攻势，劝他们投降，并交出关押的群众。经反复交涉，敌人打开了大门，放出了关押的群众，反又关门死守。就在夕阳西下，双方沉寂之际，伪县长兼伪大队长徐秉彝战战兢兢地向碉堡走去。他眼见蒲台城失守，外围据点接连被攻破，再拼下去也没好结果，就命令驻守小营据点的伪中队长李连申放下武器。我军没费一枪一弹，便生俘徐秉彝，轻取小营。至此，蒲台县全境解放，我军共毙俘敌伪军1400余人。

三

我军攻克蒲台城，扫清了蒲台城外围之敌后，又乘胜向滨县境内推进。军区直属团和特务营沿黄河西进，直取滨县伪县长、伪团长杜孝先的老巢鳌头周据点。鳌头周位于滨县城南 40 里北镇西 10 余里处。顽匪头子杜孝先于 1940 年冬来此安营扎寨，次年春就修围墙、筑碉堡、造营房，网罗帮徒，妄图独占滨县、惠民、沾化 3 县，在鲁北地区长期横行下去。

敌人在鳌头周村外筑起了高达 15 米的围墙，围墙封顶宽三米，并筑有坚固的掩体；四门外建有 4 个大碉堡，碉堡左右各修两个炮楼；围墙外挖了一道宽 6 米深 3 米的内壕，内壕外又开挖了一道宽 10 米深 5 米的外壕，内外壕之间设了一道铁丝网，网内下梅花桩，桩下埋设地雷；在围墙的西北角修一大院，四角各有一炮楼，伪营部就驻扎在这里。平时，鳌头周只开西门，门外建一吊桥，站岗严守。鳌头周构筑了坚固的防御工事，易守难攻。

6 月 11 日夜约 10 时，我军指战员在离敌人百米远的地方部署了兵力，挖好了工事，对鳌头周展开围攻。战斗首先从东南方向打响，三连爆破手于曰仁、李会卿等 4 人在炮火掩护下，飞燕似地穿插在内外壕之间进行爆破。只见敌人的铁丝网被火光撕开了个大口子，梅花桩下的地雷也同时被引爆，敌人精心设计的防线被炸开一个缺口。三连王指导员带领第一梯队顺缺口冲到围墙下，竖好梯子，爬上围墙，向敌人猛烈开火。我后续部队以强大火力向敌人扫射，掩护突击队员向南门碉堡靠近。五班战士在烟幕掩护下顺利地攻占了敌人的南门碉堡，逼敌缴了枪。我军占领南门之后，第二梯队从南面围墙攻上来。西南炮楼的敌人疯狂反扑，战士们用手榴弹进行还击，顷刻间，炮楼晃动，敌人的机枪哑巴了。我军一、三班战士飞速冲上炮楼，将敌人全部活捉。西门碉堡里的敌人还在死守，我突击队避开西门的敌人，向西北角敌营部运动。一排用强大的火力掩护，再加敌人后方空虚，突击队乘虚而入，一举拿下伪营部。经过交战，敌人损失惨重。残敌见“大本营”失守，败局已定，纷纷缴械投降。

第二天，太阳从东方冉冉升起，清爽的晨风吹散了战斗的硝烟。此次战役，除伪县长、伪团长杜孝先带伤率百余人逃跑外，其余守敌 800 余人被我军毙俘。

四

攻克鳌头周后，我军兵分两路，南路以陶唐口（邹平县属）为目标，北路以滨县城为目标，迅速扩大战果，连续攻克陶唐口、张官庄（桓台县属）、王木匠庄（博兴县属）、芍药李、尚店、杜店、里则镇、前后韩、杨家集等 10 余处敌据点。滨县二十里堡伪军一个中队，在伪中队长孙洪德率领下弃暗投明，至此滨县全境大部分解放。滨县城已完全孤立，就像是陷入汪洋大海中的一叶孤舟。四分区独立团二营、滨县独立营和利津县独立营攻克北镇后，乘胜包围了滨县城，对守城敌伪军展开了强大的政治攻势。16 日夜，守城伪军慑于我军强大的攻势，伪中队长耿兴盛率领 600 余人向我军投诚，余敌在余惠民援敌的接应下弃城而逃，我军收复滨县城。

此后，日军为挽回败局，调集张店、惠民之敌 3000 余人，配合蒲滨溃散残敌共 6000 余人，以夺取蒲滨两城为目标，于 6 月 21 日对我方实行报复扫荡。我军为避敌锋芒，遂主动撤出滨县城。24 日，自称国民党嫡系的韩兆坤在大汉奸刘佩忱的直接指挥下，率 1100 余人进驻滨县城充任伪县长。敌人虽再一次反扑过来，但已是强弩之末。27 日，在我军区主力部队、地方武装的全面打击下，敌人的“扫荡”草草收场，被迫撤退回城，死死固守。为了彻底粉碎敌人的企图，重新收复滨县城，渤海军区首长决定 7 月 1 日再次向滨县城发起进攻。

这天下午，乌云密布，淅淅沥沥的小雨下个不停。6 时，下达了总攻的命令。军区特务营迅速攻入西关，斩断了敌伪西逃之路。四分区独立团二营、滨县独立营和利津县独立营，分别从东北和南边发起进攻。渤海军区司令员杨国夫把指挥所设在滨城东关，亲临前线指挥作战。军区直属团团长郑大林和政委孙正，冒着枪林弹雨率领部队突入城内。战斗空前激烈，敌人的工事全部被我军摧毁，大街小巷血流遍地，横七竖八躺着敌人的尸体。经两小时激战，我军再克滨县城。守敌王复成、韩兆坤、成建基部大部被歼灭，余敌四散逃窜，至此滨县全境解放。

整个蒲滨战役，自 6 月 10 日起至 7 月 1 日第二次解放滨县城止，历时 22 天，解放了蒲台县、滨县大小村镇 600 余个，缴获长短枪 1500 余支，机枪 23 挺，大炮 22 门，汽车 11 辆，战马 40 匹，粮食 32 万斤，毙伤、俘虏及投诚的敌伪军共 2900 余人。蒲滨战役的胜利，使渤海四分区、五分区及六分区根据地连成一片，从而巩固和扩大了渤海区根据地，大大改善了渤海平原上抗日斗争的形势，鼓舞了抗日军民的斗志，为夺取抗日战争的最后胜利做好了准备。

战斗在沾、利、滨

1942年，抗日战争经历了艰苦的岁月，蒋、日、伪合流对我军进行夹击，斗争空前残酷。当时，中共清河特委根据党中央提出的敌进我进的方针，决定采取打出去的办法，派遣工作团、武工队，插入敌人心脏，深入沾（化）、利（津）、滨（县）地区开展工作，这是由清河通往冀鲁边区的必经之路，且具有重要战略意义。

查明敌情

这年秋季，由原清河武装科长李杰同志、军区直属团四营教导员刘竹溪同志组成工作团，带一个连越过从利津县至利国镇至沾南黄升店的封锁沟，进入这一地区，调查了解敌情。经过三四个月的工作，年底返回汇报。

这一地区原属冀鲁边区，但自边区我军司令员邢仁甫投敌叛变后，工作遭受严重损失，当时已全部伪化。滨、蒲、利、沾四县城都驻有大量敌伪军，从县城到乡村都成立了伪政权，为敌人筹粮筹款，抓壮丁，送情报，大肆宣扬“中日亲善”“大东亚共荣”，还利用汉奸成立“新民会”进行反共亲日的奴化教育。在农村成立“铁板会”“联合会”，以信神、站岗放哨、保卫家园为幌子，以达到限制我地下工作人员及八路军活动的目的。

各县城及重要乡镇都驻有敌伪军，碉堡林立，公路成网，河宽水深，进可以攻，退可以守，一处有事，八面响应，发现情况，进行合围，使我军民难以活动。敌人还从利津县城经盐窝、利国到沾化县的泊头、黄升店，挖了一条宽三四米、深四五米的封锁沟，企图割断沾、利、滨军民与垦区根据地的联系。

国民党的地方武装、杂牌队伍很多。滨南有国民党十一团杜孝先，滨西有五旅韩兆坤，滨县、惠民交界有二旅刘景良、三团王福成，滨县、无棣交界处有六旅张子良，滨县、蒲台北镇附近有特务大队长兼蒲台县长徐炳义，日军玉皇堂据点附近还有“小鬼火”土匪队伍，盘踞在滨县、沾化中心的有国民党赵三营，还有天团、地团等土匪活动。

这一带老百姓在敌、伪、顽及土匪的奸淫烧杀、横征暴敛下受尽了折磨，又连年干旱，虫灾、疾病流行，弄得死去活来，卖儿卖女，逃荒要饭，日夜盼望共产党、八路军去拯救他们。

会后，清河特委决定：成立沾、利、滨工委，由王墨林同志任工委书记，李杰、刘竹溪同志为委员，李杰同志是行署沾、利、滨办事处主任，刘竹溪同志为独立营营长，王凤阶同志为副营长。我（赵修德）于 1943 年春在山东分局党校学习结业后，被分配到独立营任副政委。

站稳脚跟

这时部队全部脱下军装，穿上便衣，既是战斗队，又是工作队。在斗争中，强调执行党的方针政策，三大纪律八项注意，机动灵活，公开斗争与隐蔽斗争相结合，以隐蔽为主；集中与分散相结合，以分散为主；镇压与争取瓦解相结合，以争取瓦解为主。部队与地方工作的同志越过封锁沟，进驻沾南、利西、滨东的南、北望参和谢家皂、马家坊一带。首先，李杰、刘竹溪同志与原冀北鲁边区领导的沾南区委领导人李克南、徐俊峰，滨北区委领导人张廷先取得联系。当时，沾南区还有几个支部进行活动，滨北区只有个别党员起作用。这是我们当时唯一的依靠力量，基础虽然薄弱，但在开展沾、利、滨的工作中，他们起了重大作用。

部队由进入敌占区活动几天，撤回根据地休息几天再进去，逐渐变为较长期地留在那里；由白天隐蔽，晚上活动、开会，逐渐变为白天也活动，并打出了独立营的旗帜。在地区上，由沾南、利西逐渐发展到滨北、滨南；地方同志由随部队一起活动，逐渐自己活动，建立基点，也打出了沾、利、滨办事处的牌子。共产党、八路军的影响逐渐扩大。

这年旱灾、虫灾特别严重。天灾人患，群众逃荒要饭，卖儿卖女，汉奸、特务还催款催粮，人民被这一伙豺狼糟蹋坏了。我们每到一村，将自己从垦区带去的粮食分给老人、小孩、生病的群众吃，再叫村主任收敛老百姓的糠饼子和树皮、棉花籽、豆子皮做的窝窝头，分给部队干部、战士吃，有的战士拿在手里，光用眼看着不想吃，当看见干部们带头一口一口地吃时，他们也就大口大口地嚼。群众看了非常惊奇，有的感动得流下了眼泪，争相传说八路军才是我们的救命恩人，自古以来也没听说天底下有这样好的军队。我们还发动群众，由部队掩护，到垦区去运了十万斤粮食进行救济。我们的实际行动和鬼子、汉奸、国民党杂牌军形成了鲜明的对比，敌人造的关于共产党、八路军的一切谣言，在事实面前不攻自破，被粉碎了。

对“铁板会”、土匪团伙，我们做了大量工作进行争取。土匪头目赵自溪，经过争取教育，带十几个人向我党投诚。为了立功赎罪，在滨北区中队队长刘振声的配合下，闯进县城，俘获守东门的伪军一个班的人枪，惊动全城。经教育后，多数放回，个别极坏的作了镇压。当时在汉奸中流传：谁要再做坏事，出门碰见赵自溪和刘振声。使城里的汉奸不敢像过去那样，几个人随便出来抢东西。有时有人出来要粮，有的群众讲，刘振声、赵自溪在我们村里，你们去要吧。汉奸一听说就跑。盘踞在玉皇堂据点的土匪队伍“小鬼火”的副头头张建基，经教育，也带十几人枪向我党投降，影响也很大。对个别坏的，教育不改，就进行镇压。土匪团伙逐渐消灭，为人民除了一大害。

这年夏天，军区耀南剧团团长彭飞、教导员石钟带三十几个男女团员，组成武装宣传队，到沾、利、滨帮助我们开展工作。经过半年的时间到了一百多个村庄。他们进村后，演讲、开会、说书、唱歌、演剧，宣传我党我军的政策，深受群众欢迎，对开展沾、利、滨的工作做了重大贡献。

随着工作的开展，敌占区人民对我们由不了解到逐渐明白我们的抗日主张，由不敢接近到找着谈心，由害怕到参军。记得当时参加部队比较早的人，在沾南有宁洪彬、季万才、张允希、单作恩、李国权，利西有王鲁泉、郭同和，滨北有刘振声、刘志贤、张志刚、张继禹、吕连声、张奉先、冯继尧，滨东有齐桂林、张洪柱、王福生、张华村、马福成、石廷玺，滨南有沙步阶、刘庆芬、张善本等。我们在沾、利、滨深深扎下了根。

这时部队由七八十人扩大到一百七八十人，分为三个中队：一中队副队长傅德信，副政指智希颜；二中队队长马胜基并兼指导员，副队长李道五；三中队副队长陈克孝，政指陈韵清。营部新派来特派员王道生、王凤阶同志带二中队在利西，我随三中队在滨南，刘竹溪同志带中队在沾南、滨东进行机动，开展工作。

改造伪政权

我们部队进村后，首先要打交道的是伪村长。部队住房、吃饭、保密，都要靠他们来干。因此，必须将村主任工作做好，我们的工作才能顺利开展。否则，他们就起破坏作用。他们的社会地位，除个别地主、富农、上层人物外，多数是中农，有少数地痞流氓，有的还是基本群众，是村民把他们推选出来应对敌人的，多数不干坏事，与日伪及国民党杂牌军也有矛盾。开始时，由于我们对他们不了解，所以进入一村后，首先住在村主任家里，就是坏人也不敢报告，怕敌人打起仗来，他家老少首先吃亏，部队走了他也不声张，怕落个窝藏八路的罪名。时间长了，经过争取教育，多数忠实于我们，应对敌人。滨南洛王村村主任刘志新，虽然出身地主，但本人上过职业学校，有爱国热情，为我们做了大量工作。利西郭家村村主任郭同林，经教育不但本人积极为我党工作，还动员其弟弟郭同和参加我军。滨东朱前标经常欺压群众，教育不改，还勾结赵三营，杀害我工作人员，被我党抓获后，召开群众大会，宣布其罪状，当场枪决，对作恶的村主任震动很大。到 1943 年底，我们的工作已开展到 200 多个村庄：沾南的南徐、吕王庄、宁家、南北望参，利西的小赵庄、一溜皂子、张王庄，滨东的马家坊、任马庄、张家集、台子王、苍头王，滨南的洛王家、宋大学、马士举、梅家、沙家，滨北的张家集、吕家、单家等村，伪政权改造后，群众工作已有了较强的基础。利西的张王庄，我们初去时，“铁板会”拒绝我们进村。经教育，该村成为我们的模范村。滨北的沙窝张，二十几个青年参加了我们的部队，敌人数次清剿，抓去数人，有的花钱赎回，有的则死在狱中，但人民越斗越顽强，成为我们的坚强堡垒。

伪乡长则不同，他们多数出身于地主、富农，社会上层。他们的政治态度大体可分三种：一种靠近我们，应付敌人，这是少数；一种是两面应付，对我党存有戒心，这是多数；一种是忠实于敌人，敌视我们，这也是少数。我们针对不同情况，采取了不同措施。

部队刚进入沾南，刘竹溪同志即通过同学宁洪彬做乡长宁洪三的工作。他很快靠拢我们，并积极为我们进行工作。我们还通过他做了争取打连张伪军中队长耿兴盛的工作。单家寺乡的伪乡长孙诗清，经教育后，为我们筹经费，买枪支，还通过他做好了单家寺伪军小队长刘琳的工作。罗家乡乡长张继诚为我们掩护伤病员，还介绍我们的人与杨家集的伪军中队长耿树岭见面，争取了他。北镇乡的乡长沙印高与我们取得联系后，日夜为我们操劳，积极动员本村青年沙步阶等参加了我们部队，引起敌人愤恨，被杜孝先抓去活埋。原来的伪乡长，经教育后，多数为我们积极工作，应对敌人。个别坏的，如利西马镇广伪乡长马子明，是个长期依靠伪军干坏事的坏家伙。独立营副营长王凤阶同志派人把马子明的小老婆及刚满两个月的儿子捉住，她见人就磕头，请求不要杀她，马子明也到处求人讲情。我们和他讲好条件，今后只要你应付敌人，给我们办事，我们就放了你的老婆和孩子，他满口答应。我们对其老婆进行教育后释放，这是他万万没想到的事。他的态度有了改变，对敌人起了瓦解作用。滨东单寺据点的伪警长，作恶多端，屡教不改，我们派人趁其赶集时打死了他，并宣布其罪状，群众高兴，敌人胆寒。我们还常向伪军、伪组织人员进行宣传，谁做好事就给他记一个红点，做坏事就记一个黑点。善有善报，恶有恶报，时候到了，一定要报，影响很大。在改造伪政权中，李杰与刘竹溪同志做了大量工作。

争取瓦解敌伪军

刘竹溪同志是滨县人，在县立中学读过书，同学很多。父亲刘树勋老先生两儿子（刘竹溪、刘庆泗）、一个侄子（刘庆溥），都参加了八路军，本人从思想上、感情上拥护支持八路军，在地方上有一定的影响。他与国民党地方武装十一团团长杜孝先兼滨县县长、警备大队队长是好朋友，这正是清河军区选派刘竹溪开展沾、利、滨工作的原因。因此，我们在争取瓦解伪军工作上就具有一个很有利的条件。在刘老先生的协助安排下，军区派敌工股长安硕亭同志在刘竹溪同志家数次与杜孝先面谈，并奉清河军区领导命令，给杜孝先加了委任状，令其待机起义。以后又在刘老先生的帮助下，刘竹溪同志与打连张的伪军中队长耿兴盛见面，也给予委任。单家寺伪军小队长刘琳，是通过伪乡长介绍，刘竹溪同志与李杰同志向其做思想工作，并加委连长。刘琳当时感动得流下眼泪，并发誓叫他干什么，他就干什么，投诚之前，为我们做了不少工作。罗家乡乡长张维城，除介绍我们与杨家集的伪中队长耿树岭见面，还介绍与小马家的伪中队长杨占元面谈过，他们俩后来都投诚我军。

我们从垦区根据地到沾、利、滨，经常从张王庄、王皮家伪军据点附近通过，因此，必须将这两个据点的工作做好。张王庄据点伪军中队长张省三与我沾南一位地下党党员杨天冀是拜交兄弟，我们便派杨天冀打入据点内当文书，并将张省三的工作做好，加以委任，让其待机起义。军分区敌工股副股长王公乾，经常出入这一据点，并将王皮家据点工作也做好了。这样，不仅晚上，白天我们也可以自由走来走去，越过封锁沟了。在沾、利、滨群众生活困难时，我们发动群众从垦区运了10万斤救济粮，就是在他们掩护下，通过封锁沟运到沾利滨的。经过长期工作，对沾、利、滨的伪军做到了大部争取瓦解，为他们今后投诚打下了基础。

军区有时还派日本反同盟支部的日本人中野、松木等携带宣传品、糖果、点心、画片，通过关系，送到敌人据点内开展工作。

利津西部东堤据点伪军中队长刘培玉，经过多次做工作，他仍坚决反对我党，残害群众。我们于1944年春，由独立团杨信同志带两个连，在我们的配合下，拔掉这一据点，俘虏伪军中队长刘培玉及伪军数十人，在伪军中震动很大。以后伪军外出，大都比较老实，不敢随便欺压杀害群众。

1944年夏天，有坏人向日本人告密，刘树勋老先生被日军抓去，关在日本宪兵机关“红部”，经多方努力，加上花钱，才被释放出来，全家即搬到垦区居住。新中国成立后，他担任县参议会副会长。

在滨、蒲、利、沾四县城及各伪军据点，我们都建立了情报站。对敌情的了解，来自我们的情报站、伪军、党的组织三个方面，所以，对敌伪动态能及时控制。我们还绘制了各县城及据点的地图，对日军、伪军、伪政府、警察局、宪兵队、新民会等驻地的街道、房舍、岗哨，都比较清楚，心中有数，为发动进攻做好了准备。

争取团结知识分子

沾、利、滨是敌伪长期统治的地区，有觉悟、有爱国抗日救亡热情的人早已离开家乡参加革命；留在家里的人，其社会地位、家庭环境、思想觉悟，情况很不一样。但一般的是对日伪军痛恨，对国民党的杂牌军鄙视，看不起他们，对共产党、八路军敬佩，但又害怕，干八路军要吃苦流血，家庭亲友受牵连，顾虑重重。

我们进入这一地区后，刘竹溪同志首先找到了沾南的宁洪彬、滨东的张华村、滨南的刘鸿祥等，动员他们出来参加工作，并通过他们认识了窦晋臣等其他人。

沾南的隆梦华是国民党员，战前曾在沾化县国民党党部工作过，在社会上、国民党杂牌部队，特别是赵三营中有一定影响。经刘竹溪、李杰同志与其交谈后，隆梦华表示对国民党消极抗战、积极反共不满，拥护中国共产党提出的抗日主张，愿意为抗战做一些工作。当赵三营将我们一名党员屈润南同志抓去后，他步行百余里，到赵三营部队将屈润南同志要回。他还动员了隆玉春、李俊荣、冯敬宣、隆洪臣等知识分子参加了抗战。新中国成立后，隆梦华担任过滨县教育局长。

滨南毕家毕绍亭（毕业绪）是我在济南高中读书时的同学。当我得知他在家当教员时，亲自登门拜访，他惊奇万分，喜处望外。他讲有心为国出力，但又找不到门路，你这一来好极了，我决心跟着共产党走、干革命。并通过他，在各地大力开展各村学校的工作，占领这一教育阵地，宣传共产党、八路军的主张，组织救国会，发动群众参军参战。

他还陪同我到北镇据点附近的鸿文中学开过几次会，结交了一些老师、同学，成立了救国会。以后，有些同学，如沙步阶、杜奎元等，相继参加了我军，成为干部。滨县新中国成立后，毕绍亭任城关小学第一任校长，1946年被选为县参议会副参议长。

在开展沾、利、滨的工作中，一些知识分子利用他们的社会地位、影响、活动能力，起了重大作用。胜利后，他们大批地参加了我军和地方工作，为革命尽了力。

消灭赵三营

因国民党的杂牌军三营营长叫赵钰，故群众称其为“赵三营”。赵钰系沾化县人，其社会基础、活动地区，主要在沾南徒骇河两岸。该营部队成分主要包括，领导人多系地主、富农子弟、小知识分子，士兵中多系地痞流氓、土匪，他们打着抗日的旗号，专做坑害老百姓的事。当官的生儿育女、婚丧嫁娶、大吃大喝，都要老百姓请客送礼，士兵则到处敲诈勒索，无恶不作，欺压百姓。赵钰死后，由赵忠顺继任营长。我们进入这一地区后，怕我们把他们赶走、吃掉，非常害怕，存有戒心。当时为了团结他们共同抗战，我们还是以友军相待，对其进行统战工作。中共沾南区委书记李克南同志过去与他们熟悉，经常与之接触，争取其向进步方面转化。刘竹溪、李杰同志下了很大功夫向其进行工作，主动和他们联系，请他们吃饭，讲我党我军抗日主张、政策，有时发现敌情还给他们送情报。过年过节，驻地靠近时还去拜访，和他们交朋友。沾南的上层国民党员隆梦华被我们争取团结后，因他与赵三营上层一些人熟悉，他在那一带又有威望，所以请他多做赵三营的工作。他们当面表示与我们团结，但存有戒心，并经常与国民党杂牌军五旅旅长韩兆坤、六旅旅长张子良密切联系，他们也尽量争取他。当我们把伪乡、伪行政村加以改造后，挖掉了他们的社会基础，再像以前那样要粮要钱、横征暴敛办不到了，我们与之商量统一筹粮筹款，他又不干。这样和我们的矛盾就逐渐加深。我们向外开展，他就跟在后边活动；我们到滨东，他跟到滨东，我们到滨南，他也跟到了滨南；我们刚做好工作，他就跟着进行破坏。特别是他们的副营长李克清带七八十人的骑兵连到处乱窜，借与我们统战关系的名义，到各村强行要粮要款，吊打群众，杀害我党基层干部，并扬言他们已接受六旅旅长张子良的委任，改编为赵三团，借以威胁群众。在此情况下，1944年春天，我们向军区报告后，军区决定，在军分区司令员王兆湘统一领导下，对赵三营来一个一网打尽。具体分工是：消灭其步兵，由军分区基干营和利津独立营负责；骑兵由我们负责。当时，李克清带领骑兵驻扎在滨南的马士举庄，我们驻扎在其东面之宋大学村、张锢镥村。在消灭他们的那天上午，我们还与他取得过联系，借以了解情况和麻痹他们。傍晚，我带一个连，放在马士举以东，防其逃走，由王凤阶同志带一个侦察班走在前头，刘竹溪同志带一个连跟近，绕道马士举以西，大摇大摆进了村庄。王凤阶同志带领侦察班走到了他们营部门口，先把几个哨兵缴了枪，紧跟着用一个排包围了营部。这时，李克清等正在屋内打麻将。王凤阶同志大喊一声“不准动”，他们吓得目瞪口呆，半信半疑。其中一人刚想掏枪，就被王凤阶同志出手一枪，打倒在地。就这样，他们老老实实地把枪交了出来。同时，我们外边的人将他们正在睡觉的骑兵全部缴了枪，一个人一匹马也没跑掉。他们的步兵驻在沾南的芦洼一带，也被我们消灭了大部。赵忠顺带一部分逃往无棣，投奔了张子良，以后也被我军消灭。

拔除滨县城周围的据点

1944年夏收后，军区决定开展夏季攻势，解放日伪盘踞的利津县城。我们的任务是：阻击惠民、滨县增援之敌，并抽调一个连，配合军分区基干营攻克利津城西伪据点侯王庄。我们发动群众，对从滨县到利津城的公路进行了大破袭，并沿途埋设地雷。惠民、滨县日伪军千余人出滨县城，刚沿公路行不多远，即遭我军地雷爆炸。敌人不敢大胆前进，分兵三路：一路由公路上慢慢前进，两路沿公路两侧行进。下午一点多钟才到达罗家堡，遭我部队阻击。激战一个多小时后，我军撤出阵地，沿途对敌袭扰，从罗家堡一直跟到利津附近。敌人用了一天一夜的时间，才赶到利津县城。那时利津已被我军攻克，并生俘团长苏冀南以下四百余人。敌人见势不好，回头就跑，在侯王庄又遭我军袭击，死伤数十人。敌人不敢沿原路回滨县城，被迫下公路向西南方向，沿小马家庄经北镇逃往蒲台县城。此次战役，我军伤亡十余人，打死日伪军七八十人。

接着，我们配合军分区基干营攻打从利津城到沾化之黄升店沿封锁沟之据点，任务是促其张王庄、王皮家的伪军中队长王某起义投诚，并将利国镇之据点包围，令其缴枪投降。我们将其据点外的水源切断，敌人无法正常取水，只得喝洗澡塘的污水。包围一天一宿后，敌人仍不投降，中午12点时企图逃窜，被我军消灭，打死官兵二十余人，俘获人枪百余，我军伤亡十余人。记得当时天气特别热，在追击中，战士热死五六人。有的人把头放在群众刚打来的冷水桶中，当场死亡两人。

随即我们又配合主力部队攻克黄升店敌伪据点，全歼日军一个中队及伪军一个连，缴获轻机枪数挺、步马枪数十支。

日军驻惠民城之草野清大队长亲率日伪军千余人，从沾化城东犯，对我军进行报复“扫荡”。在富国镇、徐万良家一带与我军相遇，展开激战。伪军一打即跑，我们和军分区基干营将近百余名日军包围在一块高粱地内。

因敌人火力太猛，又加地形开阔，天气太热，部队进攻困难，他也不敢逃跑，就这样相持了一天一宿。敌人得不到饭吃，喝不上水，次日早晨，只得吸高粱叶上的露水。到了晚上，我军正面牵制，从敌人的侧面发起冲锋，打死打伤日军五十余人，残敌向西逃往沾化县城。这就是有名的徐万良家战斗。

经过连续数天的战斗，从利津城经利国镇到黄升店沿封锁沟之十余据点全部拔掉。我们发动群众，将敌伪碉堡拆除，封锁沟填平，使沾利滨与根据地重新连成一片。

部队稍加休整后，我们又配合军分区基干营进入滨南，首先歼灭了盘踞在玉皇堂敌据点附近的“小鬼火”部。日军听到枪声，出来支援，与我军发生战斗，我方伤亡十余人后撤至黄河大堤上，准备继续消灭前来之敌，但敌人未敢前进。

随后，我们又迫使滨东单家寺之伪军小队长刘琳与打连张之伪军中队长耿兴盛带领伪军逃往北镇及滨县城里，以便为我军解放北镇、滨城时的内应。

以后又拔掉了小马家与城南杨家集之两伪军据点，俘获两个中队的人枪，并解决一个伪警察所。

至此，滨县县城周围的据点全部攻克，滨县城之日伪军孤立，处在我军四面包围之中。

秋末，中共滨县县委、县政府成立；利西划归利津；沾南仍归滨县代管。县委书记王墨林、县长李杰（这年冬，李杰同志调鲁南学习，由我兼任县长）、县委组织部长郝晋卿、各救会会长张心田、妇救会会长陈震、公安局局长黄震、民政科科长于连东、文教科科长邢涛。

建立了五个区委及政府：沾南区委书记李克南，区长李克南兼；利西区区委书记崔辉五，区长马胜基兼；滨北区区委书记单作肃，区长刘振声兼；滨南区区委书记陈韵清兼，区长张金凯；滨东区区委书记赵双全，区长崔建华。

独立营还是原领导，特派员王道生改任一连连长。

独立营三个连队，每连配四挺机枪、两门小炮，营部有通信班加一个机枪班和管理员、上士等人。

一连连长王道生，副政指智希颜，副连长傅德信。

二连连长马胜基，副连长李道五，指导员常治国。

三连副连长陈克孝，政指陈韵清。

还建立了三个区中队：滨北区区中队队长刘振声，政指董玉书；滨东区区中队队长齐桂林，政指崔建华兼；沾南区区中队队长王俊，政指李克南兼。

全部武装，独立营加区中队共计五六百人。另外，还建立武委会，县武会主任为齐光熙。各村还有自卫团。

捣毁韩兆坤老窝

国民党土顽、五旅旅长韩兆坤，长期盘踞滨县城西六区、前后韩一带，筑有坚固工事，不抗日，专门欺压残害人民，与我军为敌。1944 年秋，我独立营文书陈升楷同志在韩兆坤驻地附近开展工作，被其杀害。这年冬天，刘竹溪同志带一连，在滨北刘振声同志带的区中队配合下，到徒骇河西岸开展工作，得知韩兆坤之副旅长梅志田带其小老婆及少数随从人员在滨县城西姜家住宿，我们便派一个小部队对其进行突然袭击。他们打了一夜麻将刚睡下，即遭我军包围，十几个随从人员多为我军击毙，梅志田同其小老婆带几个人逃至村外，被我活捉，缴获长短枪十余支，战马数匹。经请示上级，为了分化瓦解韩兆坤内部，并对其进行麻痹，经教育后，将梅志田释放。

1944年冬，韩兆坤正式投靠日军。1945年春，在军分区首长统一领导下，以分区基干营为主，在滨县、沾化独立营配合下，对伪顽韩兆坤进行了突然袭击。经过两天一夜的战斗，歼灭其大部，攻克韩兆坤盘踞多年的前后村，韩兆坤带领少数残部西逃惠民。这次战斗，打死打伤敌人一百余人，俘获二百余人，机枪十余挺，长短枪二百余支，战马十余匹，及大批弹药、被服、粮食。我军发动群众，拆除工事，搬运物资，忙了一星期多，还没运完。

战斗结束后，刘竹溪同志与王凤阶同志带领独立营两个连及两个区中队，住徒骇河西廿十堡以北之杜家庄；军分区政治部主任李焕同志带沾化县大队住杜家庄东北十几里路的一个村庄，掩护地方同志开展工作。这时，我随政府在滨东慰问烈军属，发动春季大参军。

我们铲除了在滨西盘踞多年的韩兆坤，并带领地方同志在这一带大力开展工作，震惊了惠民城的敌人。敌人派遣了他们的宪兵特务部队，因他们臂上带一块黑色三角符号，群众称他们为三角部队。他们化装成老百姓，三五成群，有的推车，有的骑驴，还有的化装成妇女、老头，穿上红裤、绿袄或戴上长胡子，扮作过春节要杂耍的，于正月9日晚偷偷出城，埋伏在杜家庄以西村庄与杜家庄东北方向流钟口、黄升店之间。

农历正月初十上午，各路侦察员汇报没有发现敌情，各据点的内线关系也没情报送来。正午，部队正吃饭时，村东发现敌情，是从廿里堡出动的三四十名伪军。当时刘竹溪同志认为是小股敌人出来骚扰，决定由一连连长王道生同志到村东南守住一独立院落，阻击来犯之敌。由副营长王凤阶同志带三连从杜家庄西南迂回出去，准备围歼杀敌。一连的一、三排和区中队为预备队，准备全歼这股敌人，打一个胜仗。

村南刚刚打响，村西即传来激烈的枪炮声，发现经过化装的大批的日军端着机枪边打边向前冲来。这时刘竹溪同志发现是敌人向我军攻击，立即命令二排刘庆溥同志带全排占领村东一小庙阻击敌人，由刘振声同志带领区中队掩护地方同志向北撤退。刘竹溪同志带领营部及一连一排和王道生同志带的三排，在六挺机枪掩护下，边打边走，向东北方向撤出。当撤至四五里处封家村时，与王凤阶同志带的三连会合。这时南面廿里堡、西边惠民及北方沾化之敌人，已包围上来。当即决定，分头突围，王凤阶带三连向南，朝廿里堡来的敌人发起冲锋，杀伤敌人大部，并缴获敌人轻机枪一挺，很快即越过徒骇河，伤亡很少。王道生同志所带的机枪班及二排排长刘庆溥所带的一个排，在村东南掩护营部及地方工作人员撤出后，打退来犯之敌，消灭其一部，也越过徒骇河，伤亡也很少。唯独刘竹溪同志及营部人员和一排及三排一部，沿徒骇河向北方向撤退没有过河，经过流钟口后，一连指导员常治国同志负重伤牺牲。到达堤圈村附近时，进入了敌人的包围圈，在堤圈村南的一个坟地与敌人展开肉搏战，冲出去进入一个封锁沟内，又遭鬼子拦击。这时刘竹溪同志左臂已负伤，亲手用匣枪打死一名日军指挥官（滨县城日军小队长），在通信班长张培元同志搀扶下，与营部及一排的多数同志突围，经程家井过河，安全转移。

在这次战斗中，我部打死日军小队长一人，日伪军百余人，伤亡一连指导员常治国，营部管理排排长张长茂，李、董两管理员，三排排长齐兆俊，通信副班长张继禹，通信员小邢五十余人，这是我们进入沾、利、滨以来最大的一次损失。

李焕同志在带沾化县大队北撤途中，与沾化城出动之日伪军遭遇，打死打伤日伪军数十人，并缴获歪把轻机枪一挺。

我们营部养着一条狼狗，管理员、通信员经常喂它。当他们牺牲后，这条狗在他们身边守了两天两夜，看到有人过去即咬，一直等到我们把牺牲的同志运回后，它才跟着回来。当时的老百姓到处传说，当汉奸的连八路军的狗都不如。

我们经过春季大参军，把部队全部补充满员，并向主力部队输送数百名战士。独立营经过休息整顿后，开展练兵，士气旺盛，战斗力更强了。大家一致表示，誓死消灭敌人，为死难同志复仇。

解放滨县城

1945年6月，渤海军区发起了以蒲台、滨县两县城为中心的蒲滨战役，以军区的直属团和军分区的两个基干营为主，对蒲台、滨县、玉皇堂、北镇、芍药李、鳌头周等日伪据点展开猛烈攻势。我营负责解决北镇伪军据点和在北镇西北、杜店一带设防，阻击由惠民、滨城来援之敌。军区部队经过一宿及半天战斗，一举攻克蒲台城，生俘徐秉义及其部下千余人。北镇之伪据点战斗打响后，伪军很快缴枪投降。我们与滨县增援的日伪军约五百人激战半天，阻止了敌人的前进，打死打伤数十人，并缴获轻机枪一挺，步枪数十支。

6月11日夜，我军乘胜直捣伪十一团团长兼滨县县长杜孝先的老窝鳌头周。由于杜孝先多年修筑据点，工事非常坚固，经过两天两夜激战才攻下来。杜孝先负伤后，带领少数人逃窜。我们俘获伪敌七百人，并接着将里则镇、张家集、郎中河、廿里堡等日伪据点全部拔掉。滨县城内之日军见大势已去，弃城向惠民逃跑。我营立即追击，在廿里堡以西公路上，对敌拦击。日军向惠民城逃去，滨县伪军六百余人，全部投诚。

这时王墨林同志已调走学习，由王林同志担任滨县县委书记。滨城解放后，我们先后开了上层各界数十人的座谈会，然后在城隍庙前广场召开了千余人群众大会，并贴出安民布告，讲明我党我军的抗日主张、政策、法令。

当时在敌人占据多年的县城中，一般人认为当县长的一定是年高长者，穿着非常阔气的人。当主持会议的人介绍，请赵县长讲话时，竟是一个二十多岁，身穿战士军衣的青年，大家非常惊奇，相互传说，八路军与汉奸、国民党确实不一样，都是年轻有为的人，将来的天下一定是他们的。

6月下旬，惠民之敌千余人对我军进行报复“扫荡”。我当时带着一个连及县府机关住在城里，守城部队掩护机关撤出后，即撤到城外三里之姜家天主教堂，监视敌人。经过几天准备，由军分区司令员王兆湘带两个基干营及我们独立营向滨城发起攻击。战斗一打响，敌人即仓皇逃窜，我军消灭其百余人，残敌逃往惠民。滨城又回到了人民手中。

7月上旬，独立营扩编为独立团，政委由王林同志兼，刘竹溪同志为副团长，副政委翁默清，政治处主任赵德修（仍兼县长）。

两个营的负责人是：一营营长王凤阶，教导员王道生；二营营长耿兴盛，副营长王秀峰，教导中郝洪章。

团直还有通信侦察骑兵等直属分队。

我们还吸收了一批青年学生与旧艺人成立了一个五十多人的宣传队，队长李鹏。部队整编后，开展大练兵，这时日寇宣布投降，抗日战争取得了胜利，人民盼望多年的日子终于到来了！我们在滨县城召开了各界五千余人的庆祝抗日战争胜利大会，并唱大戏三天，军民同乐。

这时我团一营二连及一部分区中队参加组建的基干团，随杨国夫司令员、刘其人副政委向东北三省进军。我们也告别了在一起战斗多年的战友和沾、利、滨的父老，外出机动作战。先在黄河以北、惠民城以南，对何思源、刘景良、韩兆坤、王福成、杜孝先等残部进行了清剿，俘伪县长杜孝先及伪顽军政人员三千余人和大量武器弹药物资。杜孝先被押送回滨县，召开公审大会，执行枪决。

这年冬天，我们冒着严寒冰雪开赴津浦沿线，参加了解放禹城、德州的战役。

在敌强我弱、暗无天日的敌占区，同志们出生入死，不怕流血牺牲，取得了胜利，最根本的是有一颗热爱党、热爱祖国、热爱人民、抗战必胜、共产主义一定能实现的伟大理想和赤诚的心。

四十多年过去了，每念及那艰难的岁月，牺牲的战友和帮助过我们的人民，思绪万千，难以成眠。祝沾、利、滨的人民，在党的领导下，继承先烈遗志，为四化建设和共产主义的实现，奋勇向前。

垦区二十一天反“扫荡”

抗日战争时期的垦区，泛指利（津）、广（饶）、沾（化）、无（棣）东北的滨海地区，即西起沾化富国，东临渤海湾，南至广饶辛镇，西北到套儿河西的纵横二百余里的广阔的黄河沉积平原。自1941年春开始，清河区我党我军挥戈北上，横扫敌顽，创建了清河平原上最大的抗日根据地——垦区根据地。从此，垦区抗日根据地以它重要的战略位置和独特的地理环境，逐渐成为我清河区、渤海区抗日军民坚持平原抗日游击战争的战略依托和大后方，为保障清河、渤海区党、政、军首脑机关的正常工作，壮大和发展革命力量，度过艰苦卓绝的战斗岁月，夺取清河平原抗日战争的最后胜利，发挥了极其重大的作用，有着不可磨灭的历史贡献。

1943年11月18日至12月8日，我垦区抗日军民英勇地进行了一次为时21天的反“扫荡”斗争。当时，根据地的广大军民在党的领导下，用鲜血写下了无数可歌可泣的英雄事迹。

可靠后方

垦区，地处黄河入海口处，可从内陆到胶东军区，海路到冀鲁边军区，是南北联络的枢纽，境内地势平坦，纵横百余里的荆条林连接海滨，成为我开展抗日游击战争的天然屏障。清河区党、政、军的后方机关、兵工厂、被服厂、野战医院、学校、报社、书店等分驻在以八大组（即永安镇）为中心的 12 个村子内。这个地方，土地肥沃，盛产粮棉，成为战争物资的供给基地。1942 年到 1943 年间，以清河南平原根据地被日伪分割蚕食后，特别是在清河平原抗日游击战争形势日趋紧张的艰苦岁月里，垦区根据地以它独特的地理环境和良好的群众基础，成为清河区、渤海区的政治、经济、文化中心。兵工厂从改造子弹、修理军械，发展到制造子弹、炮弹、炸药、步枪、地雷等；医院的医疗条件不断改善，被服厂从缝补衣服到制作新衣服，能满足全区部队、干部的供应。报社能够坚持正常的编印清河区党委机关报——《群众报》。银行所印刷、发行的北海货币威望日高，能够有计划、稳定地发放到整个清河平原。垦区成为矗立在日本侵略军面前的一座攻不破、摧不垮的坚强战斗堡垒，成为我党我军重要的物资供应基地和休养整训的大后方。

因此，敌伪把这一地区视为眼中钉、肉中刺。为了攻占垦区，敌人在利津城驻扎了全日式装备的伪绥靖军二十七团和日本人的一个中队。并在黄河东岸设下了张许、崔家庄和宋家庄三个据点；在黄河西岸设了盐窝、陈家庄两个据点。每个据点都驻有伪警备队一个中队和日本人的一个小队，并在敌占区与我根据地的交界处控了一条深十米，宽三四米的封锁沟。敌人除在占领区实行“强化治安”加紧统治外，还经常出动小股部队袭击根据地，并从海上派遣政治土匪，进行骚扰。每逢春秋两季，敌人都要进行较大规模的“扫荡”。敌我之间“扫荡”和反“扫荡”的斗争是相当激烈的。

严阵以待

1943年初冬，寒风瑟瑟，黄河已结上了一层薄冰，一望无际的荆条林，像紫红色的绒毯覆盖着大地。一片片半干枯的高粱叶在寒风中沙沙作响，这是根据地的群众为掩护游击队活动特意留下来的。

根据敌人几年来“扫荡”的规律和有关情报，敌人对根据地冬季大规模“扫荡”就要开始了。这年11月初，日军集中大量兵力，对我清河区抗日根据地进行大规模清剿。其主要目的：一是确保胶济铁路大动脉的安全畅通；二是日军早把清河区定为经济特区，并在张店设立了物资专员，妄图大量掠夺我根据地物资来支援其发动的太平洋战争；三是尽快彻底摧毁我抗日根据地，以便抽出兵力支援其他战场。为此，日军东北派遣军总司令冈村宁次从冀、豫抽调精锐旅团万余人，分别集结于胶济路的张店、益都两地。又以山东日伪军万余人先行“扫荡”鲁中山区，但张、益之敌则按兵不动。这一情况引起了清河军区领导的高度警觉，立即开会研究敌情。经分析认为，这次日军“扫荡”的重点，不是鲁中而是清河。“扫荡”鲁中是佯动，我军必须高度警惕，决不可轻视。会后急电山东军区，立得复电：“完全同意分析，速作反‘扫荡’准备。”于是垦区军民从各方面做好准备。

按照清河区党委的指示，垦利县委紧急部署，发动群众做好反“扫荡”的准备，打下的粮食，大部转移到村外埋藏了起来。遍布田野和各村之间的“抗日沟”，也重新进行了修整。县、区干部深入群众，进行反“扫荡”的思想教育，和群众一起制订疏散和坚持斗争的方案。县独立营、区中队和民兵，一面积极在边沿地区加强对敌斗争，一面准备地雷和其他反“扫荡”的作战物资。当时，清河军区机关和一个团的兵力在广北的北隋、牛家庄附近活动。八大组一带的后方机关，也进行了坚壁清野，埋藏了许多物资和机器。军民百倍警惕，严阵以待，随时准备粉碎敌人更激烈、更残酷的“扫荡”。

跳出圈外

果然不出所料，日伪军集中2.6万余人，在飞机和骑兵的配合下，分两路向我清河区抗日根据地进行大规模扫荡。11月17日夜，日伪军从惠民、张店、益都、潍县等地兵分三路向我根据地开始大举进攻，在西自利津城，东至海边，北自利津陈家庄，南至广北王家岗，形成了铁壁合围之势，用拉网战术，梳篦战术，三光政策进剿垦区。在“宁错杀一千，不漏共军一人”的口号下，这次扫荡极其残酷。面对气势汹汹的敌人，杨国夫司令员指示要采取灵活机动的战略战术，彻底粉碎敌人的扫荡。第一步，先按兵不动，吸住敌人。第二步，等日伪军合围而来时，党政军机关和部队适时转移，使敌人扑空。第三步，以小分队与敌周旋迟滞敌人前进，第四步利用夜幕掩护机关和部队分头突围，跳出敌人的合围圈。

11月18日拂晓前，广北方向突然响起了隆隆的炮声。日本侵略军的舰艇封锁了垦区的渤海沿岸，十几架敌机在上空呼啸盘旋，并向广北地区俯冲射击，投弹轰炸。这时，军区刘其人副政委指示：“估计敌人已合击了在广北活动的军区机关和部队。必须密切注视利津城和沾化一带敌人的动向，立即命令八大组一带的后方机关分散转移，组织部队和民兵在敌人可能走的路上埋设地雷，阻滞敌人的行动。”

当夕阳西下时，军区政治部徐斌洲主任带领军区机关一部分和直属团一个营，从广北突围到了八大组。徐主任介绍了日本侵略者合围我军的情况及我军突围的经过，传达了上级的指示：这次敌人纠集骑兵、步兵两万余人，出动机械化快速部队，沿胶济、津浦两线，采用远途奔袭分进合击的方法，首先向我广北地区奔袭而来，妄图把我军区机关和主力消灭在北隋、牛家庄一带。我军区机关和主力遭敌合围后，经过一番激战，全部跳出了敌人的包围圈。军区杨国夫司令员率领大部向西面敌人后方转移；直属团郑大林团长带领小部向北突围，到了黄河西岸的牛家屋子一带。敌人在广北发现合击扑空后，绝不会善罢甘休，必定向八大组猛扑过来。军区指示，为了保存自己，打击敌人，在敌人兵力装备占绝对优势的情况下，我军应避其锋芒，迅速转移，保存力量，待机打击敌人，粉碎敌人的“扫荡”。根据上级指示，徐主任先派一个连立即与郑团长联系，搞清西面的敌情。同时，徐主任也继续带领部队向西转移。设在八大组的后方机关，由军区教导团掩护，向东北荆林深处疏散隐蔽。

日近黄昏，只见从民丰向东南几十里，敌人燃起了一溜火堆，犹如一条蜿蜒的火龙，在八大组和广北间形成了一道严密的封锁线。敌人的枪炮向四处狂轰乱射，枪炮声中，马啸车响，一片嘈杂。显然，敌人已开始向我八大组方向逼近。深夜，在朱家屋子西面一个小村里刚找到郑大林团长，在村外警戒的战士喘吁吁地跑来报告：“村北发现敌人！”借着惨淡的星光，只见黑压压的一片鬼子正从北面向村子扑来，刺刀在半空中闪着寒光，踏踏马蹄声和鬼子刀鞘碰击弹盒的声音都能听到了。情况十分危急，必须立即离开这里。大家略一合计，急忙分手，分头向西、北两个方向转移。一会儿，后边的村子里，“咣咣”的砸门声、狗吠声和鸡叫声，伴着鬼子“哇哇”的嚎叫，响成一片，打破了冬夜的沉寂。

夜，漆黑一片，伸手不见五指。部队在高粱棵和草丛中穿行。天将晓，徐主任率领的部队和独立营张伯令营长率领的部队会合了。敌人没有追来，也没有在后面的村子里久留，抢劫一阵后，径直向八大组方向扑去了。根据这个情况可以判定，敌人不是有意在这里阻击我们，可能是想到八大组合击我们。但他们却想不到，他们新的包围圈还没完成，我们已经擦着他们的鼻子尖跳了出来。

第二天把敌情进一步搞清后，夜晚，徐主任带领部队向广北敌后转移了。王林带一个连插向敌占区继续掌握敌情，并在封锁沟两边活动，破坏敌人的交通线。张营长带两个连，化整为零，分散在黄河两岸，配合群众进行反“扫荡”的斗争。

孤军突围

面对敌人的拉网合围大“扫荡”，我后方军民及各机关、工厂、学校化整为零，分散转移，展开了大规模的反“扫荡”斗争。

在众多突围队伍中，有一支百余人的非战斗队伍——《群众报》社石印厂和编辑部的同志们。他们只能靠着双脚，凭着荒野上荆丛的掩护与敌人周旋突围。冒着寒风，迎着飞沙，他们撤离了驻地茅丝坨，踏上了艰辛的突围之路，没入了一望无际的荆条林里。

第二天拂晓，厂里留守的人送来紧急情报说，八大组、民丰社、西双河、牛家屋子一带，日军都安了据点，离此不过三四十里，现在正向这里逼近，要做好迎战准备。由于敌情不明，突围人员只好在荆条林里隐蔽待机。

深夜，忽听得“唰拉唰啦”的声响，只见不远处十几个人，持枪慢慢地向这边走来。队员们一动也不动隐蔽草丛中，只见日军来到柴垛边看了一眼，便绕到垛前，向远方走去。

清晨，突然一声战马吼叫划破长空传来，日军的骑兵已相距不到半里路了，他们打着太阳旗，迂回在荆条丛中，从东南方向冲来。赶紧突围，乘敌人包围圈尚未合拢，大家向西北方向迅速转移。也顾不得敌人飞机的扫射了，只有一个信念，拼命突围，冲出敌人包围圈，一口气跑到五十里外的大海边。

在海边陆续集中了一百多人，有兵工厂的、皮革厂的、被服厂的还有医院的。大家分析，敌人这次扫荡规模大，人员多，海上一定封锁了，我们没有回旋余地，只能趁夜返回黄河岸边突围。半夜时分，终于来到了黄河北岸，借着月光，踏开薄冰，涉水过河后，又走了十几里，来到一村民家中，一问才知，离这仅仅五里路的邻村已驻扎了日军。草草吃了点饭又连忙转移。经分析认为，只有从海滩上绕过垦利县，再从广北渡过小清河南下，才能完全摆脱敌人的包围。大家意见一致后立即行动，一直向东挺进。当夕阳西下，天色完全黑时，来到一个村庄，一问才知是到了下八大组。听老乡说，八大组的敌人今天分两路出兵，一环扣一环，撒了两个包围圈，又只好连夜登程，继续向东。第二天，天上灰云密布，把太阳遮得严严实实，整个大地也一片灰蒙蒙的。正走着，忽听得几声狗叫从背后不远处传来，回身望去，才发现在荆条林里有了村庄，问一个割草的老乡才知是到了上八大组，仔细一瞧，看到了在屋顶上站岗的鬼子哨兵。大家忙猫下腰，借着荆条林的掩护，迅速离开。回头望了望已远离的八大组才放慢了脚步。大概经过一上午的行军，前面又有一村庄，等仔细一看却吓了一大跳，竟又回到了八大组，在屋顶站岗的鬼子哨兵还在转着张望哪！原来是迷失方向了，大家只好就地隐蔽。

乌云笼罩着天空，把大地扣得严严实实，谁也分不清哪是东西南北。还是老崔机灵，认真观察地形，冷静分析判断，终于判明了方向，大家连忙启程，不久就走出了荆条林，在雨中一气又走了几十里，终于来到王家岗。一支毫无武装力量的特殊队伍，仅靠双腿与敌人周旋，胜利地跑出了敌人的大包围。

怒火熊熊

敌人在广北扑空后，自南向北拉开百里阵线，像梳篦一样，向八大组层层推进。但他们很怕踩到地雷，每遇到一条“抗日沟”都怕掉进陷坑。北隋、牛家庄相距八大组六七十里的路程，就使他们花了将近一天一夜的时间。第二天，敌人的骑兵首先赶到八大组，立即陷入了我们设置的地雷阵，瞬时间，地雷开了花，鬼子人仰马翻。

骑兵大队长也血肉横飞，呜呼哀哉了。当敌人的大批人马合围到八大组时，八大组空空落落，我军已完全撤离了。

敌人连续扑空，恼羞成怒，在八大组、民丰、宁海、双河镇、朱家屋子等重要村镇设立临时据点，开始了惨无人道的“驻屯清剿”。他们见人就杀，见物就抢，强奸妇女，焚烧房屋，兽蹄踏遍了大小村庄，其手段之残忍，骇人听闻。初冬的黄河水冰冷刺骨，鬼子把老百姓抓去，逼迫弯腰站在水里，搭成人桥，让他们穿着带铁钉的皮鞋踏着过河，许多老百姓惨死在河里；鬼子像野兽一样，把抓来的妇女捆在椅子上，脱光了衣服，强行轮奸；他们还毫无人性的把儿童们抓起来，绑起双手，在头上裹了棉絮，浇上汽油点“人灯”，孩子们惨叫着、挣扎着，向四处狂奔乱跑，而周围是端着刺刀的鬼子兵，孩子们撞到刺刀上，一个个倒在血泊里，鬼子们却狰狞地奸笑着，以此寻欢作乐；有的甚至把儿童们的皮剥下来，挂在电线杆上示众。在敌人的屠刀下，还有百余名群众被赶到海边，无路可走，淹死在大海里……

鬼子想用血腥暴行来慑服我根据地的人民群众，但英雄的垦区人民是杀不尽吓不倒的，愤怒和复仇的怒火在每个人的心头燃烧。垦一区有一位姓贾的大娘和她的十五岁的儿子被鬼子抓住后，鬼子把明晃晃的刺刀搁在她的脖子上，恶狠狠地问道：“八路的哪里去了？八路的军装、武器哪里的埋着？”贾大娘不慌不忙答道：“俺是到这里来要饭吃的，什么也不知道。”鬼子把她娘俩推进一个土坑，威逼说：“你的再不说，统统活埋的干活！”贾大娘把儿子紧紧揽在怀里，说道：“莫说活埋了，就是零刀割了，也不知道。”这时，鬼子就向坑里填起土来，贾大娘视死如归……鬼子还抓住一个埋地雷的民兵，强逼他挖出埋好的地雷。这个民兵一边在四周挖着，一边想着对付敌人的办法。待地雷露出后，招呼日军到跟前去看。鬼子蹑手蹑脚走到跟前，他一抽雷管，地雷爆炸，六个鬼子丧了狗命，英雄的民兵也壮烈牺牲了。

坚持斗争

在日伪军“扫荡”期间，县区武装和民兵，分成许多游击小组，按照毛主席“敌进我退，敌驻我扰，敌疲我打，敌退我追”的战略战术，组织带领群众，同敌人进行了英勇的斗争。

反“扫荡”开始的头几天，最主要的任务就是掩护群众转移。可以用来隐蔽的地形地物，除了海滨地区的荆条林和荒野的一些沙坑外，就是田野的高粱棵和“抗日沟”了。因此，哪里没有敌人就转移到哪里，敌人来了就走，群众很难转移到一个固定地点。所以，跟敌人遭遇也就成了经常的事。有一次，垦利县二区区委书记许俊芝，妇女干部小王和县青年救国会会长王志颜等同志，在组织群众转移的时候同敌人遭遇了。他们据守在村头的一间屋子里，阻击敌人，掩护群众从“抗日沟”向高粱棵里疏散。群众安全转移了，他们却被敌人团团围住，最后弹药用尽，壮烈牺牲。这些干部的名字和事迹，一直在群众中传颂着。

抢粮是敌人这次“扫荡”的目的之一。因此，反抢粮也就成了我们反“扫荡”的重要内容。由于我们早就坚壁清野，把粮食巧妙地藏了起来。任凭敌人东搜西寻，仍然一无所获。于是，鬼子就欺骗群众说，“皇军”有什么“透地镜”，拿“透地镜”朝地上一照哪里埋着粮食就知道，如不早把粮食献出来，照出来村村都要斩尽杀绝。分散在群众中的县、区和村干部们，及时揭露敌人的阴谋，宣传教育群众，敌人的鬼花招很快就被粉碎了。但敌人不甘心，他们东一群，西一伙，一字排开，手持几尺长的钢锥，像瞎子探路一样，在野地里戳戳点点，四处搜索。有些在荒地里掩埋不好的粮食，被敌人挖走了。“绝不能让敌人用我们的血汗去解救他们在侵略战争中的粮荒！”垦利县委再一次发出了反抢粮的号召，各村民兵群众立即行动起来。夜间，他们摸到了藏粮的地点，根据四周的地形环境，分别栽上高梁楂、荆条棵，按上鞋印、牛蹄印，进一步进行伪装，在没有粮食的地方，却埋上地雷，翻出新土，撒上粮粒，造成藏粮的假象。第二天，鬼子围上来一捅，地雷触发，“轰”的一声，鬼子的尸体和炸弯了的钢锥一起抛上半空。

敌人在村子里抢不到粮食，又妄想到荆林中搜捕我后方机关人员，寻找我工厂的机器物资。但在这浩渺的荆林之中，敌人的大部队却无法向纵深展开。他们刚钻进二三里，就像蒙了眼的瞎驴，迷了方向。东撞一头，西撞一头，有时转上大半天，却又走不出来。尽管鬼子的飞机不住地在天空中盘旋，骑兵也在马背上搭上高凳，但看到的只是一片荆林草丛。鬼子抓来老百姓带路，这些老百姓有不少就是我们化装成便衣的战士和民兵，他们故意领着敌人打磨磨、转圈圈，不是往无人隐蔽的地方带，就是向荆高草密的地方引。有时趁敌人不注意，向一边一溜，便没了踪影。正在贼头贼脑四处搜索的敌人，猝然间没了向导，立时慌作一团，陷入草木皆兵的境地。有的迷路的敌人被我军悄悄绕到背后干掉了。

敌人白天到四处搜索抢粮，直到晚上才回到设有临时据点的村子。白天临时据点里只有少数敌兵留守，疏于防范。我们的游击小组摸着这个规律，对敌人施展了“推磨战术”。白天，他们悄悄摸进村子，干掉守敌，夺回敌人抢来的粮食、衣物，拿去敌人自己用的食品，填死水井，搬走用具，使鬼子吃不上，喝不上。晚上，敌人回到村子刚刚睡下，埋伏在村外草丛里的战士和民兵，又绕到村头放冷枪，引得敌人通宵不住点儿地鸣枪放炮。在我军袭扰打击下，敌人整天疲于奔命，夜夜惶惶不安。

敌人一面驻剿，一面用汽车把费了九牛二虎之力才抢掠的部分物资运往利津城。他们在封锁沟上搭起临时桥梁，在田野里压出一条公路，从八大组直通利津城。我们组成若干个爆破小组，埋设地雷，炸敌汽车，掐断敌人的交通线。我部侦察班长王强带领的爆破小组特别活跃，他们不仅在敌人封锁沟口和路上埋上了地雷，还把地雷很隐蔽地挂在桥上。不几天我们一连炸毁了敌人八九辆汽车，炸死了十多名鬼子，更加振奋了群众的情绪，沉重打击了敌人的嚣张气焰。我们曾拣到日军前线指挥部的一份通报内称："……共军后方机关全部转移，敌区物资穷困；时有小股游击袭扰，皇军动辄触发地雷……"

在这期间，我军主力部队和武工队也在广饶、博兴、蒲台、沾化等县，积极向外线敌人出击，有力地牵制了敌人对根据地的"扫荡"。为抽调兵力发动这次"扫荡"，敌人的许多据点已变得非常空虚，如高苑的旧镇据点，三百多敌人去了二百多参加"扫荡"，我军即派七名战士，由"两面"村主任领着，以送粮为名进了据点，捉到了伪队长，迫使敌人全部交枪。司家官庄原驻敌人二百多人，只剩三十多人留守，我军配合民兵乘夜发起进攻，炸药包一响，冲锋号一吹，一顿步枪手榴弹，敌人便举手投降。同样，清中、清西两个军分区仅用了七八天时间，就攻克了小王庄、公王庄等十七个据点，歼灭日伪军一千多人。张店是敌人这次"扫荡"的大本营，也是我们爆破队打击的重点。12 月初的一天清晨，张店敌人出动十多辆汽车支援"扫荡"，一出北门便碰上地雷，炸毁两辆汽车、炸伤三十多名日军。12 月初，一辆军用火车在张店被炸毁，十三节车厢炸成碎片。爆破队还沿张店至北镇公路埋了许多地雷，使日伪军走一路挨炸一路。我军还对沿小清河二百多里的碉堡公路进行了一周的大破袭。在我内外夹击下，使敌人陷于前方挨打、后方告急、首尾不能相顾的困境。12 月 8 日，日伪军犹如丧家之犬，夹着尾巴从我垦区根据地全部撤走了。隐蔽在荆林草丛中的后方机关人员，风餐露宿，克服了难以想象的困苦，度过了艰难的 21 天，又重新回到了八大组，兵工厂、被服厂马上恢复了生产，一批批弹药、物资源源不断地送往前线，医院，报社等机关立即展开了工作。英雄的垦区抗日根据地，以新的战斗姿态，巍然屹立在广阔的渤海平原上。

义和庄战斗

抗日战争时期，八路军山东纵队第三旅跟清河区人民生死与共，一直转战在清河平原上。广大官兵、团结战斗，前仆后继，浴血奋战，用鲜血写成了一部壮丽的战斗史册。义和庄战斗就是其中光辉的一页。

艰苦岁月

1941 年，清河区的抗战进入了艰苦岁月。苏德战争爆发后，日本侵略者为参加新的冒险——发动太平洋战争，又防患于中国战场，便提出了“根除赤祸”的口号。在变华北为其大东亚兵站基地的企图下，日寇拼命集结兵力，对我根据地实行“扫荡”，对我疆域边沿实行“蚕食”，对其占领区实行“清乡”；并惨无人道地推行杀光、抢光、烧光的“三光政策”，妄图使抗日军民失去生存的条件。

“皖南事变”后，国民党又发动了第二次反共高潮，清河区的抗日斗争形势也随之恶化。国民党鲁北行辕主任何思源，为推行其反共、卖国求荣的政策，便丧心病狂地提出了“日可不抗，共不可不反”“宁亡于日，不亡于共”“宁伪化、不赤化”的反动口号。6 月，何思源唆使属下周胜芳、张景月、付象坤、李青山、成建基、徐振中等部投降日寇，并以鲁北保安司令刘景良、副司令薛儒华为首，组成7000余人的“剿共联军”，兵分两路，双拳出击，疯狂向清河抗日根据地的中心地区广饶、博兴、蒲台一带进犯。何思源战败后，遂窜入沾化县境的义和庄一带，他四处网罗顽军、土匪部队，伺机东山再起。

日寇为限制我军向鲁北东部发展，除在黄河两岸修筑大批据点、岗楼、驻扎重兵进行封锁外，还派遣了一个联队的兵力占据了鲁北东部的惠民、阳信、无棣、滨县、沾化、利津等县城，作永久盘踞之计；而何思源、刘景良与王福成、张子良、李光明、张俊亭等数股顽军，则盘踞在这些县的广大农村地带，与日寇结成了一个密不透风的“黑暗王国”，横隔在清河区和冀鲁边区之间，使两区抗日军民无法接近，更不要说互相支援、配合作战了。同志们把这里叫作“心脏病”地区。

当时，鲁北的抗日斗争形势是：从胶东到清河直至冀鲁边界，都有小片抗日根据地，但不连线，不成片。如果打通各区间的联系，我军就可以互相支援、互相策应，机动余地更大了。这时中共山东分局和一一五师师部，有一个很突出的战略指导思想，就是积极开展反包围、反扫荡斗争，由内线作战改为外线作战，尽快打通各区联系，彻底改变多数抗日根据地受围困的局面。山东分局和一一五师的这一决策，至关重要，对保卫根据地，坚持平原抗日游击战争，起了决定性的作用。

出师北征

8月17日，八路军一一五师师部电令三旅，命其配合冀鲁边区教导六旅，尽快打通两区联系。三旅受命后，为策应冀鲁边区教导六旅的行动，首先攻克了伪六团张景南盘踞的东范据点。东范战斗后，三旅主力部队计划从高青县境渡河北上，但这里河床狭窄，水流湍急，木船难以横渡，于是决定东进博兴、蒲台、广饶、直奔利津县境，然后渡河北进。

何思源害怕三旅北渡黄河，设防道竭力阻挠我军渡河北进。但我党我军仍从“团结抗日，一致对外”的大局出发，派三旅政治部宣传科长张辑光为代表，由刘翰卿陪同，与何思源方进行谈判。何思源拒不接受我军要求，还狂叫要与我军“疆场相见”。据此，三旅决定，跨过黄河，严惩顽敌，直捣何思源的老巢——义和庄。

义和庄位于沾化县东北部，南与利津接壤，北临渤海湾，是通往天津、烟台的水路交通枢纽；陆路方面，东连我后方基地的广大垦区，西去是通往冀鲁边区的重要通道，在战略上具有十分重要的地位。这里百里平川，土地肥沃，盛产小麦、高粱、大豆，素有“粮仓”之称。

9 月 18 日，教导六旅政委周贯五向山纵三旅通报了教导六旅东进的计划和时间，并要求三旅派部队配合。三旅欣然接受了教导六旅的要求。第二天，杨国夫副旅长给周贯五政委回电说，清河军区准备调集山纵三旅的五个营，与冀鲁边军区十六团同时行动，从马家庄和左家庄两地西渡黄河，而后向前推进 180 里，进逼黄河入海口以西的垦区，同教导六旅十六团会师后，聚歼何思源在义和庄、老鸹嘴一带的顽军。

9 月 21 日，三旅在辛店村召开了进军黄河北的出师大会。由刘其人政委和杨副旅长率一团、特务营、骑兵连等部出师北征。22 日，兵分两路，从左家庄、马家庄跨过黄河。即日，兵不血刃，进占了左家庄。翌日，又打开了义和庄的东南门户——罗镇、宋家庄。24 日下午，我军进占义和庄东的王集村，司令部就设在这里。其他部队分别到王家集附近的梁家围子、小河子崖、蒲台屋子驻防待命。

初露锋芒

三旅驻防后，一面接应冀鲁边区部队教导六旅十六团，一面发动群众，侦察敌情，积极做战斗准备工作。

我军侦察得知：何思源几天前就钻进了义和庄北的老鸹嘴村。何思源自窜入沾化县境后，为控制沾化东部地区，积极营建屯兵基地，除义和庄外，西有太平镇、北有老鸹嘴和郭家局子，这些地方都有重兵驻防。义和庄这里，有保安副司令张新斋和张俊亭、张德功等几股顽军镇守，计 3000 余人。

连阵皆败的何思源，退占这里后，深挖沟、高筑墙、大修防御设施。义和庄围墙高达 4 米，顶宽 2 米，围墙外壁陡直，上面每隔不远有一个垛口，围墙半截腰设有许多暗洞；南北围墙各有两个门，东西围墙各有一个门；围墙外面有一条深 2 米，宽 4 米的护庄河。护庄河外是一片开阔地，距护庄河约 50 米处，还有一条宽 6 米、深 4 米的封锁沟，沟壁陡直，沟底布有木桩、地雷，是一个很难逾越的障碍。

我军包围义和庄后，首先对守敌采取了政治攻势，进行喊话瓦解。但是，敌人见我军几天来围而不打，又认为义和庄防地是“铜墙铁壁，固若金汤”。所以他们妄图据险死守，拒不投降。

9 月 28 日上午，司令部召开了营、团级干部会议，研究了攻打义和庄的作战方案。大家认为，义和庄工事坚固，兵力较强；而我兄弟部队教导六旅十六团尚未赶到，以我军现有兵力很难对敌完成四面包围。兼之义和庄附近还有敌人的几个屯兵基地，我军如若长围久困恐有不利，于是决定当晚组织部队攻打义和庄。求得歼敌一部，溃其大部。但是，我军连续发动数次进攻，均未告成。

义和庄守敌，见我军攻坚受阻，气焰更加嚣张，曾多次组织兵力，向我军阵地疯狂反扑。

一天，一团一营一连正在义和庄南面的一个五六户的小村子里赶修工事。突然，援敌王富成一部从西南方向朝一连阵地袭来，当他们快接近一连的前沿阵地时，义和庄守敌也趁机出击，企图两面夹击我军。在这千钧一发之际，时间就是生命，时间就是胜利。一连指导员郭俊忱同志，马上命令副连长冯希恩同志带领两个排反击增援之敌，自己率领一个排抗击义和庄出击之敌。王富成部进入我军防区，冯副连长一声令下：“打！”几百颗手榴弹甩入敌群，霎时硝烟弥漫，火光四起，战士们“刷”地一下跳出工事，冲入敌群，与敌人展开了一场激烈的白刃战。这时一营其他连队也派兵赶来增援，敌人见势不妙，吓得鬼哭狼嚎，丢下几具尸体，向太平镇、老鸹嘴方向逃窜。王富成部被击溃，一营又集中全营火力反击义和庄出击之敌，激战一小时左右，敌人被迫龟缩回村内。

痛歼援敌

敌人从南面增援失败后，何思源更加气急败坏。又命李子文率部伙同王富成部，从北面增援义和庄。

10 月 1 日下午，敌人分两路向我军进犯。李子文率部向我司令部驻地王集方向行进；王富成率部向义和庄进军，这家伙十分猖狂，一路上不断打枪。

这时，杨副旅长正站在司令部的房顶上，朝义和庄方向凝视着。突然，身旁的警卫排高排长大声喊道：“报告首长，东北方向又来了增援之敌！”杨副旅长立即转过身去，一看，援敌直向司令部驻地逼近，相距不过三四里，约一个团的兵力。情况十分危急，如果不马上阻击援敌，必会给我军造成被动。杨副旅长当机立断，一面命保卫司令部的骑兵连和特务营二连马上准备迎击增援之敌，一面令通讯员通知特务营和一团一营赶来打援。

当王富成率部进抵义和庄时，我大部队已撤出阵地，他便摆出一副盛气凌人的架势，骂骂咧咧地从西北门冲到东北门，接着溜进义和庄。

东路援敌李子文部，进入我军防区时，杨副旅长命令骑兵连从右翼插入敌后，切断其退路；一团一营从左翼迂回截击；特务营从正面进行反击。冲锋号一响，我军发起总攻，一下把敌人装进了我们的“口袋”里。

特务营二连战士们像猛虎下山一样，朝敌群直扑过去。副连长王绍卿率部在左面；分支书记陈镜清率部在右面；指导员孙树亮、连长张保山率部在正面，同时向前冲击，冲至三四十米处，战士们一齐投弹射击，打得敌人失魂落魄，晕头转向。这时作战科科长王翰西和特务营营长陈景三、分支副书记郭萍同志也率部赶到，勇猛地向敌人发起攻击，吓得敌人直往后退。

骑兵连指导员王焜、连长苗冠生带领骑兵健儿，跃马挥戈，振臂呐喊，急驰敌后，战马嘶叫着在敌群中穿来穿去，把敌人冲得四分五裂。敌人腹背受击，乱了阵脚。敌指挥官见势不妙，急得直打转，活像热锅上的蚂蚁。他不住地持枪乱鸣，扯开破锣似的嗓子吼叫：“不要乱，给我顶住！顶住！”敌指挥官正想组织火力，进行反扑。这时敌我火力都十分猛烈，我特务营一连三排战士于福皆在一块芝麻地里不幸中弹牺牲。为了压住敌人的火力，特务营一连三排排长王宗儒带领战士们在一块高粱地里迅速架起了三挺机枪，拼命向敌人扫射，只见敌人一个个倒下去。那个敌指挥官惨叫了一声，身子晃了晃，也扑倒在地。此刻，敌兵大乱，宛如惊弓之鸟，丧家之犬，狂嚎着四处奔逃。

我军乘胜追击，四处冲杀，越战越勇。骑兵连战士们紧紧咬住敌人不放，一鼓作气追剿10余里，鏖战在大片青纱帐中，特务营追至3华里许，奉命撤回沿途搜索战场。一连二排排长胡惠卿从被击毙的那个敌指挥官身上搜出一支匣枪、一只带有弹痕的金壳怀表、一铁盒前门牌香烟、一包“海洛因”，还有一只刻有“子文”字样的金戒指。从这只金戒指上，人们才知道：那个被击毙的敌军官，就是水上保安一团团长“金牙老六”——李子文。

阻击战的巨大胜利，振奋了军心，鼓舞了士气。三旅指战员们，个个信心倍增，精神抖擞，恨不能一下攻克义和庄。

出奇制胜

连日来，指战员们都为啃“义和庄”这块硬骨头动脑筋，想办法。

10月2日上午，司令部召开了紧急会议，重新研究了作战方案，决定改变主攻方向，采取以强克弱，重点进攻的战术，从守敌火力较弱的两部结合处发起进攻。具体部署是特务营一连、二连和一团一营一连担任主攻，其他部队佯攻配合。同时要求主攻部队要发扬顽强战斗，不怕牺牲的精神，争取捷足先登突破一点，溃其全局。

会后，各营又分别召开了会议，具体做了动员部署，为确保这次攻坚胜利，各连队按战斗序列，都划分了一梯队、二梯队、三梯队。一梯队的任务是突破前沿阵地，登梯爬墙打通道路；二梯队的任务是架桥竖梯除障碍，为主攻部队开辟道路；三梯队的任务是，组织火力控制敌人火力的制高点，掩护主攻部队。任务下达后，战士们的热情可高了。有的写决心书，请求任务；有的绑扎“云梯”，筹备木板；有的运送弹药，擦拭枪支；还有的进行攻坚演习。

义和庄一带久受蹂躏、惨遭血洗的百姓，一听说八路军打了胜仗，击毙了血债累累、恶贯满盈的“金牙老六”李子文，心里乐坏了。他们看到八路军又准备攻打义和庄，笑在脸上，喜在心里，都争先恐后地帮助我军作战斗准备。有的主动给战士烧水做饭；有的把梯子、门板献出来，供我军攻坚用；有的准备夜间出动，破坏敌人的封锁沟；还有的组成担架队，准备抬伤员。

天抹黑，部队悄悄地进入阵地。这时，杨副旅长也到了一营阵地，战士们个个精神饱满，虎气生生。他们眼望着政委孙政、团长郑大林和营里的几个领导同志，沿阵地仔细地作了检查，并布置了外围防御。甚至哪个地方可能遭攻击，如何进行火力支援等，都做了具体部署。

夜幕降临了，杨副旅长又来到特务营阵地。他带领教导员韩万煜、营长申传贤、副营长陈景三和分支副书记郭萍同志，仔细地察看了地形。在东围墙北段，亲自选定了两个突破口。命一连从南面的突破口进攻，二连从北面的突破口进攻。同时，杨副旅长还亲自选择了一幢离围墙百米左右的平顶民房，作为特务营的制高火力点，因为这里地势很高，可以作为我军进攻的依托。为加强火力，掩护主攻部队进攻，在平房上架起了营里仅有的三挺轻机枪、一挺歪把机枪和司令部给调来的一挺“九二式”重机枪。杨副旅长见外围防御已准备停当，亲令一连指导员姚杰带领战士们在封锁沟上挖坡道，为不使敌人察觉，姚指导员和战士们在沟底搭着肩，一锨一锨从上面挖土。唯恐弄出声音，战士们就用大衣在下面接土，就这样神不知鬼不觉地挖出了两条坡道。

这时，一团一营一连二排副排长张心瑞也带领十几个战士在敌人的外围封锁沟上挖出了两条通道。这就为部队进攻创造了有利条件。

夜深了，敌人为加强防御，不时地向围墙外投掷土“照明弹”。借着光亮，在我军阵地上，就能够看到围墙上面巡逻的敌兵。可是，他们还蒙在鼓里，一点也不知道今夜我军改变了主攻方向，又要攻打义和庄。

午夜，总攻开始了。我军先以猛烈的火力发起进攻。这时，敌人也拚命地向我军阵地上投弹、射击。我军为积极有效地压制敌人的火力，掩护主攻部队进攻，便对准敌人的制高火力点集中射击。这一来，一下压住了敌人。

我主攻部队见战机已到，立即发起进攻。投弹组和架梯组的同志们，越过外围封锁沟，勇猛地向围墙下边的护庄河扑去；尖刀组的同志们也紧跟着冲过去，隐蔽在护庄河旁。投弹组的同志们，跑至护庄河边，一齐向围墙上投弹。瞬间，围墙上炸声如雷、弹片横飞，硝烟滚滚。架梯组的同志们，冒着枪林弹雨，迅速在护庄河上架起一座座“梯桥”，又抬起“云梯”直奔围墙下边，奋力竖起一架架高大的云梯。这时，隐蔽在护庄河旁的尖刀组的同志们，一跃而起，通过梯桥，奋不顾身地冲至梯口，屏住呼吸，咬紧牙关，抓住云梯，猛蹬几下，纵身跃上墙头。

特务营一连副连长李成祥带领一排战士们冲上围墙后，为扩大突破口，顺围墙向南进攻。冲至东大门附近时，躲进工事的守敌，疯狂地向他们开枪射击，李连长朝工事掷出几颗手榴弹，带领战士们冲向东大门，这时一排罪恶的子弹打来，陈刚和刘得胜同志不幸牺牲。李副连长和战士们见失去两个战友，火从心头起，怒从胆边生。他们冒着枪林弹雨，奋不顾身地冲进东大门。守敌见形势不好，慌忙跳出工事，妄图夺路逃生，战士们哪里肯放，冲上前去与敌人展开了白刃格斗，消灭了这股顽敌，抢占了东大门。

一团一营一连副连长冯希恩和一排长张玉青带领战士们冲上围墙后，为扩大突破口，英勇冲杀，向两翼发展。这时一个躲在掩体里的敌人突然跑出，向张玉青排长猛刺了一刀。张玉青忍住疼痛，顺手抓住敌人的枪托，用力往前一拽、接着飞起一脚，将那个家伙踢到了墙下，立即高喊：“八路军冲上来了，缴枪不杀！顽抗到底，狗头开花！放下武器，优待还家！”这时村内的援敌已窜到墙下，大叫要夺回阵地。围墙上的守敌见援军已到，又朝我军突破口恶狠狠地扑来，张玉青紧咬牙关，强忍伤痛，挥刀乱砍，带领战士们顽强冲杀。只见一个敌人端着有刺刀的长枪，朝张排长猛刺过来，张排长急忙斜跨两步躲开，那个家伙向前一晃，张排长趁机抡起大刀，朝那个家伙的脖颈砍去，一个血淋淋的人头滚落在墙头。张排长把它向墙下踢去，接着高喊：“谁敢上！谁上来就叫谁的头搬家！”援敌一见，惊恐万状，慌忙撤退。这时，一连指导员郭俊忱带领二、三排战士们攻上了围墙，他们立即冲进村里，尾追后退之援敌。

特务营二连副连长王绍卿率三班战士们冲上围墙后，沿围墙向两翼发展；指导员孙树亮、连长张保山带领一排、二排战士们翻过墙头，直向纵深发展。

我军大部队攻进村后，与敌人展开了一场激烈的巷战。特务营顺街向西冲杀，冲到南北大街时，敌人的一个连跑了过来，指导员孙树亮也混进了里边，因为天黑敌连长没有认出来，向他高喊："快跑啊！我们被打败了！"孙指导员哼了一声，紧紧跟在这股敌人的屁股后面，此时，张保山连长带领战士们打过来，孙指导员把走在最后面的一个敌人的枪夺了过来，朝他打了一枪，立即高喊："缴枪不杀！"这股敌人才知大势已去，便乖乖地做了俘虏，共缴枪 78 支。

一团一营一连进村后，冯希恩和张玉青同志带领一排战士尾追敌后，从左侧反击；副指导员宋成温同志带二排从右侧反击，敌我双方正打得激烈，村内又一路敌兵反扑过来，一时一连处于两面夹击之势，冯希恩副连长马上命令张玉青排长率一排战士反击正面之敌；他带领十几个战士，反冲侧翼之敌。他们边甩手榴弹边冲杀，敌人被追到一个死角，见无路可退，拼命挣扎，冯副连长冒着弹雨匍匐前进，接近敌人时，他把一颗颗手榴弹甩入敌群，战士们紧跟着冲上去，进行厮杀，不幸冯副连长腰部负伤，鲜血直流，但他仍顽强地指挥战斗。敌人被歼灭后，他也光荣牺牲了。

张排长听说冯副连长牺牲后，怒火满腔，为给冯副连长报仇，率部顽强战斗，追击到一个交叉口时，迎面墙上的十几个射击孔同时开枪射击，阻击我军前进，在这紧要关头，张排长带几个战士绕到敌后，越墙而过，把一束束手榴弹向敌人火力点甩去。这时敌人反击后撤，不幸张排长的头部负伤，昏倒在地。

宋成温副指导员率部打退了敌人的几次反扑，继续向纵深发展。我军的机枪突然发生故障，敌人立即用猛烈的火力阻击我军。宋成温同志的面部负伤，但是他坚持不下火线，带领一连干部、战士继续顽强战斗，直到最后胜利。

我军越战越勇，四处冲杀。敌人被冲得七零八落，到处乱窜乱撞，我军从庄东杀到庄西，从大街杀到小巷。一营一连冲进敌司令部，只见院内人仰马翻，室内杯盘狼藉，几个伤兵躲在一起，爹一声、娘一声地嚎叫，跪在地上向我军求饶。从他们的嘴里得知：围墙被攻破，张新斋知大势已去，便带了几个卫兵，偷偷地溜出了西北门。张俊亭、王富成、张德功等顽军头子，见张新斋不战先逃，更无心督战，便相互埋怨着、叫骂着狼狈逃跑了。

一连刚冲出司令部的大门，又遇到一股逃窜的敌人，郭俊忱指导员率部穷追猛打，一直追到西北门。这时，大批顽军已被我军堵截到西北门。那里人山人海，黑乎乎的一片。争相逃命的敌人，从半开的大门中，拼命向外挤。牛宪明同志猛窜几步，端起刺刀堵截敌人，大声喊道："站住！缴枪不杀！"顽军听到这炸雷般的吼声，吓得失魂落魄，不知所措。有的缴械投降，有的挣扎着向门外跑。

逃出去的敌人，又被封锁沟挡住了。他们只好从张新斋逃跑时留下的一块又窄又薄的木板上争着通过，敌人就像下饺子似的不住地往封锁沟里掉。他们哪里料到，昔日供何思源防御用的封锁沟，今日竟成了我军的"收容所"。

逃过封锁沟的敌人，又被一团二营早已埋伏下的部队打了截击。他们向北跑出 200 余米，机枪吐出了火舌，手榴弹在敌群中爆炸，趁硝烟弥漫之际，敌人丢下横躺竖卧的尸体，钻进青纱帐逃跑了。

拂晓，我军占领了义和庄。义和庄攻坚战，打得顽强、打得漂亮，共击毙、击伤俘虏顽军 1000 余人，缴获机枪两挺、步枪 1000 余支，战马 100 余匹，粮食及其他物资。这一仗打掉了敌人的威风，鼓舞了我军的士气，扩大了我军的政治影响，发展了我垦区根据地，开创了清河区抗日游击战争的新局面。

不几天，冀鲁边区教导六旅十六团团长杨承德、政委陈德等同志率部从西边打过来，与山纵三旅在沾化县东部的老鸹嘴胜利会师。从此，清河区冀鲁边区又紧紧地联系在一起了。

忆徐万粮战斗

1944年8月中旬，我渤海军区主力部队攻克利津县城，全歼汪精卫日式装备的治安军二十七团，取得了首次城市攻坚战的胜利。在杨国夫司令员的指挥下，部队乘胜转战沾（化）、利（津）、滨（县）边区，于25日至29日，又连克富国、董卜堂、黄升、下洼等九个敌伪据点，活捉了罪大恶极的伪团长黄玉山、张子原，俘虏士兵二百三十余名，缴获长短枪五百余支，完成了以解放沾、利、滨边区为主要目标的作战任务。当时战士们斗志昂扬，群众欢天喜地，当地人民自动组织起来，敲锣打鼓，杀猪宰羊，提篮挑担慰问子弟兵。

我军的胜利，使日伪军气急败坏，妄图集结兵力伺机反扑。10月中旬，我渤海军区司令员得到可靠情报，驻惠民日军曹野清大队制定了“扫荡”我垦区根据地，重占沾利滨边区的狂妄计划。军区首长针对敌情，立即作了严密的部署，积极投入反“扫荡”的准备工作。

10月下旬，驻惠民的日军曹野清大队（三百人），纠集伪省保安队以及滨县、青城、商河三县伪保安队和沾化刘佩忱伪军各一部，计一千二百多人，于30日夜分兵两路同时出动，妄图到沾化富国镇集结，以“闪电之势”，“长途奔袭”义和庄解放区，进行“扫荡”，安置伪据点，再次侵占我沾利滨边区。驻守在广饶、博兴、张店的李青山等部伪军，为了配合曹清野大队的“扫荡”，同时在王家店子一带对我主力部队进行牵制。

我渤海军区首长对敌情作了认真研究，迅速制定了粉碎敌人此次“扫荡”的作战计划。决定由四分区王兆湘司令员率其部队在富国西部高家村截击由沾城出动的伪军刘佩忱部，将其阻止在徒骇河西岸，粉碎日军妄图到富国镇集结兵力的计划；杨司令、袁也烈参谋长率军区直属团主力部队，到富国以南地区，迎击以日军为主力的由惠民、青城、滨县出动之敌，目的在于将敌人消灭在解放区前沿，粉碎敌人的“扫荡”阴谋，保卫解放区，保卫人民的胜利果实。

根据上述作战部署，于十一月一日凌晨，我直属团一、二两营的全部兵力，随军区司令部由广饶县北隋、史家口运动到富国以南宿桥、孙家桥、屈家一带村庄，做好战斗准备。军区司令部设在屈家村，杨司令召集连级以上干部会议，简单地向大家讲明了形势和任务，及这次作战意图，接着带领大家到徐万粮村及周围一带察看地形。

徐万粮村，有百多户人家，坐落在徒骇河东岸，居滨县至富国公路的东侧，西近费家，南傍吕望庄，环抱于屈家、宿桥、孙家桥几个村庄之中。这地方村落密集，抗日沟纵横交错，四通八达，沟沟相连，村村相接，在村南三岔路口处，有一大片坟堆，地形很好，是惠民、滨县这股日伪军进犯富国、义和庄的必经之路。因此，杨司令把战场选在徐万粮村，准备在村南先以小部队伏击敌人，诱敌进村，争取时间，集中我优势兵力打击敌人。

看完地形后，杨司令把警卫排调来，埋伏在三岔口处，以坟堆为依托，修筑简易机枪掩体，配备好火力，准备伏击敌人。同时命令一部分战士到徐万粮村，动员群众坚壁清野，有组织地向孙桥、宿桥一带转移、疏散，保证人民生命财产的安全。

九点钟左右，有十几个日本骑兵，从费家方向朝徐万粮村奔来。等到距我伏击阵地五六十米时，警卫排长一声“打”，隐蔽在坟堆后的机枪就“嘟嘟”两梭子，立即有几个日军被击中，从马上滚了下来。几匹受惊的马，前跳后尥，团团乱转。剩存的日本兵知道中了埋伏，忙勒转马头，舍命地向来路逃窜。

敌人听到枪声，南从吕望庄，西从费家，恶狠狠地向警卫排的阵地扑来。战士们面临强敌，毫不畏惧，等敌人麇集阵地面前时，我军四挺机枪一起开火，给了敌人以惨重的杀伤力。战斗持续到十一点左右，日军又调来了轻重机枪和两门小炮，集中火力朝警卫排阵地猛打，一颗颗炮弹呼啸飞来，炸得尘土飞扬，浓烟滚滚，猛烈的火力压得抬不起头来。战士们临危不惧，仍沉着地向敌人还击。阻击战打到晌午，伏击敌人的任务已经完成，警卫排长命令战士们边打边撤，敌人逼近我阵地时，警卫排的人员已顺着抗日沟撤到屈家去了。

下午三点，侦察员向杨司令报告：敌人遭我伏击后收拾完尸体便气火火地占领了徐万粮村，把徐万粮村的路口都堵塞了。还把群众的箱柜、麻袋装上土，弄到屋顶上，筑起了临时工事，并在村周围的墙上挖了密密麻麻的枪眼，看样子要在徐万粮村过夜……杨司令当即做出决定：利用我军打近战、打夜战的特长，集中兵力，将进驻徐万粮村的敌人全部消灭。

杨司令把这一光荣而艰巨的任务交给了一营和二营。命令二营担任主攻，包围村北、村西，一营包围村东、村南。当时，我（张冲凌）在二营任营长，命令四连为主攻连，五连、六连分别在村北村西配合行动。

傍晚，我们两个营利用抗日沟作掩护，悄悄地包围了徐万粮村。

日军曹野清大队，白天遭到伏击，夜间更加恐慌，把村外的柴草垛全部点燃；在街口把群众的桌椅板凳、门窗器物，大小车辆堆积起来，点火照明。徐万粮村周围烟火弥漫，整个村庄笼罩在火光之中。我见此景，胸中怒火直往上冲，恨不能一口把敌人吃掉。战士们也咬牙切齿，摩拳擦掌，急待投入战斗。

这时，泊头区委书记李克南组织了部分村的民兵，来配合部队作战。

徐万粮村村主任李家芳、青救会主任李汉朝也组织了十二副担架，准备救护伤员。

敌人点火照明，是弄巧成拙。他们的一举一动，我们在暗处都看得清清楚楚，我们的行动敌人则不易发现。当部队运动到离敌人只有四十米远的抗日沟中，顺利地包围了徐万粮村时，敌人仍毫无察觉。为了掩护四连主攻，我把全营十二挺机枪集中在一起，安放在距村五十米远的西北角上，借火光瞄准了房上的敌人。

四连连长张连训同志接受了主攻任务后，对全连的兵力作了部署，命令一排突袭，炸开西北角的房子，打通进村的道路；二排、三排准备攻击。

晚八点，总攻的时间已到，一排开始行动。在贴近房院时被敌人发觉了，密集的子弹向他们扫来，压得战士们不能前进，处境非常危急。我把手一挥，十二挺机枪同时怒吼起来，密集的子弹向房上扫去，一排趁机退了下来，整个村内村外，枪声大作，弹光交映，围歼日伪军的战斗打响了。

在我们营部前面的敌人，占据着一个财主大院。这个大院，在村最西北角，房屋坚固，墙高四米左右，是村北部的制高点。敌人居高临下，疯狂地向外扫射，呼呼的子弹声在我们的耳边嘶叫着。情况相当危急，不马上炸掉此处，就完不成主攻任务。我立即组织火力，掩护第二爆破组，炸开财主大院，打通进村的道路。

第二爆破组的周树村、徐万邦、于法民等五个同志，在早准备好的方桌上，绑上四床湿透的棉被，把炸药包绑在一个木杈子上，四人架着桌子腿，一人在桌下抱着炸药包，向财主大院冲。敌人发觉后，怪叫起来，并集中火力朝方桌射来。五个勇士毫不畏惧，冒着弹雨向屋墙靠近，当离墙五米多远时，敌人又向方桌上扔手榴弹。手榴弹冒着烟从桌子上滚到地上爆炸了，爆破组内有两同志光荣牺牲。剩下的三个同志眼含热泪，奋不顾身，继续顶着方桌前进，终于把炸药包放在了大院西北角的墙下，点燃了导火索。三人刚退下，天崩地裂般的一声巨响，墙角顿时出现了一个大豁口。把徐万粮村震得抖动起来，房上的敌人随着硝烟颠起来，又落下，吓得哇哇乱叫，一手捂着脑袋，一手拖着枪，跟头轱辘地向房顶的东北角拥去。二排战士趁机冲杀过去。

逃到房顶东北角上的敌人，慌忙架起机枪，向战士们扫来。房下的敌人也呼喊着拼命堵塞豁口，阻止我军前进。二排战士冒着弹雨，匍匐前进。房上枪声一稀，他们又一个个跃到一个草垛的阴影里。四班长王宝纪吩咐战士们："冲到豁口近处，向里头扔手榴弹，叫敌人站不住脚！"这时离豁口近的一堆火，渐渐熄灭了，天显得格外黑。房上的敌人听不到动静，停止了射击。王宝纪见机会已到，大喝一声："冲啊！"战士们像猛虎一般冲了上去，并把手榴弹狠狠地扔向豁口内。一阵猛冲猛打，揍得敌人缩了下去，我四连战士们冒着硝烟从豁口中冲进了财主大院，竖上梯子冲上屋顶，一鼓作气消灭了房顶上的全部敌人，借助敌人的工事，立即架起了两挺"七九"机枪，向村内的敌人猛扫起来。敌人被迫退到街南。五连、六连的战士们趁势全部攻进了村内，占领了东西大街以北的所有房屋和院落。

徐万粮村只有一条东西大街，街南有几条小胡同。因此，这村易守不易攻。敌人退到街南后，把所有的院落占领了。这样，南北对峙战斗更加剧烈和残酷。为了麻痹敌人，我们佯攻东头的几个院落，实际进攻重点还是选在最西头的一个小院。据我们分析，日军的指挥部就在这个小院附近。我们恨不能立即端了敌人的老窝。四连一排的三个战士，在副班长焦会贤的带领下，借着夜幕的掩护，悄悄地贴近小院北屋的西墙，用铁锹、刺刀，在墙上挖了一个洞口，敌人也没有发觉。焦会贤和战士们从洞口钻进屋内，像猛虎一样冲到院子里，齐声高喊："缴枪不杀！"四个伪军见八路军突然出现在他们面前，吓得哆哆嗦嗦地举起了双手。有一个俘虏指了指里院（原来这是个两进院）说道："这里边还有。"焦会贤一看里院大门紧闭，他侧耳一听，里面静得出奇，就示意两个战士使劲推门。门"忽"地开了。战士小蒋端着枪，一个箭步跃到院中，冲到南屋门旁，高举手榴弹，大喊一声："缴枪不杀，要不，就向里扔手榴弹了！"屋里的敌人听到要扔手榴弹，吓得说话也变了语音，结结巴巴地高喊："长……长官……别扔手榴弹，俺缴枪。”说着，二十多个伪军双手举枪，乖乖地从南屋走出，当了俘虏。

战士们押着俘虏刚想出院，有一个高个子俘虏说：“屋里还有一个日本鬼子。”话音刚落，六连的几个战士冲了进去。一条腿上挂花的战士听说屋里有日本鬼子，也端着大盖枪扑进屋内，几人一起把鬼子捉了出来。那家伙三十多岁，留着东洋胡，斜跨东洋刀，腰挂王八盒子（这种日制手枪，皮盒状如龟盖，故有此称呼），胸前挂着望远镜，一看便知是一个日本军官。战士们拧着胳膊把他押到营部指挥所，摘了他的军刀，下了他的手枪，没等审问，这家伙便哇哇乱叫，拼命挣脱，战士们一截，他便一头跌到一堆烈火中去了。后来知道那个跳火自焚的家伙，是曹野清的一个中队长，名叫中岛。

这时，整个村内杀声震天，弹片横飞，我军的进攻逼得日军节节败退，战斗进行得相当激烈。敌人每退一处，就放起火来，村内一片火光。

四连战士们冲到西边第二条胡同，挨近了一个院子。冲在前面的战士于亮，发现了院门洞里隐藏着几个敌人，鬼鬼祟祟地举枪瞄着战士们。在这千钧一发之际，于亮迅速扔去一颗手榴弹，“轰”的一声，几个敌人就报销了。冒着硝烟，于亮一个箭步扑到门洞左边，高声向门洞里的敌人喊话：“缴枪不杀！八路军优待俘虏！”话音刚落，里边传来敌人慌乱的声音，但是，没有一个敢答话。于亮进一步展开政治攻势：“日本鬼子长不了啦，你们不要为鬼子卖命，快缴枪吧，中国人不打中国人……”这时，一个尖嗓门的伪军吆喝：“这里面有日本鬼子不让俺们缴枪。”站在门洞右边的战士潘长法喊道：“鬼子少，你们多，不要害怕，谁绑出鬼子来重赏谁。”门洞内的敌人又是一阵骚动，日军呜呜地发着威：“八格呀路，变心的死了死了的。”硬逼着伪军向外冲锋。十几个伪军一边放枪一边冲，没走几步就被战士们一阵手榴弹揍了回去。日军再一次逼伪军反扑，有三十多个伪军趁此机会，扛着一门小炮，拖着大盖枪，边跑边喊：“我们投降！”从门洞里跑了出来。日军见势不好，忙退到院子里，从另一个小门里逃走。还有几个伪军，想随日军一块逃走。其中有个大个头的伪军扛着一挺机枪，没走几步，于亮一个虎步跳过去，大喝一声："把枪留下！"顺手把枪拽了过来，同时飞起一脚，把那家伙踢了个狗吃屎，趴在地上不敢动了。其他几个伪军见于亮着实厉害，又见其他战士冲了上来，不得不一起跪下缴了枪。

半夜时分，整个村子被我军占领了三分之二，日酋曹野清一看情况危急，命令部下向村南突围，结果被一营打回村内。

一营完成包围村南、村东的任务后，立即向敌人发起猛烈的攻击。因为日军把指挥部设在村南部，所以优势兵力和精良武器大都部署于此，这儿火力较强，防守严密，致使一营在村南一直没有攻入村内。但是，他们在村东却打得异常勇猛。部队攻进村内后，击毙和俘虏了部分伪军，有力地配合了二营的主攻。

半夜以后，敌人曾先后两次组织向村南突围，都被一营揍了回来。突围失败后，日酋曹野清下决心死守，等待援军。并组织了敢死队，一手拿短枪，一手持东洋刀或群众的切菜刀，向我军反扑过来。

战士们见日军狗急跳墙，个个怒目以待，安上刺刀，准备肉搏。于亮、张连训、潘长法和其他战士们，手握钢枪，在大门旁、拐角处做好了反击准备。敌人号叫着冲了出来，英勇的战士们扑进敌群，用刀用枪，同敌人拼杀在一起。整个村内，房上、地上都有人在搏斗着，射击着，杀声、枪声、金属的撞击声、呐喊声混在一起，战斗达到了白热化。

有一个手拿指挥刀的日本军官，恶狠狠地向潘长法劈来，潘长法用刀一拨，紧接着一个突刺，敌人胸部中了一刀，"扑哧"一声倒了下去。又一个日本兵来劈潘长法，他一个虎跳，跃到一边，大喊一声"杀！"就把那个敌人捅了个透心凉。在搏斗中，张连训突然发现第一个被潘长法刺倒的日本兵又从地上爬起来，举刀向他劈来，他敏捷一闪，回手一枪，将他击毙。另一个日本兵手握老百姓的一把菜刀，哇哇地向张连训砍来。张连训将枪一拧，刺刀便穿进了敌人的脖子，那鬼子仰面倒了下去。第三个日本兵又扑上来，没等交手，被张连训一枪打中肚子，踉踉跄跄地钻进路北蓖麻棵中，于亮又补了一枪，那家伙也被击毙了。

一场鏖战之后，日军的“敢死队”死伤大半，剩余部分纷纷向后撤退，龟缩在院内死守待援。

这时，东方破晓，司令部为预防日军增援，命令战士们押着俘虏，带着缴获的武器，迅速撤离了徐万粮村，到孙桥、宿桥休息待命。

天亮以后，日酋曹野清仓惶带领残敌用马车运着日军的尸体、伤兵，狼狈地逃回惠民去了。据统计，徐万粮战斗，我军击毙日军四十余人，击伤六十余人；击毙伪军二百余人，俘虏、击伤一百余人。缴获轻机枪一挺，小炮两门，步枪一百余支，弹药若干。在南路配合曹野清“扫荡”的伪军李青山、周胜方等部，在王家店子也被我军击退。在沾城出动的伪军刘佩忱部，被我四分区部队击退。至此，敌人梦想奔袭我义和解放区、重占沾利滨地区的美梦彻底破灭了。

刘家井战斗

1939 年 6 月，刚成立不久的八路军山东纵队第三支队，在邹平县刘家井一带与日伪军展开了一场激烈的战斗。这次战斗是抗日战争初级阶段，八路军在我区与日伪军进行的一场较大规模的阵地防御战。

刘家井是一个有 100 多户人家的小村庄。村子虽小，但过去为了防御匪患，建起了四五米高的围子墙，墙的外边有一条三四米宽两三米深的围子沟，在墙的四角还筑有五子炮的炮台。村南十几里就是章丘县境，村北头紧靠一条由邹平通往黄河的公路。1937 年日军过了黄河，就是沿着这条公路向南杀来，占了邹平，进驻周村的。这里是一马平川的平原地带，土地肥沃，村庄比较密集，村间相距一二里或三四里。以刘家井为中心往北 3 里路的小村叫马庄，往西北 3 里多有郑家、刘聚桥，往南是大碾和吴家，东南方向 2 里路是西左村，最近的一个村是东北方向的韩家。1939 年 6 月，在长山九区黑铁山揭竿而起的人民子弟兵——八路军山东纵队第三支队和清河特委机关，在司令员马耀南、副司令杨国夫和特委书记景晓村的带领下，遵照中共山东分局关于迅速开展章丘、齐东地区的工作，打通与冀鲁边区联系的指示，连夜急行军，进驻刘家井一带。三支队司令部、特委机关和直属队的特务团、警卫营驻扎刘家井，司令部设在村北头的一个大庙里；孙鸣岗司令员带领的二梯队驻在刘家井西北的刘聚桥；七团团长马千里、政委孙正带七团驻在与刘聚桥东邻的韩家；十团团长李人凤带领两个营和特务连，驻在西南方的吴家和大碾；桓台独立营驻郑家；奉命从章丘东北山区赶来的十一团驻马庄，东南方的西左也驻了两个连。总兵力 3000 余人。

刘家井村民们从睡梦中醒来，看见来了八路军，高兴得不得了。大家赶紧腾房子、挑铺草、烧水、做饭，一个个忙得不亦乐乎。

部队驻村后，广泛发动群众，积极宣传抗日主张，激发了广大民众的抗日热情。村民们杀猪宰羊，慰问部队；战士们挑水、扫院，争着帮助房东干家务活。不几天，在刘家井一带农村中掀起了拥军参军的群众性热潮。

6月4日，清河特委书记景晓村在刘家井召开会议，研究如何开展章丘、历城和齐东新区的工作。参加会议的有景晓村、苏杰、夏戎、杨国夫、赵明新、王大、高涨元、李人凤等人，会议由景晓村主持，听取了邹章齐工委书记王心崇和邹章齐独立营教导员吕洗尘开展工作的情况。会议认为在这一地区建立根据地不是理想之地，但作为游击区打通北面的通道是可以的，但还要继续从各方面进行工作。除了更深入地做好群众工作外，还要继续做伪政权和伪军的工作。会议开了一天没有谈完，第二天继续开。

6 月 6 日拂晓，刘家井西北方向的马庄几声“轰轰”的炮响，把战士们从梦中惊醒。不一会儿，刘家井的东北、西北方向也陆续响起了噼里啪啦的枪声。

支队首长马耀南、杨国夫、景晓村等人立即穿好衣服，提着枪来到刘家井的北门围墙上。抬头远望，天色灰蒙，雾气腾腾，能见度极低，只能听见远处时急时缓的枪声。不一会，侦察员和各团取得联系后，返回刘家井向支队首长报告了情况。原来，刘家井位于济南以东的侧翼，大约六七十公里，日军十分敏感，很快侦察到我军的集结行动。日军少将松本遂集中济南、惠民、益都等据点的日伪军 5000 余人，配属骑兵、炮兵各一部，采取分进合击的战术，将我军团团包围，妄图将这支刚成立不久的抗日劲旅消灭在摇篮里。

在刘家井村东北角的大庙里，支队司令部召开了有各团团长、政委参加的紧急作战会议。大家认为，只有粉碎敌人的进攻，才能扩大根据地，打通与冀鲁边区的联系，扩大我军的政治影响。于是，支队司令部决定就地打一仗，杀一杀侵略者的嚣张气焰。会议决定由杨国夫副司令员负责全面指挥这次战斗。

马耀南司令员拉着杨副司令员的手说：“老杨，你当过红军团长，这次就看你的了。狠狠地打，打个大胜仗，即使花点代价，对锻炼和提高部队的战斗力也有好处。”

杨国夫当即对分布在附近各村的部队下达任务，要他们各自为战，坚守阵地，相互支援。并迅速调动驻刘家井的部队，进行了兵力部署。刘家井村紧靠在一条由东南向西北的大路边，四周地势平坦，只有东北角离村500米处，有一坟地。杨国夫副司令员根据侦察员的报告和枪声判断，敌人很可能从北面打来，然后向东部发展，依靠那片坟地，主攻刘家井。他调动十团特务连在北边围墙防守，把迫击炮阵地设在村东北那片坟地里，调特务团一、三连在东边围墙防守，警卫营的一部分在南边围墙上防守。在围墙四角的炮台上安放了8门五子炮，由修械所长吕夫禄指挥。同时还布置少量部队控制西门外通道，以备必要时撤退。

上午7时，太阳早已升起，刘家井四周的枪声开始由远而近。驻在四周各村的部队都已经同敌人交了火，其中，东北方向的韩家村枪声尤其激烈。

驻韩家的七团和刘聚桥的二梯队，截击了从惠民、齐东向刘家井扑来的敌人。韩家村和刘家井一样，也有围子墙和围子沟。七团利用高大坚固的围墙作屏障，狠狠地打击来犯的敌人。日伪军恃仗着先进的武器，晃动着膏药旗，从韩家的北面、西面气势汹汹地往上冲。七团团长马千里和政委孙正指挥战士们沉住气，等日伪军前进到30米时，一声令下：“打！”9门“五子炮”，33支抬枪，两门开山炮，以及战士们的土枪、步枪一起砸向敌人。尤其是“五子炮”、抬枪，大显神威，弹丸像扫帚一样，一打一大串。

日伪军被打蒙了，弄不明白八路军使用了什么秘密武器，丢下一具具尸体，狼狈地溃退了。

敌人很快占领了村北的一片高地，架起了数十挺机枪，向村中扫射，子弹如雨、炮弹如蝗。在猛烈火力的掩护下，日伪军又开始了第二次冲锋。等敌人的机枪一停，战士们又迅速跳上围墙，一看敌人已经冲到围墙下的壕沟里，“五子炮”用不上了，只能用手榴弹轰击。一位排长看到敌人喷火的机枪，眼睛都红了，他率领 5 名战士，借助手榴弹爆炸的烟雾，跳下围墙，抡起枪托，砸死了死死抱住机枪的鬼子兵，然后抱起机枪，返身冲上围墙，将机枪架在围墙边的一颗枣树上，向敌人射出了一串串仇恨的火蛇。日伪军一片片地倒下，敌人又一次溃退了。“五子炮”、抬枪、土枪再次称雄，向着敌人的背后猛打。就在这时，一颗罪恶的炮弹落在了夺来的机枪上，我们这位英雄的排长和 2 名英勇的战士壮烈牺牲了。

日军从西边攻不下，就留一部分在西边继续吸引我军的注意，乘我军不备，抽调一个排，绕到东边，突然发起进攻。东边围墙上只有一个警戒班，抵挡不住鬼子的冲锋。鬼子冲进了村子，从背后向七团打来。韩家村只有东西一条小街，敌人沿街由东向西发展。七团的一部分战士从村北围墙上冲过来，拦腰切断了冲进来的日伪军，接着向被切断的日伪军东半部反击。敌军且战且退，直到退出韩家村。被截断在村里的日伪军约 20 人，他们原以为可以攻占西门，进而占领韩家村。但在七团两面夹击之下，全部被消灭。

死伤惨重的敌军指挥官松本，急得像热锅上的蚂蚁，气急败坏地亲自督战，集中炮兵，猛轰韩家西门。顷刻间，炮弹轰鸣，火光冲天，敌人发起了又一次冲锋。同时，在南门窥探我军动向的敌军，听到西门战斗激烈，从我军防守薄弱的南门再次冲进韩家村。韩家村南北无路，只有一些拐弯抹角的小巷，敌人路也不熟，运动困难。这时，几十个村民手持猎枪、土炮，利用房屋和院墙作掩护，向迎面而来的日伪军开了火。战士们也很快赶了过来。敌人抵挡不住，不得不再次退出韩家村。

突然，村内的火药库被敌人的炮弹击中了，火焰一下子蹿出10多米高，发出了震耳欲聋的爆炸声。敌人估计我军的弹药不多了，抓住时机又发动了更猛烈的进攻。终于，敌人凭借着优势的火力，冲进了韩家村的西门。战士们毫不畏惧，浴血奋战，韩家村的群众也拿起能用的一切武器，与敌人进行殊死的拼杀。军民一起和敌人杀了个昏天黑地，烟雾惨淡，硬是把日军打了个三进三出。在敌我力量悬殊的情况下，为了保存实力，我军主动撤离了韩家村阵地。

在各村相继与日军接火的时候，一股日军躲过西北方向的马庄和北边的刘聚桥，从农田里直奔刘家井而来。在刘家井村北边的麦子地里，日本指挥官挥舞着战刀，凶恶的军犬来回蹿跳，鬼子端着枪嗷嗷嚎叫，排着方队向刘家井扑来。杨副司令员看到日军队形密集，喜出望外，决定先用“铁扫帚”横扫。等敌人一靠近，8门“五子炮”一齐开火。冲在最前面的鬼子就这样稀里糊涂地见了阎王，紧接着第二炮、第三炮……敌人死的死，伤的伤。这时，李凤年排长指挥的两门迫击炮也开了火。炮弹像长了眼睛一样，专在敌人密集处开花，炸得敌人滚的滚，爬的爬，一片片地死在了阵地上。

敌人仗着人员和武器的优势，再次组织冲锋。战士们越打越勇。修械所长吕夫禄索性脱掉上衣，光着膀子，扛着“五子炮”打几炮换一个地方；连长王得水，依靠工事，沉着指挥，接连打退了敌人的3次进攻，打坏敌人汽车2辆。他身负重伤后，仍坚持指挥，最后因失血过多，英勇地牺牲在阵地上。

下午2点，北门的战斗仍在继续，东门的战斗又激烈起来。日军集中了四五门山炮，轮番向我阵地炮轰。杨国夫副司令员立即命令在东北角的迫击炮向敌人炮兵阵地还击。敌人发现八路军的迫击炮大吃一惊，便调转炮口向我军迫击炮阵地轰击。我军微弱的迫击炮怎能抵挡住日军的山炮。为了保住宝贵的迫击炮，杨国夫下令迫击炮排长李凤年撤出阵地。敌人随即占领了那片坟地，接着用山炮轰击围子墙。终于轰开了一个缺口，敌人一窝蜂地涌了上来。战士们居高临下，土枪土炮，手榴弹一起开火，很快又把敌人压了回去。坚守阵地的勇士们，寸步不让，连续打退了敌人的多次冲锋。

大规模冲锋不行，敌人又组织小规模的轮番进攻。杨副司令一面组织军民修复阵地，一面组织“神枪手”专打敌人的指挥官和机枪手。一连指导员孙化利沉着应战，瞄准一个打一个，弹无虚发，一人击毙 18 个日军。一个姓齐的战士也连续射中 17 个敌人。日军的井口司令也挂了彩。敌人攻了大半天，损失兵力数百人，仍然攻不下刘家井。日军探知三支队的司令部就在刘家井，千方百计要把刘家井拿下。日军少将松本也来到刘家井前线督战。穷凶极恶的敌人在山炮和重机枪的掩护下，像一群红了眼的疯狗，一个劲地往上冲，很快冲到了围子墙下。刺刀见红的时刻到了。杨副司令一声令下，班长赵延庆带领全班战士冲了上去，与日军展开了一场肉搏战。围墙上，刀光闪闪，杀声震天。有一个战士面对凶狠的日军毫不退让，迎头就是一刀，鬼子被我战士的勇敢吓呆了，紧接着第二个鬼子又倒在了他的刀下，当他再去刺第三个鬼子时，他和鬼子同时刺入对方的心脏。战士李德福选了一个粗壮笨重的日本兵，先是用刺刀搏杀，后来双方刺刀都打落在地，扭打滚爬在一起。李德福由于拼杀太勇，体力不支，被日本兵压在了身下。可我们的战士是不会认输的，他腾出了一只手，打开了身后的手榴弹盖。那个粗大愚笨的鬼子正在为占了上风而高兴时，发现了李德福身后冒出的缕缕青烟。他终于明白了中国战士的打算，他吓得哇哇直叫，拼命想挣脱李德福，挣脱死亡。可我们的战士紧紧抱住了自己的对手，发出了一阵无畏的笑声。这笑声，是手榴弹爆炸的前奏；这笑声，称出了“武士道”精神的分量。手榴弹的一声巨响，无情地淹没了鬼子绝望的呼救声。

敌人泄气了，胆怯了，两军相逢勇者胜。爬上围墙的日军被全部歼灭。

我们的勇士仍然坚守在自己的阵地上。

在八路军战士与日伪军拼杀的时候，刘家井子一带的村民也都勇敢地参加了战斗。青壮年使用土枪土炮，与战士们一同作战，妇女们则烧水做饭，抢救伤员。有个民兵，敌人的子弹打进了他的屁股，他用手抠出子弹，不用包扎，继续投入战斗；有位姓刘的农民，一只胳膊被炸断了，他用另一只胳膊装火药，仍然坚守阵地。“五子炮”的铁片打光了，村民们就砸烂自己家里做饭的铁锅和耕地用的铁犁，支持战斗。军民联防铜墙铁壁，使敌人没能迈进刘家井子村半步。

八路军主力撤离韩家村后，20 多名担任掩护任务的战士和 36 名伤病员被困在韩家村。这时，鬼子从四面攻进村。气急败坏的日军声称要血洗韩家村，他们像一群恶狼，见房子就放火烧，见人就乱打乱杀，韩家村一片火海，浓烟滚滚，哭喊声一片，全村 400 余口男女老少和 50 多名八路军战士面临着一场灾难。

战士们边打边退，趁着满村烟火跑进了村民明庆水夫妇的小店。明庆水的妻子看到这些危急的八路军战士，当机立断，毫不犹豫地把他们安排在家中后院的屋内，锁上门。她自己赶忙换上多年不穿的和服，背着刚满 3 岁的儿子来到前门的大街上。

韩家村大火弥漫、枪林弹雨中怎么突然窜出一位穿和服的妇女呢？

原来明庆水的妻子是一位善良的日本妇女，名叫田美君子。早在 20 世纪 20 年代，明庆水被生活所迫，到日本东京打工，并与日本姑娘田美君子结为夫妻。1930 年，田美君子告别故土，随丈夫明庆水来到邹平县韩家村，成了一名日籍中国农村妇女，并改名叫田美君。

正在韩家村到处烧杀的日军，在街上突然碰见了一个日本女人，又兴奋又惊讶！这时田美君子用日语跟日军说：“八路军已全部撤走，村里全是些善良的老百姓，不要再杀害他们了。”田美君子说得日军小头目目瞪口呆，只好说：“我做不了主，你到村外去找松本少将。”田美君子指着小店说：

“这是我的家，你得保护好。”那个日军小头目还真听指挥，派了两个日军在田美君子家门外站岗。她冒着枪林弹雨，背起儿子保金就到村外找松本少将去了。过了一会儿，松本传下命令，不准在村内再杀人放火，允许村里人们出来救火，然后集合日军撤离村子。

日军一撤离，田美君子悬着的心才落下，赶紧招呼村民出来救火，并让躲在后院的八路军战士换上老百姓的衣服，混在群众中救火，等天黑以后，八路军战士和伤病员安全转移。田美君子见义勇为的行动，保住了韩家村老老小小 400 口人的生命，掩护了 50 多名八路军战士。

在刘家井战场上，杨国夫副司令员站在围墙上，沉着指挥战斗。在敌人呼啸的炮弹和炒豆般的枪声面前，杨副司令员没有后退半步。这种镇定自若的精神深深地鼓舞了每一个指战员，大家士气高昂，英勇作战，狠狠地教训了日本侵略者。

战斗进行到下午，马耀南司令员、景晓村书记和杨国夫副司令员召开了一个紧急会议，大家认为，部队已经战斗了一整天，杀伤了大量敌人。同时我军也有不小的伤亡，且弹药出现了短缺，战士们十分疲劳。据侦察，敌人正在从济南和益都方面调集更大的兵力，准备继续对我进攻。为了保存实力，以利再战，会议决定乘夜色撤出战斗。

下午 4 点，在杨副司令员组织火力的掩护下，马耀南司令员带领支队机关人员，经刘家井西南方向的吴家突围，撤到了 5 里以外的安全地带。

黄昏时分，日军又集中残兵败将，在大炮的掩护下，发起了新的进攻。坚守阵地的战士们顽强作战，歼灭了大量敌人。这时，一股狂风骤起，狂风夹杂着黄沙遮天蔽日，敌人撤退了。杨国夫副司令员下令各个阵地和各驻村部队立即向西南方向转移，我军主动撤出了战斗。

刘家井战斗是一次阵地防御战，虽然我军未能实现打通与冀鲁边区联系的战略计划，但在抗战初期的 1939 年，我们这支刚成立不久的八路军支队，用几挺机枪和一些“单打一”步枪和部分土枪土炮，在当地民众的大力支持下，狠狠打击了在装备、人数上都占绝对优势，号称“世界上最强大陆军”之一的日本侵略军，创造了毙伤日伪军井口司令以下800余人的战绩，其中打死日军417人，打击了狂妄嚣张的敌人，打出了军威，锻炼了部队，扩大了我军的政治影响，推动了清河平原抗日游击战的进一步发展。

清河歼敌艇　五军震声威

1937 年 7 月 7 日，日本侵略军发动“卢沟桥事变”，企图以武力吞并全中国，抗日战争爆发。7 月底，北平、天津陷于敌手，日军分兵四路展开进攻，其中一路沿津浦铁路迅速南侵，直通山东。中共中央指示全国各地党组织，要迅速建立抗日民族统一战线，发动抗日武装起义。中共山东省委秘密召开紧急会议，决定在山东各地发起武装起义。10 月，受山东省委派遣，共产党员姚仲明、红军干部廖容标同志化名廖之秀，政治干部赵明新同志到长山中学工作，并决定由姚仲明、廖容标、赵明新 3 人组成中共特别党小组，直接由省委领导，负责筹备发动这一地区的抗日武装斗争。11 月，侵入山东的日军继续南侵，相继占领黄河以北各县，威逼济南，形势更加危急。12 月 23 日，越过黄河的侵华日军离邹平、长山越来越近。12 月 26 日夜晚，邹平、长山起义队伍赶到黑铁山脚下，在太平庄小学院内正式举行了武装起义，成立了“山东人民抗日救国军第五军”。司令员廖容标根据当时的斗争形势，审时度势，决定打几个硬仗，以震抗日声威。

山东人民抗日救国军第五军（简称五军）的第一仗夜袭长山城成功后，为了继续扩大五军的影响和部队的力量，廖容标和姚仲明他们带领部队继续在黑铁山地区开展工作。济南沦陷后，日寇的主力便沿着津浦路迅速南进，山东省的大片土地，被丢在他们的脑后。胶济铁路——这条帝国主义插在山东腹地的吸血管，已被沿线的群众自发地拆除破坏了，如今它像一条死蛇直挺挺地躺在那里。铁路以北，和铁路平行的小清河及其两侧的公路，此刻被日寇当作重要的交通运输线。因为战线南移，鬼子在山东境内没有遇到有力的抵抗，因而认为在他们后方的小清河两岸，自然是十分安全的“王道乐土”了。一批批战略物资，在渤海湾羊角沟登陆，装进插着药膏旗的船只与车辆，源源不断地向济南运送。从济南到渤海湾的羊角沟，在长达几百华里的小清河中，鬼子们任意出入，胆大妄为。押运的鬼子兵，常常是步枪横放在膝盖上打盹，或是哼着轻松的小曲儿。他们兽性发作时，一两个士兵也会毫无顾忌地靠岸或下车，闯进附近村庄抓捕家禽，强奸妇女。

敌人的嚣张气焰，正好暴露了他们的弱点。他们没有想到，中国人并没有全当亡国奴，也没有坐以待毙。就在鬼子们明目张胆大摇大摆地在小清河面横冲直撞的时候，一张捕猎野兽的大网铺开了。廖容标和姚仲明所带领的五军第三中队早就想跟鬼子干一仗了，当得知小清河岸的这个情报后，就更加坚定了他们出征的信心。正巧，原长中附小教员李寿龄同志，从小清河那边赶来，他给廖容标和姚仲明详细介绍了许多亲眼看见的事实，特别强调说：“老百姓心中早就烧着一把火，日等夜盼你们去，给鬼子点厉害看看！”“好得很呢！”廖容标兴奋地站起来，“打了长山以后，有些人还怀疑我们这支部队敢不敢跟鬼子打？能不能取胜？跟鬼子干一仗，对进一步动员群众参加抗日，会有很大的影响。”姚仲明表示完全同意。廖容标接着提议说：“要干就干，我们就来研究一下，怎么个打法吧。”

廖容标和姚仲明作了周密、慎重的安排，决定拿出大部分力量去小清河打鬼子，余下的战士由赵明新带领，坚持在黑铁山地区继续发动群众。廖容标和姚仲明做好了长途行军的准备工作，就去部队做动员。战士们一听到要去打鬼子，个个又喜又惊。可廖容标心里总是有点紧绷绷的，他在部队干了多年，大仗小仗打过不少，可是，和鬼子打，有生以来也是第一回，而且这次带的还是新部队，可战士们的思想都很明确，抗日部队，作战对象毫无疑问，主要是打鬼子。夜袭长山后，士气很旺，加上仲明同志又给大家做了一番鼓动工作，因此，战士们个个都有股“初生牛犊不怕虎”的劲头。

部队在长山城边的行军中，和马耀南巧遇了。他骑着自行车，风尘仆仆。大家意外重逢，感到格外高兴。“啊，仲明，之秀！我正要去找你们，想不到在这里碰上。”马耀南跨下车子，向他们打招呼。此时，廖容标发现马耀南瘦了很多。“校长，你好啊！”不等他回答，又紧接着问，“有什么事？”“函三手中有个区中队，有几十支枪，我准备去长白山区，找那里的区长马函三，临去之前，想来征求你们的意见。”马耀南说。仲明问了一句道：“他肯吗？”马耀南把握蛮大地说：“我和他是好朋友，还有点亲戚关系。”其实，廖容标和姚仲明在长山中学时，就多次带宣传队到长白山区宣传抗日，已和马函三建立了统战关系。不过，马耀南肯这样奔走联络，对于进一步团结、争取马函三，开辟长白山区还是有好处的，是应该鼓励的。马耀南说了他自己的去向，就问廖容标和姚仲明他们的行动。廖容标回答说：“到北面去找些仗打，从行军战斗中锻炼自己和扩大我军的政治影响。”马耀南眉毛一提：“要和鬼子打？”廖容标笑笑说：“抗日部队，当然要打鬼子。”马耀南朝部队望望，低声问，还是那几支枪吗？廖容标点了点头。马耀南还想说什么，但话到嘴边又咽了下去。看来，马耀南还是在为廖容标他们担心，末了，马耀南很诚恳地说：“我先到长白山去，你们打完仗回到那里休息吧。”姚仲明充满信心地说：“好嘛，你先去一步，跟区长商量商量，给我们准备点给养，打完了仗，我们就去长白山找你们。”

他们在三岔路口分手了。从长山城到小清河边，南北几十里，有十八个大的圩寨，当地人称圩寨，不叫“村”，也不叫“庄”，而叫作“套”。总称长白山十八套。长山十八套，是盛产棉、粮的好地方。当天晚上，他们就在一个有几百户人家的韩家套宿营。李寿龄同志给他们引荐了当地原任区长韩子衡。韩子衡约莫三十岁，是个热情、直爽并要求进步的人，家住小清河对面的陶塘口。当他知道抗日五军的来意后，很钦佩也很兴奋。

他说："我们区中队还有几支枪，和你们一起干！"说干就干，几个人立即在一起进行研究，决定在小清河边进行伏击。次日，韩子衡、廖容标、李寿龄等几个负责同志，就到河边去看地形，选择伏击的地点。从韩家套到小清河边，用不了多大工夫就到了。小清河是济南地区的几股泉水汇流而成，所以河水清澈，河道也比较直。有人建议，伏击鬼子在河上行驶的船只，最好在动手时先让船只遇到一点阻碍，速度慢下来。这样，他们决定把伏击地点选在安家庄村北。那地方的河道像"之"字形，微微弯了一下，船到那里都要减速。而且河边两岸有芦苇，便于部队隐蔽。

一切准备就绪。1938 年 1 月 19 日拂晓前，廖容标带领挑选出来的 40 多名战士出发了。韩子衡带领五六名武装农民和几个便衣短枪侦察员，先去河北岸策应。仲明和李寿龄同志留在韩家套，筹备给养，并组织侦察，保证部队背后的安全。廖容标带领战士们，顶着暗淡的星光，在北风的呼啸声中，悄悄赶到伏击地点，四个班顺着半人高的堤坝，在能组成交叉火力的位置上，分别埋伏起来。廖容标带着几十名战士隐蔽在小清河的南岸，并下达命令：没有开火的命令，不准开枪。安家庄那段河道原来就比较窄，目前又正是隆冬枯水期，水面不过三四十米宽，隔河不用大声喊，就可听到。廖容标他们刚埋伏好，就看到对岸发来的暗号。韩子衡他们也埋伏好了。

这时正是腊月最冷的天气，小清河岸上没有半点动静，唯有两岸的芦苇在寒风中索索地响着。天渐渐亮了，两岸的景物，开始显露出它们的轮廓和枯黄的颜色。太阳无精打采地从远处的一片树林子里爬出来，白淡淡，灰蒙蒙，好像被冻得在打战。在一片萧索的景象中，小清河缓缓流过的河水，显得格外清澈。廖容标和战士们伏在冰冷的地上静待着敌艇的到来，但日本鬼子的汽船路过是没有规律的。他们等呀等，从半夜到天亮，却不见河里有什么船的影子。一阵阵寒风从河面上吹来，战士们身上的衣服似乎是一件夏布单褂，挡不住那冷风寒气直刺皮肉。战士们有的在呵手取暖，更多的人在不约而同地悄悄拉动枪栓，一次又一次地检查枪膛。第一次临阵作战，总是这样的，好像总不放心子弹是否已经上膛。

真见鬼！是鬼子这一批战略物资还没运到港口呢，还是什么别的原因，太阳已升得老高，河面上，仍然见不到一点动静。趴在廖容标身边的通讯员房云玉，早已不耐烦了。他很担心地问廖容标："廖老师（他们那些小鬼，还没有改嘴，一直称廖容标为'老师'），鬼子是不是得到消息了？"这个问题引起了战士们的关心，听到小房发问的人，都忘了监视河面，而是齐唰唰地朝廖容标望去，廖容标非常肯定地对战士们说："决不会的！鬼子狂妄得很，如果他们真的得到消息，一定会赶来找我们打。"廖容标又叮嘱大家说："不要胡想，好好监视河面。"到了上午十点多钟，负责侦察的战士看见西边老远处有一桅杆沿河道向东移动，他大叫一声"鬼子来了"。这一声使所有的战士为之一震，战士们惊喜交集，紧张极了，把芦苇弄得窸窣作响。大家慌忙各就各位，纷纷拉动枪栓，扭开保险机。大家顺着他指的方向一看，河中心来了两条小帆船。廖容标生怕敌人未到先走火，急忙左右摆手，严厉制止乱动枪，要大家埋伏好，不要叫喊。

不一会那两只帆船开近了，廖容标观察一番，船上没有鬼子，只有几个中国船工，那是两艘民船，便示意大家不要开枪。他一个人站起来，要船工答话。船工说，他是被抓差后放回来的，船上没有鬼子。为了打好这场伏击战，部队要绝对地封锁消息，不能让帆船行动。船工上岸后，知道是五军的人在这里打鬼子，转惊为喜，一位老船工热情地告诉他们："鬼子来去多半是坐汽船的，汽船跑得快，你们在岸上拿步枪打不着，他们就跑了。"廖容标和战士们一想，对呀！汽船到这弯道里，虽会减速，但是鬼子的汽船是钢板做的，子弹打不进去，鬼子为了逃命一定会加快航速的，汽船跑得又快，怕是拦不住船，打不赢的。这让廖容标犯了难，怎么办呢？他想起过去在山谷里、山道上打白匪伏击时，总要先把前后的路堵死，让敌人没处逃窜。现在，在小清河打伏击，也应采取类似的措施。正想着，站在一旁的小房说："我们在河里筑个堤坝拦住汽船。"筑堤坝，不但无工具，时间也来不及。汽船开得快，说到就会到的。这可难为了廖容标，怎么办呢？那几位船工主动地说，为了打鬼子，我们把这两条船横在河里就行，廖容标说：“那怎么可以，打起仗来，会把船打坏的。”船工说：“打鬼子嘛，就顾不了那么多了，你们就放心地打吧。”说着几位船工下到河里把两条船的船头用钢丝绳拴在一起，然后向两岸连接，船尾分别用铁茅固定在两岸的冻土里。因河面也只有三四十米宽，两条船在河中横列，马上变成一道障碍了。“拦河坝”筑好了，廖容标又命令战士们重新埋伏好，等了不多会，部队两个传递哨的讯号员发出了信号，接着又听到西边传来一阵隐隐约约的马达声。老船工用手掌护住耳朵，听了一听，肯定地说：“是汽船，你们快准备打它狗日的吧！”

战士们马上回到原射击位置隐蔽好，这时，廖容标再次宣布了一次已定的几条纪律，一再强调说：“听我指挥！我的枪一响，大家瞄准射击，我的枪不响，大家沉着隐蔽。”廖容标真的很担心那些第一次参加战斗的小青年，冒冒失失乱打枪，误了大事。马达声越响越近，汽船的轮廓越来越大，不一会汽船来到眼前，廖容标和战士们都看清楚了，这是第一次见到从大海东边来的日本鬼子，只见他们一个个都是大车轴个头儿，皮肤和中国人一样，头发也是黑的，穿着黄色军装，打着裹腿布，脚穿大皮鞋，手持步枪。

鬼子们像往常一样大模大样的往前航行。突然间发现前面河里横着两条帆船，便立即警觉起来，一面减速前进，一面大声叫嚷着要帆船让路，但船上没有任何回应。鬼子眼看就要接近帆船了，一个鬼子托着枪从船舱里出来，走到船头对着帆船大发脾气，“哇里哇啦”地吼叫着，又托起枪来威胁。还是没有人搭腔。汽船缓缓地快要靠上事先准备的“拦河坝”了。舱里一连钻出五六个鬼子，看样子是要发火逞凶了。战士们早已急得手心痒痒，这时廖容标抓住时机，第一个向鬼子开了枪，那鬼子一个踉跄，摔进河里去了。队长的枪一响，战士们的枪立即响了，几十支步枪，交叉瞄准着有限的几个“活靶”，船头的鬼子还没来得及跑进舱去，早被等了一夜的战士们那仇恨的子弹打倒在甲板上。

日本鬼子实在是没有想到，在山东这片穷乡僻壤，还有人敢于抵抗，敢于杀死他们这些日本“皇军”。这突如其来的打击，使船上的鬼子手足无措，不知如何是好，一下给打懵了。这时，廖容标喊了一声“投弹”！手榴弹纷纷向汽船上飞去。虽然有好几枚落在河里，但大多数还是在船上开了花。有一枚正好飞进驾驶室的窗子里，紧接着一声闷响，窗子里冒出一团烟雾，船身也紧随着猛地一颤。马达不叫唤了，汽船像陀螺似的在河心直打圈圈。但是，船上的鬼子还在用步枪还击。

战斗打响后，战士们也忘掉恐慌和紧张了，汽船已被打坏，船里的鬼子死的也差不多了，大家胆子更大了，开始定下心来一枪一枪地瞄准着打，把鬼子还击的舱口都封锁了。舱里的鬼子沉不住气了，有两个抱着枪，从舱里钻出来滚进河里，向北岸游去。这两个鬼子还没上岸，就被战士们打伤了一个。负了伤的鬼子淌着血跛着腿，跳蹦着，紧跟另一个鬼子没命地向北跑。部队的侦察员和韩子衡带领的武装农民，埋伏在河北岸几个村庄里，从四面八方大叫大喊：“捉鬼子啦！捉活的啊！”离岸不远的曹陈家庄的农民，听到喊声，提起大刀、长矛、锄头、铁叉，迎头赶上来，把两个鬼子截住。鬼子吓得扑通跪下求饶。只见农民们一拥而上，把鬼子团团围住，各种家伙一顿乱砍乱打。等韩子衡赶到，这两个鬼子早已没有人形了！

廖容标这边，连着把另外两个跳水的鬼子打死在河里，不幸的是一班长张玉坷同志在投弹中因姿势过高，中弹牺牲了。战士们还是第一次亲眼看到自己的战友在战斗中倒下。许多人哭了，有的离开自己的射击位置，有的叫喊着要冲上汽船去和鬼子拼命。廖急忙严厉制止：“听命令，不许盲目行动！”战斗还在继续。船舱里只剩下一个鬼子在拼死挣扎。鬼子在船舱里时隐时现，扶墙而行，想必是已负了伤。这时，汽船横在河心偏北地段，但是，手榴弹已经用完了。为了避免不必要的伤亡，决定不让战士们冲上船去。便派大力士张捷三、陈福会等几个战士，到安家庄借两门大炮来。这一带联庄会，都有这种大炮，炮口的直径有三寸上下，膛内一次能装好几斤火药和几把铁砂，命中范围大，杀伤力猛。安家庄的人还特地派一位老农民来帮着放炮。“轰隆轰隆！”只听得几声巨响，一大团沉重的黑色硝烟，兜头朝汽船压将下去。待黑烟消退，汽船再无任何声音，并在下沉，廖容标看准船上确实无敌人了，这才带着小房等几个战士，拔出定在河岸上的铁锚，撑着帆船靠到汽船上，鬼子横三竖四地死在船上，其中有个身穿细呢子军服，身旁有一个三尺多长的指挥刀。看来，这个鬼子的官还不小呢！出乎意料，和鬼子打的第一仗，竟会如此顺利获得全胜。后来从敌伪报纸上得知，在被五军全部歼灭的12名鬼子中，竟有一个联队长（相当团长）和一个高级参谋！这些日军的高级军官，是从济南参加完一个军事会议，在返回羊角沟途中，遭到了五军的伏击。

小清河陶塘口伏击战的胜利震动了山东，极大地鼓舞了山东人民的抗日斗志。但同时，日本鬼子的一名高级军官被打死，也震动了日本侵华军。他们立即发兵报复。在战斗结束后的第二天早晨，鬼子从济南、齐东等地调集了几百名步骑兵，出动了飞机、汽车和汽船，发疯般的沿着小清河搜寻“失踪”的汽船。鬼子开始还不肯相信，这艘汽船同12名“皇军”是被游击队干掉的，直到他们找到了沉船才真正恐慌起来。鬼子抓了许多老百姓，百般恐吓，追问“毛猴子”（鬼子对游击队的称呼）的真相。老百姓没有目睹到什么，也不愿意对鬼子说真话，就回答说：“是一支菩萨军干的。”鬼子在问游击队的去向，回答说：“菩萨军是来无影去无踪的。”

鬼子这一抓一审，在客观上当了五军的“宣传员”，使胜利的消息更加广泛地传了出去。在小清河两岸，在广阔的鲁北平原上，人们争相传告关于“菩萨军”的故事，说是“菩萨军”清一色老百姓打扮，打鬼子猛如虎，对待老百姓胜亲人。又说“菩萨军”个个是百发百中的神枪手，行走如飞，队伍多得走两个钟头还望不到尾，还有许多轰天炮……一传十，十传百，人们把自己的希望加了进去，越传越神奇，简直把游击队传成天兵天将了！

后来，国民党也贪天之功，竟在中央电台播出这样一条电文：国军某部，深入敌后，英勇杀敌，敌寇闻风丧胆，小清河一役全歼敌酋旅团长、联队长等高级军官以下12名，战果辉煌，缴获无数……

三打邹平城

1946年7月16日，中共渤海区党委在陶唐口召开会议，会后军区将原特务1、2团及警7旅13团组建为山东野战军第7师，军区司令员袁也烈兼师长，李曼村任政治委员，肖峰任副师长，王若杰任政治部主任，王翰西任参谋处长，辖三个团7200余人，师部驻李家套村。7月23日以7师师部为基础组建渤海军区前方指挥部，统一指挥七师及警11、14、15、17团。8月1日，3团一个营在副团长张永忠带领下，远路奔袭国民党96军驻韩家庄的一个连。经过激战，被围之敌除20余人逃跑外，其余全部被我军俘虏和歼灭，给国民党部队以沉重打击。我渤海军区前方指挥部根据集中主力，寻敌弱点，以小打各个歼敌，积小胜为大胜的作战原则，展开了三打邹平战役。

邹平县紧邻胶济铁路线，又是济南的门户，战略位置相当重要，国民党军王耀武部以此作为守卫济南的桥头堡。派保安第2师5团及伪县大队共1500余人驻守。他的战略意图比较明确：一面作胶济线路北侧的外围据点，一面作深入进攻渤海解放区的前进基地。守匪5团的团长傲气十足，他认为南靠铁路，张店、周村近在咫尺，援兵一呼即到；邹平城墙高堡坚，城东南有黄山作支撑点，西关有屏障文昌阁能互相策应，因此，他嚎叫："共军绝不敢碰邹平城！"渤海区我军根据中共中央制定的战略方针，集中优势兵力，调解放军7师歼灭该敌。我7师组成后，经过整训以全师的优势兵力，于8月19日发起对邹平城守敌的歼灭战。为了防御周村73军一个师的增援，将11、13、14、17四个团组成阻击兵团，罗蒙庄、司家庄、蔡李二庄、二十里铺、魏庄线打增援，3团夺取黄山向西警戒，1、2团负责西门，重点由北门、西关突破。7师2团主攻该城，1团打守，3团一部攻击黄山码堡，一部打援。当晚，发起战斗，肃清外围。20日晚开始攻城，2团2营攻击西门作策应。1营佯攻南门，3营主攻东门，我军冒敌强烈火力发起强攻，爆破突入，9连3班捷足先登，西门亦相继攻入，展开巷战，激战至半夜，全歼守敌。此时，从长山城赶来增援的蒋军在礼参店子、七里铺一带被我1团击溃。从周村增援敌兵在大小杨堤一带，被我3团打援部队歼其一部，其余溃逃。城外黄山的两个碉堡也在我3团一部的一夜攻击下而易手，虽尚有一个大碉堡未攻下，但敌人也只是龟缩在里面不敢开枪，最后全部投降。城内守敌见状也是毫无斗志，除一个连在敌接济下乘机逃窜外，其余尽被俘虏。战斗至此结束。此次战役，共俘虏敌团长以下450余人。为配合我军作战，邹平县公安局侦察大队（也称武工队），积极为攻城部队做向导，带领攻坚连从城西关蹬城攻入，搜抄了城内敌人司令部，并缴获大批军用物资。

一打邹平城后，国民党第8军军长李弥不甘心失败，亲率其所谓“常胜军”第1师和166师各一部，配合绥靖第2师4团、6团连夜运动，联合向解放军大举进攻。8月28日，发现敌向东、西言礼村发起进攻，3团奉命坚决阻击。随后发现姚孙庄、颜家桥等村已有敌向冯家打炮，同时发现韩店也有敌情，为打击该敌，即命令1团1营进攻姚孙庄，2团两个营迅速通过霍家坡，占领韩家店，向敌后侧突击。1团1营占领姚孙庄后，继续向小店村进攻，配合2团2营会合攻击敌后方指挥机关。旧口、释家套一线正面阵地由3团及1团2营负责巩固。上午九时，敌已突入东言礼并占领伏圣祠，同时敌一部向苏家庄、黄里庄扩展阵地。即以1团2营占领阵地策应3团左翼，2营当即完成任务。十时许，占领冯家之敌向释家套进攻，2团奉命迅速前进。正午，敌猛烈攻击东言礼、释家套，并占领释家套。解放军1团一部协同三团巩固旧口，并反击释家套之敌。下午四时许，2团进至冯家方面与敌接火，3团反击释家套成功，迫使敌窜至冯家。2团在冯家庄与敌展开激战，歼敌一部。至夜，又攻克东言礼、伏圣祠，并继攻西言礼，激战彻夜，阵地反复争夺，一夜未走，至拂晓主动撤出。经过一天一夜的战斗，共毙伤俘敌500余人，缴获九二步兵炮1门，火箭筒4门，轻机枪、六零炮、步枪及其他弹药物资等一宗。解放军也付出了血的代价，伤277名，牺牲63名，1团副团长兼参谋长朱志明同志，在前线指挥作战中壮烈牺牲。旧口反击战，解放军严厉打击了国民党进犯的疯狂气焰，消灭了敌人的有生力量，大挫敌军锐气，增强了解放军对装备精良的敌正规军作战的信心。

旧口反击战后，国民党军队又集中了9个团的兵力，分三路进犯小清河南地区。敌独立师2个团，由师长李恺荣带领，与刚拼凑起来的国民党邹平县大队等，重新占领邹平城和距城东南角的黄山。该敌全部系“机械化”装备，表面上吹嘘说：“解放军不敢再打邹平。”实则色厉内荏。9月21日，7师决定由1团、2团各派一个营第二次袭击邹平城。1团张冲凌团长带一个营先攻入西关，敌依靠优势兵力，实行顽抗。在激战中城里守敌怕我军攻城，自顾不暇，不敢出城增授西关守敌。1团以优势兵力压倒了西关文昌阁守敌，经激战歼敌一个连，缴获加拿大造布伦轻机枪1挺，美造冲锋枪十余支，M1卡宾枪21支，步枪4支，各种子弹万余发。2团由陈景三团长带一个营袭击东关，协同1团作战。完成任务后，当夜主动撤出。邹平县公安局在配合作战中，从俘虏中清查出50余名“还乡团”分子，经上级批准，在朱家套将其处决。周村、张店之敌在我袭击邹平城后，再次进犯陶唐口一带，9月25日夜，为阻敌人前进，我7师1团2营袭扰陶唐口之敌。敌仓皇迎战，一片混乱，自相开火。激战通夜，歼敌600余人，战后我军主动撤离。2团则相继攻克章丘旧军据点，歼灭国民党和“还乡团”200余人，我军继续作战，积极打击与迷惑敌人，使敌人找不到我军主力所在，到处挨打，疲于奔命。

邹平城守敌独立10师两个团，在解放军连续胜利震慑之下，妄图逃避被歼命运，慌忙加强防御，将东门外所有民房及原乡村建设研究院等房舍全部平毁，使解放军无可利用攻击之阵地，并于城门筑以交错之双墙，防我军突破。环城外壕加深加宽，在城内并构有地道通向黄山，以作内外联系与逃窜用。城周数十米内又遍设树桩、陷坑，妄图凭此及其“美机械化”的火力固守邹平城。渤海军区7师在充分了解敌情、经过充分准备后，在11、14、17等团配合下，于10月2日晚，发起三打邹平城之战。1团攻击西门，将敌碉堡摧毁后，因未发现门下有地堡，至当夜未攻入；担任攻击东门的2团，团党委决定2营担任主攻，团政委张维滋在作战动员中讲：这次再夺邹平，全歼守敌是为策应胶济线东段我军反击敌人的进攻；也是渤海区部队与鲁中兄弟部队对胶济线西段之敌，共同发起的一次夹击战。晚上，2团从陶唐口一带神速出发，十一时对邹平城发起攻击。冒着敌人密集的火力，顺利完成架桥后即开始爆破城楼，爆破员程长和同志以迅速勇敢的动作，当前一名爆破员已将40斤重的炸药送上去后，他又把40斤的一包炸药送上和前一包堆在一起，两包同时爆破，把城楼轰塌一半。但因爆破力过强，不料将架桥震断，我突击队无法通过，以至突击未成。3日拂晓，黄山之敌一度出击，绕至东门后被渤海军区2团击溃，军区支前民工受到损失。在西门1团白天进行近迫作业，敌机反复投弹扫射。周村增援之敌93师，配汽车23辆，坦克1辆，与军区3、11、14团激战。黄昏后，攻城部队发起强攻，1团首先突入西门，十时许,2团也攻入东门，打通大街，将敌人分为两部，敌人不支，企图逃窜，被军区2团一个班顺外壕堵住地道口。在“缴枪不杀、优待俘虏”的口号下，敌人放下武器，举手投降，战斗迅速结束。经过两昼夜激战，守敌全部被歼，计俘敌800余人，毙伤敌少将师长李恺荣以下500余人。军区2团缴美造战防枪1挺，火箭炮3门，汤姆冲锋枪、卡宾枪、春野式步枪、左轮手枪甚多。1团缴步枪二百余支，冲锋枪59支，卡宾枪88支，轻机枪3挺及其他弹药物资。与此同时，增援部队也与敌人接上了火。驻周村的国民党73军218旅拼死向邹平增援，刚到杨堤一带，即遭到渤海军区阻击部队的迎头痛击。敌人恼羞成怒，搬出全部家当，用4辆坦克开路配上23辆汽车，向阻击部队阵地猛扑。阻援部队奋力反击，放过敌人坦克，截住步兵猛打，将敌人打垮，一直赶回周村，并俘虏敌人500余人，从而保证了歼灭战的胜利。

8月19日至10月2日，接连三打邹平城，渤海军区作战部队受到了华东野战军首长陈毅等传令嘉奖。延安《解放日报》也就我军渤海区部队三打邹平，发表了“山东我军光复邹平”的消息和“半月三捷”社论，赞扬我渤海区部队坚决地执行中央军委和毛泽东主席的作战方针，取得了自卫战争的辉煌胜利。

渤海七师解放邹平以后，又主动撤出，返回小清河北休整。此时，国民党第二绥靖区司令长官王耀武调集国民党第103师、14师、15师、新5师各一部及一个警备队，沿张店、长山、邹平、章丘一线，分四路向渤海解放区大举进攻，狂叫“十五日之内消灭渤海区共军主力”，于10月15日越过小清河，相继侵占青城、田镇等地。侵入解放区的国民党军队在飞机的配合下，到处寻找渤海区主力作战，气焰甚嚣尘上。为避免与敌人的正面冲突，利用运动战打乱敌人部署，渤海7师先在陶唐口阻击了敌人，又于8月初，奇袭了临淄，11月中旬长途奔袭回师邹平，打得敌人晕头转向，首尾难顾。11月中旬，渤海7师根据截获的敌人情报，得知齐东城（今邹平县九户镇）内驻有国民党山东警备1旅1团、2团及国民党地方武装刘三元部共约3000余人。从截获的敌人情报看，敌人误将向东北寿光方向转移的肖锋率领的7师3团和警备第14团认作主力。于是，渤海军区副司令员廖容标、副政委周贯五决定命肖峰部队佯攻寿光城，吸引国民党主力，亲率7师1、2团等主力部队出敌不意，长途奔袭，攻打齐东县城九户。11月12日下午，由廖容标、周贯五率领的7师主力将齐东城团团包围。7师2团首先将齐东城北刚斧寨小清河渡桥上守敌歼灭，使大部队顺利过河，继而肃清了大郑、阎家等外围据点。下午6点，部队发起攻击，一举攻入城内，与敌人展开激烈的争夺战。至第二天中午，7师攻城部队已攻占东、北两个城门，控制了全城的一半。敌人锐气大减，皆被压缩在西门及西南角轧花厂内凭坚固守。下午两点，攻城部队炮击并占领火药库。下午三点，7师发起总攻，到下午六点，敌军全线动摇，无力反抗。敌少将旅长李毅民在飞机掩护下，率残部由西门狼狈逃窜，行至阎家、赵庄一带，正好进入我军的伏击圈，激战3小时，李毅民当场毙命，此次战斗，共歼敌600余人，生俘2400多人。缴获长短枪1200余支，轻重机枪30余挺，各种迫击炮8门，小炮12门，炮弹2000余发，投掷筒24具，子弹10万余发，电台4部及其他军用物资一宗。

与此同时，邹平、长山、齐东等县区的地方武装也积极响应党的号召，采取各种办法打击敌人。1946年8月，国民党一个营驻王庄一带村庄，修建了40座碉堡。我军攻打邹平城时，大部分被调去增援，只留有一个排坚守。民兵队长傅玉著得到消息后，带领民兵发动群众，将碉堡全部焚毁。敌人返回后，没办法驻防，只得缩回周村。同年10月，耀南县人民武装部李孔义积极响应上级杀敌立功的号召，于22日晚、23日上午分别在曹家营子以南张店通桓台的公路和朱家套东边大桥上埋设地雷，炸毁国民党军车2辆，炸死国民党军8人。

在渤海区人民和解放军的连续打击下，进攻解放区的国民党军队极为恐慌，不得不于11月16日开始撤回胶济沿线，王耀武一再吹嘘的“十五日内消灭渤海共军主力”的企图宣告破产。

渤海军区部队在取得齐东战斗胜利后，延安《解放日报》发表评论指出：“邹平、齐东战斗都是八路军山东兵团打的。他们在八年抗战和一年来时继时续的自卫战中，受到很好的实战锻炼，战斗力大大提高。他们能够灵活机动地打击侵犯者，他们掌握了毛主席和朱总司令集中优势兵力，歼灭蒋军有生力量的作战指导原则，一团、一营、一连地消灭蒋军，取得不断胜利，而这些看来不算太大的胜利，积累起来就成为很客观的胜利。”

英勇善战之师“钢八连”

抗日战争时期，山东清西独立团有3个久经战火考验的英雄连队，被当地军民称之为“钢八连、铁七连，打不烂的第九连”。尤其是钢八连，能吃大苦、耐大劳，战斗作风勇猛顽强，不怕牺牲，擅长于百米内投手榴弹、拼刺刀打近地战，活跃在长山、邹平一带，打过许多漂亮仗，鬼子汉奸闻风丧胆，当地群众拍手称颂。

这里记述的是钢八连在邹长地区英勇杀敌的战斗故事，读者或许能从中领略到钢八连勇士们当年叱咤风云、奋勇杀敌的风采。

一夜拔光回路峪碉堡

钢八连的前身是八路军山东纵队第三支队基干三营九连，1940年被改编为清西独立团八连。该连武器装备在当时部队中是较先进的，有两挺机枪、一个掷弹筒、几十支大盖枪，连队的成员大都是久经战场的老战士，所以该连具有很强的战斗力。

回路峪，位于摩诃山东北，是我军老根据地之一，1940年驻扎在章丘的日本鬼子勾结伪顽瞿玉尉部向我根据地大举进攻，多次进行扫荡。当时驻扎在回路峪的我地方部队，因敌强我弱，为保存力量暂时转移。敌人占领回路峪后，在四周山上筑起了几十个碉堡，对根据地进行封锁，不时开枪打炮，严重威胁着群众安全，有的老百姓上山采桑养蚕，也被敌人开枪打死。

为了挽救根据地群众于水火，打击敌人，粉碎敌人的“蚕食”政策，上级决定派一支部队回到回路峪，拔除这些碉堡，这个任务交给了八连。

八连接受任务后，进行了政治动员，并迅速做好了战斗准备，个个穿上便衣，傍晚从焦桥的韩、刘二套出发，经长山城、邹平黄山南，神不知鬼不觉地进了回路峪。当时天还未亮，部队隐蔽休息了一天，白天对敌情进行了侦察，夜间便开始了行动。

按照分工，二排负责摸西边山上的碉堡，从上回向南，翻过山头，约3里路，共有十几个用石头垒起的简易碉堡。每个碉堡有十几个伪军，他们根本不知道八路军的到来，并以为是自己人，第一个碉堡解决得非常顺利，一阵手榴弹就解决了问题。战斗打响后，山上碉堡的敌人，趁黑夜纷纷逃窜。我军乘胜追击，十几个碉堡很快就被扫光，其他两个排进展也很顺利，一夜之间就把回路峪四周山上的碉堡全部拔光，此战斗共消灭伪军70人，俘虏30人。

夜袭大庄

1941年秋，敌人一方面对我部队不断围剿，一方面对我根据地实行“蚕食”政策。为了保存力量，打击敌人，八连化整为零，小股活动在边缘区。大庄一带是我老根据地之一，被敌人占领后，每天驻扎五六百人，并想安设据点，以期永驻。

面对这种情况，独立团领导决定消灭这股敌人，扫除敌人对我们的威胁。各连立即集中，进行思想政治动员。这次教育有十几天时间，连里用亲眼见到的敌人暴行，组织战士们讨论："现在根据地的群众正在受苦受难，我们应该怎样办？"这一讨论大大地激发了战士们的战斗热情。

旧历十月的一天，部队开始了行动，按照团领导部署，八连从东北角主攻，七连在西边配合。因为这一带是老根据地，战士们地形很熟，同时对敌人的火力早已进行了侦察。在敌东北有块墓田，有几个大坟，庄头住有一家地主，房屋很高且都是平顶，上边有敌人的火力点。八连首先占领了墓田，在坟头上架起了机枪。然后刘连长命令二排长带领三个爆破组向敌方运动。当第一爆破组运动到离敌人占据的高房50米时，不料触动了敌人设置的路砦，被敌人发觉，敌人随即发射了照明弹，并开枪向我军射击。刘连长立即命令我军机枪射击，压制敌人火力，在机枪掩护下，第一爆破组迅速靠近高房，"轰"的一声巨响，爆破成功。后续部队马上冲上前去，竖上梯子占领了高房。刘连长命令机枪班在房顶架起机枪，居高临下，向敌人猛烈扫射，二排乘机从突破口蜂拥而入，用手榴弹和刺刀与敌人展开激烈拼杀。在我军的猛烈打击下，敌人伤亡惨重，纷纷向外突围，正好跑入七连的包围圈，经过激烈战斗，敌人大部被歼。这次战斗，共进行2个多小时，打死打伤敌人80人，俘虏400多人，从此大庄、李庄一带又回到了人民手中。

激战樊家林

1941年秋的一个上午，鬼子100多人、汉奸三个中队向我军驻地樊家林扑来，这次鬼子都穿上了便衣，进行了伪装。

发现敌情后，八连立即跳入了交通沟迎击敌人。离交通沟60多米的坟地和豆子地已被敌人占领，刘连长命令二排占领坟地，两挺机枪在沟内掩护，二排端起刺刀伴随着杀声就冲了上去，接着一排手榴弹向敌人投去，爆炸声中敌人纷纷后退，坟地很快被拿了下来。

下午1点左右，敌人开始反扑，鬼子在机枪、小炮的掩护下向我扑来，待疯狂的敌人行进至离我军10米远时，“打！”刘连长一声令下，一排手榴弹在敌群中爆炸。随着爆炸声，八连勇士端起刺刀，冲向敌人……就这样，八连在距离交通沟、坟地青纱帐不到100米的地方，与敌人反复拼杀，激战到黄昏。在我英勇的八连面前，敌人狼狈逃窜了。此次战斗共消灭鬼子、伪军100人。

高王庄瓮中捉鳖

距高王庄不远，敌人修了两个大碉堡，一个在高王的东南，一个在高王的西北。碉堡外筑起了一人多高的土围子，围子外面有十几米的开阔地，开阔地边围了一圈铁棘黎做路障，并有一人多深的水沟，就像环城一样，把两个碉堡团团围住，里面住着一个大队的伪军，共有300多人。

1942年6月，部队决定拔掉这两个碉堡。任务交给了八连和七连。七连分工打西北角的碉堡，八连负责打东南角的碉堡，打法是偷袭，不成再强攻。记得那是个连阴天，一连下了几天雨，碉堡沟里的水半腰深。部队在下半夜开始了行动，八连在离碉堡不远的一片墓田里架起了机枪。刘连长命令二排长带领三个爆破组冲上去，第一爆破组破坏路障，他们3人漂过水沟，用铡刀砍断铁棘黎条后，紧接着第二组抱着炸药刚要上去，一个战士被打伤跌倒。敌人火力很猛，使爆破组难以上前，为了完成任务，二排长把衣服一脱，带着一个战士抱起炸药包就冲上去。在机枪掩护下，那位战士首先冲了上去拉响了炸药包，但碉堡没被炸倒，二排长迅速送上第二包，把碉堡送上了天。随即大部队冲杀过去架起枪向围子内的敌人猛烈射击。这时七连在西北也爆破成功。这样南北夹攻，手榴弹爆炸声、喊杀声响成一片，不到半小时，战斗胜利结束，消灭伪军 100 多人，俘虏 200 多人，敌人一个也没有跑掉。当地群众高兴地说："钢八连，铁七连，摸高王庄的碉堡真像瓮中捉鳖，干净利索，痛快！"

桥家伏击战

1943 年春的一天，据侦察有 30 多名鬼子、200 多名伪军要经过桥家。团领导决定在桥家东二三里的地方打伏击，当时参加的有两个连和地方武工队。八连埋伏在交通沟的东北，另一个连埋伏在沟的西北，地方武工队负责断敌后路。上午 11 点多，鬼子伪军举着太阳旗耀武扬威由西南从桥家沿着交通沟向东北而来。在离八连不到 100 米的地方，刘连长命令射击，机枪一响，部队蜂拥而上，手榴弹接二连三地投入沟内的敌群，鬼子死的死，伤的伤，逃的逃，剩下 6 个鬼子跑到了桥家庄头一座房子里。我军战士立即将其团团包围，几个鬼子眼看突围无望，引爆炮弹自杀。

血洒鹤伴山

1943 年，我党实行"精兵简政"政策，八连奉命划归地方建制，被编为长山县大队二中队，由于对敌斗争形势恶化，我部队撤到根据地长山八区一带驻扎。

这时，共产党领导的敌后抗战进入了极端困难的阶段，日寇在军事上采取了更加毒辣的手段，对抗日根据地实行灭绝人性的"三光"政策（即烧光、杀光、抢光），反复多次进行扫荡，邹长地区的斗争更加恶化，大部分地区被变成了敌占区和游击区。这时的国民党顽固派有的公开投敌，有的暗中与日军勾结，联合对邹长根据地进行“蚕食”“扫荡”“清剿”，邹长根据地由原来的 207 个村减少到 81 个，人口由 10 多万减少到 7 万人。

阴历 8 月 15 日这一天，驻济南、周村、邹平、青阳、临池、章丘的日伪军 2000 多人，联合对我长山八区根据地进行合围大扫荡，当时八连驻扎在长八区（今西董镇）台头、马庄一带。

拂晓发现敌情，八连立即组织反击，但这次敌人是有备而来，且武器装备先进，人又多，八连只好边打边沿山沟向鹤伴山方向撤退。上午 10 时八连撤到鹤伴山，向下一看黄黄一片尽是敌人。在这种情况下，八连勇士临危不乱，张方胜连长分析了当时的形势：我们已陷入敌人的扫荡合拢圈，且四周山头皆已被敌人占领，突围的难度很大，于是便决定与敌人决一死战。他召集起大家作动员说：“同志们，我们今天被敌人包围了，我们八连都是久经考验的老战士，我们决不向敌人投降，决不给钢八连丢脸。”“决不投降，与敌人血战到底！”同志们高声回答。

敌人上来，他们倚仗着人多武器好，向八连阵地扑来。面对气势汹汹的敌人，八连勇士同仇敌忾，发扬我军英勇顽强，不怕牺牲的精神，与日伪军展开了生死搏斗，子弹用光了就用刺刀，刺刀断了就用石头和牙齿与敌拼杀，最后壮烈牺牲。

这次战斗，我八连共有七八十名勇士献出了生命。“钢八连”英勇顽强，不怕牺牲的精神，表现了中国人民在强大的敌人面前同仇敌忾与敌人血战到底的英雄气概，“钢八连”在邹长人民的心中树起了一座不朽的丰碑。

新中国成立后，当地群众为了纪念在这次战斗中牺牲的烈士，特在当年的战斗遗址上修建了一座桥，取名叫“抗日桥”。2002 年，邹平县委、邹平县人民政府在“抗日桥”南侧竖立了一座英勇石雕像，并举行了隆重的揭幕仪式。

拉网作战歼残敌

——记青惠滨大战

1945年8月，日本宣布无条件投降后，我渤海军区根据中共中央山东分局、八路军山东军区的指示，集中主力部队和地方武装，组成南、北、中三路大军，从渤海区东部、北部出发，对西部及南部敌伪展开大反攻，并迅速向省城济南逼近。9月7日，中共渤海区党委在邹平召开会议，山东反攻前线总指挥肖华到会并传达了党中央、毛主席的指示，明确提出了首先攻取小城市、消灭内地敌伪，巩固已得地区，然后再攻取大城市的作战指导思想。同日，渤海区党委、渤海军区决定改变会攻济南的方针，要求主力部队迅速回师渤海区内地，扫清残伪。根据残伪分布情况，渤海军区决定第一步要扫清青（城）惠（民）滨（县）边区之残伪，并作出具体部署。

9月10日拂晓，按作战计划，我军兵分七路对青、惠、滨之残伪形成周长160余华里的包围圈，并展开了“拉网战”。上午10点，在军区的统一指挥下，各路大军开始收缩前进。第一路军区特务营在营长朱志明、教导员王效岭率领下，由青城境向北推进，在猛烈炮火掩护下强攻清河镇渡口，将扼守渡口之敌伪据点攻克。该渡口为青、惠、滨三县间数十里内唯一重要渡口，不料我军解放青城的第二天，该渡口的木桥被匪特拆毁。我军强渡该桥时，当地群众和部队战士争先下水，搬运木料，不到半小时即将渡桥修复。我军渡河后，正值清河镇大集，赶集的群众听到这一消息，奔走相告，笑逐颜开。我军在群众的热烈欢迎中乘胜追击残匪，并迅速占领了庞家、牛王店，在胡集截击了残伪，歼残伪300多人。第二路军区新兵教导团由青城境于南北王渡河进入惠民县境后向东北方向前进。他们9个连队分成三路，经过杜家、韩家、富刘家、古城马、西梅家，越过徒骇河，进抵陈洪口，沿途歼灭散伪军400余人。第三路二分区济阳独立营三个连，从惠民县东西肖营出发向东北方向运动，经王家营、戴家店向大小胡营前进。第四路四分区直属团三营由惠民城东刘黄家启程，向东南方向进发，经王家店、麻店，到达前后张一带，一路歼敌300多人。第五路利津独立营4个连在滨县小王家展开，向西南搜索前进，经田家、丁家道口、林家坊，继续向刘桥方向进发。第六路四分区滨县独立团两个营和滨县县大队由王林政委、刘竹溪副团长率领，在滨县西南杨毡帽村一带，分三路向西南方向前进，经谭家、辛庄、夏家桥、大港家、陈集，到达东西营一带。第七路军区骑兵大队由缪冠生政委率两个连，由黄河南岸张王庄下马，人拉着马尾巴过黄河急流，在铁匠魏整装上马向北前进，经邢董、堤口赵、里则镇，在大马家与滨县县大队会合后，向东西屯进剿，在金家桥活捉了伪滨县县长杜孝先。在我军强大的攻势下，当天夜里即将敌伪压缩于惠民县境徒骇河以北、麻店和辛店南部结合处一狭窄地带。

9月11日7时，我军对包围之敌发起总攻。渤海军区司令员杨国夫、政委景晓村、副司令员袁也烈深入前线指挥，进行战时政治思想动员。总攻开始后，遍地炮声、枪声，东放炸药，西投手榴弹，四面八方的残伪不知哪是我军主力，纷纷收缩靠拢，到处乱窜乱撞，像热锅上的蚂蚁。10点左右，我军将伪匪头目成建基、王复成、刘伯言、韩兆坤、陈观志等部4000余人合围在宋家桥村。徒骇河南岸的杨鹏翔、李鸿均等残部闻风离巢，乱作一团，也钻进了宋家桥。此时，我军区指挥部已前移梅家集，下令在宋家桥展开歼灭战。特务营三连连长宋家烈首先率部冲进宋家桥，二排排长蒋廷瑞用机枪直冲伪指挥中心，其他部队也随其冲进村内奋勇冲杀。残伪自知不是对手，四散逃命。成建基、王复成钻进了刘家桥，企图待天黑向商河县境田景堂靠拢。我军区骑兵大队、滨县县大队以及四分区直属团三营挺进刘家桥。军区特务营即向西屯、小金家迂回，将刘家桥团团围住。激战半小时后，数百名伪军突出重围向西北逃窜，又遭到我四分区直属二营和利津独立营的迎头痛击，除成建基等几个匪首逃脱外，其余大部被歼，有的乖乖向我军投降。至此战斗告捷。

此次“拉网战”，聚歼残伪大小6股，俘获伪滨县县长杜孝先、伪二师团长刘玉基、伪二师副官主任成云舟以下总计4000多人，毙伤残伪1300多人，缴获长短枪1140多支，轻机枪22挺，掷弹筒23个，82迫击炮1门，战马54匹，轿车7辆，电台4部，伪币120多万元，兵工厂两处，军事物资多宗。这次战役，不仅解放了惠民县全境，同时，为解放无棣、商河打下了良好的基础。

杜孝先

平原突围战的奇迹

惠民城西南约50华里处，有个沙窝村。村北头高高的土岗上屹立着一座“革命烈士纪念碑”。它告诉人们，这里埋葬着28名抗日战士的尸骨，记载着一个我抗日战士传奇式的战斗故事。

匡根山

一

1940年正月初三晚11时，我八路军东进抗日挺进纵队政治部锄奸部长匡根山，率挺进纵队五支队二营、商河支队和商河县政府机关人员700余人，来到沙窝、翟家一带村庄驻扎下来。

这天晚上，天特别黑，像一张广大无边的巨网笼罩着大地；朔风凌厉，异常寒冷。部队进村不久，指战员们便带着一路征战的疲惫进入了梦乡。

“汪、汪……”

一阵犬吠声打破了深夜的寂静，惊醒了沉睡的人们。匡部长与同室的二营营长齐丁根、教导员江立祯一骨碌从炕上爬起来，下意识地握住了各自始终带在身上的枪支。

“有情况！”三人警觉而异口同声地说。

齐营长刚要向门口走去，房门“哐啷”一声开了，侦察员“扑通”一声跌进屋里。

“不…不好了！”侦察员上气不接下气地说。

“怎么回事？慢慢说。”齐营长上前扶起侦察员。

“东面发现了敌人！”

接着，西面、南面、北面的侦察员也相继报告：郑路村方向敌人有几十辆汽车分几路赶来；北面有几百名骑兵也围上来了。匡根山、齐丁根、江立祯爬上房顶向远处一望，只见四周车灯闪闪，人喊马嘶，尘土飞扬，由远而近，方圆几里被围得水泄不通。

“敌人是不会放过我们的。”这一点，匡部长早有所料，但没有想到敌人来得这么快。

原来，两天前，这支英勇善战的部队曾在济阳县陈、罗二村一带伏击了一辆日军汽车，消灭了一个由40余名日军组成的阅兵团，其中还有阅兵团团长。驻惠民城日军得知这一消息后，暴跳如雷，一面派大批特务侦察我军去向，一面请求济南、德州、东光等地日军增援。当敌人发现我军向沙窝一带运动时，便纠集惠民、济阳、商河日伪3000余人，分乘50余辆卡车、4辆坦克，合围沙窝一带，企图将我军这支部队一举歼灭。

二

匡部长、齐营长、江教导员预感到一场恶战就要到来，情况十分危急。他们立即研究了对策，并召集各连连长召开紧急会议。匡部长部署说：“为了减少损失，我们必须马上将地方人员和伤病员转移出去，这样就需要有一小分队佯装突围，钳制敌人。”

话音刚落，旁边的七连连长王功湖向前跨了一步说：“匡部长，把这个任务交给我们吧。我们对这一带情况比较熟悉，一定能完成任务！”

“这任务就交给他们吧！”齐营长向匡部长建议说。

匡部长与江教导员交换了下眼神，与其他几个有关同志交代了几句，便各自分头准备去了。

不一会儿，沙窝村东头突然响起了激烈的枪声，还夹杂着大喊大叫声：“鬼子把我们包围了，快突围啊！冲啊！”枪声喊声响成一片。

敌人从我军枪声中判断出有歪把子机枪声，以为我主力部队从沙窝村向东突围，便集中各种火器阻击。顿时，沙窝村东杀声一片，火光冲天……

此刻，匡部长、商河县县长王权五正指挥县政府人员和伤病员悄悄转移。他们猫着腰，端着枪随时准备与敌人搏斗。北风呼呼作响，天黑得伸手不见五指，指战员们一个紧挨着一个前进，偶尔附近发出一点声响，人们便立刻屏住呼吸。紧张的心情，驱除了寒冷。当他们运动到王家寨附近时，与日军接触，经过激烈的战斗，很快突出了重围。

这时，敌人发觉我向东突围的部队只是虚张声势，并无真正突围的动机，便急忙将兵力向沙窝村西调遣，但为时已晚。

三

敌人发现我部分部队突围而去，大呼上当，发誓要把沙窝这股“八路”剁成肉酱。然而，敌人摸不清村内我军实力，加之他们害怕近战、夜战，一时不敢轻举妄动，企图待天亮后伺机报复。

战斗间隙，齐营长、江教导员通知各连一面分头占据村外土围子，时刻准备对付敌人进攻，一面组织群众挖通道、设陷阱、打枪眼，抢修工事，准备和敌人打巷战。

太阳跳出了地平线，空中飘浮着轻薄的烟雾，“狗日的，怎么还不打？”有些战士显然按捺不住了。

指战员们一边紧紧盯着前沿阵地，一边不时地看着太阳，等待着战斗信号。周围异样的寂静。

“砰！”沙窝村东升起了一颗拖着烟尾的火球，敌人发出了进攻的信号。接着，炮弹呼啸着向村里倾泻。房屋纷纷倒塌，被炸伤的牛、羊号叫着四处乱跑，上空弥漫着浓厚的烟雾……

一阵炮火后，敌人发起冲锋。他们成散兵队形，端着刺刀向村子扑来，60 米、50 米、40 米……我坚守沙窝村的七连指战员藏在围墙后，睁大眼睛，沉着等待敌人靠近。敌人离围墙只有 20 多米了，齐营长一声“打！”我军机枪、步枪一齐开火，不一会儿，敌人便在我军猛烈的炮火下丢下几十具尸体溃退了。

随后，敌人又发起了第二、第三次冲锋，都被我军英勇地击退了。敌人又把卡车全部开至村边，在车上架起机枪向村里扫射，企图用优势兵力掩护步兵冲锋，同样未能前进一步。

这时，西南方向的枪声还在不间断地响着，这是驻扎在翟家的我二营五连仍在坚持战斗。

干冷的北风刮个不停，刮过空旷的田野，刮过沙窝村高高的围墙。坚守在北面围墙后的战士们忽然嗅到了一股怪味。接着嗓子里像塞了棉球，只能出气，不能进气，有的口吐黄水，有的头晕眼花。原来，凶狠的敌人见沙窝村久攻不下，竟惨无人道地使用了毒瓦斯。

战士们将早已准备好的湿毛巾涂上肥皂，扣在嘴上，咬着牙，眼睛一刻也不离开前沿阵地。

敌人用机枪、步枪火力试探了一阵，见无动静，便大批地向村边靠近……

“噼噼啪啪”，又是一阵猛烈的枪声，只打得敌人叫苦不迭。

四

下午1时，我军侦察员报告：济南、德州、东光等地日军陆续赶到。敌人这次使出新招数。前面由坦克开路，后面有汽车尾随，车上架着机枪，从村东北扫射着猛扑过来。四周枪声更加密集。

这时，我指挥员为减少损失，果断地发出撤退命令。只几分钟，敌人已不见我军踪影，我七连指战员隐蔽在早已设好的工事里，怒视着敌人。

敌人的坦克“轰隆隆”地怪叫着，越过了围墙，向村里猛冲，群众设在路口的大车、农具等全被坦克碾碎了。眼看东巷要被敌人占领了，共产党员、班长刘瑞林，对身边的战士谭士杰、弭文贵喊道：“跟我来！”3人冒着弹雨，爬上院墙探头朝巷子里一看，见一辆坦克正从眼下开过，后面跟着5辆汽车，刘瑞林喊道：“你俩打后面的汽车，我去收拾那辆坦克。”说完，顺着院墙猛跑几步，追上了坦克，一个飞身上去，正巧骑在炮管上。

他飞快地掏出两颗手榴弹，揭开车盖塞了进去，然后飞身跳下躲开。只听“轰”的一声，坦克再也不动了。

谭士杰、弭文贵瞅准了最前面的那辆汽车，每人接连掷出两颗手榴弹，一颗手榴弹正中驾驶室，汽车被炸坏了，车上的敌人血肉横飞。刘瑞林赶来，3 人一会儿跃上房顶，一会儿隐蔽在院墙后面。不多久，第二、第三、第四辆汽车瘫痪了。当他们英勇地扑向第五辆汽车时，后面的敌人向他们开了枪，3 人倒在了血泊中，为民族的解放事业流尽了最后一滴血。

一群敌人由伪军打头冲进巷子里，前面的两个伪军踢开一座宅院的大门，向里面扫射了一阵后，刚踏进过道，便掉进陷阱里。后面的敌人被吓得哇哇乱叫。正当敌人乱作一团时，雨点般的子弹、砖头瓦块从房顶上飞下来，打得敌人叫苦连天，抱头鼠窜。

敌人见吃了大亏，便派大批日伪军强行进攻巷子，先用炸坏的汽车堵住巷口，然后将村中两条较大的巷子分隔成段，与我军展开逐段逐屋的争夺。战斗更加激烈，每场争夺，敌人都要付出血的代价。敌人对久攻不下的房屋，堆起柴草，倒上汽油放火烧。战士们见了肺都气炸了，仇恨凝结在枪口上、刀刃上，狠狠地打击敌人。

经过近两小时的激烈争夺，我 30 余名战士被压缩在巷子北头的两所院落里，东巷大半截已被敌人占领，西巷被敌人拦腰截断，我 50 余名指战员被分别包围在两头。还有些战士，三三两两地被分割包围在几个院子里，村里的群众被赶到村边的一块空场里，使我军相互不能接应，群众也无法支援我军作战了，处境十分危险。

敌人得意地笑了，想这下“八路”可跑不掉了。于是向我军展开政治攻势。日军让伪军向我军喊话：“弟兄们，投降吧，再不投降就没命了。”

回答他们的又是一排排仇恨的子弹。

五

太阳像一个巨大火球藏进西边远处的树林里，天色开始昏暗起来。不久，房屋、院墙、树林便在暮色中模糊了。

不善夜战的日军，在我军英勇的抗击下胆怯了，全部撤至村边，在村周围燃起一个个火堆，就像一条长长的火龙。敌人围坐在火堆旁，一面取暖，一面休息，一面做着第二天全歼我军的美梦。

敌人暂时退却了，但紧张的气氛并没有缓解。营长齐丁根、教导员江立祯一面派人观察敌人动静，一面研究如何组织部队突围。并将突围方法、突围路线、集合地点以及注意事项，派通讯员火速通知各连。

午夜，满天星斗，堆堆火光照耀着敌军一张张昏昏欲睡的脸，敌人的一举一动都在我军的视线之中。这时，一支由30多人组成的全副武装的“日军巡逻队”，在一名军官的带领下，迈着整齐的步伐从巷子里走出来，向着烤火的敌人迎面走去。“军官”嘴里还叽里呱啦地说着日本话（原来，我指挥部从冀鲁边区派来开辟新区工作的干部和工作人员有的懂日语，战斗一打响，都被分到连队一齐执行任务，这次他们当上了“日本军官”）。“日军巡逻队”在敌人的火堆间穿来穿去，向村北走去。

警戒北门的伪军，在夜色中看不清行人的面目，只见一队“皇军”过来，赶忙“叭”地来了个敬礼，“日本军官”回了礼，带着队伍转出了重围。

剩下的30多名指战员在齐营长、江教导员和王连长带领下也开始突围。他们白天在战斗间隙侦察到，村西南角有两所宅院紧靠着土围子，围墙与宅院间有几棵一两搂粗的大树，比较容易隐蔽，于是就选定了这个突破口。

齐营长首先派人端掉了敌人设在两所宅院房顶上的岗哨，由一名会日本话的同志与几名战士装扮成敌人哨兵，重新出现在房顶上，嘴里说着日本话，不时飞出几声口哨，以示正常。这时，我们的战士在齐营长带领下一个一个地由村里转移到村西围墙下，又一个一个地搭起人梯爬过了围墙。

只几分钟工夫，所有战士便消失在茫茫黑夜里。其他各连也按照预定的方案突出了重围。

第二天一早，日军下令总攻。敌人拆墙搜房，掘地三尺，却不见我军踪影。日军上下牙床猛地拉开距离，好半天不得合拢：“哦……哦……难道他们不翼而飞？”

4天后，我七连指战员顺利地回到宁乐边一带，与主力部队会合了。

沙窝村一战，我军以几百人的兵力，突破了三千多敌人的合围，而且消灭了三百多名敌人，可谓平原突围战的奇迹。

八十多年过去了，这个传奇式的战斗故事，至今仍在沙窝村一带广为传颂。

解放阳信城

1945 年 8 月 15 日，日本天皇被迫发出乞降诏书。同日，毛泽东和朱德即命令全国各解放区所有武装部队，立即派兵接收敌伪所占城镇，对拒绝投降的予以坚决消灭。当时，渤海区境内的日伪军，在我抗日军民英勇作战的不断打击下，多数都已龟缩到县城、铁路沿线和中心据点里，犹如惊弓之鸟，惶惶不可终日。面对有利的形势，渤海军区首长坚决贯彻党中央的命令，带领全区部队，分兵三路，向敌伪军展开全面大反攻。第三军分区部队的任务是攻打阳信城。

阳信县地处山东省北部，东靠沾化、滨县，西邻乐陵，靠近津浦路，南连惠民，北接无棣、庆云，地理位置比较重要。县城虽不大，却有一个 1200 多人的伪军保安大队驻守。县城周围是三合土砸成的十几米高的坚固城墙，墙外是七至八米宽、二米多深的护城河，这是历史留下的天然屏障。为防备我军攻城，敌军守城总指挥刁长盛，命令伪军沿城周围布满了鹿砦。城门两侧修了暗堡，每个暗堡有三个射孔。城门楼上架着机关枪，并屯了城门，不准人员进出，严密警戒，日夜防守。同时，还扒了城中心的史家馆，构筑了坚固的街堡，并抓紧操练人马，妄图与我军顽抗到底。

对解放阳信城，三分区领导早有准备。入夏以来，曾先后派出敌工股干事徐钦哉、联络员邱干卿、交通员蒋德志等同志打入驻商店、阳信城敌人内部，了解掌握了敌人活动、布防情况，并做瓦解争取敌军工作，为和平解放阳信城创造条件。七月间，在洪家洼战斗中，阳信守敌的头子伪县长、保安大队长李孚青，曾被我军俘虏，经教育，李发誓回城后一定率部弃暗投明。为争取他，就将其放回。敌军守城副总、伪军团长王永坤，经我地下工作人员进行抗日爱国宣传教育，也表示愿意改邪归正。当劝降工作正在顺利进行时，情况突然发生变化。日军宣布投降后，驻无棣的顽保安六旅旅长张子良，派一个姓鲁的特务向刁长盛等传达了蒋介石给伪军的命令，让他们维持治安，原地待命，拒绝向八路军投降。在刁长盛的挟持下，李、王二人反共反人民的本性难改，投降的想法发生了动摇。

基于以上情况，渤海军区首长对解放阳信城作了反复研究。认为我军攻打阳信有三个有利条件：一是经过我军春夏以来拔钉子、扫顽敌的战斗，敌人损失惨重。商店、纪家大庄等伪据点全部撤掉，阳信成为一座孤城，对我军攻城十分有利。二是在我军的沉重打击下，加上日军投降，伪军失去靠山，士气低落，人心惶惶，已失去战斗力。三是经过几年的斗争锻炼，我军装备改善，战斗力加强，加上广大群众、民兵的支持和帮助，士气大振，大家对攻克阳信城充满信心。但分区领导认为，面对动摇之敌，仍要做两手准备，即首先迫敌投降，尽量争取和平解决。同时也做好强攻的准备，一旦迫降不成，就用武力攻克。根据这一指导思想，详细地分析了敌情和地形，研究了攻城方案，决定调乐陵、庆云和阳信三个县大队及民兵配合分区主力部队攻城，并向部队传达了上级命令，作了战斗动员，组织战前准备和模拟练兵。干部战士纷纷献计献策表示决心："誓死拿下阳信城，早日救民出火坑。"

为了争取和平解放阳信，我们又派出分区组织宣传股长韩天伦和阳信县委书记于重远进城对敌进行劝降谈判。劝降中，王永坤敷衍推托，妄图借谈判拖延时间，等待援军。韩天伦同志当即揭穿敌人的阴谋，义正词严地指出："你们已被四面包围，无路可逃，眼前唯一的出路是立即向人民缴械投降，否则不会有好下场。”这样，敌伪军、政中下层人员纷纷表示愿意投诚，但刁长盛顽固不化，最终使谈判破裂。刁长盛令其手下夜间暗杀韩天伦。在党的俘虏政策感召下，李孚青愿将功赎罪，借其查岗机会，用绳子把韩天伦从西城墙上放下来，韩天伦同志才安全返回部队。这样，渤海军区首长决定采取第二个方案：“用武力解放阳信城，彻底消灭城内的敌伪军。”

8月21日拂晓，三分区主力部队和回民支队以及地方武装共千余人包围了阳信城守敌。阳信、庆云、乐陵县大队，奉命首先向阳信城南、北两翼迂回包围，抢占有利地形，准备阻击城内敌军外逃，也防备无棣张子良顽军来增援。分区副司令员黄荣海和副政治委员李雪炎率领分区特务连，回民支队负责人李子华带领支队一、六大队，迂回到城东门东侧待命出击。分区主力部队，集结于阳信城西关及附近的几个小村里。攻城指挥部设在距城西门不到二百米的大路北侧。为了隐蔽地接近城门，动员这里的乡亲们挖通他们的房院。这里的群众由于受尽了日伪军烧杀抢掠，看到八路军要解放阳信城，就像过年一样，人人奔走相告，许多老乡找到分区领导一再表示：“为了解放阳信城，别说挖几个墙洞，就是扒了房子，我们也甘心情愿。”全村男女老幼齐动手，不到半天时间，就帮助部队挖通了通向城门的通道。

上午，我们检查了担任突击任务的“钢七连”的战前准备情况，看望了突击组、火力组和爆破组的同志们。当来到爆破组时，三营副教导员王志诚同志正在和爆破组研究如何爆破城门。爆破组组长小王，个子不高，可力气不小，他一手提起十五公斤的炸药包给我看，一点也不费劲，战士都称他爆破大王。还有两个小战士，一个是辛长山，一个是周凤悟，他们都不过二十岁。周凤悟是山西人，长得很结实，性格十分爽朗，问他准备好了吗？他没等爆破大王回答，就快言快语地抢着说：“首长放心！我们保证把城门炸开花！”

解放阳信城战斗中我军缴获的敌军武器装备

下午，一切准备就绪，渤海军区首长派韩天伦同志到城门前与王永坤对话，发出最后通牒，令其缴械投降。王在对话中仍支支吾吾，敷衍搪塞，拒绝投降。两点刚过，七、八、九连（分区主力部队）进入主攻方向的西关阵地，展开兵力。五点半，指挥部按预定时间发出总攻信号，吹响冲锋号，总攻开始。营长刘仁贵指挥七连的机枪、步枪以全部火力封锁城楼及暗堡的火力点，掩护爆破组。敌人用城楼和暗堡的交叉火力向我前沿阵地射击，阻拦我爆破组，爆破组有的战士牺牲了。八、九连火力组迂回到七连两翼，加强火力，全力压住敌人的火力点。各连的机枪手看到爆破组的同志被阻拦，炸药包送不上去，都急红了眼，十几挺机关枪喷射出愤怒的火焰，敌人的火力点被压制住了。七连二排长曹振山带领爆破组敏捷地爬过城门前的壕沟，堆好了炸药包。顿时，“轰”的一声巨响，炸开了城门。城墙上的敌军看见城门被炸开，像发疯一样，拼命用火力封锁城门，子弹从指战员们身边嗖嗖穿过，前边有的战士倒下去了，后边的战士继续往前冲。副教导员王志诚指挥“钢七连”的指战员，很快冲到城门前。副连长邵云亭带领突击队，冲过敌军密集的火力封锁，跳进在城门口用土麻包垒起的四五尺高的掩体内，迅速占领了城门楼制高点，向城墙上的敌人猛烈开火。敌人死的死逃的逃，邵云亭同志却不幸中弹牺牲。

连长张景荣和指导员宋振荣率领七连冲进城门后，向城东南方向迂回歼灭溃逃的敌人。八连指导员王金轩带领全连沿大街两侧的民房向东直奔街中的土垒。九连连长张乐池和指导员郑荣带领全连，向东北方向的敌伪政府进攻。同敌人展开了激烈的巷战。一排长胡天农带着机枪手爬上房顶，对着逃敌猛烈射击，敌人溃不成军，纷纷向我军举手投降。很快，三个连队就像三把钢刀插向街中心敌军的最后堡垒。土垒里几十个伪军在刁长盛的指挥下，企图负隅顽抗，继续向外打枪。这时，黄荣海和李雪炎率部从东关攻入街中心，各县大队从南、北两个方向也冲进城里。我军从四面包围了土垒，边射击，边向敌人发动政治攻势。

刁长盛和几十个伪军听到“你们的人都投降了！”的喊声，见我军从四面围剿上来，吓得魂飞魄散，只好乖乖缴枪投降了。

我军占领伪县政府后，立即命令部队在城内仔细搜索，不要漏掉一个敌人。部队分散向各胡同、庭院、房屋进行搜索，一些躲藏起来的零散敌人也纷纷落网。敌伪八中队长丁培德带领部下逃出南门，奔向廿里铺，遭到我军迎头痛击，全部被歼。整个战斗不到两个小时，刁长盛及伪军缴枪投降，守城总指挥刁长盛，副总指挥、伪团长王荣坤，伪县长李孚青及伪军政人员 1200 余人全部被俘，死伤百余人，缴获迫击炮 2 门，机枪 14 挺，长短枪 1200 余支和大批弹药物资。第二天，在全县人民的强烈要求下，军分区与县委研究决定，召开了宣判大会，枪决了恶贯满盈的汉奸刁长盛。

为了解放阳信城，七连副队长邵云亭和二排长曹振山及爆破员周凤梧等 35 名干部、战士献出了宝贵的生命。

1945 年 8 月 21 日（农历七月十四），阳信结束了日伪八年的残酷统治，揭开了投入解放战争的新的一页。

滨州人民抗日第一枪在阳信打响

“七七事变”以后，日军大举南侵，很快占领了京、津。1937 年 9 月 24 日，日军占领了交通要地沧州城，11 月 10 日入侵阳信境。活动在阳信县的共产党员在中共山东省委的指示下，团结一切可以团结的力量，领导乡农校自卫队，打响了滨州人民抗击日本侵略的第一枪。

一、抗战前共产党组织在阳信的发展

1933 年 5 月，阳信冯家店村冯乐进在北平（北京）加入中国共产党，进行革命活动；1936 年 10 月出狱后，被津南特委派回阳信从事秘密活动，成为阳信县第一个共产党员。1937 年 2 月，鲁北特委委员赵明新介绍流坡坞乡农学校校长李福如（现名李健）入党，并与冯乐进接上关系。在四五月份，李福如又先后介绍洋湖口（洋湖）乡农校的薛士杰（薛汉三）和本校的姜清海入党。1937 年“七七事变”后，中共中央发出“全国人民、政府和军队团结起来，筑起民族统一战线的坚固长城，抵抗日寇的侵略”的号召，到处发动群众，奋起抗战，李健抓住国民党第五专署招回已训满回家壮丁的机会，派姜清海去惠民省立第六乡师邀请了万兴诗（万晓堂）、姚思清、孙清野、刘洪恩（刘天佑）、李书亭、于海寰（于镜清）、王大昌、聂星汉等

8名共产党员，来阳信乡农校协助开展政治工作，宣传群众，发展党员，组建和建立抗日武装，准备抗战。根据形势需要，8月，流坡坞与洋湖口乡农校联合建立了阳信县第一个党支部，万兴诗任支部书记，姜清海、姚思清任委员。9月，国民党第三路军政治干部训练处“政训队”20余人来阳信做“动员民众”工作，其中共产党员李东林（李伯秋）、“民先”队员李冠元等通过关系与党支部取得联系，李冠元留阳信城的政训处工作，李东林等去大桑落墅（大桑）乡农校工作，并建立了第一个党小组。“民先”山东省按时寄文件指导工作，并派姜明来阳信巡视，对乡农校的工作提出指导性意见，极大地推动了阳信抗日救亡运动的开展。至打响滨州人民抗日第一枪时，阳信共有共产党员16人。

二、流坡坞阻击战

日军侵占沧州城后，当时的阳信商务会会长劳香臣、大地主王少之等汉奸，公开卖国求荣，派赵金全去沧州迎接日军来鲁。因为这些汉奸通风报信，日军完全掌握了鲁北的军事情况。因知道鲁北没有国民党的正规部队，日军仅派了400余人的小部队经盐山、庆云向东南入侵山东，于1937年11月10日晚渡过马颊河，驻扎在流坡坞以北六七里的地方，预备第二天过流坡坞南侵。当晚，冯乐进、冯鼎平赶到流坡坞乡农校，同李健一起研究迎击日军的作战方案。因流坡坞地处山东、河北的南北交通要道，所以决定在流坡坞设伏阻击日军。具体方案：一是组织群众将路两边的树木砍倒，堆积在公路上形成路障；二是约150人的流坡坞乡农自卫队与国民党保安营及阳信警备队一同设围，共同抵抗日军；三是约50人的洋湖口乡农自卫队埋伏在流坡坞西北的张窝头村，从侧面打击日军。11月11日，天刚破晓，李健、冯鼎平等带领乡农自卫队埋伏在流坡坞村围子墙北门内。此时，日军以装甲车开路，气势汹汹地来到紧闭的北门。这时已做好准备的乡农自卫队，在李健的指挥下，居高临下，将仇恨的子弹射向日军；埋伏在公路以西张窝头村的洋湖口乡农自卫队，在王道和、薛汉三的指挥下，主动出击，侧面打击日军。日军被打了个措手不及，没有想到会在一个荒乡僻野受到打击。日军组织反攻，并用装甲车撞击北门。因为防范严密，北门始终没有被攻破。日军绕道攻破保安营防守的北斜大门，进入流坡坞，国民党保安营、警卫队狼狈逃窜。而此时，其他乡农校的自卫队却被当时的国民党阳信县长张云川骗到河流乡大庙集结，向惠民城南撤，随当时国民党专署专员兼保安司令赵明远丢弃惠民城南逃。而我党领导的两处乡农校自卫队 200 余人与群众一起，挥动长枪、大刀，与日军展开巷战，个个奋勇杀敌。双方对峙了大半个小时，终因武器落后，人数悬殊，我军主动转移。日军遭受突然袭击，情况不明，没有贸然去追，而是对流坡坞进行烧杀抢掠。当时 30 多名没有转移出来的群众被杀害，北街有 8 人被杀，其中有 7 位老人，西街有一家竟被杀害了 5 口。

三、建立阳信抗日根据地

主动转移的乡农自卫队，于当晚陆续来到预定的汇合点——八里泊。八里泊地处商河、阳信、惠民三县交界，便于隐蔽。1937 年 11 月 12 日，中共鲁北特委宣传部长赵明新来到八里泊，研究落实以后的斗争方案。决定：一部分转战无棣、沾化、阳信一带，成立阳信县委，组建阳信抗日根据地；自卫队组成一个大队，由冯鼎平任队长；王道和带领部分自卫队转战乐陵等地；李健带领另一部分自卫队渡过黄河，开辟新的抗日根据地；冯乐进调鲁西特委工作。

自此起，山东的抗日形势以星星之火而燎原。

王高战斗

1943年腊月，铁营洼大“扫荡”后，我党政军遭受严重损失。上级党组织指示，组建阳信县武工队。阳信县武工队大都是从八路军中选调的当地干部和地下党的同志，英勇善战。根据上级指示，实行敌进我进的方针，深入敌后，灵活机动，昼伏夜袭，辗转迂回，以小武装掩护隐蔽活动的方式，在敌占区宣传、发动群众，依靠群众，发展进步力量，在敌人的眼皮子底下开展工作，打击敌人。小部队和来往干部住下后，群众自发站岗放哨，反映情况，对外封锁消息。部队无论多少人，都是白天隐蔽在群众家中。

1944年阴历正月初二下半夜，中共阳信县工委、县武工队共45人，在工委书记兼武工队政委孙清野、武工队长韩华挺的带领下，进驻离庆云县尚家堂日伪据点只有1.5公里的庆云县王高村隐蔽住下，住在村东头路北的一条胡同里。该胡同有十多户人家，南北口各安排一个武装班，与在其他敌占区一样，严密封锁消息。早饭后，全体干部按预定安排开总结会。会上，孙清野讲了国际国内形势，着重指出了抗战必胜，当前只是黎明前的黑暗，并部署了下一步的工作。

中午时分，有群众报告：敌人扫荡队来了！领导人出去一看，敌人已经进入胡同。情况危急，孙清野、于重远、韩华廷决定突围。他们三人带两个分队向北突围，副队长李万杰带一个分队也向北突围。突围中，郑学诗牺牲。一阵猛冲，冲出了村外。冲出包围后，发现还有战士和群众没有冲出来，孙清野把枪一挥，说一中队跟我来。这时，于重远和韩华廷几乎是同时跳出交通沟，要冲回去，但孙清野说，“我是政委，听命令！”说着带头冲了回去。一阵激战，把被围的战士接应回来，一齐向外。敌人紧追不舍，副队长李万杰断后，边打边退。大个子蒋德仁腿上负了伤，血往鞋里流，他背着三支枪边走边回击。他还满不在乎地说，是些汉奸，打狗日的！一排子弹打来，蒋德仁壮烈牺牲。（蒋德仁是商店梁家村人，8 岁没了娘，12 岁当长工，1938 年入党，1939 年参加七小队，是第二任队长。1941 年被鬼子抓去，在运往东北的道路上，在天津附近挣断了绳子，跳车回家，又毅然参加了武工队，牺牲时 27 岁。）武工队队员们虽然英勇冲杀，但敌众我寡，实力悬殊，尤其是被敌人的骑兵牵制，很难摆脱敌人的追赶。

抗日沟不通，孙清野边走边烧毁文件，不幸中弹受伤。于佃元背起他继续突围，又一阵枪响，于佃元被击中。敌人追上来，用刺刀刺死了孙清野，绑走了于佃元。孙清野年仅 25 岁。

事后才知，这次扫荡的日军有 80 多名、伪军 500 多名。激战一下午，武工队击毙日伪军 80 余名。副政委于重远身负重伤，与韩华挺、李万捷、张国英等 8 人脱险，于佃元、田立元、胡国英、宋文治等人负伤被俘，孙清野、蒋德仁、郑学诗、程立兴、李清文等 28 人牺牲。

暮色苍茫，枪声停止了，乡亲们涌向田野，热泪盈眶，泣不成声。英雄们的浩然正气，与日月同辉！

血战铁营洼

铁营洼阻击战是抗日战争时期，鲁北地区我军与日寇展开的一次最惨烈的战斗之一。

铁营洼位于阳信县与德州市的乐陵市、庆云县交界的铁营镇，因大洼中心有个较大的村庄叫铁营村而得名，抗日战争时期，属冀鲁边三分区阳信县管辖。当时的大洼方圆数十里，是一望无际的盐碱地。村落稀疏，旷野荒凉，沟壑纵横，埂崖连绵，红荆和刺蓬棵遍地丛生，优越的地理条件使其成为冀鲁边三分区、阳信县政府机关和各抗日武装经常活动和隐蔽的地方。

1943 年 1 月下旬，阴历年关将近，驻济南、天津、惠民、沧州、德州的日军共同策划联合行动，对冀鲁边三分区驻地铁营洼进行血腥大扫荡。1943 年 2 月 2 日（农历腊月二十九）深夜，连续两天的暴风雪初停。日寇调集济南、天津、德州、沧州、惠民等地（包括宁津、德平、南皮、盐山、庆云、乐陵、阳信、沾化、惠民、商河、蒲台等地）的日伪军两万余人，动用快速运载部队汽车 200 余辆，配备骑兵、装甲部队，长距离奔袭，以铁壁合围之势将铁营洼包围。

这之前，上级已经预料到，近期日军可能进行一次大扫荡，也得知日伪军这次扫荡的规模。冀鲁边三分区的大部分党政机关提前得到上级情报，及时分散隐蔽。但活动在阳信、乐陵、庆云三县交界的铁营洼部队和机关未能及时得到通知。

当时驻扎在铁营洼的主要有阳信县大队和县政府机关、阳信五小队、虎山小队部分人员、乐陵花园区中队、庆云县大队，三分区副司令员李永安带领的一个手枪班、三分区教育科科长罗柏森（姚思清）等党政人员和部队干部、战士近400人。

在敌人包围圈形成前，庆云县大队在副大队长李子贞的带领下，沿马颊河北岸向东转移，远离了日军的扫荡中心——铁营洼。

2月3日（农历腊月二十九）黎明，浓雾笼罩，枪声从四面八方响起。三军分区机关和部队以及逃难的群众试图从各个不同方向突围，都被迎面包围上来的敌人堵截了回来。日军在后，伪军居中，最前面的是从十里外被驱赶来的群众，在对面不见人的大雾中，向大洼中心涌来。

阳信五小队在国坊村发现马颊河北岸有很多人往东跑，队长李清寿遂命令3个班往大张村方向撤退，带领李金忠于大张四座坟处监视敌人2个多小时，然后撤进大张村与3个班会合。约上午10时许，李永安从西南涝洼韩郑庙方向跑来，见到李清寿说："李队长，看来这是敌人的一次大规模扫荡，我们只好准备突围！"之后，五小队试图从各个方向找出突围路线，撤至铁营村，复向北折，朝郑庙方向行进，接近郑庙时，与阳信县大队会合。此时，大雾开始消散，发现东北方向有敌人的汽车。李清寿辨识出汽车上都是伪军，随向李永安请示："迎头冲上去，击溃这股敌人，突围出去！"李永安同意，但又发现正北方向黑压压一片，到处都是日军大旗，每杆旗下约有日军百余人。我们的抗日队伍朝东南张鼎村方向撤去，撤到张王官村继续向南撤退，最后退至张王官村以南，小白家村以东，被从四面包围上来的10倍于己的敌人围住，无路可走，亦无路可退。

但这时敌人仍以更大的兵力从不同方向向大洼中心压来，在铁营正北，日军以2000多人，在刘桥、阎集、王桥一线展开；在铁营正面的杨桥、盖家、双庙村、关王、兴隆镇一带，1500余人正朝大洼腹地推进；在铁营正东，1000多人正从南侯、西郎坞一线步步逼近；在铁营正南，敌人在抢占了郭楼、桑家、胡家、西堡、坡赵等村后，也将包围圈向中心收拢，此时敌人已密若蝗群，布满大洼。李永安迅速召集各部负责人说明敌情，下达突击命令。阳信县大队迎着东北方向冲上来的敌人进行突围，李清寿发现西南方向已排满敌人的机枪，立即把队伍带进交通沟，独自站在沟崖上下达突击命令：“我们朝铁营方向突围，身上只带武器，其余东西全部扔掉，文件放在嘴里嚼烂咽下去。”随即带队伍向正西方向迎着敌人冲上去。

战场最终被压缩在小白家、张王官两村之间的一块为4座废窑东西相夹，纵横200米左右的地段。在这样一个小小的地域，敌人使用了除飞机以外的所有现代武器。他们使用了轻重机枪120多挺，大小炮50多门，对抗日阵地疯狂袭击扫射。被包围的抗日部队使用的是最为低劣的武器，面对几十倍于己的敌人，在无险可凭的冰天雪地上，只能以被砍伐的红荆丛杈和沟崖沟洼为掩护，与敌人以死相拼。敌人猛烈的火力使阵地瞬间变成了一片火海，顿时，雪水、烂泥、血迹搅浑在一起遮住了大半个天空。敌人越来越密集，包围圈越来越小，竟至形成左右相隔1米1人，前后相隔10米1层的7层重围。但我们的抗日战士没有一人屈服，没有一人投降，在敌我力量万分悬殊的情况下，他们以一当十，以十顶百，与敌寇浴血苦战。子弹打光了，就拼刺刀。刺刀弯了，就从敌人尸体上缴来武器继续打。五小队战士孙长青牺牲了，弟弟孙长龙脸上被炸开了花，但尚存一息，他咬紧牙关，瞄准冲上来的敌人继续射击……

下午两点多，李永安、罗柏森在混战中冲出一条血路，撤至铁营村正西方向，不幸又被日军骑兵包围。这时他们的枪膛里各自剩了一颗子弹，突围无望，一同自尽在转盘沟里。下午3点多，枪声稀疏，抗日队伍在与敌人殊死战斗之后，大部分壮烈牺牲。阳信县县长武大风、秘书陆贻青，牺牲在白家村东窑的交通沟里。县大队副大队长陈连秀，牺牲在铁营村北一里多远的雪地上。他们都是战斗到最后自尽殉国的。五小队队长李清寿，只身突出重围后，提枪朝自己的家乡徐家村跑去，刚走到铁营村东张家坟茔，又遭日军包围，饮弹自尽。

在这次残酷的扫荡中，我方共牺牲干部、战士300余人。其中牺牲最高职位的是三军分区副司令员李永安。当手枪班的战士劝他寻机突围时，李永安严肃地说："我们是来检查工作的，今天也正是对我们自己的一次检查。我是副司令员，怎能舍下大家自己突围？那是逃跑！"牺牲的还有阳信县县长武大风，再有一个星期，他就要做新郎了。当时，有位牵着耕牛逃难的老大爷认出了他，要他牵上自己的牛，再戴上自己的毡帽，扮成老百姓快跑。武大风却坚定地谢绝了老人。牺牲的还有阳信五小队的队长李清寿，李清寿是土生土长的铁营洼人，他从小嫉恶如仇，作战勇猛，惯使双枪，人送外号"神枪手"。李清寿退守到一个废弃的砖窑里面。敌人越逼越近，李清寿珍惜着每一粒子弹，不打空枪，在他周围横七竖八地躺着敌人的尸体。日寇通过翻译向李清寿喊话，许诺只要投降就给予他高官厚禄，而回答日寇的只有愤怒的枪声。最后，李清寿打得只剩下了一颗子弹，他把枪口对准自己，扣动了扳机……

2015年，乐陵县在将铁营洼的6位无名烈士尸骨迁往烈士陵园时，发现他们身上都带有多块子弹和弹片，最多的一个身上竟有34片之多！

这次战斗中，敌人伤亡惨重，战斗结束后，日军用数辆卡车装满尸体运回据点。铁营战斗充分显示了中华儿女忠诚爱国、宁死不屈的民族气节。日军的屠杀没有征服我们，相反，敌人不得不折服在我们英雄们的脚下。日军把李清寿、陈连秀烈士的遗体抬到铁营村东的大庙前，安放在门板上，日本军官对着我们烈士的遗体竖起了大拇指。

铁营洼战斗壮烈牺牲的英雄们浩气长存，激励着广大军民夺取抗日战争的最后胜利！

八月中秋克棣城

无棣，位于山东省北部、渤海之滨。在党的领导下，无棣人民同帝国主义、封建主义和国民党反动派进行过长期艰苦的斗争。为了解放无棣县城，渤海区军民曾在这里和国民党反动派的地方武装进行过一次惊心动魄的战斗……

一

1945 年 8 月 15 日，日本帝国主义宣布无条件投降。9 月 2 日，日本正式在投降书上签字。中国人民经历了 14 年的艰苦斗争，终于换来了巨大的胜利成果。在日本宣布投降之后，蒋介石集团便在美帝国主义支持下，与日、伪合流，肆无忌惮地抢夺人民的胜利果实并向解放区进攻。这样，中国人民在经历了 14 年抗战之后，又面临着严重的内战危机，为了求得彻底的解放，中国人民又在中国共产党的领导下进行了反对美帝国主义和国民党反动派的斗争。

在抗日战争的最后阶段，渤海军区主力部队在寿光县全歼了日伪剿共第三方面军张景月部，消除了胶东、渤海、滨海三区人民的一大祸患。在胜利的喜悦中，山东第四前线指挥部成立，渤海军区主力部队编为山东野战军第七师。在第四前线指挥部司令员兼七师师长杨国夫和政委景晓村率领下，与各分区部队一起，兵分三路，对国民党反动派武装展开了全面大反攻，三路大军沿胶济线以北，在黄河、小清河两岸展开激战，先后收复了10余县的广大地区，并攻占桑区车站，切断津浦铁路。残敌逃集于惠民、无棣、商河等县城。我军乘胜追击，于1945年9月上旬先后解放惠民、济阳、盐山等县城。日寇在撤离无棣城时，同伪六旅办理了交接手续，于是，伪六旅又大摇大摆地从信阳城进驻无棣城，窃取了无棣人民的抗战果实，更加残酷地压榨和奴役无棣人民，围剿共产党的地方组织和革命武装。

9月中旬，我军集中两万多人的优势兵力向国民党反动派在山东北部的顽固堡垒、冀察战区第十挺进纵队（原山东独立保安第六旅）以张子良为首的六千余残敌盘踞的无棣城发起了进攻。

1945年夏季以来，鲁北各县被我军击溃的残匪相继窜来无棣，妄图依附伪六旅同我军民顽抗到底。张子良见扩充实力的时机已到，在向上打通关节和几经策划之后，又开始了对外地股匪的收编。于1945年7月，将伪六旅扩编为“冀察战区挺进第十纵队”把原来的旅部改为“纵队司令部”，下设直属警卫大队和七个支队，共六千余人，伪六旅属各部编为警卫大队和一、二、三支队，四、五、六、七支队则由阳信、沾化、庆云、盐山等县股匪组成，身为“纵队司令”的张子良，看到昔日的伪六旅已变成号称万人的“浩荡大军”，顿觉身价百倍，不可一世。但是，作为一个反革命老手，一贯摇唇鼓舌，投机钻营的张子良，在我解放大军在黄河南北连战皆捷，并逐步向鲁北进逼的形势下，他自己同时也感到有一种不祥之兆，因此，他一方面做着日后可以“长治久安”的美梦，一方面加固城池，抢修工事。经过几个月的经营，无棣城已形成一个难攻易守的完整防御体系。他把城墙加宽到二十多米，加高到十八米左右，城墙下面的民房已全部拆除，沿城墙四周已开辟为环形的开阔地带，东西两面沟塘相连，形成天然屏障；六关（包括东、西、南、北关和西南、东南关）周围掘有二十五米宽、四五米深的护城壕，壕内遍插竹签，灌满污水，城边还有陷阱和明暗火力点，并设置了鹿砦和梅花桩等障碍物；城墙的四个角上，都筑有二十米高的塔楼，塔楼四面都是黑洞洞的射击孔，城北的北极庙和城东南的天齐庙均坐落在数丈高的高台上，犹如两个昂起的虎头；特别是坐落在东南方向的唐代建筑海丰塔，高达三十多米，登上塔顶，远可以眺望无棣城外方圆几十里内的动静，近可以用火力控制六关及城东南附近几个村庄。城内，在伪县政府和“纵队司令部”等处，起了四个高达二米的大碉堡，因此，张子良曾狂妄地声称无棣城是攻不破的“金汤城池”，在解放大军转战黄河两岸，威逼鲁北的时候，张子良感到时局不妙，曾多次巡视无棣城的各种防卫设施，并进行了周密的军事部署，他派他的所谓精锐部队第一支队张化南部驻守在城内四个大碉堡附近及其他要害部位，第二支队罗景奕部驻守东关，第四支队和第五支队的程汇川部以及赵仲顺、牟松山部驻南关、东南关和海丰塔、天齐庙，第三支队的艾传圣部驻守西关，张观亭部和姜学孔部以及警卫大队高炳辰部为机动部队，第七支队吴赞勋部驻守北关，另外，还派有少量部队驻守城东北方向的石三里和城东南方向的小马家，好似两个触角，伸向棣城外围；距城十多里的信阳城和大庄，也分别驻有少量部队，用以牵制我军兵力，从整个军事防守上看，可谓坚固至极。

二

1945 年 9 月中旬，正值农历的中秋节前夕。渤海军区主力部队的干部战士们刚刚告别了围歼南部残敌的战场，又踏上了进军无棣的征途。各分区部队和各县独立团、独立营的干部战士一接到解放无棣的命令，也以最快的速度向预定地点集结。部队的首长们都深刻认识到这次战斗的意义，解放无棣和商河之后，就可达到在山东北部扫清敌伪，统一渤海内地的目的，我地方武装就可以编入正规军，以便集中力量向铁路沿线和大城镇进攻，同时，对于保卫解放区的胜利果实，顺利地进行减租减息等项工作，也必将产生重大作用，因此，解放无棣一战，事关全局，务求迅速、彻底。部队中有好多干部战士的家乡在无棣，多年来，他们耳闻目睹或亲身经历了张子良在无棣一带横征暴敛、草菅人命的种种暴行。解放无棣，消灭张子良，是他们和无棣以及邻县广大人民的迫切要求。因此，自接到解放无棣的命令后，人人情绪十分高涨，个个摩拳擦掌，请战书、决心书像雪片一样飞向部队首长手里。

从9月11日起，各部队陆续到达预定地点。第一、四分区的干部战士和来自无棣、阳信、沾化、庆云的三千多民兵群众开始围绕无棣城挖掘壕沟封锁线，在重点地段修筑高垒，以便监视和控制城内敌伪，尽管敌、伪经常出城骚扰，但丝毫没有影响施工进度。军区直属团、特务营的战士们刚放下背包，就立即进行战斗准备。迫击炮手忙着擦拭武器，要让张子良尝尝迫击炮平射的厉害；爆破手们忙着捆绑炸药包，准备让张子良坐坐他们的“土飞机”。此外，无棣和阳信、庆云的群众也纷纷拉着粮米、蔬菜和土坯，扛着铁镐、铁锹冒雨前来支援攻城战斗。庆云县四区在9月13日晚上接到打张子良的消息后，迅速组织了共五百人的四个民兵大队，扛着土枪土炮来参加战斗。他们说：“以前张子良经常到我们那里捣乱，今天我们也来掏他的老窝。”来自各县的木工也昼夜奋战，他们慎重取材，精心赶制攻城云梯。杨国夫司令员和部队的其他首长们也亲临城下，察看地形，观察敌人动向。根据敌人防守情况研究攻城计划，制定周密的作战方案。无论是部队的干部战士，还是各县的民兵和群众，人人心里都燃烧着复仇的火焰，以饱满的热情和认真的态度进行着战前准备。

9月12日下午，我军区特务营到达城东南天齐庙附近，占领和构筑阵地后，准备按计划切断埕口至阳信段的公路。但据侦察人员报告，在距城三华里的小马家发现敌人。这时离天亮只有一个多小时，只有迅速将这股敌人消灭，才能完成切断交通要道，关闭敌伪南北之门的任务，特务营三连连长宋家烈首先命令通信员将这一情况报告上级，然后决定迅速将小马家包围，切断小马家守敌与天齐庙守敌的联络，并以奇袭的手段迅速消灭这股残敌。三连的战士们利用青纱帐作隐蔽，悄悄接近小马家庄口，活捉了敌人的哨兵，他们问清情况后，直扑庄里。这时敌人正在酣然大睡，在战士们明晃晃的刺刀下，一个个呆头呆脑地做了俘虏。他们说啥也没想到，人民军队来得如此迅速，原来他们的上司在昨天下午的通报中还说："方圆一百五十里内无一共军。"谁知一觉还未睡醒，却做了俘虏。

12日上午，我军各部队相继赶到。到晚上，完全切断了无棣与东、南、西三个方面的一切联系，我军为稳住敌人，北面暂时不围，以造成敌人的错觉，利用敌人举棋不定之际，积极进行攻城的各项准备。下午，回民支队一举而破石三里，逼近北关。至此，对无棣城的合围形成，张子良部六千余人，被我两万大军扎进口袋。为了消耗敌人的精力，围城各部队在夜间不断用少量部队出击敌人，搞得敌人精神高度紧张，手忙脚乱，彻夜不宁。而我军则在这段时间里得到了休息。

13日上午，张子良在几个方面进行出击，妄图试探我军的主攻方向，均被我军迎头打了回去。唯有城南的四十余名出扰之敌，我军将其放至大马家西侧一线，准备将其俘获，以了解和核实城内敌人守备情况。当这伙匪徒快要接近我军阵地时，城内守敌慌忙开炮，几十发炮弹不偏不倚地落在他们头上，大部分被炸得血肉横飞，稀里糊涂地见了阎王。剩下的几个跑了回去，大骂当官的昧了良心，瞎了眼睛。从此，张子良及其部队固守城里及六关，再也不敢露面。

三

在扫清石三里和小马家敌人外围据点之后，城外只有天齐庙和海丰塔仍被敌人占据，天齐庙是张子良的重要外部阵地、海丰塔的屏障。要想拿下海丰塔，必须先占领天齐庙。匪首赵仲顺和牟松山都是血债累累的亡命之徒，他们依仗明碉暗堡和其他工事在此据守。14 日晚九时，军区特务营全体干部战士对天齐庙进行了突然袭击。无数门大炮向天齐庙一齐开火，刹那间，整个天齐庙淹没在一片火光硝烟之中。

特务营在天齐庙以东担任主攻，爆破大王盖希云和爆破组的其他同志，在轻重机枪和全连火力的掩护下，接二连三地扫除了前沿障碍，直扑天齐庙围墙，并将围墙炸开。英勇善战的三级人民英雄马凤龙率突击队一排乘着爆炸后的浓烟突入庙墙内，将一颗手榴弹扔进敌群，塞进碉堡。随着一阵喊杀声，二、三排战士也冲了进去，马凤龙端起一挺机枪，朝着敌群一阵猛扫，敌人一个个惨叫着倒下去。接着，一排迅速冲入庙内，猛捣匪巢，二、三排迅速散开，趁敌人混乱之际，以班为单位分进合击，给守敌来了个“中心开花”。这时，二连也从西南冲了进来，对守敌内外夹击。天齐庙内外，枪声、手弹爆炸声和喊杀声连成一片，守敌更加混乱。南关和海丰塔之敌也因我军与天齐庙守敌打得难分难解，无法进行火力支援，只好对着天齐庙四周的空地乱轰乱打一气。在激战三个小时之后，敌人丢下几十具尸体，匪首牟松山已被击毙，赵仲顺也负伤逃向南方。但是，激烈的战斗并没有结束，一场争夺天齐庙的战斗又迅速展开。

敌人的排炮疯狂地向我方阵地盖下来，海丰塔守敌也居高临下向我方作压制射击。天齐庙内外，硝烟滚滚，弹雨横飞。三百多名敌人号叫着向我军进行反扑。战士们利用残墙断壁，英勇地回击这伙反扑之敌。步枪和轻重机枪一齐怒吼，仇恨的子弹射向敌群，敌人哀叫着，挣扎着，好像割断了秫秸，摇摇晃晃地倒下去，尸体在阵地前铺了一层又一层。我军趁机进行反击，反扑的敌人在我军猛烈攻击下，终于垮了下去。

残敌刚刚溃退下去，敌人的排炮又打过来。张子良为了夺回天齐庙，又组织了新的反扑，狼群般的敌人，一堆堆地往前直拥。拉锯般地与我军进行反复拼杀，敌人二百多名敢死队员在督战军官的指挥下，进入我方阵地。三连连长宋家烈一面下达战斗命令，一面抓起一支冲锋枪闯入敌群左右横扫。指导员邢义善和副指导员王久寿也率共产党员们冲入敌群，全连战士也一跃而起，端着刺刀同敌人展开了激烈的肉搏战。用刺刀杀出威风的一级人民英堆戴先运，发扬敢于搏击强敌的无畏精神，以过硬的拼刺技巧一连挑了六七个匪兵。负伤后仍坚持战斗的三级人民英雄、二排排长谢振东打得尤为精彩，他把一群晕头转向的敌人，一个个挑进了火堆。激烈的战斗一直持续到15日凌晨，反扑之敌全部被我军消灭。阵地前面，敌人共扔下二百多具尸体。至此，敌人南关之预备队已消耗殆尽。

15日凌晨，我直属团一部对海丰塔守敌展开攻击，并在特务营占领天齐庙之时，夺取了海丰塔。距城最近的唯一制高点已被我军控制，为攻打无棣城创造了良好的条件。继此，特务营和直属团乘胜猛进，对城外南关敌人的防御阵地发起攻击。爆破组的战士，在密集的火力掩护下，巧妙地利用沟渠、土坎，一个接一个地扑上去，炸开敌人的鹿砦和外壕，部队借着腾起的烟雾直扑南关街里，与敌人展开了巷战，并逐院逐屋消灭顽抗之敌。

这时，张子良见外围阵地全部丧失，不由惊恐万状，竟下令将南门吊桥拉起，并用机枪迎头乱扫逃回的匪兵，妄图迫其与我军背水一战。但乱哄哄的敌人刚一返回，即遭我军迎头痛击，败军进退维谷，纷纷缴械投降。

在南关被我军占领之后，除北关外，其余各关也被一、四分区直属团、沾阳棣独立团和回民支队等相继攻破。至此，扫清敌人外围的战斗胜利结束，张子良这群匪徒的末日即将来临了。

四

张子良五关失守，六千余残敌拥挤在约四分之一平方公里的小土城里，惶惶不可终日。硝烟、炊烟、污水、污血和满城的垃圾散发的臭气已使整个城区的空气相当浑浊。饮水、做饭也发生了困难，军心早已开始浮动。设在城里十字街南城隍庙里的伪“纵队司令部”，其混乱状态更是不堪言状。这时的张子良，已不像往常那样自信专横、盛气凌人，而是在我军强烈进攻下显得手足无措。

张子良如坐针毡，寝食不安，其他匪首们何尝不感到心焦？伪副司令冯立纲愁云满面，一副一筹莫展的神态；匪首程汇川在南关溃败之后，跑到司令部里叫苦不迭；艾传圣、吴赞勋等也蓬头污面，浑身泥土，狼狈不堪地跑来向张子良询问“退敌之策”；伪沾化县县长王浩然则气急败坏地向他要求率部突围。狡猾的张子良在几经权衡之后，也知道只有突围才有一线生路，但对这些残兵败将，仍勉强装出一副镇静的神态，命令“坚决顶住！”而自己却暗暗做了突围的准备。15日晚上，他和匪首马振儒、姜学孔、孙晋臣等一块商定，妄图由姜学孔率队从北关杀开一条血路，而后逃之夭夭，但姜学孔等刚出北城门，就被我军的猛烈火力应头击回。张子良第一次试图突围的计划落空，伪副司令冯立纲见从北关突围不成，便又转向西关。他命令用大炮向我西关阵地轰击，但是第一炮就打中了他突围的先头部队。在我军的反击下，冯立纲等一个个如丧家之犬，逃回城里。

城内残敌又是一夜没睡，当残敌官兵人人得知他们的司令曾伙同几个匪首突围，个个怒不可遏。16日早晨七时左右，匪首程汇川、杨子兰等赶到匪司令部，见到张子良，就一齐放声大哭大叫，并质问张子良为什么自行率部突围，为什么昧着良心将为他效劳多年的弟兄们抛弃？一声声斥责，使张子良又气又恼，又羞又愧，但自知理亏，只得任凭数落。最后不得不咬着牙大声宣布：“坚决抵抗，决不逃走，谁若离城半步，概以军法论处！”

并强打精神，率领众匪首到各阵地巡视。这一来，才稍微稳定了残敌的阵脚。当张子良等到西门巡视时，被我海丰塔上的瞭望哨兵发现，我围攻西门的分区部队立即展开火力攻击，并几乎攻进西门。张子良和匪副司令冯立纲一面命令匪首们组织抵抗，一面急忙掉头返回司令部，城内残敌又处于极度慌乱之中。

上午九点多钟，张子良见到城内官兵慌乱状态不断加剧，便找到他的参谋长马振儒，问“能不能支持到天黑？现在怎么办？”马振儒说：“此时如果共军的攻势稍一加强，就会有失城的危险。”并建议“突一下围看看”。张子良立即把匪首高炳辰找来，令其保护他由北关西侧突围，张子良带上他的小老婆和三小姐，并在腰里藏上一块金条和一个银元宝，率三百多人由北门死命突围。他们刚出北门约半里许，即遭一分区直属团迎头痛击，三连一排战士一起开火，机枪手李欣章端起机枪向敌人边冲边扫，不少敌人应声倒下，张子良这个恶贯满盈的土匪司令终于在我军射击下一命呜呼，其余残敌立即掉头鼠窜。

黄昏时刻，冯立纲在北门找到马振儒，共同商定：事已至此，只得各自伺机突围，并通知各匪首。城内残敌顿时忙乱起来，急急忙忙换上便衣，并拉帮结伙，探听情况、寻找突围地点，至此，所有残敌头脑中“坚决抵抗，以守代攻，侥幸取胜”的心理防线已彻底崩溃了。

五

9 月 17 日早晨，设在无棣城南史家庵的我军区指挥所里，军区首长正在忙碌地工作，几个月来的连续战斗，已使首长们十分疲劳，但是人人都保持着旺盛的工作精神，按照计划，今天晚上将对无棣城实行总攻。司令员杨国夫、政委景晓村、副司令员袁也烈、副政委周贯五和指挥部的其他首长，正在进一步研究攻城方案。南门，本来是敌人整个防御体系的关键，敌司令部也设在离南门不远的城隍庙内，但是，在我军连续攻占天齐庙、海丰塔，并对南关守敌进行一系列猛烈打击之后，敌人对此处已望而却步。东门、西门都有我重兵防守，敌人也不敢在此突围。观察结果表明，城内残敌大部分集结在北门附近，妄图从北关突破我军防线。因此，指挥部决定：加强北关的兵力部署，然后集中火力猛攻南门。南门一旦被我军突入，敌司令部必将受到震撼，从而使其指挥失调，引起整个防御体系的混乱，便于我各个击破。这样，我军可以充分发挥主动攻击之长，强击敌被动防御之短，我军南北夹击，敌人腹背受敌，然后就可达到一鼓聚歼之目的。我军区特务营以英勇善战闻名全区，所以杨国夫司令员把特务营作为主攻部队，并指定能攻善守、勇猛顽强，使敌人闻名丧胆的三连担任突击任务。

中午前后，为了破坏敌南门防御工事，我军区特务营用4门迫击炮对南城门和城墙进行轮番轰击。一炮多用，运用迫击炮平射，这是渤海区战士们的发明，特别是在攻城中，能显示出它的威力。军区首长们来到阵地上，看到战士们斗志高昂，一致表示满意。几天来，战士们个个摩拳擦掌，准备在攻城战斗中大显身手。

城内敌人在匪首冯立纲的指挥下进行反击。他们选派了所谓优等射手用150重迫击炮向我军特务营和直属团阵地攻击，炮弹接二连三地落在我排炮阵地上，硝烟和尘土遮盖了整个阵地，我四名排炮手牺牲了，战士们心中燃起了更加强烈的复仇火焰。他们抬走了战友的遗体，以更加猛烈的火力轰击南门。

下午，军区首长在西关设起指挥所，各部队已准备就绪。晚上六点钟，总攻开始了！我军城南阵地上所有火炮一齐怒吼，发发炮弹直捣棣城南门。海丰塔上的两挺重机枪和其他阵地上的所有轻重火器一齐喷吐出愤怒的火焰，密集的子弹交织成一片火网。无棣南门城头上，烟尘弥漫，砖石乱飞。敌人的地堡一个接一个地被掀翻，一排排的抛射炸药包把阻止我军前进的障碍物炸得稀烂。特务营营长朱志明沉着坚定，果断地下达着一道道指挥命令，爆破组的战士把残存的障碍进行清扫以后，又迅猛地直扑敌人的阻绝壕进行爆破，为冲锋部队开辟了一条三十多米宽的通路。爆破大王盖希云大显身手，将一包二十五公斤重的炸药支撑在城门上，然后就地一滚，只见火光一闪，随着一声巨响，城门被炸得四分五裂。担任主攻任务的特务营三连趁着爆炸后的浓烟，在连长宋家烈的率领下迅速扑进城内，夺取了城门西侧的敌防御工事，与反扑的敌人展开了殊死的拼搏，并顽强地向前推进。

这时，穷凶极恶的伪副司令冯立纲见我攻城部队如此迅猛，并很快推进到他的司令部，他迅速命令城上的敌人向我还击，企图阻止我后续部队入城，围歼我已入城的突击部队。突然，我机枪连架在海丰塔上的两挺九二重机枪在连长张长华的指挥下，以急促猛烈的火力向城头上的敌人扫射。特务营副营长赵衍庆带着第二梯队趁着敌人火力被我压制之际，迅速冲到城下，把一颗颗手榴弹扔上城头，然后架起云梯登上城头，横扫顽抗之敌，并沿城门两侧巩固和扩大了突破口。战斗一步步向纵深发展……

三连正在沿街向前推进，传来了杨国夫司令员的命令："迅速拿下敌司令部！"杨国夫这位身经百战的指挥员，冒着枪林弹雨，率领部队攻进城来，并在城内设立了临时指挥所。三连立刻调整战斗队形，二十名投弹手在四挺轻机枪和十多支冲锋枪的掩护下，避开向我侧射之敌，果断地向敌司令部插去。

匪首冯立纲等狗急跳墙，亲自驱赶着身背大刀、腰插驳壳枪、手里还端着冲锋枪的警卫大队，恶狠狠地向我军战士们冲来，妄图将我突击部队反击出城。在紧急情况下，三连连长宋家烈立即命令机枪班飞速登上屋顶，用火力封住街口，并命令其他战士们立即给予狠狠的反击。

负了伤的同志们顽强地从后面赶上来又加入了战斗的行列。这时，机枪连连长张长华已将两挺重机枪从海丰塔转移到城楼上，枪弹暴风雨般地压向敌群，又一批敌人被击毙在大街上。敌人再也不敢往前冲了，一窝蜂似的往后逃窜。战士们奋勇追击，在占领敌司令部时，匪首们已经逃遁。但是，敌人还在垂死挣扎，激烈的巷战又开始了……

六

战斗又一次处于胶着状态。残敌在冯立纲的督促下，利用城内的碉堡和街巷的断壁残垣进行顽抗，我军攻城部队逐步向城中心压缩，每前进一步，都要付出巨大的牺牲。

晚八时左右，伪参谋长马振儒一面命令他们的警卫大队阻止我军，一面命令匪首张化南准备一个连随他突围。此时，城里南部已被我军控制，北门的枪炮声也相当激烈，西门的分区部队正在火力掩护下架起云梯攻城。于是，马振儒由匪首张化南、王沛云带路，打算从城东北角的一个地下暗道出逃。当这些匪徒到达这里时，发现暗道已被我军堵塞，只得又找到第二条暗道。这伙残敌出城不远，又几次遇到我军堵截，伪士兵大部队被冲散，匪首长张化南不知去向，马振儒和王沛云等则狡猾地避开我军，由东关偏北部漏网。

马振儒带领一伙残敌舍命向东北方向逃窜，认为已脱离险区的时候，才停下脚步。他们为逃出无棣城而暗自庆幸，但等待他们的将是人民专政机关更加严厉的惩罚！

我军攻城战斗持续了近两个小时。此刻，敌人在城里构筑的所有工事已被我军炸毁。晚上十点钟以前，我军已控制了整个县城，绝大部分残敌纷纷缴械投降，我军又进一步组织力量搜索残敌。伪副司令冯立纲已身负重伤，次日凌晨，他的副官长李健民叫来几个顽匪，和冯立纲一起化装成群众准备逃走。当冯立纲由几个匪兵抬着，从北门逃跑时，被我特务营三连三排的战士发现，立即活捉了冯立纲。匪首李健民和张化南偷偷地溜过了我军阵地，向北而逃。此时，在城北大庄街、信阳城驻守的残匪也早已闻风而逃了。

历时六昼夜的无棣之战胜利结束，无棣古城从此宣告解放了！在这次战斗中，我军共俘虏伪副司令冯立纲以下五千余人，击毙击伤伪司令张子良以下一千余人，缴获长短枪四千余支，重炮 4 门，迫击炮 7 门，掷弹筒 125 个，轻重机枪 66 挺，子弹六万余发，战马 122 匹，电台两部，兵工厂一座，自行车 150 辆，粮食约百万斤以上，军用物品及他物资不计其数。

《渤海日报》于 9 月 20 日、22 日、24 日先后三次刊登了山东野战军第四前线指挥部发布的无棣战役公报和补充公报，补充公报说："……我军于十三日（系指我军扫清外围之后）开始围攻，经四昼夜之激战，我军以强大炮火将敌伪强固之工事摧毁，于十七日下午六时展开总攻，黄昏后我军一举攻入城内，展开激烈巷战，经一小时半，将敌伪全部解决。……现该城正在建立革命秩序中。"

无棣之战，摧毁了国民党反动派在鲁北地区最大的一个军事堡垒。历经劫难的无棣，经过我党领导下的广大军民的浴血奋战，终于回到人民的手中。渤海军区主力部队继解放商河县城之后，又在杨国夫司令员的率领下汇入了进军东北的钢铁洪流。沾、阳、棣县委奉命撤销，无棣先后成立了县委和县政府，全县人民在县委和县府领导下，相继掀起了反奸诉苦、减租减息、土地改革、剿匪反特和参军支前的热潮，为全国解放做出了巨大的贡献。

陈户战斗

陈户店（现陈户镇）位于博兴县城东北 15 公里处。

1945 年 5 月 20 日傍晚，日军组织惠民、阳信、滨县和博城伪军共 5000 人，分三路从博兴县城出动，对我驻陈户、金寨、桥子等村庄的县独立营、区中队、公安局和县党政机关 1200 多人实施合围，拟定 5 月 21 日凌晨发起攻击。当时，我方的情况是：县长唐鲁夫正在外地开会，独立营营长孙干卿奉命带领第一连参加外地作战未归。此时，集结在陈户店一带的部队有：县独立营第一连、第三连及县公安局政工队和短枪班（也称侦察队），另有部分区中队和民兵武装。县委书记兼独立营政委王效禹，独立营副营长李超夫，协理员王竹川，县公安局局长任芳亭，政工队指导员冯梅五等领导，这时也在陈户店村内。

5 月 21 日，正是陈户店大集。天亮后，我军才发现陈户店西南方向的顾家村一带有日伪军的活动迹象。正在开会的县委书记王效禹立即命令王竹川、李超夫指挥独立营第二连、第三连迅速展开迎敌，目的是把敌人阻止在贤城、堤上等村庄一线，以掩护我驻陈户店一带的干部群众及时撤离。战斗打响后，敌人采用的是“涸泽而渔”的战术，开始主动后撤，引诱我军把战线拉长，尔后，突然攻入我方阵地，实施分割包围，企图一举歼灭我军后，再夺取陈户店。在这危急时刻，协理员王竹川，副营长李超夫迅速改变作战计划，指挥独立营且战且退，想靠近陈户店，以求与主力合力抗敌。因处在敌人的分割包围之中，又与外界联系中断，战斗打得异常艰苦，激战多时，仍不能突出重围，无法靠近陈户店，部队陷入孤军作战，情况十分危急。

上午 9 时多，到陈户店赶集的人越来越多。县委书记王效禹与驻陈户店的其他同志一直焦急地等待着独立营阻击敌人的消息，然而联系一直中断。这时，陈户店周围突然枪声四起，各种爆炸声与喊杀声交织在一起，日军的“膏药旗”也插遍了村子的周围，对陈户店已实施了“铁壁合围”。在这万分危急的时刻，王效禹命令各部队立即组织突围。经分析敌情，选择陈户店东北方向为重点突破口，以最强的火力打开缺口，掩护当地群众迅速转移。

县委书记王效禹带领县直机关干部和新兵连及部分民兵武装 200 多人，向陈户店东北方向的东寨村突围。当他们冲进东寨村时，碰上了数倍于我军的日伪军。我军民同日伪军展开血战，虽然歼灭了不少敌人，但我方损失惨重。王效禹脱险，县政府秘书、文书等人都壮烈牺牲。

县公安局接到突围命令后，立即派出短枪班的几名战斗骨干，护卫王效禹突围。局长任芳亭带领政工队和局机关全体人员，并押着一些罪犯，向陈户店东北方向的王家官庄冲杀。日伪军的火力异常激烈，任芳亭局长指挥队伍冲进了抗日沟。沟内早已挤满了当地逃难的群众，行走十分困难，有几个罪大恶极的罪犯想寻机逃跑，任芳亭局长当场击毙 3 个带头逃窜制造混乱的罪犯。当队伍冲进王家官庄时，迎面碰上了一大批日伪军的拦截，我公安战士当即以迅雷不及掩耳之势冲杀上去，一阵手榴弹和排子枪扫射，毙伤了一批日伪军，打乱了日伪军的阵势，我方全部人员趁机迅速冲进了通向裴、袁二村的抗日沟，胜利突出重围，安全脱离险境。

独立营第二、第三连经与敌人苦战，部分人员返回陈户店村内，同准备最后突围的人员会合。为了吸引敌人主力，扯开敌人防线，创造突围的有利条件，独立营协理员王竹川率第二连从陈户店向西冲杀，第三连与部分民兵武装分别向东北、西北方向冲去。第二连经过激战，转移到陈户镇西北方向的闫家村。第三连的第一排多次冲杀都未奏效，伤亡惨重，最后只剩下王竹川、王英才（机枪班长）、魏明九（机枪射手）和两名战士。为了完成掩护任务，他们又冲回陈户店，查看群众的转移情况。同时，又转战周围四五个村庄，掩护大批干部群众安全脱险。最后，王竹川在耿家湾身负重伤，王英才背起他边打边撤。王竹川大声命令道："别管我，机枪是咱部队的命根子，咱们舍命也要保住它，我掩护，你们快冲出去。"经过几番争执，其他几位同志带着机枪，冲出重围。王竹川用仅剩的子弹、手榴弹击毙9名日本兵后，壮烈牺牲。

据统计，陈户店战斗毙伤日伪军200余人，我方180多人壮烈牺牲。1946年，博兴县委、县政府在现陈户村南建"陈户烈士纪念塔"，纪念在陈户店战斗中牺牲的烈士们。

冯高歼敌

“战云弥漫罩冯吴，英勇健儿杀敌速；刺刀穿去佐藤死，机枪射中何田骨；杨、刘首长临前线，群众欢呼歼倭奴；试看高家战斗处，犹有日寇鲜血无。”这是一首镌刻在冯高战斗烈士纪念塔碑文上的诗，今天读来，犹如回到了60多年前硝烟弥漫的战场。

1943年12月18日，日军驻博兴县城指挥官佐藤和中队长何田，派日伪军700余人，配有钢炮1门，掷弹筒3个，轻机枪6挺及九二重机枪，到三区（今陈户镇）王集村安设据点，妄图蚕食我抗日根据地。

为保护人民的安全，打击敌人进犯，八路军清河军区司令员杨国夫和副政委刘其人率直属团一、二、三营，由广北开来博兴，与马千里领导的清中独立团会合，展开了反蚕食的斗争，1943年12月21日黄昏，开始战斗部署。清中独立团七连驻冯吴村，任务是将敌人诱至高家以北、董家以东、陈户以南、桥子以西不到两平方公里的平原上全部歼灭；直属团李丕功营长率一营的一连、三连埋伏于董家村的东南角，一连负责正面阻击敌人，三连准备从右侧迂回到敌人背后占领高家，切断敌人的归路；一营二连驻刘家作警戒，并准备阻击西侧增援之敌；二营五连埋伏于河西村南，协助一连阻击敌人；二营四、六连埋伏于陈户村南河底，并从左侧迂回到高家；三营与指挥部驻桥子村；清中独立团的一、三、五、九四个连，驻东部龙河一带，准备阻止可能由广饶方面来的增援之敌；各连均按部署于当晚修好掩体，进入阵地。

1943 年 12 月 22 日晨 3 时，140 名日伪军从崇德村出发，朝冯吴村扑来，当离我伏兵约 200 米处，我七连以密集的火力向日伪军射击，战斗打响。七连为达到诱敌深入的目的，立即佯败退却至高家村北。日伪军追至高家村后，分兵两股，日军向东，伪军向北。当日伪军追至高家、董家之间，即逡巡不前。11 时左右，埋伏在董家村的我一连开始向敌人射击。三连随即冲出董家西门，向敌人背后迂回。伪军见我抄其后路，乱作一团，仓皇回窜。我三连顺势追至高家村南，打伤日军中队长何田，打死日伪军数人，生俘伪军 5 名。70 余名日军为我一连牵制，不能逃跑，在沟里组织火力，进行顽抗。这时我埋伏在河西村的五连，也开始攻击，击毙日军指挥官佐藤。我一连战士逼近日伪军，开始肉搏，杀死日伪军 30 余名。日伪军见形势不利，仓皇退至高家村西头的民房里顽抗。我军迅速将日伪军团团围住，准备予以歼灭。此时驻桓台县的日军百余名及盘踞博兴二、四区的周胜芳匪部 400 余人和博城伪军 200 余人赶来增援，我军灵活撤退。日军满载尸体，狼狈而逃。

此次歼敌，击毙日伪军 30 余名，击伤伪军 30 余名，生俘伪军 5 名；缴获步枪 5 支，子弹 5 箱，沉重打击了敌人的蚕食野心，扩大了我军的影响，鼓舞了群众的抗战信心。

血战东王文

在博兴县纯化镇一个不起眼的小村里，八十多年前的抗日战争中，发生了一场震惊全区的战斗——东王文战斗。这是清河区八路军开辟小清河以北地区的第一仗。这一仗打败了来犯之敌，打出了我军之威，鼓舞了军民斗志，增强了战胜日军的信心，扩大了我军在新区的影响，为开辟和创建河北抗日根据地奠定了基础。

1940 年 1 月，为利于主力部队机动作战，加强地方武装建设的领导，山东纵队命令清河区成立“八路军山东纵队第六军分区（又称三支队后方司令部）马千里任司令员，景晓村任政委，抽调基干二营六连，寿光独立团特务连及高苑三大队等部近 1000 人，组成第六军分区的直属部队。

2 月 22 日，八路军山东纵队第六军分区司令员马千里率领部队渡过小清河，进入博兴北部，发布《告博兴父老书》，积极开展工作，受到群众的欢迎。与此同时，中共博兴县委派出蔡恩溥同志为队长的工作队，配合部队宣传我党的抗日主张，发动群众建立了抗日民主政权和群众团体，积极创建抗日根据地。很快，这一地区的抗日烈火熊熊燃烧起来。

我军北渡小清河后，日本侵略军极感不安，企图乘我军立足未稳之际，将我军赶走。驻扎在利津的日军纠集了数百名日伪军伺机进剿我军。

3 月 1 日夜，第六军分区机关及所属特务连战士百余人冒着凛冽的寒风来到东王文村。当时，已是夜深人静，万籁俱寂。战士们虽然衣着单薄，饥肠辘辘，冻得只打寒战，但为了不惊动老乡，使乡亲们能睡上一个安稳觉，他们谁也不敲百姓的门，自觉的三个一团，五个一伙地挤靠在百姓的大门外、柴垛旁闭上眼休息一会。冬天的夜可真难熬啊！

过了许久许久，东方出现了鱼肚白，天慢慢亮了。老乡们敞开门，吓了一跳，大门外怎么躺着些人，仔细一看还带着枪，再向远处一看，别人家的大门下和柴垛旁也躺满了带枪的大兵。害怕，诧疑，惊奇，继而恍然大悟，不愧是发生过八四暴动和诞生过抗日人民志愿军的英雄土地——这不是咱们早也盼、晚也盼的八路军吗？这不是抗日保国的人民子弟兵吗？原先日思夜想的子弟兵，可来到眼前却大门不敲，二门不进，不声不响地露宿在冰冷的大街上，乡亲们心里十分过意不去。于是乎，乡亲们异口同声将战士们向屋里请，热情地向家里拉。可是部队的纪律是严明的，没有上级的命令战士们谁也不上屋里去。老乡们没法，找到了连队领导，在连队的统一安排下战士们分头进了老乡的家。大娘让出了热炕头，让战士们暖和暖和，大嫂拿出了过节的面粉，要给同志们擀饼吃。可战士们全然不顾这些，有的拿起水桶去挑水，有的拿起扫帚扫院子，还有的就势与群众拉起了家常，借机宣传抗日自救的革命道理，一时冷清的小村变得热闹起来了。吃过午饭后，我军趁热打铁召开了抗日动员大会，群众一下发动起来了，大家纷纷表示为了抗日保家，要有钱的出钱，有力的出力，坚决把小鬼子赶出中国去。

傍晚，天上下起了毛毛雨，由于乡亲们的恳切挽留，部队没有移防。当晚，在乡亲们的热炕上，战士们美美地睡了一宿，睡了进入小清河北半个月来的第一个囫囵觉。

阴雨总是和阴谋相联系的，就在天上下着毛毛雨，战士们进入甜美的梦乡的时候，一个阴谋正在敌军中实施。

3 月 3 日凌晨，利津、博兴、广饶日伪军 500 多人，采取分进合击的战术，悄悄指向了博兴东王文村，一场血战就要开始了。

3 月 3 日早饭时，战士们吃着红高粱窝窝头，就着萝卜咸菜，喝着小米红萝卜粥，饭正吃得香。

忽然，侦察员从外边急匆匆地跑进司令部报告："据内部可靠情报，利津、博兴、广饶的日伪军前来偷袭我部，估计离这里十来里了。"

面对紧急情况，司令部马上命令：紧急集合，立即转移！战士们放下饭碗，迅速集合完毕。但在房顶放哨的战士报告：村南支脉沟发现敌人的骑兵。司令部当场部署：特务三排掩护机关和群众撤退，一排二排坚守村庄，紧紧咬住敌人，待机关群众安全转移后再撤退。

在三排的掩护下，司令部机关迅速向西北边转移了出去。这时，三面的敌人已迂回到离村子不到两华里的地方，鬼子的膏药旗已清晰可见，一排二排和掩护的大批拖儿带女的群众再想撤出，已经是不可能的了。

怎么办？面对凶残的敌人不能坐以待毙，只有严防死守，与敌人决一死战，用行动保卫家园，用行动打出志气，为部队打出威风，为清中地区打出新局面。决心下定之后，在指导员朱志明、副连长丁连荣率领下，迅速占领了村南、北、东三面有利地形，构筑工事。老百姓一看我军要坚守村庄打鬼子，也都自愿行动起来，他们拿出自家的面粉口袋、粪篓、油筐、衣柜、木箱等装上土运到街口垒工事，一个叫孙乐山的小伙子更是拿出了自家打兔子的土枪说："打鬼子咱也算个份，也叫洋鬼子尝尝咱这土炮子的滋味。"

工具还没有完全修好，围村子的敌人就发起了进攻，先是掷弹筒打出的一排炮弹呼啸而来，炸得墙倒、屋塌、树断，继而十几挺抢一齐扫射，像刮风一样，扫向屋顶，压得屋顶上的战士们抬不起头来。这样一阵狂炸猛扫之后，敌人借着火力的掩护，端着枪，猫着腰，冲向村边。首先冲上来的是村东北角的敌人。当这伙敌人靠近村边时，我特务连丁副连长一挥匣子枪，高喊："同志们，打啊！"战士们将手中的手榴弹狠狠地向敌人掷去，顿时，喊杀声、枪弹声响成一片。猖狂的敌人出乎意料地遇到了顽强的阻击，扔下几具尸体，狼狈地逃窜了。

这时，坚守村北的一排，在排长赵子章的率领下乘敌溃退之机，向敌人反冲过去，不大功夫，三面进攻的敌人全部被我军击退。

这个连队是第一次与日军正面交锋，首次交锋就把敌人的气焰打了下去。望着溃退的敌人和敌人丢下的一具具尸体，战士们战胜敌人的信心更强了。

首次进攻失利激怒了敌人，敌军指挥官糟谷急得像热锅上的蚂蚁，他气急败坏，亲自督战，挥舞着他那东洋刀，驱赶着惊魂未定的鬼子汉奸发起了第二次进攻。怕死的鬼子汉奸领教过八路的厉害，这一次他们改变了进攻方式，变一窝蜂式进攻为单线渐进式，在离村庄较近时，他们就端着枪，猫着腰，一个跟一个地前进。针对敌人的进攻，我军改变了打法，选了三名神枪手专击敌人的要害，敌人进入射程后，神枪手一扣扳机，最前面的敌人应声倒地，紧接着其他两名战士先后开枪，打死了另外一名鬼子和一名汉奸。看到同伙被打死，汉奸撒腿就往回跑，鬼子阵营被冲乱了，也往回撤，无论糟谷怎么喊八格牙路，也挡不住鬼子汉奸撤退的步伐，就这样，敌人的第二次进攻又被我军打退了。

上午，敌人一共组织了八次进攻，都被我英勇的抗日军民打退了。

中午，出现了暂时的平静，枪声炮声喊杀声都停了，有的战士猜测敌人攻了这么多次都没有攻下，是不是要撤了？

可我们的指挥员没有被这一时的假象所迷惑，他们分析：敌人虽然八次进攻都没有成功，但他们损失不是太大，元气未伤，他们是不会死心的，肯定还要反扑的，这暂时的宁静后面酝酿着恶战，要做好准备，严阵以待。

定好作战计划后，连部让通讯员小于去各班传达命令：各班要抓紧时间抢修好被摧毁的工事，严密监视敌人的行动，准备迎击敌人更大的反扑。

果然不出所料，小于绕村转了大半圈，下到一排三班阵地的时候，敌人的反扑就开始了。

这一次比上午的几次猛烈多了。

东王文村北面有大片坟地，离村有200多米。这里堆满了大大小小的坟头，是东王文村祖辈安息的地方。他们世世代代躺在这里，享受着这里的安宁。如今，这安宁被日寇打破了。糟谷选中这里做他的战斗指挥所，他将重兵集中在这里，重武器——小钢炮、掷弹筒、机关枪等全部集中于此，并搞了个假象，开始先三面佯攻，然后从这里发动了他们的总攻。

随着糟谷手中的屠刀一举，敌人的重武器全部开火。小钢炮、掷弹筒、灭绝人性的催泪毒剂，一时间，东王文村尘土飞扬、硝烟弥漫，整个村庄笼罩在战火的灾难之中。口袋、木箱构筑的工事承受不住这炮弹的轰炸，村庄的掩体工事大部分被摧毁了。敌人吼叫着从村东北方冲上来，守在这里的二排尽管在排长杨丙宣的率领下拼命抵抗，但还是挡不住敌人潮水般的进攻，最后只得且战且退，退进了里面。就这样，敌人从这里冲进了村子。

敌人进村后，先用机枪封锁住几条主要街巷，然后兵分数路，将我军战士分割包围在七八处首尾不能兼顾的民宅内。

战斗异常激烈，每一个指战员都面临着生死的考验。平房顶上的工事多数被打坏，无法使用了，战士们就撤下来，利用院墙、屋墙作掩体，在墙上挖孔射击，或是通过门窗向敌人射击。

一排三班的5名战士被包围在村西边的一个四合院里，这个院一面靠巷，一面邻街，西面与邻居房屋相连。这里两面受敌难防守，经过一番激战后，战士小赵为掩护房东大娘牺牲了，强烈的民族仇恨激发了另外四名战士的怒火。他们抱着必死的决心，誓与敌人决一死战。小王是全连有名的大力士，外号“野狮子”，别看他平时沉默寡言，但眼下真成了一只雄狮。他双眼圆瞪，牙关紧咬，胳膊上的青筋凸起，站在房顶最前沿，一会儿射击，一会儿投弹，很快打倒了六七个敌人。敌人的注意力被他吸引过来了，越来越多的子弹向他射来，他全然不惧，继续打击敌人。突然，一颗子弹打中了他的右脚，鲜血直流，他忍痛继续扔出手榴弹，但引来了敌人更强的火力，横飞的子弹打得他抬不起头来。他正要转移，不幸一颗子弹又打中了他的左臂。由于失血过多，他昏了过去。坚守在东房顶的杨子义副排长，一看小王受伤，就赶紧爬过来，让班长刘东海和战士小丁把他抬下去。当小王醒过来，看到小赵的尸体，两眼变得通红，用力挣脱战友的手臂，拿起小赵留下的“汉阳造”，挣扎着向敌人射击，不幸，敌人的子弹击中了他的头部，他怒视着敌人，带着满腔的仇恨，身子晃了晃倒下了。

见此情景，房东大爷跑到杨副排长面前，说道：“同志们，不用管我们了，你们快撤吧！”副排长杨子义激动地说：“撤？上哪儿撤？有老百姓在，我们宁死不撤出战场。”闻听此言，这个爱打兔子的老房东，一把抓起小王留下的大枪，大声说：“好！同志们，那我们要活就活在一起，要死就死在一块吧！”

这样，四个人的战斗集体又和敌人战斗下去。

为了节省子弹，杨副排长让战士们看准后轮流射击，尽量避免放空枪。

一听到我方阵地的枪声稀疏了，敌人又嚣张起来，鬼子让汉奸翻译劝降，那家伙站在不远的房顶上，扯着破锣嗓子喊道：“八路弟兄们，你们快投降吧！缴枪不杀，我们也优待俘虏。”“去你妈的吧！老子先优待优待你！”“砰”的一声，随着小丁的枪声，那家伙身体中弹，惨叫一声，滚下房顶。

与此同时，其他院子的战士也都进行了顽强的抵抗。

一排长赵子章与20多名战士被包围在一个院子里，他们与敌人对打了一阵后，大家都说：“老这样子孤军坚守下去，有被敌人吃掉的危险。与其困守被敌人吃掉，还不如趁现在敌人不能使用掷弹筒，又不能使用机枪的时候，来个猛打猛冲，杀出院子，再把我们的力量重新集中起来，充分发挥我们近战、巷战的长处，发扬刺刀敢于见红的精神，一鼓作气，把敌人击退。”赵排长认为大家的意见非常好，于是，这个有名的战斗英雄排长，一马当先，带领战士们冲出院子，杀开一条血路，向包围连部的敌人猛扑了过去。

指导员朱志明和副连长丁连荣听到大街上赵排长他们那惊天动地的喊杀声，立即带领战士们端着装有刺锥的大枪冲出院子，里应外合，冲出敌人的包围，与赵排长他们汇合到一起，然后四处冲杀，解救被围的战士。

这样，战士们从村西杀到村东，从前街杀到后街，敌人失去了重武器的优势，被我军的冲杀杀得如无头的苍蝇，四处乱窜，群众也呐喊助威，更是使敌人心惊胆战，青年孙乐山看到大街上有一个鬼子指挥官举着东洋刀哇啦哇啦乱叫，端起土枪“砰”的一枪，那家伙应声倒地。

冲杀中我军迅速抢占了村内的几处高房，与敌人展开对峙。

经过此番冲杀，敌人再也不敢轻举妄动了，就这样双方对峙着，天渐渐黑下来。

鬼子是最怕夜晚的。敌人一看也占不到什么便宜，还白白损兵折将，再待下去怕晚上会受到八路的袭击，只好拖着70多具尸体，狼狈地撤退了。

东王文战斗结束了，它以日伪军的惨败和我军的胜利而结束。它的意义不仅在于这是八路军开辟清河地区的第一仗，消灭了70多个敌人，还在于这一仗打出了我军的军威，打出了部队的士气，扩大了我军在新区的影响，特别重要的意义在于这一战为创建巩固的清河地区抗日根据地奠定了基础。战后，博兴县建立了抗日民主攻权，其他县也相继建立和巩固了抗日民主政权，至1940年8月，已有8个县建立了抗日民主政府。

英雄谱

马耀南

马耀南（1902—1939），原名马方晟，长山县三区北旺村（现淄博市周村区张坊乡北旺庄）人。1902 年 7 月 16 日出生于富裕农民兼手工业者家庭。马耀南自幼聪慧好学，性格内向，做事不随流俗。13 岁入周村高等小学，17 岁考入济南省立第一中学。校中纨绔子弟甚多，但他仍着布装，不与为伍。唯对学识孜孜以求，英语学习尤为执着，对梁启超颇为敬佩。受“五四”爱国热潮的激励，广泛阅读进步书籍，阅读李大钊、陈独秀的文章，听取胡适、杜威、泰戈尔等人的讲演，探求救国救民的真理，不久，参加邓恩铭发起的马克思主义研究会，率同学上街游行演说，抵制日货，参加爱国运动。

1924 年，马耀南受当时“实业救国”思潮影响，考入天津北洋大学机械工程系学习深造，接受孙中山“三民主义”主张，加入中国国民党，为北洋大学学生会和天津市学生会负责人，并为天津市第二区国民党党部负责人。1927 年，蒋介石叛变革命，他陷入困惑之中。1930 年，以天津国民党代表身份赴南京参加国民党第三次代表大会，目睹国民党内部黑暗腐败，毅然拒绝贿买选票的要求，当场怒斥蒋介石误国，愤然离会。返回天津，他加入国民党改组派，参加倒蒋活动。国民党政府以“亲共反蒋”罪名开除其党籍，并下令缉捕。耀南迅即离津，蛰居乡下，先后在河北省永清县中学和江苏南通私立大学任教。1933 年夏天，马耀南应长山县父老联名邀请，回原籍出任长山中学校长。推行“学校即社会，教育即生活”的教育主张，鼓励学生成立“自治会”，带领学生积极参加社会活动及公益劳动，宣传爱国思想，一时校风渐正，思想活跃，深得社会赞许。

1937 年 7 月，日本侵略军大举进攻华北，国民党当局严令长山中学随军南迁。马耀南以“地无分南北，人无分老幼，实行全面抗战”为理由，拒绝南迁。发动师生驱逐煽动闹事的国民党“C・C”分子，使长山中学成为全省留在敌后抗战的最完整的一所中学。是年8月，中共山东省委派林一山与之联系。马耀南对中共的抗日主张深表赞同，并要求派人到长山中学帮助工作。省委先后派共产党姚仲明、廖容标、赵明新到长中。在共产党的教育激励下，马耀南接受了共产党的领导，在学校中展开抗日救国宣传，积极组织社会力量，准备武装抗战。1937年12月24日，日机轰炸长山城，日军亦渡过黄河。26日，廖容标带领长山中学百余名师生奔赴黑铁山举行武装起义。树起山东人民抗日救国军第五军旗帜。三天后，马耀南料理完学校善后事宜，赶到黑铁山，参加了五军并任临时行动委员会主任兼参谋长。1938年春，廖容标率一部南下鲁中，马耀南继任第五军司令员，光复邹平城。国民党山东省主席沈鸿烈及自封鲁北抗日总司令的刘景良意欲拉拢马耀南，遭到严词拒绝，将委任状撕为碎片。他在鲁北抗日军政训练队毕业证上书写下自己的抗日誓言：“不怕流血，不怕流汗，抗战到底，才是好汉。”

1938年5月，马耀南在邹平城主持成立邹平县抗日民主政府。6月16日，第五军改编为八路军山东人民抗日游击队第三支队，马耀南任司令员。整编中，张景南、高竹君图谋破坏，马耀南凛然不惧，只柱中流，使改编顺利进行。他带领部队反击了张、高二人妄图袭击司令部的阴谋，瓦解了三支队的罪恶进攻。同年12月，部队改为“八路军山东纵队第三支队”，马耀南继任司令员。以邹、长两县为根据地，纵横驰骋，打击日寇，历经几十次大小战斗，开拓了邹、长、齐地区的抗日局面。1939年1月，经郭洪涛、霍士廉介绍，光荣地加入了中国共产党。马耀南指挥果断，作战勇敢，一生指挥过大小几十次战斗，战绩卓著。1939年6月6日，为打通清河抗日根据地与冀鲁边抗日根据地的联系，指挥了刘家井战斗，歼敌800余人，重创日军。7月21日，部队突围转移至桓台县牛王庄。翌日拂晓，因汉奸告密，突遭日军包围，突围中马耀南不幸在大寨村头中弹牺牲，年仅37岁。为纪念马耀南烈士，三支队政治部“抗战剧团”改为“耀南剧团”；中共清河区的青年干部中学命名为“耀南中学”，长山县改为“耀南县”。新中国成立后，马耀南烈士英骨移入周村烈士陵园。

精忠报国 血洒鲁北——杨忠烈士

杨忠（1909—1941）

2014年9月1日，在民政部公布的《第一批著名抗日英烈和英雄群体名录》300名英雄中，1941年9月4日，牺牲在惠民大地的八路军115师教导6旅兼冀鲁边军区政治部主任杨忠烈士的名字赫赫在目。

上过井冈山，走过长征路，延安培养的优秀指战员杨忠烈士，原名欧阳吉善，1909年9月生，江西省安福县人，是抗日战争中我党我军在山东省境内牺牲的高级领导干部和著名烈士。

杨忠同志少年时代受到革命思想影响，曾担任乡少儿部的儿童支部书记，后被推选为大桥乡政府主席。他积极带领贫苦农民搞土改，批斗豪绅恶霸，赢得了人民的尊敬和信赖。1930年，他率领大桥乡20多名青年到永新县参加了红军。同年5月，加入中国共产党。不久到瑞金，在部队搞宣传工作。1934年10月，随红三军团参加红军长征。途中，任一工兵连指导员。到陕北后，入“红大”学习，后被分配到某部任民运科科长。平型关战役后，一一五师在晋察冀边区休整，他任师民运工作团团长，带领工作团成员在洪洞等几个县开展群众工作，扩大我党我军影响，动员了四五千名青年入伍。后新兵编为两个团，其中一个团配属一一五师三四三旅，他任团政委。1940年春，任鲁北支队司令员兼政委。同年10月，冀鲁边区的津南支队与鲁北支队合编为一一五师教导六旅，他任旅政治部主任。

从井冈山走出的杨忠同志，身经百战，勇敢沉着。一次部队休整时，日寇派来飞机轰炸。当时他正在写信，一颗炮弹落在院子里炸开，震得屋顶灰土直落。杨忠同志掸去纸上的尘土，如无其事地继续写信。写完信交给通信员，然后不慌不忙地收拾行装转移。

杨忠同志不仅仗打得漂亮，统战工作也做得非常出色。1938年9月，一一五师政治部副主任兼三四三旅政委肖华，率三四三旅机关部队收编了驻德平的国民党杂牌军曹振东部2000余人，改编为八路军济阳支队（七支队）。在收编过程中，部队领导安排杨忠同志全面负责。他凭着果敢机智，周旋于敌人的军营中，化干戈为玉帛，创造了第二次国共合作时期我党我军忠于民族统战政策的范例。1941年秋，他任鲁北支队政委期间，在德州、陵县交界处的汇王庄，他们包围了34个日寇。当时正是抗日战争最困难的时期，子弹奇缺，装备极差，按常规不应硬打，但为了鼓舞士气，激励民心，争取国民党抗日，杨忠依然决定打场政治仗。经过激战，击毙27人，活捉1人，被活捉的小岛木村，经过教育释放后主动要求留在部队，并参加了反战同盟。当时，黄河以北建立了冀鲁边区抗日根据地，黄河以南建立了清河区抗日根据地。为了打通两地联系，冀鲁边区于1941年2月和3月发动了两次大规模的南下进军，因遭日伪军重兵截击而未成功。同年7月20日，他率旅政治部机关、宣传大队、十七团一营和三营，第三次南下进军。部队沿途大造抗战声势，宣传和发动群众，帮助群众生产，严格执行“三大纪律、八项注意”，并有力地消灭了敌人。

浴血奋战 打通两区联系

为了打破日寇的囚笼政策，扩大抗日根据地，1940年10月，冀鲁边区接到山东分局和一一五师师部的指示：“开辟鲁北东部，打通与清河区的联系，使两个根据地连成一片。”为贯彻这一重要指示，活动在冀鲁边区的部队指战员为此进行了多次战斗，最终完成了打通两区的任务。

冀鲁边区地处河北省南部和山东省北部相连的一大片地域，辖商河、惠民在内的25个县，约600万人口。一马平川的冀鲁边平原，土地肥沃，物产富饶，战略位置十分重要，历史上就是兵家必争之地。当时活动在这个地区的是八路军一一五师教导六旅。周贯五代旅长兼冀鲁边军区政委，杨忠任政治部主任。教导六旅下辖十六、十七、十八三个团。

清河区地处鲁北东部，辖广饶、高苑、博兴等16个县，400万人口。杨国夫、刘其人等领导人指挥的山东纵队驻扎在这里，主要活动在小清河以南的益都、临淄、广饶、寿光等地区。

日军为了限制两区向鲁北东部发展，除在黄河两岸的清河镇、张标、魏集等修筑大批据点、岗楼，驻扎重兵进行封锁外，还派遣了一个联队的兵力占据了鲁北东部的惠民、滨县、阳信、沾化、利津等县城，妄图永久盘踞。

杨忠、龙书金仍率十七团辗转于鲁北西部，为打通两区的联系积极做准备。7月初，八路军一一五师领导决定，黄骅担任教导六旅副旅长兼冀鲁边军区副司令员，并通知教导六旅旅部，要他们接应黄骅和派往边区的一批干部。不久，黄骅通过清河区电台给教导六旅领导发去电报，说他们已经穿过鲁中到达清河区，目前暂随清河军区司令部活动，希望能派部队去接应他们。旅部接到电报后，立即通知杨忠、龙书金率十七团渡过黄河去迎接。但是，由于敌人在黄河两岸封锁很严，十七团两次在济阳附近组织渡河，都没有成功。于是周贯五代旅长决定虚晃一枪，派少数部队在济阳附近佯装偷渡，迷惑敌人，大部队则掉头向东，在惠民境内寻找渡河机会。同时，十七团抽出一个排，留下来吸引敌人。其余部队及旅特务营在周贯五、杨忠和龙书金的率领下，悄悄地向惠民进发。部队夜行晓宿，很快赶到了沿夹河北岸惠民、滨县交界的老君堂村。敌人在这一带封锁较松，又时值枯水时节，可以徒涉，傍晚到了清河根据地的清西军分区境内。与清河区党委书记景晓村、行政公署主任李人凤，清西军分区郑司令员和李曼村政委会合。经过磋商，双方领导对今后两区联系所采取的步骤达成了一致：第一，在黄河两岸继续广泛发动群众，逐步建立党的组织，使这些敌占区逐步发展成为我军的游击区和根据地。第二，在适当时机，组织一次两区部队的联合行动，打开一条连接两区的通道。

1941年7月，旅政治部主任杨忠、十七团政委兼二地委书记曾旭清、十七团团长龙书金，带领旅政治部机关和十七团的一、三两个营为第一路，从惠民县的淄角、夹河两地之间穿过，向黄河沿岸的老君堂一带迫近。沿途发动群众，建立抗日民主政权，同时拔掉几个敌伪据点，目的是开辟一块通向黄河的狭长的游击区域。第二路由十六团团长杨承德和陈德带领，从无棣的小山出发，在攻克大魏庄顽军据点后，跨过套儿河，同山东纵队第三旅在黄河入海口以西的垦区会师，聚歼垦区顽军，就可以在渤海湾沿岸建立一条连接冀鲁边区和清河区的通道。

7月24日，杨忠、曾旭清、龙书金带领的第一路部队，首先向东挺进。

他们到达惠民县的淄角镇、夹河一带驻扎下来，着手开辟游击区。旅政治部宣传科长辛国治则带领一支精干的宣传队，深入到农民群众中去，进行宣传动员和组织工作。旅政治部敌工科长杜杰还带着几个日本友人和一个身穿日军服装的朝鲜人，巧妙地接近敌伪据点，宣传日本人民的厌战反战情况，开展瓦解敌军的工作。十七团则组成若干工作小组，分散到附近的村子里，边帮助群众干活，边发动和组织群众。不到一个月的时间，被日、伪、顽长期控制的这一带地区就出现了转机，不少乡村建立了地下党组织、民主政权和抗日自卫队。民众争着帮助八路军侦察敌情，传递情报，封锁消息。有些伪军也被八路军争取过来，暗中为八路军提供方便。不久，淄角、夹河一带发生的巨大变化，被日军得知，敌人便连续几次进行“扫荡”。由于群众掩护，前几次敌人扑了空。9 月 4 日午时，敌人利用青纱帐作掩护，偷偷地包围了旅政治部机关和一营驻地夹河村与三营驻地陈、牛庄。在日、伪、顽的疯狂夹击下，杨忠带领的这一路东进部队陷入了困境。曾旭清见情况不好，立即带着部队冲出去。部队突围以后，恐怕把敌人吸引过去增加杨忠那边的压力，所以没有向夹河靠拢，而是带着部队边打边向西撤。

这天中午，夹河村四周响起了激烈的枪声、炮声，夹杂着马嘶声，鬼子和伪军吼叫着从四面八方涌来。杨忠和龙书金商量后，便命令部队向陈、牛庄突围，以便与曾旭清带领的十七团三营会合。杨忠、龙书金带着部队边打边冲，当到达陈、牛庄时，龙书金被死马压住，一位老大娘掩护其脱险。杨忠突围至陈、牛庄时，部队已经转移，在离开陈、牛庄的途中又遭日军阻击，不幸中弹牺牲。相继牺牲的还有政治部总书记陈天冲和敌工科长杜杰，旅部宣传科科长辛国治胸部负伤。

夹河一战，一营的 3 个连队掩护机关突围，损失很大。骑兵排和旅政治部机关、宣传队的大部分人牺牲，朝鲜友人徐文进和“国际反战同盟”的日本人小岛，也为我们的民族解放事业洒尽了最后一滴血……

1941 年 10 月 13 日，115 师政治部发出电报，向总政治部报告夹河战斗情况："……杨忠同志的牺牲，不仅是我党我军的损失，也是国家民族的损失……为此，师政治部决定师、旅、军区立即分别筹备追悼，于11月7日'十月革命'纪念节时，举行隆重的追悼大会……"不久，为纪念对开辟鲁北新区做出巨大贡献的杨忠烈士，冀鲁边区决定在他率领部队开辟的游击区——商（河）、济（阳）、惠（民）三县交界处，新设置一个县，命名为杨忠县。

为了缅怀先烈，1946年6月，惠（民）、商（河）、济（阳）三边县委在淄角村建立了烈士陵园，在他的墓碑上镌刻着"精忠报国"。

石景芳

石景芳（1912—1942）

一

石景芳，原名石玉琮，字景芳，无棣县水湾镇刘风台村人。在父亲的影响教育下，石景芳从小就养成了不畏强暴，爱憎分明、急公好义的性格。

1928年冬，他考上了无棣县立第一高小。1930年夏，他又考入了山东省立第四中学，开始读到了一些革命书籍，接受革命思想教育，并积极参加了学校进步学生组织的“学生自治会”及其组织的各项活动。1933年夏，他升入本校高中部学习。年底，学校校长贪污了修缮文渊楼（校图书馆）的基金和学生的学杂费，校内掀起了驱逐反动校长冯培元的学潮。石景芳作为班上学生代表，积极参加了学潮斗争。后来，石景芳等60多名参加学潮的积极分子被县政府拘留，并被开除学籍。获释后，石景芳考入了北平宏达中学，因学费太高，被迫退学。

二

1935年日本帝国主义对我国进行军事、政治侵略的同时，加紧了经济侵略，各种走私商品大量涌进华北市场，中国的民族工商业受到严重打击，我国掀起了抵制日货的热潮。无棣县以张子良为首的国民党县党部却干起了走私日货的勾当。石景芳、关星甫、于慎德等人极为愤慨，则到处揭露张子良等的无耻行径。张子良提出“二石（石景芳、石景纯）、二关（关荣亭、关星甫）、二于（于慎德、于寿山）在无棣不予使用”的指令。

1936年下半年，石景芳、关星甫、关荣亭等人，担任了农村短期小学教员。他们为响应中国共产党提出的抗日救国的号召，广泛发动和组织群众开展抗日救亡活动，在刘风台小学成立了“友谊读书会”，会员很快发展到80多人，凑集进步书籍600余本。他们还创办了会刊《斗争》，广泛传播马列主义和革命思想。

1937年2月，石景芳由赵明新、关星甫介绍，加入了中国共产党。从此，他以无产阶级先锋战士的姿态，投入到了中国人民解放事业的伟大斗争之中。

“七七”事变后，全国性的抗日战争爆发，国民党无棣县政府为装潢门面，将部分地主、豪绅、商会头目纠集在一起，拼凑了一个国民党官办的“抗敌后援会”，将“抗日”称作“抗敌”，连抗日的旗号都不敢公开打出。他们又以“抗日”为幌子，到处搜刮民脂民膏。石景芳、于梅仙、关星甫、冯景恩等人，与其针锋相对地在南关小学成立了以共产党员为骨干，吸收进步青年知识分子参加的“抗日救亡会”，公开树立起抗日的大旗。会员很快发展到800多人，遍及全县。国民党县党部常务委员张子良窜到省政府诬告抗日救亡会的人聚众闹事，返回无棣后，以国民党省政府的名义宣布抗日救亡会是非法组织，勒令解散，并下令通缉石景芳、关星甫、于梅仙、冯景恩等人。抗日救亡会被迫转入秘密活动。

在党组织处于地下状态的情况下，隶属河北省委的津南特委和隶属山东省委的鲁北党组织，分别在无棣发展了党员，建立了党组织。党的纪律要求，各组织之间只能发生纵的联系，不能发生横的关系。但是，鉴于当时抗日救国的形势，无棣县的党组织又与上级党组织长时间失去联系的特殊情况下，石景芳和关星甫经过反复磋商，果断决定密约冯景恩在刘凤台村小学打通了横的关系，将无棣县以冯景恩、于梅仙为代表的隶属河北省委的津南特委领导的党组织与石景芳、关星甫为代表的隶属山东省委系统的党组织统一起来。他们4人在县民众图书馆秘密开会，成立了中共无棣县工作委员会，推举关星甫为工委书记。9月，上级党组织派赵明新、马振华来无棣，并正式批准成立了中共无棣县委员会，由石景芳任书记。从此，无棣县人民在中共无棣县委的领导下，英勇地投入到了中国共产党领导下的抗日斗争的洪流之中。

日寇沿津浦路南侵的炮声震撼了无棣大地。为抵抗日本侵略者，担负起挽救民族危亡的重任，石景芳任书记的中共无棣县委，按照山东省委提出的“发动抗日武装起义”的决定，一面派关星甫与我党在鲁北开展抗日活动的抗日救国军取得联系；一面组织抗日武装，并在各区成立了游击小组，组织全县人民奋起抗日。而无棣县国民党政府官员却派人到乡下抓官车，带着县里的钱财和家眷南逃。当时兵荒马乱，百姓生活贫困，抓官车就像要百姓的命。共产党员张荣亭听到水湾一带抓官车的消息，马上告诉石景芳。石景芳派人侦察到被抓官车上路的准确时间，与张荣亭二人带上枪支，提前埋伏在由水湾通往无棣城的公路两侧的坟地里，等车辆一过，他俩开枪打跑了押车的保安兵，截下了十几辆官车，为民众做了一件大好事。被当地群众称为虎胆英雄。

1937 年 10 月，石景芳与张荣亭、孙逊等人组织起了无棣县民众抗日游击大队，石景芳任教导员。

三

1938 年夏秋之交，党组织派石景芳去东光县，担负起创建东光县抗日根据地的重任。他首先将早期进行革命活动的李光前、牟致祥等五名党员组织起来，建立了东光县党支部，石景芳任支部书记。根据冀鲁边区军政领导的指示，10 月初成立了东光县抗日民主政府，石景芳任县长。而后又成立了中共东光县工作委员会，刘景祚任书记。

石景芳在主持抗日政府的工作中，重视民主建政、贯彻抗日民主统一战线，团结各阶层人士共同抗日，使许多开明士绅为抗日做了不少有益工作。为了壮大抗日武装，他请出了小刘庄清朝武举人“三大人”刘子仁担任县大队副大队长，石景芳兼任县大队长。刘子仁受到感动，带着自己的护院人员和枪支投入了革命。为了提高军政干部素质，在石景芳倡导下成立教导队，培养了干部，使其成为政府各科的骨干。

1938 年 7 月，冀中军区吕正操派傅继泽、康伯明等将东光县李文成（后叛变）等组织的地方武装——二旅编为“津南抗日自卫军独立第二旅”。这个旅中有地痞流氓，成分极其复杂。石景芳按照党的抗日民族统一战线原则，协同傅继泽、康伯明对二旅作了大量的团结改造工作。1939 年，东光县缉私人员查获一起贩毒案，其中有二旅的人。二旅的一些坏人便纠集武装向缉私队要人。在双方即将发生武装冲突的时刻，石景芳及时赶到现场，严肃指出：贩卖毒品是违反抗日政府法令的犯罪行为，应由政府依法处理，便责成缉私队把罪犯押到县政府，从而平息了事端。

二旅有一挂名副官郭玉珍，嫖赌走私，吸毒贩毒，结交土匪流氓，欺压百姓，成为当地一霸。石景芳根据人民的要求，经几次与二旅旅长李文成交涉，李同意政府逮捕了郭玉珍。但二旅内部的国民党特务大肆宣扬县政府欺压二旅，煽动二旅一些不明真相的人，武装包围县政府驻地，强行要人，企图制造事端，以达到挟制二旅叛变、投靠他们向往已久的国民党军十军团的罪恶目的。在这紧急关头，石景芳同傅继泽参谋长揭露了事件的真相，平息了事端，制止了叛乱。事后，石景芳向冀鲁边区党委和肖华司令员做了汇报。5 月间，肖华率部来东光县以首长检阅部队的名义，逮捕处决了二旅内部投敌叛变首犯，将二旅改编为运河支队，使其成为一支名副其实的人民军队。

石景芳还时刻注意锄奸反霸，为民除害。在锄奸反霸中，注意政策和策略，重点打击罪大恶极分子。1939 年先后处决了危害最大的徐卜洼的魏长绪、李相庄的“高二撇子”等人称“八大怪”的八个汉奸恶霸。

石景芳为东光县的抗日斗争事业做出了积极的贡献，被评为模范县长，冀鲁边区特委书记李启华给冀南区党委的报告中说：“在战争中涌现了大批优秀青年干部，如青年县长石景芳、丁润生等……”

1939年10月，全县人民代表大会在郑集学校召开民主选举县长和区长，石景芳当选为东光县抗日民主政府县长。

石景芳在东光县的革命活动，引起了无棣县国民党顽固派的恐惧和敌视，国民党无棣县保安六旅把他看成眼中钉，抓他抓不着，就抄家。1939 年初春，他全家老幼 8 口人被逼流落他乡。

四

1939年5月，石景芳被调任鲁北行政委员会主任。当时日伪军为了自己的安全，强迫百姓大砍据点二三里内的树木，并严禁种高秆作物，不仅给百姓带来经济损失，也给抗日游击战争带来了困难。石景芳针锋相对，号召和发动群众多种树，不伐树，坚决保护林木，并起草布告，到处张贴，开始每到一地，用毛笔写几张贴上，以后交商河县政府石印，贴遍鲁北，保护了群众利益，显示了抗日政府的权威。

石景芳深知贯彻党的政策的重要性，在鲁北工作近半年中，参考冀南、鲁中、晋冀鲁豫等边区的政策法令，结合本区实际情况，推行进步政策达300余条，被誉为推行政策法令的模范。一次，他率部到阳信县边境蔡王庄做宣传、调查工作，刚到村前，群众便把圩子门关上，不许进村，村子里的“道会门”拿起土枪和大刀，向石景芳带领的部队冲去。石景芳挺身而出，宣传我党政策，他的讲话打动了群众的心，使其接受了我党政策教育，大家开圩门迎接部队进了村。石景芳通过调查发现这个县的问题：群众工作做得少，杀人多，引起群众恐慌，被“道会门”利用。石景芳帮助县长薛汉三同志总结这个县的工作，使薛汉三受到了启发和教育。以后，薛汉三派杜干忱同志到阳信县主持工作，石景芳用了好几天的时间，给杜干忱同志介绍阳信县的情况，布置任务，共同学习研究党的政策，使杜干忱到阳信县后工作顺利，很快打开了局面。

五

1940年5月，石景芳调冀南六专署任专员职务，并兼任军分区司令员。为了培养提高专署机关干部队伍的工作能力，石景芳经过深思熟虑，征求大家意见，提出了在专署机关内部建立工作日志制度。石景芳坚持说："在艰苦的环境下，坚持写工作日志是对干部的一种锻炼，抗战胜利了，也可以作为历史资料，教育后人。它具有现实和历史意义。"他认准了这件事情对人民有意义，一直坚持到他牺牲。

石景芳对干部要求严格，有了错误从不放过。1941 年春节的前几天，专署驻东光郑集一带，东光县某税卡打了几桶酒，专署税务局背着领导要了一桶，酒送到专署，一些科室领导干部也喝了酒，有的喝得醉醺醺。在夜行军出发时，石景芳发现了这个问题，追查了事情的经过。到宿营地后，立即组织干部战士通过喝酒问题，展开加强纪律性的讨论，大家作了自我批评，提高了干部战士遵守纪律的自觉性。

石景芳善思多谋，指导工作具体而切合实际。1941 年冬，南皮县抗日政府派县大队攻打桃园，决心铲除势力雄厚的地方武装"桃园猴（侯）"。但攻而不克，却把桃园地方武装头目侯氏刚几岁的小少爷抓回作抵押，提出要他捐献 50 支枪，方可放回。南皮县抗日政府把这一情况向石景芳作了请示，石景芳帮助他们具体分析了换枪还是争取工作，到底哪种做法对扩大抗日统一战线最有利，明确指出：这样做不策略、不现实、要利用关系疏通，进行爱国主义教育把侯某争取到抗日统一战线这方面来。按着石景芳的指示办了后，转变了侯某的立场，后来，侯某为抗日做了一些有益的工作。

1942 年 6 月 18 日，石景芳与一地委书记杜子孚、组织部长邸玉栋等率地委、专署机关干部和警卫连的干部战士共百余人，驻在大单家（现属东光县）。日寇集结兵力分四路向大单家进行合围，根据敌强我弱的形势，石景芳与杜子孚、邸玉栋等领导同志决定于 19 日拂晓组织突围。但是，由于敌人以强大的火力封锁着各个道口，我部突围未成，只好顺原路边打边撤。在撤退中石景芳不幸中弹负伤，从马上栽了下来，警卫连长孙国栋背起他就走，他硬是不让背，说"别管我，快去指挥部队战斗"。石景芳带着重伤，忍着剧痛，继续组织机关、连队突围。当部队突围至赵家柳林村东时，我部被压缩在一片开阔地上，敌人端着枪号叫着冲上来，石景芳带领战士们与数倍于己的敌人展开了肉搏战。在此次战斗中，石景芳同志壮烈牺牲。

2014 年 9 月 1 日，石景芳列入民政部公布的第一批 300 名著名抗日英烈和英烈群体名录。

徐尚武

徐尚武（1912—1943）

徐尚武，原名徐荣耀，无棣县信阳镇大庄村人。徐尚武 1933 年毕业于无棣县立师范后任教员。在教学期间，他接受了党的教育，参加过“友谊读书会”“抗日救亡会”等进步团体。“七七”事变后，他参加了冀鲁边区第“三十一游击支队”，1938 年光荣加入中国共产党。在革命队伍中，他历任庆云县战争动员委员会宣传部长、锄奸部长，临邑县县长和冀鲁边区第二军分区司令员等职。1943 年 1 月，徐尚武在临邑县王家楼战斗中壮烈牺牲，时年 31 岁。

1937年10月，根据县委的决定，他与县委书记石景芳等一起组织起抗日武装——无棣县民众抗日游击大队，并积极筹措资金，购置枪支弹药，积极开展各项抗日救亡活动。1938年2月，中共鲁北特委组织领导的“三十一游击支队”攻克无棣城后，随石景芳率领的县抗日游击大队一起加入了“三十一游击支队”。1938年下半年，任庆云县战委会锄奸部长时，在党的领导下，率领群众首先处决了匪首“螳螂脖子”，打击了敌人的嚣张气焰，鼓舞了群众的革命斗志。他还组织起了庆云县抗日人民自卫队，使全县抗日斗争迅速展开。

1939年，他任临邑县县长时，在主力部队的紧密配合下，对敌人分化瓦解，各个击破，迅速摧垮了72个土匪头子，建立起人民武装县大队和各级抗日民主政权。1940年，临邑一带环境恶化，碉堡林立，“扫荡”频繁，人民群众的生命财产受到严重损失。徐尚武遵照毛主席关于《抗日游击战争战略问题》中的教导，率领战士、群众开展了抗日游击战争，时而“化整为零”，宣传群众，发动群众；时而集中力量，运用优势兵力歼灭敌人，使敌人闻风丧胆，不敢轻举妄动，从而巩固扩大了临邑一带的抗日根据地。

在党的领导和教育下，徐尚武继承和发扬了我军艰苦奋斗的光荣传统。1940年，抗日战争处在最艰苦的时期，部队吃的是菜窝窝、糠饼子，每逢开饭时，徐尚武总是把比较好的饭菜送给战士们吃。1941年秋，他率领部队在索庙村休整，经常利用战斗的间隙带领战士们帮助群众收割庄稼，他挥舞镰刀，汗流浃背，始终抢在群众前面。长工出身的李大爷逢人就伸着大拇指说：“徐县长真是好样的，打仗是英雄，干活是能手。”

1941年4月，徐尚武任冀鲁边区二分区司令员，4月11日仍兼任临邑县大队队长。有一天，他带领延安支队和县大队住在刘渤海等村。中午时分，千余名日伪军向我军驻地包围上来，并攻占了我军一中队驻地小邓家阵地。徐尚武得知后，一马当先，率领二中队战士猛冲过去，打退了敌人，夺回了阵地。恼怒的日伪军集中炮火向我军阵地猛轰。在徐尚武的指挥下，我军有效地避开敌人的炮火，战斗一直坚持到深夜，胜利地进行了突围转移。

1942 年 9 月，冀鲁边区实行一元化领导，八路军一一五师教导六旅十七团团长龙书金兼任第二军分区司令员后，徐尚武改任副司令员。1943 年初，日寇纠集济南、济阳、商河、临邑、禹城等地 5000 余日伪军，又向我鲁北进行疯狂大“扫荡”。当时，在济阳县皂户李村开会的我二军分区及地委、专署干部战士 1000 余人被包围在方圆 20 余里的包围圈内。徐尚武同志当机立断，率部保护地委、专署机关向北转移，当行至临邑县城南王家楼附近时，正面又遇上大批敌人。他沉着镇定地一面指挥主力部队向北突围，一面率领 50 名勇士抢占王家楼，接连打退敌人数次进攻，为保证我大部队胜利突围赢得了时间。直到战斗到王家楼外的所有阵地上只剩下徐尚武一个人。他见自己孤身奋战实在抵挡不住了，便边打边退，退到王家楼村里的一家农户的院子里，关上大门，倚在影壁旁边喘息了一阵，擦了擦伤口上的血，然后在院子里找寻地方设法隐蔽。这时从正屋里走出一个满头白发的老大娘，她望着徐尚武，用手指了指院子东边的一个角落，徐尚武发现那里有个地窖。他掀开盖子，跳进地窖。老大娘走过来替他盖上盖子，又拖来一捆柴草盖上。

徐尚武的行动，不料被伏在隔壁墙头上的一个老地主发现。日寇闯进院子，东翻西搜不见徐尚武的影子。鬼子们端着刺刀威逼老太太交出人来，老大娘装聋作哑，坚决不说。鬼子们正在无可奈何之际，那个地主从隔壁赶了过来，说出了徐尚武藏身的地方。

日寇用刺刀拨开柴堆，刚挑开地窖的盖子，冷不防从地窖里飞出一颗子弹，一个鬼子应声倒下。其余的鬼子吓得四处散开，远远地举枪向地窖射去。然而地窖口子小，里面却很大，徐尚武紧贴窖壁蹲在里面，安然无恙。日军又朝地窖扔了两颗手榴弹，结果都未投进。后来，虽然投中了，但又被徐尚武扔了出来，反而炸死炸伤了好几个鬼子。日寇大为恼火，搬来了秫秸，点上火，让浓烟朝地窖里灌，抗日英雄徐尚武被活活地熏死在地窖里。

过了好久，日寇才跳下地窖将徐尚武烈士的尸体搬了上来，他们给尸体拍了照片，又把他的头颅割下来，悬挂在临邑县城南门的门楼上。

徐尚武牺牲后，二专区的人民无不痛哭失声。至今，临邑县的许多人民群众还记得赞颂徐尚武的歌词："临邑抗日县政府，县长就是徐尚武。为国家，为民族，披星戴月不辞苦。除恶霸，灭日寇，拯民水火感情厚。王楼战役威名扬，民族英雄垂千古。"

李永安

李永安烈士雕塑

李永安（1912—1943），字国瑞，河北省宁津县杜集乡李麻庄人。民政部公布的第一批300名著名抗日英烈之一。

1931年，李永安就读宁津师范学校时加入中国共产党。1934年9月，在纪念"九一八"三周年大会上，李永安、杨秀章等师范学生因不满蒋介石的不抵抗主义，对国民党政府的政策予以抨击。当天夜晚，国民党宁津县区党部就调集县保安队包围了师范学生宿舍，逮捕了部分学生，硬行将李永安、杨秀章开除，并将支持学生爱国行动的进步教师崔春煦解雇。

1935年，李永安任宁津东区区委副书记。

1937年9月17日，中共宁津县委委员张策平和李永安，带着十几个人，在李家镇村大庙里插上了抗日大旗。第二天，队伍就扩大到四五十个人，有30多条枪。10月，张策平、李永安带领队伍加入了“国民政府军事委员会别动总队第三十一抗日游击支队”，李永安任第二十二路政治部主任，1938年春，在宁津、南皮县境内开展抗日游击战争，曾在王尖庄击溃不抗日的地方民团武装，缴获一批枪支弹药。次年9月，李永安调任阳信县特务队队长，特务队改编县大队后任大队教导员。

当时，县大队缺吃少穿，武器装备差。民主抗日县长兼县大队长薛汉三和李永安召集一些开明士绅和社会名流，动员捐钱捐物。李永安说得情真意切：“共产党、八路军坚决抗日，不怕牺牲；共产党坚决主张联合抗日，不分党派，不分宗教，不分天南地北；我们坚决不当亡国奴，大家要有人出人，有钱出钱；如果大家惜力惜财，国家亡了，皮之不存，毛将焉附？”士绅、名流们闻言为之动容：“八路军为救国豁出性命打鬼子，我们理当出钱出物。”他们捐出了11支长短枪、一批银圆和粮食。县大队改善了武器装备，解决了吃饭问题。

1940年冬天，阳信县城的200多名日伪军，分乘4辆汽车到城西一带抢粮。李永安率部队在城西10公里处的一片大洼里设伏，歼敌50多人，俘获40多人，缴获轻机枪一挺，步枪50余支，炸毁汽车两辆。

1942年，李永安任阳信县抗日民主政府县长。同年，又调任冀鲁边军区第三军分区副司令员。四五月间的一天，李永安带领三团二营和司令部人员共500多人驻在阳信县大李、小李村。早晨，四五百日伪军包围了村子。李永安以静制动，占据村庄有利地形，有效杀伤敌人，以等待天黑突围。敌人发起4次进攻都被打退。间隙，李永安乘机带着警卫连撤到村边一片松林坟地里。中午时分，敌人调来一个连的兵力增援，组织多次攻击，依然未能前进一步。敌人又纠集了300多人增援。时已夜幕降临，趁着敌军忙着布防，李永安带领队伍悄悄胜利转移。

1943年初，日军纠集济南、天津、惠民、沧州、德州等地的日伪军2万余人，对冀鲁边三军分区根据地——乐陵铁营洼进行“大扫荡”。2月3日，他带了一个手枪班到铁营洼视察工作，与敌人遭遇。在强敌面前，他指挥若定，当即组织军民分散转移，亲率手枪班应战。子弹打光，从敌人尸体上搜寻子弹再战，从拂晓激战至中午，为军民突围脱险赢得了时间。最后，寡不敌众，敌人蜂拥而上。他怒视敌人，大义凛然，用最后一粒子弹，自杀殉国，时年31岁。1952年，李永安遗骸迁葬于石家庄华北革命烈士陵园。2014年入选著名抗日英烈名录。

韩子衡

韩子衡（1906—1943），长山县陶唐口（今高青县）人。出生在一个富裕家庭里。幼年入小学读书，后考入长山中学。受进步思想的影响，立志抗日保国，参加国民党长山六区二中队，不久擢升为区长兼区中队长。“七七事变”后，他组织各村联庄会，成立武装自卫团。黑铁山起义，坚定了他抗日的决心。1938年1月，他配合廖容标在小清河上伏击日军汽艇，全歼日军。后接受党的领导，组织20余人成立抗日游击队，编为山东抗日救国军第五军第十九中队，任中队长。同年10月，经李寿岭介绍，加入中国共产党。

1940年第五军改编为八路军山东纵队三旅，韩任八团三营营长。带领部队建立长八区抗日根据地，执行抗日民族统一战线政策，团结邻县抗日部队，争取中间势力，打击汉奸，相继在邹平一乡、二乡、三乡、长山二区等地建起地方武装，扩大了抗日根据地，使这一地区成为胶东军区、清河军区、冀鲁边区与山东军区、山东省委交通联系的枢纽。

韩子衡重视总结实践经验，采用攻坚中用炸药连续爆破、驾驶土坦克攻击碉堡等战术，在战斗中发挥了巨大作用。1941 年 12 月，他灵活地指挥了旧口战斗，打死日军中队长志贺以下 4 人，生俘 3 人，击溃伪军一营，缴获武器若干，开创清河军区战果最高纪录。1942 年任清河军区第二分区参谋长兼独立团参谋长。6 月，在张官庄战斗中又以伏击形式全歼日军小队长熊田以下日军 12 名和伪军一个中队，表现出优秀的军事指挥才能，他指挥的独立团被誉为“打不垮的独立团”。

1943 年，日军向高苑根据地展开拉网大“扫荡”。他指挥部队突破五层包围圈，与敌人激战一昼夜，打死打伤日伪军 500 多人。突围途中，身负三处重伤，为掩护同志们突围，最后弹尽，壮烈殉国，年仅 37 岁。此次战斗扩大了八路军在日伪占领区的影响，高苑伪军头子朱仲山主动言和赎罪，用其父亲的寿棺装殓韩子衡，上刻“韩公英灵”及“宁作战死鬼，不作亡国奴”的挽词。群众挽联上书“长白山前戎马驰骋倭寇丧胆，小清河畔义旗高擎万众齐心”。

留得清白在人间

——张培之烈士传略

1940 年 4 月里的一天下午，乐陵官道刘日伪据点通往村东刑场的路上三步一哨，五步一岗，敌人骑兵队巡逻往返。鬼子小队长久寒丘身佩长刀临阵指挥，将三个五花大绑的青年人押向那里。其中一个人伤势严重，步履艰难，但他用力挣脱了敌人的拖拽，昂首挺胸，坦然地走向刑场。他就是冀鲁边区三地委秘书长张培之。死亡已在眼前，他望着自己战斗过的这块国土，在向这里的一切默默告别。

张培之，又名张栽云，化名李杰。1907年出生在山东省沾化县泊头乡官庄。他的幼年时期，正值我国处于大变革的年代。人民疾苦，灾难深重，沾化境内连年歉收，又加官府横征暴敛，张培之家单靠有病的父亲养活不了全家五张嘴，经常靠借贷过日子。刚记事的张培之眼巴巴看着大人背进一斗粮食偿还二斗半，对此他困惑不解。万恶的旧社会给张培之幼小的心灵印下了阶级剥削的烙印。

1926年8月，靠外祖家供应，张培之入惠民岱北公学学习。随着视野的扩大，他看到帝国主义列强纷纷侵略中国，强烈的民族荣辱感在心头滋生，便努力探索救国救民的道理。在他翻阅了《孙中山全集》《建国方略》等大量书籍之后，他逐步摆脱了封建思想的束缚，开始接受新的思想，主张民主政治，改革社会，向农民宣传"耕者有其田"的主张。

1929年夏，张培之考入被誉为"红二师"的曲阜第二师范求学。当时校内进步思想活跃，要求政治民主的呼声甚高，反对蒋介石来孔庙祭孔时所散布的尊孔邪说。革命师生上演了讽刺剧《子见南子》，这在中国学生反帝反封建运动史上留下了值得记载的一页。张培之就参与了震惊中外的"子见南子案"。

1930年，张郁光来校任校长。他提倡普罗文学，并主张学习社会科学，扩大图书馆，购置马列经典著作。张培之先后读了《共产党宣言》《资本论》《唯物辩证论》等马列著作，从而认识到"只有马列主义才能救中国"的这一真理。

1931年7月，张培之由曲师毕业回沾化。先后在泊头二高和黄升小学任小学教师。在这期间，他坚持通读了《资本论》，经常做社会调查，了解穷人疾苦，宣传破除迷信。他经常与进步人士一起说古论今，抨击时弊，抒发自己的抱负，有时又独坐家中对灯长叹。

1935年初，为寻找党组织，张培之离开家乡到商河县龙桑寺乡农学校教书。此时，日本帝国主义继"九一八"之后，进一步向华北地区发动新的进攻。国民党政府继续执行卖国政策，并集中力量攻击北上抗日的红军，镇压中国人民的抗日救亡运动。日本帝国主义的加紧侵略与蒋介石奉行卖国内战政策构成了中华民族的空前危机，张培之的心情十分沉重。且商河地处华北交通要道，敌、顽聚结，派系复杂，党的活动尚未开展，是国民党反动派的一统天下。在学校，张培之身居异域之中，胸中抱负难以施展，压抑感更加沉重。1936 年 12 月，报纸传来“西安事变”的消息。张培之阅后拍案而起，一股狂喜的心情使他再也按捺不住，拍掌连连叫好，竟忘却了自己置身在国民党员教师的众目睽睽之下。国家与民族的危亡，使张培之再也沉沦不下去，于 1937 年初，毅然辞去教师职务，返回家乡参加抗日救亡运动，寻找共产党。他借走亲访友之机，在邻庄亲朋、同学之间奔走。宣传“誓死不当亡国奴”，带头抵制日货。抗日的星星之火，在沾化大地蔓延开来。

1937 年 9 月，沾化有了党的活动，张培之的同学石清玉加入了中国共产党。是年冬，经石介绍，张培之加入了中国共产党，成为沾化县最早的党员之一。从此，他协助石清玉同志于 1938 年春建立“抗日救国读书会”。广泛团结知识分子，宣传党的抗日主张，同时向会员指出：“只有共产党才能救中国”，并从他们中间培养积极分子，发展党的组织。这年 4 月，张培之巧妙地把“读书会”扩办到国民党刘景良部的政训处里，从中秘密发展王瑞锋等先进分子入党，变国民党的政训处为我共产党八路军宣传抗日的阵地。

1938 年秋，中共沾化县工委成立。石清玉同志为书记，张培之任组织委员。遵照中共中央关于“党的工作应寓于职业之中”的指示，县工委在井王村设小学一处，由张培之任教员，负责党的联络工作。为在沾化建立抗日民主统一战线，他经常接近国民党进步人士隆梦华做思想工作，使隆梦华茅塞顿开，支持抗战。

同年底，张培之到朱鄐隆梦华家做争取赵玉的工作。他与同学国民党顽固派吴克廷相遇了。吴克廷挑衅地当着张培之的面讲共产党的坏话。培之顿时火冒三丈，拍案而起，震得桌上的壶碗一起作响，他用国民党反动派奉行的卖国内战政策，对日不战，对内制造摩擦的事实怒斥吴克廷的诽谤，使吴克廷无言可答，悻悻溜走。1939 年秋，冀鲁边区重建鲁北地委时，组织上调张培之任鲁北地委秘书长兼管党员教育工作。此时他化名李杰，经常代替地委起草文件，代表地委答复处理各县党组织的公函。他率领地委机关活动于商河、阳信、乐陵三县边境带。张培之以红军二万五千里长征中艰苦奋斗的事例教育大家严格执行“三大纪律，八项注意”。一次，地委由王道然庄转移到大韩庄。三天后，张培之发现临走时有一户群众没收粮款，他亲自跑了七八里路把款送去。

1939 年，自日寇回师扫荡之后，地处华北平原的我鲁北抗日根据地经常受到敌人频繁而残酷地扫荡袭击。日、伪、顽勾结，实行“三光政策”，制造白色恐怖，全国抗战处于一个非常困难的时期。在这种形势下，中共中央临时作了关于巩固党的指示，地委自下半年开始注意党的教育工作。张培之兼任各期党训班的主持人和授课人。他要求每一个党员要经得起恶劣环境的严峻考验，继续发扬艰苦奋斗的优良传统，增强党性，准备吃苦，坚持抗战到底。他要求每一个党员要保持革命气节，无愧于一个共产党员的光荣称号。为避免暴露，党训班经常变换开班地点。是年冬，地委机关驻五大店，敌人向这一带扫荡。张培之立即分头通知机关人员赶快转移。当撤离村子半里路远的时候，培之突然发现自己未穿外衣。他想起衣袋里的文件，说了声“糟糕”，回头就向村子跑去。当他取回衣服刚刚跑出村子时，敌人就冲进了村庄。

1940 年 2 月，张培之冒着严寒带公务员到乐陵五区花园街东张家店办党训班。由于汉奸伪村长张同升告密，张培之不幸被官道刘据点的日伪军逮捕。敌人将他同另外两个刚报到的学员一起押回据点，关进严密看守的伪警备队监狱。

夜幕降临了。张培之冷静地分析了目前的处境，意识到一场严酷的斗争摆在大家面前。对党员进行严守秘密、保持革命气节的教育，已到了刻不容缓的地步。翌日，审讯在伪警备队大院开始。堂上一片阴森，如狼似虎的汉奸分列两旁，地上放着各种刑具。

汉奸刘聚轩冷冷地问："你就是共产党地委秘书长李杰吗？"

"你既然知道，何必再问！"张培之的回答，使刘聚轩碰了一鼻子灰，答不上下联。他悻悻地来回走了几步，翘着大拇指说："痛快，敢做敢当，痛快！"

"我乃堂堂中国人，站在中华民族的国土上！"张培之义正词严地答道。刘聚轩狞笑了一声，诱惑地说："不过，只要你说出你们的地委和区委哪里去了，我可以保你。"

张培之眼里放射着坚毅的光："地委机关在我的脑子里，在我的胸膛中！"……

张培之被敌人用烙铁烙，压杠压、还用辣椒水灌……敌人用尽了招数，把张培之折磨得死去活来，伤痕累累，肋骨折断好几根。但张培之始终守口如瓶，没向敌人透露半点机密。

张培之的英勇表现，为另外几个同志做出了光辉的榜样，用实际行动给狱中党员上了一堂生动的党课。他们在敌人的审讯中也都坚贞不屈。每次受审回来，张培之挣扎着，去抚摸同志们的伤处，询问疼不疼，并用明朝的一首《咏石灰》诗勉励大家："千锤万凿出深山，烈火焚烧若等闲。粉骨碎身浑不怕，要留清白在人间。"

张培之向大家讲人生的价值意义。教育大家学习石灰的风格，树立"宁为玉碎，不为瓦全"的革命人生观，告诫大家莫愧为一个共产党员的光荣称号。

张培之从容就义了。在人类历史的长河里，他仅度过了短暂的33个春秋。然而，在这极其短暂的一生中，他致力于中华民族的解放事业，为冀鲁边地方党的组织建设和思想建设呕心沥血，直到生命的最后时刻。他用毕生的热血书写了那首壮丽的诗歌：“粉身碎骨浑不怕，要留清白在人间。”

一腔热血照汗青

——纪念原渤海军区第四军分区司令员程绪润

位于徒骇河畔的沾化区革命烈士陵园内，苍松翠柏肃穆垂立。穿过迎门处那条长长的甬道，通向一座四周有矮矮围墙的古墓。1947 年 9 月 1 日，原渤海军区第四军分区司令员程绪润同志积劳成疾，不幸病逝于沾化县姜家的分区医院，年仅 33 岁。他的忠骨泛舟顺徒骇河而下，埋葬于今天的沾化县烈士陵园内。至今，徒骇河水已在他的身边整整流淌了七十个年头，不停地诉说着老区人民对程故司令员的永远怀念。

程绪润同志系湖北省黄安县（今红安县）人，1914 年出生于一个贫寒的农民家庭。他在 7 岁前后父母双亡，幼年的程绪润靠给地主家放牛谋生。后因生活所迫，逃荒要饭流落到河南省商城县红花埠一带。1933 年，程绪润同志参加了李先念同志在鄂豫皖地区领导的红四方面军。他政治觉悟高，作战勇敢，工作积极，很快加入了中国共产党，并历任司号员、班长、排长、连长。1935 年 3 月，随红四方面军开始了长征，此时程绪润任营教导员。在长征途中，他坚决反对张国焘的逃跑主义和分裂党中央的行为，胜利地到达了革命圣地延安。

抗日战争爆发后，山东作为“兵家必争之要地”，其重要战略地位越显突出。1937 年 9 月，中共山东省委书记黎玉到太原参加中共北方局会议时，请求中共中央和北方局派军政干部到山东工作，发动和领导抗日武装起义，坚持敌后抗日游击战争。很快，中共中央和北方局抽调洪涛、廖容标、韩明柱、赵杰、程绪润、周凯东、郭盛云、廖云等 8 名红军干部来山东工作。

10月22日程绪润同志在泰安县文庙参加了由省委书记黎玉主持召开的紧急会议，决定在徂徕山地区直接发动和领导抗日武装起义。为做好武装起义的组织发动工作，会议决定程绪润、刘居英赴莱芜一带发动群众，筹集枪支，组织武装。1938年1月1日，省委在徂徕山正式宣布起义，成立八路军山东人民抗日游击队第四支队，程绪润任第三中队中队长。4月，廖容标、姚仲明率在清河区发动起义后建立的山东人民抗日救国军第五军一部南下莱芜，与第四支队会合。后程绪润随廖、姚部返回清河区，在邹平城将第五军改编为八路军山东人民抗日游击第三支队，程绪国任第八团团长。不久，廖姚率程绪润所在的第八团等部二次南下，编入第四支队。

1943年7月，程绪润同志调任八路军清河军区清中分区司令员。当时清河的反“蚕食”战刚刚取得“四战四捷”重大战果，抗战形势开始好转。1944年1月清河军区与冀鲁边军区合并建立渤海军区。渤海军区下辖6个军分区（原清河军区的清中分区撤销），程绪润同志调任第四军分区副司令员。

当时第四军分区（第四专署、第四地委）下辖垦区、利津、沾化、滨县、蒲台、沾利滨三边、蒲滨三办事处等。这一地区是整个渤海区抗日根据地的后方基地，具有举足轻重的地位。程绪润刚到任，即同军分区司令员王兆相、政委徐斌洲一起率分区独立团在垦区独立营等地方部队的配合下，一举攻克距利津县城仅10余里的东堤据点，歼灭伪军一个中队，取得了1944年对敌伪军作战的开门红。7月，渤海军区对日伪军发动了夏秋季反攻作战。第四军分区的任务是从西面配合渤海军区主力攻打利津县城。程绪润等率分区独立团以迅猛的动作包围了沾化、利津交界的利国镇，在我大军压境和政治攻势下，守敌伪军一个连向我军缴械投降。我军乘胜追击，连克马坊、单寺两个据点，全歼伪军两个连，俘伪官兵近200名。随后分区独立团开至利津城西，接受军区首长交给的任务：由司令员王兆相率4个连在城西阻击惠民等地的援敌；副司令员程绪润亲率2个连于8月16日夜攻打利津城西门。程绪润身先士卒，勇猛地登上城墙，攻入城内，率军沿西大街一路攻击，与军区主力会合。守敌凭借工事和民房顽抗，我军则逐屋逐院与敌军争夺，用炸药包和手榴弹将守敌炸得血肉横飞。战斗至 17 日傍晚，我军完全攻克了利津县城，计全歼日军小队长井田中尉以下 40 余人，毙俘伪华北绥靖军第八集团军二十七团团长苏骥南以下 1600 余人，利津县城是山东八路军在全省解放的第二座县城，它的解放揭开了渤海区局部反攻的序幕。

第四军分区的广大指战员也在血与火的战斗中逐步认识了程绪润这位骁勇善战的老红军、这位新来的副司令员。他也常与大伙谈心，他说，我曾经是一个穷得只能光着屁股的小鬼，是党的教育、培养才使我成为一名干部。现在还有很多穷人像我从前那样受着剥削和压迫，我们要通过革命去解救他们。要革命就要打仗，打仗必然有牺牲。不花代价，革命是不会成功的。

进入 1945 年后，渤海军区八路军开始转入大反攻。5 月下旬，第四军分区部队奉命南下，与渤海军区直属团、特务营及第三军分区部队共同发动蒲（台）、滨（县）战役。6 月 12 日，解放蒲台县城；7 月 1 日解放滨县县城及周边 20 多处谱点守敌，取得大胜。7 月 11 日解放化县城。8 月 15 日，日本政府宣布无条件投降。第四军分区部队在王兆相、徐斌洲、程绪润等率领下，与第一、二、三军分区部队及回民支队组成北路反攻大军，配合军区主力部队，连克阳信、惠民、无棣、商河等县城，取得了伟大的胜利。

为粉碎国民党蒋介石反动政府的内战阴谋，中共中央适时做出了具有战略意义的决定——抢占东北。9 月下旬，中央军委电令渤海军区组建一个独立师，经热河古北口先行挺进东北。第四军分区司令员王兆相率分区独立团的两个营加一个县大队编入独立团进军东北，程绪润同志继任第四军分区司令员。

抗战胜利大反攻基本结束后，程绪润司令员率四分区独立团海防大队、滨县独立团各一部进驻津浦铁路北段，一面监督驻德州的伪军部队投降，一面开展大练兵运动。随着抗战的胜利和共产党与国民党签订停战协定后，我们部队中的一些人产生了“刀枪入库，马放南山，解甲归田”的和平麻痹思想。程绪润司令员便教导大家说：“我们作为革命军人应该回头不忘过去的苦，抬头不忘实现共产主义，要有解放全中国、解放全人类的伟大理想，千万不能被蒋介石反动派假和谈、真内战的阴谋所迷惑。”

程绪润司令员作为一名优秀的军事指挥员，他对党的事业忠心耿耿，作战勇敢顽强，指挥若定，同时他的学习精神也是值得我们学习的。程司令员在工作战斗之余，一有时间，他就用参加革命以来学习到的文化知识来看书读报，他对古今中外的书刊都喜欢，如上级发来的政治书籍、各种学习文件，还有《三国演义》《水浒》《西厢记》等古典文学小说。他把这些书籍都看成是宝贵财产整整齐齐地排列在书桌抽屉里。凡是军分区送上级的报告、总结，对下属的指示、讲话等，只要时间允许，他都尽可能的自己动笔写。有时军分区参谋处把材料写好了，他还要根据自己的认识重写一遍，并说：“自己重写一遍，也是学习，也会提高自己的水平嘛！特别是对部队的讲话材料，自己写得有血有肉有感情，讲起来会更生动。不经过自己劳动得来的东西吃起来不香甜，更不能做懒汉。”程司令员还有每天晚上写日记的好习惯。他的日记多数短小精悍，有时是几行字，甚至有时只有几个字，但内容丰富多彩，从工作经验和教训的总结，到学习心得体会，还有待人接物思想感情等方面。如有一次程司令员因对某项工作不满意，在开会时发了火。当天晚上他便在日记上记下：“对下要严要求，但自己的态度要冷静。”其实，程司令员对下属是十分关心的。平时大家感到程司令员十分严肃，但他有时待人又很风趣，说两句笑话就能把人家逗笑了。

1946 年 6 月，经组织介绍，程司令员与四分区文工团的团员谢杰同志结为革命夫妻。这时程司令员已经 32 岁。当时战争年代的生活条件十分艰苦，但他时刻都自觉按照部队的着装要求，一身军装穿得整整齐齐、干干净净，他身材修长，神采奕奕，走起路来老练而稳健，充满着一个中年男子汉的气质和魄力。谢杰同志对程司令员十分敬佩和热爱，这对革命情侣受到大家的赞赏。由于长期处在艰苦的战斗生活条件下，程司令员已积劳成疾。有时程司令员外出开会回来时已到深夜，还未吃晚饭，警卫员要通知伙房做饭。他说，伙房老炊事员年纪已大，忙一天该休息了。我肚子饿喝杯热水，又暖又充饥，就可以过一夜了。几天后，他开始吐血，饭也吃不下，但他仍照样忙碌着。谢杰同志劝他休息治病，但他仍说，这是小病，几天就好了。1947年7月初，程司令员因患副伤寒病住进惠民城的军区医院。因当时正值国民党军队重点进攻山东时期，国民党的飞机不时到惠民城的上空轰炸。军区医院缺医少药，就医环境十分恶劣。只好将程司令转向位于沾化县大姜村的四军分区医院住院治疗。这样辗转搬动，又引起了程司令员的肺结核病发作，并造成了肠穿孔。为治疗程司令的肺病，四地委组织部派人到惠民县城找渤海区党委书记景晓村亲自签字，才批来两支盘尼西林针药。这种药在当时特别紧缺，每一支都需通过各种关系到敌占区购买。程司令员十分理解组织上的困难，他对组织上的关怀再三表示感谢，并顽强地同病魔抗争着，直到 1947 年 9 月 1 日，与世长辞。

程司令员逝世后，山东军区及中共渤海区党委、渤海军区、渤海区行政主任公署等领导部门都发来了唁电，并送来情真意切、表示深切悼念的挽联、挽幛，悼念这位一生献给党的事业的忠诚战士。四地委、第四军分区、四专署机关和部队、群众在沾城南侧的何家村，召开了隆重的追悼大会。会后，将程司令员的遗体用最好的棺材装殓后，乘船顺徒骇河抵达富国镇（今沾化县城），安葬在革命烈士陵园内。

1996 年，在程司令员逝世 50 周年之际，中共沾化县委、沾化县人民政府又拨出专款，对程司令员的陵墓进行了大规模的修缮。1997 年，程司令员的夫人谢杰同志携程司令员的遗腹子程继承（后随养父改名张琳）来到沾化程司令的墓前吊唁。

程司令员戎马一生，转战南北，历经长征艰难历程，又来到山东发动抗日武装起义，在泰山区、清河区、渤海区整整战斗了十年，最后把他的一生献给了渤海革命老区。老区人民都不会忘记他。我们这些经历过当年艰苦岁月的人，将永远学习程司令员对党的赤胆忠诚，学习他的坚定的革命意志，学习他简朴严肃的工作作风。程司令员，我们永远怀念您！

肖华智斗沈鸿烈

1938年秋，肖华（1916—1985）奉命率八路军抗日挺进纵队（亦称延安支队，肖华任司令兼政治委员）东进。来到冀鲁边区后，配合当地人民武装建立抗日根据地，开展敌后游击战，给正面南侵的日寇造成了后顾之忧。同时，他们配合边区党政和群众团体，积极宣传共产党的抗日政策，发动组织群众破坏交通，坚壁清野，袭击日军据点，与当地群众患难与共，深得各界民众的赞扬和拥护。

1938年秋，国民党山东省主席沈鸿烈在聊城一带遇到日寇“扫荡”，率部队退到惠民一带。不久，由于蒋介石推行“消极抗日，积极反共”的政策，妄图把八路军挤出冀鲁边区这块战略要地，“收复”他们拱手让给日军而被八路军收复的土地。

沈鸿烈（1882—1969），晚清秀才。先入北洋张之洞部下当兵，后来归属张作霖，任江防司令兼航警处长，后升为海防司令。皇姑屯事件后，沈鸿烈任东北江海防副总司令。沈鸿烈投靠蒋介石后任山东省青岛市特别市长。七七事变后，沈鸿烈虽以炸毁青岛日本纱厂表示抗日，却未经抵抗便轻易放弃青岛。韩复榘守济南，不战而退，被蒋介石处决后，沈鸿烈取代韩任国民党山东省主席兼山东省保安司令。

沈鸿烈到达鲁北后，先派人去河北省与河北省主席鹿钟麟密定了“冀鲁联防”，企图南北夹击将肖华领导的挺进纵队赶走。同时，对山东省辖区内，以国民党“正统”名义，把各县民团及杂牌武装头目，按其人数多少，分别委以旅、团、营长之职，并委任了各县县长，受他统一指挥，从事消极抗日，积极反共活动。

1938年10月，沈鸿烈到惠民县城，在此召开鲁北各军政头目联席会议，安排部署排挤共产党八路军抗日武装力量事宜。与会人员除鲁北部分国民党县长外，有第十专区特派员梁建章，第五专区专员兼游击司令刘景良（驻惠民），副专员兼副司令薛汝华，及周围各县地方武装。与会者虽然都打着抗日的旗号，却各有打算。沈鸿烈也看透了他们的心思，并利用他们为排挤共产党抗日武装力量，巩固自己的势力范围而卖力。会议强调：务必统一军令、政令于国民政府，必须独揽大权，在山东各地一切事决不容共产党八路军插手，尽最大可能束缚八路军的活动，限制其发展。

1938年11月，肖华根据八路军总部“以抗日大局为重，尽量争取沈鸿烈共同抗日”的指示，带着侦察参谋刘友之和一个骑兵班，偕同乐陵县县长牟宜之（抗日派）到惠民县来与沈鸿烈会晤，做统一战线工作，争取沈鸿烈团结抗日。

肖华时年22岁，奉命率八路军东进抗日挺进纵队到冀鲁边区，配合当地人民武装建立抗日根据地，开展敌后游击战。由于肖华年轻富有才华，指挥能力强，人又称为“娃娃司令”。

老奸巨猾的沈鸿烈听到肖华司令员来惠民县城与他会晤时，心中有些忐忑不安。他私下猜测，在这种非常时刻来访，必大有来头，决非一般。当他问明肖华司令员只带了几个随从前来时，心里平静了许多，不禁心里佩服肖华在这剑拔弩张的时刻，敢于轻骑简从来惠民县相见，真是胆识过人。

会晤的地点在文庙内（今县委大院处）。当肖华司令员一行到达文庙前时，沈鸿烈即吩咐副官出面相迎。先是引见到侧室奉茶招待，而后由沈鸿烈亲自出面迎接肖司令进入客厅，时值午饭时刻，并吩咐人等设宴招待，说：“我们边吃边谈。”宴席极为丰盛。

肖华同志不卑不亢，落落大方，举起酒杯说："久仰沈主席大名，今日专程拜访，诚心共商抗日大计，我提议为国共两党团结抗日干杯！"一语导入正题。

会谈中肖华表示，从日寇制造七七事变，发动大举侵华以来，我党我军对日寇不断进行阻击，小战不计其数，大战嘛，阳明堡一战而胜利；平型关一战全歼日寇精锐部队板垣师团一千余人，仅此之举，就大长了我抗日军民的威风，大灭了日寇的气焰。

沈鸿烈则表示：八路军防区在山西、河北一带，今进入山东，欲借抗日之名，蓄积兵力扩展地盘。

肖华回应：蒋委员长曾在庐山号令全国，如果战端一开，那就地无分南北，人不分老幼，无论何人皆有守土抗战的责任。八路军进入山东，实为抗战，名正言顺。在这国难当头、民族危急之际，是炎黄子孙都应携手并肩，团结一致，共同抗日救国。共产党建立的抗日民族统一战线主张，诚心奉行国共合作方针，一切从抗日大局出发，我们收复失地，都是"国军"放弃、日寇占领的地方，收复这些失地，是每一个中国人的职责。我们收复每一寸土地都付出了一定的代价，并非容易，人民自有明断，决无他谋。

肖华与沈鸿烈会见具体地址——文庙太和元气坊

沈鸿烈接着说："既无他谋，就该听从国民政府中央调遣，按指定的地盘布防就食。"

肖华回答说："目前大敌当前，彼此都应放弃成见，精诚团结，一致对外，共同抗日。"

会谈中，沈鸿烈态度顽固，一心反共，拒不接受共产党提出的共同抗战的建议。宴席不欢而散。会晤虽然没有取得什么成果，但肖华深明大义的言辞，使与会的地方武装的头目们看到了共产党胸怀坦荡，光明磊落，在民族危机之时，是真诚地争取团结一切力量共同抗日的队伍。

会谈失败后，"娃娃司令"肖华坚持在冀鲁边区开展抗日武装斗争，建立根据地，时常出没在惠民县西部归化等农村，发展党组织，壮大抗日力量。

刘顺元"染出淮南一代红"

刘顺元（1903—1996），原名王学博，号溥泉，博兴县兴福镇城王村人。少年时代，在本村受到私塾教育，成绩优异，被称为"神童"。1915年考入博兴县高级小学，1918年考入山东省立第十中学，1922年以优异的成绩毕业。是年，北京师范大学预科在山东招收10名学生。经过初试和复试，刘顺元顺利入学。他学习非常刻苦，1924年被录取到北京师范大学英语系读本科。在校期间，受到民主主义思想的熏陶和国民革命军胜利北伐的鼓舞，1927年初加入中国国民党。

1928年夏天，刘顺元顺利毕业，获得学士学位，成为博兴县著名的农家飞出的金凤凰。回到家乡后，刘顺元带领一大批进步青年秘密组织农民协会，发展国民党员。他的文才、口才赢得了博兴县知名人士的一致称颂。随后他被任命为党务指导员，办理党员登记和指导工作。6月，博兴县召国民党代表大会，成立中国国民党山东省博兴县党部临时执行委员会。他被推选为常务委员，即书记长。刘顺元的进步活动招致了博兴县及其周边县土豪劣绅的强烈反对。国民党山东省党部撤销了他的博兴县党部常务委员职务，并留党察看。1931 年，经过周恩来批准，刘顺元加入中国共产党。同年夏，刘顺元利用暑假回家乡探亲的机会，在博兴开展革命活动，发展了王博昌、马千里等进步知识分子入党，在博兴县撒下了革命的种子。

1931 年秋，刘顺元被派往济宁，负责筹建中共济宁特别支部，开辟鲁西南地区的革命局面。他以山东省立第七中学训育主任的合法身份，积极开展工作，几个月的时间就发展了十几名共产党员，建立起济宁特支，并任支部书记。1932 年 2 月，济宁县党部到七中抓捕进步学生。刘顺元被关押在山东省高等法院监狱，这是他第一次入狱。经过山东省委的积极施救，3 个月后，在没有确凿证据的情况下被无罪释放。鉴于刘顺元的能力，在狱中的表现和他已被国民党当局监视的实际情况，中共山东省委推荐他到上海的中共中央机关工作。

1932 年 5 月，刘顺元到达上海，担任中共中央支部检查委员会委员，随即担任江苏省委沪西巡视员。1933 年五一前夕，为策划五一期间的工人运动，刘顺元再次被捕，被关押在苏州高等法院，这是他第二次入狱。3 个多月后，经过党组织的积极营救，被无罪释放。刘顺元返回中央机关不久，又被任命为中央特派员兼任陕南特委书记。1933 年 12 月，刘顺元到陕西，解决红四方面军及红二十六军同中央的联系问题。因陕西省委遭到破坏，遂抵汉中。期间，陕南特委直属上海中央局领导，他主要领导地方武装斗争，整顿受挫的红二十九军第三游击大队，发展壮大党、团、妇女、儿童团、游击队等组织，充分发动群众，改造汉中地下党，选拔工人、雇农出身的党员进入特委和各县县委领导岗位，成效显著。1934 年 11 月底，中共中央遭受大破坏，刘顺元第三次被捕。由于叛徒的出卖，刘顺元被敌人识破了身份。他坚决不自首，被判处 10 年徒刑，由上海押往南京的国民党中央军人监狱服刑。在狱中，刘顺元表现出了坚定的品质和独立思考的优秀品格，得到了党内各级干部的肯定。

1937 年七七事变后，国共合作，释放政治犯。8 月底，刘顺元也被无条件释放。由于他的威望和品德，被指定与上海中央局代理书记黄文杰组织班子，负责审查出狱干部的工作。他任中共代表团干部审查组组长。经过两个多月的工作，先后审查 1000 多人，这批干部很快成了开辟抗日根据地的领导骨干。随后，担任长江局组织干事，安徽工委组织部部长、书记。1938 年 8 月，安徽工委改为鄂豫皖区党委，刘顺元任皖东工委书记。1939 年 4 月，皖东工委改为苏皖省委，刘顺元任书记。

1940 年 1 月，苏皖省委撤销，成立津浦路东和津浦路西省委。刘顺元任津浦路西省委书记。由于津浦路东临近南京，形势更加艰巨。同年 4 月，刘顺元任津浦路东省委书记。随即，路东、路西两个省委改称路东、路西两个区党委。1943 年 2 月，中共中央华中局将路东、路西两个区党委合并为淮南区党委，统一管辖运河以西、长江以北、淮河以南、淮南铁路以东的广大地区。谭震林任书记，刘顺元为副书记。到 1945 年抗日战争胜利时，淮南区有部队 5 万人。发展成为共产党领导的 19 个战略区之一。在淮南，刘顺元与刘少奇共同奋斗了近一年，结下了深厚的友谊。原无锡市市长马健有《刘顺元同志逝世十周年祭》组诗，赞扬刘顺元“卸却囚衣挽良弓，敌后抗日辟皖东。同志身边三冬雪，染出淮南一代红”。

抗日战争胜利后，刘顺元奉命调往东北工作，任中共辽东省委副书记。为加强苏军管制的旅大地区的领导，不久调任旅大地委副书记、第二书记兼关东行政署副主席。因为抵制苏联的大国沙文主义，1947 年 11 月被迫离开旅大地区。1948 年 3 月，刘顺元任华东局宣传部部长。9 月，济南解放，任济南特别市市委书记。1954 年 9 月，刘顺元任中共中央上海局委员兼江苏省委副书记，是唯一的副职上海局委员。1957 年 1 月，江苏省委第一书记江渭清因病休养，刘顺元代理江苏省委第一书记。1963 年，向中央请假养病休息，只担任江苏省委书记处的常务书记。1967年1月，他被造反派批斗，遭到了非人的折磨和刑讯逼供，家人也受到牵连。刘顺元被关押6年，直到1972年。

1977年，刘顺元复出。恢复工作后，先后任第五届全国政协常委、中央纪律检查委员会副书记、浙江省委顾问。在中共十二大上，被选为中央顾问委员会委员。1996年2月14日，因病在南京逝世。1999年，江苏人民出版社出版了《刘顺元文集》和丁群所著的《刘顺元传》。

张汉三同志传略

张汉三，曾化名赵云卿，现滨城区尚集乡乌龙塘村人。1938年，张汉三在乐陵县五区西河崖村参加革命工作，1939年6月由孟光辉、吴跃南介绍加入了中国共产党。1939年至1940年，七七事变后，日寇疯狂南侵，同年秋，他受冀鲁边区党组织的派遣回到滨县，以乌龙塘村为依托，开展党的工作，他先后在本村发展了李峰、张希忠、赵希胜、张奇等4名党员，建立了滨县第一个农村党支部——中共乌龙塘党支部，并自任书记。是年12月经鲁北地委批准，中共滨县工作委员会在乌龙堂村成立，刘兴华任书记。工委无工作机构，仅有赵云卿、陈洪锡分管组织、宣传工作。

乌龙塘村党支部，从初期的几个人，发展到十几个人、二十几个人，党的组织不断壮大，在农村基层组织建设上发挥了巨大的表率作用，为抗日战争和解放战争的胜利做出了突出的贡献。

中共滨县工委成立后，张汉三任组织委员。1942年9月被日伪军逮捕，翌年3月经保释出狱。出狱后，他先后担任滨北区委组织科长、区委副书记。他积极宣传抗日政策，发展党组织，发展救国会员，揭露日本帝国主义的罪行，激发人民抗日的热情和积极性。

后来，张汉三同志被调到渤海区党校工作。1945年7月，滨、蒲解放后，调任中共阳信县何坊区区委书记。解放战争时期，曾任支前工作团政委等职务。

新中国成立后，历任四川省万县地区工会办事处主任、县委副书记、万县地委统战部副部长等职务，离休后回到滨州市，住地区干休所安度晚年。

抗日锄奸 威震敌胆

我的爷爷刘超凡烈士

“成千成万的先烈，为着人民的利益，在我们的前头英勇牺牲了，让我们高举起他们的旗帜，踏着他们的血迹前进吧！”

滨城区烈士陵园烈士坊

刘超凡 画像

我（刘存忠）的爷爷就是这成千上万的先烈之一。每当想起毛主席的这段语录，每当看到有关抗日英烈的文献和影视作品，都会令我思绪万千，热泪盈眶，激起我对爷爷的无限哀思和敬仰。

我的爷爷叫刘超凡，1908 年出生于今滨州市滨城区杨柳雪镇刘国梓村，1938 年参加革命，1941 年牺牲，生前任阳信县抗日锄奸队队长。我从小常听我奶奶讲，爷爷牺牲的消息最初是由一名化装成商人的党的地下交通员送信到家的。当时交通员简要讲述了爷爷牺牲的情况并转交了几百元边区流通券，作为上级党组织对烈士家属的安抚和慰问。爷爷牺牲得很壮烈，作为锄奸队长，他机智勇敢，双手使枪，锄掉了不少日伪汉奸。当地的日伪汉奸听到其名都害怕，其带领的锄奸队，威震敌胆，有力打击和震慑了日伪汉奸的嚣张气焰。在一次锄奸后开会时，因叛徒告密，锄奸队被日伪军包围，与会人员大部分被抓，被敌人活埋。据悉，被活埋时爷爷的双手都被敌人砍掉了，牺牲时年仅 33 岁。不知是当时送信的交通员没说到事件发生的具体地点，还是我奶奶因极度悲痛没记清，现在只知道他牺牲在阳信县境内，确切地点尚未查到。

为此，我曾访问过我爷爷的战友张汉三爷爷。他说："我们到阳信后就分开了，我做民运工作，你爷爷做锄奸工作，任锄奸队队长。他有文化，能写会算，能文能武，足智多谋，是个能人，枪也打得好，能双手使枪，汉奸坏蛋听到锄奸队和他的名字都害怕。我是在你爷爷牺牲几天后才听说的，牺牲得很壮烈，是被敌人砍掉手后活埋的。你想啊，平常被他追杀的汉奸们这下可抓着他了，他不是双手使枪吗，敌人就砍掉了他的双手解恨。唉，那些坏蛋们很残忍啊！"

"他牺牲的确切地点我也不清楚，只知道是被叛徒告密被害的。我们一同去阳信的战友，既是同乡，又是多年的兄弟，听到他牺牲的消息都非常悲痛，好几天都寝食难安，不知道日后如何对你奶奶和其他兄弟们讲啊！"

张汉三爷爷还回忆到："在锄奸工作的同时，超凡他们也很会发动群众。其实锄奸工作也离不开老百姓的支持和掩护，只有在老百姓的掩护下，锄奸队才能神出鬼没出其不意地锄掉那些汉奸坏蛋。他们发动群众、宣传抗日。记得他还曾经发挥他在老家搭过会集的做法，在日伪军控制薄弱的边远村镇搭会开集。锄奸队暗中保护，让周围村庄的老百姓自由赶大集买卖东西，并借此帮八路军购买粮食和布匹等。我们知道后都称赞干得好干得妙，超凡真是一个有本事的人啊！"此事我也听一些老人们说到过。

张汉三，化名赵云卿，是滨县早期的共产党员之一，也是滨县早期党组织的创建者。抗战时期先后在滨县和阳信开展党的地下工作，离休前任四川万县地委统战部部长，我爷爷就是由张汉三介绍参加革命的。在滨县开展党的地下工作期间，张汉三通过关系安排我爷爷打入县警察局当差，赵泉爷爷在警察局食堂做饭，庞红君爷爷给食堂送菜、送豆腐。通过这样一个渠道，张汉三把上级指示传进去，把收集的情报传出来。他说，那段工作很危险，但他们做得很巧妙，一直没被敌人发现，为打击日伪军和锄奸出了力，功不可没啊！

访问刘汉信伯伯

关于我爷爷和张汉三他们在滨县做党的地下工作的情况，我还有幸访问过当年他们的小交通员刘汉信伯伯。

刘汉信与我们是同村，1928 年出生。小时候当过我爷爷和区长的小交通员，后来参加八路军。解放战争时期，跟随 28 军南征北战，后来转业到福州市第一医院工作，是抗战胜利 70 周年纪念章的获得者，2020 年在福州病逝。

根据刘汉信回忆，当年他以送柴火、送菜的方式为他们传送情报。他说："你爷爷也就是我超凡叔，还有一个区长，常把我叫去，说你提着这个菜篮子，把这些菜送到某某村交给某某人。记得那时经常去乌龙塘村和帽吴村送菜，送到后收菜人又装上些菜再让我提回去交给他们。我知道菜底下有信件，但我不说也不问，只管按他们的交代做，他们都很喜欢我。有一次我随区长去徒骇河边上的流钟口附近的一个村庄开会，进屋后看到俺超凡叔在那里给一帮人讲话。他看到我后把我叫到一边嘱咐说，回村后不要说来这里开会的事，也不要说见到过我，记着了吧？我说记着了！跟谁

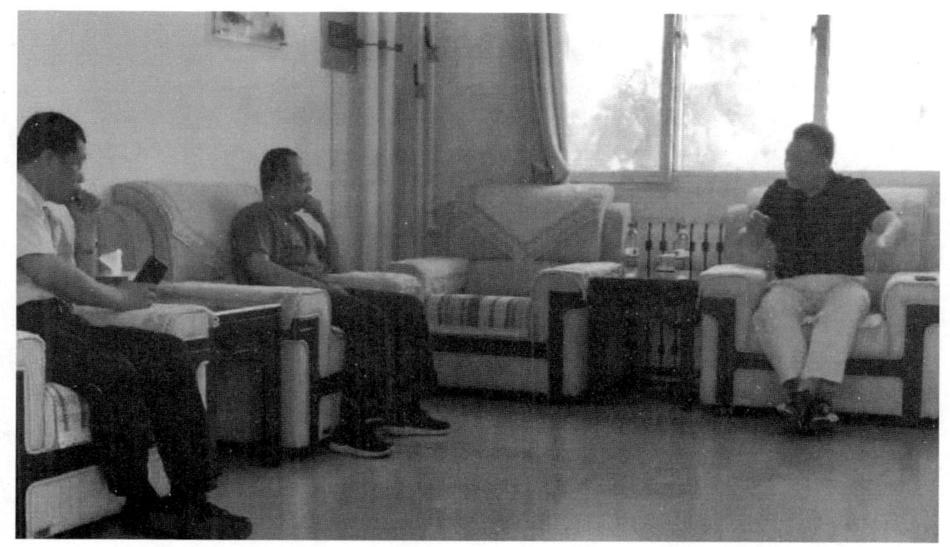

与渤海革命老区纪念园工作人员刘树松同志座谈

也不说。他满意地拍了拍我的肩膀。”

在中国共产党建党100周年的2021年，我爷爷刘超凡烈士牺牲80周年之际，在地方政府有关部门的支持和帮助下，我力图寻找到我爷爷牺牲的确切地点，但因年代久远未能如愿。

敬爱的爷爷，您安息吧！你们的未竟事业后继有人。可告慰你们的是，当年你们舍命追杀的日伪汉奸早已被铲除，日本侵略者早已被赶走，抗日战争我们早已取得了彻底胜利。你们为之奋斗牺牲的新中国，如今已昂首挺胸屹立于世界民族之林的前列！

后人不会忘记你们！

党和人民不会忘记你们！

祖国不会忘记你们！

敬爱的爷爷，您永远活在我们的心中！

作者简介：刘存忠，刘超凡烈士长孙，中共党员，中国石化集团总部退休干部。

烈士证明书

刘超凡 同志 在抗日战争中 牺牲，被评定为烈士。特发此证，以资褒扬。

中华人民共和国民政部
201[illegible]年12月31日

刘超凡烈士证明书

图片说明：本文作者走访烈士后代和革命老人

河边英魂

——记尹子敬烈士

1944年，是沾化县武装斗争最艰苦的一年，战斗的一年，胜利的一年。我军在沾南、沾东接连打了几个胜仗，抗日军民的心热了，抗日的劲头大了。活跃在秦口河两岸的沾阳棣独立营也更加斗志昂扬。沾阳棣独立营，是由冀鲁边区主力部队的一少部分兵力，与沾化县伪警备队队长尹子敬起义归来的部队合编而成。它战斗在秦口河两岸，袭击敌人，保护人民，深受秦口两岸人民的爱戴，尹子敬烈士就是当年最典型的一位。

尹子敬，1918年生于滨县堡集区前尹村一个贫苦的农民家庭里，从小跟着母亲逃荒要饭。他的母亲是一位有进步思想的农村妇女，受着“万般皆下品，唯有读书高”的思想影响，再苦再穷也要供儿子上学，尹子敬这才有机会迈进了学校的门槛。16岁那年，在外地扛活的父亲得了一场大病，家庭生活实在无法维持，上学的事再也不能继续下去了，尹子敬哭着离开了学校，到煤矿上当了一名矿工。一年一度，一度一年，尹子敬饱尝了地主、资本家的剥削和压迫；遭受了日本帝国主义和国民党反动派的压榨和欺凌，受尽了旧社会的煎熬。阶级仇、民族恨，激起了他的反抗怒火，他决心当兵。

1936年秋天，堡集区的农民自发起来进行抗税斗争，打死了几个为非作歹的“税狗子”，并围攻了滨县县城。尹子敬出于义愤，带头参加了这场运动。后来，滨县成立了县立中学，尹子敬结识了这里的一位教书先生。在这里，他开始接触了具有反帝、反封建思想的进步书刊，并产生了兴趣，因而积极研读，手不释卷。当时，马列主义广泛传播，中国共产党领导的抗日救国斗争风起云涌，许多有志青年出于对祖国的热爱和真理的追求，积极投入了抗日救国运动。滨县县立中学的几位进步老师在学生和朋友中宣传进步思想，进行爱国教育。尹子敬在此提高了觉悟，他带领伙伴们离开了学校，走向社会，弄情报、贴标语、演出节目、集会、讲演走遍全县村庄。

1937年，尹子敬被提拔为伪警备队队长。在此期间，尹子敬为党做了大量的有益工作。1939年地下党组织正式批准他为中共党员。他与张香山一起，为沾北地下党的工作奔波。在伪警备队，他联系了一大批小头目，并从自己家乡领来10名青年，也插入了伪警备队。当时，日军对国民党进一步加紧了诱降。美、英帝国主义对蒋介石也加紧了劝降，国民党政治上更加倒退，加紧制造反共摩擦，黄河以北，徒骇河、秦口河地区的国民党顽军与日军纷纷拉关系，特别是无棣、惠民、利津等县伪警备队的头子，与日军来往频繁，反共气焰嚣张。另外，日军在富国以北的董卜堂设下了据点，在下鄱、黄升驻扎了部队。抗日工作受到了压抑，形势一度低沉。尹子敬同志却以顽强的毅力抵御了内外势力的攻击，他更加积极地组织地下党小组活动，进行爱国教育。在他的影响下，沾化县伪警备队没有彻底投靠日本帝国主义。有时为了保护自己和组织，在与日、伪军打交道时，尹子敬尽量在表面上表示热情，给予搪塞。就这样，尹子敬苦心发展的这股抗日力量，顺利地保存了下来，为抗日战争的进一步深入做出了贡献。

1940年以后，国际形势发生了重大变化。德、意法西斯在侵占了欧洲一些国家以后，于1941年6月21日发动了侵略苏联的战争。日本侵略军于12月8日发动了太平洋战争。日军为确保其华北占领区，作为支援太平洋战争的基地，改任冈村宁次为华北派遣军总司令，并修订了进攻我八路军、新四军的计划。它集中其侵华兵力的百分之七十五以上，伪军百分之九十以上，疯狂进攻八路军、新四路，实行政治、军事、经济化等段切结合总力战，加紧推行“治安强化运动”，实行灭绝人性的“杀光、烧光、抢光”的三光政策，对各解放区轮番进行大规模的“拉网合围”大扫荡。而国民党顽固派则一心反共，不断制造摩擦，向我军发动军事进攻，配合日伪军夹击我军，敌后抗日战争进入了最困难的时期。在这种恶劣形势下，尹子敬看到了抗日军民的艰难处境。他与张香山送出了情报，向上级领导建议，要求提前起义，早日奔向抗日战场。当时的地下党领导人，根据环境条件，了解到尹子敬领导起义的不利因素，唯恐起义不成，造成损失。命令尹子敬待命行动。尹子敬看到上级的指示，急得抓耳挠腮。而张香山同志畏怯了，他对抗日战争的胜利有了怀疑，对抗日游击战的艰苦生活产生了后怕。尹子敬针对张香山的这种错误思想提出了严肃的批评。并当即派人出来联系，提出“马上行动”要求。上级批准了尹子敬的请求。在 1940 年 7 月，沾化县伪警备队起义了，他们在尹子敬、张香山二位同志的带领下，回到了党的怀抱并开赴抗日前线。

8 月份，党中央、毛主席指出：目前抗战方针是熬过时间，积蓄力量，长期坚持敌后游击战争，准备将来的反击。同时必须加强军区、军分区建设，发展地方武装和群众武装，用广泛的游击战争去消耗、疲惫、削弱敌人，争取反“扫荡”，反“清乡”的胜利。为了执行上级指示，掀起抗日战争的新高潮，八路军山东纵队在渤海沿岸成立了沾、阳、棣独立营，尹子敬任营长，这是一支强有力的抗日小分队。尹子敬带领这支小分队，与日顽军周旋在秦口河下游一带，深入群众，依靠群众，和人民打成一片，兵民一体，筑起了真正的铜墙铁壁。在具体的战术手段运用上，不拘一格。在未弄清敌人合围中心的情况下，先按兵不动，观察吸引敌人，当敌人合围而来时，他巧妙利用秦口河两岸的苇子，作天然屏障，声东击西，使敌人扑空；以小股兵力和敌人捉迷藏，迟滞敌人行动，粉碎敌人扫荡。这样，大长了抗日军民的志气，秦口河两岸的人民高兴地唱道：“八路军来独立营，谁参加来谁光荣，光荣光荣真光荣。”

1944 年的国内外形势，开始转向我方占优势。在太平洋战场上，日本鬼子遭到了美国及其同盟军的联合反攻，被迫转入战略防御阶段。日本帝国主义为挽救其在太平洋战场上的危机，在中国的正面战场上，对国民党军队发动了新的进攻，迫使国民党投降。春天，日军为加强正面战场的兵力，又将一个师团和一个独立混成旅团南调。为了适应斗争形势的需要，扩充抗日部队的力量，上级派尹子敬带领独立营去沾北区征集新兵。那是5月的一个夜晚，独立营驻扎在下洼南的于家村、平家村的北头。天刚拂晓，德州、宁津、惠民等地的日伪军三千余人突然出动，将独立营的先遣一连和机枪班，包围在于家村北的柳树林里。企图首先歼灭独立营的精锐部队，再各个击破独立营的全部人马。对于敌人的进攻，尹子敬时时都保持着高度的警惕。可万没想到，敌人来得这么快。在三连的掩护下，尹子敬带领通讯班很快向张王庄方向转移出去。但是，待一连、机枪班转移时，刚征集的新兵和新兵家属被鬼子的骑兵围圈了回来。整个于家村已被敌人包围得水泄不通。人民的利益高于一切，此时此刻的首要任务是保证大伙的安全，掩护新兵和新兵家属转移出去。于是，一场血战开始了。在乡亲们的全力支援下，副营长罗连惠、一连连长赵玉阁指挥一连，机枪班86名勇士，迅速占领了张王庄西南小河拐弯的一块高地。八百多名日伪军，在狂烈火力的掩护下，疯狂地扑了过去。霎时间，张王庄河两岸大地震动，硝烟弥漫。全体干部、战士下定了决心，坚决突围出去。待部队趟河东突时，尹子敬发现了从东边扑来的敌人。他一手提着一把枪，双手平举，“啪啪啪”，把冲在河堰边的鬼子干倒，向后边喊道：“机枪班随我留下掩护，部队向北转移。”罗副营长指挥部队向尚泊头方向转移。尹子敬指挥机枪班，选好了阵地，向对岸敌人扫射。天已大亮了，气急败坏的敌人组织了新的反扑。敌人集中了主要兵力向尹子敬占领的大沟坝上攻击，小钢炮、掷弹筒向沟里不停地打，机关枪向沟沿上猛烈扫射，整个张王庄西头变成了一片火海。尹子敬清点了一下人数，发现自己的兵力已损失了一半。他发现随他参军的几位同乡兄弟已壮烈牺牲，他跑过去看了看他们，尹元珍、尹成业、尹德伦、尹占瑞、尹玉章已经牺牲多时，尹宗峰、芦文合身子还有点热乎，也已经气绝。子敬看着自己的同志，庄乡爷们死得这么惨，他眼里的泪珠像断线一样滴下来，心里如同刀割一般，他额头上的汗珠也像玉米粒似的往下滚。他往北看了看撤去的部队，他们已经通过了尚泊头。他马上命令机枪班顺着沟后撤。这时的敌人火力更加凶猛，有一股敌人已扑到了大沟的南端，密密麻麻的子弹向他们扫来。尹子敬一面指挥人们后撤，一面拿起牺牲的战友留下的机枪，双手抱着一边撤，一边打，仇恨的子弹把疯狂的敌人逼了回去。这时候，沟两旁的枪声逼近，敌人已经全包围过来了。突然，通讯员窦文科喘着粗气跑来："报告营长，尚泊头北边发现敌人。"尹子敬狠狠皱着眉头，他冷静地侧耳听了听四面的枪声判断北边的敌人兵力较弱，便命令通讯员："告诉罗营长，杀出重围，继续北撤。"通讯员刚走，一颗子弹打中了尹子敬的右腿，他晃了晃身子倒了下去。警卫员杨洪喜急忙跑过来扶他，他忍着剧烈的疼痛，推开警卫员："快，带领机枪班突围出去。"杨洪喜不肯走，尹子敬急了："执行命令。"杨洪喜转身刚要走，一颗子弹射进了他的胸膛，年仅 18 岁的小战士壮烈牺牲了。尹子敬急得眼珠都快蹦出来了，他爬到机枪旁，架在肩头上，咬着牙，向扑来的敌人猛扫，冲在前面的敌人一个个都倒下了。尹子敬正打得解恨，机枪打光了子弹，他扔下机枪，坐起身来，从腰里拔出自己的一支盒子枪，把最后的三发子弹也射进了敌人的胸膛。他又把空枪猛劲投向敌人，自己再也站不起来了。

黑乎乎的鬼子端着上着刺刀的步枪，号叫着向他扑来。

张王庄一战，由于敌我悬殊太大，使我独立营遭到了巨大的损失。尹子敬同志面对一群群饿狼似的日本鬼子，视死如归。残忍的日本兵用刺刀活活把他挑死了。尹子敬同志虽然牺牲了，但他表现出了高度的革命英雄主义精神。他的死，震动了秦口河两岸的劳苦农民。天刚黑，没等打扫战场，河两岸一溜三十二村的乡亲，簇拥着，号啕着，把尹子敬烈士的尸体埋葬在了秦口河东岸的枣树林里……

人们抽泣着，愤怒着，站在悠悠秦口河岸上。浑浊的秦口河水，凝聚着烈士的鲜血，混同着两岸人民的泪水滚滚北去。英雄们的一阵阵喊"杀"

声，经久不息，合入秦口河的浪涛声中，交织成一种悲壮的哀乐，回响在鲁北三区的天空。

“二级人民英雄”记者刘庆泗

刘庆泗，又名刘青四，1922年2月生，今滨州市滨城区刘六家村人。他初中毕业后，于1939年参加八路军。1942年2月加入中国共产党。自1943年开始，每次战役都被派往前线，任战地记者。1945年12月开始从事专职新闻工作。

刘庆泗同志曾任二十六支社采通主任。工作时有着无比的活力，尤其完成突击任务时更为出色，往往是在极端艰难的情况下完成。行军途中，便和战士们生活在一起，替战士扛枪、背背包，边走边谈，了解情况，一同到达宿营地。他利用行军间隙，把写好的稿子念给战士们听，以征求意见。这样既充实、修正了稿件的内容，同时也提高了部队情绪。在下大雨休息的时间，他也坚持下连队采访。他还协助团报通讯力量组织起来，配合团报记者写稿。1946年沂鲁山阻击战中，“周锡昌班大战寨川角”一稿，就是和团报记者合作写成的。他不仅是单纯的“采访写稿”，而且将自己作为实际运动中的一员，在战士中间随时获得写作素材。为了迎接人民解放战争周年纪念，他写的《两条腿歼灭了快速部队》《莱芜战役上大课，从心里服从上级指挥了》《美国武器吓不住人，拿过来，打敌人》《土地回了家，安心把敌杀》等文章。在军战旗报上登出以后，很多连队指导员都说文章写到了战士们的心坎儿上了，有的连队还把这些文章当作人民解放战争周年纪念的教材。

“文化大革命”后，他曾任《文汇报》报社党委副书记、副总编辑等。1985年12月离休，行政级别十一级，专业技术职称为高级记者。在革命战争年代，他出生入死，鏖战沙场，以笔作刀枪，写出许多鼓舞士气、告慰英灵、揭露敌人暴行的通讯报道，在军内外产生了积极的影响。在革命战争和社会主义建设中，他被授予过“模范青年队员”“模范宣传员”“模范工作者”称号及数十次立功受奖，还荣获华东军区、第三野战军“二级人民英雄”称号；国家授予三级独立自由勋章（抗日战争）、三级解放勋章（解放战争）各一枚。

战斗英雄韩银祥

韩银祥同志，1927 年 11 月 25 日出生于原滨县尚店乡（今尚集乡）勺头韩村一个贫穷家庭。1946 年参加中国人民解放军,1948 年 1 月加入共产党，1950 年任二十八军二四五团二营排长。在硝烟弥漫的战场上，韩银祥同志身先士卒，英勇杀敌，屡建战功，为人民的解放事业做出了重要贡献。

1949 年 9 月 13 日发起了平潭战役。韩银祥积极请战，连里决定其二排为主攻。在济南战役中，成立爆破队，他自告奋勇去当爆破手。淮海战役中，他带领一个班沿京杭国道追击敌人，追击三四十里，俘敌四十余。在沿吴兴路行军途中遇上一股敌人，营部命令二连去解决，他一马当先冲上去，展开政治攻势，俘敌两个班。

韩银祥的英雄事迹，当时在福建沿海和平潭诸岛上广为传颂。党和人民给了他很高的荣誉：1947 年他荣获华东野战军颁发的“人民英雄”奖章，1949 年获得中国人民解放军华东军区颁发的“淮海战役纪念章”，1950 年 7 月 16 日被中国人民解放军第二十八军命名为“三级人民英雄”，1950 年、1951 年、1954 年分别获得二十八军第三届、第四届、第五届“英模大会纪念章”，1953 年获得了“解放奖章”。

韩银祥于 1958 年退伍后，到原滨县人民医院工作。在“文化大革命”

期间，以莫须有的罪名被定为混进党内的国民党骨干分子，身心受到了严重摧残。1982 年党为他彻底平反，落实政策，重新在原单位安排了工作。他又开始勤勤恳恳工作，直到 1984 年 2 月 26 日病逝。

沾化第一个农村党支部建立者——于慎德

观党史百年之风华，逐吾辈青春之梦想。一个党员就是一面旗帜，指引我们勇往向前。今天带大家走近沾化早期共产党人——于慎德，讲述一段薪尽火传的故事。

1930 年，山东省立第四中学，迎来了一位叫于慎德的学生，这位满腹志向的青年，在进入学校的那天起，革命的火种就已在他的心中深深扎根。第一堂课上，穿着长衫的于慎德，在讲堂上侃侃而谈，“我叫于慎德，生于 1907 年，今年 23 岁，吾辈青年当立鸿鹄之志，无负今日，与时偕行，背黑暗而向光明，为了中华民富国强，为了民族再造复兴，甘愿奋斗终生！”

他是这么说，更在如此做，1937 年“七七”事变爆发，面对家国劫难，于慎德毅然返回沾化，投笔从戎。同年 9 月，加入中国共产党，成为沾化早期加入共产党的同志之一。从此，在党的领导下，于慎德积极从事抗日救亡活动，组织学生宣传队，进村入户宣传抗日。

1938 年 3 月，于慎德任沾化二区区委书记，建立沾化第一个农村党支部——于家党支部。于慎德号召大家：“日本鬼子犯我中华、毁我家园，我们不能再软弱下去了，要联起手来、共同抗日。农民是中国革命的主力军，咱们要参加革命，推翻三座大山的压迫和剥削。”在他的带领下，沾化区进行了多次打土豪分田地斗争，废除封建剥削和债务，解放劳苦大众。

1942 年 5 月，侵华日军 5 万重兵“扫荡”冀中，于慎德和 100 多名战士与敌人激战数日。战斗中于慎德身负重伤，他的右膝盖骨被打掉，左膝盖骨被打掉一半，小腹中弹，敌人紧追，为了不连累大家，他硬是从担架上滚了下来，让同志们先撤。他怀揣着三枚手榴弹，背靠着墓碑，顽强地与敌人周旋，最终不幸被俘。在敌人的严刑拷打面前，于慎德大义凛然，坚贞不屈。他铮铮言辞：“我是革命者，一不怕苦，二不怕死，想让我投降、招供，休想！”气急败坏的敌人，将烧红的烙铁重重压在他瘦弱的身上，他一次次昏死过去。

为了摧垮于慎德的革命意志，凶残的敌人将他年迈的母亲抓来逼供。看着遍体鳞伤的于慎德，母亲抚着儿的额头说：“我的儿啊，娘替你疼啊！”于慎德给母亲磕头，“娘啊，孩儿不孝”。于慎德母亲深明大义，安慰儿子，“娘知道我儿为大义。生你的是娘，教你的是党。你对得起党，就是娘的好儿子。”

“娘，儿这辈子尽忠；下辈子还做您儿，再尽孝。”于慎德说完站起来，转向敌人怒斥：“开枪吧，生为华夏人、死亦华夏魂，共产党人是杀不绝的！”丧心病狂的敌人将他和母亲杀害后，又用两寸多长的铁钉将于慎德的手脚钉在了门板上，开膛、刨肚、挖心……

什么是坚定信仰，什么是初心本色，于慎德用行动给出了答案！胸怀千秋伟业，恰是百年风华。76 年后，那片烽火硝烟处，现已万亩枣林碧绿，若于慎德能再见今日的一切。他定会说：“这盛世已如我们当年所愿，山河无恙，国泰民安。看这万亩枣林，物阜民丰，盛世井然，我无憾。”

马天民

马天民（1910—1939），马耀南三弟。幼年随父读私塾。青年时外出学生意，后于长山城开办“桓盛栈”酒店，加入县商会。1937 年抗日战争爆发后，受大哥马耀南进步思想影响，常到长山中学听取抗日宣传，深为共产党人的爱国精神所感动，毅然弃商投入民族抗日救亡运动。马天民性格开朗，善言辞，交友甚广。为组织抗日力量，四处奔波。1938 年 1 月，马天民在潘建军的配合下，将潘所带领的近百人的维持会武装中队争取过来，编为山东抗日救国军第五军第二十九中队。4 月，被任命为第五军第一支队队长，带领部队转战淄博，西抵章历，攻据点，破铁路，宣传抗日，打击了当地的反动势力。6 月，第五军改编为八路军三支队，调任司令部交际处处长。由于日伪军残酷“扫荡”，部队供给遇到很大困难。1939 年 2 月 18 日，马天民邀请当地知名人士组成“募集委员会”，为抗日部队募集经费鞋袜，解决部队供应问题。6 月，刘井战斗后，任三支队独立营营长。7 月，马耀南壮烈牺牲，部队受到重大损失，他满怀失兄的悲痛，在家乡动员人们参军和收集枪支弹药，重整部队，常常带着几个人深入敌区开展工作。10 月，听说长山城西辛庄存有枪支，不顾个人安危，带两个警卫员骑自行车前往。因警卫员叛变，遭日伪军埋伏。马天民边打边撤，身负重伤，仍与敌人殊死战斗。日伪军四面合围射击，终因寡不敌众，身中数弹，壮烈献身，时年 29 岁。

李寿岭

李寿岭（1918—1941），邹平县韩店乡旧口村人。出身于一个铁路工人家庭，自幼在济南上学。1933 年秋，由济南转学到长山中学就读。为人沉默寡言，谦虚谨慎，素有大志，颇受同学敬重。学习成绩优异，尤以语文成绩最为突出。邓影舟老师常为他介绍鲁迅和李大钊的作品，使他懂得了救国救民的道理。1935 年，考入济南省立第一师范，先后加入学校“读书会”“时事研究会”“世界语研究会”“新文字研究会”等学生进步组织，参加罢课游行，抗议国民党不抵抗政策和镇压学生的罪行。1936 年，加入

“全国学生救国联合会”和“中华民族解放先锋队”（简称“民先”），并在济南一家报纸主持创办《晨钟》文艺副刊，借以唤醒民众。1937 年卢沟桥事变后，受“民先”派遣，重回长山，以长中附小教师身份为掩护，开展抗日救亡活动。此间，认识姚仲明、廖容标等人，加入中国共产党。

黑铁山起义后，李寿岭被派到焦桥六区区队任指导员。是时，韩子衡的六区联庄会区队有 50 余人，非六区人不得参加。李到韩部后，遭到韩部中国民党分子的非难，几次险遭暗算。后经耐心细致的思想教育，晓以大义，消除韩子衡对共产党的疑虑，被编为山东人民抗日救国第五军第十九中队。1938 年冬，组织成立八路军驻邹长办事处，任主要负责人，负责组建地方抗日民主政府和组织人民抗日武装。1939 年 5 月，中共邹长中心县委成立，李寿岭被选为中心县委书记。后任清西办事处主任，寿光中心县委书记，清东地委组织部长等职。1942 年 1 月 24 日李寿岭在寿光县朱鹿战斗中牺牲，年仅 23 岁。

马函三

马立元（1902—1943），字函三，邹平县西董乡由家河滩村人。幼年在本村读小学，1915 年 6 月考入周村文昌阁高小。1918 年毕业后在本村初级小学任教。1930 年，被聘为长山县第八区高等小学国文教员。任教期间，他勤奋自学，治学严谨。品德高尚，深受乡里拥戴。1936 年，他被选为长山县第八区自卫队队长，兼理全区青壮年军事训练，他积极向青年学生灌输爱国思想。1937 年冬，日军举兵南侵，国势艰危。马函三同马尽先一起去长山中学求教马耀南校长，并与山东省委派往长山中学的姚仲明、廖容标促膝长谈，当即表示：“国难当头、匹夫有责，我们理应脱去长衫，投笔从戎，驱逐日寇。”回八区后，即以八区自卫队为基础，组织抗日游击队。

以区队长的合法身份，敛集乡间零散枪支弹药。借长白山有利地形与敌人周旋。1938 年 1 月下旬，廖容标带领山东抗日救国第五军到由家河滩休整，马函三即率部参加第五军。6 月，第五军改编为八路军山东抗日游击队第三支队，马函三被任命为三支队七团三营营长。同年，加入中国共产党。参加过面山、刘家井、马旺庄等十多次战斗，显示出优秀的军事指挥才能。日伪军对长白山区多次进行大规模扫荡，他一面组织群众坚壁清野，一面带领部队展开游击战，一次战斗中，他身负重伤，半年后身体始得康复。

1940 年，马函三被选为长山县抗日民主政府县长，经常深入边缘地区和敌占区，宣传抗日政策，扩大民主政府影响，全力支援抗日武装斗争。他主动团结长山县知名人士赵荆桥、尹子英、路海峰等人参加县参议会工作，促使许多敌伪人员主动为抗日队伍传递情报，使根据地避免了多次重大损失。1942 年，马函三倡议尚庄、西庵村建立集市，在东峪办起抗日高小，村村建起抗日小学，在马庄和回路峪办起后方医院。

马函三严于律己，平易近人，与群众同甘共苦，被群众誉为“我们的好县长”。1942 年大旱歉收，政府筹粮困难，马函三与战士们一齐吃糠菜度荒。1943 年 8 月，上级调马函三到北海银行工作，未及到任，11 月 11 日在反“扫荡”中，被日伪军包围，牺牲于由家河滩以南的山坡上。时年 41 岁。

1944 年后，长山县抗日民主政府将县第八区改为“函三区”以志纪念。

一门两烈士 父子双英雄

邹平县孙镇辉里村庄南头，有一家远近闻名的父子双烈士家庭，就是指李恩信、李乃平烈士。

李恩信，出生于 1907 年，贫农家庭，他为人真诚，好鸣不平，1938 年参加革命。1932 年本村人民集资兴办辉里镇高级小学后，他在学校义务做炊事员。他工作勤勤恳恳，节约爱护公物，素为全校师生所钦佩。他常以诚心善意教育学生，有他听不顺看不惯的言语行动和不正之风，他就直言不讳，力加劝导。记得我们教师三五人围着桌子吃饭时，他常在我们旁边边演边说。对于当时的一些不公之事，我们几个见解如有和他的观点发生矛盾时，当然也不示弱，大家就争论不已。这时，他会风趣地说：“我这不是舌战群儒吗？”有时夜晚从他宿舍旁走过，时常听到里边传出歌声。现在回忆起来，好像是国际歌。“七七”事变爆发后，他毅然参加了抗日游击队。在 1939 年爱贤村战斗中，敌人抢占了制高点，有一挺机枪火力很猛。敌我相持不下，他毅然端起长枪赤膊上阵，力图夺敌之机枪。在离敌枪不远处，他中弹负伤，我军集中火力将其救下。但当时少医缺药无法医治，鬼子又开始扫荡，不得已将其抬至家中暂且隐蔽。鬼子出动要挨庄搜查伤员时，当夜又将其移至麦田中，伤口化脓感染，后因伤势过重，与世长辞。

李乃平烈士是李恩信烈士的独生子，出生于 1924 年，1947 年参加革命。他在小学读书时是我（“我”指作者，作者是李恩信的同事，曾在辉里镇高级小学做教员，李恩信在学校义务做炊事员。）的学生，平时学习勤奋，他沉默寡言，同学之间很少因小事而争吵，但却好打不平，对以大欺小、以强凌弱的现象总是严厉制止。他对老师们也非常尊敬，老师们都异口同声地说：“李乃平是一个尊师爱幼的好学生。”他的一切言语行动，现在回忆起来，都一幕幕浮现在眼前。

“卢沟桥事变”后，他参加了民兵组织，其父抗日牺牲后，更激发了他抗日救国、为父报仇的决心。他在民兵工作中屡次立功，后被选拔为华东野战军战士；抗美援朝战争开始后，又被编为志愿军赴朝参战，经过几次战斗提升为炮兵排排长。1953 年，在一次值班查勤时，不幸被敌人炮弹击中，壮烈牺牲，现遗体仍埋葬在朝鲜领土上。

这一家庭父子双烈士，人们谈论起来无不悲愤交加，悲的是烈士牺牲的动人事迹，愤的是敌人的累累罪行。历年来，党和政府都对这一家关怀和优恤，以麦达对英雄的怀念，安慰烈士的忠魂！

一门五烈士

邹平市青阳镇东窝陀村有一个家庭先后 7 人从军，陆续献出了 5 条生命，被称为“一门五烈士”。

赵绍久，1938 年入伍，1939 年加入中国共产党，在耿家村开设了“抗日学校”，号召师生抗日救亡。1940 年 2 月中旬，赵绍久不幸被伪兵团抓捕，被带到刘家村敌人的巢穴。敌人用尽了酷刑，他的腹部、胸部都被敌人用烧红的烙铁烫成焦肉，至死没向敌人泄露一个字。次日，伪兵团副团长高竹君将两人押至西董镇小郭庄西活埋，赵绍久的脖颈被敌人铲断了半边，血肉模糊，惨不忍睹。赵绍久临终前高喊：“打倒日顽反动派！共产党万岁！”英勇牺牲。

赵绍久牺牲后，他的子侄赵怀柳、赵怀菊、赵怀宽、赵怀桐、赵怀武等相继参军，杀向了血与火的战场。

赵怀菊，赵绍久的侄儿，1940 年入伍，1941 年 3 月创建二乡游击队，建立抗日政权，后编为长山独立三连。1942 年，调任交通机要员，在送信途中，遭敌人埋伏。他在子弹打光后，吞食密件，砸烂手枪，拉响胸前手榴弹，壮烈牺牲，时年 29 岁。

赵怀宣，赵绍久次子，1914 年生，1940 年 10 月入伍，生前任清河区清西二营副连长。1942 年冬天，参加机枪连培训，期间遇日军扫荡。他奉命掩护军区机关突围后，发现营长还在敌人的包围圈中，赵怀宣提着机枪突进敌人包围圈去营救营长。赵怀宣进去后，立即遭敌人围击，他把机枪架在一盘碾子上，对敌人进行扫射，十几个敌人倒在他的枪口下。子弹打光后，他把机枪在碾砣子上摔烂，从腰间掏出手榴弹与冲上的敌人同归于尽。

赵怀善，赵绍久侄子，1923 年生，1943 年参军，生前任长山独立营排长。在反击蒋介石匪军的战斗中牺牲于明集村。

赵怀桐，赵绍久侄子，1926 年生，1946 年参军，任云南军区十三军连长。1950 年剿匪时牺牲于云南省蒙自县境内。

现在，“一门五烈士”的石碑还矗立在村里，永远铭记着那段历史。

崔华

崔华（1926—1947），原名崔光华，邹平市韩店乡肖镇人。自幼勤奋好学，深受父母钟爱，在学校团结同学，尊敬老师。1938 年，崔华组织同学成立儿童团，被选为儿童团长，经常带领团员站岗放哨。1939 年夏，参加八路军山东纵队第三支队。1942 年加入中国共产党。翌年秋，崔华受党组织派遣，利用舅父孙荣英任伪区长秘书的关系，混入保安十一旅第一区中队，取得区中队长的信任。1944 年春，崔按党组织指示，约同准备弃暗投明的队员张继宗，携枪 10 支，返归部队，被任命为邹平县武工队队长，负责锄奸反霸，打击敌伪势力的嚣张气焰。崔华携枪带人逃跑，激怒了敌人，敌人立即去抄了他的家，抓去他怀孕的妻子，残酷折磨。崔华不避威胁，严厉镇压了一些卖国投敌的伪保长，逼迫敌人释放了他的妻子。1947 年 7 月，国民党邹平县县长兼县大队长李桂登，派出 3 个中队向旧口村一带“扫荡”，行至开河村北，与崔华率领的县武工队遭遇。崔华让魏兴瑞队长带队转移，自己与一名通讯员负责阻击敌人。激战半小时，由于寡不敌众，子弹打光，崔华中弹牺牲，年仅 21 岁。

张永忠

张永忠（1922—1952），青阳乡南陈村人。10岁时，父卒，跟四叔张香坡就读私塾。1934年，考入邹平县第二区高等小学。1936年考入长山县立中学补习班。因天资聪慧，成绩优异，深得师生喜爱。“七七”事变后，他满怀爱国热情，积极进行抗日救亡宣传。1938年1月，加入山东人民抗日救国军第五军四支队奋勇队。6月，第五军改编为八路军，四支队队长张景南拒绝改编，率部叛变，张永忠与之坚决斗争，遂与同伴毅然回到八路军山东纵队第三支队，当勤务员、警卫员。12月，到司令部受训。三个月后，任七团二营七连指导员，后调任一营一连指导员。1939年春，调任七团政治处青年干事，后改任组织干事。6月，参加刘井、韩家庄战斗，腿部负伤，回家养伤10余日即归队，调邹长五大队四中队任指导员。1940年7月底，任五大队教导员，组织指挥了小清河北、司家庄、杨家庄等反顽战斗，表现了卓越的指挥才能。1942年，任长山县独立营教导员，组织指挥了小清河南安家、甘家埠、好生等战斗。年底长山县独立营营长朱庆云，路吉臣带队叛变投敌，部队损失惨重。张永忠在极端恶劣的环境中，率余部进入长白山区，坚持斗争，巩固了长白山区根据地。1943年，任长山县大队队长，组织指挥了徐家庄、董家庄、麻张庄、虎伏山、茶棚、无影山、辛店、青阳店、小李家、北冯家战斗，先后两次负伤。1945年4月，任长山独立营营长。

抗日战争胜利后，张永忠任警七旅十三团参谋长。1946年，国民党军队大举进攻山东解放区，张率部转战于胶济铁路一线，在明水战斗、台头伏击战、张家林伏击战中，出色完成歼敌任务。7月，十三团改编为解放军第七师八三团，任副团长，出色完成了宁家埠阻敌任务，继而参加了东言礼、三打邹平城等战斗。随后，率部转战章丘、寿光、晏城、莱芜等地，纵横驰骋，奋勇拼杀，在莱芜战役的三大寨战斗与泰安孝里铺战斗中，顽强战胜强敌，立下卓著战功。

张永忠作战勇敢，富有指挥才能，历经百战，多次负伤，积劳成疾。1948 年，带病参加太和庄、老河口、南阳、上蔡、睢杞等战斗，病情恶化，被迫到后方医院治疗。1952 年 6 月 1 日，在济南病逝。年仅 30 岁，被安葬于济南英雄山烈士陵园。

梅景生

梅景生（1913—1964），原名林维诚，曾用名林景。1914 年出生于邹平县四区（今韩店乡）黄里村一个较富裕的农民家庭。1925 年，入本村小学读书。1931 年，到周村“同兴瑞”机房当店员。1935 年回家在本区上高小。1937 年毕业后，被本村小学聘为教员。

1938 年 2 月参加抗日队伍，在八路军山东人民抗日游击第三支队七团一营任文书，同年 10 月，加入中国共产党。1939 年 1 月，先后任三连指导员、团政治处组织干事。6 月，跟随部队参加了刘家井战斗，不幸负伤。在家养病期间，参加了地方党组织的活动，协助建立了村党支部。翌年，任中共邹平县第四区区委宣传委员、区委书记。同年 11 月，在参加县委召开的区委书记联席会议回来的路上，不幸被捕，遭到日军严刑拷打，坚贞不屈，保住了党的机密，后经组织营救出狱。出狱后，积极为党工作，先后担任中共邹平县委常务委员、社会部部长、清西专署公安局侦察科科长、邹平县公安局局长、渤海区党委战地工作团支部书记、政治指导员、中共齐东县委委员、社会部长、公安局长等领导职务。在锄奸反特、清匪反霸、扩大根据地、保卫民主政权、配合主力部队作战、保卫土地改革斗争中做出了突出的贡献。

1948 年 2 月，梅景生调华东局建大学校学习，任第五支部委员、小组长。同年 8 月，结业后任中共淄川县委委员、公安局局长。1950 年 11 月，任淄博专区公安处副处长。1952 年 7 月，他调广东省工作，先后任中共佛山市委委员、市公安局长、中共粤中区党委委员、粤中行署公安局副局长、中共肇庆地委副书记兼公安处长、中共江门地委副书记、中共肇庆地委书记兼专署专员、中共肇庆地委第一副书记等职。

梅景生性格暴烈，工作上大胆泼辣，认真负责。要求部门领导一定要对本单位情况了如指掌，不准拿着笔记本汇报工作，不准对工作不负责任。一次他出发带回一袋芒果，安排地委秘书长分给大家吃，要求收回果核，准备种到地委大院的荒地里。由于秘书长疏忽把事忘了，他气得“骂”了起来。最后还是把自己保留的两只果核，培植了两株芒果树，至今还栽在地委大院的门口。身居高职，对自己要求严格，不搞特殊化，上街从不坐专车。1960 年，生活困难时期，机关精减人员，他带头把自己的老父亲送回家乡。家中子女多，从不准许家属向国家要补助。一次，地委安排一批地级领导干部去七星岩风景区疗养。地委书记为照顾他，安排他妻子随同前往。他知道后，硬是把妻子劝了回去。去越南访问时，做衣服借了单位的钱，临终前还向家属再三交代一定要归还。由于长期繁重的工作，积劳成疾，1964 年 3 月 16 日在广州病逝。

马绪东

马绪东（1918—1968），原名旭东，别名焜兰。1918 年出生于长山县第八区（今邹平市西董街道）由家河滩一个农民家庭。自幼跟随当教师的父亲马函三读书。1938 年 1 月，马函三组织抗日游击队，参加了山东人民抗日救国军第五军，马绪东跟随父亲参加了革命。同年 12 月，加入中国共产党。历任八路军山东抗日游击第三支队副班长、八路军山东纵队侦察连政治指导员、通讯营协理员、警备二旅政治教导员、东北第三纵队团政治处主任、炮兵团政委等职。

1950 年后，参加抗美援朝，任中国人民志愿军炮兵政治部科长，曾先后两次立功，回国到中南海受奖。1953 年从朝鲜回国，任南京炮兵技术学校政治部副主任，1955 年，调中国人民解放军总后勤部军械部，任政治部办公室主任、组织处长。1960 年，调通县军械学校任副政委，直至去世。

马绪东一生主要从事军队政治工作。自任军械学校政委后，坚决认真地贯彻中央军委“院校政治教育方案”精神，深入实际，摸索经验，把政治教育工作与深入调查研究、联系学员思想实际结合起来。《解放军报》曾几次发表专题文章，介绍推广他的教学经验。提出教员要了解学员的思想情况，备课要有的放矢，要体验各门课的教学特点，摸索教学规律，加强教学指导。1965 年，马绪东到河北冯庄参加农村社会主义教育运动，密切联系群众，保持了党的优良传统。1966 年“文化大革命”开始后，他受到严重冲击，在身体受到摧残的情况下，坚持原则，制止武斗，拒绝向“造反派”交出枪械仓库钥匙，拒绝交出有关档案材料。一生清白，从不搞特殊。因患食道癌，马绪东于 1968 年 11 月 28 日病逝。

李广田

李广田（1906—1968），号洗岑，笔名黎地、曦晨，邹平县码头乡小杨家村人。1906 年 10 月 1 日生，本姓王，排行第四，名锡爵。因生活拮据，被过继给草庙村舅父，改姓李，取名广田。广田自幼苦读不懈，博览群书。1921 年，考入齐东县立师范讲习所，成绩优秀，未及毕业，便被县立高等小学聘为教员。1923 年考入山东省第一师范学校，加入社会主义青年团，与同学组织书报介绍社，因介绍鲁迅、郭沫若的书籍及苏联作品，被军阀逮捕入狱，判为死刑。舅父李汉云卖掉家中果林、田园也未能将他赎出。北伐军打到济南，方获释出狱。他拒绝国民党齐东县党部的高官厚禄，到陵县任小学教员，继到曲阜二师附小任教。1929 年，考入北京大学预科，在《未名》半月刊终刊号发表处女作《狱前》。从此，走上革命文学创作道路。1931 年入北大外语系，攻读英、日、法文。与同学卞之琳、何其芳结为挚友。1934 年出版诗集《汉园集》，人称“汉园三诗人”。同时，开始散文创作。

1935 年，北京大学毕业，到济南省立第一中学任教。先后出版《画廊集》《银狐集》，成为 20 世纪 30 年代著名的散文作家。1937 年抗日战争爆发，随学校迁至泰安，旋即流亡南下。1938 年 12 月，徒步去四川，两年流亡，一边上课，一边宣传抗战。沿途目睹了抗日救亡运动的高涨，接触了一些共产党员，思想有很大进步。他在日记中写道：“我现在似在向另一个方向转移，我是正要在另一个方面充实自己，而这切实的努力，将会给予我将来的文艺生活一大助力。”流亡中创作了散文集《圈外》，再版改为《西行记》。1940年，先在四川罗江六中任教，因在学生中传播进步思想被解聘，后经卞之琳介绍转西南联大叙永分校任教。1941 年到昆明西南联大以马列主义观点讲授文艺理论，与闻一多、朱自清关系密切。先后出版散文集《回声》《欢喜图》《灌木集》，诗论集《诗的艺术》，长篇小说《引力》等。

1945 年，昆明发生“一二·一”惨案，李广田怀着革命义愤，投入了民主革命运动的洪流，写下了许多揭露和讽刺国民党法西斯暴行的文字。1946 年 7 月，李公朴、闻一多先后遇害。他在黑暗中更加警醒起来，决心踏着烈士血迹前进。他在《闻一多选集》序中说：“他的血并不只是染成一朵无名的野花，也不仅仅染了他脚下的枯草，而是染红了无数人的心。使千百万人站起来，为民主、为和平、为一个新的人民中国而斗争。”

“李闻惨案”后，李广田到天津南开大学任教，在“反饥饿、反内战”运动中，站在进步学生一边，慰问被特务打伤的学生，发表斥责国民党法西斯暴行的演说。挥起战斗的笔，指向黑暗、落后、腐败的反动势力，受到国民党反动当局的通缉。经朱自清邀请，转至清华大学中文系任教。1948年，加入中国共产党，为迎接北京解放，做了卓有成效的工作。1949年北京解放后，任清华大学中文系主任，后任清华大学副教务长。是年7月，出席全国第一次文代会，被选为文联委员、理事。同期出版了散文集《日边随笔》，文学评论《文学枝叶》《文艺书简》《论文学教育》等著作。

1952年，高等学校院系调整。他被任命为云南大学校长兼党组书记，并兼任云南省作家协会副主席，中国科学院云南分院文学研究所所长等职。1956年，列席中国共产党第八次代表大会。1962年，李广田致力于少数民族文学的整理与研究，整理并出版傣族传说《一滴蜜》，长篇叙事诗《线秀》，重新整理修订撒尼族长诗《阿诗玛》，并担任同名影片的文学顾问，对民间文学的挖掘整理做出了显著贡献。1966年“文化大革命”开始后，李广田受到批判，失去人身自由。1968年11月2日被迫害致死。1978年秋，平反昭雪。1982年5月，骨灰安放在北京八宝山革命公墓。

韩万煜

韩万煜（1920—1978），1920年12月出生于邹平县邹平镇南关村一个较富裕的家庭。7岁入私塾，继读高小，1934年考入邹平县立简易乡村师范。受共产党员校长张宗麟的影响，阅读进步书籍，积极参加抗日救亡宣传活动，受到校方警告和开除处分。1937年“七七”事变后，组织学生罢课，下乡宣传和募捐。不久学校解散，被聘为城里高小体育教员。目睹日军侵略罪行和国民党不抵抗行径，1938年元旦，自编对联贴在家门上：“睁眼看这是什么世界，静心想应该怎样做人”，门心是“还我河山”，门楣是“奋斗不息”，借以抒发救国救民之志。同年1月，参加共产党领导的山东人民抗日救国军第五军。5月，加入中国共产党，任八路军三支队特务团连指导员。1939年调清河军区，历任连指导员、基干营教导员、直属团政治处主任。带领部队转战鲁北清河地区，历经无数次战斗，打击了日伪顽，为创建革命根据地做出了突出贡献。1945年10月，随山东野战军第七师进军东北，参加了解放长春、保卫四平的战斗。先后在七师廿旅五八团，东北六纵十七师四九团，后方留守处、教导大队、东北军政大学一团任政治委员、政治主任。新中国成立后，历任中南军政大学湖南分校二纵队、总校直属总队、汉口第四高级步校直属一大队政治委员，汉口高级步校政治部副主任、主任、副政委，河南省军区副政委、顾问等职，为部队的政治建设和训练人才贡献了毕生的精力。1955年被授予上校军衔，1960年晋升为大校。1978年7月6日，因患心肌梗死病逝，时年58岁。生前曾撰写长篇革命回忆录《缚住苍龙》，追述清河地区军民抗战的斗争事迹。

刘德发

刘德发（1927—1983），邹平县西董乡尚庄村人。少家贫，15岁给地主扛长工，饱经旧社会的苦难，深受地主阶级的剥削。1942年满怀爱国激情参加了抗日队伍，在长山县八区区中队任战士。在长山独立营当通讯员。1945年加入中国共产党。1946年6月，调渤海军区第三分区武工队任班长，副排长。1947年后部队升编为解放军，刘德发先后在渤海军区十六团任排长，华东野战军第三纵队第八师任连长。参加了著名的孟良崮战役和莱芜战役。他骁勇善战，枪法精明，冲锋陷阵，勇于杀敌，多次立功，被评为“特等射手”。1948年参加了解放济南战役，出色地完成了歼敌任务，提升为连长，同年，参加了淮海战役，表现出卓越的指挥才能，又被提升为营长。新中国成立后，历任中国人民解放军二十二军一九四团副政治教导员、一九五团政治教导员、干部处副处长、处长、副团长等职。1954 年 8 月，到南京军事学院学习深造。1955 年授大尉衔。1959 年毕业后，调浙江普陀守备区，晋升为少校，先后任六〇团副团长、守备十四团团长、舟嵊要塞区司令部作训处处长、大巨守备区副司令员、司令员、普陀守备区司令员等职，率部守卫舟山、普陀、大巨、定海一带海防前线。1968 年赴京参加军事会议，受到毛泽东主席的接见。同年 10 月 1 日参加国庆大典，登上天安门观礼台，获得了极大荣誉。由于长年驻守海岛，积劳成疾。1979 年 9 月离职休养。1983 年 9 月 6 日病逝于上海。

毅然投河，以身殉国的马学全烈士

马学全烈士牺牲遗址

马学全，1916年农历六月生，河北省盐山县南马村人。1934年10月加入中国共产党，在白色恐怖中开展党的工作。“七七”事变后，他参加“华北民众抗日救国军”，任某部政治部主任。1938年转地方工作，任盐山县县委委员、书记、德平县县委书记、乐陵县县委书记。在乐陵县任职时，他曾制造假印章和假命令，骗出姚孙据点40余名伪军到指定地点集合，列队架枪，他假冒“皇军”训话。同时，县大队悄悄接近，未费一枪一弹，将敌人全部俘获，在当时传为佳话。敌人对他恨之入骨，把他母亲抓起来，软硬兼施，要她交出儿子。马母大义凛然，被敌人用刺刀杀害。随后敌人又抓走他父亲，大施淫威，残酷地将老人活埋，幸被附近乡村群众及时抢救才得以脱险。面对敌人的暴行，他毫不畏惧，亲自率队攻大孙，围张桃，打黄头，拔掉敌人一个个据点，迫使敌人龟缩在乐陵城里。1945年10月，他调任惠民县县委书记。面对国民党匪特的猖狂进攻，置个人安危于不顾，多次深入匪特猖獗地区，了解敌情，制定措施。1946年8月10日，他带通信员到徒骇河南了解匪情，不幸遭遇敌人。在被敌人包围的情况下，他和通信员毅然投入汹涌的徒骇河，以身殉国。

刘胡兰式的女英雄——吴洪英

“生的伟大，死的光荣。”这是伟大领袖毛主席对山西省文水县女英雄刘胡兰的革命精神的高度赞扬。比刘胡兰稍早的1946年，山东惠民县也牺牲了一位和刘胡兰事迹相似的巾帼英烈，她的名字叫吴洪英。

吴洪英（1908—1946），出生在何坊乡王家湾一个农民家庭，乳名金莲。父亲吴振元、兄长吴洪杨，都是勤劳朴实的农民。吴洪英生的俊美端庄。青少年时期，吴洪英勤劳能干，常年操锄弄锨，参加田间劳动。18岁那年，嫁给牛茁村的牛连奎。吴洪英虽在穷乡僻壤长大，从未念过书，但却具有中华民族传统妇女的美德——温柔、善良、勤俭持家，任劳任怨；她外柔内刚，内心蕴藏着忠贞、刚毅、威武不屈的气节。

1937年，卢沟桥的炮声传到了惠民县城。这年11月，日寇从沧州南下，兵分两路，直扑惠民、阳信两县。两县的国民党官兵闻风而逃。日军所到之处，奸淫烧杀，无恶不作。民族处于危难之际，1938年，牛连奎毅然参加了中共地下党组织，在牛茁村成立了秘密联络站，由他负责传递情报和上级文件。为保守党的机密，牛连奎对自己所从事的革命工作“上不告父母，下不传妻子”。在丈夫的开导与影响之下，牛连奎的妻子逐渐明白了抗日救国的革命道理，不但理解了丈夫，还主动支持丈夫、帮助丈夫完成上级交给的任务。

1945年，日军投降之后，在共产党领导下，惠民县成立了各级人民政府。牛茁村也建立了基层政权。这时的吴洪英，由一个普通的家庭妇女成长为一个光荣的共产党员。积极动员妇女参加妇救会、秧歌队，斗地主斗恶霸，搞减租减息，使群众运动开展得轰轰烈烈。她积极参加革命活动，动员本村妇女参加妇救会，组织秧歌队、宣传队，带头控诉旧社会的黑暗，宣传新社会的光明。因此，她在群众中享有很高的威信，同时，也引起了敌人的强烈憎恨。

1946年，全面内战爆发后。国民党军队向山东解放区展开重点进攻。新五军窜扰道旭渡口，我黄河以南各机关纷纷迁往黄河以北，以诱敌深入。国民党反动派的飞机，每天从济南起飞，飞到惠民县县城上空盘旋轰炸，一时间时局显得格外紧张。一些逃亡在外的国民党兵痞和地主、富农分子便组织了还乡团，趁机潜回，妄想反攻倒算。

农历八月初七，国民党匪军司令王福成的部下班潘敏、刘子明等人组成的还乡团130余人，在牛茁村伪保长牛士林的带领下，从阳信县的老官王村出动，下午三点左右窜进牛茁村。他们的口号就是“打进牛茁村，活刮牛连奎”。这次匪徒先派一部分人到地里往回赶人，他们谎称八路军到村里开会。民兵牛喜林见情况不妙，想逃离现场到村里报信，被匪徒一枪击中胸膛，当场牺牲。大家这才猛然醒悟：不好，还乡团来了！

而此时，牛连奎刚刚从何坊街买粮回到家中，对此毫不知情。他准备到菜园去摘豆角。邻居牛洪玉气喘吁吁跑到他家说："来特务了，快跑！"这个时候，想出村躲避已来不及了。他急中生智，就躲进家中的秫秸垛里，他的儿子凤之越墙跳到西邻、小学教师牛玉山家躲了起来。就在这时，几个匪徒匆匆闯进牛连奎家的大门。为了转移匪徒们的视线，吴洪英故意进牛棚添草。匪徒们喝问吴洪英："牛连奎在哪里？"吴洪英镇静地回答："上新安镇了，昨天走的。"匪徒们哪里相信，就钻进牛棚里找，又进各屋里翻箱倒柜。但始终没有找到牛连奎。气急败坏的匪徒对吴洪英拳脚相加，"他什么时候回来？"一个小头目问。吴洪英说："说不定啥时候回来。"那小头目"啪啪"打了吴洪英两巴掌。他们把吴洪英连推带搡，押到了街上。

吴红英出门一看，匪徒们正从各家各户往街上赶人，男女老少挤满一街筒子。农会会长牛树林，民兵牛之如被绑在一棵老槐树上。

匪首班潘敏一听说吴洪英是牛连奎的妻子，分外眼红，狞笑着说："好啊，咱们是冤有头，债有主，欠账的还账，欠账的还钱！你来得正好——把她给我捆起来！"于是特务们七手八脚，把吴洪英五花大绑捆了起来。"看见了吗！？班潘敏得意忘形了，他抬高了那副公鸭子嗓子大声吆喝："这就是跟共产党办事的下场。我要问吴洪英，牛连奎在哪里？你说了我不追究你！"

沉默，沉默，还是沉默。

"好啊，敬酒不吃吃罚酒——给我打。"

于是他们不分青红皂白，拿着棍棒，又一次对手无寸铁的吴洪英一通毒打。然后吊在树上严刑拷问，要她供出工作队人员的姓名、住址。吴洪英虽多处受伤，但她仍是咬紧牙关，始终回答："不知道，就是不知道！"除此什么话也不说。最后，她被打得遍体鳞伤，血肉模糊，在场群众无不为之泪下。穷凶极恶的敌人无计可施，便搬出铡刀威胁她。

“我要杀只鸡给猴看看！”班潘敏咆哮了：“砍下牛树林的脑袋！”

为了恐吓群众，杀一儆百，穷凶极恶的匪徒残忍地抬起明晃晃的铡刀……村民牛树林牺牲了。人们悲愤交加，怒火满腔。

班潘敏狞笑着，清了清嗓子说：“还有一次机会，让吴洪英说出她丈夫现在在哪里，要是不说，我就铡了她。”

“不知道！”吴洪英向班潘敏啧了一口吐沫。

匪徒的疯狂举动并没有吓到伤痕累累的吴洪英。面对鲜血淋淋的铡刀，她仍毫不畏惧，大义凛然，坚贞不屈，没有吐露半字。

“乡亲们，”吴红英甩了一下被折磨得凌乱的头发，转脸对乡亲们说：“我去了，咱们要记住这血海深仇啊！”

黔驴技穷的班潘敏气红了眼，跳起来了，他狼嚎似的奔向铡刀……匪徒最终凶残地将吴洪英用铡刀杀害。全村群众掩面而泣，泪如雨下。一位年过六十的老大娘泣不成声地说：“作孽啊，作孽啊！这样好的人，才三十九岁，你们专杀好人，作孽啊，能有好报吗？”

刘胡兰式女英雄吴洪英（1908—1946）

老大娘说得对，善有善报，恶有恶报。烈士的鲜血没有白流。解放战争的形势，发展很快。班潘敏等杀人恶魔很快就落入了人民政府的法网，受到了正义的惩罚。

顽强抵抗绝不投降的武工队队长杨建功烈士

杨建功烈士（1919—1945），原名王延福，惠民县魏集镇西董口村人。自 10 岁起靠外祖父供养读书，15 岁在大杨家高小毕业，后考入省立惠民第六乡师读书。1937 年，杨建功从惠民第六乡师回到了家乡，组织了 20 余名青年，成立了“青年抗日救国会”积极宣传抗日。1939 年，杨建功以小学教师为掩护从事革命工作，一次，他和其他同事冒着生命危险渡黄河，到清河区找党联系。1940 年，杨建功和 3 分区（清河区）的领导人取得了联系，自此之后，他直接接受党的领导。1943 年秋，参加青城武工队。1944 年底，

杨建功（1919—1945）

任青惠中队中队长。在他的带领下，青惠中队从无到有，从小到大成为一个连。杨建功带领队员在青城一带与黄河两岸不断地袭击敌人，在伪三团和伪四团之间做抗日工作。1945 年 5 月，在反日寇扫荡中，遭到 80 多名日军骑兵和伪军一个营的兵力的包围，杨建功在身负重伤的情况下，顽强抵抗，掩护战友成功突围。最后，杨建功拖着沉重的伤腿，用尽全身力气爬进一个小屋子里。日军围了上去，伪军嘶叫着让他投降。面对凶恶的敌人，怒火满腔的他一连打死进去的几个敌人，日军束手无策气急败坏，在小屋顶挖了一个洞，把手榴弹从洞里投进去，把房子炸毁。党的好儿女、人民的好战士——杨建功，为了祖国的解放事业流尽最后一滴血，时年 26 岁。

孙清野

孙清野，原名孙泉祥，化名李凤山。1919 年出生于阳信孙庄一个农民家庭。1925 年入孙庄私塾，1933 年毕业于阳信县城维新高等小学，1934 年就读于惠民乡村师范学校，1937 年 8 月在乡师由马霄鹏、刘洪恩介绍加入中国共产党。不久，因组织抗日救亡宣传小组印发传单，遭军警搜查被迫离校，接受乡师中共党组织委派到阳信县洋湖口乡农学校训练壮丁队。同年 11 月组织流坡坞、洋湖口两校壮丁队阻击进犯流坡坞的日军。接着遵照中共鲁北特委指示，动员惠民城富户高汇川捐款、捐枪，组建 30 余人的抗日游击队，高汇川之子高舟亭任队长，孙任指导员。

1938 年 11 月，中共阳信县第一届委员会建立，孙清野任书记。1939 年 5 月后，历任中共鲁北地委青年部部长兼中共阳信县工委（东部）和中共沾化、阳信县县委书记，中共冀鲁边区三地委宣传部部长，中共商河县县委书记，中共商惠县县委书记兼独立营政委，中共沾化县、阳信县县工委书记，中共阳信县工委书记兼县武装大队政委等职。其间，他致力发展中共组

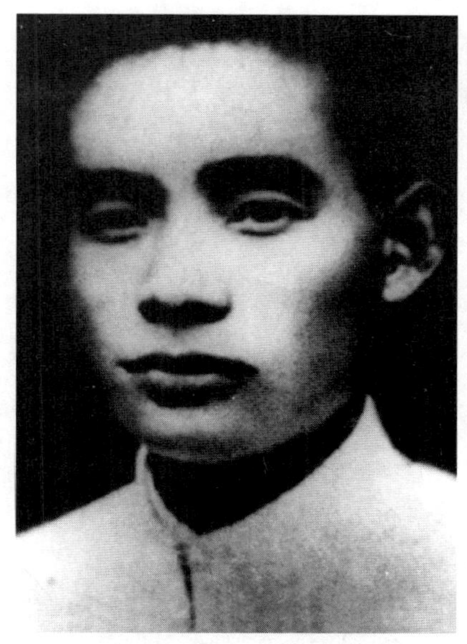

孙清野（1919—1944）

织及抗日武装，建立基层民主政权，扩大抗日根据地。在他的带领下，他们深入敌占区昼伏夜袭，机动灵活地开展工作，使党的队伍有了壮大，根据地群众抗日情绪有了恢复和高涨。1942 年秋，孙清野冒着生命危险深入虎穴，进入日伪据点，说服沾化县伪军大队长张立茂加入共产党，并促其中队长孙玉斋、阳信县新民会会长张京春抗日。1943 年初冬，在垦区主持举办了第一期由 20 余人参加的无棣、阳信、沾化 3 县中共党员训练班。至年底，打通了冀鲁边区与清河区的联系，使五马道一带成了两个抗日根据地干部来往、通讯联系、小部队通行的可靠隐蔽根据地。

1944 年 1 月 27 日，孙清野率中共阳信县工委及武装工作队人员集结王高村（属庆云县）休整，被日伪军包围，孙清野于激战中牺牲，时年 25 岁。

武大风

武大风烈士（1915—1943）

武大风（1915—1943）原名武同心，字班昌。庆云县东安务村人。出生于一个贫下中农家庭，性情温雅端庄，忠厚俭朴，素怀大志，坚贞而有骨气。庆云简易师范毕业，经常涉猎社会科学，特别是对政治、哲学、法学及兵书战策等书，更是爱不释手。在简师就读时，被称为“书迷”“奇才”。

在庆云中学读书期间，他发起了一个社会研究会，与进步同学一起分析辩论社会问题。1931 年，武大风作为进步青年学生，经津南特委书记刘格平介绍，光荣加入中国共产党，成为学校地下党小组成员之一。武大风和其他进步同学设法弄出学校的油印机，印了大批传单，在教师、学生中秘密散发，宣传革命思想。学校当局发觉后，便将他和几名进步学生开除了学籍。进步师生为他搞了“复校”运动，他重新回校后，更加积极地进行革命活动。“九一八”事变后，他带领学生上街游行，宣传抗日救亡思想，遭学校当局迫害，愤然离校。

回到家乡，武大风以教书为掩护，先后在严务村、小武家村、尚堂等地发展了40多名中共党员和共青团员，还曾被组织派往无棣县开展工作，对无棣县县党部的建立和发展做出了贡献。

1934年4月，武大风参与领导了著名的马颊河大罢工，他带领群众沿街游行示威，与国民党反动当局进行了针锋相对的斗争。虽然由于国民党反动派的血腥镇压罢工失败了，但它在庆云人民的革命斗争史上留下了光辉的一页。经过马颊河罢工斗争，使我党的一大批骨干力量得到锻炼成长，为后来建立冀鲁边区抗日根据地奠定了良好基础。

马颊河罢工斗争失败后，武大风到唐山保安队当了兵，不久，到通州警官学校学习，半年后，到塘沽警察分局当秘书。这时，他设法与庆云党组织取得了联系，根据上级指示，隐蔽活动，在士兵中发展力量并伺机发动士兵起义，后因力量薄弱而未果。

1937年“七七”事变后，武大风返回家乡参加抗日斗争，初任中共庆云县县委宣传部部长。1938年10月任庆云县三区区长，1940年1月任庆云县抗日民主政府县长。武大风为表示自己的抗日决心，针对日伪县长王兆康的名字，取“大风吹糠”之意，将名字由最初的武同心改为武大风。他经常组织广大军民破公路、截电线、摸岗楼、抓舌头，日伪人员闻风丧胆。他掌握政策，区别对待，对死心塌地屡教不改的铁杆汉奸决不心慈手软，曾在一个月内，指挥除掉了40多个罪大恶极而又顽固不化的汉奸。他非常重视统战工作，经常给国民党县政府的官员写信，陈述利害，晓以大义。还经常召开绅士会、伪家属会，或利用各种机会，直接做伪军的工作，使不少伪军携枪反正。解集据点就有近30名伪军向县大队投诚。县大队的部分枪支、弹药就是通过敌伪关系搞到的。他关心同志，爱护战友，每当战斗结束，带头背伤员，给伤员打饭端菜。在危急关头，奋不顾身，一次战斗中，文书负伤，他冒着生命危险，把文书救回来。

1941 年，武大风调任商河县县政府秘书。

1942 年春，阳信县大队、县政府遭敌合围，县长被捕叛变，党组织派他到阳信县担任抗日民主政府县长。他深入群众，重新组织抗日力量，逐渐扭转了阳信县的斗争局面。

1943 年 2 月 3 日凌晨，日寇纠集日伪军近万人，由驻天津日军第九混成旅团长藤冈武雄坐镇指挥，动用 200 多辆汽车，并配骑兵、装甲车，对我抗日部队活动频繁的庆云、阳信、乐陵边界地区的铁营洼一带实行了“铁壁合围”。武大风率领干部、战士，奋勇突围，敌人包围圈步步紧缩，被困的群众都为他担忧，有人给他一头小牛，让他牵牛化装成老百姓混出去，武大风执意不肯，坚定而感激地说：“共产党是不兴撇下群众，光顾自己的。”继续率队战斗。负伤后，通讯员要背他突围，他连连摆手示意，不要管他。激战至下午三时许，他和一部分干部、战士被围困在铁营村东北 200 多米长、数米宽的交通沟里，虽然多处负伤，但他临危不惧，视死如归，一面指挥战斗，一面照顾逃难的群众。他高声喊道：“同志们，为国捐躯的时候到了，我们宁为国死，不为敌虏！”惊天动地的喊声，给战士们增添了无穷的力量，也唤起了群众的抗日热情，他们纷纷跃出掩体，冲入敌群，与几十倍于我方的敌人展开了肉搏，战士们以血肉之躯与敌人殊死搏斗，同归于尽。敌人围了上来，想要抓住武大风，武大风连续打倒了几个鬼子，然后安然地趴在道沟里，为了不把武器留给日寇，他将手枪压在胸膛下面，打出了最后一颗子弹，壮烈牺牲。

武大风牺牲以后，萧华司令员为赞颂他的革命精神，撰写了一副挽联悼念这位抗日英雄：

生即正直举止非凡的系人中一大，死亦壮烈英勇不屈确是无产作风。

2020 年，武大风入选全国第三批著名抗日英烈、英雄群体名录。

李明伦

李明伦（1916—1968），又名仲春，字毅忱，曾用名李彝忱、李仲、李彭，山东阳信县王洪道村（今属河流乡）人。原中国人民解放军南京第四步兵预备学校政治委员兼党委书记、中华人民共和国第五机械工业部第五设计院党委副书记兼政治部主任。1916 年，李明伦出生在一个比较富裕的家庭里，爷爷是当地一位名医，为人善良，医技高超。小时爷爷将其带在身边，常常能听到病人对生活艰难的诉说和看到贫病交加的农民生活情景，这对他后来参加革命有较大的影响。

1928 年，李明伦考入山东省立第四中学（校址惠民县城）。此间开始阅读部分左翼作家的作品，接受科学、民主道理，立志走科学救国之路。

1933 年冬，国民党校长冯培元打击进步学生的行动也越来越猖獗，有些同学被开除，有些同学莫名失踪。17 岁的李明伦和闻昭峻等同学以反对校长克扣伙食、杂支费为名发起了驱逐校长冯培元的运动。学生们痛打了冯培元的走狗，迫使冯培元痛哭流涕，向全体同学道歉赔罪并答应辞职。第二天清晨，正在进步学生为斗争的胜利欢呼的时候，冯培元带领警察把为首的李明伦、闻昭峻、李风岭、靳以海等几名同学抓了起来，关押在惠民县政府拘留所。数日后，李明伦等被释放，但已被冯培元把持的学校开除了学籍。

1934 年 2 月去北平，李明伦考入私立文治中学，半工半读，主要想拿到高中毕业文凭，考上大学。同年 9 月升入河北省立保定农学院，翌年 9 月到北平大学农学院做练习生。1936 年 8 月，李明伦考入北平大学工学院纺织工程系读书。他的理想是将来能够工业救国、科学救国，但学了一年，卢沟桥的炮声响了，侵略者的铁蹄粉碎了他的美好理想。这期间，李明伦曾参加"一二·九""一二·一六"学生运动及抗日救亡宣传和募捐活动。

1937年9月，李明伦随小姨劳成之和同学杨沛、杨停云到达西安临时大学（后改名为西北联大）工学院。西安临时大学进步学生组织很活跃，经常通过八路军驻西安办事处请共产党领导人周恩来、彭德怀等同志作报告，也动员学生下乡宣传抗日。这些活动对李明伦产生了极大影响，他决心投身到抗日救国的实际斗争中去。

1938年1月，晋绥35军傅作义部队在西安招收学生，成立政治工作队。李明伦当时认为傅作义总算是绥东抗过战的民族英雄，而且现在在晋西北坚持抗战，不同于蒋介石的中央军，于是就和左青、刘凯、杨茂春、马万兴、陈有道等（共产党员、民先队员）参加了傅部。政治工作队的负责人是周兆峰（共产党员、留法学生），学习半个月后，分配工作。先后担任过35军政治部民运科干事，奋斗剧团总领队，420团政治主任等职。就在这年3月，经王景涛、杨文斌介绍参加了中华民族解放先锋队。同年6月共产党派潘纪文以特派员的身份在傅部开展工作，当时傅部15名政工负责人，除一人是国民党员，其他14人都是共产党员或民先队员。李明伦的思想在这样的环境中发生着急剧的变化，进一步坚定了共产主义信仰。这期间，他曾奉命去延安索要报刊、文件，亲眼看到了陕甘宁边区蓬蓬勃勃的民主建设、平等友爱的人际关系、紧张的学习生活，此后更坚定了要走共产党道路的决心，并当面向潘纪文提出去延安的要求。

1939年3月，傅作义投靠了蒋介石，要求政工人员加入国民党，并宣布：从八路军请来的政工人员不愿再干的也不为难，愿留下月薪100个现大洋。此时潘纪文在延安汇报工作，去留只能由自己选择。李明伦不为金钱所动，和共产党员冼依等人于同年8月撤出傅部，奔赴向往已久的延安。9月底，李明伦进入抗大三分校五队学习，担任班长，并被选为五队模范学员。1940年2月经指导员刘国英和组织委员陈敏介绍加入中国共产党。

1940年3月，李明伦抗大毕业，被派往军委军政学院学习。1941年10

月毕业后分配到中央情报部和军委作战部任干事、参谋。这时李明伦感到在中央机关、中央领导身边工作可以学到很多东西（每周都能听到朱总司令做时事讨论总结），但同时也感到自己缺少实际斗争的锻炼，尤其是缺乏血与火的考验，应该到杀敌的最前线去，到基层去。因此，多向组织次提出申请，终于在 1945 年 7 月得到批准，奉命离开延安回到山东，于 11 月到渤海军区司令部报到。司令部所在地正是李明伦上过中学的地方——惠民县城。

奉调到渤海军区之后，李明伦开始任警卫营教导员。军区组建炮兵营，被任命为营政委，后扩建成山炮团，李明伦被任命为团政委。此后，先后参加了解放齐河战斗、沧（州）青（县）战斗、昌潍战役、济南战役、淮海战役、渡江战役和淞沪战役。上海战役后，先后任上海警备区政治部组织部部长、干部部部长。1954 年 10 月调任南京军区第四步兵预备学校政治委员兼党委书记。1955 年任中国人民解放军第四步兵预备学校政委。此间获三级独立自由勋章和二级解放勋章。1964 年转业到中华人民共和国第五机械工业部第五设计院任党委副书记兼政治部主任。1966 年“文化大革命”开始后，李被批斗，并被强迫从事勤杂工作和强体力劳动，身患胃癌，1968 年 7 月 21 日去世。1978 年 10 月有关部门宣布为李明伦彻底平反，恢复名誉。

韩华挺

韩华挺（1918.6—1987.2），原名尹清泰，化名韩华挺。1918 年 6 月出生于山东省阳信县钦明区（今商店镇）小王村一个普通农民家庭。幼年先后入曹啦家村（今南曹村）小学、商店高级小学读书，1934 年毕业后在家务农。在党的宣传教育和影响下，自觉投身革命，于 1939 年 5 月加入中国共产党，在阳信从事地下工作。

1940年7月由地方党组织介绍转入八路军。先后在冀鲁边区六支队任锄奸组长、十六团营特派员、独立团特派干事等职。

1943年7月，阳信县武工队成立，韩华挺同志任武工队队长，主要任务是开展阳信敌占区工作，打通冀鲁边区和清河军区的联系。当时冀鲁边区抗战形势极端困难，日寇为了消灭我军，把边区抗日根据地摧毁，用挖洪沟、设岗楼、增据点的办法对我根据地实行严密的分割、封锁，并采取远距离奔袭、铁壁合围、拉网扫荡等残酷手段进行频繁扫荡，对根据地实行烧光、抢光、杀光的“三光”政策。

在极其困难的危急关头，上级决定尽快把冀鲁边和清河两个军区连接起来（后编为渤海军区），以利坚持抗战、夺取最后胜利。但两个军区之间有阳信、无棣、沾化三个县的敌、顽占区阻隔。阳信县武工队成立后，韩华挺带领武工队积极深入敌占区开展工作。一是住在基本群众家中，对其宣传教育，发展进步力量，建立可靠的点线关系；二是进入开明士绅家中，通过工作使其掩护我们的活动，有条件的还动员他们为我们做当地伪军头目的工作；三是设法到伪乡、保长家，教育他们立功赎罪，暗地为我们工作。经过半年的艰苦奋斗，在阳信东部五马道一带建立起了较可靠的隐蔽活动根据地，成为两个军区交通联系的一个中间站。在小部队掩护下，两个地区的工作人员，夜间来往能安全住宿，军区领导同志来往也可放心地在那里落脚。

1944年夏，成立了县大队，韩华挺同志任大队长。1945年初，随着抗日战争的节节推进，形势已开始好转，阳信县的日军撤走，封锁沟上的岗楼及小据点也撤掉了，伪军绝大部分龟缩在县城固守。城西只有流坡坞、温家店两个大据点。7月10日，县大队夜间包围、佯攻温家店伪据点，引诱县城的伪军出动西来增援。分区部队埋伏在温家店据点以东洪家洼公路旁的青纱帐中，准备伏击歼灭来援之敌。韩华挺带领县大队并组织区中队、民兵配合，当夜包围了温家店伪据点，向敌人发起了几次佯攻后撤出战斗。

据点的伪军惊恐万状，县城的敌人只听到温家店方向激烈的枪炮声，弄不清发生了什么情况。天亮后，伪县长李孚青亲自带四个中队近300人的伪军，西来增援。上午，大队的敌人从埋伏在青纱帐中的我军面前的公路上走过，我军隐蔽未动。下午三点，来援伪军的大队人马回城了，走进我军埋伏圈内，我军突然发起猛烈攻击。敌人顿时乱作一团，未来得及还击便全部被歼。这次战斗活捉了伪县长李孚青以下伪军二百余人，缴获了大批武器装备。为瓦解敌人，对被俘的伪县长李孚青及其下属官兵分别进行教育后都释放回去。

1945年8月21日拂晓，韩华挺同志带县大队配合分区部队包围了县城。参加了解放阳信战斗。下午3点，分区首长发出总攻命令，经过一个多小时的激烈战斗，全部歼灭了守城伪军。共俘伪县长李孚青以下伪军官兵一千余人，缴获了其全部武器装备。

阳信县城解放后，上级任命韩华挺同志为阳信县人民政府的县长。在上级政府和党的领导下，韩华挺同志投入了筹建全县各级人民政权的紧张工作中，先抓了建立县政府的机构和建立、健全六个区人民政府，以便开展全县的政权工作。同时组织接收县伪政权的档案卷宗，对伪政权人员调查、摸底，准备对之教育训练。而后配合群众团体有步骤地发动群众进行诉苦反霸、减租减息，初步摧毁了乡、村伪保甲政权的社会基础，选拔群众运动中涌现出来的群众拥护的积极分子，建立了人民的村政权。

根据工作需要，韩华挺同志相继调任渤海四分区警卫团参谋长，四分区21团、渤纵7师3团和第三野战军33军290团政治处主任、华东公安部队政治部政干部部长，浙江军区宁波军分区政治部主任、副政委，丽水、宁波军分区政委、浙江省军区政治部副主任等职。参加了潍县、周张、济南、淮海、渡江、广德、淞沪等重大战役、战斗。他不怕艰难困苦，不怕流血牺牲，对敌斗争坚决，作战勇敢，身先士卒，先后两次负伤，被评为三等甲级残废，被国防部授予“三级独立自由勋章”和“三级解放勋章”，为中国人民的解放事业做出了积极的贡献。

1955年入中国人民解放军政治学院学习。1964年被授予大校军衔。这一时期，他保持和发扬战争年代的优良传统，发挥共产党员和党的政治工作者的模范作用，严于律己，经常深入基层，积极工作，为建设现代化、正规化、革命化军队做出了积极贡献。1980年被批准离职休养。1987年2月27日因病逝世于杭州。

张国英

张国英（1921.10—1945.4），原名张同仁，化名张志义、张兴华、李景晓、郭英。1921年10月，张国英出生于阳信县劳店区小孙家村，乳名叫小友。本姓孙，因父亲早年去世，随母迁往邱家村跟外祖父张乾元过活，改姓张。张国英自幼性情安静温柔，读书勤奋。小学毕业后，入阳信师范读书，历次考试均为优等。

1937年“七七”事变后，张国英忧国忧民，到处奔走，探求救国拯民之道。他先后接触了阎登三、孙清野等同志，1938年春张国英加入中国共产党。同年7月，张国英同志发展逃荒在邱家住的商其元入党。邱家村单独成立了党支部，国英同志任支部书记。主要任务是地下交通。张国英发展外祖父张乾元成为我党地下义务交通员，经常单独去执行任务。张国英的母亲，也经常替我党传递情报。

1939年夏，张国英调冀鲁边军政学校学习政治。同年秋结业，与商其元往何坊街，以开西药房为掩护，秘密建立交通站，任站长和支部书记，负责收集顽军王复成及惠城伪军情况，兼做一些秘密策反工作和民运工作，是阳信东西交通的重要枢纽。1939年冬，张国英动员前谢村一个张姓进步女青年外出学习，被其丈夫控告拐骗人口，药房被惠城汉奸查封，张国英被捕入狱，但交通站并未暴露。1940年春，经组织营救，张国英获释，在王家湾重建何坊交通站。交通站恢复后，张国英调六区任文教助理员。

1941年，张国英主要在阳信东部做敌军、友军工作，领导商其元、派韩树、郑学诗打入敌军内部，获取情报，除奸细，搞枪支弹药，购买急需物资，做下级军官和士兵的争取工作，为党做出了卓越贡献。1941年，张国英通过刘打水村范道元指示商其元设法除掉了日寇的高级特务分子韩健，为我党在敌伪内部活动铲除了心腹之患。

1942年，阳信县工作委员会成立，孙清野任书记，封明亚任组织委员，张国英同志任宣传委员，阳信东部工作和敌军工作仍由国英同志负责。通过在五团任“师爷”的郑学诗介绍，张国英成了国民党独立五团团长刘学孟的座上客。他与刘学孟推心置腹，成为至交。在张国英的帮助下，刘学孟带全团人马开赴我西部根据地，与我军并肩宿营、操练月余，士兵配发了八路军臂章，准备接受改编。后终因国民党阳信县党部书记长宋子平、国民党庆云县县长季峙青及五团一营营长、国民党员程汇川从中作梗，未能如愿。五团仍回阳信东部，成为我友军之一。

1943年夏，张国英得了疟疾，在河流店街张洪奎家养病。组织通知他到乐陵去开紧急会议，他不顾病体，一气跑到乐陵。3天后，他带着新的任务回到劳店纪家大庄，在其姑母门口晕倒，不省人事。经抢救调治，虽免于性命之忧，身体却从此衰弱，面容都脱了形。张母一次在河流后街偶遇张国英，竟没有认出来。

1945年，抗日战争胜利前夕，张国英与商其元由西部东来，顺便探亲，被其叔父孙学武见到。第二天，孙学武被顽保安十一团之一部冒充八路军骗去当向导，无意中谈起张国英、商其元回家的消息。当夜，十一团劳其风带一伙顽匪包围了张国英的住所，要张国英出来投降。其中一个匪徒贸然闯进北房，企图立个头功，被张国英一枪击毙。张国英几次突围未成，与匪徒对峙到天明，剩下了最后一颗子弹，料定不能转移，决意以身殉职。他让母亲由灶膛钻进炕洞躲藏，自己焚毁文件，从容饮弹自尽，年仅二十四岁。

魏玉峰

魏玉峰（1922.7.2—1948.11.16）原名魏观俊，阳信县魏家集人。自幼家境贫寒，由叔父抚养长大。1944 年 8 月，被日伪军抓去当兵。1945 年 8 月解放，加入八路军，次年加入中国共产党，历任班长、排长、连指导员。1948 年 11 月，在淮海战役中牺牲，年仅 26 岁。

魏玉峰入伍三年多，参加过多次战斗。他作战积极，联系群众，很快锻炼成为一名模范的政治工作者。1946 年 8 月攻打邹平城的战斗中，在兄弟连队突击未成伤亡较大的情况下，主动请战，率领一个班成功地登上了城东门，为部队入城开辟了通道，所率班被命名为“战斗模范班”。

在老河口战斗中负伤后，他谢绝留医院休养，主动跟随部队行军作战。在南阳连庄战斗中，亲自指挥爆破，不料一颗子弹打中他的胸膛，倒在敌驻地村头，当同志们去抢救时，他虽已不能说话，但仍示意要继续完成任务。

1947 年 4 月 22 日泰安战斗中，他率领一个排，突破对方阵地，直逼国民党 72 师师部驻地——岱庙，乘对方混乱之际，抢占了他们的地堡工事。这里三面受敌，他已是头部、两腿和右臂多处负伤，仍坚持着指挥仅有的 18 名战士坚守阵地，直至大部队赶到，夺取了最后的胜利。此次战斗，这个排不仅胜利完成了突击任务，还杀伤国民党 72 师百余人，魏玉峰还独自缴获一挺重机枪。战后，魏玉峰被授予“华东一级人民英雄”光荣称号。

在战斗的岁月里，他多处负伤，胸部还留有弹头，身体虚弱，有时吐血，但在行军时仍经常帮助战士扛枪，大家深受鼓舞。他待同志如兄弟，视百姓如父母。部队每到一处，他总是深入群众，细听群众反映。有一次，他正在一个庄养伤，听说要开村民大会，他忍着伤痛从床上爬起来去参加，宣传人民军队南征北战，讲“三大纪律，八项注意”。村民们说：“有位年轻的指导员，爱护百姓真是无微不至！”

1948 年 11 月，淮海战役开始，魏玉峰所在的华东野战军 10 纵队 85 团 3 营，驻徐东打阻击，九连没有连长，由他全面指挥。11 月 16 日上午，国民党第五军在飞机和坦克的掩护下，向 3 营驻地太平庄发起猛烈攻击，他指挥九连集中火力击退了敌人数次进攻。下午，敌人集中兵力突入友邻 8 连阵地，他挺身而出，亲率一个排，从侧翼进行反击，有力地配合了兄弟连队。正当魏玉峰率两挺重机枪利用坟包掩护射击时，不幸中弹牺牲。

其英雄事迹展于淮海战役纪念馆。

刘学孟

日军侵我中华并血洗阳信县城的暴行，激起了群众的极大愤慨。曾任阳信县二区（劳店）区长的刘学孟，迅速行动起来，广泛联系当地知名人士，组织“抗日动员委员会”，号召联合各界力量共同抵抗日军，保卫家乡。当地民众群起响应，很快以二区乡农学校壮丁队为主力组织起近 500 人枪的一支抗日队伍，举起抗日救国、保家卫土的旗帜。1939 年春，抗日自卫团在路家村伏击日军，打死日本官兵 5 人，打伤多人，击毁汽车 1 辆，自卫团声威大振。

1939 年夏，为了进一步扩大抗日武装力量，刘学孟正面依靠国民党鲁北行署主任何思源，抗日自卫团被改编为鲁北行署保安独立第五团，刘学孟任团长。

1940 年春的一天，日寇为扑灭这支抗日队伍，出动日伪军骑兵近百人，步兵 200 余人，包围了刘学孟的家乡老店乡枣吕村，进村后杀死无辜百姓 4

人，将刘学孟的家产和房屋全部烧毁，刘学孟家人在乡亲们的掩护下得以脱险。此后，刘学孟更加坚定了抗日救国的决心。当时盘踞在劳店街的日伪据点伪区长王秀亭及其卫兵作恶多端，百姓恨之入骨。刘学孟带领战士拔掉了伪区部，并将王秀亭及其卫兵当即处死，扩大了这支队伍的影响。

为了团结刘学孟共同抗日，中共阳信县委一直与刘学孟保持密切联系。刘学孟曾去冀鲁边区八路军抗日根据地和边区领导人会面，在庆云、阳信边境一带，双方部队共同操练，交流战术，提高部队战斗力。双方商定，等待时机成熟，将第五团改编为八路军，并领取了八路军的袖章。由于国民党阳信县党部书记程汇川（当时兼任刘学孟第五团一营营长）和国民党庆云县县长季峙青从中作梗，收编未成。后在张贤村（现属阳信县信阳街道）与八路军共同约定互为友军。

1942 年 6 月 18 日（农历五月初五）日军从天津、唐山、沧州、德州、济南等地调集 5000 余人，汽车 100 多辆，将驻防在阳信无棣边界的独立五团 800 余人包围。刘学孟率众奋力反击，激战数小时，终因寡不敌众，120 多名官兵壮烈牺牲,500 多人被俘，刘学孟举枪自尽，壮烈殉国，年仅 47 岁。

孙育斋

孙育斋为阳信县钦明区双庙村人（现水落坡镇），是当地很有名望的开明人士。日军侵入阳信县境，烧杀抢掠，激起了孙育斋的愤怒之火。此时，尚未逃走的国民党滨县政府号召民众武装抗日，凡组织民团者可领步枪 50 支。孙育斋凭借在滨县的亲戚关系，到县城领回 50 支枪，很快拉起一支 300 余人的民团队伍。孙育斋的部队纪律严明，扶正祛邪，深受群众拥护。1938 年 2 月，孙育斋部随韩兆坤团被编入山东第五行政区刘景良混成七团，孙育斋为独立营长，活动于惠阳滨三县边界一带，队伍发展到 1200 余人。

因团长韩兆坤坚持消极抗日，政见不同的孙育斋自带750人枪，在阳信东部活动。

1938年11月，中共阳信县委成立以后，为团结孙育斋共同抗日，派组织部长阎登三等与孙育斋见面，对时局和抗日问题开诚布公地交换意见，自此孙部与我党建立了密切联系。

1939年1月，在县委书记孙清野陪同下，孙育斋去乐陵与八路军东进抗日挺进纵队六支队进行了广泛接触，并让孙育斋参加八路军练兵、生活达两个月，使孙育斋的思想发生了显著变化，坚定了“跟共产党走，学习八路军抗战到底”的决心。冀鲁边区首长与孙育斋议定，由我军派人到孙部帮助工作，创造条件，待时机成熟后将孙部的特务营改编为八路军兰州支队第九团。1939年4月上旬，孙育斋返回部队，阳信县委派地下党员到特务营连级军官家乡以当教员、医生为掩护，秘密开展党的活动。6月间，湘江支队八团二营来到阳信东部，进入孙育斋部防地活动，孙育斋派军在侧面保护。

1939年冬，由于斗争环境恶化，阳信县何坊区、商店区的地下党组织相继被破坏。地下党组织将在敌占区已暴露目标的党员集中起来，成立了一个28人的“特务班”，安插在孙育斋部队里，由地下党组织和孙育斋部双重领导。

1941年春，经孙清野、阎玉泉介绍，孙育斋加入中国共产党，从一个自发的爱国志士，完全成长为一名共产主义战士。孙育斋的思想转变和抗日行为，引起了当地伪顽头目的怨恨和恐慌。1942年4月，国民党投降派顽军头子韩兆坤与王复成妄图借助日伪军武力，共同消灭孙育斋特务营。4月14日下午，惠民城和大桑落墅的日伪军骑步兵突然将正在前田村开会的孙育斋部包围，孙育斋率队冒着枪林弹雨突围，激战中被敌人冲散，身负重伤，饮弹自尽，时年44岁。

王步云

王步云（1899—1965），原名王洪生，字圣泽，化名王品一、张功民。1899 年生于阳信县商店镇梁家村一个贫苦农民家庭里。1938 年加入中国共产党，是阳信县早期的共产党员之一。

1921 年，年仅 22 岁的王步云，因家境窘困无法生活，被迫下了关东。在东北，他孤单一人，举目无亲，靠在家学到的一点医术为人看病谋生。

1923 年，流落他乡的王步云回到了阳信，与哥哥在本村开办了一家小药店，专为四外两乡的群众行医。还经常免费为贫苦人家治病，因而深得当地人民的称赞。他看到人间的不平，经常装醉佯狂，以此发泄内心的愤懑。父母与哥哥怕他这样下去会给全家带来灾难，劝他安分守己，小心行事。可王步云却毫不在意。时间长了便引起了父兄的不满。王步云理解父兄的苦衷，他对家里的人说："只要有人领着穷人干，人间不平定会被推倒！"

1930 年 10 月，阳信县最早的共产党员冯乐进同志从北平出狱后回到阳信，开展秘密工作，利用一切机会向学生和群众宣传共产党，宣传红军和抗日救国。许多学生和进步青年深受教育和影响。王步云对冯乐进同志早已闻名，并对冯乐进同志的革命胆略钦佩不已。他通过冯鼎平结识了冯乐进同志。在冯乐进和孙清野同志的帮助下，王步云懂得了许多革命道理，进步很快。他毅然与进步青年一道深入到各村进行抗日斗争宣传活动，联络进步青年加入抗日队伍，为壮大党组织做了大量工作。1938 年 10 月，经孙清野介绍，王步云加入了中国共产党。

"七七"事变后，中国共产党领导全国各族人民奋起反抗日本帝国主义的侵略。1938 年冬，中共冀鲁边特委决定由孙清野、阎登三、王步云组成中共第一届阳信县委负会。孙清野同志任书记，阎登三同志任组织部部长，王步云任宣传部部长。

为了便于秘密开展工作，1939 年县委决定由阎登三、王步云、侯振义在阎家集开办药店，实为党的地下交通联络站。他们的公开身份是：阎登三任经理，王步云任医生，侯振义任司药，主要任务是传递情报，掩护同志，负责与上级党组织的联系，为党的活动提供部分经费。

当时，日军统治严密，到处修筑岗楼据点，实行白色恐怖。王步云等三名同志冒着生命危险，积极开展工作。王步云常以卖小枣或虾酱为掩护，推着小车，冒险通过敌人的封锁线，多次去清河和冀鲁边区，出色地完成传递情报的任务。回来时，又装满一小车藕，扮成商贩，躲过敌人的盘查，把上级的指示、文件带回阳信。

有一次正值青纱帐时，王步云从三地委带一份重要文件回阳信。经过敌占区时，敌人要对他搜身。紧要关头，王步云急中生智，冷不防一拳打倒敌人，丢下小车钻进了青纱帐，敌人爬起来用机枪猛扫，一颗子弹打在他的破苇笠上，险些丧命。他机智地甩掉了敌人的追击，安全地把文件带到阳信。

1941 年 1 月，县委决定由王步云同志负责“阳信县各界群众抗日动员委员会”的工作。他带领抗日动员委员会的同志跑遍全县各区，秘密进行抗日宣传，贴标语，书写口号，并抓住一切有利时机做敌伪官兵的转化工作，瓦解敌人，扩大抗日力量。

1942 年，抗日战争进入了最艰苦的岁月。三地委为了加强地委的交通力量，决定调王步云任三地委交通科科长。王步云毫不犹豫地担当起了这一重任。有一次，三地委的全体干部在李广文同志的带领下从清河区向冀鲁边区转移，不料半路遭到敌人袭击。由于敌众我寡，地委的同志被打散了。紧要关头，王步云边打边前进，只身一人到了沧县与一地委接上了关系，并领来部队，把被打散同志陆续找回来。

这一时期，王步云曾担任无棣县委组织部长、冀鲁边阳信县敌工干事，渤海邮务管理局政治巡视员、惠民县党的地下工作组组长，沾化、阳信、惠民三县地下侦察站站长等职。

1945年8月，日本帝国主义投降，阳信县解放了。然而，蒋介石却极力推行反共反人民的反革命政策，把枪口指向人民。中国共产党领导中国人民进行了解放战争。三地委任命王步云为阳信县县委委员兼民运部部长。这时，他已是年近半百的人了，艰苦的战争环境已使他体弱多病。当时土改试点工作非常繁重，他为了掌握第一手资料，及时指导土改工作，总是带病坚持工作，深入农村，进行调查研究，紧紧依靠贫下中农，开展工作。当时土匪非常猖狂，国民党还乡团与地主恶霸勾结在一起，经常杀害我土改干部和积极分子，斗争环境十分恶劣。同志们非常关心王步云的安全，劝他多加小心。可王步云把自身安全置之度外，照样战斗在第一线。

因工作需要，1946年4月，王步云到东北大连一铁厂任经理，历时二年，圆满完成了党交给的任务。1948年1月，王步云在渤海党校五队任指导员、党支部书记，为培养党的后备干部做了大量工作。1949年2月，王步云随军南下，并任南下纵队六大队联络科科长。虽然他的工作几经变动，转战南北，但他总是服从组织分配，安心工作并出色地完成了党交给的任务。

1949年10月，中华人民共和国成立。进城后，每一个同志都面临着职务与待遇的考验。王步云同志以自己的模范行动为周围的同志做出了表率。他常说："我王步云永远是党的一名忠诚战士，为实现共产主义，我宁愿做一块铺路石。"此后，王步云同志曾先后担任山东省省级机关第二、第四招待所所长，省级机关幼儿园园长，山东省人委机关事务管理局办公室秘书等职。这些工作大都是些事务性和服务性很强的工作，任务繁重琐碎，有时还不被人们所理解。王步云毫不考虑个人得失，尽职尽责，任劳任怨。

1965年，王步云65岁，经组织批准离休养病。1977年6月25日，王步云同志因病医治无效逝世，终年78岁。

冯振声

冯振声（1915—2008），阳信县商店镇冯店村人，1938年加入中国共产党。1945年阳信解放后，冯振声先后任商店区文教助理、民政助理、商店区副区长。新中国建立后，先后任财政科副科长、科长，中共河流区委书记、县农机局局长、县交通局局长等职。

1938年10月，上级党组织批准在冯店村建立党支部，冯振声任支部书记。不久，县委指示以党支部为基础，以“天德堂”中药铺为落脚点，建立地下抗日交通站，冯振声兼任站长。交通站以中药铺为掩护，传送党的文件，搜集日伪情报，秘密发展党的组织，掩护过往革命同志等。冀鲁边区负责人李文广、杜干臣、李援，县委书记孙清野、县长阎登三均到交通站开展过工作。

1939年，冯振声获悉新安店村国民党议员李文林组织了40多人的民团，遂以外出购药作掩护，连夜去庆云县后段村向上级党组织报告。在他的带领下，一举缴获民团长枪40支。是年5月，冀鲁边军区决定拔掉劳店伪据点，打通去沾化的通道。冯振声以走亲访友、赶集买卖为由，几次接近据点，并动用各方关系搜集据点情报。八路军挺进支队八团三营根据情报制定了周密的作战方案，从乐陵出发，出其不意地包围了据点，速战速决，俘获全部伪军人员，缴获长短枪80支、骡子一匹、自行车一辆、伪币一宗。

抗日战争期间，交通站先后发展何坊牛茁村牛连堂、吕相村王立元、豆腐店村裴化轩及本村刘雪堂、冯宝章、冯永春等十几人为中共党员。期间，冯振声两次躲过日伪的追捕。

1945年8月，阳信县城解放，冯振声结束了八年地下抗日工作，担任商店区教育助理、民政助理。1947年2月，冯振声任民兵连连长，带领民兵180人40副担架随军支前，担负运送伤员的任务。民兵连既是担架队又是战斗队，配备武装班，连部等七八个工作人员均是全副武装。在白天敌机轰炸、夜间土匪袭扰的恶劣环境下，民兵连跟随刘邓大军，渡黄河挺进大别山，将伤员从前方野战医院送回曹县后方医院。完成第一次任务，回到阳信后，经过短暂的休整又重返前线。冯振声带领民兵连奋战180天，圆满完成两次支前任务。民兵连受到华东民委的表彰，冯振声个人被记三等功。

1947年，国民党重点进攻山东，黄河以南地区再次被国民党军队占领。解放军前线指挥机关设在商店一带。严冬将至，部队取暖成了严重的问题。冯振声接到上级的指示后，带领工作人员连夜行动，分别在商店、小桑等地设收购点，在较短的时间内，筹集几万斤木柴，为部队安全过冬提供了保障，受到前线指挥部的表扬。

1957年10月，冯振声任中共河流区区委书记。1958年“大跃进”运动席卷城乡，“左倾”思潮一度泛滥。为超额完成上级下达的炼钢指标，农民家中除菜刀以外的所有金属（铜、铝等金属也顶指标）成为收缴对象。此时，他指示工作人员，把全区3000多户群众的铁锅分别写上户主姓名，单独保存，不到万不得已不上缴。一年后，党中央及时纠正了大跃进中的冒进行为，农村食堂解散，大锅饭结束，农民恢复正常的家庭生活。此时各地出现买锅难问题，河流区两万多农民却避免了因铁锅问题带来的生活困难。

冯振声对子女要求严格，一再强调“工作中不要请假，不能迟到，生活中要知足……”作为离休干部，他的药费国家全额报销。但他不允许家人用他的名字报销一分钱。2008年四川汶川大地震，他躺在病床上交了1000元特殊党费，以表达对灾区人民的关心。

2008年11月27日，冯振声因病医治无效去世，终年93岁。

王玉琢

玉玉琢（1916—1944）

玉玉琢（1916—1944），化名娄剑锋，无棣县西小王乡小屯河南村人。1937年“七七”事变后，惠民县省立四中停办，王玉琢失学回家。他目睹日军侵华罪行和国民党政府的倒行逆施，怀着强烈的爱国热情，加入中国共产党。他不顾国民党县政府的严密控制，积极开展地下活动，奔走全县，宣传党的抗日救亡主张。曾南下清河镇，说服准备南逃的四中同学留下，参加抗日斗争。他的祖父、父亲都积极支持他的革命活动，他家成了党的秘密联络点。

1939年春，他被任命为五区区委书记。不久又被派赴良户庄，与杨志诚开辟四区抗日根据地，创建区中队。同年7月，无棣县第二届抗日民主政府成立。他又调回五区任区长。1940年3月，四区区中队与县特务大队合编为县武装工作大队，他任指导员。1940年下半年，形势恶化，为保存革命实力，边区党委指示县大队将大部分人员编入八路军冀鲁边区部队。为了斗争需要，他又同杨志诚在四区组织起一支手枪队。1942年2月无棣县委重建后，他配合县委书记张晨光、县长王景峤再次组建起一支县武装工作大队，并任副政委。当时日军纠合国民党保安六旅，抢占战略要地，修炮楼、挖封锁沟、筑军用公路，采取“铁壁合围”“拉网”战术，对抗日根据地步步进逼，分割蚕食。王玉琢针锋相对，在人民群众掩护下，凭借壕沟和青纱帐，与日、伪、顽军积极开展斗争。

1943年7月邢仁甫叛变，无棣形势又趋向恶化。县委、县政府奉命撤销，领导人员相继调离。县大队奉命与新海县大队合并，王玉琢任新海县县委委员、县大队副政委，带领部队化整为零，在原地坚持战斗。1944年1月，王玉琢随新海县大队编入回民支队五大队，任政委。

1944年6月小麦黄熟季节，国民党六旅倾巢出动，到边区抢粮，其一团一营李明轩部预计于3日抵达大齐周务村。 为了保卫麦收，王玉琢亲率李子明排从小山赶赴大齐周务打伏击。准备乘李营不备，给以重大杀伤，终因众寡悬殊被包围。王玉琢带领全排干部战士坚持到天黑，利用夜幕向西突围。他亲自断后，边打边撤，不料右胸中弹，不能行走。在紧急关头，他命令警卫员带上他的手枪、钢笔、文件包迅速撤离，自己只留下两个手榴弹以防不测。后因伤势过重，神智昏迷，被俘。

王玉琢身陷囹圄，忍着伤口的剧痛，痛斥国民党的卖国罪行。并庄严宣告“我们共产党人，头可断，血可流，革命气节不可丢！ 我活着不吃‘驴’(旅)饭，死了不穿‘驴’衣！”使张子良束手无策。1944年6月25日，被秘密杀害于阳信城外，年仅28岁。

傅洁臣

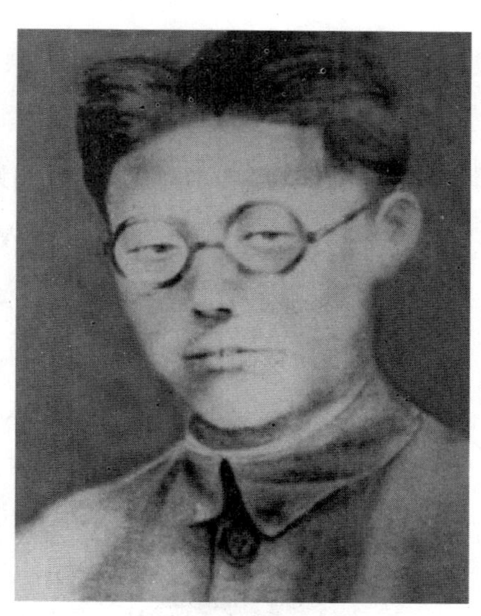

傅洁臣（1917—1940）

傅洁臣（1917—1940），又名文沐，化名王哲，佘家镇王官庄人。傅洁臣敏而好问，成绩优秀。在惠民县省立第四中学上学时，接受马列主义教育。

抗战爆发后，经父亲允许，用300元钱买了一支手枪，加入县民众抗日游击大队。1938年初加入中国共产党。抗日武装攻克无棣城后，傅洁臣参加第31游击支队，任连指导员。后被派往南皮抗日军政干校学习，结业后分配到庆云县任战委会组织部长、三区战委会主任等职。

1939年3月，傅洁臣调任无棣县县委宣传部长。他在自己家秘密安设油印机，亲自刻印宣传品，宣传党的主张，鼓舞群众抗日救国。同时，发展党员、壮大队伍，仅在本村就发展傅文华、刘廷勋等6人，并动员傅文华等4人加入八路军。

1940年3月，在党组织及抗日武装均受巨大损失的险恶环境下，傅洁臣受命代理无棣县县委书记，7月份正式任职。期间，他创建开拓了四区抗日根据地，举办训练班，培育出近百名基层抗日干部。他还在家中建起秘密交通站，由叔父傅玉宝、堂弟傅文彬担任交通员，传递文件，护送干部。当时，王官庄盘踞着一支土匪部队，傅洁臣派王立阶等打入土匪部队内部，进行分化瓦解，说服教育，争取19人参加了八路军。

1940年11月29日拂晓，傅洁臣带领手枪队参加地委会议返回途中，在单家屯遭日军包围，身负重伤，壮烈牺牲，年仅23岁。

张玉梅

张玉梅（1918—1944）

张玉梅，化名赵新民，1918年农历八月出生于无棣县车王镇便宜店村一个勤劳俭朴的家庭里。他8岁上学，14岁高小毕业，1933年考入庆云县中学，于1935年秋季毕业。张玉梅学习十分用功，学习成绩一直名列前茅。

20世纪30年代初期，庆云中学已经有了党的地下组织，不断地秘密进行着爱国宣传教育。张玉梅在学校地下党组织开展的马列主义和爱国宣传教育的影响下，成了学校进步学生中的活跃分子，多次参加学校党组织领导的散发传单的活动。1935年，他在学校加入中国共产党。

1935年秋，张玉梅中学毕业后，回到本县，在大屯村任小学教员。在任教期间，他不但向学生进行马列主义教育，而且还在群众中积极进行爱国主义宣传教育，联络进步群众，介绍发展党员，并建立了大屯村党小组。

1937年“七七”事变后，在中华民族处于生死危亡的关键时刻，张玉梅积极响应党的号召，参加了中共津南工委组织领导的华北民众抗日救国军，踏上了武装抗日的征途。1938年春夏之交，中共鲁北特委派张玉梅去东光县开辟新区。在日、伪、顽盘踞、抗日军民处境艰难的情况下，他协助石景芳组织发动群众，积极进行建党、建政和筹建抗日团体的工作。1938年8月31日，东光县战地动员委员会及所属各抗日群众团体、抗日民主政府同时产生了，张玉梅任战委会主任。不久，他被送往冀南抗大学习，月余后，学习结业，被委任为中共沧县县委书记。1940年11月任盐山县委书记。这一时期，日伪军增设据点，加紧“拉网”式“大扫荡”，冀鲁边区的斗争环境十分恶劣。张玉梅认真执行上级的有关指示，积极领导群众开展反“扫荡”斗争。他发动党的地下组织，深入农村动员进步青年参军，把一批批有志于抗日救国的青年源源不断地输送到部队。

在艰苦的环境下，张玉梅得了严重的肠胃病，患了一身疥疮，身体十分瘦弱，但他始终保持着乐观情绪，坚持工作。1943年冬季，组织上见他病情不断加重，便决定让他去清河区住医院疗养，并派了吴耀南来盐山县接任书记。但张玉梅深知盐山县的斗争非常激烈，他向组织上再三请求留下来继续坚持工作，组织上见他态度诚恳，便同意了他的请求，与吴耀南同时任盐山县委书记，一起领导盐山县的抗日工作。

盘踞在无棣县的国民党地方反动武装六旅旅长张子良，得知张玉梅任中共盐山县委书记，几次写信劝他回来，并以官禄相许。张玉梅有时回信大骂张子良是卖国求荣的汉奸，是祸国殃民的败类；有时把他的来信撕掉，干脆不看。但张子良仍不死心，便找到张玉梅的父亲，软硬兼施逼其出面劝说张玉梅回来。张玉梅的父亲和张子良是同学，一天，张子良派人把张玉梅的父亲找来，硬要他想法把张玉梅叫回来，两人为此吵翻了脸。张子良气势汹汹地说："你是他爹，你就管不了他吗？"张玉梅的父亲针锋相对，说："你爹若能管了你，你怎么还干六旅呢！"并气愤地把桌子推翻，扬长而去。

1944 年 2 月 16 日下午，张玉梅接到专署通知，要盐山县党、政、军干部在次日上午到军分区参加会议。张玉梅派人通知了住在附近村子的几个同志后，便住在了孚家庄。晚上召开了孚家庄党支部会议，讲了当前对敌斗争的形势与今后的任务，会议一直开到很晚。不料这一情况被这个村的敌伪地下线发现，于夜间报告了盐山县的汉奸队。17 日拂晓，这个村群众突然发现敌人，立即告诉了张玉梅，张玉梅带上手枪出了村子，朝着东南方向的古城赵村转移。但敌人在村外各个路口要道上都设了埋伏，张玉梅跑到古城赵村附近时，被敌人开枪击中，不幸牺牲。

当地群众得知张玉梅牺牲的消息后沉痛不已，纷纷赶往现场向遗体悼念致哀，沉痛悼念他们的好书记。广大群众表示："坚决为张书记报仇！""消灭日本鬼子，铲除汉奸特务！"

丁洪泽

一

丁洪泽，无棣县河沟乡（今海丰街道）小马家村人。青少年时期，家境贫困，他的父母节衣缩食，也要供丁洪泽上学。他发奋读书，学习成绩

丁洪泽（1913—1945）

丁洪泽烈士墓碑

优异。1934年，在惠民中学毕业后，丁洪泽考入曲阜师范。此时，正值日寇妄图吞并我大好河山，民族处于存亡危机之际。他怀着强烈的革命愿望，寻求革命的道路，用自己省吃俭用的钱，订阅了邹韬奋等主办的《星期周刊》《生活杂志》等书刊，并且躲过学校当局的严密查禁，阅读完了马克思的《资本论》，还秘密地组织进步同学学习和讨论，从而使他明确了前进的方向，坚定了为共产主义奋斗终生的决心。

1935年“一二九”事件发生后，济南学生进行罢课斗争。丁洪泽等得知这一消息和接到“罢课宣言”以后，积极参加了学校党组织组织的全校罢课斗争。有力地声援了济南学生的罢课斗争，给当局以沉重打击。丁洪泽的言行，引起学校共产党组织的关注，经常秘密寄给他一些进步书刊，引导他走向革命的道路。

二

1936年9月，丁洪泽到商河县龙桑寺乡农学校任教务长。通过原在曲阜师范同学李福如（李健）的关系，与共产党组织建立了联系，并于1937年2月将无棣进步青年关星甫介绍给赵明新，促使赵明新来无棣，开展党的工作，为中共山东省委在无棣建立和发展党组织起到了桥梁作用。1937年3月，丁洪泽经赵明新介绍加入中国共产党。入党后，他积极从事党的发展工作。同年8月，根据上级党的指示，在丁洪泽主持下成立了第一届中共商河县委，丁洪泽任书记。

商河县委在丁洪泽领导下，积极开展抗日救国的宣传工作，并着手组织抗日武装，经过深入的组织发动，组建了一支小规模的抗日武装。当日寇大举南侵，路经龙桑寺时，曾遭到这支武装力量的抵抗，虽因寡不敌众而失败，但却显示了中华民族御侮有人。

三

1938年7月，三十一游击支队改编为八路军平津支队后，丁洪泽转入地方工作，任庆云县委（对外叫“平津办事处”）书记。丁洪泽与县长周砚波、县委组织部长于梅仙等举办“抗日教师训练班”，集中300余名爱国知识分子，进行训练。他亲自讲课，大力揭露日寇的侵华罪行，提高学员思想觉悟，激发他们的抗战热情，推动了抗日救亡运动的广泛开展。11月，日寇侵占庆云城。丁洪泽及时将抗日斗争工作转到农村，在深入农村、发动群众抗战的同时，深入宣传毛主席的《论持久战》战略思想，坚定人们的抗战信心。

四

1939年初，日寇重兵入侵沧县，攻占了沧县县委、县府驻地圣佛镇，并设重兵把守，使我党我军活动极度困难。在此困难时刻，党组织派丁洪泽到沧县任县长，他与县委书记张玉梅一起，整顿党组织，组建县大队，并兼任县大队长，积极开展打击日本侵略者的武装斗争。1940年，他曾率领县大队在孙庆屯设伏，袭击一支40余人的日军队伍，当场消灭20多名敌人，大大鼓舞了抗日军民的士气。之后，他又相继建立了六个区政权，恢复和扩大了抗日根据地，壮大了人民抗日力量。

他来沧县工作后，及时纠正了在除奸方面和减租减息工作中的“左”倾错误，深入做好思想工作，坚持党的统一战线政策。沧县有个开明地主杨苏明，经过他的帮助教育，拥护我党政策，支持抗日，并用他的私人小医院为我抗日伤病员治疗，后来并逐步发展成为冀鲁边区八路军唯一的一所后方医院。还有一个地主杨大生，经丁洪泽多次教育，参加抗日，并吸收他担任了一分区的参谋长。

五

1941 年 11 月，斗争环境恶化，丁洪泽奉命调离沧县到冀南第八督查专员公署任秘书主任。

1943 年 9 月，丁洪泽调任商惠县县委书记。当时商惠县已是敌占区，敌军碉堡林立，壕沟纵横，把我根据地分割成若干小块。他率领县独立营，与敌人周旋，夜间袭击敌人，白天做群众工作。

1944 年春，根据上级党的指示，利用战斗间隙开展整党。他组织县委成员认真学习党的方针政策，开展谈心活动，开展批评与自我批评，进一步增强党的团结，提高战斗力。1944 年夏天，经过整党学习，我军斗志旺盛。此时，正值日伪据点抽调兵力“扫荡”我根据地，敌人后方空虚。丁洪泽抓住这一有利时机，率商惠独立营突袭大田家日伪据点，消灭一部分敌人。接着，又烧毁了另一个据点。秋季，乐陵县伪警备大队长何树茂率领八个中队七八百人，投靠惠民伪军头子刘佩臣，行至商河边境，被我独立营袭击，追击 70 余华里，将其全部击溃，缴获机枪 6 挺、长短枪 300 余支、战马 10 余匹，用敌人的武器装备了我独立营及各区中队，荣获分区“一日打三仗，仗仗都漂亮”的嘉奖。商惠独立营，在丁洪泽的率领下，打击了敌人，鼓舞了人民，恢复了商惠公路以南的根据地，扩大了解放区。

六

1944 年 10 月，丁洪泽调任商惠济三边县县委书记兼县大队政委。1945 年 2 月 2 日（农历腊月二十日），丁洪泽随县大队到史家庙村。侦察员报告伪军在李毛村抢粮，丁洪泽立即率队出击，结果是侦察员错误判断敌情，遭日军重兵包围，四面受敌。在万分危急的情况下，丁洪泽沉着镇定地指挥战斗。不顾自己身负重伤，带领同志们突围。这时，敌人四面涌来，部队伤亡很大。在不能脱险的绝境中，他大义凛然，宁死不屈，饮弹以身殉国 。

1945 年 6 月，商惠济三边县民众为纪念丁洪泽烈士，将其在淄角立碑安葬，县长王权五撰写了碑文。1970 年，无棣县烈士陵园落成后，将其尸骨与墓碑一并迁移安置在陵园之内。

崔荣铨

崔荣铨（1904—1928）

崔荣铨，曾名荣德，无棣县水湾镇崔家庄人。荣铨天资聪慧，秉性笃厚，幼承家学。至 7 岁，从崔近仙先生攻四书五经；15 岁，升入本县第一高等学校，开始接触新文化。

1919 年，“五四”群众爱国运动的声浪传来，第一高等小学的师生罢课响应，组织演讲，张贴标语，并决定选派代表赴济南参加省代表赴京请愿团。崔荣铨虽参加不久，但表现得最为活跃。荣铨耳闻目睹中国北方的社会现实和家庭现状，忧国忧民的心情日益沉重。他把主要精力倾注在读书上，认为只要埋头读书就可找到真理，学到拯国救民的本领。他除学好学校规定的课程外，还博览群书，孜孜不倦，赋诗填词，亦善绘画、书法，深得校长任道元和授业老师韩邦治的欣赏。

1922年腊月，荣铨高等小学毕业，1923年春考入山东省立第一师范预科，次年转入本科。其时，中共山东省第一师范学校支部委员会正式成立。崔荣铨积极参加进步活动。他秘密阅读《共产党宣言》《国家与革命》《大众哲学》等进步书刊，思想境界豁然一新，清醒地认识到："只有坚决反对列强对中国的侵略，彻底推翻专制黑暗的军阀统治，中国才有前途；只有投入共产党的怀抱，才能拯救人民于水深火热之中。"

南方国民革命形势的蓬勃发展，北伐军的节节胜利，武汉、广州成为进步青年向往的中心。受中共山东省委指示，发给一师80多名地下党员和学生每人捐资30块银圆，冲破山东军阀张宗昌的封锁，化装南下。崔荣铨与挚友杨天祥乔装成商人，离济先去青岛，乘船到达上海，又闯过孙传芳的道道关卡，于1925年春至武汉，考入中央军事政治学校。

崔荣铨开始新的生活，严格训练，增长军事才干，思想觉悟不断提高。1927年5月，在征讨夏斗寅、杨森，保卫武汉的战斗中非常英勇顽强。是年7月15日，汪精卫步上海"四一二"后尘，在武汉发动反革命政变，命令军校学员集合开往武昌郊外的洪山野外训练。先以饥渴劳累消耗学员之体力，继则以四集团军的三个师的兵力包围洪山，叫嚣全部消灭。时任第二军参谋长的叶剑英利用军长张发奎想以这批学员增强实力的企图，几经交涉，转危为安，并将这批学员改编为二军军官教导团。崔荣铨经受这一严峻考验，革命立场更坚定了。

是时，汪精卫和蒋介石明争暗斗，张发奎"东征讨蒋"，军官教导团的学员随军开往九江。叶挺、贺龙率部参加"八一"南昌起义，张发奎惊恐万状，阴谋解除学员武装，诱骗共产党员自首。江西省主席朱培德趁机硬要张发奎交出军官教导团，进行整肃。危机四伏，处境险恶，崔荣铨和其他共产党员一样始终未暴露自己的身份。叶剑英深谋远虑，宣布二方面军教导团与四军教导团合并，且亲自兼任团长。崔荣铨继续随军南下，冒风雨，涉崎岖，步泥泞，染疾薄痢，身体虚弱，然而从未掉过队，终于 1927 年 10 月 10 日到达广州，宿住黄花岗四标营。

是年 10 月 27 日，张发奎以教导团为主攻，迅速攻占黄绍竑的司令部和兵工厂，把桂系军阀击溃。张发奎在广州站稳脚跟后，时刻想除掉教导团。

广州的局势愈来愈恶化，军警到处抓人，教导团内部的残余反动分子日益猖獗，迫害进步学员。一场潜伏着的势不两立的斗争迫在眉睫。根据地下党组织的指示，崔荣铨分工负责争取团结动摇的学员。经过张太雷、苏兆征、叶挺、叶剑英的部署，以教导团为主力，于 1927 年 12 月 11 日深夜暴动起义。12 日，反动军队在帝国主义的支援下大举反扑，起义部队于 13 日撤离广州。荣铨寻找部队至花县，随军编入工农红军第四师。

1928 年，工农红军第四师东下与彭湃会合。海丰战役失利，部队向陆丰转移，在龙窝与敌军遭遇。战斗非常激烈，先是枪弹射击，继以白刃拼刺，反复冲杀，崔荣铨多处受伤，壮烈牺牲，时年 24 岁。

博兴县马列主义的先驱者张静源

张静源，原名张寿安，化名舒实夫。他 1901 年出生在山东省滨州市博兴县高渡村一个富裕农民家庭，7 岁念私塾，后考入博兴县立高等小学读书，他天资聪颖，勤奋好学，成绩优良，深受同学喜爱，同时他又尊老爱幼，和睦乡里，被人们称为“有出息的后生”。

1917 年，16 岁的张静源以优异成绩考入山东省立第一师范学校，他如饥似渴地阅读了大量的史学和社会学书籍。1919 年五四运动爆发后，张静源满怀着爱国激情投入运动中。他同师生一道冲破警察的包围，勇敢地走向街头，贴标语、发传单、呼唤民众团结起来“外争国权，内惩国贼”。

1924年，他离开家乡到崂山九水小学、李家庄小学任教。在九水小学教学期间的一个晚上，大雨倾盆，山洪暴发，校内房舍被淹。他奋不顾身地冲进将要坍塌的宿舍，救出了六名学生，左手腕的筋肉却被玻璃割断，流血过多竟致昏迷。治疗三个月出院后，他的左手从此留下了残疾。

1927年，张静源被聘为青岛沧口区宋哥庄小学校长。张静源到任后，拜访热心教育事业的知名人士、募集资金、扩建学校，使这所仅容纳百余人的小学很快增加到能容纳500多名学生。张静源于1928年加入了中国共产党。从此，他便经常利用探亲的机会回到家乡开展革命活动，在博兴与青岛之间往返奔波。

1928年春，张静源受组织派遣，利用回家探亲的机会在博兴县和高渡村宣传马列主义，开展革命活动。张静源还在村里创建了两处夜校，并自己讲课，使群众受到马克思主义的启蒙教育。他曾在黑板上画了一个坟堆，坟堆的中、下方尽是受苦农民，坟堆上面是一顶乌纱帽。张静源指出，中国封建社会千百年来都是官吏、地主欺压农民，“只要大家齐心协力，起来斗争，这种不应有的情况是完全可以颠倒过来的”。

1930年秋，他先后发展了小学教师李天佑、青年学生张仿、民团士兵李旭林等入党。到1932年2月，高渡村已有党员9人，并成立了博兴县也是今滨州市第一个农村党支部——高渡村党支部。随后，张静源又指导村党支部组织发动了长工增加工资、短工罢市和提高工价的斗争。经过一场尖锐激烈的斗争之后，地主们向长工们认输，有的给长工做了新的单裤单褂，有的给长工增加了工钱。

张静源长期为党的事业操劳，积劳成疾，患上了严重的贫血症和胃溃疡。有时胃病复发呕血不止，但他仍夜以继日地工作。1931年春，中共青岛市委被破坏，全市党的工作几乎全部停顿，唯有张静源领导的宋哥庄党支部保存了下来。

1932 年 4 月，中共青岛市委安排张静源到莱阳工作。当时的中共莱阳县委书记已被叛徒杀害，党组织遭到破坏。面对残酷的现实，张静源很快与地下党员取得了联系，领导党员骨干恢复组建党组织，并以“能保守党的秘密，服从党的纪律，执行党的决议，按时到会，交纳党费”为标准，发展了一批党员，继而恢复了莱阳乡师、莱阳中学的党组织。

1933 年秋，为响应党中央关于建立武装、开展武装斗争的号召，在张静源领导下的莱阳中心县委决定建立武装组织。在筹建武装的动员会上，张静源指出：“要对付拿枪的敌人，自己必须有枪，有自己的武装，我们不能赤手空拳地去和敌人拼杀。”在他的教育下，广大党员明白了“枪杆子里面出政权”的道理，主动捐款买枪，组织起来向敌人夺枪，很快建立起由部分党员和农民组成的两支武装——海（阳）莱（阳）游击队和招（远）莱（阳）游击队。这两支武装在莱阳中心县委的领导下，开展打土豪、除恶霸、镇压叛徒的斗争。1933 年 10 月 12 日，张静源被党内的变质分子杀害。

张静源为了党和人民的事业，背井离乡，到处奔波，走到哪里，就把革命的火种播撒到哪里。他生前曾对爱人说：“共产党人以革命为业，以四海为家。”他具有坚定的共产主义理想信念和革命的乐观主义精神，他曾说：“为党的事业奋斗到底，如果我死了，能立二尺小碑，写上‘共产主义者张静源’我就心满意足了。”

“矢志共产宏图业，为花欣作落泥红”。新中国成立后，党和政府分别在莱阳县红土崖烈士陵园和栖霞县英灵山为张静源建立了纪念碑，以示烈士功名永垂不朽。博兴县人民政府于 2002 年将张静源的骨灰移厝于博兴县烈士陵园，建立纪念碑，永志纪念。

王博昌救亡图存

王博昌（1905—1938），原名王汉儒，字杰三，1905 年 2 月生于博兴县博昌街道王楼村的一个农民家庭。1920 年秋考入济南正谊中学，1925 年暑假考入北京朝阳大学，在专门部政治经济科三班学习。他经常利用业余时间阅读一些先进书刊，受到了马列主义的启蒙教育。

1930 年 6 月，王博昌大学毕业后，回到了家乡。1931 年夏，经刘顺元介绍，王博昌加入中国共产党，同年秋，出任博兴师范讲习所所长。1931 年 9 月，日本发动“九一八事变”，侵占东北三省。王博昌对日本侵略者极为愤恨，写了《奎山晚照》一词：“云霞散彩，雾漫横空，整好坚甲砺刀兵。收拾些残花败叶，准备着抗秋风！”表达了在中华民族的生死存亡关头，作为中华儿女必须起来进行斗争，拯救国家的愿望。在这期间，王博昌利用合法身份，在学生中宣传马列主义和革命道理，组织和领导学生参加爱国运动，在学生中培养了一批进步人士。1932 年 8 月 4 日，在中国共产党的领导下，博兴爆发农民暴动，王博昌是组织者之一。暴动前夕，县委在四区汾王（今兴福镇汾王村）召开的扩大会议上，王博昌被确定为后备县县委书记。

暴动失败后，王博昌召开了后备县县委工作会议，着手整顿党的组织，继续开展革命活动。不久，因遭国民政府的通缉，王博昌被迫出走，先后到北平、潍县一带寻找党组织。1934 年 11 月，王博昌在潍县开展革命活动时，不幸被捕，被关押在山东省第一监狱。在狱中，王博昌受尽酷刑，坚贞不屈，参与狱中的绝食运动。1936 年下半年，敌人将王博昌转到山东省反省院，编入十二期甲班。该班大多是文化程度较高的所谓政治犯。敌人逼迫每个犯人一天写一篇日记、七天写一篇论文，以观察犯人的反省情况。

王博昌利用写日记的机会大做文章，与敌人展开巧妙的斗争，有时影射中华民族的败类，有时满怀热忱地抒发自己的豪情，搞得敌人哭笑不得，毫无办法。

西安事变和平解决后，国民党释放了一些政治犯，王博昌也包括在内。1937年初冬，王博昌返回家乡，次年6月，他当选中共博兴县县委书记，1938年春，中共博兴县县委组建“博兴县抗日人民志愿军”，在王博昌、陈竹村的领导下，战斗在博兴地区。1938年9月，国民党别动总队司令周胜芳联合高苑县地方武装朱仲山，经常围剿博兴县抗日人民志愿军。为粉碎国民党顽固派的阴谋，县委书记王博昌、志愿军大队长陈竹村决定将部队开往临淄。志愿军在临淄苇子河与八路军第八支队会合，后改编为八支队十三大队六十八中队，王博昌调任十三大队政委。六十八中队与八支队十一大队队长高文兰率领的两个中队共计160余人，共同在临淄县西部地区开展对敌斗争。

11月8日，部队驻扎在六天务和郭家桥村。次日凌晨，八支队联络员骑马到六天务村南高地上摆动红色军旗，向驻在六天务村南三里的南坞村八路军第三支队联络，准备一同西进邹平（因军情紧急，三支队已撤走），结果被从张店前来偷袭的日军七师团铃木联队抓住后打死。日军换上我军军装，化装成三支队联络员到南坞村西北一砖窑顶上摆动我军军旗，驻六天务村的八支队见信号以为是三支队联络他们，八支队十一大队队长高文兰就带队顺六天务村西水沟（又叫西哑巴沟，向南无出口）向南坞急发，十三大队政委王博昌带队顺六天务村南哑巴沟向南坞村急进，当走出哑巴沟后，突然遭到隐蔽在六天务村南、村东高地上的日军用机枪猛烈扫射，我军多人当即倒下，因敌人火力太强，被迫退回沟内。政委王博昌下令部队后撤，但从哑巴沟的入口处又传来了枪声，原来敌人进入六天务村后顺沟向我军背后袭来。前有伏兵，后退无路，形势万分危急。王博昌猛地跃上沟崖，带头向敌人冲击，战士们也纷纷跃出壕沟，向敌人猛烈射击。但在敌人密集的火力下，王博昌和多数战士倒在了血泊之中。另一条哑巴沟的八支队十一大队的战士们，在大队长高文兰的率领下，与敌人浴血奋战，也大部分壮烈牺牲。

1989 年，中共博兴县委、博兴县人民政府在王楼村修建了王博昌烈士墓，以供后人瞻仰缅怀。

李天佑舍生救战友

李天佑（1894—1932），字惠民，博兴县吕艺镇高波村人。他 8 岁读私塾，14 岁辍学。十六七岁的李天佑曾随老艺人外出唱戏三四年。后在高渡村设馆教书。他 24 岁时被龙河镇的大地主牟恒澍高薪聘为家庭塾师，在龙河镇教书两年，又被村上请回。他为招收更多的贫苦子弟入学，主动降低学生束修。高渡村早期的共产党员张仿、封心田、封申田等都曾从师于他。在城乡废除私塾兴办学堂的改革中，教师得经过县里统考，合格者才被录用。近 30 岁的李天佑经县考被任为小学教师。1930 年，经张静源介绍加入中国共产党。李天佑为人刚直，见义勇为，为抵制官府征粮，他当面和国民党县党部要员说理抗争。他在城外王村（今兴福镇城王村）任教期间，以教师身份作掩护从事革命活动。1931 年春，他介绍李相韩加入共产党。

1932 年 8 月 4 日，博兴农民暴动，李天佑是组织者之一。暴动失败后，白色恐怖笼罩着博兴，李天佑按照党组织的安排，继续以教学为掩护，在城外王村一带坚持秘密活动。一天深夜，在暴动中已暴露身份而且遭国民党政府通缉和追捕的李相韩，风尘仆仆地闯进了李天佑的宿舍，自称准备外出寻找党组织请示汇报工作。李天佑机警地问路上有没有人跟踪盯梢，年轻的李相韩说没注意。他安排李相韩睡下后，便拖着几夜未得休息、疲惫至极的身子为李相韩警戒。不一会，传来犬吠声与人的嘈杂声。李天佑断定是敌人追来了，他立即将李相韩唤起，命令式地让李相韩脱下有着接头暗号的衣服，自己穿上，两人迅速地从后院越墙冲出了村子。拂晓，他俩快跑出敌人的封锁区了，鞋裤都被露水湿透，并且满是泥浆。为了不引起敌人的注意，他俩便在离村很远的一个井边池子里洗涮。突然，他们看见路上行人拼命地跑，李天佑觉察出从四面包围上来的国民党地方武装已经逼近了。他果断地叫李相韩把枪扔到井里。没等离开，他俩就被逮捕了，与很多群众一起被关进了傅家园子（今兴福镇傅园村）的一所家庙里。李天佑趁群众被放走的时间，告诉李相韩设法逃走，去完成寻找党组织的任务。这次大逮捕，国民党地方武装的主要目标是李相韩，由于当时保密工作做得好，国民党并不认识李相韩。当傅象坤审问时，李天佑主动承认自己就是李相韩。继而敌人又把他俩关进了厢房内。李天佑对李相韩说："看来这是有叛徒的告密，想脱险很难了。我承认了是李相韩，敌人对你的注意力就放松了，当他们押送我们去县城时，我掩护你，你尽量设法逃脱，去完成任务。"

翌日，敌人押解他俩顶着烈日上路了，当走近高粱地时，李天佑点头示意李相韩寻机逃走。未几，他们看到在一片高粱地旁，有一老农正在用辘轳车浇地，李天佑便要求到井边喝点水。因国民党民团团丁们也渴得要命，就答应了。当团丁又是喝水，又是洗脸时，他再次示意李相韩赶快逃走。李相韩几步就钻进了高粱地，团丁慌忙开枪射击。此时的李天佑为了引开团丁，向反方向只跑了几步就被抓回，而李相韩得以逃脱。他找到了党组织汇报了情况，组织上采取果断措施，避免了敌人对博兴党组织的一场大屠杀。

李天佑被捕后，国民党县长到场审讯，他们认为抓捕的就是李相韩。不久，年仅38岁的李天佑被杀害，头颅挂在兴福镇东南角的路旁柳树上示众。

侯登山“舍身炸围墙”

侯登山（1919—1943），博兴县人。1940年参加八路军，在清河军区直属团当战士。入伍一年后，任班长，被选送到军区爆破训练队接受培训。在结业后的几次战斗中，以敏捷的动作和熟练的技术实施爆破，摧毁敌人多个火力点，被提拔为爆破队队长。

1943年5月下旬，清河军区在反“蚕食”保卫麦收的战役中，首先发起了攻打敌人三里庄据点的战斗。三里庄位于垦利、广饶、博兴、蒲台4县交界处。是进出星区根据地的咽喉要地，是距根据地最近、威胁最大的敌据点。敌人吹嘘三里庄是铜墙铁壁，固若金汤。一年前，八路军驻鲁北部队曾三次攻打这个据点，均未能成功。这年5月，日伪军又以三里庄据点为基地，向根据地后方“蚕食”。清河军区首长决心拔掉三里庄据点。5月28日晚9时，战斗打响，直属团从四面八方一齐向据点进攻。正当爆破组向围墙接近，准备实施爆破的时候，敌人发现了直属团的主攻方向，立即加强了对三里庄东围墙的火力。爆破组遇到了敌人的疯狂阻击，实施爆破的两位队员还没有接近围墙，相继牺牲。身负重伤的第五连副连长徐纪温带爆破组躲避着敌人的火力，翻滚腾跃，艰难地向围墙接近，实施第二次爆破。这次爆破威力太小，围墙未能炸开，徐纪温英勇牺牲。

此时已是29日凌晨3点多钟，为在黎明前炸开围墙，爆破队队长侯登山抱起最后两包炸药，跃出阵地，去实施爆破。在火力掩护下，侯登山夹着两包四五十斤重的炸药，在枪林弹雨中匍匐前进。他接近围墙，在墙壁上挖窝，然后踏着挖出的脚窝，夹着炸药包，身子贴着墙面，奋力向上攀登，当他爬到3米多高的时候，他想在墙上挖个洞，将炸药放在里面，因围墙土质坚硬，挖的洞放不下炸药包。时间就是胜利，每耽误一分钟，就将给部队的进攻带来一分危险。为了在天亮前打开三里庄据点，他毅然把炸药包放到胸前，紧紧抵在围墙上，尔后一只手死死抵住挖出的洞壁，一只手用力拉着了导火索。随后，他高声喊道："同志们，冲啊！"随着"轰隆"一声巨响，围墙被炸开了一个大豁口。广大指战员高喊着"为侯登山同志报仇"的口号，沿着侯登山用身躯开辟的通路，奋勇冲进了敌据点，经过一番血战，解放了三里庄。

"孤胆英雄"——程九龄

在中国人民志愿军英雄榜上，与杨根思、黄继光、邱少云等英烈排在一起的，有一个山东惠民县人的名字特别醒目，他就是在朝鲜战场上让美国大兵闻风丧胆的"孤胆英雄"程九龄。他被授予志愿军二级英雄、二等模范、特等功臣、"孤胆英雄"。

程九龄（1928—1989），原名程振龙，1928 年出生在惠民县胡集区成官庄乡街北程村。中国新民主主义青年团团员，志愿军第二十军第六十师第一七八团第四连六班战士。1948 年 12 月参加中国人民解放军。1950 年初编入中国人民志愿军赴朝作战。

第二十军第六十师入朝作战期间，程九龄和他的战友们在极其艰苦的条件下，克服了难以想象的困难，发扬了铁军的传统精神，为维护世界和平、保家卫国做出了出色的贡献。

任务改变，匆匆入朝

程九龄出生在一个贫苦农民家庭，20 岁时，响应党的号召参军入伍。

程九龄所属志愿军第六十师前身是新四军浙东游击纵队，日本投降后北撤改编为新四军第一纵队第三旅（后改称师），后又改为解放军第二十军六十师。1949 年 5 月上海解放后，六十师在九兵团二十军序列，担任警备上海的任务。8 月初奉命解除警备任务，做解放台湾的准备。

1950 年 9 月 7 日，九兵团解除攻台训练任务，开赴山东兖州地区训练整补，思想上做好必要时入朝参战的准备。10 月 29 日朱德总司令由九兵团司令宋时轮陪同，亲临山东曲阜，向九兵团的团以上干部作入朝作战的动员报告。

11 月 4 日零时开始，二十军各部相继登上列车北行。当时还穿着单军装，很多人没有领到棉帽、棉衣裤。时间虽仓促，各团还是集合举行了简短的誓师大会。夜晚，21 岁的程九龄所属部队士气高昂，越过鸭绿江。

顽强作战　初战告捷

1950 年 11 月 15 日—30 日，程九龄所在部队参加第二次战役。60 师对阵美陆战第一师和第七师，苦战十五昼夜，178 团 2 营 5 连坚守 1355.7 高地，打出集体二等功，连长毛张苗荣立个人二等功；179 团张季伦部迫使美军德赖斯代尔支队一部 240 人缴械投降，俘虏美第十军司令部助理作战参谋兼陆战一师联络官；180 团在防守门岘及黄草岭 1081 高地时，顽强地阻击真兴里北援之敌，团长赵洪济壮烈牺牲，1 营 2 连在零下 40 多度的冰雪露天战壕里，没有一点热食进口，穿着单薄棉衣，又不能生火取暖，全连干部战士一个个都俯卧在冰雪的工事旁，手握步枪、手榴弹，全部壮烈冻死在阵地上。第二次战役中，60 师共伤亡 3203 人，其中因缺乏防寒衣服冻伤的 1663 人。

1951 年 1 月 8 日，60 师移至咸兴、五老里一带休整。3 月 20 日，20 军结束休整，南下参加第五次战役。第一阶段，程九龄所属 60 师 178 团反坦克连在江洞口战斗中，三个小时内击毁敌坦克、装甲车 20 辆，增强了部队反坦克的信心。第二阶段，178团正面突破昭阳江，向富坪里实施突击，割断南朝鲜军第七师和第九师的联系，奇袭五马峙要点，切断敌第三师和第九师的退路，协同兄弟部队围歼县里、龙浦地区之敌。2营6连、4连、5连先后作为尖刀连执行穿插任务，其中5连在十二小时内，经大小战斗13次，前进50公里，毙伤俘敌500余名，缴获汽车70余辆，及时抢占了五马峙，截断敌之退路，为汇同兄弟部队歼敌创造了条件。5连奇袭五马峙战斗成为我军战史上穿插战斗的经典范例，战后连长毛张苗荣立一等功，获一级战斗英雄称号。178团获中国人民志愿军、朝鲜人民军联合司令部司令员彭德怀、副司令员邓华、朝鲜人民军代表朴一禹署名的嘉奖令。

孤身斗敌 勇立奇功

1951年6月，程九龄所在的20军60师接替了58师的防务。敌挟其陆空火力优势，竭力将战线往北推移。我军在极其困难的条件下抗击敌之进攻。

60师参加了一个多月的阵地防御战，到7月15日结束。对1953年7月停战，进行了两年多时间的阵地战来说，这一个多月时间不算长，但却有其特殊艰苦性。因为60师是在极困难的条件下打阵地防御战的。

为了减少我军之伤亡，遏止敌之进攻，我军采取机动防御措施，注意兵力的适当分散配备。战士们在野战工事内挖了防炮洞，这便是以后的坑道工事的前身。

在这样的战术思想指导下，60师涌现出了一批英雄人物。其中具有代表性的当数178团4连6班战士程九龄。1951年6月6日，在金化以东的明胜洞阻击战中，程九龄与班长萧二云、新战士王昆斗三人一起担任守卫全连前哨阵地的任务。部队要求，阵地组成上加强纵深配备。即使不能完全阻止敌之进攻，也要迟滞敌之前进，以争取时间，掩护我二线部队整补、开进和构筑二线工事。在拂晓打退敌人第一次进攻时，程九龄等三人彼此配合，愈战愈勇，在装备差、人员少的情况下打击了现代化装备的美国兵的嚣张气焰。这时，班长萧二云在射击过程中突然头部、手部受伤，流血不止，不得不退出战斗。阵地上，程九龄和王昆斗继续并肩作战。由于王昆斗是个新战士，刚满 18 岁，战斗经验不足，难免出现手忙脚乱的情况。年龄稍大的程九龄见状，鼓励王昆斗说："兄弟，不要害怕，鬼子不过是纸老虎，只要我们狠狠打击，他们看不出我们的人数少，就不敢攻上来。我们一定要守住阵地。"他让王昆斗替他装子弹。就这样，时战时停。不料，"嗖嗖"，几颗子弹飞了过来，王昆斗来不及躲闪，不幸肩部连中两弹，身负重伤。见此情景，程九龄先是撕下绷带，包扎好王昆斗的伤口。再瞅一瞅班长，已经牺牲了。这样，只剩下程九龄一个人作战了。怒火中烧的程九龄镇定自若，看看山头下的敌情，见炮火连天中，黑压压一大片的敌人正端着枪、猫着腰，嘴里叽里呱啦嚷嚷着，一步一步向阵地进攻，怎么办？来不及思索，程九龄便迅速把班长的卡宾枪、王昆斗的冲锋枪、自己的自动步枪和所有的手榴弹、手雷都放在身边，根据冲上来的敌人多寡和远近，轮番使用不同武器。敌人离得远，就用自己的自动步枪、班长的卡宾枪；近了，就改用王昆斗的冲锋枪；再近了，就向敌人扔手榴弹、手雷。同时，不断变换自己的攻击地点，避免敌人看出我方阵地只有一个人。总之，既要打击敌人，又要节约每一个子弹。一天的战斗中，他先后向敌人投掷了 34 枚手榴弹，9 个手雷，先后击退美军的六次进攻，杀伤敌 40 余人，独自坚守前哨阵地一整天，为大部队反攻赢得了宝贵的时间。

战役结束时，夕阳西下，晚霞似血。死一般的阵地上，尸体纵横，血流遍地，硝烟弥漫，一片狼藉。精疲力竭的程九龄使尽浑身力气，抽出一把战刀，割下了三个美国鬼子的头颅，穿成一串，踉踉跄跄回到了部队。

战后，程九龄被中国人民志愿军司令部、政治部授予授予二级英雄、特等功臣、"孤胆英雄"称号。

1951 年 8 月，程九龄加入中国共产党，相继任副班长、班长。1955 年 1 月程九龄又参加解放一江山岛战斗，成绩突出，升任排长。

1956年1月授少尉军衔。10月，为照顾年迈的老父亲，程九龄复员回乡。1957 年 3 月被安排在王惠理信用社任主任。程九龄同志具有强烈的事业心和责任感，始终保持共产党员的优秀品质。在家乡工作期间，他坚决拥护党的方针、政策，工作积极负责，作风深入踏实，有干劲、有魄力、有能力，为地方经济社会发展做出了积极贡献。

1959 年 4 月他回村务农，先后任生产大队长、党支部书记等职。期间，他依然保持战斗英雄本色，继续尽力发挥余热，带领群众发家致富，还经常进机关，进校园传播革命故事，教育后人真是今天的幸福生活。1989 年程九龄因病去世，享年 61 岁。

侦察英雄张连训

张连训，1933 年 2 月出生于滨州市滨城区里则镇彭集村。1950 年美帝国主义发动侵朝战争，激起了张连训的满腔愤慨，他刚满 17 周岁就毅然报名参加了中国人民志愿军，同年 12 月入朝作战，1951 年加入中国共产党。入伍后被分配在侦察部队，历任班长、排长、连指导员等职务。由于张连训童年经受过艰苦生活的磨炼，造就了他胆大心细、勇敢刚毅的性格，在侦察工作中屡建奇功。

1953 年 7 月，为打击敌人的王牌军——“白虎团”，第 607 团挑选了张连训等 13 人组成一个“化装袭击小分队”，在穿插营前面专门袭击敌“白虎团”团部。张连训在战斗中荣立一等功一次，二等功两次。1957 年他参加中华人民共和国国庆观礼，受到毛泽东、朱德、周恩来、刘少奇等党和国家领导人的亲切接见。

1964 年转业到山东省建筑工程学院工作。他工作认真，多次被评为先进工作者，先后任保卫科长、后勤处处长、统战部部长、学院党委办公室主任、党委副书记等职务。

1989 年朝鲜人民的伟大领袖金日成主席访问山东时，接见和慰问了张连训等志愿军英雄代表。

1993 年 9 月，张连训因病于济南逝世。

只要活着，我就会一直向前

纪念中国人民志愿军抗美援朝出国作战 70 周年之际，滨城区北镇街道抗美援朝老战士冯玉俊，参加了 CCTV-7 国防军事频道《忆往昔还看今朝——抗美援朝英雄赞歌》特别节目的录制，是滨州市唯一一位参加此次央视节目录制的老英雄。

冯玉俊，1951 年参加志愿军，担任运输兵，1953 年 10 月抗美援朝战争胜利后回国，1955 年退伍回到老家。在抗美援朝的战场上，美军始终把破坏志愿军补给线作为战略重点，山上有特务给敌人打信号，天上有轰炸机轰炸扫射，运输兵就成了最危险的兵种，冯玉俊等战士每次执行任务都是傍晚四五点动身，第二天黎明到达驻地，白天就在山沟休息，用砍下的树枝为下一次运输伪装。

他们吃的是炒面、香豆、压缩饼干，因为怕生火做饭暴露目标，就用水和着炒面吃，水壶的水用完后，就到水坑舀水喝，水质太差，喝了以后常常拉肚子，浑身无力。

老人最难忘的是参与第五次战役的情景，通过敌人封锁线时，又遇到敌机的轰炸和扫射，飞机飞得很低，眼看就擦着树梢。敌人攻击目标很准，马一听到轰炸声，上蹿下跳到处跑，冯玉俊命令战友们紧紧抓住缰绳，不让马乱跑，但还是一发炮弹落在一名战士身边。随着一声巨响，连人带车全不见了，只剩下一个大坑。当时也顾不得难过，赶紧组织队伍向前跑，当时只有一个信念：只要活着，我就会一直向前。到了驻地后，一名战友指着冯玉俊说："冯班长你负伤了。"这时他才看到自己浑身都是凝固的血迹，他动了动手，又动了动脚晃了晃头，没有感觉到哪里疼，原来是拉马车的骡子鼻孔被子弹打穿，喷了他一身血。

这次任务他们共牺牲了三个战友，丢失三辆马车，当晚冯玉俊班的战友都很难过，没有一个人能吃得下饭。冯玉俊找到了受伤的骡子，给它清洗伤口，让它好好休养一个晚上，明天继续驰骋沙场。

今天，岁月静好，山河无恙。然而，那些抗美援朝战场上留下的生死瞬间，却成为穿透岁月的记忆。"只要活着，我就会一直向前。"老兵的铮铮誓言，将成为我们实现强国梦的不竭动力。

郭宝庆舍身炸暗堡

1934 年，郭宝庆出生于惠民县桑落墅镇宁家村一个贫苦的农民家庭，祖祖辈辈给地主扛活儿。他在惠民县解放前，随母亲讨饭度日，备受苦难。1945 年 8 月惠民城解放后，郭宝庆一家成为我党新生政权的积极分子。他的母亲当了村妇救会主任，郭宝庆加入了儿童团。1948 年，年仅 14 岁的郭宝庆参加了基干民兵团。1953 年 1 月，19 岁的郭宝庆参加了光荣的中国人民解放军。他入伍后，刻苦锻炼，认真学习，第二年就加入了共产主义青年团。他对训练、对工作一贯严肃认真，一丝不苟，成为解放军的优秀战士。

1955 年 1 月 18 日，郭宝庆所在部队三支队七连，奉命解放浙江省的一江山岛。下午二时，战斗打响了。在解放军空军和海军的掩护下，郭宝庆和战友们乘上登陆艇，破浪前进驶向一江山岛。炮声轰鸣，浪花飞溅。战士们目视前方，心情激动。接近一江山岛后，登陆艇迅速靠岸。指挥员一声令下，第一爆破组孔祥意（华东战斗英雄）、王洪义（二等功臣）等三位战士立即上岸爆破，炸毁了敌人的第一道铁丝网。后续战士刚想冲上去，在炸毁的铁丝网后约五公尺的一个暗堡突然吐出火舌。密集的火网封锁住前进的道路，进攻受阻。总攻时间就要到了，多延误一分钟就会造成不可弥补的损失，影响战斗全局。时间紧，每一秒钟都要付出血的代价。郭宝庆怒火填胸，紧握手榴弹，向指挥员提出请求，炸掉暗堡。指挥员了解这位坚贞勇敢的战士，非常信任地同意了他的请求。郭宝庆一跃而前，贴近暗堡，从枪眼里投进手榴弹。轰的一声，浓烟冲起，敌人机枪哑了。就在此时，左侧的敌人射来一发子弹，击中了英雄的腹部，郭宝庆壮烈牺牲，时年 21 岁。战友们踏着烈士用鲜血开辟的道路冲上去，不到两个小时，就收复了一江山全岛，全歼守敌 500 多人，取得了彻底胜利。

战斗结束后，浙江省人民为了纪念这位为人民献身的英雄战士，在解放一江山岛烈士陵园内为他塑像，部队追记他二等功。

图为浙江省台州市解放一江山烈士陵园为郭宝庆烈士雕塑

在浙江省台州市黄岩区的解放一江山岛烈士陵园里，有一尊坚毅英俊的英雄塑像，引人注目。塑像下边题写着“郭宝庆烈士”。碑文注明：郭宝庆烈士舍身爆破，为战斗胜利做出了突出贡献。

全国民兵英雄马道远

1960 年出席全国民兵代表会议留影（右二为马道远）

马道远（1918—1994），博兴县吕艺镇马家村人，从小劳动，未上过学。1939 年，马道远和本村的部分青年组织了自卫队，不断地与日寇、汉奸队伍展开斗争。在斗争中，自卫队队伍逐渐发展壮大。不久，马道远担任联防队长。1941 年，他加入中国共产党。1943 年冬，他带领民兵配合主力打游击，伏击日伪军。1945 年，他任村党支部书记。1947 年，马道远带领马家民兵担架连到鲁南支前，任民兵连指导员。孟良崮战役中，马道远带领全连从火线上抢救出50名伤员。他自己则7次冲过敌人的火力封锁线，背下伤员7人。在南麻、临朐战斗中，全连7次往返凫水过九马河，抢运伤员72人。他自己则来回凫水过河16次。潍县战斗中，马道远带领一线冲锋部队冲进城里，担架队成了战斗队。他拣起国民党士兵的武器与之搏斗，刺死、刺伤国民党士兵各1名，俘敌15名。

1948年9月，博兴、广饶两县民兵1298名组成渤海子弟兵团一分团，隶属华东高级军官教导团，其中博兴县民兵792名，组成两个营。韩殿胜任一营营长，马道远任副营长，贾学舜任教导员。该团随野战军转战山东、安徽、江苏等省，屡立战功。

战斗中，马道远共歼敌30名，获过华东车区一等模范、一等功臣等称号。他带领的连队获模范连、钢铁连、模范小队等称号。他还曾当选为渤海军区、山东军区、华东军区民兵英雄。1949年，参加渤海军区武装干部培训班。1950年，回村任党支部书记。1951年，他被评为全国民兵英雄，1958年，马道远出席全国民兵英雄代表大会，受到毛泽东主席的接见，再被评为全国民兵英雄。1976年6月，他任阎坊公社党委副书记。1978年底，他任县人大常委会委员。1986年8月，他离职休养，于1994年10月3日病逝。

郭兴福

郭兴福（1930—1985），码头乡延安村人。1930年2月出生在一个贫农家庭。幼年丧父，只读了一年小学，便退学做生意养家糊口。为生活所迫，14岁从军，先后在国民党山东省保安三团、四团当勤务员、通讯员。1948年9月，济南战役时起义参加中国人民解放军，编补在华东野战军第十三纵队。随军转战山东、江苏、上海、福建等地，参加过淮海、渡江、淞沪、福厦等战役。战斗中，英勇顽强，敢于冲杀，在淮海战役中荣立三等功一次被提升为班长。1949 年 6 月 10 日，加入中国共产党。

1951 年后，先后到第十四步兵学校、第四步兵学校学习深造，军事素质迅速提高。1955 年毕业后到十二军三十四师教导营任排长兼教员，后调一〇〇团任连长，晋升中尉军衔。郭兴福秉性刚直。好学上进，肯于钻研。精心研究小分队战术和技术训练，研究摸索出一套步兵教学训练的方法而闻名全军，被誉为“郭兴福教学法”。提出治军要从严、从难、从实战需要出发、战士要有二百米以内的硬功夫。教学提倡启发式、研讨式。主张把战士训练活，训练精，干部要严于律己，率先垂范。他的教学训练方法受到中央军委叶剑英、贺龙、罗瑞卿等领导的重视与赞扬。1963 年，全军普遍推广“郭兴福教学法”，掀起全军性的大比武。1964 年，郭兴福受到中央军委领导接见。步兵三十四师党委批准给郭兴福记二等功，第十二军党委、南京军区党委分别给郭兴福记一等功一次。

“文化大革命”期间，郭兴福惨遭林彪、江青反革命集团迫害，受到揪斗批判，最后被捕入狱长达 10 年之久。粉碎“四人帮”以后，南京军区党委给郭兴福彻底平反。1979 年 3 月，任南京军区步兵学校战术教研室副主任。重新工作以后，虽身体欠佳，仍积极从事军事教学和研究。1983 年 4 月，按副师职待遇离职休养，1985 年 8 月 27 日因车祸不幸去世。

血洒南疆留英名

——记一等功臣李丰山

李丰山（1965—1986），惠民县桑落墅镇李行头村人。1985 年入党，1986 年在对越自卫反击战中英勇牺牲，部队追记一等功。

李丰山出生在一个贫农家庭，受家庭氛围的影响，他从小就特别懂事。

上学时，团结同学，尊敬老师，多次被评为“三好学生”。一次，季老师突然得了病，需立即治疗，年仅 14 岁的李丰山借了一辆地排车、叫上几个同学，拉着老师送往医院，并昼夜守护在床前。为了给老师滋补身体，他回家向母亲要了 15 个鸡蛋，送给季老师，感动得季老师热泪盈眶。

李丰山从小爱看战斗英雄的画书，爱听战斗英雄的故事，董存瑞、黄继光等英雄形象深深地印在他的心中。

1980 年夏天，小学生李拥军不小心掉进一个大水坑，小伙伴们哭的哭、喊的喊、跑的跑，李丰山却奋不顾身，二话不说跳入大水坑，很快就成功把李拥军救出来。

1983 年 10 月，李丰山报名参军。入伍后，丰山先是在蓬莱 54943 部队服役。他牢记父辈的嘱托，刻苦学习军事技术，学射击，一练就是大半天。练投弹，胳膊肿疼，用温水洗洗继续投。在师团营举行的军事技术考核中，他都取得好成绩。入伍两年，李丰山先后受到嘉奖三次，1985 年 5 月，他光荣地加入了中国共产党。

1985 年 7 月，所在部队要抽调部分优秀战士赴老山作战，李丰山第一个向连党支部递交了“精忠报国，杀敌立功”的血书。在驻地欢送子弟兵出征的誓师大会上，他代表全体对赴越自卫反击战前线人员立下了铮铮誓言：“我是火箭炮营一连一排一班班长，是这个营的排头兵，站队就是全营第一个。我当一次兵不容易，既然为国征战，就要尽一份责任。钢枪擦亮上战场，杀敌立功保边疆，为了祖国为了党，愿把青春献南疆。”

在老山前线，李丰山被编入 35281 部队某大功团大功四连。这是一个有光荣传统的英雄群体，战友们可歌可泣的英雄事迹使他的思想境界又有了新的升华。这时爷爷和叔父又来信，让他到国外去做工，每月薪金不下三百元。这个喝黄河水长大的青年认为，作为一个炎黄子孙，应当把自己的理想和幸福建立在国安民守的基础上，他放弃了出国的念头，毅然决心驻守在战场上。

1986 年，攻打无名高地的“1.28”战斗打响了，整个阵地硝烟弥漫，李丰山身背四十多斤重的武器弹药和一部电台，与战友一起直扑敌人七号洞。在接近洞口七米处，一发炮弹落在李丰山左前方六米远的地方，冲击波将他推出老远、他清醒过来时，班长高维聚正扑向敌洞口，当快要接近洞口时，敌机枪一个长点射，高维聚中弹倒地，李丰山一跃而起，冒着敌人密集的炮火；冲到高维聚身旁为他包扎，敌人又一发炮弹在他身边爆炸，冲击波将他与高维聚冲散。这时，李丰山已多处负伤，鲜血染红了绿军装。他知道，若攻不下七号洞，后边的同志还要流血。战友情、同志爱和完成任务的强烈责任驱使他继续向班长爬去：高维聚使劲儿睁开眼，用微弱的声音说："丰山，看来我是不行了，你不要管我，赶快去炸洞。"一腔为战友报仇的怒火，燃烧在李半山胸中，他迅速选择了冲击路线，拣起了班长的爆破筒，冒着枪林弹雨，以惊人的毅力，似猛虎般向敌人的七号洞扑了过去，敌人发现了他，又一发炮弹打来，李丰山再次受伤。此刻，他的心里只有一个念头：炸掉敌人火力点！李丰山强忍伤痛，怀抱爆破筒向前滚去。"轰隆"一声巨响，敌人全部葬身于洞内。我们的英雄战士，党的忠实儿子李丰山同志也为祖国流尽了最后一滴血……

李丰山牺牲了，这一年，他 21 岁。五天前，他写了一封遗书，让战友孔庆祝代寄给父母，信中说："亲爱的爸爸、妈妈：你们好！……打仗就会流血牺牲，如果我在战斗中光荣牺牲，请您千万不要难过，不要悲伤。您应该感到自豪，因为儿子是为了保卫祖国而献身的。以前，爷爷几次来信叫我到国外去，我都没有使老人如愿，请您以后写信告诉爷爷，他的孙子是一名中国人民解放军战士，是一名中国共产党党员……"

李丰山还给在当地党组织负责人的一封书信中说道："……请您转告有关部门，我若战死南疆，二千元的抚恤金拿出五百元给我母校，买点教学器材，再拿出五百元，交上我今后六十年的党费，剩下的一千元报答父母对我的养育之恩。"儿子的不幸牺牲，撕裂了父亲的心。李丰山烈士的父亲李寿昌是一个普普通通的农民，在儿子牺牲之后，他没向政府提任何要求和照顾。

出征前，李丰山代表战友宣誓

战后，部队党委给李丰山同志追记了一等功。1986年5月10日，惠民县隆重举行了“向一等功臣李丰山烈士学习”大会。会上，李丰山的父亲李寿昌代儿子向有关部门转交了儿子的捐款，实现了烈士的最后遗愿。

伟大领袖毛主席说过：“为人民利益而死，比泰山还重。”李丰山烈士的死就比泰山还重！

王云岭

王云岭（1970—1990），无棣县河沟乡王白杨村人，出身于农民家庭。上小学期间，学习认真刻苦，经常以雷锋的精神勉励自己，爱做好事，乐于助人。1984年小学毕业后回村务农。

王云岭（1970—1990）

王云岭见邻居高位截肢的孤寡老人王成照无人照顾，主动登门为其担水、磨面、背柴、做饭，端屎、倒尿，空闲时还陪老人聊天，连续五年，从未间断。他还发现，村民韩玉亭患癌症去世后，撇下妻子和三个未成年的孩子，生活极端困难，便主动承担起他家的农活。1987 年冬天，村里刚会走路的孩子新军和姐姐在外玩耍，不慎掉进两米多深的冰水中。王云岭听到呼救，急忙赶到，跳进刺骨的冰水里将两个孩子救出。1988 年秋的一个傍晚，村民宋月华家失火，王云岭迅即赶到，冒火冲进屋中，救出耕牛，抢出粮食、棉被、家具等，自己却烧伤了左耳，烧焦了头发、眉毛。1989 年农历十月初九，王云岭捡到 500 元现金，主动交给村党支部，后经查找，把钱还给失主。王云岭的可贵行为，得到村民的普遍赞誉，乡里也多次评选他为优秀民兵。

1990 年 7 月，无棣县连降暴雨，河沟乡降雨量高达 1000 多毫米，再加河水涌入，下游海潮顶托，致使洪水横溢，全乡一片汪洋。河沟乡党委、政府紧急组织抗洪抢险，王云岭积极报名参加民兵抢险突击队。7月27日凌晨，受命在青坡沟南大坝巡逻的王云岭忽然发现大坝上出现一处缺口，立即鸣锣报警，并带头与其他突击队员跳入水中，手挽手组成一道人墙，坝上人员迅速填土筑坝，堵住了缺口。这天8点，他家已开始进水，房子即将倒塌，这时突击队又接到了清障泄洪的命令。面对公与私的抉择，王云岭毅然与其他队员乘自制木筏迅速赶到清障地点。这里芦苇、蒲草密布，水流严重受阻，他们三人一筏，顶着湍急的洪流，分组轮班作业，一口气奋战到下午6点。眼看障碍物只剩下20多米。清障进入最紧要关头。这时的王云岭已替战友连续干了4个班，身体极度疲劳，队长劝他上岸休息，他却说："我体力强，水性好，没事！"说完又投入紧张的战斗中。6点15分，当王云岭等正在紧张作业时，突然一股急流冲来，掀翻了木筏，三人同时落水。经大家奋力抢救，其他两人脱险，王云岭却为抗洪献出了年轻的生命。1990年8月1日，中共无棣县县委、县人民政府、县人民武装部做出向王云岭同志学习的决定，并授予王云岭"抗洪救灾民兵英雄"称号。8月9日，共青团山东省委授予王云岭"抗洪救灾青年英雄"荣誉称号，并追认他为中国共产主义青年团团员。8月22日，省人民政府批准他为"革命烈士"。1991年2月13日，国家防汛总指挥部授予王云岭"全国防汛抗洪先进个人"证书和"抗洪模范"证章一枚。

舍己为人的英雄战士吴国良

吴国良，山东沾化人，1994年入伍至原济南军区某师机炮连。1996年8月5日，他为营救被洪水围困的群众，献出了年仅22岁的生命。

吴国良到新兵连不久，恰好赶上部队开展爱国奉献、革命人生观等教育。他像伸展根茎叶脉吸收雨露阳光的禾苗一样，吮吸着立身做人的真理之光。他在学习笔记上写下：“沿着属于我的军旅生涯这条路走下去，不管以后有什么灾难降临在我头上，我也不会改变思想观、人生观、世界观。”

“爱国首先要爱军，爱军首先要爱岗。”这是吴国良的人生信条。

炮兵连第一次投弹训练时，吴国良只投了25米。他找班长请教秘诀。班长告诉他，只有两个字：苦练。从此，他每天投弹50枚，挥臂练习500次，挥臂时还用背包带把胳膊绑到树上。胳膊练肿了，他咬着牙坚持。到实弹投掷时，他一下子甩出了52米。

连队进行400米障碍训练，吴国良最初成绩不及格。他暗暗憋足劲儿苦练，终于在全团考核时，成绩达到了优秀。

之后，吴国良被分配做炮车司机。按说他只要开好车就行了，可他给自己立下军令状，一定要争当全能炮手。中午，别人休息了，他拿着瞄准镜练瞄准。炮栓的分解结合动作不好掌握，他没事就分了合，合了分。一次，手指肚被炮栓夹破，鲜血直流，他像没事儿一样照样练。师里组织炮兵专业考核，正碰上一名炮手外出，连里临时让他上，结果拿了第一。在上级组织的军事比武中，他先后6次代表连队参赛，每次都获得好成绩。

吴国良牺牲前一个月，因母亲重病，连里批准他探亲。但他听说连队要到外地驻训，主动推迟了假期。10天后，他又接到母亲病情加重的电报，他听说连队要参加抗洪，就把电报揣进兜里。

吴国良在一封没来得及发出的信中写道：“母亲有病，我很挂念，但部队要执行抗洪抢险任务，这时候我不能离开连队，等执行任务回来后，再回去看望母亲，原谅儿子的不孝。”

那天，官兵们赶到驻地附近河南省获嘉县的抗洪现场，只见八九百米外的冯村砖瓦厂浸没在一片汪洋的急流之中，被困的76名民工望眼欲穿，呼救声不时传来。吴国良喊了一声“我去救人”，抓起一根绳子就跳下激流，向遇险民工游去，由于水深流急，加上水中庄稼枝叶的缠绕，一下子被卷进激流……

吴国良牺牲后，原济南军区授予他“追求高尚人生的好战士”荣誉称号，中共河南省委、省政府授予他“舍己为人的英雄战士”荣誉称号。

张雷

2012 年 8 月 15 日，天色阴沉，细雨蒙蒙。无棣县革命烈士陵园内，无棣籍抗洪抢险英雄张雷烈士骨灰安放仪式隆重举行。县委、县人大、县政府、县政协、县纪委、县人武部的领导及社会各界干部群众近千人，自发从全县各地赶来，送英雄最后一程。

面对汹涌的洪水，他冲在最前头

2012 年 6 月份以来，张雷一直跟随部队在辽宁省辽阳县河栏镇二道河村执行野外驻训任务。8 月 3 日晚，受强台风“达维”影响，一场特大强降雨突袭辽宁，张雷所在部队驻地旁的辽阳县河栏镇二道河水位暴涨，洪水肆虐，对当地人民群众生命和财产安全构成严重威胁。

8月4日凌晨5时许，张雷和战友们被一阵阵急促的呼救声所惊醒，“救命啊！救命啊！……”这凄厉的呼救声，是从部队驻地附近的一处养鸡场传来的，3 名群众被洪水围困，情况万分危急！在这紧要关口，张雷与其他 6 名战友主动请缨，火速赶赴呼救地点实施紧急救援。突遇山洪暴发，泥石流夹杂着树枝、庄稼呼啸而来，张雷被汹涌的洪水卷走……8 月 9 日，在一处庄稼地里，张雷的尸体被打捞队伍发现。年仅 19 岁的花样年华凋零在白山黑水间……

张雷的不幸牺牲，部队首长和战友们无比悲痛，部队驻地辽阳市的广大干部群众为他们失去了一位优秀的子弟兵而无比悲伤。当得知张雷烈士家乡的领导和亲人来到部队，张雷所在部队集团军后勤部副部长宁贵生同志，拄着双拐深夜看望张雷烈士的父母。他含着热泪对张雷烈士的父母说："张雷，是一位优秀的战士！他把生的希望留给了人民群众，把死的危险留给了自己，紧要关头挺身而出。他心系群众，临危不惧，舍生忘死的崇高精神，值得我们学习！他是真正的英雄，是新时期最可爱的人！我们为有他这样的好战士、好战友而感到无比自豪！……"

穿上军装，实现人生重大转变

当一名军人，穿上绿军装，一直是张雷的梦想。1992 年 12 月，张雷出生于无棣县佘家镇一个善良淳朴的农村家庭，他自幼热爱学习，品行端正、志向崇高。他的父亲常年在天津塘沽跑货运，家境十分优越。2011 年 12 月，从塘沽区中等专业学校毕业的他，怀着报效国家、建功军营的远大志向参军入伍，来到离家千里之外的辽宁辽阳，成为一名解放军战士，圆了他的绿色军营之梦。为此，他流露出从未有过的欢欣，在离开家乡、奔赴军营的时刻，一身戎装的他满怀豪情地对父母说："我在部队一定好好干！要对得起这身军装，决不辜负家乡父老的期望！"张雷是这么说的，也是这么做的。刚入伍时，初到新兵连的张雷，训练成绩不太理想。于是，他就自我加压，加班加点地苦练，加强军事理论修养，每天晚上都要坚持学习到深夜……就是凭着这么一种顽强的毅力，在半年的时间里，他实现了从一名热血青年到一名优秀的革命战士的巨大转变。在新兵训练结业体能考核中，张雷一举取得了全连第三名的好成绩，并荣获嘉奖一次。开设野战输油泵站，是连队最重要的训练课目，张雷悄悄自制了一张流程图，什么时候干什么事，什么部位安什么阀，一目了然。几个月时间就成了业务尖子。2012 年 7 月，在为部队首长进行油勤专业课目演示时，他的动作标准、程序规范，受到了一致赞扬。平常的生活中，张雷和战友们团结友爱、打成一片。打扫卫生、义务劳动时，他总是冲在前、抢着干。平整院子，别人用脸盆运沙石，他拎两个大铁桶，跑得飞快。训练时搬运钢铁闸阀，40 多公斤重的大铁块，他一手拎一个，动作准确麻利。他常常和战友们调侃说："我个子高、力气大，我不冲在前带头干，怎么行？！"他不计名利，肯于吃苦，以部队为家的突出表现，赢得了部队首长和战友们的一致好评。

也许是年龄小的缘故，张雷时常想家，私下曾多次对战友说："每次看到你们的父母来队，我心里特羡慕，很想让父母也过来看看我。可是一想到父母打工挣钱不容易，就不想让他们来了。"张雷的父母说："每次打电话，他都说，我很好，我在训练呢，你们不要牵挂。"他把想家、想父母的念头强压在心底，一次次拒绝了亲人的探望。谁知时隔 8 个多月，再次相见时，已经阴阳两隔。刚强的父亲哭得哑了嗓子，母亲几次昏厥过去……

革命英烈，无棣人民的光荣

张雷同志牺牲后，他所在的部队批准他为革命烈士，中央军委授予遇难的 7 名战士"抗洪抢险英雄集体"。8 月 13 日，辽阳市隆重举行悼念"8·4"抗洪抢险壮烈牺牲的张雷烈士追悼大会，号召部队广大官兵和社会各界人士向张雷同志学习。张雷所在的 65521 部队部队长潘良时少将、政治委员张书国少将等部队首长、张雷同志生前的战友、家乡领导和亲人、辽阳市领导以及社会各界群众数千人参加了追悼会。

张雷同志牺牲的消息传到家乡，在枣乡大地引起巨大反响，枣乡人民为养育了张雷这样一名优秀的好儿女而感到骄傲和自豪！同时，也为失去了张雷这样一名优秀的好儿女而无比悲痛！县委书记李恩波、县长丁海堂同志当即做出批示：要化悲痛为力量，学习张雷同志的英勇事迹，促进我县各项事业健康发展。县委、县政府、县人武部做出向烈士学习的号召。全县广大干部、群众纷纷表示，要学习张雷烈士不畏艰险、勇于牺牲的精神，立足本职岗位努力工作，为建设家乡做出应有的贡献。

张雷的英雄壮举，在家乡引起了强烈反响。网友们自发祭奠他、赞美他、学习他。

“山河呜咽，苍天垂泪。张雷，这位‘90后’的军人，把自己的忠魂永远留在了他曾经战斗过的土地上……”

“以自己舍生忘死的实际行动，以19岁的生命高度，为我们树立了一个时代的标杆。”

“张雷走了，他的精神长存，将激励我们思考人生的价值；张雷走了，他的英魂永在，将启迪我们追寻生命的意义。”一个接一个的帖子，表达了人们对英雄的敬仰。

10月9日，《解放军报》头版头条以“舍身为民七勇士”为题，报道了包括张雷烈士在内的抗洪抢险英雄群体的感人事迹。文章短评中这样评价他们：站着时，他们是一堵墙；倒下时，他们是一座山。七个勇敢的生命被滔滔洪水吞没，一组英雄的群雕在人们心中矗立。

张成朋烈士生平事迹

张成朋同志，1999年2月出生，邹平市孙镇大陈村人，2015年9月进入鲁中职业学院经济贸易系学习，2016年9月从鲁中职业学院应征入伍。生前系四川省森林消防总队凉山支队西昌大队四中队一班消防员。

2019年3月30日18时许，四川省凉山州木里县境内发生森林火灾。31日下午，四川森林消防总队凉山州支队指战员和地方扑火队员共689人在海拔4000余米的原始森林展开扑救。扑火行动中，受风力、风向突变影响，突发林火爆燃，瞬间形成巨大火球，造成30名扑火人员失联。4月1

日晚，经全力搜救，30名失联扑火人员已全部找到，包括张成朋在内的27名森林消防员和3名地方扑火人员全部牺牲。2019年4月4日，张成朋被应急管理部批准为烈士，追记个人一等功，中共党员，年仅20岁。

灾情就是命令，在最关键的时刻，张成朋冲在了扑火行动的最前线，义无反顾，第一时间赶赴海拔4000米的现场，不畏艰险，不怕牺牲，当先锋、打头阵，用生命践行了“对党忠诚、纪律严明、赴汤蹈火、竭诚为民”的铮铮誓言，履行了“为维护人民生命财产安全、维护社会稳定贡献自己的一切”庄严承诺。凉山的万顷森林将永远留下他战斗的英姿。

张成朋同志自入伍以来，一直没有回家，和林区干部群众并肩战斗，辗转多个火场，扑灭了一场场森林大火，他没有休息过一天，他用生命守护着凉山的青山绿水。在父母亲戚眼里，他懂事、孝顺、诚实，是一个有担当的好男儿；在村里，左邻右舍评价他是一个热心肠、懂事有礼貌的孩子；在老师、同学和战友心中，他热情自信、阳光正直，是一个充满正能量的人。他的班长这样评价他：张成朋在部队很出色，干工作兢兢业业，对待任务勤勤恳恳，任劳任怨，去年刚刚荣获了优秀消防员。张成朋同志虽然离开了我们，但他把自己的青春与热血、奋斗与执着全部奉献给了热爱的消防事业，在党和国家需要的时候，他刀山敢上、火海敢闯，忠实履行庄严使命，用鲜血和生命铸写了对党和人民的无限忠诚！他的英雄事迹也终将被人民和国家永远铭记！

功臣事迹

朱溶堂

朱溶堂，男，1922年出生，阳信县水落坡乡朱家村人。1947年春入伍，1948年冬入党，曾参加过济南、淮海、渡江、上海等战役。1950年冬天赴朝作战，在朝鲜战场上以突出的战绩荣立了特等功。

1950年11月，在第二次战役柳潭里战斗中，朱溶堂所在的六连奉命坚守1240阵地，阻击美国王牌军陆战一师向中国鸭绿江边进攻的战斗任务。后来阵地上只剩下他一个人，怎么办呢？朱溶堂寻找一个又一个有利地形，观察着敌人的动向，他沉着应战，巧妙寻找弹坑隐蔽，寻找战机打击敌人。连续进攻失败的敌人，集中炮火向阵地猛烈轰击。随着炮火的不断延伸，五十多个敌人在重机枪的掩护下，又一次向阵地扑来。当敌人发现只有他一人时，便疯狂地向他扑来。此时的朱溶堂早已把生死置之度外。他冲着敌人连续投出了十多颗手榴弹，又把敌人打了下去。趁战斗的空隙，朱溶堂收集了部分枪支弹药，准备反击敌人的再次进攻。朱溶堂已有八个多小时没吃一口饭、没喝一口水。当日下午两点多时，增援1240高地的某部五连到达阵地，并与刚冲上来的八十多名敌人展开了一场激烈而残酷的肉搏战，全歼了敌人，保住了阵地。增援部队的到来，使敌人更加疯狂地集中炮火向阵地猛烈轰击，从三个方向向阵地开始了更大规模的进攻。两块炮弹碎片分别击中了朱溶堂的左腿部和下巴，他坚定地不下火线。又经过一天的战斗，打退敌人16次进攻，而1240高地始终被我志愿军坚守着，始终巍然屹立着。朱溶堂忍着寒冷、饥渴和伤口的剧烈疼痛，和战友们一直坚持到这天晚上十点多钟，接到营部“撤退”的命令后，才和五名战友一同撤出了阵地。这次战役结束后，中国人民志愿军总部授予朱溶堂二级英雄、特等功臣的荣誉称号。1951年，他随志愿军归国代表团光荣地出席了华东军区第一届英模大会，受到了朱德、刘伯承、陈毅等首长的亲切接见。

贾诺

贾诺，男 ,1993 年 7 月出生，沾化区古城镇王见南村人，广西边防总队战士。贾诺同志在 2017 年 2 月至 2018 年 3 月，作为中国第五支驻利比里亚维和警察防暴队战斗队员兼驾驶员、先遣队员和后留队员，自进驻利比里亚维和任务区以来，恪尽职守，出色完成各项维和勤务，协助开展对利警务培训工作，积极参加战备处突、警务技能训练、营门遇袭演练、直升机护卫训练，后留期间坚守岗位，履职尽责地完成好闭营回撤工作。2018 年 3 月，被授予个人一等功奖励。

李学思

李学思，男，沾化区冯家镇东山后村人。1944 年入党，1943 年 12 月 1 日于沾化七区太平区小队入伍，1954 年 1 月 1 日复员。

1944 年编入渤海军区第七师，并于同年入党，时任司令员杨国夫。李学思的首战，在沾化县城富国乡（现富国街道）的徒骇河畔，在抗日战争的最后一年里，他跟着部队瓦解了沾化县城和县城境内的多个鬼子据点。1944 年秋后，攻破北镇的日本据点；1945 年 8 月，攻破无棣的日军据点。阳信、惠民的日军也先后被攻破，李学思随部队在惠民进行了一个月的休整后，他转入东北野战军（43 军 128 师 383 团），随部队开拔东北。

1948 年先后参加过辽沈战役和平津战役，在辽沈战役中参加过激烈的塔山阻击战、黑山阻击战，成功解放锦州，四次攻打四平。在战役中，李学思被敌军炮弹溅起的砂石击中左眼角负伤，至今还有碎石嵌在血肉里，荣立一等功一次。

随后，他又随部队南下解放两广，1950 年参加海南岛战役，期间在主攻师 11 师某连任连长，1953 年参加湖南军官训练团。

在训练团学习结束后，李学思分配到广西，任武装部部长。复员后又回到家乡太平区，任牛王乡副乡长。2 年后任高级社书记，之后任河贵公社程子口大队书记至 1979 年 4 月。

王振国

王振国，男，1987 年 6 月出生，沾化区富源街道杏行村人，中共党员，广西边防总队战士。2017 年 3 月作为中国第五支赴利比里亚维和警察赴利比里亚执行维和任务。在一年的任务期中，他牢记使命，勇挑重担，吃苦耐劳，出色完成日常武装巡逻、定点驻守、要人警卫等维和勤务，功绩卓著，2018 年 3 月 28 日荣立一等功。

赵同文

赵同文，男，1927 年 4 月 10 日出生，邹平市孙镇杨家村人，1947 年参加中国人民解放军，参加了孟良崮战役、渡江战役，荣立一等功，并荣获“华东人民英雄”称号。1955 年光荣退伍回乡。

任玉福

任玉福，男，1929 年 9 月 15 日出生，邹平市高新街道东范后村人，1944 年入伍，曾服役于华东野战军坦克大队，曾在军中任车长职务，服役期间参加过莱芜战役、济南战役、解放周村战役、淮海战役、渡江战役、抗美援朝等多次战斗。并因表现突出，成绩优秀，荣立一等功一次，三等功多次，受到部队领导和战友的一致好评。于 1955 年光荣退伍。

李希全

李希全（1927—1953）

李希全，男，1927 年出生，惠民县辛店镇黄赵村人，1948 年参加人民解放军，入伍后作战勇敢，不怕牺牲。在淮海、渡江战役中荣立一、二等功各一次，1950 年参加中国共产党，1952 年被提升为铁道兵团 2 师 6 团 10 连副连长，1953 年在抢修通往朝鲜钢铁运输线的一次战斗中英勇牺牲，时年 26 岁。

李春刚

李春刚，男，1954 年 8 月出生，惠民县鼓楼街人，1975 年 1 月入伍，曾服役于 53504 部队，1979 年 2 月在中越边境自卫还击保卫边疆战场上不怕流血牺牲，英勇善战，坚决、出色完成战斗任务，直至右腿受伤才下战场，为作战胜利贡献了自身力量，荣立个人一等功一次。

郭立朋

郭立朋，男，1989 年 6 月 16 日出生，惠民县人，2011 年 12 月入伍，曾任青岛市公安消防支队经济技术开发区大队江山路中队士官。

2013 年 11 月 22 日上午 10 时 34 分，中队接到特勤三中队增援电话，告知红星物流实业有限公司发生爆炸事故。中队迅速出动三辆泡沫水罐消防车火速赶赴爆炸现场。到达现场后，发现火苗高达数十米，严重威胁旁边的几个油罐，郭立朋不顾个人安危，立即取出泡沫枪翻过围墙，对海面流淌火进行扑救。12 时 40 分，红星物流公司西北角流淌火被完全扑灭，没有发生火势蔓延，随后，他又立即赶至爆炸地点展开人员搜救，连续奋战 7 天，共搜救遇难人员 7 人。

郭立朋因在黄岛“11.22”爆炸事故抢险救援中，英勇顽强，不怕牺牲，在事故现场火苗四射、浓烟滚滚，随时可能发生二次爆炸的情况下，坚持战斗在最危险的地方，义无反顾，一次次与火魔进行搏斗，成功保全了人民群众的生命财产安全，荣立个人一等功。

孟祥国

孟祥国烈士（1953—1983）

图为孟祥国烈士追悼会

孟祥国（曾用名孟相国），1953 年出生，惠民县孙武街道南门街人，1973 年入伍，1975 年入党，生前是乌鲁木齐军区某坦克团 3 连指导员。他入伍十年如一日，扎根边疆努力工作，曾七次受奖，先后被评为“小老虎排长”、模范党员等称号，并多次出生入死，排难解危抢救战友。1983 年 8 月 24 日，在一次国防新产品使用中，一直距车指挥实弹射击的孟祥国登车指挥，头两发炮弹命中目标，当第三发炮弹填入炮膛时突然出现炮弹冒烟的意外险情，他立即给全车下达紧急撤出命令，打开车长门，给一炮手撤出打开了通道。由于驾驶员聚精会神地操作以及噪音的影响未能听到紧急撤出的命令，为了使驾驶员尽快脱险，孟祥国放弃跳车的机会，奋力朝驾驶窗方向扑去，这时炮弹的气流火柱推开驾驶窗门把他抛在车下。孟祥国因伤势过重，抢救无效，光荣牺牲。孟祥国牺牲后，乌鲁木齐军区直属队党委批准他为革命烈士，并追记一等功。

王晋源

王晋源，阳信县城关镇西关村人，1945 年冬入伍，1946 年 3 月入党。共参加大小战斗 32 次。朝鲜战争爆发后，他随人民志愿军走上了抗美援朝的战场。1951 年 3 月 23 日，王晋源所在的中国人民志愿军某部五连奉命守卫朝鲜咸镜南道一座海拔 600 多米高的山头，担负截止敌人的主攻任务。连续三天，五连打退了敌人一次次的进攻。五连阵地弹片、石头纷飞，硝烟翻滚弥漫。一次仅在一个小时之内，敌人就连续发动了六次进攻，发射了数万发炮弹，五连阵地上的山头被削平，深深浅浅的弹坑一个挨一个。五连战士凭借弹坑、树身等做掩护，与敌人巧妙地周旋还击。此时，五连战士已牺牲了大半。敌人仍发疯般地以更密集的炮火向五连阵地轰击，之后又发射了一千多枚燃烧弹，五连阵地上的战壕、掩体全被炸平，树木全被烧焦，甚至连石头都烧红了。五连仍磐石般坚守在阵地。在这两天两夜的激烈战斗中，王晋源冒着枪林弹雨，用鲜血、用生命在连接线路。五连阵地上的电话线共被炸断 14 次，每一次都是由王晋源亲手接通的。线路的通畅，保证了战斗的胜利。第三天下午 5 时，阵地上只剩下王晋源和班长、副班长了，电话线也被炸成了几节，接了几次接不通，与营指挥所完全失去了联系。在这紧急关头，王晋源主动提出去指挥所，班长同意后，王晋源便冲了出去，从一个弹坑跳进另一个弹坑，跳着、躲着，翻滚爬跳联动，冲出了敌人的包围圈。站不住了就爬，爬了好长好长一段路，他才找到了营指挥所，报告了五连及敌人的情况。我主力部队很快发起总攻，消灭了六百多名敌人。战斗结束后，首长表扬五连任务完成得好，以一个连的兵力阻止了敌人一个步兵团和两个炮兵营的进攻，为我军布置更大的战斗行动赢得了时间。因此，中国人民志愿军总部授予五连“钢筋铁骨连”称号，同时给王晋源记个人一等功。

周春山

周春山，1930年出生于阳信县劳店镇后周村的一户中农家庭。16岁参军，18岁入党，当兵8年，作战20余次，获得一等功一次、二等功一次，三等功三次。

1946年9月，周春山参军入伍，成为新四军四纵八师某团三营七连的一名战士。1947年，跟随部队进军大别山，向敌人的心脏地区插去。从鲁西南到大别山远隔千里，前有陇海路、黄泛区、沙河、涡河、汝河、淮河等天然障碍，后有蒋介石十几旅的部队穷追不舍，再加上正值酷暑、雨季，河水猛涨，道路泥泞，暑气蒸人，可谓困难重重。一次在作战过程中，作为掩护的围墙被炸，周春山半个身子被压在地底下不能动弹，后经战友们的全力抢救，才重获新生，留下腰酸腿痛的后遗症。

1948年9月，在解放济南的战役中，周春山主动要求去执行爆破任务，他作战勇敢，冲锋在前，顺利地完成了爆破任务。战斗十分激烈，周春山所在的班，正、副班长全都牺牲了。周春山带领全班向敌人反击三次，打垮了敌人一个排的兵力，并俘敌一名。这时一个冷枪从背后袭来，周春山脖子中弹，血流不止，战友们将周春山转往滕县的医院养伤。战斗结束后，周春山被记战斗一等功。在医院养了不到两个月，周春山收拾行李，奔赴了淮海战场。在淮海战役中，周春山担任班长。一天，敌人的一个军部表示要投降，要我军派人过去联系，领导将这项任务交给了周春山。当时情况未明，大家怀疑敌人有诈，十分担心。可他明知有危险，竟爽快地去了。“我带着冲锋枪和六十颗子弹。要是真投降就罢了。敌人要是敢要花招，我就和他们同归于尽”。之后，周春山在上海、福州的战役和剿匪的战役中，表现英勇，连立三个三等功。1954年，周春山从福建复员回到家乡。

卞从文

卞从文，男，1968 年 6 月出生，博兴县陈户镇卞家村人，1986 年应征入伍，曾服役于 51382 部队。在 1989 年执行任务中因战致残，荣立个人一等功奖励。自 1990 年转业到县技术监督局后工作至今，他在平凡的岗位上又干出了不平凡的成绩。2015 年，卞从文担任山东省滨州市博兴县市场监督管理局消费者权益保护股负责人，上任伊始就把维权人的诉求放在了工作的首位。2016 年 3 月 24 日，卞从文接手一件长达两年、涉及多部门未处理的手机资费串改案，主动与投诉人沟通两小时，耐心听取投诉人一年多来的投诉历程，解决了这件久拖未解的投诉。工作以来，卞从文先后荣获“全省优抚先进个人”“滨州市政府三等功”“县政府十佳卫士”“县政府法制工作先进个人”“滨州市质监局廉洁勤政先进个人”“最美退役军人”“全国消协组织消费维权先进个人”等荣誉称号。

刘玉华

刘玉华，男，汉族，1965 年 2 月出生，沾化区下河乡西刘村人。1983 年，他满腔热血，光荣入伍，奔赴绿色军营，曾服役于 54864 部队，1986 年加入中国共产党。1985 年参加对越自卫反击战。战场上，在一次与敌人的激烈交战中，刘玉华的双腿被敌人的交叉火力炸伤。经过四年的住院治疗，庆幸的是保住了双腿，但他的双腿永远失去了知觉，无法站立，终生在轮椅上度过。由于在战斗中表现英勇，刘玉华荣立个人一等功。

刘鑫龙

刘鑫龙，男，1996年1月出生，邹平市黄山街道贺家村人，中共党员，2013年入伍，2019年转业。该同志在部队服役期间表现出类拔萃，先后参加亚欧博览会、抗战胜利70周年纪念活动、自治区成立60周年大庆安保等大项任务10余次，吃苦耐劳并且有突出立功表现。2014年在处置“2.14”暴力袭警案中表现英勇，被公安部边防管理局党委批准“火线入党”，荣立个人一等功。

赵宝仁

赵宝仁，沾化区冯家镇赵家村人。1947年自沾化县入伍到济南服役，1948年9月参加济南战役，1948年11月参加淮海战役，1948年12月参加解放塘沽的红楼战役，曾荣立二等功二次，三等功一次，1956年2月复员回乡生产。

赵明村

赵明村，沾化区利国乡利国一村人。1947年2月1日参军入伍到华东野战军第九纵队。先后参加临朐南麻战役、潍县战役、济南战役、淮海战役、渡江战役、上海战役。

赵明村在临朐战斗中英勇作战，荣立个人二等功。他还参加了1948年4月2日开始的潍县战役，1948年9月16日进行的济南战役。

成延兰

成延兰，1930年8月15日出生，邹平市黄山街道办事处小杨堤村人，1947年10月入伍，1948年10月入党，参加过解放战争和抗美援朝。1949年5月，在山东省渤海军区教导团三队荣立二等功，1951年4月，在志愿军十六军侦察连荣立三等功。

1947年10月，年仅17岁的成延兰入伍当兵，成为一名光荣的中国人民解放军。1948年8月，成延兰参加了济南战役，济南解放后短暂的休整后，他又跟随中国人民解放军南下，参加了淮海战役。1950年11月，成延兰跟随中国人民志愿军跨过鸭绿江来到朝鲜，参加抗美援朝战争。在朝鲜，他参加了二、三、四、五次战役。

高广义

高广义，男，1928年2月7日出生，邹平市高新街道周西村人，1946年2月入伍，在部队期间曾担任副班长、班长职务。在部队期间因工作积极主动，理论学习认真，军事本领成绩突出，受到了部队首长及战士的好评，并多次荣获嘉奖，在抗美援朝作战中荣立二等功，1953年光荣退伍。

韩振功

韩振功，男，1936年8月7日出生，邹平市韩店镇赵家村人，1954年

12 月入伍。1955 年 1 月入朝，炮一师驾驶员，荣立三等功三次，二等功一次。1958 年 8 月换防回国到广东。1959 年 12 月复原退伍。

李京棠

李京棠，男，1930 年 4 月 28 日出生，邹平市长山镇北后村人，1944 年入伍，曾服役于渤海十六团后勤医院，1945 年 8 至 9 月到大临池解放周村、明水、邹平、济南，1948 年随刘邓大军、淮海战役三个月，然后渡江战役解放南京、上海、苏州、杭州到福建，炮击金门岛。1948 年淮海战役二等功一次，并火线入党，1952 年 9 月 6 日退伍。

李玉庆

李玉庆，邹平市人，1945 年 5 月入伍，参加过抗日战争、解放战争，1947 年 2 月，参加莱芜战役立大功一次，同年 4 月参加泰安战役，荣立二等功，1948 年 2 月，在安徽太和县城南门战斗中，背炸药包去炸敌人碉堡时被击中右臂负伤，1948 年转业回家。

陆秀兰

陆秀兰，女，1929 年 1 月 17 日出生，邹平市人，1946 年入伍，苏北军区干校，参加过淮海战役、渡江战役，荣立个人二等功一次，1953 年退伍至中国银行邹平支行半年后到县医院上班，1990 年从县医院离休。

孟现荣

孟现荣，男，1922 年 4 月 8 日出生，邹平市高新街道温孟村人，1945 年 6 月入伍，入伍后服役于第四野战军 38 军 112 师 392 团，担任炮兵，1951 年跟随部队奔赴了朝鲜战场参加了抗美援朝保家卫国作战，担任炮兵班长，战斗中荣立二等功一次，三等功一次，1951 年被中国人民政治协商会议授予奖章，1953 年 10 月被赴朝鲜慰问团授予奖章，1954 年 11 月光荣退伍。

宋淑荣

宋淑荣，男，1932 年 7 月出生，邹平市明集镇南宋村人，1951 年 12 月入伍参加中国人民志愿军，入朝作战，在炮兵学习期间荣立二等功一次、三等功两次，1957 年 12 月退伍回乡。

王福汗

王福汗，男，1932 年 4 月出生，邹平市明集镇许道口村人，1949 年 2 月参军，参加过渡江战役、西南剿匪，荣立二等功一次。1955 年 1 月退伍回乡。

王木林

王木林，男，1927 年 4 月 10 日出生，邹平市孙镇伍户村人。1947 年参加中国人民解放军，参加了孟良崮战役、淮海战役、渡江战役、上海战役，荣立二等功两次，三等功三次。1955 年退役回家乡参加农业生产。

张立强

张立强，男，1934 年 11 月 14 日出生，邹平市九户镇九户村人，1951 年 2 月入伍至中国人民解放军 67 军 200 师新兵团训练，1951 年 3 月中国人民解放军 67 军 200 师 598 团三营机炮连卫生员，1951 年 8 月中国人民解放军 67 军 200 师 598 团二营五连卫生员。1952 年 12 月由丁世元介绍，加入中国共产主义青年团，1953 年 2 月转为中国共产主义青年团正式团员，1955 年 7 月中国人民解放军 89 医院，休养员，1956 年退伍回乡，曾参加作战四次，荣立二等功两次，三等功一次。

张乾林

张乾林，男，邹平市长山镇南夏村人，1930 年 5 月 4 日出生，1945 年入伍，曾服役于浙江军区通信兵。参加过淮海战役、上海吴淞口战役、湖北老虎口战役，荣立二等功一次，四等功一次，物资奖一枚，1955 年退伍。

周克绪

周克绪，男，邹平市焦桥镇东直村人，1930 年 10 月 17 日出生，1948 年 7 月参加中国人民解放军，参加过浙江、江苏等地区的战争，参加抗美援朝等众多战役，获得过二等功一次，三等功四次。1955 年 2 月回乡参加农业生产。

朱正云

朱正云，女，邹平市人，1929 年 2 月出生，1948 年入伍到鲁中南军区医院，1949 年入党，参加淮海战役，1951 年 4 月在滋阳县兖州城荣立个人二等功，1952 年退伍，先后在济南康复七院、山东医学院、邹平县医院工作。

刘焕新

刘焕新，生于 1926 年 12 月，1947 年参加中国人民解放军，1963 年复员，在 16 年从军生涯中多次参与战役，多次立功获奖。1947 年 5 月，参加孟良崮战役；1948 年 5 月，参加汶口战役；1948 年 7 月，参加兖州战役；1948 年 11 月，参加淮海战役。

1951 年 6 月，在部队中，右眼有病的情况下依然积极训练，圆满完成任务，别人睡着时，自己还在履行职责，衣服湿透依旧坚持训练，拿钱给病号买东西吃，积极奉献，乐于助人，荣获“营练兵学习模范”；1951 年 12 月，在部队训练中以身作则，团结互助，用心学习，立“团结互助”二等功。1952 年 10 月，在部队中，学习任务完成良好，积极自学，积极帮助他人，开导他人，立三等功；1954 年 7 月，工作积极，认真负责，成绩优良，带领全排完成学习任务，立三等功；1955 年 7 月 8 日，荣获解放奖章一枚。

张文元

张文元，1929 年出生，阳信县商店镇梨行村人，1947 年参军，成为华东野战军 28 军 83 师的一名战士。1948 年 9 月参加济南战役，张文元担任攻城小组成员，带领战友利用弹坑掩护跳跃前进。张文元率先抱着炸药包、手榴弹，身上披着浸湿的厚棉被作为保护，三步并作两步跳进了一个又一个弹坑。他身手灵活、爆发力极强，在他的带领下，队友们也迅速跟了上来。城墙上的敌人发现了他们，火力更加猛烈了！张文元借着弹坑的掩护，和战友们把手榴弹全部扔了过去。敌人的火力瞬间哑了。借此，张文元快速引燃了炸药包，把城墙炸开个大豁口，并第一个冲上了上去。战斗中，他不惧生死，冲锋陷阵，表现突出，荣立二等功。接着随部队参加了淮海战役，跟随部队一路南下，解放南方各地，1949 入党的张文元用自己的实际行动为那些在平凡岗位上努力奉献的人们竖起了一面永不倒下的旗帜。

魏忠堂

魏忠堂，1932 年出生，阳信县洋湖乡小魏村人，1947 年 5 月参加中国人民解放军，成为第三野战军的解放军战士。魏忠堂参军后，跟着部队一路打下邹平、淄博、高苑、潍县，回头又参加了解放济南的战斗。随后参加了南下打淮海、战上海、平定舟山等战斗。经过无数次战斗，魏忠堂得到了锻炼，成长为一个敢打敢冲的钢铁战士。在 1948 年 9 月的解放济南战斗中，魏忠堂所在的连负责进攻东南角，战斗打得异常艰难，他左臂被子弹打中骨折受伤，左耳被炮弹片击中，但他没有住院治疗，包扎了一下，继续投入战斗。1949 年 4 月，渡江战役正式打响，魏忠堂所乘的那条船在仅有一人负伤的情况下，顺利渡过长江。1952 年 9 月，部队进入浙江舟山。魏忠堂的部队驻防浙江象山，他在驻防工作中多次立功（一个二等功，三个三等功），1959 年 12 月，调任重庆市公安局任内保科长。1972 年 7 月，从重庆市调回山东省阳信县，安排在县计划委员会工作，1992 年离休。

荀玉和

荀玉和，1931 年 11 月出生，阳信县城关镇唐家村人，1948 年 10 月参军，参加过淮海战役、渡江战役、解放上海、抗美援朝战役以及多次全国军事比武。曾任第 27 集团军后勤部副部长，1984 年离休。

1948 年 9 月底，荀玉和报名参军。1949 年 1 月，荀玉和所在部队全部补充到华东野战军第九纵队。在渡江战役中，荀玉和入党。1950 年 11 月，荀玉和所在第二十七军奉命加入志愿军序列，全力担负东线作战任务。部队从吉林临江进入朝鲜向东线进发，受命与师主力一起进至松落洞地域，待命向柳潭里美海军陆战第一师形成围攻。当时荀玉和和姓王的战士留在团部作战室。当进攻打响后，二营电话不知为何突然无法联系上，团长命令荀玉和去二营送达重要军令变动，要求二营发起进攻。荀玉和沿着团长指示的方向在雪地里开始搜寻。夜晚飘着漫天大雪，白茫茫一片，河道和两岸分不清，只能靠感觉判断二营的大概方向，荀玉和克服种种困难，终于找到二营长，传达了团长指示。二营在接到变动命令后，根据新发现敌军改变布防及时调整，向柳潭里西山 1384 高地发起进攻。第二次战役结束后，苟玉和荣立二等功。全军参照苏联军事模式进行整编，各大军兵种相继增设防化兵部门和分队编制。苟玉和被任命二营防化指导员，在南京进行一年的集训班学习，为以后的防化军事工作奠定了基础。1959 年，苟玉和参加全军防化学院防化兵学习，学习期间有幸参加建国十周年天安门国庆大游行活动，受到毛主席的检阅。1964 年 7 月全军防化兵在沈阳进行防化兵种大比武，苟玉和带队参赛。经过一个月的短期训练，在观测、侦察、洗消、仪器操作等参赛项目中，参赛队均取得一等奖的好成绩，受到叶剑英元帅的接见和鼓励。

孟德友

孟德友，1927 年出生于阳信城南孟家村一个贫苦农民家庭。1948 年参军入伍，曾服役于 27 军 81 师 242 团后勤处。在渡江战役中，孟德友提拔为排长，并加入中国共产党。抗美援朝战争开始，孟德友跟随部队跨过鸭绿江。他参加的是第二次战役，战斗中，他指挥得当，作战勇敢，被提拔为连长。第二次战役胜利后，部队迅速推进，一次，在他们退出阵地后，孟德友发现散落着不少的食品和子弹等物资，估计附近就有储存的仓库，他设法在周边找寻。在一片乱石堆中，隐约发现了有个洞口。扒开一看，果然是一个储备物资的仓库，里面储藏着大量的食品和武器弹药。在当时我军物资极度匮乏的情况下，这无疑是一个大好消息，因此孟德友被授予二等功。抗美援朝战争结束后，孟德友转业回到了家乡。1960 年自然灾害，他响应国家号召回农村生产劳动，回家成为一个地地道道的农民。

焦本良

焦本良，1927年3月出生于阳信县洋湖乡焦王村一个贫苦农民家庭。1947年8月，加入中国人民解放军，被分配到华东野战军第十纵队二师八十四团一营二连。1949年2月加入中国共产党，参加过淮海战役、渡江战役。过江之后，焦本良随部队追击溃逃的敌人。行军途中，遭到残敌袭击负伤。在此次战斗中，他英勇顽强，不怕牺牲，荣立二等功。1951年，焦本良从部队回到家乡，脱下军装，成为一名普通的农民。

王吉亭

1930年10月，王吉亭出生于阳信县商店街附近的南小王村一个普通农民家庭。1948年11月，加入了中国人民解放军27军81师242团2营机炮连。抗美援朝战争打响后，王吉亭随部队由上海挥师北上，跨过鸭绿江。1950年10月5日，在咸镜与美军交火。战斗中，王吉亭正在发疟疾，忽冷忽热，浑身颤抖，他硬是挺住，不离自己射手的岗位，给敌人应有的惩罚。由于天冷，他卧雪时间太长，一个大拇脚趾被冻掉。此次战斗，王吉亭表现突出，荣立二等功，并被吸收为预备党员，三个月后转为正式党员。第五次战役中，和美国海军陆战队第一师王牌军对垒，敌人的炮弹像冰雹一样倾泻下来，王吉亭左手食指被炸断，仅一片皮肉连接。他用自带的纱包缠起来，止住血，便迅速来到自己的射击位置。他知道，炮轰过后，就是敌人的又一轮冲锋，自己这个重机枪射手是不能离位的。果然，敌人密密麻麻地扑了上来，王吉亭扣动扳机，枪口喷出愤怒的火舌，敌军连滚带爬地退了回去。王吉亭这才感到左手钻心的疼痛，他依旧坚守岗位。战斗结束，他被授予“乙级战斗模范”称号。我军从三八线一直打到汉城，双方处于对峙状态。但敌人时常往我方阵地打冷枪，放冷炮。有一天中午，王吉亭在防空洞口打饭，一颗炮弹飞来，将他的脸颊击穿。由于伤势过重，回国养伤。养好伤后，他拿着三等甲级残疾证离开部队，回到家乡。几十年来，他没有以功臣自居，而是将获得的一枚二等功勋章、两枚三等功勋章、一枚四等功勋章，用手绢包起来，放在抽屉里，像普通农民一样，日出而作，日落而息。

焦章林

焦章林，1928 年 2 月出生，阳信县洋湖乡焦王村人，1948 年 9 月参军，被编入北海新兵团一营电话排，成为一名通讯兵。1949 年 2 月，加入中国共产党。1950 年，焦章林就和战友们挥师朝鲜参加抗美援朝战斗。焦章林所在的 27 军，担任江界、长津方面的作战任务。在一次战斗中，连接前线的电话线被炸断，身为班长的焦章林，挺身而出，借着烟雾，冒着枪林弹雨，机警灵活地观察，终于找到电线的断口，迅速接通了线路，快速完成了任务。战斗结束，他被记二等功。1953 年，焦章林复员回乡。

张秋田

张秋田出生于阳信县赵守一村一个贫农家庭。1948 年参军，被编至 27 军 81 师 224 团 2 营机枪连，成为一名机枪射手。淮海战役中，张秋田所在的部队主攻某一高地，敌人倚仗有坚固的工事疯狂扫射，给部队进攻造成很大的威胁。作为机枪手，他发现一个有利地形，架好机枪后一通猛射，把敌人的火力压制下去，扫出一条通道。爆破组借机冲了上去，用炸药包捣毁了敌人的堡垒，取得了战斗的胜利。张秋田荣立二等功。1950 年 6 月，张秋田加入中国共产党。1950 年冬季，张秋田赴朝参加第一次战役，在球场战斗中，他用手中的机枪，给敌人以致命的打击，使敌军受到重创，他自己的右手中指却被飞弹打伤，鲜血直流，他用纱带简单缠裹一下，继续投入战斗。战斗结束，他被评为三等功。张秋田负伤后，被安排回国养伤。1951 年 6 月，被分配到钓鱼台临时库房，任党小组长。1954 年 10 月转业回到家乡。

王春喜

王春喜，1928 年 12 月 1 日出生，阳信县西李什村人，1944 年参军革命，经历过抗日战争、莱芜战役、济南战役、淮海战役、渡江战役、抗美援朝，1952 年因伤残复员回乡。

抗美援朝战争爆发后，随中国人民志愿军奔赴朝鲜战场，担任机枪手。在举世闻名的上甘岭战役中，王春喜英勇顽强，敢打敢拼，几次跃出战壕，与敌人拼杀在一起，守住了阵地。由于膝盖中弹致残，不得不退出战斗，回国治疗。此次战斗，他荣立二等功。

张荣亭

张荣亭，原名张连贵，1913 年 11 月出生，无棣县水湾镇人。1937 年 6 月加入中国共产党。10 月，任津南救国军独立第三团党代表。1938 年 1

月，任冀鲁边区三十一支队十七路军政治部主任。7月，调任冀鲁边区七团任党总支书记、二营教导员。1939年春，任鲁南沂蒙地区费县总队政委。1940年冬，任115师教导大队政治队教员。1941年6月，任冀鲁边干部教导营政委。1943年8月，任中共沾（化）阳（信）（无）棣工委宣传部部长。1944年8月，任沾（化）阳（信）（无）棣边区县委书记，兼独立营政委、独立团政委。1945年8月起，历任渤海区第四分区直属团政委、东北民主联军第六纵队18师53团政委、回民支队政委、西线后勤警卫团政委、第四野战军后勤政治部组织部部长。1949年8月起，历任第四野战军后勤运输部政治部副主任、副政委兼主任、兼汽车学校校长，中南军区后勤油料部部长。1955年9月，被授予中校军衔，获二级独立自由勋章、三级解放勋章。1956年3月，入解放军后勤学院学习。1958年8月，任广州军区42军后勤副军长、后勤部部长。1960年晋升为大校军衔。1962年9月起，历任后勤19分部政委，广州军区后勤部副政委，广东省军区副政委兼广州警备区政委。1978年，任广东省军区顾问。1982年离休，享受正军职待遇。1988年7月，被授予二级红星荣誉勋章。

石玉昌

石玉昌，1924年1月出生，无棣县海丰街道人。1939年2月，参加八路军肖华支队教导营。9月，随部队到鲁西打游击。同年底，教导营并入八路军115师运河支队红5团3营，在营部当通讯员。1940年8月，任5团2营青年干事。1942年，历任团宣传分队队长、鲁西分区宣传大队分队长。1943年6月，到鲁西分区教导队学习半年后，任115师教导3旅7团4连文化干事。后历任副教导员、指导员、连政委。1944年，东平战斗，他带领连队担任主攻，歼灭日本鬼子一个小队。七连被授予“突击英雄连”荣誉称号。1946 年，邯郸战役的“崖曲战斗”“旗杆张战斗”，他带领的连队，担任消灭国民党第 40 军的突击任务，获“战斗模范”称号。1948 年，任中国人民解放军第二野战军一队 2 团 2 营教导员。淮海战役，他率领二营参加“张公店战斗”，在围歼黄伯韬兵团的“双堆集战斗”中，担任突击队长。1949 年 4 月，参加渡江战役，任 16 军 136 团政治处组织股股长。10 月，任十六军炮兵营政委，进军西南。1951 年参加抗美援朝，先后任高炮 523 团副政委、政委。1954 年，入南京军事学院政治系二期学习，毕业后留学院任哲学教员。1966 年 6 月至 1968 年 8 月，历任坦桑尼亚军事专家组副组长、组长。1970 年 3 月，任北京军政大学（现国防大学）四大队政委兼政治教员。1971 年 8 月，带领国家乒乓球代表团到拉美访问。1976 年 10 月，任山东省军区副政委。1978 年 4 月，任济南军区步兵学校政委。1981 年 6 月，任济南军区装甲兵政委。1983 年 9 月离休。

张鹏展

张鹏展，原名张健，1917 年 4 月出生，无棣县马山子镇人。1937 年加入国民革命军第 18 集团军总部随营学校，赴延安后改编为抗大总校 6 支队，任 3 队班长。1938 年 2 月加入中国共产党。8 月，编入赴山东敌后干部大队。历任山东纵队 9 支队独立营教导员、8 支队特务营、3 营教导员，团组织股长等职。1942 年 8 月，任泰山区教导营政委。1943 年 3 月，任 12 团 2 营政委。1945 年 8 月，任 4 师 12 团政委。1948 年 8 月，任 22 师政治部主任。1949 年 2 月，任 26 军 78 师首任政委。1953 年 8 月，任解放军第三政治干校副校长兼政治部主任。1956 年，入中央党校学习。1958 年 1 月，任南京军区后勤部政治部主任。1966 年 3 月，任南京军区工程兵副政委。曾参加过孟良崮、淮海、渡江、上海，抗美援朝二、四、五次战役等。获朝鲜民主主义共和国二级自由独立勋章，中华人民共和国二级独立自由勋章、二级解放勋章。1978 年 5 月离休，享受正军职待遇。

李宝玉

1928 年出生，无棣县水湾镇人。16 岁投身抗日战争，参加过共产党领导的情报组、武工队等。1945 年，正式参加革命队伍。1946 年加入中国共产党。参加过淮海、济南、曹州（菏泽）、洛阳、孟良崮等战役，历任战士、班长、副排长、排长、代理副连长等职务，在战斗中多次负伤，屡立战功。1946 年，独立团沾化练兵中立一等功一次，获“二等模范”称号。1947 年，沙头集战役中立一等功一次，开封战役中立二等功一次。1948 年，获淮海战役“一等英雄”“华东二级战斗英雄”“山东一级战斗英雄”称号。1951 年 9 月，出席华东军区第一届英模大会。12 月，被山东军区司令部、政治部批准为山东军区战斗英雄。

刘挺柱

刘挺柱，1919 年出生，无棣县佘家镇人，1939 年加入中国共产党，1940 年加入八路军，历任班长、排长、连指导员。解放战争时期，历任营教导员、团政治处主任、政委、二十八军八十三师、八十二师政治部主任、八十三师政委等。先后参加过莱芜、济南、淮海、渡江、上海、福州等战役，三次重伤，多次立战功。1955 年，被授予中校军衔，荣获三级独立自由勋章、二级解放勋章。1971 年，任二十九军政委。1982 年，任福建军区政委。曾出席党的第九次、第十次代表大会。1984年离休，享受兵团级待遇。

王承温

王承温，1926年出生，无棣县人，1938年参加八路军，先后在八路军泰山支队、鲁南七团、渤海军区、解放军东北一纵任战士、干事、指导员等职。1946年8月，被授予“模范政治指导员”称号，获颁模范奖章一枚。1948初，东北军区召开荣军代表大会，王承温以中国医科大学荣誉军人代表身份参加大会，并被授予荣誉军人证章和纪念章各一枚。1948年，获得东北解放纪念章一枚，1951年，获抗美援朝纪念章一枚。1957年，被授予三级独立勋章和三级解放勋章各一枚。抗日战争五十周年胜利纪念章一枚，抗日战争六十周年胜利纪念章一枚。事迹被收录于《中共党史人物传》。

樊宝行

樊宝行，1927年生，无棣县小泊头镇小泊头东村人，1945年参加革命，中共党员，志愿军40军354团8连副连长，1951年在春川郡石长里朝鲜第五次战役中牺牲，立大功一次、三等功三次。

陶树恩

陶树恩，1925年出生，无棣县小泊头镇泊头中村人，1948年参加革命，中共党员，志愿军150师448团副指导员，在朝鲜战役中牺牲，立大功一次。

邱景营

邱景营，1922 年生，无棣县碣石山镇邱一村人，1947 年参加革命，志愿军 76 师排长，1950 年在朝鲜战役中牺牲，立二等功一次。

孙凤鸣

孙凤鸣，1929 年出生，无棣县埕口镇孙眨河村人，1947 年 2 月参加革命，中共党员，志愿军 227 团 3 连班长，1950 年 12 月在朝鲜咸镜南道战役中牺牲，立二等功一次、三等功二次。

王俊皋

王俊皋，1922 年出生，无棣县车王镇崔家村人，1947 年 2 月参加革命，中共党员，志愿军 26 军 76 师炮团 3 营战士 1951 年 4 月在朝鲜大杨谷牺牲，立三等功二次、二等功一次、战斗奖一次。

贾孝山

贾孝山，男，汉族，1926 年 10 月出生，博兴县乔庄镇齐合村人。1945 年 5 月入伍，1949 年 2 月入党。入伍后，历任排长、连长、营参谋长、海军雷达6团副参谋长等职务。参加过渤海区对日大反攻，泰安战役、沙土集战役、挺进豫皖苏、济南战役、淮海战役、渡江战役、福州战役和闽北剿匪等近百次战斗，荣立二等功一次、三等功二次、四等功三次。1949年1月，贾孝山在淮海战役中火线入党。

1982年3月，贾孝山以正团职离职休养。1983年6月按副团级待遇，同年11月按正团待遇。1988年9月，被授予中国人民解放军独立功勋荣誉章。

马光耀

马光耀，男，汉族，1929年8月出生，博兴县吕艺镇康坊村人。1945年1月参军，1947年7月加入中国共产党。先后参加了济南、淮海、渡江、淞沪、进军福建、东山等战役，因战斗中救治伤员突出，荣立二等功一次，三等功七次。1984年11月，在福州军区后勤十八分部三五二部队离休，享受副师职待遇。1988年8月，被授予中国人民解放军独立功勋荣誉章。1988年9月，被授予中国人民解放军胜利功勋荣誉章。同时颁发抗日战争六十周年、渡江战役、淮海战役、中南解放等纪念章。2003年12月，自著《悠悠岁月》一书，回忆了个人奋斗的一生。

孙俊杰

孙俊杰，男，汉族，1928年1月出生，博兴县纯化镇前王文村人。1946年3月入党。入伍后历任出纳、会计、副股长、股长、团后勤副主任、师给养科长、师职教员等职。战争年代，参加战役战斗百多次，因作战勇敢、工作积极，荣立二等功一次，三等功多次，被评为团后勤模范党员。1982年以师职教员离休，在北京市海淀老龄大学国画系学习绘画专业。作品多次参加军内外展览，数次获金、银、铜奖。作品《鱼儿离不开水》由军事博物馆作为二级收藏品永久收藏。其作品还多次被国际友人收藏。

王润生

王润生，男，汉族，1926年1月出生，博兴县陈户镇西王村人。1945年8月8日参军，1947年3月加入中国共产党。1948年4月以后，先后参加了昌潍、济南、淮海、渡江等重大战役。1950年参加解放舟山群岛的战役。1955年考入第二军医大学学习。1959年在解放军第105医院医务处任副主任、主任。1970年任解放军104医院副院长。1988年任解放军105医院专家组副组长，技术五级（副军级）、行政14级。1988年3月离职休养。

王润生参加革命工作以来，荣立二等功三次、三等功三次。1955年授予大尉军衔，1962年晋升少校军衔，并授予独立自由功勋荣誉章、淮海战役、渡江战役纪念章、全国人民慰问解放军纪念章、抗日战争60周年纪念章等荣誉称号。

李兵

李兵，男，1990年5月出生，无棣县棣丰街道人，2010年12月入伍。2015年9月18日，新疆阿克苏地区拜城县铁热克镇苏杭河煤矿发生严重暴力恐怖事件。李兵按照上级命令，随同其部队及战友连续作战56天，爬雪山、卧冰雪、趟急流，在“10.28”山洞之战、“11.12”山谷之战两次围剿中，作战英勇，同战友一举歼灭暴恐分子，缴获被夺枪支弹药，保护了人民群众生命及财产安全，打赢了反恐硬仗。2015 年 12 月，李兵被新疆武警总队授予一等功。

刘康柱

刘康柱，1960 年 8 月出生，邹平市人，1978 年 11 月入伍，1982 年 8 月入党，军旅生涯 23 年。历任战士、班长、排长、副连长、连长、参谋、副参谋长等职。1985 年 3 月至 1986 年 6 月，参加了老山地区对越防御作战，在 116 高地前观执行侦察任务期间，共发现目标 2037 次，毙敌 297 人，摧毁敌观察所 4 个、弹药所 1 个、迫击炮 16 枚、战壕 387 米、人员工事 21 个，带领全排出色完成战斗任务。因战果显著，荣立集体一等功和个人二等功。

刘曰岭

刘曰岭，男，1964 年 5 月出生，惠民县人，1984 年 12 月 1 日入伍，中共党员。1985 年 7 月，部队接到对越自卫反击战轮战命令后，刘曰岭立即递交了 2 份请战书，同年 9 月终于如愿上了最前线守阵地，在守阵地期间他受了轻伤，他坚决不下火线。1986 年 1 月 28 日进攻靶点时，他被编入第二敢死队。这次战争非常激烈，他一边防守一边抢救牺牲的战士，他胸部受伤，根本来不及包扎，接着又去抢俘虏。这时他的右腿被子弹穿透，自己赶紧用止血带包扎好，继续战斗。因表现突出，1986 年荣立二等功一次。

张传选

张传选，惠民县姜楼镇联伍梁村人。1953年3月入伍，1957年4月退役，曾服役于中国人民解放军0080部队。1953年3月至1954年10月参加抗美援朝。回国后，1955年2月参加一江山战役，因作战勇敢，荣立二等功一次，颁发入朝70周年纪念章一枚和光荣在党纪念章一枚。

张英华

张英华，男，1959年1月出生，中共党员，1978年10月1日入伍。张英华在部队是一名通信兵，在平时工作中他刻苦学习专业知识，曾任2台台长。1981年因专业技术优秀荣立三等功一次。1986年参加对越自卫反击战，他在战斗中冒着枪林弹雨，不顾生命危险及时发送战况信息，保证了战斗的胜利，并杀死多名敌人，缴获武器多支，因战绩突出，被24集团军授予二等功。

朱正男

朱正男，男，汉族，惠民县何坊街道二堡朱村人，中共党员，1990年5月生，2009年12月入伍。现任合成第6师火力团车载155自行加榴炮一营一连上尉连长。

2020年，随单位整建制参加任务，在海拔5000多米的昆仑之巅，与印度展开对峙。一线备战中，带领骨干苦心钻研火炮快速完成射击准备方法，新型特种弹药使用方法，组织极限距离射击性能试验，采集了大量任务地域作战数据，有效提升了作战效能。在西部战区临战训练监察考核期间，主动请战，带头参考，指挥决策果断、战术动作流畅、综合素养较高，得到考核组一致好评，考核成绩优异。因服从命令坚决，完成任务出色，能力素质突出，对印斗争主动，荣立二等功。

左怀军

左怀军，惠民县人，1968 年 2 月入伍，中共党员，1979 年 2 月在中越边境自卫还击保卫边疆战场上担任济南军区陆军第 43 军坦克团 3 营政治指导员。在自卫反击战三次战斗中听党指挥，纪律严明，不怕流血牺牲，英勇善战，坚决、出色完成战斗任务，荣立个人二等功。

邓云昌

邓云昌，1960 年出生，无棣县车王镇人。1978 年 4 月应征入伍，在铁道兵后勤部汽车营一连当战士，驻守青海省。入伍 4 年，先后六次受到嘉奖。1979 年 12 月 11 日晚，原 35 团 12 连小作坊失火，他第一个冲进火海扑救，受到连队嘉奖。1982 年 5 月下旬，昆仑山冰雪大量融化，山水漫进格尔木第二中学校舍。住在该校执行运输任务的邓云昌立即投入排水筑堤战斗，他站在刺骨的冰水中，搬石铲沙，坚持战斗一个多小时，终于保住了校舍。9 月的一天，连队天花板失火，威胁着营区几十栋房子及价值几十万元的汽车、机械零部件的安全。闻讯后，他顾不上穿衣服就冲进火海，与同志们一起扑灭大火，保住了营房和国家财产。

1982年9月20日，他和其他三名战友开车去大煤沟煤矿运煤。在参加劳动之际，突然出现大塌方的预兆，他马上呼喊班长和一名战士离开，又将副班长推离险区，自己却被巨大煤块砸伤腰部，壮烈牺牲，年仅22岁。1983年3月，铁道兵7师党委发布命令，授予他“舍己救人勇于献身的英雄战士”荣誉称号，批准他为革命烈士，并追认为中国共产党正式党员。

林善龙

林善龙，1974年4月出生，滨城区杨柳雪人，1992年入伍，曾服役于第二十集团军58师，中共党员，在五年的部队生涯里，无论是在日常生活还是各类考核中，均是表率，在部队期间曾先后荣立过二等功、三等功，被第二十集团军评为优秀“四会”教练员、先进个人、训练标兵、优秀士兵等表彰，是一名优秀的人民子弟兵。

封福壮

封福壮，男，1974年3月出生，滨城区市东街道人，2011年7月转业，曾多次在部队立功受奖。“5.12”汶川地震发生后，根据部队抗震救灾指挥部命令，于2008年5月14日随部队抗震救灾运输保障车队运送因火车中断滞留在西安火车站广场的四川籍老乡返乡，行程20多个小时后，安全输送了500余名老乡到达四川绵阳。在抗震救灾一线，急灾区人民所急，想灾区人民所想，始终保持饱满的工作热情和旺盛的战斗精神，不怕苦，不怕累，克服了道路崎岖，余震不断的危险，高质量地完成了各项任务，因救灾事迹突出被授予二等功奖励。

王忠华

王忠华，1983 年 10 月出生，滨城区三河湖镇人，2001 年 12 月入伍，2006 年 6 月入党，曾服役于辽阳市消防支队白塔大队铁西中队。2007 年 6 月 8 日，一辆载有 29.6 吨丁二烯易燃易爆液体的运输车发生侧翻泄露，一旦爆炸，将威胁周边上千居民。时任中队班长的王忠华，在总指挥的领导下，与大家协同作战，历经堵漏、救人、吊罐三个生死环节，成功救出被困人员，妥善处理了罐体，圆满完成了抢险救援的任务。战斗中，王忠华机制灵活，处置果断，措施得当，不怕危险，为救援成功发挥了重要作用，因此荣立个人二等功一次。

杨长峰

杨长峰（1954—1979），今沾化区李家乡西山后村人，革命烈士。

杨长峰高中毕业后，在本村任小学民办教师。1975 年应征入伍。在部队先后任班长、排长，多次受通令嘉奖。1978 年 8 月加入中国共产党，年终被评为优秀党员。春节前夕，获准回家探亲的同时，部队接到开赴对越自卫反击战前线的命令，长峰毅然放弃探亲假，随军出征。

1979 年 2 月 27 日，高巴岭战斗打响。高巴岭主峰高 1060 米，坡陡路滑，地势险要，是越军苦心经营多年的军事要冲，明碉林立，暗堡密布，堑壕纵横交错，并遍布竹尖和地雷。杨长峰带领全排战士主攻高巴岭主峰，夺取制高点，为全连前进扫除障碍。他冲锋在前，一面选择有利地形指挥全排前进，一面有效地射杀敌人。当冲到敌军阵地前沿，密集的火力阻挡住战士前进时，他沉着冷静地抓住时机，跃入有利位置，连续击毙5名敌军，摧毁两个火力点，指挥全排冲上主峰，全歼守敌。当转移阵地发起再次冲锋时，他头部负伤，抢救无效，不幸牺牲。中国人民解放军54286部队党委给其追记二等功。

付子强

付子强，男，1981年10月出生，沾化区冯家镇付家村人。入伍后任中国人民解放军32141部队政治教导员，付子强同志先后参加“跨越–2009”演习，赴俄罗斯开阔水域国际比武，筹备和苏丹达尔富尔国际维和等大项任务，荣立三等功一次，多次被上级表彰为“优秀共产党员”，2017年被中部战区陆军表彰为“四有革命军人”。他始终把引导官兵对党忠诚作为首要责任，当好创新理论的传播者。教育说理见人见事，剖析理论通俗易懂，他所在营队被表彰为思想政治教育先进单位；他始终把带领官兵精武强能作为最大己任，当好聚焦打赢的实干家，贴近一线站排头，瞄准强手谋打赢，在旅队组织的“夺金牌·创纪录”比武中一举拿到9枚金牌；他始终把培养官兵成长成才作为突出重任，当好关爱培育的贴心人。注重人才培养，营队有3名战士考学，2名大学生士兵提干，实现了自己的成才梦。2018年1月记二等功。

闫元林

闫元林，男，1964年6月出生，沾化区下洼镇闫家村人，1983年11月入伍，曾在济南军区炮兵十二师二十四团一营一连服役，任战士、通讯班副班长。

1985年2月至1986年6月，闫元林同志随所属部队参加了云南老山对越自卫反击战，参加了“5.31”“6.11”“7.28”“9.8”“9.23”“1.28”等大小战斗。在战斗中，闫元林同志勇于吃苦，英勇善战，不怕流血与牺牲，带领通讯班的战友，负责保障从“1175”高地至营指挥所那马村近8公里的七条通信线路的畅通，特别是在“5.31”“6.11”战斗中，闫元林同志冒着敌人的炮火抢修被炸断的通信线路，确保了观察所至营指挥所的通讯畅通及作战指令的及时传达。在后来越军进攻后的“1.28”战斗中，闫元林带领战友王先军、仇念之在抢修被越军炸断的电话线路时，敌人的炮火袭来，在第一时刻，闫元林同志奋不顾身扑在战友身上，保护了战友的生命，并不顾伤痛，出色地完成了作战任务，战后，得到了上级首长的首肯。

由于闫元林同志表现突出，部队团党委于1985年9月、1986年5月先后给予闫元林同志记三等功、二等功各一次。

张学和

张学和，男，汉族，1954年5月生，沾化区人，1973年6月参加工作，1974年12月应征入伍，1976年9月加入中国共产党，1977年10月由部队提干，1981年12月转业，2004年退休。

在部队服役期间，他吃苦耐劳，踏实肯干，历任战士、班长、排长、政治处书记等职务。1979年2月17日参加对越自卫反击战，在战斗中英勇顽强，冲锋在前，不怕牺牲，圆满完成了上级下达的各项战斗任务，荣立战时个人二等功一次。1979年3月5日参加广西军区组织的弄兰战役时，在带领战士冲锋时不慎被越军地雷炸伤下肢，至左足腓骨下1/3粉碎性骨折，右足遮骨骨折，双足活动受限，右足肌皮损伤，左臂、左足、左腿、右小腿多处弹片存留至今仍未取出，被评定为二等乙级伤残。

1981 年 12 月因战时伤残，随全军第四批军转干部转业，服从组织分配到下河供销社工作。曾任供销社副主任等职务。在工作中始终保持一名军人的过硬作风，有着强烈的事业心和责任感，克服伤残部位的疼痛，带领全社职工励精图治，艰苦创业，为供销社的改革和发展做出了卓越的贡献，为践行党的宗旨奉献了自己的青春和残躯。

范建亭

范建亭，男，1979 年 2 月出生，沾化区古城人，1997 年入伍，曾服役于海军 92910 部队，2000 年 6 月加入中国共产党，2014 年退役，现任沾化区住建局徒骇河公园管理服务股副主任。

2005 年五一期间，中央电视台举办全国小品大赛，范建亭当时在海军东海舰队政治部文工团工作，听到这个消息后，他几个战友开始加班加点搞小品创作，深入基层搜集战士们喜闻乐见的生活趣事，上高山下海岛体验生活。在他和战友们的共同努力下，一个反映海军潜艇生活的小品《水下之声》终于在五一当晚搬上荧幕，接受全国人民的检阅。由于范建亭在此次排练演出中表现突出，海军政治部下达文件，给范建亭同志记二等功一次。

房建立

房建立，1983 年 5 月出生，沾化区人，2001 年 12 月参军入伍。曾在 75211 部队服役，2005 年 3 月加入中国共产党，担任过战士、副班长兼工程车驾驶员、班长兼坦克架桥车驾驶员、坦克装甲技师、坦克抢救班班长兼坦克装甲技师职务。曾荣立优秀士兵四次，营嘉奖一次，团嘉奖一次，先进共产党员一次，三等功一次，二等功一次；全军士官人才奖三等奖一次。

黑爱兵

黑爱兵，男，1966 年 8 月 2 日出生，沾化区人，1985 年入伍，2008 年副团职转业到沾化县环境保护局工作。服役期间，由于工作出色，1998 年被公安部评为“全国优秀基层干部”并荣立个人二等功，两次荣立个人三等功，先后三次被山东省边防总队评为“全省优秀边防卫士”等荣誉称号。

刘磊磊

刘磊磊，男，1989 年 6 月出生于沾化区利国乡裴家村，任广西边防总队东兴边防检查站战士。刘磊磊同志于 2017 年 3 月份进驻任务区期间，始终不忘祖国与人民的重托，牢记联合国维和人员职责，用实际行动践行维和誓言，出色完成了各项维和任务，向世界展示了中国军人的风采。2018 年 3 月回国归建并荣立个人二等功。

裴文龙

裴文龙，男，沾化区人，1981 年 8 月 18 日出生，1999 年 12 月应征入伍，曾服役于中国人民解放军（原）南京军区政治部前线文工团，2002 年加入中国共产党。2003 年代表南京军区参加“中国曹禺戏剧奖”决赛，荣获“剧目金奖第一名”以及当届大赛唯一的“最佳男演员奖”，为解放军代表队荣获双项桂冠。同年，8 月，参加解放军“408”活动，受到当时国家主席江泽民主席亲切接见。鉴于裴文龙同志取得的优异成绩，所在部队授予“个人二等功”。

王振江

王振江，男，1974 年 4 月出生，沾化区富源街道杏行村人，曾任广西边防总队副参谋长。2017 年 2 月 27 日，王振江率领 30 名队员先期抵达任务区，为大部队进驻打好前站，得到了公安部领导高度评价和批示肯定。作为分管部队管理维和勤务的指挥中心主任，始终坚持“先于部队、严于部队、高于部队”的管理要求，主导中、利、尼三国警察混编联训联演和利比里亚警务培训，传播了中国理念，树立了中国维和铁军形象。在联利团下达的武装巡逻、长途巡逻、空中巡逻、定点驻守等任务中，率先垂范，评估风险、拟定预案，并率队圆满完成了各类勤务，以“零安全事故、零有效投诉、零负面舆情”的成绩打出了中国防暴队的声威。2018 年 4 月记二等功。

王振生

王振生，男，1971 年 11 月出生，沾化区古城镇王见南村人，曾担任海军 91213 部队高级工程师，王振生同志长期从事航空机务工作多年，多次参加保障各种重大任务，30 年来无一次人为差错，工作突出，成绩斐然，为中国海军航空兵事业做出了突出贡献。2018 年 4 月记二等功。

张希尧

张希尧，男，汉族，1971年12月23出生，沾化区人，中共党员，大专文化，毕业于青岛航校机械专业。

自1989年参军以来，张希尧同志分别在山海关机场和潍坊机场服役，在工作中严格要求自己，立足本职，努力工作，以其脚踏实地、任劳任怨的工作态度，在平凡的工作岗位上，为部队建设做出自己的贡献。并且在役十六年中，荣立两次优秀士官，在2001年安全保障飞行500小时荣立个人三等功一次，2002年安全保障飞行800小时荣立个人三等功一次，2003年安全保障飞行1000小时荣立个人二等功一次。

贾义

贾义，男，1987年4月出生，中共党员，邹平县黄山街道东景村人，2004年12月入伍，2016年1月退出现役，现为台子镇秘书股副股长。贾义在部队里由于表现突出，先后被评为北京军区个人二等功、优秀士兵、优秀共产党员、红旗车驾驶员等，2014年荣获滨州市“见义勇为先进分子”荣誉称号。

孔涛

孔涛，男，汉族，中共党员，1987年6月20日出生，邹平市临池镇北园村人。2004 年 12 月入伍，2012 年 5 月入党，现为南部战区某部队机械技师，四级军士长军衔。该同志入伍以来，思想积极，力求上进，不断加强政治理论和业务知识学习，工作训练中高标准、严要求。担任机械技师期间，完成安全保障飞行各项重大任务，2019 年 5 月安全保障飞行 1200 余小时荣立二等功一次，三等功一次。

李涛

李涛，男，汉族，1981 年 7 月出生，邹平市九户镇古王台村人。1998 年 12 月入伍，2002 年 12 月入党。他政治信仰坚定、思想素质过硬，服从命令，听从指挥。在本职工作岗位中积极进取、严格要求，爱学习、爱钻研，认真履职尽责，充分展现了新时期“四有革命”军人的精神风貌。担任技师工作二十年来先后荣立个人二等功两次（2009 年特殊任务荣立二等功一次，2018 年安全保障飞行满十六年荣立二等功一次），三等功三次，被评为全军优秀士官，获得士官人才奖。2018 年 12 月份退出现役，2019 年 12 月安置到宁波市江北区退役军人事务局工作。

刘彬

刘彬，1991 年 10 月出生，邹平市人，2015 年 06 月入伍，2012 年 04 月入党，中尉军衔，本科学历，2015 年 07 月至 2016 年 06 月任步兵第 199 旅医院军医，现任 199 旅步兵三营军医。该同志 2015 年 07 月于第四军医大学毕业后参加新毕业干部集训，在结业考核中以唯一一名军医身份取得集团军规定的 12 个训练科目总评第一名，被单位评为“集训优秀学员”。

2016 年 02 月底参加集团军组织的“军医接力”比赛选拔，全集团军三十岁以下 130 余名军医参加，以明显优势取得选拔考核第一名。2016 年 07 月代表国家赴俄罗斯参加国际“军医接力”比赛，获所有国家参赛队第二名，国际队第一名。服役期间，因表现突出，荣立个人二等功奖励一次。

刘书肖

刘书肖，汉族，1990 年 10 月出生，2007 年 12 月入伍，邹平市九户镇刘家寨村人，2013 年入党，现任空中战勤班班长。入伍以来，该同志三次被评为优秀士兵，二次被评为优秀骨干，一次被评为安全管理先进个人，2016 年获得全军优秀士官人才二等奖，所带班级连续 3 年被评为先进班，其个人连续 3 年被评为优秀班长，荣立个人二等功奖励一次。

刘玉钢

刘玉钢，1996 年 9 月出生，2013 年 9 月入伍，邹平市人，原武警北京市总队第十三支队十中队九班长。2014 年 4 月 9 日，该同志受命担负“04.09”特殊勤务，历时 1 年半的时间，圆满完成了此次特殊任务，实现了自己在军旗和警徽下许下的铮铮誓言。在担负“04.09”特殊任务期间，该同志严格按照任务单位要求，积极协助医务人员完成各项对象护理工作，能够牢记上级嘱托，坚持继承和发扬武警战士不怕苦累的优良传统，在共事单位面前展示了武警战士的良好形象，受到了分队首长的充分肯定和共事单位领导的高度赞扬，荣立个人二等功奖励一次。

曲亮

曲亮，男，1979 年 1 月出生，1996 年 12 月入伍，该同志思想稳定，信念立场坚定，军事素质过硬，备战打仗意识强，技术好，积极参加各项重大军事演训任务。特别是在安保任务中敢打必胜，完成任务出色，得到了军委、总部首长的好评，荣立个人二等功奖励一次。

王菲

王菲，男，汉族，1989 年 8 月生，邹平市人，2003 年 12 月入伍，2008 年 11 月入党。2010 年 8 月因工作需要借调至公安部装财局工作至今。在党的十九大安保维稳工作中，王菲同志恪尽职守、主动作为，圆满完成各项工作任务。该同志在历次抗震救灾、抢险救援、应急处突工作中，请命在先、冲锋在前、不畏艰险、迎难而上，表现十分突出，特别是在十九大安保决战阶段，坚持连续三个月双休日不休息，时刻坚守在应急安保工作岗位上，每天加班至深夜，带病坚持工作，因表现突出，荣立个人二等功奖励一次。

王添

王添，1987 年 1 月 2 日出生，邹平市黛溪街道鄢家村人，2004 年 12 月入伍，2010 年 7 月加入中国共产党，专科学历，现职中国人民解放军 91445

部队空中机械技师，四级军士长军衔。从事飞行事业5年，以高度的政治责任感、使命感、过硬的军事素质和饱满的飞行事业心，多次圆满完成各类演习演练任务。13年的军旅生涯，始终心系祖国海防安全，投身于海军航空兵事业，因军事训练工作成绩突出，先后荣立个人嘉奖一次，优秀士兵三次，优秀共产党员一次，优秀士官人才奖一次，三等功一次。2015年3月，因飞行训练工作成绩突出，荣立二等功一次。

吴磊

吴磊，邹平市长山镇明礼村人。2012年，参加全军首届联合参谋培训，顺利完成了支队首个某新型潜艇接装以及艇员队政治委员全训考核，先后参加10余次重大演习演练，3次执行战备巡逻，荣立三等功一次，2020年1月荣立二等功，先后二次被战区海军评为优等团职指挥军官，被支队表彰为优秀党务工作者，优秀基层主官。该同志自2005年支队成立以来，扎根海岛15年，先后在参谋、教导员、潜艇副政委、政委等岗位工作，在每一个岗位都兢兢业业，砥砺奉献，成绩显著。潜心砺剑，聚焦打赢，作为支队首个参加某新型潜艇全训考核的艇员队政委，在没有先行经验的情况下，主动攻坚克难，边摸索边总结，以优异成绩通过了战区海军组织的考核。先后圆满完成战备巡逻、中泰联演等重大任务，并带领挺员队取得了支队舰员级维修比武竞赛个人项目第一最多和团体第一名等优异成绩。

杨斌

杨斌，1976年4月出生，1995年8月入伍，本科文化，上校军衔。多次受到上级嘉奖表彰，并荣立三等功一次。工作中他认真细致，遵章守纪，责任心强，很好地做到了地面苦练空中精飞，飞行中精力集中，动作规范，能正确处理遇到的特殊情况，至今已安全飞行3000小时，无“错、忘、漏”现象发生，无等级事故发生，根据《空军飞行训练奖惩办法》规定，给该同志记二等功一次。作为一名飞行员，参加过汶川抗震救灾，得到部队和四川省政府的表彰，多次参加并圆满完成导航校验、空运等任务，得到了上级的表彰。

董涛

董涛，1987年9月出生，惠民县辛店镇人。2010年第16届亚洲运动会在广州召开，他临危受命参加了亚运会和亚残运会的安保及大型表演任务，参加人数超过上万人。所在亚运会部队保障总指挥部，已在运动会开幕典礼之前提前两个多月就进入场地。主要任务是保障上万官兵每日到达指定场地及指定岗位的安全出行指挥与引导，在开幕式之日保障了国家领导人的出行活动，亚运会结束后更加顺利的保障了整个单位有序的安全返营。在整个亚运会期间由于工作表现出色，被原42集团军授予二等功一次。

高文利

高文利，1973年10月出生，惠民县城关人，1992年12月入伍，曾服役于71187部队，2003年大连一艘轮渡船舱进水，失去动力，正在下沉，高文利所在军舰进行人员搜救。他冲锋在前，英勇顽强，一个人就救出十多名船员，被71187部队批准荣立二等功。

胡清辉

胡清辉，1968 年 8 月出生，惠民县城关人，1986 年 12 月入伍，曾服役于 52938 部队。1989 年，胡清辉同志在外执行任务途中，听到有人高呼救命，他不顾个人安危，挺身而出，纵深跳入河中，奋力将河中落水儿童救起。该同志舍己救人的精神，得到人民群众的一致赞扬，诠释了一名军人的责任担当，展现了军人的光辉形象，所在部队年给予二等功奖励一次。

吉登明

吉登明，1968 年 9 月出生，惠民县东门大街人，1986 年 10 月入伍，1992 年在部队举行的大比武中，精神风貌佳，业务能力出众，训练基础扎实，获得个人项目第一名的好成绩，为所在部队赢得荣誉，得到领导和同志们的一致好评，被部队批准荣立个人二等功。

贾林文

贾林文，男，汉族，1991 年 7 月出生，惠民县魏集镇贾家集村人，2012 年 12 月入党，2014 年 6 月入伍，本科学历，上尉军衔，合成第 8 旅防空营指挥保障连原连长，2020 年 7 月 30 日，参加旅组的炮兵实弹射击中，受伤经抢救无效牺牲，年仅 29 岁。贾林文同志作为一名党的干部，在政治站位上能够正确对待进退转留，坚持个人服从组织，在重要任务前，能始终坚守事业心，带头顾大局，做到了“舍小我而利公，行大道而忘我。”在练兵备战上，能够始终永不服输，奋勇争光，专业素质过硬。在关心战友上能够把战友看作亲人，主动询问，关怀送暖，用实际行动诠释了待兵如子，勇挑重担的好连长、好干部形象。2020年度追记二等功。

孔庆柱

孔庆柱，1965年1月出生，惠民县糖坊街人，1983年10月入伍，曾服役于54872部队，1985年3月至1986年6月在中越边境自卫还击战中作战勇猛，多次担任冲锋队，坚决、出色完成战斗任务，参战15个月，为作战胜利做出了巨大贡献，荣立个人二等功一次。

李春燕

李春燕，1978年1月出生，惠民县何坊街道人，1998年12月入伍，曾服役于青岛91379部队独立第三团。该同志主要负责军械维修工作，在部队各项训练和执行任务中，负责维修的水轰五飞机安全无事故，在部队的各项比武中成绩名列前茅，受到领导和同志的一致赞誉，2002年荣立二等功。

李国亮

李国亮，1978年12月出生，惠民县城关人，1999年12月入伍，曾服役于55164部队，在2002年非典期间，时任部队卫生员的李国亮同志，对部队营区消杀灭防，为部队抗击非典和战友们的生命健康做出了突出的贡献，2003 年被部队批准荣立个人二等功。

李华良

李华良，1968 年 10 月出生，惠民县辛店镇人，1986 年 11 月入伍，曾服役于 52938 部队。1989 年 8 月李华良同志在执行任务途中路过山西省定襄县前营村。该村一家农户在院儿内存放的汽油着火，并发生油桶爆炸。李华良同志看到院内浓烟滚滚，立即冲刺到院内营救伤员，在他的努力下救出 2 名儿童。李华良同志舍己救人、不怕牺牲、保护人民生命财产的作风得到部队的肯定，并给予二等功奖励一次。

廖海涛

廖海涛，1986 年 7 月出生，惠民县辛店镇人，2004 年 12 月入伍，曾服役于河北武装警察部队。该同志先后带队执行过河北赞皇县、井陉县大型救火任务，两次代表河北总队执行弹药转移任务，代表地方执行任务数次，特派执行北戴河暑期安保任务数次，奥运会代表武警部队执行安保任务，参加武警北京总部演习任务，因个人工作突出，2015 年荣立二等功。

刘同民

刘同民，1975 年 12 月出生，惠民县桑落墅镇人，1995 年 12 月入伍，中共党员。该同志在部队努力钻研养殖技术，自费1200多元购买了牲畜饲养管理、疾病防治、饲料配制等方面的书籍，经过不断的努力，每年完成饲养利润指标6万元，几年来共上缴利润170多万元。

1998年，我国发生特大洪水时，他把自己节衣缩食省下来的两个月的津贴费全部捐到了中华慈善总会，转到了灾区人民手中；此后他坚持每月向慈善总会"特殊儿童中心"捐款50元，至今已有3600余元，而他自己却生活很朴素，每月消费从没超过20元。因表现突出，2002年荣立二等功一次。

路兆民

路兆民，1968年12月出生，惠民县城关人，1986年11月入伍，曾服役于55051部队，在部队期间，政治坚定，学习能力出色，团结同志，尊重领导，在上级领导视察工作期间，担任后勤保障工作，出色地完成了任务，受到领导一致赞扬，1992年被部队批准荣立个人二等功。

马本举

马本举，1950年6月出生，惠民县孙武街道人，1969年3月入伍，曾服役于4841部队。在唐山大地震期间，所在部队执行搜救任务，马本举同志冲锋在前，英勇顽强，不分黑夜和白昼，连续作战，救出15名群众，诠释了军人的担当，1976年被部队批准荣立个人二等功。

马国平

马国平，男，汉族，1986 年 6 月出生，惠民县人，2003 年 12 月入伍，曾服役于 91708 部队。

2010 年 3 月 17 日 14 时许，马国平同志在外执行任务途经沿江路段时，听到有人高呼救命，他不顾个人安危，挺身而出，纵深跳入河中，奋力将河中央的落水儿童托起，把落水儿童救上岸。该同志在人民群众生命财产受到威胁时，舍己救人，得到人民群众的肯定和拥护，诠释了一名军人的责任担当，展现了军人的光辉形象，2010 年给予二等功奖励一次。

马洪刚

马洪刚，男，汉族，1981 年 11 月出生，惠民县人，1999 年 12 月入伍，2004 年 10 月入党，大专学历，三级军士长。现任 61255 部队机务一连空中机械技师。从事机务保障工作 17 年，先后维护过直 -11、直九两种机型，所负责的直升机先后 12 次被评为“优质机”和“样板机”，2009 年所在机组荣立集体三等功。2013 年连续保障安全飞行 1500 小时，荣立个人三等功。截至 2019 年 11 月 5 日，连续保障安全飞行 3530 余小时，为陆航飞行安全事业做出突出贡献，2019 年度荣立二等功。

牛延峰

牛延峰，男，1989 年 4 月出生，惠民县孙武街道马杨村人，2007 年 12 月惠民入伍，现为金华市消防支队东阳中队班长，2012 年 6 月 9 日在东阳市金罗马皮卡王实业有限公司人员中队救援中，牛延峰同志作为救人攻坚组主要成员，面对中毒危险，主动请缨，深入污水处理池底部营救被困人员，并在最短的时间内成功营救出全部 6 名被困中毒人员，充分体现了过硬的思想和业务素质，为事故的成功处置做出了重要贡献。2012 年 7 月给金华市消防支队东阳中队记集体嘉奖一次，给牛延峰同志记个人二等功一次。

吴新海

吴新海，男，惠民县孙武街道高贾田村人，1960 年 6 月出生，1979 年 1 月惠民县人民武装部应征入伍，曾服役于中国人民解放军 51002 部队，军侦察连战士。吴新海同志于 1981 年 2 月 15 日探亲途中，奋不顾身，危难时刻勇拦惊马，舍己救人，挽回和抢救了人民群众的生命财产，为表彰他的欧阳海式的英勇事迹，经研究决定于 1981 年 5 月给吴新海同志记个人二等功一次。

任宝铁

任宝铁，1967 年 4 月出生，惠民县南关街人，1983 年 10 月入伍，曾服役于54874部队，1985年3月至1986年6月在中越边境自卫还击战中不怕流血牺牲，英勇善战，坚决、出色完成战斗任务，参战15个月，为作战胜利做出了巨大贡献，荣立个人二等功一次。

任希东

任希东，1956年12月出生，惠民县武定府街道人，1974年12月入伍，曾服役于54264部队，1979年在中越边境自卫还击战中作战勇猛，不怕流血牺牲，战斗意志顽强，坚决、出色完成战斗任务，为作战胜利做出了巨大贡献，荣立个人二等功一次。

沈海彬

沈海彬，1990年3月出生，惠民县人，2008年12月入伍，该同志2009年、2010年、2011年连续三年荣立三等功，2011年荣获全军士官优秀人才奖一等奖;2013年被评为总参百优士官，同年9月提干。2016年“五一”战备期间，部队通信突遇突发情况，台站守听对方台站信号十分微弱，作为负责该项工作的沈海彬凭借着多年过硬的专业技术和丰富的工作经验，真听细辨，不仅抄到全部报文内容，还在规定时间内完成了双方通信联络任务，确保了我台守听率100%；编组联训期间，靠前指挥，科学指导，带领参训官兵取得了第一的好成绩。2016年12月荣立二等功一次。

索伟

索伟，男，汉族，中共党员，1986年12月出生，惠民县人。2004年12月入伍，2005年3月新兵训练结束后，进入西藏那曲军分区政治部工作，同年主持完成对军分区自动化广播系统创建工作，并于同年完成测试列入实际应用；2006年总政要求师以上单位创建政工网，军分区政治部安排创建那曲军分区政工网，经过近半年的努力和无数个加班加点的技术攻关，于八一建军节前完成政工网建设，并自行承担网站和维护工作，2006年12月退伍，光荣完成保家卫国兵役任务，同年荣立二等功。

王吉华

王吉华，男，汉族，中共党员，1984年6月出生，惠民县胡集镇王肖村人，2001年12月1日入伍。该同志多次参加各项大型任务，2005年参加“和平使命中俄演习”，并多次在师组织的军事比武中被评为精武标兵。2008年参加汶川抗震救灾，转运物资，到最危险的地方搜救被困人员，之后又投入到灾后重建工作中，因表现突出记个人二等功一次。

王凯

王凯，1954年7月出生，惠民县南关街人，1974年12月入伍，曾服役于53208部队，1984年在广州军区大比武中，时任英雄连指导员的王凯同志，带领所在连队获得集体项目第2名的好成绩，并被上级批准荣立集体二等功，王凯同志荣立个人二等功。

王书庆

王书庆，1972年10月出生，惠民县辛店镇人，1992年12月入伍，曾服役于山东省莱阳市54686部队28中队93分队。自入伍以来，严以律己，勇于吃苦，积极进取，以连为家，立足本职，干一行爱一行，精一行，在平凡的岗位上做出了突出的成绩。在集团军组织的“优秀士兵”事迹报告团巡回做报告期间，场场爆满。其事迹感人泪下，赢得了官兵的热烈掌声，他也受到了军区领导的亲切接见，在军内外引起强烈反响，展现了当代军人的精神风貌，所在部队掀起了向王书庆同志学习的热潮。

所受奖励：二等功一次、三等功一次、嘉奖八次、优秀士兵八次、被军区评为“学雷锋学英模先进个人”等。

王延杰

王延杰，1966年10月出生，惠民县武定府街道人，1984年11月入伍，曾服役于81816部队，在1986年内蒙古抗洪抢险中，王延杰同志发扬军人特别能吃苦特别能战斗的顽强作风，不畏牺牲、连续作战，为保卫群众的生命财产安全牺牲一切，受到群众和部队的一致好评，1986年被部队批准荣立个人二等功。

王永新

王永新，1976 年 8 月出生，惠民县麻店镇人，1993 年 12 月入伍，1998 年在中央军委观摩 54693 部队大比武中，精神风貌佳，业务能力出众，获得个人综合项目第 2 名的好成绩，得到领导和同志们的一致好评，被部队批准荣立个人二等功。

吴清杰

吴清杰，1972 年 5 月出生，惠民县石庙镇人，1990 年 3 月入伍，属南海舰队航空兵某部装备机械技师，从事航空装备维护事业。他热爱本职工作，爱护战鹰就像爱护自己的眼睛；在国庆阅兵任务和海军飞行训练等任务中，他负责对参加检阅的战机维护保养，每一个螺丝、每一个零件都仔细的进行检查，保障了战机性能 100% 发挥，圆满完成了各项重大任务，因工作突出，业务精湛，分别与 2012 年、2017 年荣立二等功奖励。

杨东震

杨东震，男，汉族，中共党员，1982 年 3 月出生，惠民县人，在武警黄金部队历任战士、学员、参谋、副中队长、中队长、政治指导员、政治教导员等职务。在部队组织的“创先争优”等活动中，组织同志们撰写各种总结、信息、调研 85 篇，展板 6 块，制作图书 4 套 12 本，被活动领导小组评为第一名；带领部队创新工作思维，创建了 10 项具体管理制度，制定出台《机关、基层军事考核办法》；在 2014 年考核中发着高烧依然坚持工作，一丝不苟，连续作战，表现突出。先后被评为优秀党员、优秀党务工作者、分别于 2007 年、2012 年、2013 年荣立个人三等功，2015 年荣立个人二等功。所带连队多次被武警黄金三总队评为“基层建设先进单位”，被武警黄金指挥部评为“基层建设标兵单位”。

张博

张博，男，汉族，1984 年 6 月出生，惠民县人，2003 年 9 月入伍，中共党员，双硕士研究生学历，现为空军某部中校飞行员。该同志军事素质过硬，业务水平精湛，多次担任飞行教官，个人安全飞行达 2000 小时以上，2021 年度完成飞行训练任务出色，荣获“强军精兵”称号，荣立二等功一次。

张宗军

张宗军，1971 年 10 月出生，惠民县人，1989 年 3 月入伍，1990 年 7 月入党，大学文化，先后在海军和武警部队工作，历任资料员、分队长、助理员、干事、副处长、副主任、处长、海军直属某部部队长、武警北京总队某部处长等职。四次荣立三等功，五次被评为优秀共产党员。2011 年 7 月带队执行重要军事任务，科学指挥、周密部署、行动迅速、处置果断，为保护国家重大军事核心机密安全做出重要贡献，受到军委总部和海军的表彰，荣立二等功。

郑小民

郑小民，男，汉族，1987 年 10 月出生，惠民县人。2005 年 12 月入伍，2007 年 7 月入党。入伍后参加并圆满完成了“攻坚 06”“猛虎 07 实兵演练”“08 奥运安保”等重大军事保障任务。2009 年因为工作成绩突出被军区首长调入军区机关，担任军区首长工作用车保障人员。期间先后保障了“2009 年国庆大阅兵”“2014 年中国 APEC 峰会”“2015 年 9.3 大阅兵”等重大军事活动，2015 年 12 月因工作突出荣立个人二等功。

俎福胜

俎福胜，1956 年 6 月出生，惠民县武定府街道人，1974 年 12 月入伍，曾服役于 53503 部队，1979 年在中越边境自卫还击战中作战勇猛，不怕流血牺牲，战斗意志顽强，坚决、出色完成战斗任务，为作战胜利做出了巨大贡献，荣立个人二等功一次。

吴国治

吴国治，中共党员，无棣县人，1999 年 12 月入伍，2016 年 7 月退役。服役期间，精武强能，敬业奉献，义务兵期间便光荣入党。在部队组织的卫生系统大比武中，他五次参加比武，五次夺得第一名，三次刷新比武成绩记录。多次被评为优秀士兵和优秀共产党员，荣立三等功一次、二等功一次；2007 年、2008 年分别荣获舰队士官优秀人才奖和海军士官优秀人才奖；被北海舰队航空兵表彰为“精武之星”；获得“海军技术人才奖”、“北海舰队十佳优秀标兵”。典型事迹多次被中央电视台、青岛电视台、《新华月刊》《人民海军报》《青岛早报》《青岛日报》等新闻媒体报道。

信文婷

信文婷，女，汉族，1999 年 3 月出生，无棣县埕口镇信家庄人，2017 年 9 月入伍，在云南省临沧市公安边防支队服役，2018 年 12 月转到云南省清水河出入境边防检查站工作。

2018 年 6 月 12 日，在一次边境检查中，发现一女子形迹可疑，遂对其进行检查，从该女子携带包袱中查获毒品 20 余公斤，犯罪嫌疑人李老改被当场抓获。在案件查获过程中，她善于观察、思维敏捷、发现可疑情况后，第一时间向带队领导汇报，提出质疑，对成功查获毒品起到了重要作用，有力打击了贩毒分子的嚣张气焰，为维护边境地区安全稳定做出了突出贡献。2018 年 9 月，信文婷同志被部队记二等功一次。

谷军营

谷军营，1990 年 2 月出生，无棣县水湾镇人，2008 年 12 月入伍，四级军士长军衔，现任特种作战第 83 旅特种技术队特种潜水技师，精通特种潜水、特种驾驶、特种破拆爆破、无人机等。为适应特战转型需要，先后学习并考取 AOPA 无人机长证、USPA 跳伞 B 级执照、DIWA 潜水教练证、CAMF 汽车漂移国家 B 赛车证等。入伍以来，他潜心研究特战专业，先后荣立三等功一次、二等功一次，先后被中部战区陆军表彰为“强军精武标兵”“优秀教练员”‘四有新人标兵”，被集团军表彰为“强军精武标兵”。事迹分别在《解放军报》、中央七套、央视《军事报道》《奋斗强军故事会》等栏目报道；潜水训练视频在抖音、微博等自媒体广为传播。

朱希堂

朱希堂，无棣县柳堡镇小苟村人。1981年10月入伍，1985年7月入党。1985年3月，他所在部队奉命开赴前线，参加对越防御作战轮战。他随部队进入前沿阵地，他们班被部署在二五五高地上，担任观察哨。两个月时间里，他发现敌情21次，给炮兵、重机枪指示目标歼敌26人，伤敌30多人，为二五五高地防御作战的胜利发挥了很大作用。

1986年1月，战斗打响。整个阵地万炮齐鸣，硝烟滚滚，从一五六高地到一六七高地上形成一片火海。朱希堂所在的五连坚守一五六高地，四连坚守一六七高地。越军的主要攻击目标是四连的一六七高地，上级命令五连支援四连抢救伤员，朱希堂带领战士几次到一六七阵地抢救伤员。根据他在战斗中的表现，部队党委给他记二等功一次。

吕青松

吕青松，1984年9月出生，无棣县海丰街道人，2002年12月入伍，2006年9月入党。先后在原炮兵第4师、原14集团军炮兵旅、南部战区边防旅服役，历任战士、士官。2008年，因表现突出荣立三等功一次。2010年，获得“优秀士官人才奖”二等奖，并被四总部联合授予“全军爱军精武标兵”荣誉称号。

2011 年 4 月，新装备列装到部队，在当时教材缺乏的情况下，吕青松刻苦钻研操作技术，加班加点研究装备，并结合战场需求加强训练，达到了“一专多能”，既能驾驶、指挥，又能发射、修理，成为连队第一射手、“首席驾驶员”、优秀车长和编外维修技师，练就了全面过硬的军事素质。操纵列装不到 3 个月的新装备，进行实弹射击时，做到了首发命中，被部队荣记二等功一次。

黎汝清

黎汝清，男，汉族，1928 年 2 月 10 日出生，博兴县庞家镇八甲村人。1945 年 11 月参加革命,1946 年 2 月加入中国共产党。先后参加过济南战役、淮海战役、渡江战役。历任渤海军区后勤部《后勤生活》报编辑、解放军 85 医院副政委、上海警备区党委秘书、15 师直工科副科长、南京军区创作室创作员。1979 年加入中国作家协会。著有长篇小说《海岛女民兵》《皖南事变》等，儿童文学集《秘密联络站》，诗歌散文集《在祖国的土地上》等，电影文学剧本《长征》等，评论集《黎汝清研究专集》等。黎汝清荣立二等功二次、三等功三次。

王玉山

王玉山，男，汉族，1956 年 8 月生，博兴县陈户镇王店村人。1976 年 12 月入伍，1978 年入党，同年提干，本科学历，上尉军衔。先后在昆明军区炮 4 师、长沙炮兵学校、沈阳军区守备 5 师服现役，1979 年参加“对越自卫还击作战”。1982 年参加北大荒洪涝灾害抢险救灾。1988 年参加抢伐大兴安岭火烧木等重大艰险任务，服现役期间先后荣立二等功一次，三等功三次，并分别获得沈阳军区优秀政治教员和全军优秀政治教员荣誉称号。1992 年转业到博兴县人民武装部工作，历任县民兵训练基地主任、县国防教育办公室主任等职。

张友祥

张友祥，男，汉族，1948 年 12 月 7 日出生，博兴县吕艺镇刘官村人。1968 年入伍，在三军仪仗大队期间，执行并指挥过数次外国总统、元首来华访问的“仪仗司礼”任务，以及毛泽东等党和国家领导人的安全警卫任务。1984 年，在执行中华人民共和国建国 35 周年庆祝活动大阅兵中，张友祥担任第一方队长。在 1981 年华北全军（八〇二演习）陆、海、空联合军事大演习阅兵中，成绩显著受到表彰。他先后带领所在的分队荣立集体二等功二次，个人也先后荣立三等功三次。个人事迹和带兵经验多次在《解放军报》《北京日报》《北京军区战友报》发表。1986 年 12 月转业，任中国测绘科学研究院副院长。

郑永福

郑永福，1924 年 12 月出生，邹平市黛溪办事处滕家村人，1949 年 1 月入伍，1951 年 2 月 28 日入朝，1954 年回国，1955 年 3 月退役。在抗美援朝战争中荣立大功一次，三等功一次。

1949 年，郑永福主动要求入伍，入伍后他跟随中国人民解放军南下到江苏省、湖北省、贵州省、云南省等地方。1950年郑永福在云南省一些尚未解放的地区进行解放战争。1951年2月28日，27岁的郑永福从云南省入朝，被编入15军44师131团，刚进入朝鲜就投入了战斗。到了抗美援朝第二阶段后期，组织上挑选郑永福等12名表现优异的战士，组成了突击驻守队，到仁川港作战，郑永福担任班长，负责驻守仁川港，坚决不让美军登陆。1953年8月，他们终于等来了朝鲜停战协议，他们12人共在仁川港驻守了一年多的时间，之后，郑永福他们12人与大部队对接，又在朝鲜进行了一系列的扫尾工作。

郭宪明

郭宪明，男，1931年8月8日出生，邹平市高新街道人，1949年参军南下沿途剿匪荣立三等功两次，1956年在边防侦察和工作中因成绩突出在全国公安军积极分子大会上做典型发言，并获一等奖章一枚。1959年、1960年分别出席了昆明军区、云南军区积极分子大会，并获得“五好标兵”“积极分子”荣誉称号。

刘济宁

刘济宁，男，汉族，1982年4月出生，滨州市高新区青田街道大刘村人。2001年12月入伍，2006年6月入党，2018年4月转业，曾服役于中国人民解放军71622部队。入伍期间，多次被连队评为“优秀士兵”“优秀共产党员”“基层优秀带兵骨干”、2004年12月所带班因工作突出，荣立集体三等功；2008年参加“汶川”抗震救灾，因表现突出，荣立个人二等功一次；

2012年因带兵成绩突出，被集团军评为“百名好班长”称号；2016年参加全军战略战役演习，完成任务出色，荣立个人三等功。

张庆栋

张庆栋，男，汉族，1986年5月出生，滨州市高新区青田街道蝎子王村人。2008年8月大学直招士官入伍，2010年12月加入中国共产党，曾服役于中国人民解放军第32668部队。

因工作踏实，有责任心，入伍8个月后担任班长。2009年和2010年分别被评为“优秀士兵”；2011年被原沈阳军区联勤部评为“优秀士官标兵”；2011年年底担任高山哨所哨长以来，严格要求自己，坚决服从命令，不打折扣完成上级任务，保证了单位储存作业区安全。带领哨所战士就地取材建设哨所，营造良好的哨所文化氛围，得到了单位领导的认可，成为组织的放心人，并受到上级领导的表扬，多次为单位赢得荣誉，2012年被原沈阳军区联勤第四十分部评为“优秀士兵标兵”，荣立二等功；2013年获得军区“优秀士官人才奖”二等奖；2017年被单位评为“优秀共产党员”“优秀士官”。2018年底，代表单位分别去沈阳、武汉、北京参加了联勤保障部队第一次军人代表大会。

刘国栋

刘国栋，男，汉族，1976年7月出生，中共党员，邹平市长山镇柏林村人，空军某部副部队长。1994年12月入伍，1997年9月入党，空军上校军衔。历任训练处处长、新训旅参谋长、技术试验中心主任等职。2015年因手榴弹实投训练遇突发情况舍己救人，挽救一名战友生命，个人因公致残7级。他的事迹先后被中央电视台、《解放军报》《空军报》等多家军地媒体专题报道。他从事所涉专业教学训练工作二十多年，多次代表单位参加空军、原南空组织的岗位练兵考核比武竞赛活动，连续斩获5个第一名、一个第二名。提干后，在他的带领下，单位先后编写训练教材和手册20余部，受训学兵考核通过率高达98.6%，得到机关部队的充分肯定，也成为保障系统的“骨干人才”，还多次担任所涉专业技能比武裁判员，被南京市聘为国家级职业技能鉴定考评员、质量督导员和考务管理员。他成功研发某型电缆故障定位仪，使电缆故障检测时间缩短一半，该项目获得全军科技进步三等奖。几年来，一项项科技创新成果陆续出台，“某驱鸟仪研究”被总后立项，“某型工具箱”被空军收录并得到推广，4个科研项目获得全军科技进步三等奖。他先后被空军、空后、原南空、原南空后评为“十大学习成才标兵”“两全两训”先进个人、科技练兵先进个人、精神文明“士兵”标兵、专业技术能手、科技先进工作者，多次被空军、空后、南空后评为优秀共产党员，被南京市授予第六届“南京十大杰出青年”称号，并荣立二等功二次、三等功多次。2019年5月被授予“全国自强模范”荣誉称号。

张振平

张振平，男，1968年10月出生，惠民县人。1987年11月入伍，1991年7月加入中国共产党，2012年退出现役。该同志在连队政治指导员岗位上多次被评为“优秀党支部书记”“先进党务工作者”“指导员标兵”等，1997年被军区表彰为“优秀政治教员”。因工作成绩突出，于1998年12月被54集团军表彰，荣立个人二等功一次。

编后记

在各级领导的关心指导、社会各界的大力支持下，滨州市退役军人事务局、滨州市双拥工作领导小组办公室编著的《渤海红潮》出版发行了。这是深入贯彻党的二十大精神，全面落实习近平总书记关于双拥工作和军政军民团结重要论述，深化军地先进文化同促同建，进一步优化双拥理论研究的重要举措，是赓续红色血脉、弘扬渤海革命老区优良传统的重要载体，也是向全国、全省宣传滨州双拥工作和红色记忆的重要窗口。

《渤海红潮》挖掘整理了滨州作为渤海革命老区中心区的“双拥历史”“战斗故事”“英雄谱”“功臣事迹”，多维度、立体化展示了战争年代滨州大地上的红色印记和宝贵经验，生动、形象描述了和平年代浓厚的军民鱼水深情，是新时代新形势下开展国防教育、爱国教育的一本好教材。

为确保如期完成书籍编撰工作，成立了编委会。市委书记、市人大常委会主任宋永祥，市委副书记、市长李春田担任编委会主任；副市长郝建担任副主任。各位主任、副主任非常关心重视书籍编撰工作，多次过问编撰进度和出版情况。编委会的各位主编、副主编、编辑人员，齐心协力、出谋划策、分秒必争，及时协调解决各种困难，确保了书籍的编撰工作如期完成。本书还得到了中共滨州市委党史研究院、滨州市文联、滨州市作协、滨州市渤海关爱退役军人基金会等单位的大力支持和协助。在大家的共同努力下，《渤海红潮》即将出版。在此，一并致谢！

由于时间仓促，加之工作经验不足，难免错漏之处，敬请社会各界人士批评指正。

滨州市退役军人事务局

2022 年 11 月